insel taschenbuch 4832
Gabriele Diechler
Die Roseninsel

Die Buchhändlerin Emma reist nach London, um ihren verstorbenen Eltern noch einmal nahe zu sein, denn diese hatten sich einst dort kennen- und lieben gelernt.

Schon kurz nach der Ankunft begegnet sie der sympathischen Witwe Ava. Die beiden Frauen freunden sich an, und Ava macht Emma das verlockende Angebot, in ihrem Feriendomizil auf der Roseninsel in Cornwall die Bibliothek auf den neuesten Stand zu bringen. Begeistert sagt Emma zu.

Umso überraschter ist sie, dort auf Avas Sohn Ethan zu treffen. Er hat sich, ohne das Wissen seiner Mutter, hierher zurückgezogen. Trotz anfänglicher Differenzen fühlt Emma sich ihm nahe, und sie verliebt sich in ihn – doch das Schicksal scheint andere Pläne zu haben …
Ein warmherziger und gefühlvoller Roman über Glück und Hoffnungslosigkeit, Liebe und Verlust – all das, was ein Leben ausmacht.

Gabriele Diechler, in Köln geboren, lebt und arbeitet im Salzkammergut. Nach vielen Jahren als Drehbuchautorin und Dramaturgin widmet sie sich nun hauptsächlich dem Roman und Jugendbuch.

Im insel taschenbuch sind außerdem erschienen: *Ein englischer Sommer* (it 4377); *Lavendelträume* (it 4650); *Schokoladentage* (it 4742)

GABRIELE DIECHLER

Die Roseninsel

Ein Cornwall-Roman

INSEL VERLAG

Erste Auflage 2021
insel taschenbuch 4832
Originalausgabe

Vertrieb durch den Suhrkamp Taschenbuch Verlag
Umschlaggestaltung: zero-media.net, München
Umschlagabbildung: FinePic®, München
Satz: Dörlemann Satz, Lemförde
Druck: CPI books GmbH, Leck
Printed in Germany
ISBN 978-3-458-68132-8

Dieser Roman ist meinen Lesern gewidmet, die mich immer wieder aufs Neue mit ihren Lebensgeschichten inspirieren. Ich bewundere den Mut, sich jeden Tag vom Leben überraschen zu lassen, und die Stärke, niemals aufzugeben.

Die Roseninsel

Peggys Liebesliste:

ZUERST DIE LIEBE,
DANACH DIE UMSTÄNDE ...

Nach der Scheidung von Rory war ich fürs Erste mit dem Glück durch. Meine Arbeit, Mum und Dad, eine Handvoll Freunde, und meine Bücher … mehr war mir nicht geblieben. Bis zu dem Tag, an dem ich mit Hannes zusammenstieß.

Ihm zu begegnen, war wie eine Fahrt im Heißluftballon, hoch über allem, ganz nah am Himmel, frei und beschwingt. Ab da lag Magie über meinem Leben.

»Wie soll das gehen? Du hier und er in Köln?«, fragten meine Eltern, als sie merkten, dass es Hannes ernst war und mir auch. »Glaubst du, eine Engländerin findet in Deutschland einen Job in einer Buchhandlung? Dafür musst du perfekt Deutsch sprechen.« Sie sorgten sich, ich könnte zu viel riskieren. Mit Rory hatte ich schon mal danebengelegen. Doch bei Hannes sagte mein Gefühl laut und deutlich: Ja!

Mein Bruder Brian rief an und wollte wissen, was mir zum Begriff »Zuhause« einfalle. »Antworte spontan. Überleg nicht lange«, riet er mir.

Meine Antwort kam, ohne zu zögern: »Die Wärme, die mich erfüllt, wenn Hannes bei mir ist.«

Da wusste ich es: Die Liebe kommt immer zuerst, erst danach kommt alles andere.

1. KAPITEL

London, vor dreiundvierzig Jahren

Die Sonne scheint warm auf sie hinab, als Peggy fröhlich mit einem Eimer mit Putzmitteln, der locker in ihrer Armbeuge schwingt, aus der Buchhandlung tritt.

Für einen kurzen Moment nimmt sie die Stimmung um sich herum auf. Das Taxi, das gemächlich vorbeirumpelt – mal wieder Stop-and-go in der Regent Street –, und die Frauen, die den Tisch mit zeitgenössischer Literatur, den sie heute Morgen hinausgestellt hat, nach Lesenachschub durchwühlen. Dahinter hat sie einen Spruch ans Fenster geklebt: *Bücher spenden Liebe!* Sie mag es, potenzielle Kunden für das Naheliegende zu sensibilisieren. Bücher sind mehr als nur gute Unterhaltung. Sie sind Nahrung für die Seele – Liebe eben.

Die Buchhandlung in der Regent Street ist ihr Universum, fast so etwas wie ihr Zuhause. Sie liebt dieses pulsierende Leben um sich herum, wenn Kunden nach Büchern suchen, nach all den Geschichten, mit denen sie jeden Tag verbringt. Das ist ihr Rhythmus, ihr Lebensatem.

Sie geht das Schaufenster ab, greift nach dem Fensterreiniger, sprüht ihn auf und beginnt mit ihrer Säuberungsaktion. Jeden Tag tappen Leute an die Scheibe, als könnten sie die Bücher in der Auslage zu fassen bekommen. Mit energischen Bewegungen kämpft sie gegen alle möglichen Flecken an, dabei beugt sie sich eine Spur zu weit vor und knallt mit dem Kopf gegen die Scheibe.

»Verflixt noch mal!« Sie greift sich an die Stirn, und kaum hat sie eine leichte Erhebung am Kopf ertastet, stößt sie schon mit dem Ellbogen gegen etwas hinter sich. Sie unterdrückt einen Fluch, dreht sich um. Ein Mann hält seine rechte Hand schützend vor den Brustkorb. Augenblicklich tritt ein schuldbewusster Ausdruck auf ihr Gesicht. »Das war keine Absicht«, entschuldigt sie sich. Sie riecht sein Aftershave, rauchig und herb.

»Halb so wild. Ich denke, ich überlebe es«, wiegelt der Mann ab. Geistesgegenwärtig weicht er nach rechts aus, um eine Kundin vorbeizulassen.

Sein ehrliches Lächeln beruhigt Peggy. Schnell wirft sie einen Blick ins Fenster, wo ihre Umrisse sich spiegeln. Mit ihrem Kopf ist alles in Ordnung, jedenfalls auf den ersten Blick.

»Das gibt höchstens eine kleine Beule«, erwidert der Mann. »Ansonsten sehen Sie perfekt aus …«, er zögert kurz, »… bis auf eine winzige Kleinigkeit«, fügt er schließlich hinzu.

Auf Peggys Stirn wächst eine Falte. Wenn etwas nicht stimmt, ist sie immer sofort irritiert. Vor allem, wenn sie einem attraktiven Mann gegenübersteht. »Was ist denn?«

»Darf ich?!« Der Fremde hebt den Finger und verharrt kurz vor ihrem Gesicht, und als Peggy schließlich nickt, fährt er mit dem Zeigefinger ihren Mundwinkel entlang.

»So, der Krümel ist weg. Jetzt sind Sie wie neu«, verspricht er.

Peggy verspürt ein Gefühl von menschlicher Nähe, das sie so noch nicht kennt. Sie hatte sich vorhin einen Keks in den Mund gesteckt, und noch nie ist sie so froh gewesen, einen Krümel am Mundwinkel zu haben.

Einen Moment starrt sie den Mann an. Er ist etwa eins fünfundachtzig groß, hat dichtes blondes Haar und graue

Augen, die ausgesprochen freundlich wirken. Aber das Beste ist seine Stimme. Sie klingt melodisch, richtig einnehmend.

»Haben Sie vielleicht später Lust auf einen Spaziergang? In einer Stunde hätte ich frei.« Was redet sie da? Wird sie etwa rot? Wieso lädt sie einen fremden Mann ein? Das hat sie noch nie getan.

»Was für eine wunderbare Idee! Seit ich heute Morgen gestartet bin, habe ich mich bereits dreimal verirrt. Da trifft es sich doch hervorragend, Ihnen über den Weg gelaufen zu sein. Die Hilfe einer waschechten Londonerin kann ich nämlich gut gebrauchen. Ich bin übrigens Hannes Sandner. Aus Deutschland, Köln, um präzise zu sein.« Lächelnd hält der Mann ihr seine Hand hin.

Zögerlich stellt Peggy den Eimer mit den Putzmitteln ab und schlägt ein. »Peggy Pratt. Und nur, dass Sie es wissen …«, auf ihrem Gesicht liegt nun ein Anflug von Verlegenheit.

»… schon klar«, unterbricht der Mann sie, »Sie laden nur Männer ein, die sich verlaufen haben und dringend Hilfe brauchen. Reine Nächstenliebe also.«

In Peggy löst sich die Anspannung, die sie schon die ganze Zeit verspürt. Die Hand des Mannes fühlt sich gut an. Sein Griff ist fest und vertrauenerweckend. Irgendwie *richtig*. Außerdem spricht er fantastisch Englisch. Plötzlich fühlt sie sich beschwingt – wie ein Vogel, der nur die Flügel ausbreiten muss, um fortzufliegen.

2. KAPITEL

London, Juni

Erin Bassets Abhandlung *Zeig mir den Ort, wo die Liebe wohnt* war lange Zeit das Lieblingsbuch ihrer Mutter.

Emma erinnerte sich noch gut daran, wie ihre Mutter sich zu Vater ans Bett setzte, um ihm mit leiser Stimme daraus vorzulesen. Es war wenige Wochen nach seinem Schlaganfall, und während Emma nun die Oxford Street hinablief, sah sie die Szene vor sich, als wäre es gestern gewesen. Ihre Mutter hatte nach Vaters Hand gegriffen, ihm aufmunternd zugelächelt und zu lesen begonnen ... von Hoffnung und Mitgefühl und der Leichtigkeit der Liebe, die selbst in schwierigen Momenten aufblitzen konnte, wenn man wahrhaftig liebte. Hannes hatte stumm zu weinen begonnen. Emma hatte im Türrahmen gestanden und mit zugeschnürtem Hals beobachtet, wie ihre Mutter ihm das verschwitzte Haar aus der Stirn strich. Sie ging mit ihm um, als hätte sich nichts verändert. Als wäre er nicht auf sie angewiesen – als wäre alles wie immer.

»Weißt du, weshalb ich dich so liebe?«, hatte sie ihn flüsternd gefragt.

Er hatte noch nicht mal nicken können.

»Ich liebe dich, weil du in all den Jahren nie weggelaufen bist, egal, was passiert ist, und weil du ehrlich bist und keine Angst davor hast, dich verletzlich zu zeigen. Deshalb bin ich so glücklich mit dir.«

Angesichts seines Zustands – ihr Vater hatte damals kaum sprechen können und war halbseitig gelähmt – waren ihm diese Worte vermutlich wie das schönste Geschenk vorgekommen, das ein Mensch einem anderen machen konnte. Ihre Mutter besaß die Fähigkeit, über sich hinauszuwachsen, wenn das Leben es verlangte, das begriff Emma in diesem Moment. Und Emma hoffte, eines Tages wie sie zu sein.

Nach Peggys Tod, kein Jahr nach seinem Schlaganfall fiel Hannes in ein tiefes Loch. Emma nahm die Rolle ihrer Mutter ein und kümmerte sich um ihn, so gut sie konnte. Eine Serbin half ihr mit der Pflege.

Doch jeder Tag barg Tücken, und die Fortschritte, die Hannes machte, waren in seinen Augen nie groß genug. Es waren schwierige Jahre, und nach einem zweiten Schlaganfall wurde es noch herausfordernder.

Emma spürte, wie bedrückend die Gedanken an jene Zeit waren. Doch Gedanken ließen sich nicht einfach abstellen. Seit sie das Hotel nach dem Frühstück verlassen hatte, spulten sich die letzten Jahre mit ihrem Vater immer wieder vor ihrem geistigen Auge ab. Es war, als würde sie die wichtigsten Momente mit ihm noch einmal erleben.

Als es ihrem Vater gegen Ende sehr schlecht gegangen war – nach zwei Schlaganfällen und Pflegestufe IV musste sie täglich mit dem Schlimmsten rechnen –, hatte sie versucht, sich zu wappnen. Ohne Familie dazustehen wäre schlimm, aber sie käme klar. Doch obwohl sie sicher gewesen war, vorbereitet zu sein, hatte das Ableben ihres Vaters sie kalt erwischt.

Wie sehr dieser zweite Verlust ihr tatsächlich zu schaffen machen würde, hatte sie nicht ahnen können. Nach dem Tod ihres Vaters empfand sie nur noch ein Gefühl der Leere.

Eine Gruppe Japaner verstopfte den Weg. Emma wich den fotografierenden Touristen aus und sprang geistesgegenwärtig auf den Bürgersteig zurück, als das Hupen eines Busses hinter ihr erklang.

Immerhin hatte der Tod ihres Vaters sie nach England gebracht, redete sie sich gut zu. Noch einmal an die Orte zurückzukehren, an denen für ihre Eltern alles begonnen hatte, würde ihr helfen, einen Strich unter die Vergangenheit zu ziehen und sich auf das zu konzentrieren, was vor ihr lag.

Ein Pantomime gab für einen kurzen Moment seine starre Haltung auf und schenkte Emma ein Lächeln. Sie spürte, wie auch ihr Mund sich zu einem Lächeln verzog.

Freundlichkeit hatte auch ihr Vater vor über vierzig Jahren erfahren, als er von der Oxford in die Regent Street einbog und wenige Augenblicke später die Buchhandlung entdeckte, in der ihre Mutter zu jener Zeit arbeitete. Er war auf der Suche nach einem Buch gewesen, das er abends vorm Einschlafen lesen konnte.

In einer Familie wie ihrer aufzuwachsen, hatte Emma immer als großes Glück empfunden. Zu Hause hatten sie über alles sprechen können. Kein Thema war tabu. Wenn sie nicht über ihre Erlebnisse und Gefühle sprachen, tauschten sie sich über die Bücher aus, die sie lasen, überall in der Wohnung gab es welche: Sie standen in Regalen, stapelten sich auf Tischen und Sesseln, lagen sogar in der Küche, wo ihre Mutter sich manchmal über ein Buch beugte und noch schnell das Ende eines Kapitels las, während sie in einem Topf rührte. Es war ein Leben voller Geschichten, im Austausch von Wissen. Ein Leben, das sie geliebt hatte und das nun endgültig Vergangenheit war.

Von irgendwo drang das Heulen einer Polizeisirene. In London war wieder mal die Hölle los. Der Verkehr war mörderisch, und die Touristengruppen rollten sich, einer Karawane gleich, die Straßen hinunter. Emma bekam all das nur am Rande mit.

Erst vorhin hatte sie wieder daran denken müssen, wie ihr Vater jedes Jahr den Nachmittag wiederaufleben lassen hatte, an dem er und Peggy sich begegnet waren.

»Das erste Aufeinandertreffen mit deiner Mutter hat mein Herz so laut zum Schlagen gebracht, dass ich in Panik geraten bin, sie könnte es hören. War kein rühmlicher Beginn, aber ein unvergesslicher.«

Ihre Mutter hatte oft gesagt, niemand übertreibe so charmant wie ihr Mann und niemandem höre sie so gern dabei zu.

Emma hörte im Kopf die Stimme ihrer Mutter – beinahe als schlenderte Peggy neben ihr die Oxford Street entlang.

Das Fenster eines Cafés huschte an ihr vorbei. Emma hatte die Frau nur aus dem Augenwinkel wahrgenommen, doch nun verknüpfte sich deren Antlitz mit dem ihrer Mutter in jungen Jahren. Die gleichen Haare und eine ähnlich grazile Statur. Sie hastete zurück und blieb wie angewurzelt vor dem Café stehen. An einem Bistrotisch am Fenster saß eine Frau, die ihrer Mutter ähnlich sah, und küsste einen Mann. Die beiden wirkten sehr verliebt.

Solange sie denken konnte, war die Liebe ihrer Eltern für sie das Maß der Dinge, und mit dem Tod der beiden zerbrach auch ein Teil ihrer Sicherheit, ihres Lebens.

Emmas Knie gaben nach. Rasch holte sie ein Bonbon aus der Jackentasche, wickelte es aus dem Papier und steckte es sich in den Mund. Seit der Beerdigung ihres Vaters – dem absoluten Tiefpunkt ihres Lebens – aß sie kaum noch etwas. Vermutlich war sie unterzuckert.

Unwillig löste sie sich vom Anblick des jungen Paars und ging weiter. Alles, was ihr von ihren Eltern blieb, waren einige antike Möbel und Erinnerungsstücke, vor allem aber unzählige Bücher und Fotos glücklicher Momente, die sie als Familie miteinander geteilt hatten. Und natürlich das hellrote Notizbuch ihrer Mutter, das diese immer nur *Meine Liebesliste* genannt hatte.

Emma bog in die Regent Street, ließ einige Geschäfte hinter sich und blieb schließlich vor der Auslage der Buchhandlung stehen, in der ihre Mutter in jungen Jahren mehr als fünf Jahre gearbeitet hatte.

Von einem Plakat lächelte der Bestsellerautor Andrew Wilson unter buschigen Augenbrauen auf sie hinab.

Andrew hatte am Beginn seiner Karriere und auch später regelmäßig in der Buchhandlung ihrer Eltern gelesen, die sie einige Jahre nach der Hochzeit in der Ehrenstraße in Köln eröffnet hatten. Am liebsten hatte er im Lieblingssessel ihrer Mutter, neben dem Regal mit den Krimis, gelümmelt. Dort hatte er die Beine lang ausgestreckt, im Gesicht dieses wache Grinsen, das für ihn typisch war, und über Philosophie diskutiert.

Emma erinnerte sich an vieles aus dieser Zeit, besonders an den Tag ihres fünften Geburtstags. Andrew war auf Lesereise gewesen und hatte sich auch in Köln die Ehre gegeben. An jenem Abend hatte er nach ihrem Zeigefinger gegriffen und war damit über eine Seite des Buchs gefahren, das er gerade las. Dabei hatte er aufmunternd behauptet: »Emma, ist dir klar, dass du gerade liest?! Also los, erzähl mir, was auf dieser Seite steht.«

Die Worte kamen ohne die kleinste Regung über seine Lippen, und weil Andrew nicht die Spur eines Zweifels zeigte, begann Emma ungehemmt auf Englisch draufloszuplappern. Während sie ihm eine erfundene Geschichte erzählte, wirbelten ihre tapsigen, kleinen Finger wie aufgeschreckte Vögel durch die Luft. Das Buch rutschte zur Seite, doch Emma bekam es kaum mit, weil sie so aufgeregt war: »When I grow up I want to write books just like you. And then Mum und Dad can sell them in their store«, krähte sie.

Emma blinzelte gegen das Licht. Seit sie das letzte Mal vor dieser Buchhandlung gestanden hatte, hatte sich kaum etwas verändert. Noch immer wurde das Schaufenster auf die gleiche Weise dekoriert: mit den Werken eines Autors oder einer Autorin als Mittelpunkt, dahinter ein Plakat. Unaufgeregt und trotzdem ausgesprochen wirksam. Und noch immer waren die Scheiben blitzsauber.

Erneut blickte sie in Andrews Augen auf dem Plakat. »Hallo, Andrew«, murmelte sie.

Andrew hatte die Liebe ebenfalls gefunden, wenn auch erst im zweiten Anlauf. Seit über dreißig Jahren war er nun mit Philippa, einer Bühnenbildnerin, liiert. Mit Phil, wie Andrew seine Frau nannte, hatte er sich anfangs eine etwas heruntergekommene Wohnung in Hackney geteilt, doch als seine Bücher sich immer besser verkauften und in immer mehr Sprachen übersetzt wurden, konnten sie sich ein Haus in Weybridge, eine Dreiviertelstunde von London entfernt, leisten.

Emma blickte noch immer in die Auslage. Vor dieser Buchhandlung hatte sich das weitere Leben ihrer Eltern entschieden. Hier lag der Ursprung ihrer Familie.

Es war schön und schmerzhaft zugleich, daran zurückzudenken. Sie versuchte, den Druck auf ihrer Brust zu ignorieren. Manchmal waren Erinnerungen nur schwer auszuhalten. Sie wandte sich ab und überlegte, was sie als Nächstes tun sollte. Vielleicht würde ein Spaziergang ihr guttun? Der Green Park im Westen fiel ihr ein, den hatte sie oft besucht, ebenso die Kensington Gardens und den Hyde Park. Doch am liebsten ging sie in den St. James's Park. Auf dem Weg von Big Ben zum Buckingham Palace durchquerten viele Touristen diesen Park, der das östliche Ende eines über zwei Meilen langen, nur durch einige wenige Straßen unterbrochenen Grünstreifens im Stadtzentrum bildete. Die meisten Touristen und auch die Einheimischen hielten sich beim See und dem Blumengarten mit dem Gärtnerhäuschen auf.

Emma liebte die Ruhe, die im Park herrschte. Dort könnte sie durchatmen – und vielleicht die Kraft finden, einen Blick in die Liebesliste ihrer Mutter zu werfen. Das dünne Büchlein hatte Peggy viel bedeutet.

Sie drehte um und suchte sich zwischen den Menschen ihren Weg. In letzter Zeit hatte sie kaum noch an Carsten gedacht, doch nun fiel ihr wieder die Geburtstagsparty ein, auf der sie ausgelassen mit ihm getanzt hatte. Bald darauf waren sie ein Paar geworden; doch als Carsten ein lukratives Angebot aus Hamburg bekam und sie überlegten, wie es mit ihnen weitergehen konnte, war ihnen schnell klar geworden, dass es weder für ihn die große Liebe war noch für sie selbst. Weshalb gelang es ihr nicht, *wirklich* zu lieben? Was machte sie bloß falsch? Dem wichtigsten Menschen seines Lebens zu begegnen, war offenbar ein Geschenk, das nicht jeder vom Leben bekam.

Emma eilte erneut an einer Reisegruppe vorbei, die den halben Bürgersteig und einen Teil der Fahrbahn versperrte. Sie wünschte sich nichts sehnlicher, als dem Menschen zu begegnen, mit dem sie durchs Leben gehen konnte: einem Mann, der ihr morgens beim Aufwachen die Haare aus dem Gesicht strich und ihr abends einen zärtlichen Gute-Nacht-Kuss gab. Nur hatte sie in ihren bisherigen Beziehungen weder bedingungslose Liebe empfunden noch sie von einem Mann erfahren.

Emma beschleunigte ihre Schritte. Im Geist sah sie bereits die riesigen Bäume des St. James's Parks vor sich. Die Tierwelt rund um den Park Lake mit den Inseln Duck Island und West Island war einmalig. Man konnte Kraniche und Pelikane beobachten und Gänse und Enten. Als sie den Parkeingang erreichte, huschte ein Grauhörnchen an ihr vorbei, flitzte auf eine Buche und verschwand im Dickicht. Gemächlich steuerte sie eine Trauerweide an und hielt vor einer Bank. Dort nahm sie Platz, ließ ihre Handtasche von der Schulter gleiten und schaute auf die Wasserfontäne im See. Nach einer Weile griff sie nach ihrem Lederbeutel, begann das Innere abzutasten und fand zwischen Taschentüchern, Schminkbeutel, Haargummis und einer Tüte Bonbons schließlich, wonach sie suchte. Sie zog das Buch ihrer Mutter aus der Tasche, betrachtete den hellroten Leinenüberzug und schlug es auf.

Die Liebe kommt immer zuerst, erst danach kommen die Umstände.

»Wie schwierig die Umstände auch sein mögen, versuch, sie zu überwinden, nur dann weißt du, ob die Liebe stark genug ist«, hatte ihre Mutter zu ihr gesagt.

Für Carsten und sie waren die Umstände Grund genug gewesen, ihre Beziehung zu beenden. Von tragfähiger Liebe war keine Rede gewesen. Lag es daran, dass Carsten sie nie so angesehen hatte wie ihr Vater ihre Mutter?

Die Schatten der Trauerweide malten ein bizarres Muster auf das aufgeschlagene Buch in Emmas Händen. Wie hypnotisiert starrte sie auf die Buchstaben, bis sie vor ihren Augen verschwammen.

»Kein Grund, den Kopf hängen zu lassen, sondern eher, sich ins Zeug zu legen!« Das hatte Vater ihrer Mutter versprochen, als sein Urlaub in London zu Ende ging. Es folgten lange Briefe und unzählige Telefonate, in denen sie über ihre Träume, die Buchhandlung in der Regent Street und über Hannes' Beruf als Sozialarbeiter, an dem ihm so viel lag, redeten.

Hannes' grenzenlose Offenheit hatte Peggy begeistert. Diskussionen oder gar Zweifel gab es zwischen ihnen nicht. Beide waren sich von Anfang an einig, zusammenbleiben zu wollen. Dass Peggy acht Jahre älter und bereits geschieden war, war dabei genauso wenig ein Hindernis wie die Tatsache, dass sie alles hinter sich lassen musste, um in Köln neu zu beginnen. So entschlossen handelten nur Menschen, die einander wirklich liebten und auch an diese Liebe glaubten.

Emma blätterte durch das Buch. Die Umstände waren Peggy und Hannes egal gewesen, sie hatten alles getan, um ihre Liebe leben zu können.

Gefühle dieser Tiefe hatte Emma nie erlebt, auch deshalb war es höchste Zeit, sich darüber klar zu werden, wo ihre Ziele lagen. Zuversichtlich bleiben!, erinnerte sie sich. Früher oder später würde sie zu ihrer alten Ruhe zurückfinden, dann lägen ihre Ziele wieder deutlich vor ihr.

Sie schlug die nächste Seite um, und während sie las, bohrte sie die Schuhspitzen in den Kies. Peggy hatte dieses Buch immer als Landkarte der Liebe bezeichnet. Und es stimmte, das Buch spendete Hoffnung, dass jeder diese Liebe auf dem Weg seines Lebens finden konnte. Während Emma weiter darin blätterte, hatte sie das Gefühl, ein Teil ihrer Mutter sei noch immer da – ganz nah bei ihr. Sie überflog die letzten Seiten und dachte daran, wie gut es sich immer angefühlt hatte, das Gesicht gegen die angenehm warme Wange ihrer Mutter zu legen. Als sie bei der letzten Seite angekommen war, schlug sie das abgegriffene Büchlein zu und steckte es zurück in die Tasche, dabei wischte sie sich verschämt über die Augen.

Ob es schlimmer war, der Liebe noch nicht begegnet zu sein, oder sie zu verlieren, wie es ihrer besten Freundin Marie passiert war? Eine Gruppe Frauen kam des Weges. Sie hatten sich untergehakt, und ihr Lachen und Kichern war weithin zu hören. Wie glücklich die Frauen wirkten, voller Leben und Selbstvertrauen. Emma folgte ihnen mit dem Blick, schließlich stand sie auf und schob sich die Trageriemen ihrer Tasche über die Schulter. Das Wetter war prachtvoll – sonnig, aber nicht heiß –, sie würde eine Weile durch den Park bummeln und danach entscheiden, was sie als Nächstes tun wollte.

Im Moment war sie einfach nur froh, nicht in Köln zu sein. Seit kurzem arbeitete sie in der Filiale einer Buchhandelskette und geriet regelmäßig mit ihrer Chefin aneinander, etwa, wenn sie einer Kundin das neueste Buch einer unbekannten Autorin bestellte, anstatt ein Exemplar der vorrätigen Bestseller zu verkaufen.

Sie war schon im Begriff, den Frauen zu folgen, als sie ein irritierendes Geräusch in ihrem Rücken vernahm. Alarmiert drehte sie sich um …

3. KAPITEL

Köln, April, sechs Wochen zuvor

»Kümmern Sie sich darum, dass genügend Bücher über den Ladentisch gehen. Zu planen, wie wir Kunden mittels Lesungen bespaßen, gehört nicht zu Ihren Aufgaben.«

Der Blick der Filialleiterin schweifte zu zwei von Emmas Kolleginnen. Sie standen bei den Reiseführern, wendeten sich jedoch ertappt ab, als sie merkten, dass sie beobachtet wurden. Lauschen war eine Sache, in einen Disput hineingezogen werden eine andere.

»Also noch einmal …«, der Blick der Filialleiterin wanderte zurück zu Emma, »konzentrieren Sie sich auf das Wesentliche, Frau Sandner! Ich hoffe, wir sind uns einig?«

Die Hände ihrer Chefin waren zur Faust geballt. Die Knöchel traten weiß hervor.

Wie kann man seine Hände nur derart malträtieren?

Emma nickte halbherzig. »Ja, natürlich!«, versprach sie, obwohl sie es gar nicht so meinte.

Der barsche Tonfall ihrer Chefin irritierte sie, seit sie vor etwas mehr als zwei Monaten in dieser Filiale zu arbeiten begonnen hatte. Doch sosehr sie sich auch bemühte, hier Fuß zu fassen, sie konnte es ihrer Chefin nicht recht machen.

»Klein beigeben ist das Beste, was du tun kannst«, hatte eine Kollegin ihr gleich am ersten Tag geraten, »alles andere macht keinen Sinn.«

Sie würde ihre Argumente hinunterschlucken, denn wenn sie sie vorbrächte, würde das Ganze garantiert in einer Konfrontation enden.

Emmas Gedanken schweiften ab, zu der Zeit, als sie noch in der familieneigenen Buchhandlung gearbeitet hatte, in die sie nach dem Schlaganfall ihres Vaters eingestiegen war. Eines Tages war ein Vertreter in die Buchhandlung gekommen und hatte geschwärmt, sie bliebe selbst dem interessiertesten Käufer kaum je eine Antwort schuldig.

Ihre Mutter hatte den Austausch zwischen Kunden und Autoren gefördert, deshalb bot die Buchhandlung Sandner regelmäßig Lesungen an. Emmas reges Interesse an Büchern war nicht zuletzt durch die vielen Begegnungen mit Schriftstellerinnen und Schriftstellern gewachsen, bis irgendwann klar gewesen war, dass sie später mit Büchern arbeiten wollte. Zuerst hatte sie eine Lehre als Buchbinderin gemacht und gelernt, Bücher vollständig handwerklich herzustellen. Die Kunst des Buchbindens hatte sich dort entwickelt, wo Bücher geschrieben und eingesetzt wurden – im klerikalen Raum der Kirchen und Klöster. Es war spannend, in die Anfänge des bürgerlichen Buchbindens einzutauchen. Nach ihrer Lehre hatte sie ein Studium der Literaturwissenschaften begonnen.

Abends, wenn sie von der Uni heimkam und es sich auf der Couch gemütlich machte, las sie alles im englischen Original, was ihr in die Finger kam. Ihre Mutter hatte oft mit ihr über Dickens, Virginia Woolf und Daphne du Maurier gesprochen, die in Cornwall gelebt hatte. Peggy war in St. Just in Cornwall aufgewachsen, bevor die Familie später nach London umsiedelte. In London hatte ihre Mutter sich ständig in Buchhandlungen herumgetrieben. Und sich fest vorgenommen, später einmal selbst eine Buchhandlung zu eröffnen. Wie sehr hatte Emma zusammen mit ihrer Mutter jedes Frühjahr und jeden Herbst den Neuerscheinungen entgegengefiebert, besonders denen kleinerer Verlage, die abseits des Massengeschmacks publizierten.

Die Arbeits- und Sichtweise, mit der sie neuerdings konfrontiert wurde, war Emma gänzlich unbekannt. Bücher waren für sie mit Emotionen verbunden. Oft genug hatte sie für ein Buch gekämpft, damit es genügend Leser fand. Davon konnte hier keine Rede sein.

»Keine langen Verkaufsgespräche!«, hatte es erst letzte Woche geheißen, als sie einer Kundin Informationen zu einer jungen Autorin gegeben hatte, nach der diese gefragt hatte. Davor waren es die Tische mit den Lieblingsbüchern gewesen, die sie angeblich falsch bestückte. Mit stoischer Miene hatte sie die Bücher ausgetauscht, noch immer die Worte ihrer Chefin im Ohr: »Sie sollten den nächsten Kunden bereits im Visier haben, während Sie dem einen noch die Tüte mit den Büchern über den Tisch reichen. Das klingt vielleicht überspitzt, aber im Grunde stimmt es. Zeit ist Geld. Das dürfen wir alle nie vergessen.«

Emma war, als sei ihr Beruf über Nacht entzaubert worden. Was vorher gestrahlt hatte, war nun dumpf und fahl geworden. Das war der Preis, den sie dafür zahlte, einen sicheren Job zu haben. Arbeit, durch die sie ihre Miete zahlen und ihr Leben bestreiten konnte. Und hoffentlich irgendwann den Rest Schulden begleichen, der wegen der jahrelangen Arbeitsunfähigkeit ihres Vaters nach der Auflösung der Buchhandlung Sandner an ihr hängengeblieben war.

»Mit Geduld und einer dicken Haut kommst du überallhin, Emma!« Dickhäutigkeit und Langmut – diese Eigenschaften hatte ihre Mutter stets als Schutzschild gegen die Widrigkeiten des Lebens eingesetzt. Doch das Leben barg Herausforderungen, mit denen man nicht gerechnet hatte.

Wenn sie heute Abend hier rauskäme, würde sie sich die Wut vom Wind wegpusten lassen … und zu Hause in einen Roman abtauchen, um auf andere Gedanken zu kommen. Danach ginge es ihr bestimmt besser.

Die Filialleiterin redete noch immer auf sie ein, doch Emma hörte ihr kaum zu. In den vergangenen Wochen hatte sie gelernt, die Zurechtweisungen ihrer Chefin wie ein Gewitter an sich vorüberziehen zu lassen. In der Mittagspause würde sie sich im Mitarbeiterraum einen Kaffee gönnen, um runterzukommen. *Zeig Einsehen!*, redete sie sich gut zu, doch das Gefühl der Ungerechtigkeit nagte heute stärker an ihr als sonst. Musste sie zu ihrer Ehrenrettung nicht zumindest das wichtigste Argument vorbringen? War sie sich das nicht schuldig? Und Andrew Wilson ebenso?

»Es geht nicht ums Honorar …«, hörte sie sich unvermittelt sagen. Der Satz machte ihr einen Strich durch die Rechnung, es gut sein zu lassen, doch sie konnte nicht anders.

»Ach ja?« Die Augenbrauen der Filialleiterin hoben sich unnatürlich. »Das wäre das erste Mal, dass ein Autor vom Kaliber eines Andrew Wilson nicht nach einem saftigen Honorar und einem entsprechenden Hotel verlangte. Lassen Sie es gut sein, Frau Sandner. Keine Lesungen in nächster Zeit … und auch sonst keine Extravaganzen … Ob Sie's glauben oder nicht, auch ich war mal jung und enthusiastisch und habe darüber nachgedacht, das Sortiment zu erweitern. Für Kunden, die nach Büchern fragen, deren Verfasser noch keinem breiten Publikum bekannt sind, oder die sich für neuübersetzte Klassiker und gut recherchierte Reiseführer interessieren …«

Erst gestern hatte eine Kollegin Emma erzählt, ihr ginge langsam das Feuer für ihren Beruf aus. »Ewig dieselben

Bestseller verkaufen nervt. Es ist zum Davonlaufen. Wenn ich den Job nicht so dringend bräuchte, würde ich kündigen.«

»Die Zeiten werden nun mal nicht besser«, Emmas Chefin presste die Lippen aufeinander, offenbar hatte sie sich mit den Gegebenheiten abgefunden. »Lernen Sie, sich an die Richtlinien unseres Unternehmens zu halten. Sonst haben Sie hier keine Zukunft.«

»Andrew Wilson ist bereit, kostenlos zu lesen!« Der Satz war schneller heraus, als Emma lieb war. »Als meine Eltern ihre Buchhandlung aufbauten und auch später, haben viele, die damals noch am Anfang ihrer Karriere standen, unter anderem Andrew Wilson, bei ihnen gelesen, oft mit einer warmen Mahlzeit im Anschluss.« Bei der Erinnerung an jene Abende machte Emmas Herz einen Satz. Jeder dieser Abende war etwas Besonderes gewesen, mit interessanten Gesprächen, Anekdoten und Gelächter. Bis spätnachts hatten sie die Gläser klingen lassen, um auf den Erfolg eines Buches anzustoßen.

»Sollen wir unseren Kunden in Zukunft etwa Schnittchen reichen? Wie in der guten alten Zeit?« Es klang süffisant. Und abwertend.

»Warum nicht?«, fasste Emma nach. Sie sah nicht gern zu, wie jemand kleingemacht wurde, auch sie selbst nicht. Diesmal würde sie einer Konfrontation nicht ausweichen. Wenn sie hier schon nichts bewegen konnte, so konnte sie wenigstens die Fakten auf den Tisch legen.

»Das Team würde gern etwas zu einer Lesung beisteuern, dessen bin ich mir sicher. Außerdem wird Kundenbindung immer wichtiger. Lesungen sind Emotionen pur. Und Emotionen binden Menschen an Orte.«

Die Hand ihrer Chefin schnellte in die Höhe. Eine Geste, die ihr Einhalt gebot.

»Sie tun ja gerade, als hätten wir erst gestern eröffnet und müssten um jeden Kunden buhlen. Wir sind ein großes Unternehmen, keine Nischenbuchhandlung.«

»Umso wichtiger ist es, unseren Kunden zu vermitteln, dass sie uns am Herzen liegen«, konterte Emma. »Niemand will nur sein Geld in einem Geschäft lassen, jeder möchte auch als Mensch wahrgenommen werden.«

Nach dem zweiten Schlaganfall ihres Vaters hatte Emma die Buchhandlung der Eltern mit nur einer Hilfskraft weitergeführt. Doch von Monat zu Monat war es schwieriger geworden, klarzukommen. Sie hatte für alles zu wenig Zeit gehabt: für die Pflege ihres Vaters, ihre Kunden, für die Messen und für die Steuern … vor allem aber hatte sie zu wenig Geld für Personal gehabt. Schließlich waren die finanziellen Sorgen erdrückend geworden, so hatte sie die Notbremse gezogen und den Laden geschlossen. Die Schließung der Buchhandlung war für sie lange ein Tabu gewesen, schließlich handelte es sich dabei um ein Stück Familiengeschichte. Als sie am letzten Tag die Tür hinter sich zuzog, war sie in Tränen ausgebrochen, obwohl sie sich vorgenommen hatte, Stärke zu zeigen.

Dass Andrew Wilson sich nun bereit erklärte, in der Filiale einer Buchhandelskette zu lesen – etwas, das er stets zu umgehen versuchte, weil er vor allem privat geführte Buchhandlungen unterstützte –, noch dazu ohne Bezahlung, zeigte Emma, dass auch für ihn das Menschliche zählte. Er wollte hier lesen, um ihr seine Wertschätzung zu zeigen. Das rührte sie.

»Deine Eltern haben an mich geglaubt, als ich ein Niemand war. Sie haben meine Bücher angepriesen, als wäre ich der Nächste, der den Literaturnobelpreis bekommt. So was vergisst man nicht, Emma!«, hatte Andrew am vergangenen Abend, als sie miteinander telefonierten, gesagt. Jemanden wie ihn für eine Lesung aus dem Hut zu zaubern, war keine Kleinigkeit. Doch das Ganze ging unglücklicherweise nach hinten los.

Emmas Handy meldete sich. Am Klingelton erkannte sie, dass es die Pflegerin ihres Vaters war. Auch das noch! So schlecht der Zeitpunkt für einen Anruf auch war, sie würde rangehen müssen.

Ungelenk zog sie ihr Handy aus der Hosentasche. Sie wusste, dass private Telefonate während der Arbeitszeit nicht gern gesehen waren, doch angesichts des Zustands ihres Vaters traute sie sich nicht, nicht erreichbar zu sein. »Entschuldigen Sie. Da *muss* ich rangehen«, sagte sie. »Es geht um meinen kranken Vater.«

»Und in Zukunft lassen Sie Ihr Handy im Spind«, ereiferte sich die Filialleiterin. »Wenn *Sie* hier jederzeit telefonieren, wollen andere das ebenfalls. Das kann ich nicht tolerieren.«

Emmas Nasenflügel bebten. Mit einem Gefühl der Beklommenheit nickte sie und verschwand in den Mitarbeiterraum. Dort nahm sie den Anruf entgegen.

Die Pflegerin klang gefasst, doch Emma hatte gelernt, die Gefühle der jungen Serbin herauszufiltern. Heute schwangen Angst und Unbehagen in ihrer Stimme mit.

»Geht es meinem Vater schlechter? Was ist denn los?«, fragte sie nach der Begrüßung. Inzwischen rechnete sie, wenn ihr Telefon außerhalb der vereinbarten Sprechzeiten zu Mittag klingelte, immer mit dem Schlimmsten.

»Frau Sandner, können Sie kommen?«

Die Angst war wie ein Knebel im Mund, der Emma nicht richtig atmen ließ. »Na ja, es ist gerade kein guter Zeitpunkt«, haspelte sie. »Ohne triftigen Grund kann ich, fürchte ich, nicht weg.«

Am anderen Ende herrschte eine Stille, die bedrohlicher war als Worte.

»Frau Sandner … tut mir schrecklich leid …«

Emma sank auf den erstbesten Stuhl und ließ die Stirn in die Hand sinken.

»O Gott! Sagen Sie mir bitte, was los ist«, stammelte sie.

»Ihr Vater …«, die Pause zwischen den Worten war unerträglich, »… er ist … *gegangen* …«

Emma hielt verzweifelt die Luft an. Wie früher, wenn sie als Kind auf der schmalen Mauer neben ihrem Haus balanciert war und das Gleichgewicht verloren hatte.

4. KAPITEL

Tränen stiegen in Emma auf, als sie nach zwei Teelichtern griff, diese anzündete und zu den anderen Lichtern stellte, die Trauernde im Dom hinterlassen hatten.

Der Tod ihrer Mutter hatte sie damals tief erschüttert, doch nun auch noch den Vater zu verlieren, war, als öffne sich eine gerade erst vernarbte Wunde aufs Neue.

»Dein Leben liegt noch vor dir, Emma. Versprich mir, dass du etwas Schönes daraus machst.« Emma spürte, wie ihr die Kehle eng vor Tränen wurde, doch sie schluckte sie hinunter. Sie wollte nicht weinen, sie wollte stark sein.

An jenem Tag, als ihr Vater dies zu ihr sagte, war sie nach Hause gekommen und hatte nach ihm gesehen, er hatte einen seiner schwachen Arme um sie gelegt und sie, so fest er konnte, an sich gedrückt. Sein Griff war leicht wie der eines Kindes gewesen. Er hatte kaum noch Kraft gehabt. Das war nicht der Vater, den sie kannte. Der Mann, der Dogmen, welcher Art auch immer, ablehnte und ihr deshalb stets imponiert hatte. Als es ihm noch gutging, war ihr Vater von Zeit zu Zeit in den Dom gekommen, hatte sich in eine Bank gesetzt und Danke für alles Schöne in seinem Leben gesagt.

»Ein bisschen Ruhe ist wichtig, um sich an die Momente zu erinnern, die reich an Freude und Liebe sind«, lautete seine Devise. Dankbarkeit empfinden zu können, hatte ihm auch nach den Schlaganfällen dabei geholfen, durchzuhalten und nach dem Tod seiner Frau – wenn auch nur in bescheidenem Maße – wieder nach vorn zu blicken.

Emma starrte auf die glimmenden Teelichter, unfähig, sich abzuwenden und zu Marie zurückzugehen, die in einer der Bänke auf sie wartete.

Das Leben auskosten! Emmas Haar leuchtete rötlich im Schein der Kerzen, während sie darüber nachdachte, wann sie das letzte Mal ihr Leben ausgekostet hatte. Seit der Beerdigung ihres Vaters fühlte sie sich, als sei sie zur falschen Zeit am falschen Ort. Alles um sie herum schien sich aufzulösen.

Noch einmal schaute sie auf die brennenden Lichter, dann verließ sie das Seitenschiff Richtung Hauptaltar, dabei huschten ihre Augen suchend über die Bankreihen. In der dritten Reihe tuschelten zwei Frauen, einige Plätze von ihnen entfernt saß Marie und winkte Emma unauffällig zu.

Emma ging an einem Mann vorbei, der zwei Jungen an den Händen hielt und schweigend vor der Kanzel stand.

Marie war die schönste Frau, die sie kannte, mit einem Gesicht, das ohne Make-up auskam, und Augen, die stets zu lächeln schienen. Doch das Schönste an ihr war nicht ihr Äußeres, sondern ihre positive Ausstrahlung, mit der sie alle ansteckte.

Emma selbst war weniger optimistisch, zumindest in letzter Zeit, und empfand sich bei weitem nicht so schön wie Marie, ihre gewellten, roten langen Haare ausgenommen. Ihr Gesicht war weniger definiert, die Wimpern so hell, dass man sie kaum wahrnahm, und auch ihren zartrosa Lippen fehlte es an Kontur. Als Schülerin hatte sie zudem unter den Blicken der Jungen gelitten, die ihr selten ins Gesicht sahen, sondern immer nur in den Ausschnitt, doch inzwischen war sie selbstbewusst genug, um sich zu akzeptieren, wie sie war. Kein Gefühl der Frustration mehr, wenn sie sich durch die Sport-BHs wühlte, anstatt durch die mit Spitze, die sie viel verführerischer fand. Sie hatte sich mit ihren vollen Brüsten ausgesöhnt.

Inzwischen liebte sie auch ihre milchweiße Haut, die im Sommer zu Sommersprossen neigte.

Emma schlängelte sich an den Frauen vorbei zu Marie. Anfangs hatte sie sich sehnlichst gewünscht, ihr Vater möge sich erholen und zwischen die Bücherreihen zurückkehren. Die Buchhandlung war nicht nur Peggys, sondern auch Hannes' Leben – sein Zuhause. Doch anstatt ins normale Leben zurückzufinden, war es zu einem zweiten Schlaganfall gekommen und davor zu Peggys unerwartetem Tod.

Emma hatte ihre Mutter tot im Bett gefunden. Sie war einfach nicht mehr aufgewacht. Der Schock war groß. Emma hatte lange gebraucht, um den Anblick ihrer leblos daliegenden Mutter zu verwinden, und sie verstand, dass ihr Vater nach dem Tod seiner Frau nicht mehr die nötige Kraft fand, um wieder gesund zu werden. Jetzt war er ihr nachgefolgt.

»Danke fürs Warten«, flüsterte sie Marie leise zu. »Und fürs Verschieben deiner Termine.« Ihre Atemzüge kamen flach und zittrig, und sie legte die Hände an die Kirchenbank, um sich festzuhalten.

»Bei dir zu sein, ist tausendmal wichtiger, als irgendeinen Promi zu interviewen.« Marie strich sich eine Haarsträhne aus dem Gesicht und schenkte ihr einen zuversichtlichen Blick.

»Lieb, dass du das sagst … allerdings bist du nur im Nebenjob meine beste Freundin, im Hauptjob bist du eine zuverlässige Journalistin.« Einen Moment fixierte Emma die bunten Fenster des Doms. Warum war es nur so schwer, gegen die Trauer anzukämpfen, die hinter ihrem Brustbein brannte? Sie griff nach Maries Hand. »Weißt du, irgendwie hilft mir der Gedanke, dass Papa nun bei Mama ist. Es hat ihn so traurig gemacht, sie nicht mehr um sich zu haben.« Um Emmas Mund spielte ein wehmütiges Lächeln.

»Deine Eltern waren ein ganz besonderes Paar. Sich vorzustellen, sie wären wieder vereint, ist tröstlich.«

Marie hatte nicht immer ein feines Gespür für Zwischenmenschliches, zumindest nicht, wenn es um Männer ging. Aus diesem Grund hatte sie Emmas Eltern für deren Liebe bewundert. Wie oft hatte sie gesagt: »So innig wie die beiden wäre ich auch gern mit jemandem verbunden.« Sicher dachte sie auch jetzt darüber nach, wie schwierig es war, eine stabile, glückliche Beziehung zu führen. Seit dem Auszug ihres Mannes aus der gemeinsamen Wohnung hatte Familie für Marie eine neue Bedeutung bekommen. Nach dieser Erfahrung wusste sie, wie schmerzhaft Lebensbrüche waren.

Eine Weile saßen die Freundinnen schweigend nebeneinander, dann rutschten sie aus der Bank und gingen an einer Gruppe Touristen vorbei auf den Ausgang zu. Das Sonnenlicht blendete sie, als sie ins Freie traten.

Marie hielt ihr Gesicht dem Himmel entgegen und schnappte nach Luft. Nach dem kalten Weihrauchgeruch und der entrückten Stille im Dom tat es gut, Licht zu tanken.

»Ich bin so froh, dass du für mich da bist.« Emmas Wimpern klebten aneinander, bildeten dünne, dunkle Linien – manchmal gelang es ihr einfach nicht, die Tränen zurückzuhalten.

»Wir gehen miteinander durch dick und dünn. Schon vergessen?« Marie wischte Emma vorsichtig über die Augen.

»Wie könnte ich, du erinnerst mich ja bei jeder Gelegenheit daran. Und auch dafür bin ich dir dankbar.« Die beiden Frauen tauschten einen Blick, schließlich drückte Emma Marie einen liebevollen Kuss auf die Wange, löste sich von ihr und ging ein paar Schritte voraus.

Seit der Beerdigung ihres Vaters ging sie regelmäßig in den Dom und zündete Kerzen für ihre Eltern an, und noch kein einziges Mal hatte Marie es versäumt, sie zu begleiten. Einmal war sogar ihre Mutter mitgekommen. Sie war eine enge Freundin von Peggy gewesen. Die beiden Frauen hatten sich in der Buchhandlung Sandner kennengelernt und waren sich im Gespräch über Margaret Atwood nähergеkommen; so war im Lauf der Zeit eine Freundschaft zwischen ihnen entstanden, in die schließlich auch ihre Partner und ihre beiden Mädchen miteinbezogen wurden.

Marie lief hinter Emma her und holte sie ein. Beherzt griff sie nach deren Arm. Zwischen Emmas Augenbrauen stand eine Falte, die Marie dort noch nie gesehen hatte. Sorgen schlugen aufs Gemüt und zeichneten sich im Gesicht ab, und Sorgen hatte Emma in letzter Zeit einige gehabt. Schon immer fühlte sie sich schuldig, wenn sie traurig oder überfordert war. Sie wollte niemanden belasten, da half alles reden nichts. Emma war einfach viel zu rücksichtsvoll.

»Weißt du was … du brauchst dringend Abstand. Ich habe zwar nur noch eine halbe Stunde, aber die nutzen wir. Komm, wir gehen ans Rheinufer, Schiffe schauen.« Wasser und Schiffe wirkten wohltuend auf Emma, sie liebte die Natur und die Stille, ganz im Gegensatz zu Marie, die die prickelnde Lebendigkeit vieler Menschen wie die Luft zum Atmen brauchte. Marie trug das Herz auf der Zunge, ließ sich gern über alles Mögliche aus und diskutierte oft bis spätnachts.

Gedankenverloren ging Emma neben ihrer Freundin durch die Straßen. Marie hatte recht, sicher halfen ihr einige Minuten am Wasser. Einfach nur dastehen, die Möwen und die Schiffe beobachten und abschalten. Als sie die Altstadt erreichten, lief Emma ans Ufer. Das grau-gekräuselte Wasser des Rheins schien nur auf sie zu warten.

Schweigend stand sie da und spürte, wie das Bedürfnis über Peter zu sprechen, in ihr wuchs. Sollte sie Marie vor einem zweiten Versuch mit deren Ex-Mann warnen? Marie probierte gern Dinge aus, um herauszufinden, was sie glücklich machte. Fehlschläge inklusive, denn die zählten für sie am Ende nicht mehr. Doch diesmal ging es um etwas Endgültiges, denn Peter wollte Marie zum zweiten Mal heiraten. Emma fixierte das gegenüberliegende Ufer, wo die Häuser in der Sonne funkelten, und dachte an die Zeit, als Marie Peter kennengelernt hatte.

Die Verbindung der beiden hatte mit einer Einladung zur Karnevalssitzung ins Gürzenich vor sechs Jahren begonnen. An jenem Abend hatte Marie sich praktisch Hals über Kopf in Peter verliebt. Er arbeitete im Justizministerium und spielte in seiner Freizeit in einer Band, was für Marie das Bild eines interessanten Mannes perfekt abrundete.

»Das Zusammensein mit Peter kommt mir wie eine Achterbahnfahrt vor«, hatte sie gleich nach dem ersten Date geschwärmt. Es war eine Beziehung wie im Rausch, denn Peter griff auf das gesamte Repertoire männlichen Werbens zurück: Er schenkte Marie Blumen, führte sie in angesagte Restaurants und überschüttete sie mit Aufmerksamkeit. Marie sonnte sich in dem Gefühl, eine neue Version ihrer selbst auszuprobieren: die der Frau, die nach Strich und Faden verwöhnt wurde und endlich den Richtigen gefunden hatte. Nach nur einem Jahr heirateten die beiden, doch nach vier Jahren waren sie bereits wieder geschieden. Der Grund waren Peters Impulsivität und seine krankhafte Eifersucht. Marie kannte es nicht, eingeschränkt zu werden, und war sprachlos, als Peter sie nach kurzer Zeit gängelte.

»Musst du dich unbedingt mit diesen Freundinnen treffen? Lass uns lieber zu zweit einen tollen Abend verbringen.« Anfangs hatte sie es für ein Zeichen übergroßer Liebe und Zuneigung gehalten und nachgegeben.

»Er hängt halt an mir und will mich immer um sich haben«, hatte sie argumentiert. Doch als Peter sie eines Abends bei einem Essen mit Freunden bloßstellte und ihr vorwarf, ihre Freunde ihm vorzuziehen, und als er sie schließlich anschrie und vor den Gästen wüst beschimpfte, wendete sich das Blatt. Emma überkam noch heute eine Welle der Abneigung, wenn sie an jenen Abend zurückdachte. Ein Leben im Käfig war für sie nicht vorstellbar – weder für sich selbst noch für Marie.

»Diese beschissene Eifersucht hat er doch gar nicht nötig. Ich liebe Peter, und das weiß er auch«, war Marie lange nicht müde geworden, zu behaupten.

Nach einem weiteren Zwischenfall kam es zu einer vorübergehenden Trennung, und als Peter eines Abends erneut ausrastete und Marie völlig aufgelöst allein in ihrer Wohnung zurückblieb, reichte sie die Scheidung ein. Das Ganze lag jetzt über ein Jahr zurück, und Emma hatte geglaubt, das Thema Peter sei für alle Zeiten durch. Doch vor einer Woche hatte Marie ihr gestanden, insgeheim auf das Ende von Peters Therapie hin gefiebert zu haben. Sie hatte sich, genau wie er, in die Hoffnung verstiegen, ihre Beziehung verdiene eine zweite Chance. Und nun hatte Peter seine Therapie beendet und behauptete, er habe seine Eifersucht ein für alle Mal überwunden, und warb um Marie wie ein Teenager. Er hatte ihr sogar schon den nächsten Heiratsantrag gemacht.

Emma wollte ihre Freundin glücklich sehen, doch sie hatte kein gutes Gefühl, was diesen zweiten Anlauf betraf.

»Ich fliege übrigens nach London«, sagte sie, während ein Frachtschiff an ihnen vorbeizog.

Marie sah den feinen blonden Flaum an Emmas Wangenknochen, die Härchen sahen im Licht fast golden aus. »Davon hast du mir gar nichts erzählt! Vielleicht hätte ich Lust gehabt, mitzukommen?«, sagte sie verwundert.

Emma versuchte, nicht allzu skeptisch zu klingen, trotzdem schwang in ihrer Stimme eine Mischung aus Sorge und Vorbehalt mit.

»Ich dachte, du willst Peter jetzt nicht allein lassen. Ihr seid doch gerade erst wieder zusammengekommen. Außerdem ist es ein spontaner Entschluss. Ein paar Tage London und danach Cornwall. Dass ich an der kornischen Küste war, ist ewig her.«

Marie blickte auf Emmas mit Sommersprossen übersätes Gesicht, schließlich wanderte ihr Blick zu den dunklen Augenringen, die mittlerweile nicht mehr verschwanden.

»Sei ehrlich, Emma«, verlangte sie, »du glaubst, Peter würde nicht wollen, dass ich mitkomme. Stimmt doch, oder?«

Es war ihnen nie unangenehm gewesen, miteinander zu schweigen, doch jetzt fühlte sich die Stille falsch an.

»Na ja … vielleicht hatte ich kurz diesen Gedanken«, gab Emma nach einem Moment des Abwägens zu. In der jetzigen Situation war es nicht einfach zu entscheiden, was sie sagte oder was sie besser verschwieg. In ihren Augen war Peter oberflächlich und kaschierte durch seine quirlige Art nur seine Unsicherheit. Doch Marie, die schon immer auf wohltuende Weise absichtslos war und Peter nun sogar einen Vertrauensvorschuss gab, durchschaute nicht, wie sehr er danach gierte gemocht zu werden. Wenn man, wie Marie, aufgrund seines Aussehens und seiner offenen Art vor allem Zustimmung kannte, setzte man sich selten damit auseinander, wie viel Unsicherheit andere Menschen empfinden konnten. Wie sollte sie Marie vor einem weiteren Fehler warnen, ohne sie gleichzeitig zu verunsichern?

»Du willst, dass ich dem folge, was mich glücklich macht, andererseits glaubst du nicht an eine zweite Chance. Und aus diesem Grund behältst du deine Vorbehalte für dich … Das bist typisch du, Emma. Immer alles zu Ende denken. Aber es gibt nun mal keine Garantie in einer Beziehung. Entweder man geht das Risiko ein oder nicht.«

Emma blickte zu Boden, Marie traf den Nagel auf den Kopf. »Wir haben doch erlebt, wozu Peter fähig ist«, sagte sie leise.

Marie hörte, wie sehr sie sich Mühe gab, nicht allzu beunruhigt zu klingen. Diese Erkenntnis traf sie erst recht: »Fähig *war*!«, stellte sie richtig. Mit einem Mal wirkte sie kämpferisch. »Gib Menschen doch die Chance, etwas besser zu machen.«

»Bitte nimm mir meine Angst nicht übel, Marie. Ich will nur, dass du nicht noch mal verletzt wirst.« Emma streckte die Hand nach Marie aus, die diese schließlich zögernd ergriff und kurz hielt. »Du weißt, dass ich in dir die Schwester sehe, nach der ich mich immer gesehnt habe. Ich will nur sichergehen, dass du alles bedenkst.«

»Wie kommst du eigentlich darauf, nach Cornwall zu reisen?«, fragte Marie nach einigen Sekunden.

Emma zuckte die Achseln. »Ich habe die Fotos meiner Eltern angesehen, auch von unserer Reise nach Cornwall, und da dachte ich, es wäre schön, noch einmal den Spuren der beiden zu folgen. Am Meer kann ich außerdem in Ruhe nachdenken … überlegen, wie es mit mir weitergehen soll.« Emma war froh, das Gespräch auf ihre Reise lenken zu können. Solange sie davon sprachen, befanden sie sich auf sicherem Terrain.

»Hast du schon einen Flug gebucht?«

»Ja. In vier Tagen geht's los.« Erleichterung huschte über Emmas Gesicht, sich zu der Reise durchgerungen und bereits alles organisiert zu haben.

Marie schien die Neuigkeit erst verarbeiten zu müssen, doch schließlich fasste sie Emma an den Schultern und drehte sie zu sich herum. »Emma, mach dir keine Sorgen«, sie klang eindringlich, »Peter hat seine Eifersucht überwunden, das hat er mir versprochen. Er hat sich geändert. Ganz sicher!«

Emma fühlte sich, als füllten ihre Lungen sich nicht ausreichend mit Luft. »Wäre wunderbar, wenn's stimmt«, sagte sie kleinlaut, dann setzte sie hinzu: »Ich wünsche dir doch alles Glück der Welt.« Könnte sie nur glauben, was Marie sagte?! Wie viel leichter wäre ihr dann zumute.

Einige Sekunden sahen die Freundinnen schweigend aufs Wasser, dann trat plötzlich ein Strahlen in Maries Augen. »Weißt du was? Vielleicht schaffe ich es, meinen Boss davon zu überzeugen, mich für eine Story nach London zu schicken? Ich könnte Porträts über Frauen schreiben, die es aus eigener Kraft geschafft haben – starke, unabhängige Frauen.« Marie lehnte den Kopf zurück und fasste ihre Idee gestenreich in Worte. »*Was bedeutet es in einer schnelllebigen Stadt wie London, Kind und Karriere unter einen Hut zu bringen und sich selbst dabei nicht völlig zu verlieren?* Eine Artikelreihe von Marie Fehring über Frauen, die jeden Tag um ihr Selbstwertgefühl, um Liebe und Selbstachtung kämpfen …« Marie war Feuer und Flamme, und Emma entspannte sich, weil Maries Enthusiasmus ein wenig Unbeschwertheit zurückbrachte. Vielleicht hatte Peter sich tatsächlich geändert und sie war nur zu skeptisch. Behauptete Marie nicht immer, in ihrem Beruf als Journalistin nichts weniger zu tun, als die menschliche Psyche zu enträtseln. Jeder ihrer Artikel war ein weiterer Baustein in ihrem Bemühen, Menschen zu analysieren, über sie zu lachen, auch sie zu enttarnen. Wer, wenn nicht sie, konnte am besten einschätzen, wie hoch der Bonus sein durfte, den sie Peter gab? Sollte sie zustimmen, dass Marie sie begleitete?

Emma überlegte, wie es wäre, Marie in England dabeizuhaben. Sicher hätten sie, trotz des traurigen Anlasses der Reise, eine Menge Spaß, denn Marie schaffte es immer, sie auf andere Gedanken zu bringen. Doch so angenehm die Bilder in ihrem Kopf auch waren, sie verspürte ein Gefühl des Unbehagens ... nicht wegen Peter oder weil sie es sich übelnahm, Marie nicht gefragt zu haben, ob sie sie begleiten wollte; sie fühlte sich nicht wohl bei dem Gedanken, Marie mitzunehmen, weil ihr dann die Chance genommen wäre, sich eine Weile auf sich selbst zu besinnen. Wenigstens für kurze Zeit wollte sie alles hinter sich lassen: den Tod ihres Vaters, den Stress im Job, das Ende ihrer Beziehung zu Carsten. Vielleicht sähe sie in England Licht am Horizont? Wie man es schaffte, emotional wieder auf die Beine zu kommen, musste sie allein rausfinden. Nichts und niemand konnte einen darauf vorbereiten, völlig allein durchs Leben zu gehen.

»Du bist meine beste Freundin, Marie, und ich liebe es, Zeit mit dir zu verbringen, egal, ob in Köln oder auf Reisen.« Eine Windböe wirbelte Maries dunkle Mähne durcheinander. Emma strich ihr das Haar zurecht, dabei sah sie die Freundin nachdenklich an. »Aber ich muss eine Weile allein sein. Runterkommen und entscheiden, wie es beruflich weitergeht … und lernen, den Übergang zwischen glücklichen und unglücklichen Momenten zu meistern, die das Leben gerade für mich bereithält.«

Marie holte einen Haargummi aus ihrer Handtasche und fasste sich die Haare zu einem Pferdeschwanz zusammen. Im Hintergrund erklang das Tuten eines Frachtkahns.

»Ist das jetzt eine Abfuhr?«, warf sie enttäuscht ein. »Bist du sicher, dass du allein fliegen willst? Wäre es nicht wunderbar, wenn wir in London ein paar Tage zusammen hätten? Nur du und ich!« Sie zog den Gummi fest, sodass der Pferdeschwanz genau dort saß, wo sie ihn haben wollte.

»Logisch wäre das klasse«, sagte Emma. »Vor allem, weil du immer die besten Secondhand-Schnäppchen findest.« Bei dem Gedanken, wie Marie sie durch die Straßen Londons schleppte, um auch noch die letzte versteckte Boutique aufzustöbern, lachte Emma kurz auf. »Aber wie ich dich kenne, hättest du tausend verrückte Ideen, um mich auf andere Gedanken zu bringen, und genau das will ich nicht. Nicht jetzt! Vermutlich finde ich in England nur heraus, dass es das Beste ist, meinen jetzigen Job aufzugeben. Aber vielleicht kommt mir auch ein Geistesblitz, was ich als Nächstes tun will. Ich brauche Abstand, Marie. Und Lösungen finde ich nun mal am ehesten, wenn ich drauflos marschiere. Nur ich ganz allein.«

Ein Schwarm Möwen flog übers Wasser. Emma folgte den Vögeln mit dem Blick. Niemand bereitete einen darauf vor, wie viele Entscheidungen man im Leben treffen musste und wie unzuverlässig das vielzitierte Bauchgefühl manchmal war. Wie oft fühlte sie sich in letzter Zeit wieder als Kind, bereit, die Eltern einschreiten zu lassen, damit diese sie schützten. Normalerweise stand sie ihre Frau, doch an manchen Tagen wollte sie sich einfach nur verkriechen.

»Tja, wenn das so ist …«, Marie schien in Gedanken eine Möglichkeit durchzuspielen, »… werde ich dich eben per Telefon *begleiten*. Wir besprechen per Skype, wie es läuft … Apropos *weitergehen*, was passiert eigentlich mit der Liebesliste deiner Mutter?« Plötzlich trat ein sehnsuchtsvolles Lächeln auf ihr Gesicht. »Hast du mal daran gedacht, ein Buch daraus zu machen? Peggys Tipps sind voller Hoffnung. Und Hoffnung ist das, was wir Frauen heute am meisten benötigen.«

»Ich weiß nicht …«, sagte Emma zögerlich. »Die Texte sind sehr privat.«

»Genau deshalb berühren sie ja. Ergänze das Ganze durch kurze Storys aus deiner Sicht. Mutter und Tochter im Gespräch. Weißt du, Emma, ich habe deine Eltern immer um ihre Beziehung beneidet.« Marie dachte an die Zuneigung, die Emmas Eltern füreinander empfunden hatten, an die Blicke, die Hannes Peggy zugeworfen hatte, Blicke, die sagten: *Du bist der wichtigste Mensch für mich und die tollste Partnerin.* »… und manchmal habe ich Angst, nie eine Liebe wie ihre zu erleben. Sicher geht es vielen Frauen ähnlich, und all denen würden die Tipps deiner Mutter helfen.«

Emma drückte den Rücken durch und sah Marie mit einem herausfordernden Blick an. »Vielleicht hast du recht. Wir sollten uns nicht unterkriegen lassen. Es gibt Beziehungen wie die meiner Eltern.« Wie oft hatte ihr Vater ihrer Mutter etwas aus der Küche oder dem Wohnzimmer zugerufen, woraufhin Peggy mit diesem strahlenden Lächeln im Gesicht im Türrahmen erschienen war, um ihm zu antworten. Sogar der alltägliche Austausch hatte sie getragen. Kurze Gespräche, denen sie kleine liebevolle Gesten folgen ließen: ein Kompliment, ein nettes Wort, ein Streicheln der Wange …

»Romantische Liebe, Emma. Darum geht es. Um nichts weniger als das große Glück«, sagte Marie euphorisch.

»Bisher habe ich lediglich halbintakte Beziehungen zustande gebracht, aber die Freundschaft zu dir ist stabil. Das ist auch eine Form von Glück.«

Sie kannten sich seit der ersten Klasse und wussten, dass sie sich aufeinander verlassen konnten, auch wenn sie nicht immer dasselbe dachten oder ähnlich empfanden. So war es bis heute.

»Egal, wie es im Moment aussieht. Glaub an eine positive Zukunft, Emma. Ohne zu zweifeln.« Marie hielt ihrer Freundin die flache Hand entgegen, und Emma klatschte ab.

»Was würde ich nur ohne deinen Optimismus tun?«, murmelte sie.

»Vermutlich danach suchen«, antwortete Marie und drückte Emma einen Kuss auf die Wange.

Emma wurde warm ums Herz. Auch Freundschaft war ein Stückchen Liebe, und diese Liebe konnte ihr niemand nehmen.

5. KAPITEL

London

Ethan bog in die Toreinfahrt. Der Backsteinbau, in dem seine Mutter seit über dreißig Jahren lebte, lag friedlich in der Spätnachmittagssonne. Wie immer freute er sich auf ein paar Stunden nur mit ihr.

Er steuerte seine schwarze Harley den rückwärtigen Teil des Hauses entlang und parkte am Ende des Grundstücks. Dort stieg er von seinem Motorrad, nahm den Helm ab und lugte über die Mauer in den baumbestandenen Garten. Gewöhnlich gönnte er sich einige Minuten im Grünen, ehe er ins Haus ging. Doch heute war er spät dran und verzichtete auf seine obligatorische Gartenrunde. Er eilte die Treppe zum Hintereingang hinauf.

Vorm Eingang wandte er sich dem Klingelschild zu und drückte auf den Messingknopf. Dabei hielt er sein Gesicht grinsend der Kamera entgegen: »Hi Mum! Hi Sally! Hi Jasper! Falls ihr mich vermisst habt … hier bin ich …« Ein Summen ertönte, Ethan drückte mit der Schulter gegen die Tür und trat ins rückwärtige Foyer. Immer wenn er in die Little St. James's Street kam, dachte er an seine behütete Kindheit zurück: an die Nachmittage mit dem Kindermädchen, das ihn vergöttert hatte, und an die Stunden in der Küche, wenn Sally Sandwiches belegt und ihm und seinen Freunden viel zu große Kuchenstücke abgeschnitten hatte.

Ethan hörte das Getrappel von Hundefüßen. Jimmy, ein Mischling, den er eines Tages aufgelesen hatte, rannte auf ihn zu und sprang an ihm hoch. Ethan beugte sich zu ihm hinunter und streichelte ihn zärtlich.

»Jimmy, alles klar im Haus?«

Jimmy leckte ihm über die Hand und wedelte übermütig mit dem Schwanz. Ethan warf einen Blick auf seine Armbanduhr. Er hatte eine Viertelstunde, um sich fertig zu machen, danach wäre es Zeit, seine Mutter ins *Savoy* auszuführen, um dort mit ihr und fünfundzwanzig Gästen ihren vierzigsten Hochzeitstag zu feiern. Fünfzehn Minuten, um zu duschen und sich umzuziehen.

»Sorry, Jimmy. Heute habe ich sehr wenig Zeit. Aber du darfst mitkommen und mir Gesellschaft leisten.«

Ethan schlüpfte aus den Lederstiefeln und hängte die Biker-Jacke an die Garderobe, dann rannte er, immer zwei Stufen auf einmal nehmend, ins Obergeschoss.

»Mum?«, rief er auf halber Strecke nach oben. »Ich hoffe, du machst mich sprachlos, wenn ich dich gleich zu Gesicht bekomme.«

In der Galerie im ersten Stock schmückten unzählige Schwarzweißfotos die Wände. Viele der Schnappschüsse zeigten seine Eltern, doch mindestens die Hälfte zeigte ihn, von seiner Geburt bis heute.

»Mum? Bist du irgendwo hier oben?«, rief Ethan, als er an der Ahnengalerie, wie er die Fotos im Stillen nannte, vorbeimarschierte.

»Bin im Bad …«, hörte er die Stimme seiner Mutter.

»Okay«, er nickte seinem Spiegelbild zu, das ihm von der Wand entgegenblickte. »Das kann dauern«, sagte er zu Jimmy, der ihm gefolgt war. Seine Mutter verließ das Bad nicht eher, bis Make-up und Haare tipptopp waren, er musste sich in Geduld üben.

Er öffnete die Tür zu seinen privaten Räumen, schritt durch das Wohnzimmer und betrat den Ankleideraum. In

Windeseile stieg er aus der Lederhose und zog sich den Pulli und das Shirt über den Kopf. Im Bad drehte er die Dusche auf und stellte sich unter den Wasserfall, dessen angenehm warmes Wasser auf ihn hinunterprasselte. Die letzten Tage hatte er kaum geschlafen, und auch heute würde es wieder spät werden. Er regulierte von warm auf kalt und genoss das Prickeln, als das eiskalte Wasser auf seine Haut traf. Die Kälte tat ihm gut, erfrischte ihn. Eine Minute hielt er durch, dann drehte er den Hahn zu und griff nach dem Handtuch.

Der Hochzeitstag seiner Eltern war ein Höhepunkt des Jahres. Schon zu Lebzeiten seines Vaters war das Ereignis mit einem Dinner im *Savoy* und einer anschließenden Partie Schach gefeiert worden. Wenn die Gäste nach dem Dinner nach Hause fuhren, war seine Mutter aus den Pumps geschlüpft, erleichtert, die Füße entspannen zu können, während sein Vater sich von der lästigen Fliege und dem Smokingjackett befreite. Mit zwei Gläsern Whisky und Eis hatte er sich in den Sessel vor dem Kamin geworfen und die Partie Schach für eröffnet erklärt.

Seit einigen Jahren vollzog Ethan nun dieses Ritual mit seiner Mutter. Wenn Ava nach dem Dinner mit ihm Schach spielte, konnte sie endlich ihr Gefühlskorsett ablegen. Dieses Korsett half ihr, den Alltag zu meistern und nicht zu vergessen, dass das Leben ihr viele schöne Jahre mit John geschenkt hatte. Jahre, für die sie dankbar war.

»Jeder sollte das Glück über die Trauer stellen, denn Glück zählt doppelt«, behauptete sie seit je. Es war leicht, diesen Satz auszusprechen, jedoch schwer, ihn zu leben, denn auch nach so vielen Jahren litt Ava noch immer darunter, John nicht mehr an ihrer Seite zu haben.

Ethan trat vor den Spiegel im Bad, um sich ein zweites Mal zu rasieren. Wie er seine Mutter kannte, würde sie auch heute keine Träne vergießen. Egal, wie schmerzlich dieser Tag für sie war, während des feudalen Dinners wäre sie die strahlende Gastgeberin, und erst wenn sie unter sich wären, würde er ihr ansehen, dass der Tag sie schmerzlich an den Verlust ihrer großen Liebe erinnerte.

Ethan ließ den elektrischen Rasierer über sein Kinn gleiten, über beide Wangen und die empfindliche Stelle unter der Nase. Als er fertig war, ging er in den Ankleideraum und suchte sein Smokinghemd. Während er das Hemd zuknöpfte, ignorierte er ein Gefühl von Unbehagen. Liberty, mit der er sich seit einigen Monaten traf, hatte ihn heute zweimal zu erreichen versucht, doch es hatte sich keine Lücke ergeben, um sie zurückzurufen. Er stieg in die Hose und band sich die Fliege, schlüpfte in das Smokingjackett, zog die Manschetten unter dem schwarzen Stoff hervor und trat hinaus auf den Gang. Im Haus herrschte eine Stille, die ihn jedes Mal vergessen ließ, dass er sich im Zentrum Londons befand. Die Wände des Hauses waren perfekt isoliert, die Zimmer mit Farben von Farrow & Ball gestrichen, und an den Fenstern hingen schwere Damastvorhänge einer englischen Traditionsmarke. Hier konnte man die Hektik des Alltags hinter sich lassen; hier befand man sich in einem abgeschirmten Universum.

Ethan rückte ein Foto gerade, das schief hing, und ging im Kopf die Termine der nächsten Woche durch. Singapur stand an, danach musste er nach Dubai und Berlin. Er war es gewohnt, viel unterwegs zu sein, und mochte es zu reisen, doch in letzter Zeit fühlte er sich manchmal abgespannt. Einen Gang zurückzuschalten, konnte er sich nicht vorstellen, er war ein Mensch, der Herausforderungen liebte, allerdings würde er in nächster Zeit darauf achten, mehr zu schlafen.

Sein Vater John war gern für Menschen dagewesen und hatte bis zum Schluss Hilfsorganisationen unterstützt. Auch ihm selbst vermittelte die Arbeit für einige Charity-Organisationen einen tieferen Sinn. Vor einem Jahr hatte er als Sponsor der London Library ein Projekt initiiert, das ihm eines Nachts eingefallen war; er würde Nachwuchsautoren aus verschiedenen Ländern mit bekannten Autorinnen und Autoren für gemeinsame, nicht profitorientierte Buchprojekte zusammenbringen. Das Schreiben sollte im Vordergrund stehen und natürlich die Idee, Kulturen zu vereinen. Inzwischen hatte er viel Arbeit in das Projekt gesteckt, und bald könnte er mit dem Konzept an die Öffentlichkeit gehen.

Ethan entdeckte eine Ausgabe der *Financial Times* auf dem Sideboard im Flur. Letzte Woche war dort ein Artikel über eine Firma erschienen, an der er zu einem Drittel beteiligt war; daneben lag die Ausgabe der *Sun*, die ihn als Selfmademan porträtierte, der das Vermögen der Familie zwar verdoppelt hatte, in seiner kargen Freizeit allerdings nichts Besseres zu tun hatte, als sich mit wechselnden Frauen zu zeigen, die bald darauf schon wieder Vergangenheit waren. Die Journalistin hatte ihm den fragwürdigen Titel *einsamer Wolf* verpasst. Ava schwieg gewöhnlich zu derartigen Artikeln. Was sein Privatleben anbelangte, wartete sie ab, bis sich für ihn eine verlässliche Partnerin fand, die Ruhe in sein Leben brachte. Doch der Frau, die seiner Mutter vorschwebte, war er noch nicht begegnet, oder er hatte sie nicht erkannt, was auf dasselbe hinauslief.

Ethan legte die Zeitung zurück. In Zukunft musste er seine Kräfte besser einteilen. So gern er auch arbeitete, in den letzten Monaten hatte er sich anscheinend zu viel zugemutet.

Er schob die Manschette seines Hemds zurück und warf einen Blick auf die Uhr. »Mum! Wir müssen los«, rief er. Jimmys Schwanz schlug gegen den Boden, als Ethan ihn hinter den Ohren kraulte.

Heute würde Schlaf ein frommer Wunsch bleiben, doch in den nächsten Tagen würde er auf Partys oder Clubbesuche verzichten. Wenn er es ein, zwei Wochen ruhiger anginge, wäre er wieder ganz der Alte.

»... in einer Minute«, erklang die Stimme seiner Mutter aus dem Ankleidezimmer.

Ethan überprüfte ein letztes Mal den Sitz seiner Fliege. Alles bestens! Wenige Sekunden später ging die Tür auf, und Ava erschien im Türrahmen. Sie trug ein smaragdgrünes Kleid, das im unteren Drittel von unzähligen Swarovski-Kristallen bestickt war. Als Akzent hatte sie lange Ohrringe gewählt, die perfekt zum Gesamtbild passten.

Ethan trat einen Schritt zurück und musterte seine Mutter.

»Wow! Mum!« Er reichte ihr galant die Hand und drehte Ava einmal um sich selbst. »Heute siehst du nicht nur bezaubernd aus, heute wirkst du wie eine Königin. Einfach umwerfend.«

»Nun übertreib mal nicht.« Ava winkte ab. Doch ihr Lächeln verriet, wie geschmeichelt sie sich fühlte.

Ethan küsste seine Mutter vorsichtig auf beide Wangen. »Bist du bereit für den Abend?«, fragte er und zwinkerte ihr zu.

»Ich bin bereit!« Ava erwiderte sein Lächeln und ließ sich ins Erdgeschoss führen. An der Garderobe legte Ethan ihr ein Sommercape um die Schultern.

»Jimmy, bleib! Jasper ist in wenigen Minuten zurück.«

Jasper lehnte am Wagen und genoss die Abendsonne, doch als Ethan mit seiner Mutter am Arm die Treppe hinunterkam, nahm er Haltung an.

»Guten Abend, Mrs Allington. Mr Allington.« Er nickte Ethan zu und öffnete die Wagentür für Ava. »Zeit für eine kurze Fahrt«, sagte er aufmunternd.

»Danke, Jasper. Ich weiß, es ist weniger als eine Meile bis zum *Savoy*, aber mit diesen Schuhen und meinem Hallux sehe ich mich außerstande, zu Fuß zu gehen. Ich werde mich wohl demnächst operieren lassen müssen.«

»Ich bin für Sie da, Mrs Allington. Egal, wie nah oder weit entfernt Ihr Ziel liegt.«

»Ich komme zu Ihnen nach vorn, Jasper«, sagte Ethan. »Schließlich sind wir lange nicht mehr *miteinander gefahren*.«

Ethan nahm neben Jasper Platz und klappte die Sonnenblende herunter. Ava schrieb, während sie fuhren, gern ein, zwei letzte SMS. Und er nutzte die Gelegenheit, um sich mit Jasper über Autos auszutauschen, vorzugsweise Oldtimer. Sein Vater hatte einige Oldtimer besessen, die nach dessen Tod liebevoll von Jasper gepflegt wurden.

»Wie ist die Lage, Jasper? Welche Oldtimer interessieren Sie zurzeit besonders?«, fragte er, während er sich anschnallte.

»Im Moment schlägt mein Herz für einen Austin, 12 / 4 Heavy Tourer, Baujahr 1930, außerdem habe ich ein Auge auf einen Bentley von 1948, MK V1 Saloon Standrad Steel … und auf einen 1955er Bristol 405. Letzterer ist gerade erst auf dem Markt.« Jasper startete die Zündung und fuhr aus der Ausfahrt. Er genoss den Austausch mit Ethan. Natürlich würde er sich nie einen der Oldtimer kaufen können, doch allein der Gedanke an die Schönheit der Fahrzeuge, über die sie sprachen, beflügelte ihn.

Die Strecke zum *Savoy* war ein Katzensprung, und so kamen sie nicht über einen Jaguar XK 120 OTS von 1951, der gerade in London angeboten wurde, hinaus. Bereits zwei Minuten später trat Jasper auf die Bremse und brachte den Wagen vorm Hoteleingang zum Stehen. »Wir sind da, Mrs Allington.« Er wandte sich nach hinten.

Wie schon die Jahre zuvor, fand die Feier auch dieses Mal im »Princess Ida & Patience«-Raum statt. Dort fanden dreißig Personen bequem Platz, außerdem hatte man einen herrlichen Blick auf die Themse, und es gab einen separaten Eingang am flussseitigen Hotelflügel. Diejenigen unter den Gästen, die zwischendurch Luft schnappen oder rauchen wollten, wussten dies zu schätzen.

Als John noch lebte, musste ein riesiges Netzwerk an Geschäftsfreunden unterhalten werden, doch diese Zeiten waren vorbei. Ava lud nur noch enge Wegbegleiter ein – viele waren es nicht mehr, denn einige ihrer Freunde waren bereits verstorben, andere hielten sich einen Teil des Jahres im Ausland auf. Trotzdem bedeutete ihr dieser Abend viel, schließlich hielt sie dadurch das Andenken an John aufrecht, und diese Freude sollten alle, die sie schätzten, mit ihr teilen.

Seit sein Vater verstorben war, versäumte Ethan keinen Hochzeitstag seiner Eltern. Egal, wie wichtig seine Termine waren, an diesem Tag war er in London, um uneingeschränkt für Ava da zu sein. Das lag ihm sehr am Herzen.

»Einen angenehmen Abend, Mrs Allington. Auch für Sie einen schönen Abend, Mr Allington!«, wünschte Jasper, als er die Tür hinter Ava, die ausgestiegen war, zufallen ließ.

Ethan nickte Jasper zu, reichte seiner Mutter den Arm und führte sie ins Hotel. Im reservierten Saal erwarteten sie bereits ein halbes Dutzend Kellner. Ethan überprüfte, ob die Tische perfekt eingedeckt waren, und sprach mit dem Maître noch einmal alles durch.

Ava ging derweil ans Fenster, um sich zu sammeln. Sie war froh, die Gäste nach dem Cocktailempfang nicht allein zum Dinner an die Tische führen zu müssen. Mit Ethans Hilfe war es leichter, über das Wohlbefinden aller zu wachen. Wenn sie später heimkämen, würden sie sich vor den Kamin setzen und den Abend Revue passieren lassen. Sie würde erwähnen, dass die Servietten wieder perfekt zu Schwänen gefaltet worden waren, und erzählen, wer was gesagt und im vergangenen Jahr erlebt hatte. Ethan würde das Essen loben und bekräftigen, dass alle John vermissten. Wenn dann alles über den Abend gesagt wäre, würden sie wie gewöhnlich ihr Spiel beginnen. Während sie Zug um Zug setzten, waren keine Worte nötig, sie verstanden sich schweigend; nach Johns Tod war diese Vertrautheit zwischen ihnen sogar noch stärker geworden.

Ethan trat zu Ava ans Fenster. »Die ersten Gäste treffen ein.«

»Es geht also los!« Nervös zupfte Ava ein letztes Mal ihr Kleid zurecht.

»Mach dir keine Gedanken, Mum«, Ethan griff nach ihrer Hand und legte sie in seine Armbeuge, »du siehst wunderschön aus und wirst alle begeistern.«

Gemeinsam begrüßten sie die Gäste und machten Small Talk, während die Kellner auf Tabletts Champagner und Wasser anboten. Im Hintergrund sang leise Frank Sinatra, der Lieblingssänger seiner Mutter. Es lief gut, fand Ethan, alle schienen sich wohlzufühlen und unterhielten sich angeregt, was immer ein gutes Zeichen war.

Als die Willkommensphase sich ihrem Ende neigte und die Gäste den Champagner genossen hatten, machte Ava eine Geste in Richtung der Tische.

»Bitte nehmt Platz. Gleich wird der erste Gang serviert.« Allgemeines Stühlerücken setzte ein. Jeder suchte auf den Namensschildchen aus Büttenpapier seinen Platz an einem der Tische.

Bald schon widmeten sich alle den Vorspeisen und weiteren Gesprächen. Draußen gingen nach und nach die Lichter in den Häusern an. Als der Hauptgang abgeräumt wurde, erhob sich Ethan. Er sah in die Runde, suchte zu jedem kurz Blickkontakt, dann begann er mit seiner Ansprache.

»Ihr alle wisst, weshalb wir heute hier sind«, eröffnete er die Rede. »Wir feiern die Liebe zwischen Ava und John, ihren langen gemeinsamen Weg.« Er atmete kurz durch und fuhr dann fort: »Meine Eltern hatten eine besondere Beziehung zueinander. Vielleicht hatte der Erfolg ihrer Ehe damit zu tun, dass niemand von ihnen sich je traute, dem anderen in die Quere zu kommen …«

Gelächter kam auf, kurze Zwischenrufe ertönten, schließlich sprach Ethan weiter.

»… vielleicht hatte ihr Glück aber auch damit zu tun, dass mein Vater ein ausgeglichener Mensch war. Sobald er merkte, dass Ava etwas im Kopf herumging, beschloss er, das Problem für sie zu lösen, und zwar indem er gelassen an das, was zu regeln war, heranging. John spielte nie etwas herunter, aber er bauschte auch nie etwas auf. Und Mum ...«, Ethan bedachte seine Mutter mit einem warmen Blick, »du besitzt die Fähigkeit, unauflösliche Bande zu knüpfen. Du liebst mit ganzem Herzen, das hat John besonders an dir geschätzt, neben vielem anderen, und dafür hat er dich vergöttert. Du warst das Wichtigste in seinem Leben ... Sein Ein und Alles ...«

Ava sah zu Ethan auf, und während er gestenreich seine Rede auf ihren Hochzeitstag hielt, schwelgte sie in nostalgischen Gefühlen. Es war, als sei John nur kurz hinausgegangen, um Luft zu schnappen. Bei der Vorstellung, ihn jeden Augenblick durch die Tür treten zu sehen, spürte Ava ein Flattern im Bauch, gleichzeitig stiegen ihr Tränen in die Augen.

»Auf Avas und Johns Liebe, in deren wärmendem Umfeld ich groß werden durfte«, hob Ethan einen Toast an.

»Auf Ava und John«, wiederholten die Gäste. Gefühle von Dankbarkeit und Freude überschwemmten Ethan, während alle mit seiner Mutter und mit ihm anstießen.

Als alle einander zugeprostet hatten, machte Ava eine Geste, es möge wieder Ruhe einkehren. Ethan sah es feucht in den Augen seiner Mutter glitzern, doch sie hatte sich unter Kontrolle.

»Ihr wisst, dass John mein zweiter Mann war. Man kann also getrost behaupten, ich hätte, als ich ihm begegnete, gewusst, was es mit Beziehungen zwischen Männern und Frauen auf sich hat.« Es fiel Ava schwer, auszudrücken, was ihr auf dem Herzen lag, doch sie würde es schaffen, denn das war sie John schuldig. »Und weil ich wusste, dass eine Ehe nicht nur Honeymoon bedeutet, sondern mitunter auch eine Herausforderung darstellt, habe ich nach einigen Monaten, in denen ich Johns großes Herz erkennen durfte und auch seine Loyalität euch gegenüber, die ihr seine Freunde wart … also nach diesen Monaten des heimlichen Beobachtens habe ich den Mut gefasst, diesen zweiten Anlauf zu wagen. Und diesen Schritt habe ich keinen Tag bereut. Mit John durchs Leben zu gehen war ein großes Abenteuer, voller Höhen und mit der Erkenntnis, dass jeder Tag zu wenig Stunden für das hatte, was er mit seinem Leben anfangen wollte. John, für mich und auch für deine Freunde, bleibst du unvergessen …« Ava rang um Fassung. »Stoßen wir darauf an, dass es sich lohnt, der Liebe eine Chance zu geben. Und stoßen wir auf Ethan an.« Ava fing Ethans Blick auf, schluckte ihre Rührung hinunter und nickte ihm zu. »Du bist der lebende Beweis für die Liebe deiner Eltern. Dass es dich gibt, ist mein großes Glück …«

Applaus erklang. Erneut stießen die Gäste mit Ava und Ethan an und bedankten sich für die rührenden Worte.

Die Kellner beobachteten das Szenario schweigend. Sich dezent im Hintergrund haltend, wurden sie Zeugen von Umarmungen und Glückwünschen und warteten darauf, dass die Emotionen der Gäste abklangen und die Gespräche verebbten. Als nach einer Weile langsam Ruhe einkehrte und alle wieder ihre Plätze eingenommen hatten, trugen sie Trifles mit Custard herein, einen Pudding, der im Wasserbad aus Eigelb, Milch und Zucker gerührt wurde, und dessen Biskuitanteil mit Sherry beträufelt war. John hatte dieses Dessert geliebt.

Nach dem Dessert ging Ethan mit einigen Gästen hinaus ins Freie. Graham, ein früherer Kollege seines Vaters, und dessen dritte Frau, ließen alte Zeiten aufleben. Gemeinsam lachten sie über Johns schwarzen Humor.

In Augenblicken wie diesen vermisste Ethan seinen Vater schmerzlich. Er hatte John als ehrgeizigen und zugleich umsichtigen Mann wahrgenommen, der privat gern locker war und dessen Motto es war: leben und leben lassen. Für diese Haltung hatten viele ihn geschätzt und bewundert – auch er selbst.

6. KAPITEL

Es war bereits nach Mitternacht, als die letzten Gäste sich auf den Weg nach Hause machten. Ethan bestellte ein Taxi und brachte Ava nach Hause. Im Entree begrüßte er Jimmy, der aufgeregt um ihn herumlief. Ava kickte die Pumps von den Füßen und spreizte die Zehen. »Ich werde alt, Ethan. Ich halte diese Schuhe einfach nicht mehr aus«, stöhnte sie, während sie sanft ihre Zehen massierte.

Ethan nahm seiner Mutter das Cape ab und blickte dabei auf ihre strapazierten Füße.

»Warum tut ihr Frauen euch hohe Schuhe an?«, fragte er ehrlich verwundert. »Offen gesagt verstehe ich nicht, weshalb noch immer die Masche von früher zieht: enges Kleid, hohe Schuhe, rote Lippen. Die Zeiten, in denen Frauen auf Klischees zurückgreifen müssen, um Männer für sich zu interessieren, sollten wir doch hinter uns haben, oder?«

»Fragst du das wirklich deine achtzigjährige Mutter?« Ava strich sich eine Haarsträhne aus dem Gesicht und ließ von ihren Füßen ab. »Ich trage Pumps nur noch zu besonderen Anlässen, öfter wäre mir das zu anstrengend. Dafür bin ich nicht mehr in der Verfassung.«

»Ich mag Frauen, die sie selbst sind, ob mit hohen oder flachen Schuhen. Frauen, die entdecken möchten, was in ihnen steckt, abgesehen von Kleidung und Äußerem.« Ethan legte den Arm um seine Mutter und führte sie ins Kaminzimmer.

»Reib mir mein veraltetes Frauenbild ruhig unter die Nase. Vermutlich hat man mir in jungen Jahren eine Gehirnwäsche verpasst, als man mir suggerierte, Pumps würden das Bein strecken und für eine tolle Erscheinung sorgen«, scherzte Ava.

»Das ist wenigstens mal eine Erkenntnis.«

Lachend betraten sie das Kaminzimmer. Ethan ging zur Bar, die sich an der Stirnseite des Zimmers befand, dort füllte er zwei Tumbler mit Whisky und gab Eiswürfel hinzu. Tags zuvor hatte er seiner Mutter gelbe Teerosen schicken lassen, die Sorte, die sein Vater ihr jedes Jahr zum Hochzeitstag geschenkt hatte. Nun stand Ava vor der Vase und richtete den Strauß mit geschickten Griffen.

Sie ließen sich an Avas Lieblingsplatz vor dem Kamin nieder. Es war eine kühle Nacht. Jasper hatte ein Feuer gemacht, und so verströmte das Zimmer eine behagliche Atmosphäre.

Ethan stellte die Gläser ab. Ava griff nach ihrem und ließ den Whisky im Glas kreisen. »Weißt du, Ethan, ich bin weder Historikerin noch Sozialwissenschaftlerin, und über manches denke ich vermutlich zu wenig nach, aber in der Ehe mit deinem Vater hatte jeder eine Stimme. Ich musste nie um meinen Platz in dieser Beziehung kämpfen. Dein

Vater und ich haben immer offen miteinander gesprochen und sind auch Diskussionen nicht ausgewichen. Seine Gesellschaft war inspirierend.«

»Das hat mir immer an euch gefallen. Dieses Miteinander auf Augenhöhe.« Ethan hielt Ava sein Glas zum Anstoßen entgegen. »Chin-chin! Auf neue Erkenntnisse und ein bequemes Leben ohne Pumps. Und auf deinen Humor, Mum.«

»Auf neue Erkenntnisse«, bestätigte Ava. Am Ende dieses Tages mit ihrem Sohn im Kaminzimmer zu sitzen, Jimmy zu ihren Füßen, war herrlich. Jetzt konnte sie endlich abschalten.

»Abgesehen vom Schuhproblem der Frauen …«, sagte Ava leichthin, »wie geht es Liberty? Du hast sie länger nicht erwähnt … und ja, ich weiß, das Gespräch geht jetzt in eine Richtung, die du normalerweise zu vermeiden suchst.«

»Tja, dann beantworte ich mal die Frage nach meinem Beziehungsstatus. Liberty und ich sehen uns weiterhin«, Ethan versuchte, seine Antwort vage zu halten und sein Unbehagen angesichts dieser Frage zu überspielen. Seine Mutter wünschte sich eine Partnerin an seiner Seite, die die kleinen privaten Zeitfenster mit Zuwendung, Warmherzigkeit und Aufmerksamkeit füllte.

»Gibt es denn so etwas wie eine Zielgerade? Immerhin wirst du in wenigen Monaten achtunddreißig«, hakte Ava nach.

Ethan stützte die Ellbogen auf den Tisch, legte seinen Kopf in die halb geöffnete Hand und warf seiner Mutter einen kritischen Blick zu. »Mit Zielgerade meinst du vermutlich den Hafen der Ehe oder zumindest, wie es mit Liberty und mir weitergeht?« Was sollte er sagen, um seine Mutter zu beruhigen? Bei der Wahrheit bleiben wäre vermutlich das Beste. So hielt er es schon immer. »Ich enttäusche dich ungern, Mum, aber beim Thema Beziehungen sind wir nun mal unterschiedlicher Meinung. Ich glaube nicht an das Konzept der Ehe. Jedenfalls nicht für jeden.«

»Was ist falsch daran, mir für meinen Sohn eine stabile Beziehung zu wünschen?«, wandte Ava ein. »Ich bin spät Mutter geworden. Viel Zeit bleibt mir nicht, vielleicht ein Enkelkind mitzuerleben. Apropos Liebe und Beziehungen – nicht nur dein Vater und ich waren glücklich miteinander, einigen anderen, die wir beide kennen, ist das ebenfalls geglückt. Sag also nicht, das Konzept der Ehe sei nicht mehr zeitgemäß.«

»Natürlich funktioniert die Ehe für manche. Aber die Zeiten für Menschen in langen Beziehungen sind nicht einfacher geworden. In meinem Bekanntenkreis sind die Frauen beruflich genauso eingespannt wie die Männer. Unter diesen Vorzeichen ist es nicht leicht, sich emotional nicht aus den Augen zu verlieren.«

»Ihr Männer pickt euch die Rosinen aus dem Kuchen …« Ava stieß einen Ton aus, der ihren Unmut deutlich machte, »und die Frauen inzwischen anscheinend auch. Das gefällt mir nicht, aber ich muss es wohl akzeptieren.« Sie ließ sich gegen die Sessellehne fallen. »Trotzdem wäre es doch schön, wenn du dir mit Liberty ein paar Tage auf der Roseninsel gönnen würdest. Ihr könntet lange Spaziergänge unternehmen, mit dem Boot rausfahren und die Sonnenuntergänge genießen.«

»Du weißt, wie sehr ich es liebe, Zeit in Rosewood Manor zu verbringen, aber in den nächsten drei Monaten habe ich keinen einzigen freien Tag. Das Projekt für die London Library, von dem ich dir erzählt habe, ist aufwendiger als angenommen, vom Tagesgeschäft ganz zu schweigen. Ich werde vermutlich erst im Herbst, wenn überhaupt, nach Cornwall fahren können.«

»Schade, ich hätte mich gefreut, wenn du ein wenig Zeit fürs Landleben gefunden hättest. Du arbeitest hart, und ich bin stolz auf das, was du leistest, aber vergiss nicht zu leben. Die Jahre vergehen schnell. So, und jetzt genug davon.« Ava wandte sich dem Schachbrett zu, betrachtete die schwarzen und weißen Figuren und machte schließlich den ersten Zug. »Ich eröffne das Spiel.« Gewöhnlich schwiegen sie beim Schachspielen, denn jeder überlegte, wie der nächste Spielzug aussehen konnte, doch diesmal spielten und redeten sie gleichzeitig.

»Mum, erinnerst du dich, dass du es warst, die mir nahegelegt hat, herauszufinden, was *mich* glücklich macht, und dann dazu zu stehen.« Ethan verschränkte die Hände. »Deshalb habe ich mir die vergangenen Jahre eine Frage am häufigsten gestellt: Wo hört das Allgemeingültige auf, und wo fange ich an. Eine Antwort darauf zu finden, ist nicht einfach, denn es bedeutet, sich ehrlich einzugestehen, was sich richtig nur für einen selbst anfühlt.«

»Nun, ich glaube, ich habe einfach nicht damit gerechnet, dass unser Beispiel einer glücklichen Ehe nicht im Mindesten auf dich abfärbt, Ethan. Das Wichtigste, was Eltern tun können, ist, mit gutem Beispiel voranzugehen und ihren Kinder Eigenverantwortung nahezubringen.«

»Vielleicht bin ich der Richtigen noch nicht begegnet?« Ethan versuchte ein Lächeln, doch es gelang ihm ebenso wenig wie seiner Mutter. Er wusste, dass Ava in letzter

Zeit darüber nachdachte, was es für ihn bedeutete, wenn sie nicht mehr lebte. Es gab noch einen Patenonkel, den er nur selten sah, sonst hatte er keine Familie. »Mum, ich bin glücklich mit meinem Leben, wie es ist. Mir geht es gut. Mach dir keine Sorgen.«

Ava seufzte, dann nickte sie. »Also gut, schließen wir das Thema endgültig ab und konzentrieren uns aufs Spiel. Wie sieht dein nächster Zug aus? Überrasch mich.«

Ethan wandte sich dem Schachbrett zu und zog seine Dame diagonal vier Felder nach rechts. »Na … und was sagst du jetzt?« Herausfordernd sah er seine Mutter an.

»Hast du vor, meinen Bauern zu bedrohen? Falls ja, hoffe ich, du weißt, dass ich das nicht zulasse«, bluffte Ava. Seit sie denken konnte, liebte sie Gesellschaftsspiele. Vor allem wenn es knifflig wurde und sie ihr Gehirn malträtieren musste, um ihren Gegner zu schlagen, war sie in ihrem Element.

»Ich glaube, ich decke mit einem Springer«, sagte Ava nach einer Weile, griff nach der Figur und setzte den Springer an der entsprechenden Stelle ab. »Immer langsam, Ethan. Wer zuletzt lacht …«

»Zur Kenntnis genommen«, Ethan fuhr sich mit den Händen durch sein dichtes, dunkles Haar. »Lass mich kurz nachdenken.« Seine Mutter war eine gute Schachspielerin, er musste sich anstrengen, um mitzuhalten. Einige Sekunden überlegte er, was er tun sollte, dann zog er seinen weißen Läufer vor. Er bemühte sich, siegessicher zu erscheinen, denn seine Mutter mochte es, wenn er ein bisschen Druck ausübte. Das lockte sie aus der Reserve.

»Kein übler Zug. Aber das Spiel ist noch lange nicht vorbei. Wer Schach spielt, hat Zeit.« Ava legte die Hände auf den Tisch, betrachtete in aller Seelenruhe die Figuren auf dem Spielbrett und dachte nach. Für welchen Zug hätte John sich als Nächstes und Übernächstes entschieden? Gleich zu Beginn ihrer Beziehung hatte er ihr das erste Schachspiel geschenkt und ihr nächtelang erklärt, dass man sich beim Schach nie auf den Zug verließ, den man gerade machen wollte und auch nicht auf den danach – ein guter Schachspieler dachte drei Züge voraus … und überlegte sich weitere Alternativen, je nachdem, wie der Gegner reagierte. Am Anfang hatte das Spiel sie überfordert, es gab so viel zu bedenken, doch mit der Zeit wurde es besser; John und sie hatten bis zu seinem Tod miteinander gespielt.

Ava setzte den nächsten Zug, Ethan reagierte prompt, woraufhin Ava wieder an der Reihe war. Sie waren so in ihr Spiel vertieft, dass sie kaum merkten, wie die Zeit verging. Erst als die Uhr im Wohnzimmer ein Mal schlug und Ethan die Hand an den Mund hob, um ein Gähnen zu unterdrücken, sah Ava auf.

»Oh, entschuldige.« Sie sah ihren Sohn mitfühlend an. »Du hattest einen harten Tag, und ich spiele Schach mit dir, als gäbe es kein Morgen.« Sie schob den Sessel zurück und stand auf. »Lassen wir alles, wie es ist, dann spielen wir die Partie zu Ende, wenn du das nächste Mal herkommst. Schläfst du heute hier?«, fragte sie, während sie die Küche im hinteren Bereich des Hauses ansteuerten, um noch ein Glas Wasser zu trinken.

»Das würde ich gern, allerdings liegen im Büro ein, zwei Sachen, auf die ich unbedingt noch einen Blick werfen muss. Ist also besser, ich fahre nach Hause.«

Sie betraten die Küche, deren bodentiefe Fenster zum

Garten hinausgingen. »Wenn es sein muss, fahr heim. Aber nimm dir bitte ein Taxi. Und schlaf dich mal aus, Ethan. Du siehst ein bisschen erschöpft aus.« Ava ging zum Kühlschrank, nahm eine Flasche Wasser heraus und ging damit zur Frühstücksecke, wo Ethan vor dem Hängeschrank stand. Liebevoll strich sie ihm über die Wange.

»Ausschlafen steht ganz oben auf meiner To-do-Liste.« Er wandte sich dem geöffneten Schrank zu, in dem ordentlich nebeneinander zwei Dutzend Kristallgläser standen. Er holte zwei heraus und stellte sie auf die Arbeitsplatte.

»Wohin fliegst du als Nächstes?« Ava langte nach den Gläsern und goss Wasser ein.

»Singapur«, antwortete Ethan. Hinter seinen Augen schmerzte es, er brauchte wirklich dringend Schlaf. »Allerdings nur für drei Tage«, fügte er hinzu.

Ava reichte Ethan ein Glas, legte ihre Hand kurz gegen seinen Rücken und trank einen großen Schluck. »Meldest du dich, wenn du gelandet bist!?« Sie hielt den Blickkontakt aufrecht. »Entschuldige«, sie zwang sich zu einem zögerlichen Lächeln.

Ihre Augen waren schmal geworden. Diesen Ausdruck von Sorge kannte Ethan, er trat immer dann in Avas Gesicht, wenn etwas sie sehr beschäftigte. »Ich weiß, das Letzte, was du möchtest, ist, mich zu gängeln«, sagte er.

Ava nickte. »Trotzdem fühle ich mich, als würde ich genau das tun! Nenn mich unvernünftig, von mir aus auch unverbesserlich, aber seit dem Tod deines Vaters fühle ich mich meinen Sorgen regelrecht ausgeliefert. Sie sind so real.«

Ethan sah die Unsicherheit im Gesicht seiner Mutter, öffnete die Arme und zog sie in eine Umarmung.

»Nicht doch …!«, flüsterte er, während ihr Kopf an seiner Brust lag. So alt konnte er gar nicht werden, dass er für sie nicht das Kind wäre, auf das sie stets ein Auge hatte; weil er das wusste, nahm er ihre übertriebene Fürsorge als das, was sie war – ein Teil ihrer Liebe. Einen Moment standen sie so da, dann lösten sie sich voneinander.

Ethan hob eine Hand zum Schwur und legte die andere an seine Brust. »Großes Pfadfinderehrenwort«, sagte er. »Ich melde mich, sobald ich gelandet bin. Und ich achte in Zukunft darauf, früher ins Bett zu gehen.«

»Danke für dein Verständnis, Ethan. Bei Männern zählt ein Ehrenwort doppelt«, Ava versuchte, auf seinen lockeren Ton einzugehen, »und danke für den heutigen Tag.« Mit einem Mal klang sie ernst. »Deine Begleitung ist mir sehr wichtig … in manchen Situationen ist es leichter, allein zu sein, in anderen weniger. Heute hätte es mich traurig gemacht, den Tag allein zu verbringen – ohne dich.« Sie blickte kurz nach oben. »Gute Nacht, John, falls du irgendwo da oben bist und auf uns herabschaust. Es geht uns gut. Sei beruhigt.«

Ethan riss sich zusammen. Seinen Gefühlen nachzugeben wäre keine gute Idee. Wenn er es täte, würde seine Mutter vermutlich in Tränen ausbrechen. Er entschuldigte sich, ging nach oben und packte seine Sachen zusammen, während Ava ein Taxi rief.

Als der Wagen mit Ethan losfuhr, sah Ava den blinkenden roten Rücklichtern nach, bis sie aus ihrem Blickfeld verschwunden waren. Dann schloss sie die Eingangstür, aktivierte die Alarmanlage und ging noch einmal ins Kaminzimmer. Nachdenklich schaute sie sich in dem friedlichen Zimmer um. Das Schachspiel schien nur auf sie und

John zu warten … wie früher. Ava blickte auf die Bauern, Türme und Springer.

Von irgendwoher hörte sie John: »Wenn man mit dir spielt, muss man auf seinen König achtgeben.« Das antike Schachspiel mit Intarsien aus ineinander übergehenden Walnussholz- und Kirschholzquadraten war ein Geschenk Johns zum fünften Hochzeitstag gewesen. Es hatte einem englischen Lord gehört, und John hatte alles darangesetzt, es für sie bei einer Auktion zu ersteigern. Ava verscheuchte die Erinnerungen und ging mit Jimmy nach oben. Im Gang blieb sie vor einem Foto stehen, das Ethan als Siebenjährigen zeigte. Voller Übermut lachte er in die Kamera.

»Ein Tausendsassa, dessen Batterien nie leer zu werden scheinen, genauso wie Johns«, flüsterte sie. Sie legte eine Hand auf das Glas, hinter dem man Ethan auf dem Foto sah. »Was für ein Glück, dich zu haben, Ethan!« Danach wandte sie sich einem Foto von John zu. »Darling«, sie griff an die Stelle, wo ihr Herz sich befand, »du bist noch immer bei mir, hier, in meinem Herzen … ich liebe dich so sehr!« Einige Sekunden stand sie da, dann löschte sie das Licht im Gang, ging, von Jimmy begleitet, in ihr Schlafzimmer und schloss leise die Tür hinter sich.

7. KAPITEL

Paul Ayckbourn hatte die Augen auf die Bildschirme vor sich gerichtet. Wie immer hatte es den Anschein, als sei er auch um diese Zeit – es war kurz vor zwei Uhr morgens – noch hellwach. Er wirkte aufgeräumt und munter. »Mr Ayckbourn! Alles klar bei Ihnen?«, grüßte Ethan, als er durch die Eingangstür trat.

»Mr Allington! Alles bestens, danke der Nachfrage.« Paul erhob sich hinter dem Pult und kam auf Ethan zu. »Sie sind spät dran.«

Ethan wechselte einen freundschaftlichen Händedruck mit Paul. »Kann man so sagen. Wie geht es Ihrer Frau?«

»Keine Morgenübelkeit. Sie verträgt die Schwangerschaft diesmal ausgesprochen gut. Es wird übrigens ein Junge.«

Ethan freute sich sichtlich. »Ein Stammhalter. Das sind gute Neuigkeiten. Gratulation!«

»Danke!« Paul grinste. »Wenn es Ihnen nichts ausmacht, schicke ich Junior später zum Praktikum zu Ihnen. Menschen, die dem Leben keine Chance geben, sich über das Wort Langeweile überhaupt Gedanken zu machen, *muss* Junior über die Schulter sehen.«

»Junior kann selbstverständlich kommen. Aber bis dahin ist es ja noch ein Weilchen.«

Paul begleitete Ethan zum Aufzug. Als die Tür zur Kabine mit einem leisen Pling aufging, sagte er: »Übrigens … ich habe mir erlaubt, Miss Gill in Ihr Appartement zu lassen.« Paul brach ab. Er schien sich nicht sicher zu sein, ob er richtig gehandelt hatte.

»Schon gut, Mr Ayckbourn. Ich weiß, wie überzeugend Miss Gill sein kann.« Die Türen schlossen sich hinter Ethan, und der Aufzug setzte sich in Bewegung.

Als er in den Flur seiner Wohnung trat, sah er Licht durch die Ritze der Schlafzimmertür. Er ging in sein Büro, überflog die Nachrichten und machte sich Notizen, dann verschwand er ins Ankleidezimmer, ließ seine Kleidung im

Wäscheraum zurück und öffnete die Tür zum Schlafzimmer. Auf dem Nachttisch brannte Licht, und im Schein dieses Lichts lag Liberty, die Hände wie ein Kind um die Beine geschlossen, und schlief selig. Ihr glattes, blondes Haar rahmte ihr Gesicht ein.

Fiona, mit der er vor zwei Jahren zusammen gewesen war, war in seiner Wohnung herumgeschlichen wie eine Katze, die sich nicht traute, sich bemerkbar zu machen. Liberty hingegen brachte ihre ganze Persönlichkeit ein, stellte hier eine Vase um und dekorierte dort ein Kissen. Sie kannten sich seit Jahren, trafen sich aber erst seit einigen Monaten privat. Ihre Selbstsicherheit gefiel ihm, und Liberty wusste, dass es ihm gefiel. Leider machte es ihm das noch schwerer, sie enttäuschen zu müssen.

Ethan blickte auf den Wecker auf dem Nachttisch. Zwei Uhr fünfundzwanzig. Er würde sich leise auf die andere Bettseite legen und hoffentlich sofort einschlafen. Er schlüpfte unter die Decke und langte nach dem Kissen, um es sich unter den Kopf zu knüllen. In dem Moment schlug Liberty verschlafen die Augen auf.

»Hey«, raunte sie mit schlaftrunkener Stimme, robbte an ihn heran und umarmte ihn träge.

»Schlaf weiter. Ist schon spät«, murmelte er und spürte ihre Arme um seinen Nacken.

Wenn Liberty ihn von etwas überzeugen wollte, trug sie immer ihr sonnigstes Lächeln zur Schau. Wie sollte er ihr nur klarmachen, dass es nichts Ernstes zwischen ihnen war? Er schloss müde die Augen. Wenn er davon anfinge, dass er kein Mann zum Heiraten sei, würde sie abwinken und behaupten, sie wisse besser, wer er sei, als er selbst. Doch er wusste sehr wohl, was er wollte, und vor allem, was er fühlte. Er mochte Liberty. Sie war eine kluge, warmherzige Frau und sah extrem gut aus. Doch das war zu wenig für ein gemeinsames Leben.

»Lass uns schlafen. Ich bin ziemlich müde«, raunte er.

Liberty stieß ein leises Lachen aus. »Bist du sicher?«, forderte sie ihn heraus. »Ich bin bestimmt gleich hellwach ...« Ihre Stimme wurde sanft und warm. Sie kuschelte sich noch fester in seine Arme und blieb dort liegen.

»Du musst morgen früh raus. Und ich auch.« Ethan drückte seine Lippen sanft auf ihre, dabei roch er ihren Atem und spürte gleichzeitig, wie seine Glieder schwer wurden. Liberty sagte noch etwas zu ihm, doch er sank bereits in tiefen Schlaf.

Um halb sieben klingelte der Wecker. Er tapste mit den Fingern in Richtung Nachttisch, um das unbarmherzige Klingeln abzustellen. Aus dem Bad hörte er Wasserrauschen. Liberty duschte.

Langsam öffnete er die Augen. In der Nacht war er in einen kurzen, tiefen Schlaf gefallen, doch um kurz vor fünf war er aufgewacht. An Einschlafen war, trotz seiner Müdigkeit, nicht mehr zu denken gewesen. Der Gedanke, Liberty sagen zu müssen, wie es um seine Gefühle für sie stand, war ihm nicht mehr aus dem Kopf gegangen. Also war er aufgestanden und hatte begonnen, ihr einen Brief zu schreiben. Kein Mensch schrieb heute noch Briefe, aber es war ihm vernünftig und vor allem wertschätzend erschienen. Ohne groß nachzudenken, hatte er aufgeschrieben, was ihm auf der Seele lag. Liberty war nicht die Erste, der er mitteilen musste, dass seine Gefühle nicht stark genug für etwas Langfristiges waren. Gleich beim ersten Date hatte er ihr sogar erzählt, dass er sich bereits einige Male verliebt, aber noch nie geliebt hatte. Liberty hatte nur gelacht und ihn gefragt: »Bist du dir überhaupt sicher, dass du weißt, was Liebe ist?«

Darauf hatte er nichts erwidern können und schließlich verlegen geschwiegen. Alles, was er wusste, war, dass seine Eltern tiefe Liebe füreinander empfunden hatten. Ein Gefühl, das so stark war, dass es dafür kaum passende Worte gab.

»Liebe ist so groß, dass ich sie nicht in Worte fassen kann, und wenn, klingt es stümperhaft. Eins kann ich dir allerdings sagen, Ethan, wenn sie dich überkommt, wirst du es wissen …« Seiner Mutter zufolge schien Liebe etwas Gewaltiges zu sein, doch er kam auch ohne Liebe gut durch die Tage. Bis auf den Umstand, dass er Liberty, wenn sie aus dem Bad käme, enttäuschen musste, war sein Leben perfekt.

Ethan setzte sich auf, drückte den Knopf neben dem Bett und sah zu, wie die grauen Seidenvorhänge die Fenster freigaben und Sonnenstrahlen ins Zimmer ließen. Sofort wurde der Raum in helles Pastell gelegt.

Liberty kam nackt ins Zimmer. Auf ihrer Haut glänzten Wassertropfen wie Brillanten. Ethan erhob sich, griff nach seinem Morgenmantel und zog ihn über: »Ich muss mit dir sprechen!«, sagte er, als Liberty vor ihm stand.

Sie beugte sich zu ihm vor und küsste ihn sanft auf die Wange. »Ich mit dir auch«, sagte sie. »Finn und ich haben uns verlobt. Wir werden heiraten.«

Einen Atemzug lang verschlug es Ethan die Sprache, dann fasste er sich wieder. »Was sagst du da?« Er glaubte, sich verhört zu haben. Machte Liberty sich einen Spaß mit ihm? Finn war ihr Boss, mit dem sie regelmäßig aneinandergeriet. Mit keinem Wort hatte sie erwähnt, dass sie einander nähergekommen waren.

»Keine Sorge. Finn weiß nicht, dass ich hier bin, um mich von dir zu verabschieden. Er glaubt, wir sind schon eine ganze Weile nicht mehr zusammen und nur noch Freunde. Freunde – das waren wir im Grunde doch auch. Freunde, die zwischendurch Sex hatten.«

Ethan wusste nicht genau, was er fühlte. Irgendetwas zwischen Erleichterung, Verwunderung, Irritation und Betroffenheit. Wieso bekam er nicht mit, was in den Menschen, mit denen er engen Kontakt hatte, vorging? War er etwa blind für die Gefühle anderer?

»Wie auch immer … du bekommst natürlich eine Einladung zur Hochzeit. Wir feiern in Falmouth, in Cornwall. Dort lebt Finns Großtante. Er hat ein besonders enges Verhältnis zu ihr.«

Noch einmal küsste Liberty ihn, diesmal auf die andere Wange. »Es war schön mit dir, Ethan. Locker, aber schön. Nimm es mir nicht übel, dass ich dir nichts von Finn und mir erzählt habe. Wie heißt es so schön: Liebe ist ein Gefühl, das man weder erwarten noch erhoffen kann … man bekommt es geschenkt … und das oft zu einem Zeitpunkt, wo man nicht damit rechnet. So ist es mir jedenfalls mit Finn ergangen.«

Ethan lag die Frage auf der Zunge, weshalb sie unter diesen Umständen zu ihm gekommen war. Hatte er den Besuch falsch gedeutet?

Als Liberty ging, blieb er ratlos zurück. Nicht, dass er Frauen immer durchschaute, doch diesmal verstand er überhaupt nichts mehr. Am allerwenigsten sich selbst.

8. KAPITEL

Frankfurt, Juni

Emma hievte den Trolley aus dem Kofferraum und stellte ihn neben die Reisetasche. »Hoffentlich habe ich nicht zu viel eingepackt?«, überlegte sie, während sie in ihre Jacke schlüpfte.

»Du und zu viele Klamotten?« Marie wich einem Kombi aus, der an ihnen vorbeifuhr. »Das gibt's doch gar nicht. Wie ich dich kenne, hat dein Koffer nicht mal ein Gramm Übergewicht.«

Emma ging um den Wagen herum und nahm ihre Handtasche vom Beifahrersitz. »Wenn du dich da mal nicht irrst. Diesmal habe ich Unmengen Pullover mitgenommen. Schließlich weiß man nie, wie das Wetter wird.« Sie hängte die Handtasche über die Schulter und schlug die Wagentür zu.

Marie schloss den Kofferraum. »Dann lass mal sehen?!« Sie hob den Trolley an und winkte ab. »Alles im grünen Bereich. Du kannst dich entspannen.«

»Na, wenn du es sagst … Übrigens danke fürs Herfahren.«

Marie griff nach Emmas Reisetasche. »Wir bekommen uns mehr als zehn Tage nicht zu Gesicht. Die Fahrt hierher war purer Eigennutz. Hoffentlich bekomme ich keine Entzugserscheinungen, wenn du weg bist.«

Emma lachte vergnügt. »Du wirst froh sein, wenn ich dich mal ein paar Tage in Ruhe lasse.«

»Das will ich nicht gehört haben.« Marie hob drohend den Finger. »Ich brauche spannende Infos, ich lechze regelrecht danach. Merk dir das.«

Sie stiegen in den Aufzug, der sie vom Parkhaus in die Abflughalle brachte, und scherzten noch, als sie ausstiegen.

»Lass mich mal nachsehen, ob ich alles dabeihabe.« Emma wühlte in ihrem Lederbeutel. »Pass, Ladegerät, Adapter, Sonnencreme ...«

»Was ist mit der Liebesliste deiner Mutter? Vielleicht hast du in England Zeit, daran zu arbeiten?«

Emma zog ein rotes Buch aus der Tasche und wedelte damit vor Maries Nase herum. »Ist dabei, inklusive eines ganzen Bataillons Notizblöcke, um Ideen festzuhalten ... falls ich welche haben sollte.«

»Braves Mädchen.« Marie tätschelte Emmas Arm.

Die Gewissheit, dass sie in wenigen Minuten Abschied voneinander nehmen mussten, bedrückte Emma. Sie mochte keine Abschiede, besonders keinen von Marie.

»Und vergiss nicht, mir Fotos zu schicken.«

Emma hob die Hand zum Ehrenwort. »Ich verspreche hoch und heilig, den Datenstrom zwischen uns nicht abreißen zu lassen. Wieso hast du eigentlich nie bei der Polizei angeheuert oder beim Secret Service? Die Verhörtechniken beherrschst du schon aus dem Effeff.«

»Die zahlen zu wenig. Das weißt du doch.«

Sie lachten und schlängelten sich durch die Menge zum Schalter von Emmas Fluglinie, um einzuchecken.

Als sie den Schalter verließen, erklang eine weibliche Stimme durchs Mikrofon und rief einen Passagier aus, der sich dringend bei der Information melden sollte.

Emmas Bordkarte steckte in ihrer Jackentasche. Jetzt musste sie nur noch durch die Sicherheitskontrolle zum Gate, dann konnte es losgehen.

Gemeinsam steuerten sie den Monitor an, auf dem die Abflüge angezeigt wurden.

»Übrigens werde ich demnächst in deiner Filiale aufkreuzen und nach der Buchhändlerin fragen, die mir immer die besten Buchtipps gibt. Deine Chefin wird sich wünschen, dich nie schlecht behandelt zu haben«, versprach Marie.

Emmas Augen verengten sich. »Untersteh dich«, schalt sie. Ihr Gesicht wirkte aber bei weitem nicht so ernst, wie ihre Worte klangen. Sie nahm Maries Hände und hielt sie fest. »Ich bin froh, dass ich Urlaub bekommen habe.«

»Urlaub nennst du das?« Marie entzog Emma ihre Hände und warf sie in einem Ausdruck von *was zum Teufel* in die Höhe. »Für mich sieht es eher aus, als wollte deine Chefin die Sache regeln, ohne sich die Hände schmutzig zu machen. Sie spekuliert doch nur darauf, dass du nicht mehr zurückkommst. Die Frau ist clever, Emma. Unterschätz sie nicht.«

Emma schob den Trageriemen ihrer Tasche zurecht, der ihr von der Schulter zu rutschen drohte. »Mag sein. Trotzdem bin ich erleichtert, mal wegzukönnen.«

»Also gut, dann keine Intervention.« Marie umarmte Emma und streichelte ihr dabei über den Rücken.

»Keine Sorge, Marie. Ich mülle dich täglich mit Fotos zu. Versprochen«, sagte Emma, als sie sich aus der Umarmung löste.

»Noch mal lachen?«, schlug Marie vor und hob die Hand zum Abklatschen.

»Ich bin dabei!« Emma schlug ein.

»Also los«, gab Marie den Startschuss. »Hier herrscht das blanke Chaos. Perfekte Bedingungen.«

Sie liebten es, die kleinen Momente aufzuspüren, die sich ergaben, wenn sie sich unter vielen Menschen aufhielten – Situationskomik gab es überall –, und sahen sich um. Es wimmelte von Reisenden, man hörte Stimmen und Gebrüll, sah Menschen gestikulieren. Es dauerte nicht lange, bis Emma eine lustige Szene entdeckt hatte.

Sie lachten und ahmten das Verhalten eines Jungen nach, der angerempelt worden war und einen regelrechten Tanz aufführte, um seinen Hotdog zu retten.

»Er hat's geschafft.« Marie warf jubelnd die Arme in die Höhe.

»Der Hotdog ... na ja, appetitlich ist anders«, warf Emma ein.

»Sei mal nicht so streng.« Marie kicherte. »Optik wird überschätzt. Hauptsache genießbar.«

Eine Frau, nicht weit von ihnen entfernt, sprach auf ihren Begleiter ein und machte dabei ein Gesicht, das zu komisch aussah. Es machte Spaß, schräge Begebenheiten aufzuspüren. Sie hielten sich den Bauch vor Lachen. Maries *Geheimwaffe* funktionierte immer.

»So, genug auf Kosten anderer amüsiert. Jetzt ab mit dir durch die Kontrolle.« Marie machte eine Handbewegung, als wollte sie einen Spatz wegscheuchen, der sich an ihrem Frühstücksbrötchen vergriff. »Und amüsiere dich ein bisschen. Schalt mal ab.«

Emma nickte. »Vor allem schlaf ich mich mal richtig aus. Darauf freu ich mich schon.« Sie griff nach ihrem Handgepäck und küsste Marie auf die Wange. »Halt deine hübschen Ohren steif.« Nach diesen Worten reihte sie sich in den Strom der Reisenden ein und ging davon.

»Ach, übrigens ... falls du in Cornwall zufällig Daphne

du Mauriers Sohn begegnest, bring ihn so weit, mir ein Interview zu geben«, rief Marie ihr nach.

Emma drehte sich noch mal um.

»Er wohnt in Ferryside in Bodinnick, bei Fowey. Seine Mutter hat das Haus in den Zwanzigern gekauft und nun lebt er dort. Zurückgezogen und idyllisch.«

»Christian Browning … wenn ich mich nicht irre?« Emma kam den halben Weg zurück. »Er hat dieses zauberhafte Buch über Cornwall geschrieben, gemeinsam mit seiner Mutter. Warte mal …« Sie dachte kurz nach: »*Vanishing Cornwall*«, fiel ihr wieder ein, »eine Liebeserklärung an du Mauriers Wahlheimat. Das Buch ist erstmals Ende der sechziger Jahre erschienen. Wir hatten immer einige Exemplare auf Deutsch und Englisch in der Buchhandlung vorrätig. Es gibt inzwischen sogar eine neue deutsche Übersetzung.«

»Meine Mutter hat es auf Peggys Empfehlung hin gekauft, und ich habe es auch verschlungen. Ich finde Daphne du Mauriers Sohn ausgesprochen interessant. Ein Mann mit Ecken und Kanten. Jemand wie ihn würde ich gern interviewen. Am liebsten vor dem Kamin, wenn draußen der Sturm tost, bei einer Tasse Tee und Scones mit *clotted cream*.«

Während eine Gruppe Reisender sich durch die Lücke zwischen ihnen drängte, fühlte Emma dem Fünkchen Wärme nach, das sich in ihr ausbreitete. Nicht nur sie tat sich mit Abschieden schwer, auch Marie mochte sie nicht. Und um sich das Auseinandergehen zu erleichtern, fiel ihr im letzten Moment immer noch etwas ein, das sie dringend loswerden musste. So auch jetzt.

»Ich werde mich Mr Browning vorstellen, falls ich ihm begegne«, versprach sie, froh, einen weiteren Moment mit

Marie zu haben. »Wenn ich im Bodmin Moor unterwegs bin, läuft er mir vielleicht über den Weg. Und Tee und Scones hat er sicher zu Hause. Das gehört in Cornwall zum guten Ton.«

Nun konnten sie den Abschied nicht länger hinauszögern. Sie winkten einander ein letztes Mal zu, dann ging Emma rasch davon.

Der Abstand zwischen Marie und ihr wurde immer größer, und mit jedem Schritt wuchsen Emmas Zweifel, ob es richtig war, allein nach England aufzubrechen. Brauchte sie wirklich so viel Zeit für sich? Wäre es nicht viel schöner mit Marie an ihrer Seite?

Sie schluckte den Kloß in ihrem Hals hinunter und passierte nach kurzer Wartezeit die Sicherheitskontrolle. Auf dem Weg zum Gate steuerte sie einen internationalen Buchladen an, um Lektüre für den Flug zu kaufen. Eine Straßenkarte neueren Datums, in der sie ihre Ziele in London markieren konnte, war – trotz Google Maps – ebenfalls eine gute Investition.

Als die Passagiere zum Einsteigen aufgerufen wurden, war sie unter den Ersten, die das Flugzeug betraten. Sie suchte nach ihrem Platz am Fenster, verstaute das Handgepäck und ließ sich in den Sitz fallen. In London würde sie es sich erst mal in ihrem Hotelzimmer gemütlich machen und am nächsten Tag die Buchhandlung aufsuchen, in der ihre Mutter gearbeitet hatte. Einen Moment überlegte sie, Maries Tipp zu beherzigen und ein Buch aus der Liebesliste ihrer Mutter zu machen. Wenn sie ein wenig nachhalf, würde vielleicht ein Ratgeber für Liebesangelegenheiten daraus. Sie nahm sich fest vor, die Texte unter diesem Gesichtspunkt noch einmal in Ruhe durchzugehen. Wenn sie damit anderen Frauen helfen konnte, wäre das eine gute Sache. Und Peggy hätte es sicher auch gefallen.

»Die Liebe kommt, wenn du nicht damit rechnest, Emma.« Das hatte ihre Mutter zu ihr gesagt, als wieder mal eine ihrer Beziehungen gescheitert war. Jetzt hielt Emma sich regelrecht an diesen Worten fest. Wenn es tatsächlich so war? Wenn die Liebe dann kam, wenn man nicht darauf vorbereitet war? Konnte man sich überhaupt auf die Liebe vorbereiten?

Draußen lag das Rollfeld vor ihr. In einiger Entfernung stand eine weitere Maschine und wartete auf Passagiere. Sie lehnte den Kopf gegen die Scheibe. Sie war weder auf den Tod der Mutter vorbereitet gewesen noch auf den des Vaters. Doch seltsamerweise hatte erst die Schließung der Buchhandlung die Geschehnisse der letzten Jahre für sie zu einem schmerzlich sichtbaren Abschluss gebracht. Gott sei Dank gab es einige Erinnerungsstücke – Dinge, die ihr lieb waren –, das persönlichste war zweifellos die Liebesliste ihrer Mutter.

Eine Frau quetschte sich an einem Mann vorbei und redete aufgebracht auf Zwillinge ein, die hinter ihr hertrotteten. Die Finger der Mädchen huschten flink über die Tastatur ihrer Handys, sie beachteten die Mutter gar nicht.

Eine Flugbegleiterin half den letzten Passagieren beim Verstauen des Gepäcks. Bald darauf dröhnten die Motoren, und die Maschine setzte sich in Bewegung. Emma beobachtete, wie sie abhoben. Es dauerte nicht lange, bis sie die endgültige Flughöhe erreicht hatten. Die Stimme eines Mannes erklang durch den Lautsprecher: »Guten Tag. Hier spricht Gerd Schröder, Ihr Kapitän …«

Cornwall – wie lange war sie nicht mehr dort gewesen?

Es musste an die zwanzig Jahre her sein. Als Mädchen war es ihrer Mutter in St. Just schnell langweilig geworden, deshalb war sie heilfroh gewesen, als ihre Eltern Südwestengland verließen, um in die Großstadt zu ziehen. In London wartete auf sie, was alle jungen Mädchen sich sehnlichst wünschten: Kinos, Cafés und Abwechslung, vor allem jedoch jede Menge Buchhandlungen und Bibliotheken. Peggys Welt war die der Sprache und der Geschichten.

»Das Leben auf dem Land hat seinen Reiz, doch als junges Mädchen mag man keine Einschränkungen.« Peggy hatte viel von ihren Jahren in Cornwall erzählt, und nachdem sie sich etliche Orte, Strände und Sehenswürdigkeiten angesehen hatten, reisten sie weiter nach London, schlenderten über den Borough Market und warfen einen Blick auf den Nachbau des Schiffes von Frances Drake. Der Dreimaster lag in einem Dock an der Themse, umgeben von Geschäftshäusern, die im historischen Stil erbaut waren. Doch am häufigsten gingen sie in die London Library. Dort träumten sie stundenlang vor sich hin.

Eine Flugbegleiterin schob den Wagen mit den Erfrischungen durch den Gang und riss Emma kurz aus ihren Gedanken.

Die Landschaft Cornwalls hatte sie damals in Staunen versetzt: sattgrüne Wiesen, im Wind wogende Palmen, tiefblau glitzerndes Meer und Strände, breit und weitläufig, manche mit imposanten Klippen oberhalb des hellen Sandstrands. Cornwall war ein Kleinod, und sie hatte sich nur schwer vorstellen können, dass man von dort wieder wegwollte. Ihre Mutter indes erzählte von fehlenden Möglichkeiten, von zu wenig Jobs und kaum Ablenkung – zu wenig von allem, wenn man sein Leben erst begann.

An dem Punkt ihres Lebens, an dem Emma sich nun befand, war Zurückgezogenheit nichts, wovor sie sich fürchten musste. Im Gegenteil, sie empfand die Aussicht auf Ruhe geradezu als verführerisch. Natürlich freute sie sich auf das quirlige London, doch noch mehr sehnte sie sich nach dem Geburtsort ihrer Mutter. Ihr Onkel Brian, Peggys Bruder, war später nach St. Just zurückgekehrt. Er hatte dort als Fischer gearbeitet und abends in Pubs Gitarre gespielt und gesungen. Musik war seine Leidenschaft, ebenso wie das Meer. Das Leben in Cornwall hatte ihn glücklich gemacht. Mit zweiundachtzig war Brian an den Folgen seiner Diabetes verstorben. Die letzte Ruhe hatte er auf See gefunden. Zu dieser Zeit ging es Hannes nach seinem ersten Schlaganfall bereits sehr schlecht. Emma hatte ihrer Mutter versichert, sich ohne Sorgen auf den Weg machen zu können. Sie würde sich gut um ihren Vater kümmern.

Schweren Herzens hatte Peggy die Reise angetreten, doch sie hatte ständig angerufen und sich erkundigt, wie es ihnen ging. Bei einem dieser Telefonate erzählte sie, dass Brian letztendlich doch der Liebe seines Lebens begegnet war, Linus, einem Professor aus Penzance. Es hatte ihre Mutter sehr traurig gemacht, dass Brian ihnen diese Liebe verheimlicht hatte.

»Ich bin nicht *anders*, Peg, falls du das meinst«, hatte Brian jahrelang abgewunken, wenn Peggy ihn fragte, ob es nicht langsam Zeit für eine Familie sei. »Ich liebe es einfach nur, allein zu sein. Mehr ist nicht dahinter.« Peggy hatte sogar noch gefragt, als er über siebzig war.

Draußen warf die Sonne Bündel weißen Lichts auf die unter ihr liegenden Wolken. Emma massierte sich die Schläfen. Sie hatte Brians ruhige Art sehr gemocht. Es hatte sie nicht interessiert, ob er Männer liebte oder Frauen oder ob er lieber für sich blieb. Das war allein seine Sache, fand sie. Brians Haus in Cornwall war nach seinem Tod verkauft worden. Der Erlös war, bis auf einen kleinen Teil, der Peggy zukam, einer Organisation gespendet worden, die sich für den Schutz des Meeres einsetzte.

Jetzt gab es in St. Just niemanden mehr, dem sie einen Besuch abstatten konnte. Weshalb wollte sie eigentlich unbedingt nach Cornwall? Wirklich nur, weil man in der Einsamkeit gut nachdenken konnte? Gab es dort heute überhaupt noch lauschige Plätze? Inzwischen lebte die Gegend vom Tourismus. Es gab die Surfer, die in Newquay auf den Wellen ritten, Kunstinteressierte, die in St. Ives den Ableger des Tate Museums besuchten oder eine der vielen anderen Galerien, Gartenfreaks, die die Gärten mit subtropischen Pflanzen ansahen, oder Hobby-Archäologen, die in Tintagel frühmittelalterliche Mauerreste und die Ruinen der Burg Richards von Cornwall aus dem 13. Jahrhundert bestaunten.

Emma sah die erblühten Straßenhecken vor sich, die sie damals entdeckt hatten, als sie zwischen Kuggar und Kennack Sands auf der Lizard-Halbinsel unterwegs gewesen waren. Vor allem die Weite der Landschaft hatte sich ihr bis heute eingeprägt. Cornwall hatte etwas Entrücktes, als sei es aus der Zeit herausgefallen.

Gedankenverloren spielte Emma an ihrer Kette herum, eine Erinnerung an ihre Mutter. Diese hatte die Kette nie abgelegt und im Medaillon immer ein Baby-Foto von ihr und ein Foto von sich selbst getragen.

Wenn sie aus England zurückkäme, würde sie sich einen neuen Job suchen. Und falls ihr Gehalt nicht reichte, könnte sie einen Zweitjob als Kuratorin in einer privat geführten Bibliothek annehmen. Sie war sozial eingestellt, Literatur sollte für jeden zugänglich und vor allem erschwinglich sein, doch ihre Schulden ließen ihr keine Wahl. Als Kuratorin einer privaten Bibliothek wurde man überdurchschnittlich gut bezahlt, und da sie sowohl in deutscher als auch in englischer Literatur bewandert war und zudem Kontakte zu Autorinnen und Autoren beider Sprachen unterhielt, standen die Chancen, einen solchen Job zu ergattern, nicht schlecht.

Im Geist ging sie ihre Möglichkeiten durch. Beruflich würde sie schon klarkommen. Privat hatte sie Marie und einige andere Freundinnen, nicht zu vergessen die Frauen aus der Pilates-Gruppe, und natürlich hatte sie ihre Bücher. Nur beim Thema Partnerschaft sah es düster aus.

Sie fühlte sich klebrig und verschwitzt und suchte nach einem Taschentuch, um sich die Hände abzuwischen. Als Carsten sie zum ersten Mal geküsst hatte, hatte es sich angefühlt, als bliebe die Zeit stehen. Zwar waren die Sorgen um ihren Vater und um die Buchhandlung nicht weniger geworden, doch mit Carsten verspürte sie wieder Hoffnung, dann hatte er das Angebot aus Hamburg angenommen, und ihr Glück war zerplatzt wie eine Seifenblase.

Hinter Emma quengelten die Zwillinge, dazwischen schallte die Stimme der Mutter. »Könnt ihr nicht mal Ruhe geben? Nur fünf Minuten?«

Emma holte tief Luft. Irgendwann würde sie wieder darauf vertrauen, wer sie war und was sie leisten konnte, und sich jemandem öffnen.

Sie warf einen Blick auf den Monitor, auf dem die Flugroute angegeben war. In einer Dreiviertelstunde würden sie landen. Sie lehnte den Kopf gegen den Sitz und schloss die Augen. Im Hotel warteten eine heiße Dusche und der Room Service auf sie. Vielleicht sollte sie sich ein Glas Weißwein zum Essen gönnen? Danach würde sie ins Bett kriechen, um endlich mal wieder auszuschlafen. Ein paar Stunden vergessen, was geschehen war, kam ihr gerade ziemlich verführerisch vor.

»Möchten Sie noch Wasser, Kaffee oder Tee?« Die Flugbegleiterin beugte sich zu Emma hinab und lächelte sie freundlich an.

»Danke, nein!« Emma reichte der Frau ihren leeren Becher, klappte den Tisch nach oben und wandte sich wieder Richtung Fenster. Die Wolken kamen ihr wie eine Verheißung vor: hell, duftig, schwerelos.

Plötzlich spürte sie, wie Kraft in ihren Körper zurückkam. Brauchte sie wirklich jemanden, der sie glücklich machte? War es nicht viel wichtiger, ihr Leben in die eigenen Hände zu nehmen? Inmitten der bezaubernden Landschaft Cornwalls würde sie zu sich finden.

Im Geist sah Emma sich hoch oben auf den Klippen stehen, unter sich das tosende Meer.

Peggys Liebesliste:

LIEBE KENNT WEDER VERGANGENHEIT NOCH ZUKUNFT. MAN LIEBT VON AUGENBLICK ZU AUGENBLICK.

Kommt es nicht einem Wunder gleich zu lieben? An einem Tag ist alles wie immer, und schon am nächsten begegnet man jemandem, der einem plötzlich ganz nah ist. Mit einem Mal gelingen Dinge wie von selbst, und wenn sie nicht gelingen, bringt es einen nicht mehr aus der Ruhe.

In der Literatur gibt es wunderbare Beispiele für die Kraft der Liebe: Emma und Mr Darcy oder Jane Eyre und Mr Rochester, um nur zwei berühmte Paare zu nennen. Gerade noch wussten sie nichts voneinander … und dann … wie aus dem Nichts … sind sie einander in Liebe zugetan und überwinden jedes Hindernis.

Ich war bestimmt nicht Jane Eyre und Hannes nicht Mr Rochester, aber wir empfanden viel füreinander, so viel, dass wir bereit waren, jedes Hindernis für unsere Liebe zu überwinden. Wir telefonierten, schrieben uns Briefe und glaubten unerschütterlich an unser Glück.

Wenn die Liebe dich trifft, reich ihr die Hand … diesen Rat gebe ich meinen Kundinnen und Kunden nur zu gern, wenn ich spüre, dass sie Liebeskummer haben.

Man liebt nicht gestern oder morgen, sage ich dann. Man liebt im Augenblick. In diesem einen Moment …

9. KAPITEL

Köln, vor zweiundvierzig Jahren

Ein schwarzer Kombi fährt aus einer Lücke. Hannes' Finger klopften fröhlich aufs Lenkrad, als er den Blinker setzt, um den freigewordenen Parkplatz zu übernehmen.

Seit sie in Frankfurt zu ihm in den Wagen gestiegen ist, zappelt Peggy wie ein Kind am ersten Schultag. Sie zieht an ihren Fingern, bis die Knöchel knacken. Sie kann einfach nicht ruhig bleiben.

»Da wären wir!«, sagt Hannes, als er den Wagen geparkt hat. Mit einem erleichterten Blick beugt er sich zu ihr hinüber, nimmt ihre Hand in seine und haucht einen Kuss darauf. »Wir sind angekommen, Liebes. In *unserem* gemeinsamen Leben.«

Endlich ist sie in Deutschland. Für immer bei Hannes. Sie kann es noch gar nicht glauben. Von ihrer Unruhe angetrieben, macht sie sich am Sicherheitsgurt zu schaffen. Bevor Hannes überhaupt den Schlüssel aus dem Zündschloss ziehen kann, stößt sie bereits die Tür auf und steigt aus.

Ein Jahr hat sie auf diesen Moment gewartet, und nun kann sie es kaum erwarten, in ihr neues Leben zu starten.

Die letzten Monate waren aufregend. Tagsüber hatte sie alle Hände voll in der Buchhandlung zu tun, und nachts wartete das aufgeschlagene Grammatikbuch auf sie. Sie hat noch Probleme mit den Zeiten, macht Fehler, doch sie wird es schon schaffen, Hannes' Sprache zu lernen. Wäre doch gelacht!

Sie lehnt sich gegen die Beifahrertür und lässt ihre Augen genüsslich an der Fassade des weißgetünchten Hauses hinaufwandern. In der Breiten Straße, wo vor über hundert Jahren die russischen Zaren residierten – das hat Hannes ihr während der Fahrt vom Flughafen hierher erzählt –, wird sie fortan wohnen. Das Haus hat eine Stuckfassade und sieht hübsch aus. Hier wird sie morgens die Vorhänge von den Fenstern schieben und den Tag beginnen. Und eines Tages wird sie hoffentlich ein Kind zur Welt bringen und mit Hannes die Buchhandlung eröffnen, von der sie träumt.

Hannes tritt neben sie. Er deutet auf eine Reihe Fenster im dritten Stock. »Dort oben wohnen wir, Peggy. Du und ich.«

»Wie im Vogelnest«, freut Peggy sich. Hannes' Wohnung ist fünfundsechzig Quadratmeter groß; einen Aufzug gibt es nicht, doch das stört sie nicht. Worauf es ankommt, ist die Liebe, die sie füreinander empfinden. Dieses bedingungslose Ja für ihn hat sie hierhergeführt in ein neues Leben.

In den Zeiten der Trennung haben sie sich Liebesbriefe geschrieben und stundenlang telefoniert. Hannes hat ihr versprochen, Englisch mit ihr zu sprechen. »… bis du dich im Deutschen sicher fühlst.«

»Egal, wie lange es dauert?«, hatte sie wissen wollen, unsicher, wie lange sie brauchen würde, um vernünftig mit ihm kommunizieren zu können.

»Ganz egal, wie lange«, hatte er beteuert. Seine Antwort hatte sie beruhigt. Sie würde es schon schaffen. Und Hannes würde ihr helfen.

Peggys Gedanken reisen drei Wochen weiter. An einem Sonntag wird sie Hannes im Altenberger Dom, einer ehemaligen Klosterkirche im Bergischen Land, das Ja-Wort geben. Eine Hochzeit im Grünen stellt sie sich herrlich vor.

Als sie Rory geheiratet hatte, hatte es geregnet. Und schon bald hatten sich bei ihr erste Zweifel eingeschlichen, ob diese Hochzeit die richtige Entscheidung gewesen war.

Diesmal ist sie sich so sicher, wie man sich nur sein kann. Ihre Augen fangen den schmalen Verlobungsring am Ringfinger ihrer linken Hand ein. Es war ein bewegender Moment, als Hannes auf die Knie gegangen ist, um ihr den Ring anzustecken. Sie hat vor Rührung geweint, obwohl sie eigentlich lachen wollte.

Peggy löst ihren Blick von dem Ring. Morgen wird sie ihre zukünftigen Schwiegereltern kennenlernen. Bisher haben sie nur Fotos von ihr gesehen und Hannes von ihr schwärmen hören. Doch Hannes hat ihr versichert, dass sie sie lieben werden.

Peggy hört, wie sich der Kofferraum öffnet. Hannes hievt ihr Gepäck aus dem Wagen. Mit Rucksack und Koffer kommt er zu ihr. »Sobald wir genügend Geld zusammengespart haben, eröffnen wir unsere eigene Buchhandlung, und du übernimmst die Abteilung englische Literatur. Die nimmt in der Buchhandlung Sandner nämlich eine Ausnahmestellung ein. Das verspreche ich dir hoch und heilig!«

Peggy lacht. Sie wünscht sich nichts sehnlicher als ein Leben mit Hannes. Diesmal wird sie glücklich werden. Das weiß sie.

»Komm.« Hannes' Stimme klingt einnehmend. »Wir gehen erst mal rauf und essen was. Was hältst du von Spiegeleiern, Bratkartoffeln und grünem Salat. Das kann ich perfekt. Einverstanden?«

Peggy nickt. »Einverstanden!«, sagt sie auf Deutsch. Dieses eine Wort bringt sie problemlos über die Lippen. Sie langt nach ihrer Reisetasche, die neben dem Wagen steht, und folgt Hannes ins Haus.

Kaum hat er in seiner Wohnung das Gepäck abgestellt, zieht er Peggy an sich und küsst sie überschwänglich. So viel Zuneigung hat sie nie zuvor erfahren. Die Scheidung war eine einzige Erleichterung. Danach hatte sie genug von Männern … bis Hannes kam.

Mit ihm fühlt sich das Leben endlich wieder richtig an. Er ist ein Mann mit Herz, hört ihr zu und bringt sie zum Lachen.

Nachdem sie sich voneinander gelöst haben, verstaut Hannes das Gepäck im Schlafzimmer und zeigt ihr die Wohnung.

In der Realität ist sein Zuhause noch studentischer als auf den Bildern, die er ihr geschickt hat: Die Räume haben weiße Wände, vereinzelt stehen Lampen herum, und es gibt Regale voll mit Büchern. In der Küche entdeckt Peggy einen Tisch mit verschiedenen Stühlen und eine Kochnische. Alles sieht zusammengewürfelt aus, doch sie empfindet die Wohnung nicht als ungemütlich, eher als unfertig. Wenn sie Grünpflanzen an den nackten Stellen platziert und die Wände in Farbe taucht, wirkt die Wohnung sicher gleich anders.

»Können wir die Wohnung neu ausmalen?«, fragt sie, als sie nach dem Duschen mit einem großen Badehandtuch um den Körper in die Küche tapst.

Hannes steht über eine Pfanne gebeugt da und schlägt Eier auf. Jetzt blickt er zu ihr hinüber.

»Du darfst alles, mein Schatz. Das weißt du doch«, sagt Hannes, während er sich an einem Küchenhandtuch die Hände sauber wischt.

Peggy hebt ungläubig die Stimme. »Wirklich alles?«, sie wartet ab, ob ein einschränkender Hinweis ihr inneres Frohlocken schmälert. Doch Hannes zieht sie am Zipfel ihres Handtuchs zu sich heran und küsst ihre feuchte Nasenspitze.

»Alles heißt alles, ohne Ausnahme.« Er streicht mit der Hand ihren Rücken entlang, dann wendet er sich wieder dem Essen zu, löst mit dem Pfannenwender die Eier und kümmert sich um die Bratkartoffeln. »Fertig! Wir können essen«, verkündet er kurz darauf.

»Prima. Ich habe nämlich schon mächtig Hunger!« Erneut versucht Peggy sich darin, Deutsch zu sprechen.

Hannes hebt den Daumen. »Du machst das ganz hervorragend. Weil du nämlich ein Naturtalent bist«, lobt er sie.

Nach dem Essen ziehen sie sich ins Wohnzimmer zurück und hören Musik. Zu den Hits der Beatles schneidet Hannes die Käsesahnetorte an, die er als Überraschung für sie besorgt hat.

»Von meiner Lieblingskonditorei in der Friesenstraße«, erzählt er, glücklich darüber, dass Peggy gleich zwei Stücke vertilgt.

Peggy kennt keine deutsche Käsesahnetorte, aber sie schmeckt himmlisch, findet sie. Nach Tee und Torte gehen sie ins Schlafzimmer. Auf dem Nachttisch stehen weiße Maiglöckchen, ihre Lieblingsblumen.

»Noch einmal willkommen zu Hause, Liebes. Anfangs wird dir vielleicht manches fremd vorkommen, aber das wird sich legen. Sag mir, wenn ich etwas tun kann, um es dir leichter zu machen.«

Peggy schlingt die Arme um Hannes und wirft ihm einen verführerischen Blick zu: »Küss mich. *Das* kannst du für mich tun«, flüstert sie. Draußen rascheln die Blätter im Wind, als sie sich in die Arme nehmen und innig küssen.

10. KAPITEL

London, Juni

Die Augen des Hundes waren dunkel wie Lakritz und sahen Emma unverwandt an.

Zaghaft streckte sie die Hand nach dem Tier aus. »Hey? Wo kommst du denn her?«, fragte sie. Der Hund wirkte zutraulich, trotzdem scheute sie sich, ihn zu streicheln.

Suchend sah sie sich um. Das Geräusch, das sie vorhin gehört hatte, und das Loch in der Wiese, keine vier Schritte von ihr entfernt, passten perfekt zusammen. Offenbar hatte der Hund es gebuddelt, und sie hatte das Kratzen und Scharren seiner Pfoten gehört.

Emmas Augen wanderten zurück zu dem Hund. Er war mittelgroß und zweifarbig, mit einem Ohr, das hochstand, und einem, das abgeknickt am Kopf lag – eine Promenadenmischung, die zwar nicht die Eleganz eines Rassehundes hatte, aber außergewöhnlich war. Dass sie den Hund als außergewöhnlich empfand, lag nicht nur an dem zweifarbigen Fell und den unterschiedlichen Ohren, sondern auch daran, dass ein Auge hell umrandet war und das andere dunkel. Doch vor allem war es dieser treue Blick, der Emma sofort für den Hund einnahm. Er sah sie so ergeben an, dass sie nicht anders konnte, als ihn auf Anhieb zu mögen, und da er weder zurückzuckte noch zu knurren begann, wurde sie mutiger und begann, ihn vorsichtig zu kraulen.

»Nur, damit der Förmlichkeiten Genüge getan ist … ich bin Emma. Und wer bist du?«, fragte sie, während sie ihn mit gleichmäßigen Bewegungen streichelte.

Der Hund wedelte mit dem Schwanz. Wie es schien, hatte er keine Angst vor ihr.

»Nächste Frage. Warum läufst du allein im Park herum? Bist du etwa weggelaufen?« Emma ließ von dem Hund ab und sah sich erneut um. Heute war im Park nicht viel los. Doch nirgendwo entdeckte sie jemanden, der nach einem entlaufenen Hund Ausschau hielt.

»Hallo! Sucht jemand seinen Hund?«, sie drehte sich einmal um sich selbst. Einige Meter vor ihr spazierte ein Paar, das sich kurz umsah und verneinend den Kopf schüttelte, etwas weiter entfernt führten zwei Frauen ihre Hunde aus und unterhielten sich dabei, ohne auf ihren Zuruf zu reagieren.

Emma wandte sich wieder dem Hund zu.

»Wie es scheint, bist du allein unterwegs, zumindest im Augenblick«, sagte sie. Irgendjemand musste den süßen Kerl doch vermissen, überlegte sie. Ein weiteres Mal sah sie sich in alle Richtungen um, vergeblich.

Plötzlich entdeckte sie am Halsband des Hundes eine Plakette mit einer Telefonnummer und einem Namen – Jimmy!

»Na also, jetzt weiß ich wenigstens, wie du heißt«, rief Emma. »Schön, dich kennenzulernen, Jimmy. Weißt du was, jetzt rufen wir mal die Nummer an, die auf dieser Plakette steht, und dann bringe ich dich nach Hause zurück. Na, wie klingt das?«

Jimmy bellte laut auf, als Emma ihr Handy aus der Tasche zog und die Nummer eingab. Es klingelte zweimal, dann erklang die aufgeregte Stimme einer Frau. Als Emma sich kurz vorgestellt und gesagt hatte, dass sie Jimmy im St. James's Park gefunden hatte, hörte sie am anderen Ende einen erleichterten Schrei.

»O mein Gott! Sie haben ihn.«

Im Hintergrund vernahm sie eine weitere Stimme. Diese rief der Frau, mit der sie sprach, etwas zu.

»Mrs Allington lässt fragen, ob es Ihnen möglich wäre, Jimmy nach Hause zu bringen. Vom Park bis zu uns ist es nicht weit, und Mrs Allington würde sich gern persönlich bei Ihnen bedanken und sich erkenntlich zeigen. Wenn es für Sie zu umständlich ist, können wir auch jemanden schicken, der Jimmy holt.«

»Um Himmels willen«, verneinte Emma. »Das ist doch nicht nötig. Ich bringe Ihnen Jimmy gern zurück.« Sie versprach der Frau, sich unverzüglich auf den Weg zu der genannten Adresse zu machen, und beendete das Telefonat. »Hast du gehört?« Das Handy noch in der Hand, wandte sie sich Jimmy zu. »Man erwartet dich sehnsüchtig. Du bist deinem Frauchen sogar einen Finderlohn wert.«

Jimmys Schwanz schlug leise klatschend auf den Kiesweg. Als verstünde er jedes Wort und als sei die Tatsache, dass man ihn unbedingt zurückwollte, nichts Neues für ihn.

»Dann schaue ich mal bei Google Maps, wo wir hinmüssen.«

Emma öffnete den Stadtplan und suchte nach der Adresse, die die Frau ihr genannt hatte. Der Stadtteil St. James ging bis zur Piccadilly, dahinter begann Mayfair, das sie ganz gut kannte.

Sie fuhr mit dem Finger die Straße entlang – 4, Little St. James's Street. Die Gegend war ein Paradies für Hundebesitzer, nur einen Häuserblock weiter begann der Green Park, mit Buckingham Palace in der Nähe, und weniger als eine halbe Meile entfernt lag der St. James's Park. Zweifellos war die Little St. James's Street eine Top-Lage und nur einen kurzen Spazierweg entfernt. Sie würde die Pall Mall überqueren und schon wäre sie dort. Emmas Blick fing die London Library am St. James's Square auf dem Display ihres Handys ein. Bei ihrem letzten Besuch hatte sie mit ihren Eltern den ganzen Nachmittag in der Library verbracht, und niemals wäre sie auf die Idee gekommen, dass es das letzte Mal wäre, dass sie gemeinsam dort waren.

Ein Mann mit einem Labrador joggte an ihnen vorbei. Emma griff nach Jimmys Halsband, um ihn daran zu hindern, wegzulaufen. »Einer *Unterhaltung* mit dem Labrador kann ich leider nicht zustimmen. Ich trage nun die Verantwortung für dich. Verstehst du?«

Sobald sie den Hund abgegeben hätte, würde sie die Royal Academy of Arts ansteuern. Das Museum war nicht weit von der Little St. James's Street entfernt. Sie würde sich die aktuelle Ausstellung ansehen und die Ruhe in den Straßen Mayfairs genießen. Dort zeigte sich die Acht-Millionen-Stadt von ihrer eleganten Seite: historische Häuser, herrliche kleine Parks, Galerien, intime Restaurants und teure Boutiquen. In diesem Viertel schienen die Menschen alle Zeit der Welt zu haben, und es war so still dort wie selten in London.

»Also hör zu, du Ausreißer. Wir gehen jetzt nach Hause. Tragen kann ich dich leider nicht. Du bist eindeutig zu schwer. Und Leine haben wir auch keine. Wenn du brav neben mir herläufst, haben wir kein Problem und kommen sicher bei deinem Frauchen an.«

Jimmy sah sie mit treuen Augen an, zeigte aber keine Reaktion.

»Okay, auf geht's. Komm!« Emma sah Jimmy aufmunternd an, dann marschierte sie los. Energisch setzte sie einen Schritt vor den anderen. Wenn Jimmy ihr nicht folgte, würde sie irgendwo eine Schnur auftreiben müssen, um sie als Leine umzufunktionieren. Jedenfalls würde sie ihn wohlbehalten nach Hause bringen, das hatte sie versprochen.

Nach einigen Schritten blieb sie stehen. Jimmy saß noch immer reglos an der Stelle, wo sie ihn zurückgelassen hatte. »Hey, Jimmy«, rief sie auffordernd. »Bei Fuß! Komm schon.« Der Hund sprang auf, und als Emma ein weiteres Mal nach ihm rief, sprintete er auf sie zu und folgte ihr schließlich. »Hoffentlich bist du kein Wiederholungstäter, dann gibt es vermutlich Ärger.« Emma griff nach einem Ast, der auf dem Weg lag und hielt ihn Jimmy hin. »So, mein Lieber, das ist ab jetzt so eine Art Walkie-Talkie zwischen uns. Verstanden?!«

Sie holte aus und schleuderte den Stock weit von sich. Jimmy raste los, schnappte sich den Ast und brachte ihn wie eine wertvolle Beute zurück. Emma warf den Stock erneut, auf diese Weise hielt sie den Kontakt zu Jimmy. Sie schafften es aus dem Park, über die Pall Mall und in die Nähe ihres Ziels. Inzwischen folgte Jimmy ihr auf den Fersen. Er strich ständig um ihre Beine herum.

»Gleich haben wir's geschafft!«, sagte Emma, als die ersten Häuser der Little St. James's Street vor ihnen erschienen.

»Jetzt müssen wir nur noch die Nummer 4 finden. Lauf ruhig vor, schließlich weißt du, wo du wohnst.«

Jimmy sah sie an, machte aber keinerlei Anstalten, ihr von der Seite zu weichen.

Die meisten Häuser, an denen sie vorbeikamen, waren verputzt, einige waren aus rötlichem Backstein, und alle hatten einladend elegante Fassaden. Emma blieb vor einem vierstöckigen Gebäude aus dunkelrotem Backstein stehen. Nummer 4!

Ihr Blick huschte die Hausfassade hinauf. Das Haus war größer als die Nachbarhäuser, vermutlich wohnten hier mehrere Familien. Allerdings gab es nur eine Eingangstür. Neben der Tür standen akribisch geschnittene Buchskugeln, und die Fenster schmückten Kästen mit pinkfarbenen Blumen. Die Blüten waren so üppig, dass sie glaubte, es handele sich um Kunstblumen, bis sie ein vertrocknetes braunes Blatt aus der Pracht hervorlugen sah.

Einen Augenblick verweilte ihr Blick bei den hellen Sprossenfenstern, dann wanderte er zur Hauswand, an der ein rotes Fahrrad lehnte, das einzige Indiz für ein bewohntes Haus.

»Hier wohnst du also. Ziemlich fein! Also … jetzt mach brav Platz!« Emma blickte auf Jimmy hinab. Er hatte sich tatsächlich auf die Fußmatte gesetzt, den Blick auf die Eingangstür gerichtet. »Setz diesen treuen Blick auf. Weglaufen ist kein Kavaliersdelikt. Du brauchst gleich jede Hilfe, die du kriegen kannst«, beschwor sie den Vierbeiner. »Und falls du irgendwelche Bravourstückchen kannst, Pfote auf Kommando heben oder so was, jetzt wäre der passende Zeitpunkt dafür.« Emma beugte sich zu dem Klingelschild. Ihr Finger zögerte über dem polierten Messing, dann drückte sie zu. Glockengeläut ertönte, und beinahe sofort wurde die Tür schwungvoll geöffnet. Eine Frau in einem schlichten schwarzen Kleid, das ihre etwas zu üppige Figur perfekt kaschierte, wandte sich – ein erleichtertes Strahlen im Gesicht – Jimmy zu.

»Da bist du ja, du Ausreißer.« Sie ging in die Knie und drückte Jimmys Kopf gegen ihren Oberkörper. Immer wieder fuhr sie dem Hund mit den Händen durchs Fell. »Da gehe ich einmal mit dir Gassi und was machst du? Büxt aus.«

Emma erkannte die Stimme der Frau. Sie hatten vorhin miteinander telefoniert.

»Hast du denn nicht darüber nachgedacht, dass ich Ärger mit Mrs Allington bekommen könnte? Sie hat sich furchtbare Sorgen gemacht. Und ich auch. Wir sind so froh, dass dir nichts passiert ist.«

Von fern erklang ein Ruf nach Jimmy. Sofort machte der Hund sich los und flitzte ins Haus. Emma sah nur noch seinen Schwanz, dann war Jimmy auch schon verschwunden.

Die Frau richtete sich auf und strich ihr Kleid glatt. »Entschuldigen Sie. Ich bin Sally, die Hausdame. Wir haben miteinander telefoniert.« Sie trat zur Seite und deutete mit ausgestrecktem Arm in die Halle. »Bitte, treten Sie doch ein.«

Emma hörte Jimmy bellen und wagte sich ins Foyer. Das Entree war größer als ihr Wohnzimmer in Köln – ein langgestreckter, großzügig dimensionierter Raum mit Einbauten aus edlen Hölzern und jeder Menge Facettenspiegeln. Einen Moment blieb sie beeindruckt stehen. In ein Haus wie dieses hatte sie noch keinen Fuß gesetzt. Das hier war eine fremde Welt.

»Du Ausreißer, was machst du nur für Sachen ...« Irgendwo in den Weiten des Gebäudes redete jemand in einem Ton auf Jimmy ein, den man nur geliebten Haustieren entgegenbrachte – mahnend und liebevoll zugleich.

»Bitte folgen Sie mir. Mrs Sandner, nicht wahr?«, sagte Sally.

Emma nickte. »Emma Sandner, ja.« Abgesehen von der Stimme der Hausherrin, die in den Tiefen dieses Hauses auf Jimmy einsprach, und Sallys Stimme, schien das Haus keine Geräusche zu produzieren. In diesen Räumen herrschte ein ungewohnter Frieden. Nichts drang von draußen herein – weder Autolärm noch Stimmen von Passanten oder ein Martinshorn.

»Hatten Sie Probleme, Jimmy herzubringen? Sie hatten ja keine Leine«, fragte Sally, als sie am Ende der Halle ankamen und durch einen Torbogen in den nächsten Raum traten.

»Überhaupt nicht«, erzählte Emma. »Anfangs hat Jimmy gezögert, doch dann ist er mir problemlos gefolgt. Kaum zu glauben, dass in diesem süßen Kerl ein Ausreißer steckt.« Sie befanden sich nun in der Bibliothek. Emma sah Mengen an Büchern und riesige Blumenarrangements.

»Er ist einem Grauhörnchen nachgelaufen. Ich hatte ihn nur kurz von der Leine gelassen, und schon war er weg.« Sally ging voran und redete weiter. »Mrs Allington möchte sich unbedingt bei Ihnen bedanken. Nicht auszumalen, was passiert wäre, wenn Sie Jimmy nicht gerettet hätten. Sie können sich denken, wie froh wir sind, dass Sie geholfen haben.«

Emma konnte den Blick kaum von der Bibliothek abwenden, einem Universum voller deckenhoher Regale, in denen prachtvolle Bücher standen. Sehnsüchtig fing ihr Blick die Buchrücken aus edlem Leder ein. Sicher waren darunter kostbare Erstausgaben, einige vermutlich sogar mit Goldschnitt. Emma ertappte sich bei dem Gedanken, es sich in dem Sessel mit dem genarbten Leder gemütlich zu machen, um zu lesen.

»In einem Raum wie diesem könnte ich ganze Tage zubringen«, rutschte ihr heraus. Sie sah sich um und begriff, dass sie vor lauter Herumschauen hinter Sally zurückgeblieben war. Rasch holte sie den Abstand zur Hausdame auf und betrat hinter Sally das nächste Zimmer.

Der Raum wurde von einem Kamin aus Naturstein dominiert. Über dem Kamin sah sie das Porträt eines Mannes, und obwohl es draußen mild war, brannte im Kamin ein Feuer.

Emma hatte nicht unbedingt mit Chintzsofas, über deren Rückenlehnen Spitzendeckchen lagen, gerechnet, allerdings auch nicht mit einem Raum, der mit modernen Einzelstücken eingerichtet war. Den Mittelpunkt bildete ein Schrank, auf dem sich eine Sammlung ausgewählter schlichter Vasen befand. Auf einem Sideboard aus gehämmertem Messing standen liebevoll arrangierte Schwarzweißfotos, und an den Wänden hingen großformatige Gemälde moderner Künstler. Nur das Porträt über dem Kamin bildete eine Ausnahme. Mrs Allington hatte entweder einen ausgesprochen guten Geschmack oder einen dieser teuer bezahlten Kunstberater, die Gemälde wie Aktien handelten.

Jimmy, der zu Füßen seines Frauchens saß, sprang auf, rannte auf sie zu und hüpfte an ihr hoch. Emma legte die Hände auf Jimmys Pfoten, die an ihren Oberschenkeln lagen. »Hey, du!« Sie strich dem Mischling über den Kopf. »Bist du froh, wieder zu Hause zu sein?« Sie ließ von Jimmy ab, und sofort umkreiste er sie tänzelnd.

»Jimmy, bei Fuß. Hast du deine gute Kinderstube vergessen?«, mahnte Mrs Allington.

Jimmy spitzte die Ohren, rannte zur Couch und setzte sich brav auf den Teppich.

»Entschuldigen Sie Jimmys ungestüme Art und die Umstände. Ich bin Ava Allington. Jimmys Geisel ...« Mrs Allington drückte sich an der Lehne der malvenfarbenen Couch hoch und streckte ihr die Hand entgegen.

Emma lachte. Mit so viel Selbstironie hatte sie nicht gerechnet. »Emma Sandner«, stellte sie sich vor. »Freut mich, Sie kennenzulernen. Übrigens ist Geisel eine nette Umschreibung.«

»Man sollte die Dinge sehen, wie sie sind! Würde ich glauben, ich gäbe in diesem Haus den Ton an, würde ich damit lediglich signalisieren, dass ich den Überblick über die Machtverhältnisse verloren habe.«

»Jimmy ist der Chef. Schon verstanden.« Emma betrachtete Mrs Allingtons weißes Haar. Sie hatte es hochgesteckt, mit einer silbernen Spange am Hinterkopf; und das Kleid das sie trug – es war grün und betonte ihre schlanke Figur –, stand ihr ausgezeichnet. Kein Zweifel, diese Frau achtete auf sich.

»Schön, dass Sie sich Zeit für uns nehmen, Mrs Sandner. Heutzutage ist das nicht selbstverständlich, Sie hatten bestimmt andere Pläne.« Mrs Allington stützte sich mit einer Hand am Kamin ab, darauf bedacht, sicher zu stehen. »Und nochmals danke, dass Sie Jimmy heimgebracht haben.« Mrs Allingtons von feinen Linien durchzogenes

Gesicht strahlte Ruhe aus, doch ihre wachen Augen ließen auf einen interessierten Geist schließen.

Nach den vergangenen Wochen, in denen Emma sich allein und verloren gefühlt hatte, kam ihr die Freundlichkeit von Jimmys Frauchen wie ein Geschenk vor.

»Ich hoffe, Sie erlauben mir, mich für die Unannehmlichkeiten, die Sie hatten, erkenntlich zu zeigen«, sprach Mrs Allington weiter.

Emma winkte entsetzt ab. »Ich bitte Sie, das ist doch nicht nötig«, sagte sie. »Vom St. James's Park hierher ist es nicht weit.« Sie konnte kaum glauben, in solch einem Haus zu sein und so freundlich willkommen geheißen zu werden.

»Nun, dann darf ich Sie zumindest auf eine Tasse Tee und Shortbread einladen?« Mrs Allington machte eine Handbewegung, woraufhin Sally nickte und davonging. »Bitte, nehmen Sie Platz.« Sie deutete auf die Couches vor dem Kamin. »Jimmy freut sich, wenn Sie uns noch etwas Gesellschaft leisten. Sie scheinen sich ja bereits angefreundet zu haben.«

»Jimmy hat eine Menge Charme. Sich mit ihm anzufreunden ist nicht schwer.« Emma nahm gegenüber von Mrs Allington Platz. In den Kissen fand sie Halt und entspannte sich.

»Normalerweise ist Jimmy mit seinem Dog-Walker unterwegs. Simon versteht es, mit Hunden umzugehen. Jimmy folgt ihm aufs Wort. Leider hat er sich vor zwei Tagen das Bein gebrochen. Sally ist für ihn eingesprungen … und was dabei herauskommt, wenn sie sich, zusätzlich zu ihren anderen Pflichten, auch noch Jimmys annimmt, haben Sie selbst erlebt. Jimmy braucht eine starke Hand. Ansonsten macht er, was er will.«

Sally kam mit einem Silbertablett ins Kaminzimmer und deckte den Tisch ein. Als alles an seinem Platz stand, stellte sie einen Teller mit Shortbread in die Mitte und nahm das Teesieb aus der Kanne.

»Danke, Sally! Um den Rest kümmern wir uns schon.« Mit dem tropfenden Teesieb, das sie über einen Teller hielt, zog Sally sich zurück.

Mrs Allington goss Tee in zwei Tassen. »Earl Grey mit dem Aroma von Bergamotte-Orange. Meinem Empfinden nach die beste Möglichkeit, Tee zu genießen.« Sie stellte die Kanne zurück und ließ einen Würfel Kandiszucker in ihrer Tasse verschwinden.

Das elegante Getränk bestach durch eine strahlende Bernsteinfarbe und einen blumig-fruchtigen Duft, der Emma sofort in die Nase stieg. Wenn sie zu Hause mit dem Löffel den Teebeutel aus ihrer Tasse fischte, und den Faden darum wickelte, um den Beutel auszupressen, sah das völlig anders aus als das, was ihr hier geboten wurde. Ergänzend zu vier Zuckerarten wurden Süßstoff und Honig gereicht. Außerdem Milch, flüssige Sahne und Zitrone.

Mrs Allington deutete auf den silbernen Teller mit dem Shortbread. »Bitte, greifen Sie zu. Sally backt jede Woche, und sie versteht ihr Handwerk. Sie finden keine besseren Butterkekse in ganz London.«

Emma goss Milch in ihren Tee, rührte um und griff nach einem Keks. »Schmeckt himmlisch«, schwärmte sie nach dem ersten Bissen. »Ich glaube, ich habe noch nie einen so feinen Geschmack auf der Zunge gehabt.«

»Das kommt von der Orangenschale und der Vanille, und natürlich von jeder Menge Süßrahmbutter. Es ist ein Rezept unserer Familie.« Mrs Allington deutete auf Emmas nicht vorhandenen Hüftspeck. »Sie können es sich leisten, ordentlich zuzugreifen, also bitte …« Sie nippte an ihrem Tee und nahm Emma näher in Augenschein. Die bequemen Sneakers, die die junge Frau trug, und die Straßenkarte von London, die aus der Handtasche lugte, ließen sie vermuten, dass sie Touristin war. Allerdings sprach sie akzentfrei Englisch.

»Ich frage mich, wie es kommt, dass Sie so fantastisch Englisch sprechen. Haben Sie ein englisches Internat besucht?«

»Ach nein. Ich bin in Deutschland zur Schule gegangen, in Köln, wo ich auch heute noch lebe. Meine Mutter stammt aus St. Just-in-Roseland in Cornwall, doch bevor sie nach Köln zog, um meinen Vater zu heiraten, lebte sie in London. Sie hat in der Buchhandlung in der Regent Street gearbeitet. Später haben meine Eltern in Köln dann selbst eine Buchhandlung eröffnet.«

»Und Ihre Mutter hat Englisch mit Ihnen gesprochen, nehme ich an?«

Emma nickte. »Für mich war es normal, zweisprachig groß zu werden.«

»Sehr weitsichtig von Ihren Eltern. Ethan, mein Sohn, wurde übrigens in Cornwall getauft, in der St. Just's Church. Ich hatte damals das Empfinden, diese Kirche, die ein wahres Kleinod ist und in der ich immer das Gefühl hatte, es gäbe nichts Böses auf dieser Welt, könne ihm für sein weiteres Leben Schutz bieten. Mir ist natürlich klar, dass das nichts als ein schöner Gedanke war, aber damals gefiel er mir.« Bei der Erinnerung an die Zeit, als Ethan ein Baby und sie glücklich verheiratet war, trat ein seliger Ausdruck in Mrs Allingtons Gesicht.

»Verbringen Sie noch regelmäßig Zeit in Cornwall?«, fragte Emma interessiert.

»Leider nein!« Mrs Allington schüttelte den Kopf. »Um öfter dorthin zu fahren, bin ich nicht mehr jung genug … oder zu bequem. Suchen Sie es sich aus«, sie lachte, »Cornwall ist ja auch nicht gerade um die Ecke. Inzwischen nutzt Ethan unseren Sommersitz. Früher haben mein Mann und ich mindestens zwei Monate im Jahr an der kornischen Küste verbracht. Schon um des Hauses willen sind diese Sommer unvergesslich. Rosewood Manor liegt idyllisch auf einer Klippe in der Nähe von St. Ives. Wenn man dort ist, glaubt man sich auf einer Insel zu befinden, deshalb nennen wir diesen Ort innerhalb der Familie *die Roseninsel.*« Mrs Allington genoss die innere Ruhe, die sie durchströmte, während sie über glückliche Zeiten berichtete. »Ethan hat dort seine Leidenschaft fürs Surfen und alle möglichen anderen Sportarten entdeckt, und ich bin oft in die Pfarrkirche von St. Just gegangen und über die Märkte. Wenn meine beiden Männer angeln waren oder sonst was getrieben haben, hatte ich Zeit nur für mich. Aber genug von mir«, Mrs Allington nahm einen Schluck Tee und sah Emma an. »Erzählen Sie von sich. Was machen Sie beruflich?«

»Ich bin Buchbinderin«, begann Emma.

»Buchbinderin. Interessant. Ich weiß viel zu wenig darüber, wie Bücher hergestellt werden.«

»Das ging mir ebenso, deshalb habe ich mich für diese Ausbildung entschieden. Vor mir war kein Kloster sicher.« Emma lachte unbeschwert. Es war herrlich, mit Mrs Allington vor dem Kamin zu sitzen, mit ihr zu plaudern und ihr Interesse zu spüren – ein Moment normalen Lebens. Das hatte sie lange vermisst. »Die meisten Kloster-Bibliotheken bergen lang gehütete Geheimnisse, zumindest munkelt man das hinter vorgehaltener Hand. Ehrlich gesagt, steckt weit weniger dahinter, als gemeinhin angenommen wird. Natürlich gibt es eine Flut an Büchern über alternative und spirituelle Heilkunde, Pflanzenkunde und dergleichen. Außerdem durfte ich viele Erstausgaben begutachten, etliche mit Goldschnitt und auch viele wunderschön kolorierte Bücher. Doch das war erst ein Teil dessen, was mich interessierte. Nach der Ausbildung zur Buchbinderin habe ich dann ein Studium der Literaturwissenschaften und Anglistik angehängt. Bücher sind alles für mich.«

»Klingt nach einem erfüllten Leben. Bücher lassen einen nie im Stich, nicht wahr!?«, sagte Mrs Allington. »Ich habe ebenfalls eine Schwäche für Bücher, doch leider komme ich viel zu selten dazu, mir die Neuerscheinungen anzusehen. Wo arbeiten Sie zurzeit?«

Emma sah plötzlich nicht mehr allzu glücklich aus. »In der Filiale einer Buchhandelskette. Allerdings habe ich vor, mich umzuorientieren. Vor einiger Zeit musste ich die Buchhandlung meiner Eltern nach vierzig Jahren schließen. Dort wurden Vielfalt und Kundeninformation großgeschrieben, dementsprechend schwer fällt es mir, jetzt hauptsächlich Bestseller zu verkaufen. Nichts gegen Bestseller, aber ich bringe den Kunden gern die Vielfalt der Literatur näher. Mit ein bisschen Glück kuratiere ich demnächst eine privat geführte Bibliothek.« Emma zuckte mit den Schultern. »Was auch immer ich machen werde, es wird besser sein als das, was ich zurzeit tue. Und ein Zusatzjob als Kuratorin wäre schon deshalb nicht schlecht, weil nach der Schließung der Buchhandlung einiges an mir hängen geblieben ist.«, Emma verkniff sich das Wort *Schulden;* in Mrs Allingtons Gesellschaft kam ihr dieses Wort fehl am Platz vor.

»Darf ich fragen, wie hoch die Verbindlichkeiten sind?« Mrs Allington brachte die Dinge auf den Punkt.

Emma überlegte, ob sie so viel Offenheit gut oder schlecht finden sollte. Sie wollte niemanden etwas vormachen, trotzdem fühlte es sich falsch an, mit einer fremden Frau über ihre Schulden zu sprechen, schließlich wollte sie auch niemanden mit ihrer Situation belasten.

»Ich vertrete schon immer die Meinung, dass man über alles sprechen können sollte. Das macht das Leben einfacher, finden Sie nicht?«, sagte Mrs Allington, als Emma mit einer Antwort zögerte.

»Da haben Sie recht.« Dass ihre Gastgeberin die Dinge so entspannt sah, half Emma. Das Leben bestand nicht nur aus Höhen. Manchmal geriet man in die Bredouille, ohne etwas dafür zu können. Sie gab sich einen Ruck. »Es sind an die siebzigtausend Euro. Und da Kuratoren privater Bibliotheken gut bezahlt werden, kann ich die Schulden bestimmt tilgen«, gab sie sich optimistisch.

»Mit Ihrer Ausbildung bieten sich Ihnen viele Möglichkeiten. Sie sind ja geradezu ein Allroundtalent, wenn es um Bücher geht. Sie werden etwas Passendes finden, da bin ich mir sicher. Übrigens muss es wunderbar sein, schon als Kind zwei Kulturen kennenzulernen und zwei Sprachen zu sprechen. Sind Sie in London, um Verwandte zu besuchen?«

Emma spürte, wie es in ihrem Hals eng wurde. Rasch griff sie nach ihrer Tasse, trank einen großen Schluck Tee und verschluckte sich daran.

Mrs Allington schob ihr das Wasserglas zu. »Hier nehmen Sie!«

Emma trank das Glas in einem Zug leer, dann stellte sie es mit zitternden Händen zurück auf den Tisch.

»Ich frage Sie aus. Wie komme ich nur dazu. Verzeihen Sie.« Mrs Allington sah Emma verlegen an. Sie interessierte sich seit je für die Beweggründe, die hinter Handlungen steckten. Allerdings wollte sie der jungen Frau nicht zu nahetreten. Vielleicht hatte sie es schon getan? »Wissen Sie, wenn man in meinem Alter ist und manche Weggefährten nicht mehr da sind, sind neue Begegnungen einfach zu verführerisch.«

»Dann ist es ja gut, dass ich hier bin … für uns beide«, sagte Emma. Mrs Allington war offen und geradeheraus. Also konnte sie es ebenfalls sein. »Mein Vater ist vor wenigen Wochen verstorben, und meine Mutter einige Jahre zuvor. Es war eine schwierige Zeit, und als Sie nach meiner Familie fragten …«

»Oh, das tut mir leid, da kam alles wieder hoch. Der ganze Schmerz.«

»… ich will nur sagen, ich weiß, was Einsamkeit bedeutet, Mrs Allington.«

Mrs Allington legte ihre Hand tröstend auf Emmas. Emma registrierte die Adern auf dem Handrücken, den dezenten nudefarbenen Nagellack und die kostbaren Brillantringe. Doch vor allem spürte sie das Verständnis, das diese Geste ausdrücken sollte.

»Mein Mann ist vor einigen Jahren verstorben. Natürlich war er im entsprechenden Alter, trotzdem war es schwer für mich, ihn von heute auf morgen nicht mehr um mich zu haben.«

»Es ist hart, den Verlust eines Menschen zu akzeptieren. Manchmal wünsche ich mir noch einen Tag mit meinen Eltern. Eine Stunde, die ich mit ihnen verbringen kann …«

Jimmy, der zwischen Mrs Allington und Emma saß, streckte Emma die Schnauze entgegen. Seine Wärme an ihrer Haut ließ alles Schwere leichter erscheinen.

Emma atmete tief durch, dann richtete sie sich auf, um ihre positive Einstellung zu verdeutlichen. »Aber nun bin ich in England, um neuen Mut zu schöpfen.«

Mrs Allington drückte noch einmal Emmas Hand, dann ließ sie sie los. »Sind Sie gut untergebracht, Mrs Sandner? Ich hoffe, Sie haben ein nettes Hotel gefunden. Die Umgebung spielt eine große Rolle, besonders, wenn man neuen Mut fassen möchte.«

»Ehrlich gesagt hat das Hotel im Netz ansprechender ausgesehen, als es in Wirklichkeit ist, aber ich brauche auf jeden Fall ein paar schräge Erlebnisse für meine Freundin. Ich habe versprochen, sie per Skype und Telefon an meiner Reise teilhaben zu lassen. Und je ausgefallener meine Erlebnisse sind, umso unterhaltsamer für Marie.«

»Klingt nach einer wundervollen Freundschaft. Ich hoffe, die Rettung eines Hundes bietet genügend Stoff für den heutigen Tag.«

Emma grinste verschmitzt. »Da bin ich mir sicher. Marie wird begeistert sein, wenn sie erfährt, dass ich einen neuen Freund gefunden habe. Allerdings rechnet sie nicht mit einem Vierbeiner.« Die beiden Frauen lachten.

Ava Allington registrierte den liebevollen Blick, den Emma Jimmy zuwarf. Sie mochte die Hilfsbereitschaft der jungen Frau und deren Offenheit. Beides zeugte von gutem Charakter – Ehrlichkeit und Offenheit waren heutzutage keine Selbstverständlichkeit –, außerdem brachte Emma Leben ins Haus, und das vermisste sie schon viel zu lange. Und Jimmy schien so viel Aufmerksamkeit ebenfalls zu genießen.

»Übrigens scheint Jimmy Sie ins Herz geschlossen zu haben«, sagte Mrs Allington, nachdem sie ihre stumme Analyse abgeschlossen hatte.

Emma tätschelte Jimmys Bauch, und als der Hund sich auf den Rücken warf, kraulte sie ihn ausgiebig unterm Hals. »Wie alt ist er denn?«

»Er ist seit etwa vier Jahren bei uns. Jimmy ist ein Findelkind.« Mrs Allington legte den Keks, von dem sie abgebissen hatte, auf den Tellerrand ihrer Tasse. »Als mein Sohn eines Tages mit dem Wagen unterwegs war, stand Jimmy mitten auf der Fahrbahn. Ethan ist sofort aus dem Auto gesprungen und hat sich um ihn gekümmert. Um es kurz zu machen, er hat ihn mitgenommen. Über soziale Netzwerke und Tierschutzverbände hat Ethan versucht, Jimmys Halter ausfindig zu machen. Aber da sich niemand gemeldet hat, haben wir ihn behalten.«

Emma hielt Jimmys Pfote und ließ sie nun los. »Wie herzlos, dass sein Besitzer sich nicht gemeldet hat.«

»Das hat uns damals ebenfalls gewundert.« Für Mrs Allington schienen die Erlebnisse dieses Tages noch immer präsent zu sein. »Für uns kam es keinen Moment in Frage, Jimmy in ein Tierheim zu geben. Und weil Ethan als Kind einen Hund namens Jimmy hatte, haben wir ihn auf diesen Namen getauft.« Mrs Allington warf einen Blick auf ein Foto auf dem Beistelltisch und ihr Lächeln vertiefte sich.

»Ethan lebt in Chelsea und ist beruflich viel unterwegs.

Von Anfang an war klar, dass Jimmy bei mir bleiben würde. Aber wenn Ethan da ist und mit Jimmy spielt, kommt es uns vor, als sei er schon immer bei uns. In diesen Momenten fühlt es sich fast wie früher an, als mein Mann noch lebte. Es macht eben einen Unterschied, ob man Vergangenes, an dem man hängt, mit jemandem teilt oder es allein durchlebt.«

»Wem sagen Sie das«, fügte Emma leise murmelnd hinzu.

»Wenn Ethan hier ist, fühlt sich der Verlust meines Mannes nicht mehr wie eine frische Wunde an, sondern wie eine Verletzung, auf der zumindest ein Pflaster klebt. Ethan ist ein Schatz! Wir stehen uns sehr nahe.«

Mrs Allington reichte Emma das Foto vom Beistelltisch.

Ethan war ein attraktiver Mann in seinen Dreißigern, dessen dunkles, leicht gewelltes Haar sein Gesicht perfekt umrahmte und dessen Augen etwas Durchdringendes hatten. Trotz der eleganten Kleidung – auf dem Foto trug er Anzug, Krawatte und Einstecktuch – strahlte er eine gewisse Lässigkeit aus, und auch der Bart, der sorgfältig gestutzt war, stand ihm hervorragend. Während Emma das Foto betrachtete, überfiel sie der Gedanke, wie es gewesen sein mochte, in diesem Haus aufzuwachsen. Vermutlich hatte Ethan eine behütete Kindheit ohne Sorgen verlebt. Einen kurzen Moment beneidete sie ihn darum, noch seine Mutter zu haben, dann blickte sie hoch und sah den Stolz in Mrs Allingtons Augen. Vorsichtig reichte sie der älteren Dame das Foto. »Ein schönes Foto. Sie haben einen gutaussehenden Sohn.«

Mrs Allington nickte. »Danke, das hört eine Mutter gern. Ethan kommt ganz nach seinem Vater. Nur hat er leider nicht dessen Entschlusskraft, wenn es um private Bindungen geht. Er behauptet, ihm bliebe nicht genügend Zeit für ein Privatleben. Aber unter uns, ich glaube eher, er bindet sich nicht, weil es keinen Grund dafür gibt. Offenbar ist er der Liebe noch nicht begegnet.«

»Da geht es Ihrem Sohn wie mir, Mrs Allington. Liebe ist das Einzige, das man nicht kaufen, bestellen oder erbitten kann. Liebe bekommt man geschenkt.« Emma fühlte sich Ethan nach Mrs Allingtons Schilderungen auf seltsame Weise verbunden. Selbst wenn es eine Frau gäbe, die ihn liebte, würde es ihm nichts nützen. Erst wenn auch er dieser Frau in Liebe zugetan wäre, schlösse sich der Kreis, der Liebe zum Größten machte, was zwei Menschen miteinander teilen konnten.

Sie beendeten das Thema Beziehungen und plauderten wieder über Jimmy, als Mrs Allington plötzlich aufrief: »Mir kommt gerade eine Idee. Hätten Sie vielleicht Lust, sich um Jimmy zu kümmern, bis ich einen vorläufigen Ersatz für Simon gefunden habe? Sie bräuchten nur mit ihm Gassi gehen und ihn morgen zum Hundefriseur begleiten. Höchste Zeit, dass du wieder eine ordentliche Frisur bekommst, nicht wahr, Jimmy?«

Emma wusste nicht, wie sie auf den Vorschlag reagieren sollte, und so führte Mrs Allington ihr Angebot weiter aus.

»Mir ist bewusst, dass Sie hier sind, um auszuspannen. Und damit Ihnen genügend Zeit dafür bleibt, stelle ich Ihnen Jasper, meinen Fahrer, zur Verfügung. Er bringt Sie überallhin und zeigt Ihnen die Geheimtipps, falls Sie die nicht selbst längst herausgefunden haben. Ihre Freundin Marie würde sich über diese Wendung freuen. Stoff zum Skypen«, endete Ava schmunzelnd.

»Ich weiß wirklich nicht, was ich sagen soll …«, begann

Emma. Ein solches Angebot, zumal, wenn man sich gar nicht kannte, war ihr noch nicht untergekommen.

»Nun, wenn das so ist, sagen Sie Ja.« Mrs Allington deutete auf ihren rechten Fuß. »Ich habe Probleme mit dem Hallux. Deshalb kann ich nicht mit Jimmy spazieren gehen. Und Sally hat eigentlich genug anderes zu tun«, ergänzte sie.

Emma hatte gar nicht bemerkt, dass die ältere Dame gehandicapt war.

»Darf ich Ihnen noch etwas zeigen? Hätten Sie dafür Zeit?«, fragte Mrs Allington.

»Zeit ist mein geringstes Problem, Mrs Allington, davon habe ich reichlich«, antwortete Emma.

»Dann kommen Sie mal mit.« Mrs Allington stand auf und deutete Emma, ihr zu folgen. Humpelnd ging sie in die Halle. »Die Treppe ist im Moment zu mühsam für mich. Wir nehmen den Aufzug«, erklärte sie, als sie einstiegen.

Im zweiten Obergeschoss stiegen sie aus und steuerten eine weiß lackierte Flügeltür an. »Hier ist es.« Mrs Allington stieß die Tür auf. »Bitte, treten Sie ein. Die Gästewohnung«, erläuterte sie, als sie durch den Flur gingen. »Kommen Sie und sehen Sie sich um. Hier hätten Sie alles, was Sie brauchen. Wohnzimmer, Küche, Bad, WC, Ankleideraum mit integriertem Schlafzimmer und eine Terrasse.« Sie öffnete eine zweite Flügeltür, die hinaus auf die Terrasse führte. »Werfen Sie einen Blick in den Garten. Ich bleibe hier und mache es mir bequem.« Mrs Allington glitt in einen Sessel und lagerte die Beine auf den Hocker. Der Knöchel ihres versehrten Fußes war angeschwollen. Sie lief zu viel herum. Das hatte man davon, wenn man so mobil wie möglich erscheinen wollte.

Emma trat hinaus und blickte in den gepflegten Garten – an einer Steinmauer rankten rosa und hellblaue Wicken. Die Sonne kam durch die Wolken und tauchte den Garten in Helligkeit. Emma genoss es, in der Wärme zu stehen, und ließ den Blick über die Dächer der Häuser ringsum schweifen. Hatte sie das richtig verstanden? Mrs Allington bot ihr eine Traumwohnung an, samt einem Job, der sie zwei Stunden am Tag, im höchsten Fall drei, kostete? Sollte sie dieses außergewöhnliche Angebot annehmen?

Emma kehrte zurück ins Wohnzimmer, wo Mrs Allington erwartungsvoll auf sie wartete.

»Ich weiß, ich sollte meinen Hallux nicht derart schamlos ausnutzen«, sagte Ava Allington, als sie sich aus dem gemütlichen Sessel am Fenster erhob, »aber in diesem Fall sei mir verziehen, schließlich geht es nicht nur um mich, sondern vor allem um Jimmy. Er mag sie, und mir gefallen Sie ebenfalls. Es wäre eine große Erleichterung für mich, wenn Sie Ihre Hilfe zusagen würden, Mrs Sandner. Wenn Sie mögen, können Sie gern das Gästeappartement beziehen. Sie haben hier genügend Platz, Ihre Seele baumeln zu lassen und London in vollen Zügen zu genießen. Jimmy würde sich bestimmt freuen, und ich mich natürlich auch.«

11. KAPITEL

»Du wohnst nicht mehr im Hotel?« Marie wusste nicht, ob sie Emma glauben oder das Gesagte als Scherz abtun sollte.

»Lass mich zusammenfassen«, beeilte sie sich. »Mrs Allington bittet dich, einige Tage als Hundesitter auszuhelfen, und du ziehst gleich in ihr Stadthaus?«

»Mrs Allington kann sehr überzeugend sein. Ich habe es schlichtweg nicht übers Herz gebracht, ihr Angebot auszuschlagen. Sie leidet unter einem Hallux und kommt allein nicht zurecht, zumindest solange Jimmys Dog-Sitter ausfällt. Und überleg doch mal. Wenn ich morgens die erste Runde mit Jimmy drehe, ist es viel einfacher, wenn ich gleich hier bin.«

»Kann ihr Sohn, wie heißt er gleich noch mal … Alan, Edward … kann er nicht einspringen und sich um Jimmy kümmern?«, erkundigte sich Marie.

»Er heißt Ethan«, korrigierte Emma, »und nein, kann er nicht. Er ist gar nicht in der Stadt. Wenn du mich fragst, ist der Flughafen sein Zuhause. Seine Wohnung, vermutlich ein sündteures Appartement, hat er nur pro forma.«

»Wo ist dieser Ethan denn gerade?«

»In Dubai oder in New York … ich hab's vergessen.« Emma verschwieg, dass Ethans Anblick ihr beinahe die Sprache verschlagen hatte. Es war nicht nur sein attraktives Äußeres, das sie sofort angesprochen hatte, es war vor allem sein Blick. Jemand, der andere so ansah, musste ein wunderbarer Mensch sein, warmherzig und verständnisvoll. Während sie das Foto betrachtet hatte, war ihr der Gedanke gekommen, wie es sich wohl anfühlte, wenn Ethan *sie* mit diesem magischen Blick ansähe.

»Du scheinst schon eine Menge über die Allingtons in Erfahrung gebracht zu haben. Wer von uns beiden ist eigentlich die Journalistin?«

»Keine Sorge, das bist immer noch du.« Emma lümmelte auf dem Teppich im Wohnzimmer, vor sich den Laptop, auf dessen Bildschirm Maries Gesicht zu sehen war. »Mrs Allington hat mir übrigens ihren Chauffeur angeboten. Stell dir mal vor, was für ein Luxus, London auf diese Weise zu erkunden. Kein Warten auf die U-Bahn. Keine nassen Füße, wenn es regnet.«

»Mrs Allington hat einen Chauffeur? Wie in ›Miss Daisy und ihr Chauffeur‹?« Marie stieß laut die Luft aus. »Das klingt wie ein Kapitel aus einem der Bestseller, die du so ungern verkaufst, aber doch nicht nach deinem Leben.«

»Tja, trotzdem passiert mir gerade genau das. Jasper hat mich zum Hotel gefahren, um meine Sachen zu holen. Und jetzt sitze ich im Gästewohnzimmer auf diesem flauschigen, vermutlich sündhaft teuren Teppich, und wenn ich aus dem Fenster sehe, blicke ich in eine der feinsten Gegenden Londons, und auf der Terrasse stehen Teakholzsessel, wie sie vermutlich Kate und William in ihrem Park haben.«

»Und das alles nur, weil du einen Hund zurückgebracht hast?!« Marie musste das, was sie hörte, erst mal verarbeiten. »Ich habe wirklich eine Menge Fantasie, Emma, das weißt du«, sagte sie schließlich. »Aber das übersteigt selbst meine Vorstellungen. Fehlte nur noch, dass Mrs Allington dich bezahlt …«

»Das wollte sie, aber ich habe abgelehnt.«

»Dachte ich's mir doch. Das klingt wie diese amerikanischen Komödien, in denen Richard Gere zu seinen besten Zeiten die Hauptrolle übernommen hat.«

Es steckte mehr als nur Hilfsbereitschaft hinter Emmas Zusage, sich um Jimmy zu kümmern. Das Haus in der Little St. James's Street strahlte etwas aus, das sie an ihre Familie erinnerte – Behaglichkeit und Frieden. Einen Ort wie diesen, mit einem Menschen wie Ava Allington, die ihr Zugewandtheit entgegenbrachte, brauchte sie gerade dringend. Hier fühlte sie sich nicht mehr so allein; in ihrer momentanen Situation war das eine riesige Erleichterung.

»Es wird noch spannender, Marie, warte, ich zeige dir mein neues Zuhause …« Emma unterbrach die Stromzufuhr zu ihrem Notebook, schwang sich auf und begann, mit ihrem aufgeklappten Laptop durch die Wohnung zu gehen. »Also das ist das Wohnzimmer.« Sie hielt ihr Notebook so, dass Marie möglichst viel von den eleganten Möbeln und gemütlichen Couches mitbekam.

»Ziemlich weitläufig für ein Gästeappartement«, staunte Marie. »Was ist das für eine Farbe an der Wand?«

»Plum, dunkles Pflaumenblau.«

»Mutig, und durch die weißen Sprossenfenster sehr elegant. Geh doch mal näher zu den Fotos an den Wänden«, bat Marie.

Emma hielt die Kamera an eins der Fotos. »Es sind Familienfotos. Auf den meisten siehst du Mrs Allingtons Mann und sie selbst, außerdem einige Freunde, nehme ich an … und natürlich Ethan. Ihn hat Mrs Allington oder wer auch immer am häufigsten fotografiert.«

Emma ging die Fotos ab, und als sie Marie die meisten gezeigt hatte – Fotos, die eher an Profiaufnahmen erinnerten wie in der *Vogue* oder im *Tatler* als an Schnappschüsse –, ging sie ins Schlafzimmer und in die übrigen Räume. Auf diese Weise zeigte sie Marie die ganze Wohnung. Zum Schluss ging sie hinaus auf die Terrasse, wo am Himmel Sterne funkelten und man leise die Geräusche der Autos hörte.

»Weißt du, manchmal hatte ich Angst, du würdest dich nach allem, was passiert ist, zu sehr zurückziehen, aber jetzt bin ich beruhigt. Eine Frau, die, ohne zu zögern, bei einer Fremden einzieht und sich um einen Hund kümmert, den sie ein paar Stunden zuvor noch gar nicht gekannt hat, die steht mitten im Leben.«

»Danke, Marie.« Dass Marie, für die mutig zu sein der Normalzustand war, ihr dieses Kompliment aussprach, freute Emma. »Ich habe dir versprochen, möglichst viel zu erleben, et voilà …«, sie deutete mit der Hand in den Raum, »ich halte mein Versprechen. Übrigens verschlägt es mich morgen nach Soho. Im Prince Edward Theatre steht die Premiere von *Mary Poppins* auf dem Programm. Mrs Allingtons Freundin musste nach Bath, und nun springe ich für sie ein. Kate wird auch kommen. Vielleicht schaffe ich es auf ein Foto mit ihr?« Emma hörte Marie vergnügt lachen.

»Schick mir jedes Foto, auf dem auch nur ein Haar von Kate zu sehen ist, und natürlich eins von Jimmy. Auf den Ausreißer *muss* ich einen Blick werfen. Schließlich ist er dein Glücksbringer.«

»Was gibt es Neues von Peter? Und wie geht es deinen Eltern?«, fragte Emma.

»Mama nimmt sich wie immer zu viel vor und klagt dann, wie sie das alles schaffen soll. Und Papa versucht, die Ruhe zu bewahren oder zumindest so zu tun als ob. Sie lassen dich grüßen.«

»Und Peter?«, hakte Emma nach.

»Der ruft mehrmals am Tag an. Am Wochenende gehen wir in den Zoo und anschließend essen. Das habe ich mir gewünscht.«

»In den Zoo? Na, du hast Ideen.« Sie plauderten, bis auch die kleinste Neuigkeit besprochen war, dann verabschiedeten sie sich voneinander.

Emma machte es sich gerade in dem riesigen Gästebett gemütlich und freute sich auf ein paar Seiten aus dem neuesten Roman von Rose Tremain, als sie ein Geräusch an der Tür hörte. Es war ein vorsichtiges Scharren, das dann in ein leises Jammern überging. Sie stand noch einmal auf, tappte durch den Flur und öffnete die Tür zum Gang. Blitzschnell huschte Jimmy an ihr vorbei, rannte ins Schlafzimmer und sprang aufs Bett.

»O nein, Jimmy.« Emma klopfte auf den Teppich vor ihrem Bett, als sie ins Schlafzimmer kam. »Tut mir wirklich leid, aber ich muss ein Auge auf dein Benehmen haben … Du kannst gern *vor* dem Bett schlafen. Schau mal, der Teppich ist richtig kuschelig, und wenn ich die Tür einen Spalt offen lasse, kannst du jederzeit hinaus. Na, wie klingt das?«

Jimmy sah sie mit großen Augen an, schließlich sprang er hinunter und rollte sich auf dem Teppich zusammen.

Emma kraulte und lobte ihn. »Du bist ein braver Hund. Und jetzt gehen wir schlafen und haben sicher schöne Träume.« Sie stieg wieder ins Bett und griff nach ihrem Buch. Normalerweise gab es nichts Entspannenderes für sie, als vor dem Einschlafen noch eine halbe Stunde zu lesen, doch heute legte die Müdigkeit sich wie eine schwere Decke über sie. Emma spürte, wie ihr Körper tiefer in die weiche Matratze sank und ihre Augen schwer wurden.

Sie legte das Buch zur Seite und sah noch einmal zu Jimmy hinunter. Er war längst eingeschlafen und zuckte im Schlaf mit den Pfoten. »Gute Nacht, Jimmy. Träum schön!« Sie löschte das Licht, und der Tag lief noch einmal vor ihr ab: der Stadtbummel, der sie zur Buchhandlung in der Regent Street geführt hatte; wie ihr Jimmy über den Weg gelaufen war und schließlich die Begegnung mit Mrs

Allington. Bereits nach wenigen Stunden glaubte sie, Ava Allington zu kennen.

Ihre Gedanken wanderten zu Ethan und kreisten um das angedeutete Lächeln, das er auf vielen Fotos zeigte. Auf jeder Aufnahme strahlten seine Augen diese besondere Wärme aus. Wenn er das nächste Mal in die Little St. James's Street käme, wäre sie längst fort.

Sie drehte sich auf die linke Seite, und ehe sie eine Antwort darauf finden konnte, weshalb Mrs Allingtons Sohn ihr im Kopf herumspukte, war sie bereits in tiefen Schlaf gesunken.

12. KAPITEL

Als sie aufwachte, fiel Licht durch einen Spalt in den Vorhängen auf Jimmys Pfoten am Bettrand. »Hallo, du Frühaufsteher«, murmelte sie gähnend. »Du siehst aus, als wärst du in einen Eimer Helligkeit gefallen.« Das frühmorgendliche Licht und Jimmys weiches Fell unter ihren Fingern waren wie Relikte aus einer anderen Zeit, als das Glück allgegenwärtig und sie jeden Morgen mit unbändiger Lust auf den Tag aufgewacht war.

Sie schob sich in eine sitzende Position und warf einen Blick auf den Wecker: kurz vor sechs. Eindeutig zu früh zum Aufstehen, wenn man nicht arbeiten musste. Schon dieser Gedanke bedeutete Zufriedenheit, denn das hieß, dass sie weiterschlafen konnte, wenn sie wollte. Was für ein wunderbarer Zustand. Jimmy jedoch war anderer Meinung.

Seine Pfoten rutschten vom Bett, und ehe Emma sich's versah, sprang er auf ihren Schoß. »Hey, du Schlawiner. Ich komm ja schon«, rief sie, bereit, das gemütlich warme Bett zu verlassen, um mit Jimmy eine Runde zu drehen.

Sie schlug die Decke zur Seite, um aufzustehen, doch ehe sie die Füße aus dem Bett schwingen konnte, hob Jimmy den Kopf und fuhr ihr mit der Zunge über die Wange. Sie lachte, weil seine Barthaare kitzelten, und versuchte, den Hund daran zu hindern, sie abzulecken, doch das war leichter gesagt als getan. »Ist ja gut«, rief sie und legte den Kopf in den Nacken. »Zwei Küsse reichen.« Jimmy verstand die Bewegung ihrer Arme als Aufforderung zum Spiel und rollte sich vergnügt auf den Rücken.

Nachdem sie ihn ein letztes Mal am Bauch gekrault hatte, klatschte sie in die Hände. »Jetzt aber raus mit uns beiden.« Blitzschnell war sie aus den Federn. Jimmy sprang vom Bett und tänzelte aufgeregt um sie herum. Als er damit nicht aufhörte, warf sie ihm einen ihrer Socken, den er sofort zurückbrachte.

Sie ging zum Fenster, zog die Vorhänge zur Seite und knöpfte ihren Pyjama auf.

»Dieses schicke Teil kannst du zum Schlafen tragen *und* mit High Heels zum Feiern. Seidenpyjamas sind gerade *das* modische Statement«, hatte Marie behauptet, als sie ihr den Schlafanzug mit den roten Herzen schenkte.

»Dieses Teil ist natürlich *keine* Aufforderung an Männer, mich anzusprechen … Stichwort Flirthilfe«, hatte Emma lachend eingeworfen. Bis dahin war sie jede Nacht mit einem aussortierten T-Shirt und einem Slip ins Bett gegangen, doch damit war es nun vorbei. Marie gönnte sich gern ein bisschen Luxus, auch bei ihrer Nachtwäsche. Mit ihr gab es keine Situation, die sie nicht eines Besseren belehrte und der sie nicht mit einem lachenden Auge begegnete.

»Wie kommst du nur darauf?«, hatte Marie abgewehrt. »So plump würde ich doch nie vorgehen. Nein, rote Herzen machen einfach nur gute Laune.«

Sie war bestimmt keine Verfechterin von Pyjamas, doch dieser lag angenehm weich auf der Haut, außerdem zauberten die Herzen jeden Morgen ein Lächeln in ihr Gesicht.

Sie warf Jimmy noch einmal ihren Socken, dann verschwand sie im Bad und kam wenige Minuten später in Jeans und Shirt wieder heraus. Jimmy saß inzwischen brav vor der Tür und wartete auf sie.

»Komm, wir gehen hinunter.« Sie ging mit Jimmy ins Foyer, klickte den Verschluss der Leine in die Öse seines Halsbands und verließ das Haus. »Wir drehen eine kleine Runde. Der lange Spaziergang kommt nach dem Frühstück. Ohne Koffein in meinen Venen bin ich nur ein halber Mensch.«

Es war erst kurz nach sechs, doch der Tag versprach schön zu werden, und im Park tat sich bereits eine Menge. Etliche Hundebesitzer waren mit ihren Lieblingen unterwegs, und eine Gruppe Jogger kam an Emma vorbei. Jimmy zog an seiner Leine, weil ein Mops und ein Golden Retriever seine Aufmerksamkeit erregten. Er sauste wie verrückt um die Hunde herum, beschnüffelte sie und sah schließlich einem Grauhörnchen hinterher. Nach einer Viertelstunde machte Emma sich langsam auf den Rückweg.

Mrs Allington hatte ihr gestern viel erklärt, doch über den Code für die Haustür hatten sie nicht gesprochen, also klingelte Emma. Sally war sofort zur Stelle und öffnete die Tür mit einem strahlenden Lächeln. »Guten Morgen, Mrs

Sandner«, grüßte sie. »So früh schon unterwegs?« Sie trat zur Seite, damit Emma und Jimmy eintreten konnten.

»Jimmy wollte raus, und als ich vor der Tür stand, habe ich festgestellt, dass ich keinen Schlüssel habe«, erklärte Emma. Im Foyer genoss sie, dass sie so viel Platz um sich herum hatte. Es gab einfach nichts Schöneres, als ein aufgeräumtes, großzügiges Zuhause, in dem einen noch dazu ein Frühstück und eine gute Seele wie Sally erwarteten.

»Mrs Allington hat bestimmt vergessen, Ihnen einen Schlüssel zu geben. Ich spreche sie später darauf an. Wie haben Sie die erste Nacht hier geschlafen?« Sally befreite Jimmy von seinem Halsband und hängte die Leine in den Schrank.

»Wie ein Murmeltier. Das Bett ist ausgesprochen bequem, und oben hört man keinen Mucks. Hier komme ich mir vor, als wäre ich auf dem Land.« Es war Monate her, seit sie das letzte Mal durchgeschlafen hatte. Umso mehr genoss sie den Zustand, ausgeschlafen zu sein.

»Sagen Sie, stimmt es, dass Jimmy sich zu Ihnen hinaufgeschlichen hat?«, fragte Sally, als sie Richtung Küche gingen. »Mrs Allington hat so etwas erwähnt.«

»Stimmt. Er hat die Nacht vor meinem Bett verbracht. Und er liebt meine Socken«, erzählte Emma.

Sally schüttelte lächelnd den Kopf. »Jimmy hat einen Narren an Ihnen gefressen. Mrs Allington sagte es ja bereits. Er hat Sie hoffentlich nicht gestört? Und keine Löcher in ihre Socken gebissen?«

»Weder das eine noch das andere«, beruhigte Emma. »Ich genieße es, wenn Jimmy bei mir ist. Seit ich ihn kenne, verstehe ich überhaupt nicht mehr, weshalb ich mir als Kind keinen Hund gewünscht habe.« Ihr wäre beinahe herausgerutscht, wie gut es tat, Jimmy zum Kuscheln zu haben, wenn sie schon keinen Mann in ihrem Leben hatte, doch sie schluckte den Kommentar gerade noch rechtzeitig hinunter.

»Dann ist ja alles in Ordnung«, stellte Sally fest. Sie griff nach einer Kanne mit Kaffee und schwenkte sie. »Wie wäre es mit einer ersten Tasse Kaffee mit Milch? Frühstück gibt es um acht. Wenn Sie möchten, kann ich Ihnen aber auch schon früher etwas herrichten.«

»Danke, Sally! Nicht nötig. Eine Tasse Kaffee nehme ich aber gern. Und dann verschwinde ich unter die Dusche und komme pünktlich um acht zum Frühstück hinunter.«

»Mrs Allington frühstückt gewöhnlich Porridge mit eingelegten Früchten. Was darf ich Ihnen servieren?«

»Ich nehme das Gleiche. Meine Mutter liebte Porridge. Das haben wir morgens oft gegessen.« Emma zögerte, dann sprach sie etwas aus, das ihr auf dem Herzen lag. »Sally, ich hätte eine Bitte. Könnten Sie nicht Emma zu mir sagen? Mrs Sandner klingt furchtbar förmlich.«

Über Sallys Gesicht flog ein verschämtes Lächeln. »Ich würde Ihnen den Wunsch gern erfüllen, Mrs Sandner«, begann sie zögerlich, »aber ehrlich gesagt, weiß ich nicht, ob es mir gelingt, Sie beim Vornamen zu nennen. Mrs Allington bittet mich seit Jahren, sie mit Ava anzusprechen, aber ich bringe es einfach nicht über die Lippen. Ich schätze, ich bin hoffnungslos verstockt oder einfach viel zu traditionell. Jasper geht es ähnlich. Er hat eine Ausbildung zum Butler absolviert und beherrscht die hohe Schule der feinen englischen Art. Ständig neckt er mich und ruft, sobald er in die Küche kommt: ›Versuchen Sie, geschmeidig zu gehen. Gleiten Sie.‹« Sally begann, in einer übertriebenen Art in der Küche herumzustolzieren. »Die Brust hoch«, sie reckte die Schultern, »die Ellbogen angelegt, die Daumen bitte nicht aufs Tablett legen, zeigen Sie Selbstbewusstsein«, referierte sie kichernd. »Raten Sie, was sein Lieblingswort ist, um mich zum Lachen zu bringen?«

»Anstand?«, tippte Emma. »Nein, warten Sie«, schob sie rasch hinterher. »Vermutlich *Manieren*?«

Ehe sie Sally weitere Alternativen anbieten konnte, sprach diese bereits weiter: »Ich verrate es Ihnen. Es ist das verstaubte Wort *Contenance*. Vermutlich weiß kaum noch jemand, was damit gemeint ist.« Sally konnte sich nicht länger zusammenreißen und prustete ein Lachen heraus, in das Emma schließlich mit einfiel.

»Contenance?«, wiederholte Emma und hielt sich den Bauch. »Wie anno dazumal?«

Sally nickte. »Wie früher, *seeehr* viel früher!«

Als sie sich beruhigt hatten, sagte Emma: »Also gut, wir lassen es vorläufig, wie es ist. Sonst können wir nie mit Lachen aufhören ... und das halten weder meine noch Ihre Bauchmuskeln aus.« Sally schien erleichtert über Emmas Verständnis. »Kann ich sonst noch etwas für Sie tun, Mrs Sandner? Sie sahen gestern bedrückt aus ... Oh, verzeihen Sie meine Indiskretion«, sagte sie rasch.

»Jasper würde Ihnen an die Gurgel gehen«, erwiderte Emma, »aber Sie haben ein gutes Gespür. Vor kurzem ist mein Vater verstorben«, sie holte tief Luft, »und vor einigen Jahren meine Mutter. Es ist nicht leicht, mit der Einsamkeit umzugehen.«

Sally entkam ein Laut des Bedauerns. Sie streckte ihre mollige Hand aus, verharrte jedoch mitten in der Bewegung. »Wie traurig! Das tut mir leid. Es muss eine schwierige Zeit für Sie sein ... Mein Gott, ist das alles kompliziert. *Stöbere niemals in den Gefühlen anderer herum.* Jaspers Worte! Sie einzuhalten kann doch, um Himmels willen, nicht so schwer sein.« Sie strich sich über den Haaransatz, als könne sie mit dieser Geste für Ordnung in ihrem Kopf sorgen.

»In meiner Familie mussten wir nie etwas Besonderes beachten oder Fragen zurückhalten. Was ich damit sagen will, ist, dass ich sowieso ständig an den Verlust meiner Familie erinnert werde. Machen Sie sich also bitte keine Vorwürfe.«

Sally nickte verlegen, griff nach Jimmys Wassernapf und füllte ihn mit frischem Wasser. Dann trank sie einen Schluck Kaffee. Die Hände um die warme Tasse geschlungen, sah sie Emma nachdenklich an. »Wissen Sie, was ich glaube?«, begann sie.

Emma schüttelte den Kopf.

»Ich glaube, es ist gut, Sie eine Weile bei uns zu haben. Mrs Allington ist die meiste Zeit allein in dem großen Haus, dabei liebt sie Abwechslung über alles. Und Ihnen tut ein bisschen Gesellschaft sicher auch gut. London ist eine großartige Stadt, aber kein Ort, um Ruhe zu finden ... außer hier bei uns.« Sally klang endlich wieder wie sie selbst – ungezwungen und natürlich.

»Sie glauben gar nicht, wie herrlich es für mich ist, hier zu sein. Und ich sorge jederzeit gern für Abwechslung. Sagen Sie mir nur, was ich tun soll, und ich mache es.« Sie grinsten beide und klatschen sich ab. Beinahe wie Freundinnen, fand Emma.

Nach dem Frühstück händigte Mrs Allington ihr einen Schlüssel aus. »Der gehört fürs Erste Ihnen«, sagte sie. »Beim Hundefriseur müssen Sie übrigens nicht zahlen. Ich habe ein Arrangement mit der Besitzerin der *Dog Beauty Lounge*. Es reicht, wenn Sie Jimmy hinbringen und warten, bis er fertig ist. Und was den heutigen Abend anbelangt«, sprach sie weiter, »Sie haben vermutlich nichts dabei, das Sie zu einer Theaterpremiere anziehen können?«

»Kommt darauf an, wie elegant ich sein muss«, murmelte Emma.

»Ein Cocktailkleid wäre schön.«

»Cocktailkleid … Das klingt nach meiner Freundin Marie. Sie ist immer auf alles vorbereitet und hätte etwas Elegantes eingepackt.«

»Nun, Sie haben mich«, sagte Ava. »Sehen Sie sich in meinem Ankleideraum um. Ich denke, wir haben die gleiche Größe«, zufrieden mit dem Ergebnis, das sich ihr bot, nachdem sie Emma taxiert hatte, nickte sie. »Sicher finden Sie etwas, das Sie gern tragen würden … und bitten Sie Jasper, Sie in der Stadt herumzufahren. Er soll Ihnen alles zeigen, was sehenswert ist. Bis zu Jimmys Termin beim Friseur ist es noch eine Weile hin. Wenn Sie zurück sind, werde ich im Krankenhaus sein, um meinen Fuß kontrollieren zu lassen. Der Arzt ist ein Freund meines verstorbenen Mannes. Er kommt zum Tee und nimmt mich anschließend mit ins Krankenhaus. Es könnte nicht besser passen.«

Emma hatte London in der Vergangenheit hauptsächlich zu Fuß und mit öffentlichen Verkehrsmitteln erkundet, nun in einer Limousine Platz zu nehmen, um sich die schönsten Ecken zeigen zu lassen, war ein ganz neues Gefühl.

Bevor sie losfuhren, deutete Jasper auf eine Tüte Kekse im Seitenfach. »Kekse aus Highgrove House, aus biologischer Landwirtschaft«, erklärte er.

»Von Prinz Charles?« Emma griff nach der Tüte. Die

Kekse waren aus Hafermehl hergestellt und mit Walnüssen verziert und sahen lecker aus.

»Von ihm höchstpersönlich eher nicht … aber was weiß man schon, vielleicht backt Charles, um sich zu entspannen«, scherzte Jasper. »Falls Sie Lust auf einen Snack haben, greifen Sie zu. Wasser ist ebenfalls da. Stilles und prickelndes.« Jasper rückte seine Mütze zurecht und startete den Wagen.

Der Himmel war bedeckt, doch Emma genoss die Fahrt. Jasper bog immer wieder in kleine Straßen, in denen die Häuser wie aus einer Ausgabe von *Country Life* aussahen – eins prächtiger als das andere. Währenddessen erzählte er im Plauderton, wer in welchem Haus wohnte, wie lange schon und mit wem. Er erwähnte geschichtliche Zusammenhänge, schweifte in die Zukunft und ließ London in zwanzig Jahren aufleben.

»Mal sehen, wie viele Autos dann in der City unterwegs sind. Und wie sich alles bis dahin entwickelt, das wüsste ich zu gern.« Zum Schluss fuhren sie nach Mayfair, wo Jasper gegenüber den Burlington Arcades parkte.

»Ich muss etwas für Mr Allington abholen. Er hat in einem der Geschäfte eine Uhr zur Reparatur. Möchten Sie inzwischen durch die Arkaden schlendern? Oder etwas einkaufen?«

»Ich spaziere ein bisschen herum.« Emma griff nach ihrer Tasche.

»In einer halben Stunde bin ich zurück. Ist das für Sie in Ordnung?« Jasper drehte sich zu ihr um und reichte ihr eine Visitenkarte mit seiner Handynummer. »Für Notfälle.«

»Danke, Jasper. Sie sorgen wirklich rührend für mich.«

»Mit dem größten Vergnügen«, sagte Jasper und stieg aus.

Emma ließ sich von ihm die Tür öffnen. Darum käme sie nicht herum, das wusste sie. Als sie auf der Straße standen, hob Jasper zum Abschied die Hand.

Emma sah, wie er davoneilte. In Mrs Allingtons Universum war alles wie in einer längst vergangenen Zeit. Gemächlichen Schrittes schlenderte Emma auf die Männer in Uniform zu, die die Besucher der Burlington Arcades begrüßten. Im Inneren kümmerten sich Schuhputzer um Businessmänner und deren handgenähte Schuhe. Emma warf einen Blick in die Auslagen der Geschäfte: elegante Schuhe, Seidentücher und dünne Wollmäntel. In einem Geschäft wurden Kaschmirpullover verkauft.

»Sechshundert Pfund?«, entkam es ihr, als sie auf das Preisschild eines Pullovers sah, der ihr besonders gut gefiel. Dies war eine fremde Welt für sie. Es war eben nicht selbstverständlich für sie, herumchauffiert zu werden und in Geschäften in den Burlington Arcades in die Auslagen zu schauen, geschweige denn hier zu shoppen.

Nachmittags ging sie mit Jimmy zum Hundefriseur. Sally hatte Jimmy am Abend zuvor gebadet. Hunde, die in die *Dog Beauty Lounge* gingen, mussten sauberes, trockenes Fell haben, nur so konnte es ordentlich geschnitten werden.

Als sie die *Beauty Lounge* betrat, war Jimmy kein bisschen aufgeregt, anscheinend kannte er das Procedere. Klaglos machte er im Wartezimmer Platz, einem Raum mit mintgrünen Wänden und Fotos verschiedener Hunderassen und deren prominenten Besitzern, die hier offenbar ein und aus gingen.

Im Behandlungszimmer sprang er sofort auf die Liege. Dort wartete er auf Trish, die Inhaberin. Trish war groß und schmal, an beiden Armen tätowiert, und sie hatte eine

Stimme wie ein Reibeisen. Sie begrüßte Emma und Jimmy, dann zückte sie einen Rasierer. Sie arbeitete mit einer Präzision und Ruhe, die Emma überraschte. Während Jimmys Fell geschoren wurde, fühlte auch Emma, wie Ruhe über sie kam. Es dauerte eine Weile, bis Jimmy fertig war, danach griff Trish in eine Lade, holte ein Leckerli hervor und reichte es Jimmy. Dieser schien schon darauf gewartet zu haben, rasch schnappte er es und ließ es sich schmecken. Und als hätte sie etwas vergessen, zauberte sie aus einer anderen Lade ein Bonbon und reichte es Emma.

»Meine Lieblingssorte aus einem Laden in Kensington. Himbeere-Limette. Probieren Sie«, sagte sie.

»Danke!« Emma wickelte das Papier ab und steckte das Bonbon in den Mund. »Hmm, süß und sauer zugleich.«

Trish nickte zufrieden, dann wandte sie sich an Jimmy. »Hast du toll gemacht, Sweetheart. Halt die Ohren steif«, lobte sie. Sie drückte ihm einen angedeuteten Kuss auf die Schnauze und legte Jimmy das Halsband an. »Sicher wissen Sie es schon«, sagte sie zu Emma, »Mrs Allington hat ein Arrangement. Ich streiche den Termin aus. Sie müssen nichts zahlen. Richten Sie in der Little St. James's Grüße aus. Beim nächsten Mal kommt wieder Simon mit Jimmy, oder?«

»Ich nehme es an!« Emma reichte Trish die Hand. »Also dann. Auf Wiedersehen. War nett, Sie kennenzulernen.« Sie nickte Trish zu und führte Jimmy auf die Straße. »Du siehst nackter aus, aber kein bisschen weniger außergewöhnlich. Du wirst Marie gefallen. Bleib brav sitzen. Ja, so ist gut«, sagte sie und schoss ein paar Fotos von ihm. Dann schlenderten sie die Piccadilly hinunter. Jimmy blieb an jedem Laternenpfahl und jedem Abfalleimer stehen. Überall gab es etwas zu beschnuppern. »Wir gehen noch in den Park und spielen ein bisschen«, kündigte Emma an. Von der Piccadilly bis zum Green Park war es nicht weit. Dort warf sie Jimmy Stöcke und übte »Sitz« und »Platz« mit ihm.

Es war schon nach fünf, als sie von ihrem Spaziergang zurückkehrten. Emma öffnete mit ihrem Schlüssel. Warme Luft drang von draußen ins kühle Foyer. Sie ließ Jimmy von der Leine, hängte ihre Jacke an die Garderobe und machte sich auf die Suche nach Sally. Sie fand sie in der Bibliothek, wo sie mit einem altmodischen Staubwedel die Regale abfuhr und dabei leise *Penny Lane* vor sich hin summte.

Emma blieb im Türrahmen stehen und stimmte in den Refrain mit ein. »Penny Lane is in my ears and in my eyes, there beneath the blue suburban skies I sit, and meanwhile back …«

Sally fuhr herum. Ihr Gesicht strahlte. »Sie auch?«

»Ja«, Emma nickte zustimmend. »Meine Mutter war ein großer Beatles-Fan. Und auch ich kenne alle Texte und singe immer mit.«

»Geht mir genauso. Mein Mann teilt meinen Geschmack allerdings nicht.« Sally verzog ihr Gesicht zu einer lustigen Grimasse. »›Lieder für alle‹, wettert er, aber gerade das Eingängige gefällt mir.« Sie legte den Staubwedel zur Seite und rieb ihre Hände an einem Tuch ab. »Sie kommen wegen des Kleids, habe ich recht?«

Emma nickte. »Mrs Allington meinte, ich solle mich in ihrem Ankleideraum umsehen. Elegante Kleidung habe ich nicht eingepackt.«

»… und da Sie Mrs Allington heute Abend ins Theater begleiten …« Sally machte eine Handbewegung, Emma möge ihr folgen. »Kommen Sie. Mrs Allington hat mich instruiert.

Ach, bevor ich es vergesse«, sie drehte sich zu Emma um, »Sie hat mir außerdem Gutscheine für einige schöne Restaurants und Bistros für Sie anvertraut. Falls Sie unterwegs Appetit bekommen, sollen Sie die einlösen.« Sally schlug mit ihrer Hand gegen die Tasche ihres schwarzen Kleids. »Ich lege die Gutscheine später in die Küche, dort können Sie sie abholen. Jetzt gehen wir aber erst mal in Mrs Allingtons Allerheiligstes.« Sally führte Emma nach oben. Ava Allingtons Privaträume befanden sich im ersten Stock. Emma kannte bisher nur das Erdgeschoss und den zweiten Stock mit dem Gästeappartement. Als sie Mrs Allingtons Ankleidezimmer betrat, blieb sie entgeistert stehen.

»Donnerwetter!« Mit einem großen Zimmer voller Kleider hatte sie gerechnet, aber nicht damit, dass Mrs Allingtons persönlicher Bereich aus drei Zimmern bestand, die insgesamt weit über hundert Quadratmeter hatten. Jedes Zimmer wurde von einem riesigen Lüster dominiert und von unzähligen Spots erhellt, die Lichtstrahlen auf die Kleidung warfen.

»Hier befindet sich die Tageskleidung«, erklärte Sally im ersten Raum, der in zartem Grau gestrichen war. Emmas Augen huschten über dezent gemusterte Kostüme, über farbenfrohe und unifarbene Kleider, Hosen, Röcke und Blusen, außerdem über einen ganzen Schrank voller Kaschmirpullover, wie sie sie in den Burlington Arcades gesehen hatte. Im zweiten Raum lagerten Avas Schuhe und Taschen. Louis Vuitton, Hermès, Chanel, Dior, Longchamp, Mulberry – es war alles da, was das Herz begehrte.

»Und hier befindet sich die Abendgarderobe, inklusive Cocktailkleider«, klärte Sally sie auf, als sie den letzten Raum betraten. »Ich lasse Sie jetzt allein, damit Sie sich in

Ruhe umsehen können. Wenn Sie mich brauchen oder Fragen haben, läuten Sie einfach.« Sally deutete auf einen Messingknopf an der Wand. Ohne den Hinweis, dass es sich dabei um die Klingel fürs Personal handelte, hätte Emma den dezent angebrachten Knopf nicht einzuordnen gewusst.

Als Sally fort war, ließ Emma ihre Hand über die Stoffe gleiten, Samt, Seide, Chiffon. Bei diesen Mengen an Kleidern musste sie sich erst mal einen Überblick verschaffen. Es gab Kleider in dunklen und hellen Farben, in Pudertönen und mit ausgefallenen Mustern; es gab mit Pailletten und Swarovski-Kristallen bestickte, Kleider mit Ausschnitten vorn und hinten, mit Schärpen und Stolas – alles, was man sich nur vorstellen konnte, war vorrätig. Es dauerte Minuten, bis sie sich an den Überfluss gewöhnt hatte, dann ging sie alles systematisch durch. Zuerst schaute sie sich bei den unifarbenen Kleidern um. Schon nach wenigen Augenblicken hatte sie ein Kleid von Dior entdeckt. Es hatte einen einfachen Schnitt und bestach allein durch seine Farbe – ein leuchtendes Gelb. Emma nahm das Kleid vom Bügel. Der weich fließende Stoff brachte ihre Figur optimal zur Geltung, und die Farbe passte hervorragend zu ihren Haaren. Der Moment des Entzückens, ein Kleid gefunden zu haben, in dem sie sich nicht verkleidet vorkäme und das trotzdem einen sensationellen Effekt hatte, hielt nur wenige Sekunden an, denn plötzlich fiel ihr Blick auf ein schwarzes, schlicht geschnittenes Kleid wenige Kleiderbügel weiter, das durch aufgenähte Pailletten ein echter Hingucker war.

Mum!, schoss es ihr durch den Kopf. Vor Jahren hatte Peggy dieses Modell während eines Stadtbummels im Schaufenster einer Kölner Boutique entdeckt. Sie hatte es lange bewundert, nicht im Mindesten daran denkend, sich solch ein teures Kleid je kaufen zu können.

Emma ließ von dem gelben Kleid ab und griff nach dem schwarzen. Sie hatte nicht eigentlich vor, es anzuprobieren, denn es gefiel ihr nicht annähernd so gut wie das Kleid, für das sie sich entschieden hatte, doch etwas in ihr war stärker. Mit wenigen Handgriffen hatte sie Jeans und Oberteil abgelegt und stieg in das Kleid. Es war hochgeschlossen und hatte seitlich einen Schlitz. Mit einer halben Verrenkung schloss sie den Reißverschluss und begutachtete sich im Spiegel. Für den Bruchteil einer Sekunde glaubte sie, dort ihre Mutter stehen zu sehen.

Die Vorstellung, Peggys Wunsch könne indirekt doch noch erfüllt werden, war so bewegend, dass Emma Tränen in die Augen stiegen.

Glaubst du, wenn du heute Abend dieses Kleid trägst, wird das irgendetwas ändern? Die Stimme in ihrem Kopf war unbarmherzig kritisch, doch Emma hielt ihr stand. Obwohl das gelbe Kleid ihr besser gefiel, entschloss sie sich – im Andenken an ihre Mutter –, das schwarze zu tragen. Vorsichtig hängte sie das Dior-Modell zurück.

»Ich nehme das hier«, sagte sie, als sie in der Tür zur Bibliothek erschien.

Sally schien sichtlich erfreut über Emmas Fund. Interessiert kam sie näher und prüfte den Sitz des Kleids. »Darin sehen Sie bezaubernd aus, Mrs Sandner«, sagte sie nach einer kurzen Begutachtung, »eine hervorragende Wahl. Ein schwarzes Kleid wirkt immer elegant.«

Emma erfuhr, dass Sally in jungen Jahren in ihrer Freizeit genäht hatte. »Vor einiger Zeit habe ich damit aufgehört. Mir fehlt inzwischen die Geduld. Allerdings erkenne ich noch immer, wenn ein Kleid sitzt. Und das hier ist ein Traumkleid, Mrs Sandner.« Sie plauderten kurz über Schnitte und Farben, dann ging Emma nach oben.

Die Tür der Gästewohnung fiel leise hinter ihr zu. Noch einmal trat sie vor den Spiegel. Auch wenn sie es sich nicht erklären konnte, es fühlte sich richtig an, dieses Kleid zu tragen. Und es stand ihr wirklich gut. Sie hangelte nach den Sandalen, als vom Computer das vertraute Geräusch erklang: Marie versuchte, sie über Skype zu erreichen. Auf einem Bein hopsend erreichte sie den Laptop.

»Ich habe Infos über die Allingtons.« Ohne Umschweife kam Marie zum Thema.

»Marie, wie sie leibt und lebt.« Emma schüttelte lächelnd den Kopf. »Nur nicht mit Nebensächlichkeiten aufhalten … Wie lange hast du recherchiert, um an Informationen zu kommen?«

»Das ist nicht so wichtig. Wichtig ist, Informationen richtig zu interpretieren, damit sie einem einen Vorteil verschaffen und man gerüstet ist.« Maries Ton ließ mal wieder keine Fragen offen.

»Journalistin wird, wer nicht nur am eigenen Leben teilnehmen möchte, sondern an möglichst vielen. Dein Lebensmotto. Ich weiß.«

Marie nickte. »Ich kann nun mal nicht die Hände in den Schoß legen, vor allem nicht, wenn sich bei meiner besten Freundin die Ereignisse überschlagen. Ein geretteter Hund und ein neues Zuhause in der Luxusimmobilie einer Society Lady. Was kommt als Nächstes?«

»Mrs Allington und ich, das ist doch nur für ein paar Tage«, spielte Emma die Situation herunter.

»Das sehe ich anders. Ava Allington und du, ihr seid Familie auf Zeit. Und das ist aufregend.«

Insgeheim stimmte Emma ihrer Freundin zu. So empfand sie es auch.

»Ich weiß, wie du dich fühlst, Emma. Mrs Allington vermittelt dir, willkommen zu sein. Und du bringst Leben in ihren Alltag. Es kommt doch nur darauf an, dass ihr euch miteinander wohlfühlt. Und was meine Rolle anbelangt ... sagen wir mal so, ich bin diejenige, die das Ganze zusammenfasst.« Marie hob einen Papierstapel und ließ ihn demonstrativ fallen. »Hier, das sind alles Ausdrucke über die Allingtons.« Marie war da, wenn sie gebraucht wurde. Immer. Dafür liebte Emma sie. »Du musst auf alle Eventualitäten vorbereitet sein«, sprach Marie weiter. »Wusstest du, dass Ava in erster Ehe mit jemandem aus dem Vorstand von Cadbury verheiratet war? Kraft Food Konzern.«

»Süßwaren?«, warf Emma fragend ein.

Marie nickte.

»Nein, wusste ich nicht.« Emma schlüpfte in die Sandalen, die sie vorhin gesucht hatte. »Mrs Allington erzählt immer nur von John. Und natürlich von Ethan.«.

»Die beiden haben eine skandalfreie Ehe geführt. In den oberen Kreisen stellt das eine echte Leistung dar. In einer alten Ausgabe von *Country Life* findest du ein Foto von Mrs Allington in jungen Jahren. Sie war eine Schönheit, eine unglaublich faszinierende Frau.«

»Schön ist sie noch heute.« Falten oder andere Zeichen des Alters waren für Emma kein Thema. Wen störten sie, wenn jemand so liebevoll und herzlich war und eine solch positive Ausstrahlung hatte wie Ava Allington. »Was veranstaltest du eigentlich mit deinen Händen?« Emma beugte sich näher an den Bildschirm. Ein leises Plopp erklang. Marie hob eine Flasche in die Höhe.

»Kleiner Muntermacher«, sie lächelte zögerlich. »War ein harter Tag heute. Da darf man sich schon mal ein Glas Rotwein zum Tagesausklang gönnen.« Marie brachte ein Glas zum Vorschein und schenkte sich ein. »Zum Wohl«, sie stieß mit dem Glas an den Bildschirm, trank einen Schluck und stellte es auf dem Fensterbrett ab. Emma sah das Licht der Stehlampe in der Ecke und die Couch, auf der sie so oft gelümmelt hatte. Maries Wohnung war ausgesprochen gemütlich, dort hatten sie Filme angeschaut und manchmal auch ein Glas Wein getrunken. Dass Marie allein Rotwein trank, war allerdings neu.

»Zurück zu den Allingtons«, holte Marie sie aus ihren Überlegungen. »Zu Johns Lebzeiten waren Ava und er gern gesehene Gäste bei allen wichtigen Events. John war CEO der Bank of Scotland.« Marie rasselte hinunter, was sie in Erfahrung gebracht hatte. »Und Ethan«, sprach sie in genüsslichem Ton weiter, »… ist an einer Anzahl von Firmen beteiligt. Laut meinen Quellen hat er das Vermögen der Familie verdoppelt. Verdoppelt, Emma! Stell dir das mal vor.« Maries Stimme war kurz davor zu kippen. »Ava Allingtons Sohn hat nicht nur ein Händchen für Finanzen, sondern auch für Frauen, wird gemunkelt. Falls du ihn je zu Gesicht bekommst …«

»… halte ich Abstand. Schon kapiert. Keine Sorge, ich habe nicht vor, mich in Schwierigkeiten mit Männern zu bringen.« Marie verlor wirklich keine Zeit, sie auch noch über das letzte bisschen, das sie für erwähnenswert hielt, aufzuklären.

»Das wollte ich nicht sagen, Emma. Im Gegenteil, ich

wollte dich daran erinnern, dass du Single bist. Bei einem Mann wie Ethan Allington würde ich zweimal hinsehen, auch auf die Gefahr hin, dass er ein Womanizer ist.« Zufrieden lächelnd kostete Marie ihre Worte aus. »Findest du nicht, dass er verdammt gut aussieht?«

»Mag sein, dass Ethan Allington Frauen um den Finger wickelt oder gewisse Frauen ihn. Trotzdem werde ich ihn nicht um ein Interview bitten, sollte ich ihm begegnen. Also frag erst gar nicht.«

Marie zog enttäuscht die Stirn in Falten und trank einen weiteren Schluck Wein. »Kannst du nicht mal über deinen Schatten springen? Näher als jetzt kommst du einem interessanten Mann wie Ethan Allington nicht.«

»Diesbezüglich muss ich leider passen. Ethan ist in New York, und wenn er zurückkommt, bin ich längst fort. Ich bin also in Sicherheit.«

»Höre ich da etwa eine Spur Enttäuschung aus deiner Stimme?« Marie stellte das Glas ab und legte die Fingerspitzen aneinander. »Komm schon«, versuchte sie, Emma aufzurütteln. »Ich kenne deinen Geschmack. Ethan ist genau dein Typ. Und er ist Single. Wäre es nicht schön, ihn kennenzulernen? Manchmal tut ein kleiner Flirt gut. Schon um sich zu versichern, dass man noch lebt.«

»Ein kleiner Flirt?« Emma schob ein Bein unter das andere. »Damit ich vom Regen in die Traufe komme? Die letzte Zeit war schwer genug, Marie. Ich habe keine Lust auf irgendwelche Spielchen oder Enttäuschungen.«

Marie löste ihre Finger voneinander und hob beide Hände. »Ich meine ja nur. Leben heißt aktiv sein, oder?« Sie griff nach einem Kissen auf der Couch und schob es sich in den Rücken. »Aber keine Sorge, ich habe nicht vergessen, dass ehrliche Gefühle ganz oben auf deiner Liste stehen …«

»… während du immer dafür plädierst, dass das Leben manchmal wie ein Film sein sollte.«

»Eine romantische Komödie.« Ein Lächeln blitzte in Maries Gesicht auf. Woran dachte sie jetzt schon wieder?

»Übrigens habe ich gelesen, Ethan plane ein Riesending mit der London Library. Genaueres ist nicht bekannt. Sag nicht, dass dich das nicht interessiert. Bücher. Dein Thema.«

Emma horchte auf. Was hatte ein Geschäftsmann wie Ethan Allington mit Büchern zu tun? Sie unterdrückte den Impuls, Marie anzuvertrauen, wie häufig sie sich Ethans Fotos ansah. Das ließ sie besser bleiben. Marie würde gleich eine Geschichte daraus stricken und ihr dann ständig wegen des Stands der Dinge in den Ohren liegen.

»Die Library ist in London«, fuhr Marie fort. »Hallo, klingelt da was bei dir? London, nicht New York.«

Emma verkniff sich die Frage, was Ethan mit der Library zu tun hatte, doch Marie redete schon weiter, bevor sie überhaupt fragen konnte.

»Es geht sicher um Charity, vermute ich mal. Denkst du nicht auch?« Sie umklammerte mit der rechten Hand ihren Nacken und rutschte näher an den Bildschirm. »Mensch, Emma, denk doch mal nach.« In Maries Stimme schwang Übermut. »Du würdest gern Bibliotheken kuratieren, deine Worte. Und jetzt stehst du knapp davor, jemanden wie Ethan Allington kennenzulernen. Sicher legt er ein gutes Wort für dich ein, sobald er begreift, was für eine Koryphäe du auf deinem Gebiet bist. Du brauchst nur einen kleinen Stups und schon steht ein Kontakt mit der London Library. Was glaubst du, wie das in Deutschland ankommt … Emma

Sandner, die mit der London Library kooperiert oder mit jemandem aus der High Society, der eine dieser privaten Super-Bibliotheken besitzt. Dir stünden hier alle Türen offen.« Maries Stimme wurde noch eine Spur enthusiastischer. »Bleib doch ein paar Tage länger in London.«

»Du meinst, bis Ethan zurück ist?«

Nun strahlte Marie. Sie nickte. »Dir steht ein bisschen Glück zu, und du willst ja auch nichts geschenkt … nur eine Chance, beruflich wieder auf festem Boden zu stehen … damit du Frauen wie deiner Chefin in Zukunft den Rücken kehren kannst.«

Diese Vorstellung war zu schön, um wahr zu sein. Wäre es doch nur so leicht, wie Marie glaubte. »Ich weiß, mit einem Nein gibst du dich ungern zufrieden«, rang Emma sich ab, »und mir ist durchaus bewusst, dass du es gut meinst.«

Marie quittierte Emmas Abfuhr mit zusammengepressten Lippen. »Du steckst den Kopf in den Sand.«

»Jetzt sei doch nicht gleich sauer. Selbst wenn Ethan mir offiziell vorgestellt würde, hätte ich Skrupel, ihn zu behelligen. Es muss schrecklich sein, ständig wegen irgendetwas angehauen zu werden und nie zu wissen, ob es um einen selbst geht oder um sein Geld oder die Kontakte, die man hat.« Emma rief sich in Erinnerung, wie einige Bekannte ihrer Eltern auf die Krankheit ihres Vaters reagiert hatten. Wie sehr deren Rückzug ihre Eltern getroffen hatte. Wer angeschlagen war, wurde von der Gesellschaft gern ignoriert. Menschen wie Ethan Allington hingegen waren ein Magnet. »Nein!«, Emma schüttelte vehement den Kopf. »Ich stecke bestimmt nicht den Kopf in den Sand, aber eine Begegnung auf Augenhöhe wäre schön – von Mensch zu

Mensch. Alles andere würde sich für mich nicht gut anfühlen. So, und nun genug davon«, schloss sie das Thema ab. »Ich habe Fotos für dich – von Jimmy. Warte, ich hole mein Handy.« Emma verschwand vom Bildschirm und kam wenige Augenblicke später mit ihrem Smartphone zurück. Voller Vorfreude hielt sie ihr Handy vor den Bildschirm. »Ich schicke dir die Fotos über WhatsApp. Hast du dein Smartphone griffbereit?«

»Habe ich.« Marie senkte den Blick, als Sekunden später das Geräusch einer eingehenden Nachricht erklang. Interessiert wischten ihre Finger übers Display. »Dunkles Fell um ein Auge und helles ums andere«, sagte sie beim ersten Foto. Sie schlang ihr Haar um den Finger und sah sich die übrigen Schnappschüsse an. »Jimmy ist ein Unikat«, lautete ihr Urteil, als sie mit allen Fotos durch war. »Danke für die Fotos. … Ich habe heute übrigens im Dom Kerzen angezündet.«

Für einen kurzen Moment herrschte Schweigen zwischen den Freundinnen. »Lieb, dass du das für mich tust. Du bist ein Schatz, Marie.« Emmas Stimme klang belegt.

»Weißt du, Emma«, Marie ließ die Haare durch ihre Finger gleiten, »manchmal sehne ich mich danach, alles mal für eine Weile hinter mir zu lassen. Durchatmen und neue Eindrücke sammeln. So wie du.« Ihr fröhlicher Ausdruck verschwand. Nun blickte sie sorgenvoll in die Kamera.

»Gibt es Ärger mit deinem Boss? Oder drückt woanders der Schuh? Du kannst immer über deine Sorgen mit mir sprechen.«

»Sorgen habe ich nicht, eher unbestimmte Ängste«, rückte Marie heraus. »Seit wir am Rhein miteinander gesprochen haben, geht mir so einiges im Kopf herum.«

Emma war gewöhnlich die Erste, die spürte, wenn Marie etwas bedrückte. Gab es etwa wieder Probleme mit Peter? Dass Marie nicht abwiegelte, sondern ihr ihre Gefühle anvertraute, beruhigte Emma. »Erinnerst du dich, wie wir uns mit fünfzehn geschworen haben, uns nie von dieser kleinbürgerlichen Angst unterkriegen zu lassen. Nie so spießig und falsch zu werden wie so viele, haben wir damals gewettert.«

»Keine Angst vor der Wahrheit. Und die Stimmung nie in den Keller rutschen lassen.« Mit einer Stimme, die von weit her zu kommen schien, erinnerte Marie sich an längst vergangene Zeiten. »Aber jetzt spüre ich am eigenen Leib, wie diese beschissene Angst sich anfühlt. Ich denke ständig drüber nach, wie mein Umfeld mein Verhalten findet. Hält man mich für zu gutgläubig oder sogar für dumm, weil ich mich wieder mit Peter treffe? Meine Eltern sind jedenfalls nicht glücklich darüber, dass ich wieder Kontakt mit ihm habe.«

»Als wir am Rhein gesprochen haben, wollte ich dir keine Angst machen, sondern dir signalisieren, dass ich trotz meines Kummers für dich da bin. Und was den Kontakt zu Peter anbelangt, auch ich habe nachgedacht … es geht um dich, Marie. Nicht um deine Eltern oder darum, was ich oder wer auch immer denkt. Du wirst doch nicht plötzlich vor deinem eigenen Mut zurückschrecken?«

»Ich bin mir einfach nicht mehr sicher, ob ich mich so gut kenne, wie ich glaube. Momentan fühle ich mich wie auf einem Vulkan, der jeden Augenblick ausbrechen kann.« Marie fuhr sich mit der Hand übers Gesicht.

»Ich bin der Angsthase von uns beiden, Marie. Du bist die Taffe, Positive«, versuchte Emma, ihrer Freundin Mut zu machen.

»Das dachte ich auch immer, aber jetzt macht es mich verrückt, nicht zu wissen, was das Leben als Nächstes mit mir vorhat. Ständig frage ich mich, ob eine Frau, die auf sich achtgibt, es ein zweites Mal mit einem Mann versucht, der *so* zu ihr war wie Peter zu mir. Wenn er in Berlin ist, genieße ich es, Hoffnung zu haben. Doch kaum ist er in Köln, in meiner Nähe, fühle ich diese emotionale Distanz zwischen uns, die ich bis jetzt einfach nicht wahrhaben wollte. All die Jahre war ich gutgläubig, viel zu naiv, Emma. Eine Ehe, die so toll beginnt, kann nicht scheitern, dachte ich. Ich wusste nicht, dass Glück so flüchtig ist … und als dann auch noch dein Vater starb …« Marie brach ab. Vom vormals heiteren Ton war nichts geblieben.

»Ich weiß, auf das alles waren wir nicht vorbereitet.« Emma spielte am Verschluss ihrer Sandale herum.

»Es ist ungerecht, Emma. Weshalb ist das Schicksal manchmal so hart?«

Emma atmete tief durch. Sie durfte Marie jetzt nicht im Stich lassen, musste ihr zeigen, dass das Leben weiterging. »Marie, die Welt ist ein wunderschöner Ort. Klar, nicht immer läuft alles glatt, aber es gibt zwischendurch auch angenehme Überraschungen. Ein Hund, der einen in ein fremdes Haus bringt und etwas völlig Neues anstößt. Peter, der sich einer Therapie unterzieht, um mit seinen Problemen klarzukommen. Es gibt Freundschaften wie unsere … so viele gute Momente.« Emma spürte einen Kloß in ihrem Hals. »Marie, du musst mit Peter über deine Gefühle sprechen. Er muss wissen, wie es dir geht. Sicher versteht er deine Angst. Sei ihm gegenüber ganz offen, aber bitte, bleib neugierig aufs Leben. Das hast du mir immer geraten. Und alles andere hat auch keinen Sinn.«

Als ihre Beziehung mit Carsten zu Ende gegangen war, hatte sie es Marie eine Weile verschwiegen. Nicht, weil sie sich keine Blöße geben wollte – Marie und sie waren immer ehrlich zueinander –, sie hatte geschwiegen, um einer weiteren Diskussion über Männer auszuweichen, die Maries Scheidung und ihren Kummer erneut ins Blickfeld gerückt hätte. Doch auf diese Weise schützte sie weder Marie noch sich selbst. Der Wahrheit entkam niemand. Das hatte sie inzwischen gelernt.

Als Marie sich wieder dem Bildschirm zuwandte, stöhnte sie leise. »Wir haben uns noch nicht mal geküsst, Emma. Peter und ich kreisen umeinander wie zwei Planeten, die Angst vor einem Zusammenstoß haben.« Emma sah, dass Marie zur Entspannung die Schultern rollte. Das tat sie immer, wenn ihr etwas naheging und sie so nervös war, dass sie kein anderes Ventil hatte. »Das letzte Jahr habe ich mich so danach gesehnt, dass er seine Therapie abschließt, und jetzt, wo er mir versichert, er habe seine Eifersucht überwunden, ist da diese verfluchte Sperre in mir. Emma …«, fuhr Marie fort, »… glaubst du, treffe ich Entscheidungen, die gegen mich selbst gerichtet sind?«

»Ich sage es jetzt ganz deutlich: Du taugst nicht zum Trauerkloß. Krempel die Ärmel hoch und versuch, beides unter einen Hut zu kriegen. Schütz das kleine Mädchen, das du manchmal bist, und lass gleichzeitig die Leine locker für die Frau, die rauskriegen will, wie ihre Zukunft aussieht. Und wenn du dir ein paar Blessuren einfängst, na und … besser stolpern, weil man etwas gewagt hat, als innerlich erstarren.«

Marie zog die Nase kraus. »Und das aus deinem Mund? Seit wann hast du denn solche Ratschläge parat?«

Emma zuckte die Schultern. »Wenn ich mit Jimmy unterwegs bin, ist mein Kopf leer. Irgendwann kommen mir dann ganz frische Gedanken. Dass sich für uns alle ein Moment an den nächsten reiht und wir das oft vergessen, so was zum Beispiel. Oder dass Glück sich immer wieder ereignet, nur kann man es nicht festhalten. Manchmal denke ich, es wäre wunderbar, einen Tag nach dem anderen zu leben, anstatt gleich unser halbes Leben im Voraus planen zu müssen.« In den letzten beiden Tagen war Emma sich weniger als Gespenst vorgekommen. Sie war nicht der klägliche Rest ihrer Familie. Ihre Erinnerungen waren nicht mehr in Beton gemeißelt, sondern begannen zu zerfließen. In der Little St. James's Street war alles neu und erfrischend. Das half ihr.

Sie redeten, bis es Zeit für Emma wurde, sich fürs Theater fertig zu machen.

Marie küsste in die Luft und wedelte den Kuss in Emmas Richtung, und Emma küsste zurück. Einen Moment saß sie noch nachdenklich vor ihrem Laptop, dann klappte sie ihn zu und verschwand ins Bad.

Während sie mit Pinsel und Rouge zu Werke ging, dachte sie an die herzerwärmenden Geschichten über Menschen, die sich darauf eingelassen hatten, immer wieder vom Leben überrascht zu werden. In der Buchhandlung Sandner hatte sie viele solcher Geschichten gehört und wusste, wie wichtig es war, offen und zuversichtlich zu bleiben. Der Verlust ihrer Eltern führte ihr auch etwas Wichtiges vor Augen. Dass sie mit dem Strom des Lebens schwimmen musste, nicht dagegen. Das galt für jeden Menschen.

Als sie fertig geschminkt war, griff sie nach ihrer Handtasche und einem Seidentuch und verließ die Gästewohnung. Die Erkenntnis, jeden Tag als neue Chance begreifen zu können, beflügelte sie. Vielleicht gelang es ihr heute, ein Stück schmerzhafte Vergangenheit aufzuarbeiten, indem sie den Abend im Traumkleid ihrer Mutter verbrachte. Peggy hätte es gefallen, sie in *ihrem* Kleid zu sehen. Dessen war sie sich sicher.

Mit diesen Gedanken kam sie ins Erdgeschoss, wo Ava Allington in einem rauchgrauen Kleid, dessen silberne Schulterpartie ihr Gesicht funkeln ließ, bereits auf sie wartete.

»Wow! Sie sehen fantastisch aus. Das Kleid ist echt der Hammer.« Erschrocken legte Emma die Hand auf den Mund. »Tut mir leid, Mrs Allington. Ich schieße manchmal übers Ziel hinaus. Alles an Ihnen strahlt Würde aus. Das wollte ich eigentlich sagen.«

»Ach Unsinn. Mir gefällt Ihre ungezwungene Art. Wenn Sie nicht mehr hier sind, werde ich vermutlich trübsinnig. Ständig darauf bedacht zu sein, in kein Fettnäpfchen zu treten, ist mühsam. Früher, als wir das Haus regelmäßig voller Gäste hatten, waren John und ich gezwungen, die Regeln der sogenannten guten Gesellschaft einzuhalten.« Mrs Allingtons Stimme senkte sich, in ihr Gesicht trat ein schelmischer Ausdruck. »Aber wenn wir unter uns waren, haben wir nur darüber gelacht. Mit Ihnen fühlt es sich ein bisschen wie damals an.«

»Lassen Sie das bloß Jasper nicht hören. Er hält große Stücke auf den guten Ton«, kicherte Emma.

Ava nickte. »Sally und ich amüsieren uns immer, wenn er eine seiner Geschichten aus der Butlerschule zum Besten gibt. Gewöhnlich mit todernster Miene. Manchmal wundert uns, dass er nicht bei Camilla und Charles gelandet ist.«

»Camilla und Charles kommen schon ohne Jasper über die Runden. Für Sie zu arbeiten, ist nicht zu toppen, Mrs Allington. So sieht es aus.« Emma dachte an die besondere Stimmung, die im Haus herrschte. Seit sie hier war, war kein lautes Wort gefallen, auch nicht am Telefon. Jasper wusste das sicher ebenso zu schätzen wie Sally.

»Danke, Mrs Sandner. Ihre Worte sind wie Balsam!« Mrs Allington griff nach ihrem Cape. »Jetzt sollten wir aber gehen. Schließlich haben wir eine Verabredung mit Mary Poppins.«

Draußen stand die schwarze Limousine bereit. Jasper hatte die Fondtüren schon zum Einsteigen geöffnet. Zum ersten Mal fragte Emma sich, wo er wohnte und was er außerhalb der Arbeit tat. Jasper schien immer wie aus dem Nichts aufzutauchen, um behilflich zu sein.

Sie fuhren in die Old Compton Street. Dort herrschte ein solcher Trubel, dass man mit dem Wagen kaum durchkam.

Zwischen den Köpfen der Bodyguards sah Emma Kate und William. Kate trug ein leuchtend rotes Kleid.

»Meine Mutter hat mir viel über die Royals erzählt«, sinnierte Emma beim Anblick des jungen Paares.

»Dann haben Sie sicherlich auch schon von Queen Mum gehört, die während des Kriegs die Übersiedlung der Familie ins sichere Kanada ablehnte: ›The princesses cannot go without me, I cannot go without the King and the King will never go!‹ Der König und die Königin blieben in London und sprachen der Bevölkerung Mut zu.«

»Eine Entscheidung aus dem Herzen, nicht aus dem Verstand«, wusste Emma.

»Und ein wichtiges Signal, ja!«, bestätigte Mrs Allington.

Emma beobachtete das Spektakel vor dem Theater durch das Autofenster. Die Monarchie war ein Märchen, begriff sie, und Märchen konnte auch die englische Bevölkerung nicht widerstehen.

Jasper fuhr Schritttempo und suchte nach einer Stelle, wo sie aussteigen konnten.

»Kommen Sie zurecht, Mrs Allington?«, erkundigte er sich, als er schließlich eine Haltebucht gefunden hatte und Mrs Allington aus dem Wagen half.

»Natürlich, Jasper. Ich habe ja Hilfe.« Ava Allington hakte sich bei Emma unter.

»Was halten Sie davon hineinzugehen?«, schlug Emma vor, als Jasper davongefahren war. »Hier draußen kommt man sich vor wie eine Ameise, die besser in Deckung gehen sollte.«

Mrs Allington nickte, und die beiden Frauen schlängelten sich durch die Schaulustigen. Es dauerte, bis sie es zum Eingang geschafft hatten und im Theater ihre Plätze einnehmen konnten. Emma sank in den Sessel und setzte ihre Brille auf. Sie hatte nicht vor, auch nur eine Sekunde dieses Abends zu verpassen, schließlich würde bald Mary Poppins über die Bühne schweben und ihren Zauber verbreiten.

Der Raum versank in Dunkelheit. Schweigen lag über den Zuschauern. Der Vorhang öffnete sich und gab das fantasievolle Bühnenbild frei. Ein Raunen ging durch die Menge. Emma hielt den Blick fasziniert nach vorn gerichtet – überall glitzerte und funkelte es in allen Farben. Aufmerksam verfolgte sie die vielen Details, und bald schon fühlte sie sich, als schwebte sie an Mary Poppins' Seite durch die Lüfte.

»Ist es nicht zauberhaft? Als wären wir wieder Kinder?«, flüsterte Mrs Allington ihr zu.

»Es ist pure Magie«, erwiderte Emma. »Kann gut sein, dass ich mich aus diesem Theater nie wieder wegbewege.«

Mrs Allington kicherte wie ein junges Mädchen und wandte sich wieder dem Geschehen auf der Bühne zu.

Die Vorstellung verging viel zu schnell. Der Applaus nahm kein Ende, doch schließlich standen sie wieder auf der Straße und winkten ein Taxi heran. Auf der Fahrt nach Hause fühlte Emma sich, als fände sie für immer in sich Halt. Dieses Gefühl spürte sie noch, als sie ins Bett schlüpfte und das Licht ausmachte. »Gute Nacht, Mama«, flüsterte sie. »War schön, den Abend in *deinem* Kleid zu verbringen.«

Und als sie müde die Augen schloss, glaubte sie die Stimme ihrer Mutter zu hören. »Das Abenteuer Leben geht weiter, Emma. Koste jeden einzelnen Moment aus. Tu's für mich …«

13. KAPITEL

Der Duft von gebratenen Würstchen wehte ihr entgegen, als sie am nächsten Morgen die Treppe hinunterkam. Die Tür zum Esszimmer stand offen, Mrs Allington lehnte am Fenster und telefonierte. Um nicht zu stören, begab Emma sich in die Küche, wo Sally emsig zugange war und mit Pfannen mit knusprigem Speck und kross gebratenen Würstchen hantierte. Jimmy saß neben ihr und verfolgte aufmerksam jeden ihrer Handgriffe. Emma lief das Wasser im Mund zusammen. »Ist heute ein besonderer Tag, oder weshalb gibt es Würstchen und Speck zum Frühstück?«, fragte sie nach einem kurzen Gruß.

Sally schlug Eier auf und wendete die Würstchen. »Mrs Allington hat um ein großes Frühstück gebeten. Warten Sie's ab, was es noch alles gibt.« Sie holte Butter aus dem Kühlschrank und deutete mit der freien Hand nach draußen. »Ist das Wetter nicht prachtvoll? Angeblich soll es die nächsten Tage hochsommerlich bleiben. Ich fühle mich gleich fünf Jahre jünger, wenn es nicht regnet. Sonne hebt immer meine Stimmung.« Sally stellte die Schüssel mit den verquirlten Eiern beiseite und ließ ein Stück Käse fallen, das Jimmy sofort schnappte.

»Jimmy liebt Käse, aber von diesem darf er nur ein kleines Stückchen bekommen, weil er stark gewürzt ist«, erklärte sie und tippte mit dem Zeigefinger auf den Laib. »Wie hat Ihnen der Theaterabend gefallen, Mrs Sandner?«

Ein Strahlen huschte über Emmas Gesicht. »Mary Poppins hat Mrs Allington und mich verzaubert, Sally. Die Aufführung war ein Genuss. Darf ich?« Sie griff nach der Kaffeekanne, die Sally gerade gefüllt hatte.

Sally versuchte abzuwinken, doch Emma hatte nicht vor, die Kanne wieder abzugeben. »Lassen Sie mich nur machen«, sagte sie, bevor Sally Einspruch erheben konnte. »Wenn ich die Kanne ins Esszimmer trage, komme ich mir nicht länger wie ein Faulpelz vor. Ich bin es nicht gewöhnt, mich bedienen zu lassen.« Emma zwinkerte Sally zu und verschwand durch die Tür.

Durch die großen Sprossenfenster fiel Sonnenlicht ins Esszimmer. Ava Allington stand noch immer am Fenster, das Handy in der Hand.

»Guten Morgen, Mrs Allington. Wie geht es Ihrem Fuß?«, fragte Emma, als sie die Kanne auf den Tisch stellte.

Ava Allington drehte sich zu ihr um, hob den Fuß und schwenkte ihn, als wolle sie Can-Can tanzen. »Ich fühle mich, als wollte Jacques Offenbach mich gleich zu einem Tanz auffordern.« Sie lachte vergnügt. »Das sind vermutlich die Nachwirkungen des gestrigen Abends. Mary Poppins' Energie färbt ab.«

»Es geht Ihnen also gut?«

»Tut es, ja. Mein Arzt ist mit dem Heilungsprozess des Fußes zufrieden. Allerdings dauert es noch, bis ich halbwegs gehen kann.«

Sally kam mit einer Platte mit Würstchen und Speck und einer zweiten mit Rührei herein. Mrs Allington setzte sich zu Tisch. »Wie Sie sicher schon bemerkt haben, fällt das gewöhnliche Frühstück heute aus. Statt Porridge gibt es Toast, Eier, Speck und Würstchen. Außerdem frisches Obst und Marmelade aus Cornwall. Ethan bringt die Marmeladen von *Bee's Dreams* immer aus St. Ives mit.«

»Es sind die besten Marmeladen der Welt, vor allem die Sorten Orange-Zimt und Erdbeer-Quitte«, flüsterte Sally ihr zu, als sie das Kännchen mit heißer Milch auf den Tisch stellte.

Emma langte nach einem Marmeladeglas. Anstatt Zucker verwendeten die Hersteller Honig als Süßstoff. »*Bee's Dreams*«, las sie. »Schon wegen des Namens würde ich die Marmelade kaufen.« Sie stellte das Glas zurück, um sich ein Würstchen zu nehmen.

Sally wünschte guten Appetit und ließ sie allein.

»Ich habe vorhin mit Simon Dearing telefoniert. Sein Neffe Gregg wäre bereit, sich um Jimmy zu kümmern, bis

Simon wieder auf dem Damm ist. Das ist eine erfreuliche Entwicklung, finde ich.«

Emma fiel das Vorlegebesteck aus der Hand und laut klappernd auf den Teller.

Mrs Allington fing ihren Blick auf. »Die Nachricht muss Sie nicht erschrecken«, sagte sie. »Sie sind deshalb nicht überflüssig. Im Gegenteil. Ich brauche Sie in Cornwall. Sie wollten doch sowieso einen Abstecher dorthin machen, nicht wahr? Auf den Spuren Ihrer Mutter, so nannten Sie es.«

Verlegen schob Emma Gabel und Messer wieder auf die Platte. »Das habe ich vor, ja«, sagte sie, »aber was hat das mit Ihnen zu tun?«

»Eine ganze Menge. Es ist folgendermaßen. In unserem Haus in Cornwall gibt es zwei Bibliotheken. Eine ist im Strandcottage, dort findet man Lektüre für unbeschwerte Stunden am Strand. Sichten Sie den Bestand und machen Sie mir Vorschläge für eine aktuelle, gut sortierte Urlaubsbibliothek. Womit würden Sie sich in einem Haus auf den Klippen gern lesend die Zeit vertreiben? Ich lasse Ihnen freie Hand. Die zweite Bibliothek«, Mrs Allington begann, ihren Toast dünn mit Butter zu bestreichen, »befindet sich im Haupthaus. Wie Sie wissen, bin ich kaum noch in Cornwall, das Haus gehört mir nur noch formal – im Grunde ist es längst Ethans Haus. Und Ethan soll nicht länger den Klotz der Vergangenheit am Bein spüren. Sortieren Sie aus. Rühren Sie die Klassiker nicht an, außer es gibt Schäden an den Büchern, aber bringen Sie frischen Wind in die Bibliothek. Ethan liebt Sport, vor allem außergewöhnliche Sportarten, wie Coasteering. Dabei klettert man an den Felsen entlang und springt zwischendurch ins Wasser. Wenn Sie mich fragen, ist das nur etwas für Wahnsinnige, aber Ethan und seine Freunde finden Gefallen daran. Kurz und gut, rücken Sie Bücher über Sport in den Fokus: Biografien berühmter Sportler, Geschichten übers Fliegenfischen und so weiter. Ethan mag außerdem Naturbeschreibungen. Er hat schon mehrmals angekündigt, die Bibliothek erweitern zu wollen, findet aber nie die Zeit dazu. Nun, jetzt habe ich Sie kennengelernt und möchte die Chance ergreifen, ihn mit einer aktualisierten Bibliothek zu überraschen.«

Emma sah, wie sehr Ava die Idee begeisterte, und auch sie wurde mit Freude erfüllt. Hatte sie sich nicht gewünscht, als Kuratorin arbeiten zu können? Zwar hatte sie keine Sekunde daran gedacht, sich einer Sommerbibliothek in Cornwall anzunehmen, doch nun ließ sie ihre Gedanken kreisen und erinnerte sich an das entzückende Buch von Sue Hubbell: *A Country Year. Living the Questions,* und an die Werke von J.L. Carr. Der in Yorkshire geborene Autor war 1980 für den Booker Prize nominiert gewesen. *A Month in the Country* war eine meisterhafte Geschichte über ein mittelalterliches Fresko in einer Dorfkirche. Ein Buch über die Ruhe und Kraft der Landschaft Englands. Mrs Allington würde das Buch gefallen, und Ethan sicher auch. Emma kamen weitere Ideen. »*The White Umbrella* von Brian Sewell«, kam ihr über die Lippen. »Eine bezaubernde Geschichte über einen Mann, der während einer Reise alles stehen und liegen lässt und sich mit einer jungen Eselin auf den Weg quer durch Pakistan macht, um sie zu retten. Dieses Buch ist berührend, und es hat einen sehr feinen Humor«, schwärmte sie. »Ihr Sohn wird es lieben.«

»Ich sehe schon, Sie werden mich nicht enttäuschen. Das ist doch eine klassische Win-win-Situation. Sie mit dieser

Aufgabe zu betrauen – diese Idee ist mir bereits bei unserer ersten Begegnung gekommen, als Sie von sich erzählten. Schon da hatte ich den Eindruck, dass die Bibliotheken in Cornwall bei Ihnen in guten Händen wären. Sie helfen mir, Ethan zu überraschen, und ich helfe Ihnen, Ihre Schulden abzubezahlen.«

»Und Sie lassen mir tatsächlich freie Hand, was die Titelauswahl angeht?«

»Selbstverständlich«, bekräftigte Ava. »Mein Mann behauptete immer, ich besäße Menschenkenntnis. Nun, Sie verdienen, dass man Ihnen vertraut. John, würde er noch leben, sähe es genauso.«

Mrs Allingtons Worte waren Balsam für Emmas Seele. Der Stress und der Ärger, die sie in der Filiale in Köln erlebt hatte, verblassten wie ein böser Traum. »Wäre es nicht trotzdem ratsam, mit Ihrem Sohn zu telefonieren?«, fragte Emma, als sie sich wieder gefangen hatte. »Nur, um herauszuhören, wo sein Schwerpunkt liegt?«

»Um Himmels willen, nein«, wehrte Ava ab. »Wie gesagt, möchte ich ihn überraschen. Davon abgesehen, hat er zurzeit keine Stimme – Kehlkopfentzündung. Anstatt zu telefonieren, schreibt er Mails, um mich auf dem Laufenden zu halten. Ich denke, Sie werden eine passende Auswahl treffen, ohne ihn zu befragen. Und was Ihre Unterkunft anbelangt: Schlafen Sie im Strandcottage oder in einem Gästezimmer im Haupthaus, und bleiben Sie, solange Sie wollen. Das Ehepaar, das sich ums Haus kümmert, hat zurzeit Urlaub. Sie haben die Roseninsel also für sich.«

Die Herzenswärme, die von Mrs Allington ausging, wenn sie über Ethan sprach, rührte Emma.

»Manchmal denke ich, Ethan hätte Autor werden sollen.

Zumindest schreibt er Mails wie kein Zweiter«, fuhr Mrs Allington fort.

Mütter sahen ihre Kinder oft durch die rosarote Brille. Am liebsten hätte sie einen seiner Briefe gelesen. Emma liebte private Briefe – es gab doch kaum etwas Schöneres als einen romantischen Brief, in dem man zwischen den Zeilen lesen konnte.

»Wie komme ich eigentlich nach Cornwall, Mrs Allington? Und wann soll ich aufbrechen?«, fragte Emma. Schon die ganze Zeit schob sie die Würstchen auf ihrem Teller von einer Ecke in die andere. Ihre neue Aufgabe lenkte sie derart ab, dass das Frühstück in den Hintergrund trat.

»Sie können den Zug nehmen oder einen Wagen aus dem Fuhrpark meines Mannes.« Mrs Allington griff nach dem Sahnekännchen. »In sechs, allerhöchstens sieben Stunden müssten Sie es nach Cornwall schaffen, falls Sie es sich zutrauen, links zu fahren. Und was Ihre Abreise anbelangt … ich dachte an morgen. Das gute Wetter sollten Sie nützen. Schließlich wollen Sie in Cornwall nicht nur arbeiten, sondern auch die Strände genießen und die Wanderwege erkunden.«

Sie besprachen alles, was für die Reise wichtig war, dann rief Mrs Allington nach Jasper. »Jasper, sind Sie so freundlich und zeigen Mrs Sandner den Fuhrpark? Sie fährt morgen nach Cornwall, um sich dort der Bibliotheken anzunehmen. Dafür braucht Sie einen Wagen.«

In der Garage war Jasper in seinem Element. »Ich rate Ihnen, den Land Rover zu nehmen. In Cornwall gibt es Seitenstraßen, die nach einem solchen Wagen verlangen, zumindest, wenn Sie auch abseits der normalen Straßen unterwegs sein möchten.« Er schritt an zwei Limousinen vorbei und pries die Vorzüge der einzelnen Fahrzeuge. Wie immer trug er seine Uniform – dunkler Anzug mit Krawatte – und seine Mütze. »Der Land Rover ist vollgetankt, Ölwechsel wurde erst vor kurzem durchgeführt, der Reifendruck stimmt. Es ist alles in bester Ordnung. Sie müssten nur einsteigen und losfahren.«

Emma ging neben Jasper her und dachte darüber nach, Mrs Allington in Cornwall ein Geschenk zu besorgen. In Falmouth gab es einen Laden, wo Bücher in besonders schönen Einbänden verkauft wurden. Dort würde sie vorbeischauen, um ihr eine Sonderausgabe zu besorgen. Jasper wandte sich inzwischen einer der Limousinen zu und wog das Für und Wider ab. Seine Worte rauschten an Emma vorbei, sie dachte an die Fotos im Gästeappartement, die sie heute Morgen zum x-ten Mal angesehen hatte. Wenn auch nicht körperlich anwesend, so war Ethan Allington im Haus doch allgegenwärtig, sodass sie das Gefühl hatte, ihn bereits zu kennen. In Cornwall würde sie in seinem Haus wohnen und seine Bibliothek betreuen und käme ihm noch näher. Einen Menschen auf diese Weise »kennenzulernen«, war neu für sie. Aber irgendwie auch prickelnd. Sie wünschte sich, sich einmal mit Ethan Allington auszutauschen. Es wäre wunderbar, ihm im Gespräch zu begegnen. Doch leider würde dieser Gedanke ein Wunsch bleiben.

»Möchten Sie zum Eingewöhnen eine Proberunde um den Block drehen, Mrs Sandner?«, unterbrach Jasper ihre Gedanken.

»Gern! Aber bitte im Land Rover«, stimmte Emma zu. Mit einem flauen Gefühl im Magen, nahm sie hinter dem Steuer Platz.

»Denken Sie nicht darüber nach, dass sich alles auf der

falschen Seite abspielt. Fahren Sie einfach los«, motivierte Jasper sie, als sie den Wagen aus der Garage lenkte und in die Little St. James's Street bog.

Emma schien, als funktionierte die Welt plötzlich seitenverkehrt. Ihr blieb beinahe das Herz stehen, als sie auf eine der Hauptverkehrsstraßen fuhr. Sie war keine schlechte Autofahrerin, doch jetzt fühlte sie sich überfordert. Als sie einzuparken versuchte, entkam ihr ein Laut des Unmuts. »Das ist fürchterlich. Es fühlt sich alles falsch an«, rief sie.

Jasper beruhigte sie. »Haben Sie Geduld, Mrs Sandner, bald fühlen Sie sich auf der linken Straßenseite heimisch, sogar beim Einparken. Und in Cornwall sind Sie auf dem Land. Da geht es leichter.«

»Natürlich! Was sollte da schon geschehen?«, erwiderte Emma. »Wenn man Sie reden hört, glaubte man, in Cornwall gäbe es keinen Verkehr. Schon gar nicht im Sommer. Da will niemand ans Meer, um zu schwimmen, am Strand spazieren zu gehen oder irgendwo Eis zu essen.« Emma verstellte die Sonnenblende, damit sie besser sehen konnte.

»Steigern Sie sich nicht in Ihre Angst hinein, Mrs Sandner. Wir fahren noch eine Weile herum, und dann sage ich Ihnen ehrlich, ob Sie es morgen packen oder nicht.«

»Wie sagte meine Mutter immer: ›Nicht jede logische Entscheidung ist auch die richtige.‹ Folglich ist auch nicht jeder logische Gedanke der richtige. Eher der naheliegende.«

»Ganz richtig. Und wie ich Sie kenne, ist Ihr naheliegendster Gedanke, dass Aufgeben keine Option ist. In Cornwall werden Sie einen Wagen brauchen, wenn Sie flexibel sein wollen – und dass Sie sich einiges ansehen möchten, steht wohl fest.«

»Immerhin sind wir schon eine Viertelstunde unterwegs,

ohne dass ich einen Unfall verursacht hätte«, sagte Emma leichthin.

Jaspers Gesicht blieb unbewegt. »Und deshalb steigen Sie morgen in den Land Rover und nicht in die Bahn. Schauen Sie nach vorn, nicht zu mir.« Er sah aus dem Fenster, um den Verkehr und etwaige Gefahren abzuschätzen.

Nachdrücklich Stellung zu beziehen, war gewöhnlich nicht Jaspers Sache, das wusste Emma inzwischen, doch in ihrem Fall machte er unmissverständlich klar, was er von ihr erwartete.

»Auch, wenn Sie sich vermutlich danach sehnen, bald aus diesem Wagen zu kommen. Wir üben weiter, Mrs Sandner. Nur, um sicherzugehen«, bekräftigte Jasper, als sie schon über eine halbe Stunde unterwegs waren.

»Sie geben wohl nie auf?« Emma sah ihn von der Seite an, blickte dann aber rasch wieder auf die Straße. »Ich dachte immer, ich kenne mich mit dem englischen Humor aus, doch Sie sind eine ganz schöne Herausforderung.«

»Ich stehe mit beiden Beinen auf dem Boden, Mrs Sandner. Und ich denke, ich weiß, wann eine Sache abgeschlossen ist. Wir üben weiter. Solange, bis Sie sich sicher genug fühlen.« Jasper klang interessiert, als er weitersprach: »Was Ihre Reise nach Cornwall anbelangt. Darf ich mir die Frage erlauben, ob Sie sich auf Ihre Aufgabe freuen?«

»Ob ich mich freue?« Emma entkam ein leises Lachen. »Ich fühle mich geschmeichelt, dass Mrs Allington mir diese Aufgabe angeboten hat. Schließlich ist es ein Privileg und auch ein Vertrauensbeweis, die Bestände einer Bibliothek zu sichten. Es macht Spaß, den Bestand nach Einschätzung der Personen, die die Hüter der Bibliothek sind, zu ergänzen.«

»Hüter der Bibliothek«, wiederholte Jasper. »Ich habe nie darüber nachgesonnen, was Bücher für Menschen bedeuten. Ich lese Zeitschriften über Oldtimer, und ich verfolge das Tagesgeschehen. Aber was Sie sagen, klingt irgendwie …«, er suchte nach dem passenden Wort: »… *groß*! Als wären Bücher ein Universum oder so etwas.«

»Bücher sind die Grundlage unseres Wissens und im weitesten Sinne auch unserer Gemeinschaft. Sie bilden unsere Gefühle ab und helfen uns, das Leben zu verstehen und über Grenzen hinauszugehen. Bücher sind essenziell. Dem- oder derjenigen, die eine Bibliothek aufbaut und verwaltet, kommt also eine große Verantwortung zu.«

Emma empfand es als Herausforderung, für Mrs Allingtons Sohn und dessen Gäste eine breitgefächerte Bücherauswahl zu treffen. Bücher, die etwas im Leser in Bewegung brachten, standen ganz oben auf ihrer Liste. Einige Romane, die sie vorsah, würden Gänsehaut bereiten. Wenn Ethan die Bücher läse, würde er auch etwas darüber erfahren, wer sie – Emma Sandner – war. Emma gefiel der Gedanke, dass Mrs Allingtons Sohn sie zumindest auf diese Weise kennenlernte. Vielleicht würden sie eines Tages sogar miteinander telefonieren? Konnte es nicht sein, dass Ethan sie anrief, um sich bei ihr zu bedanken?

Sie hielt an einer Ampel. Das Bild, das sie von Ethan zeichnete, war eine Wunschvorstellung, das wusste sie. In Wahrheit war er vermutlich pragmatisch und dachte nicht darüber nach, warum welche Bücher in seiner Bibliothek standen. Menschen, die sich einen Kurator oder eine Kuratorin leisten konnten, taten dies oft weniger aus Liebe zur Literatur, sondern eher aus dem Impuls heraus, mit den Beständen ihrer Bibliothek zu beeindrucken.

»Biegen Sie bitte links ab und halten Sie in einer Parkbucht«, unterbrach Jasper sie. Nach der Herumkurverei war es eine Erleichterung, in einer Seitenstraße anzuhalten und mit ihm den Platz zu tauschen.

»Sie haben sich wacker geschlagen. Die Technik des Land Rovers ist Ihnen nun ein Begriff.«

»Wenn Sie es sagen«, grummelte Emma nur.

»Und das Linksfahren gelingt schon recht gut. Jetzt würde ich Sie gern nach Hause fahren. Ist das in Ihrem Sinne?«

»Klingt verlockend«, erwiderte Emma. »Vor allem haben wir beide die Nerven bewahrt«, sagte sie, als sie sich anschnallte. »Ist Ihnen aufgefallen, dass ich kein einziges Mal über einen Zebrastreifen gefahren bin, wenn ein Fußgänger in Sichtweite war, geschweige denn über eine rote Ampel?«

Jasper warf ihr einen Seitenblick zu. »Unsere kleine Spritztour war ein Erfolg. Und um noch mal auf morgen zurückzukommen. Die Strecke London–Carbis Bay ist ein Klacks.«

»Ein Klacks? Das aus Ihrem Mund?«

Jasper setzte den Blinker und reihte sich in den Verkehr ein. »Wenn ich Ihnen die Fahrt nicht zutraute, würde ich es Ihnen selbstverständlich sagen.«

»War nur ein Scherz, Jasper. Entschuldigen Sie. Ich schätze Ihre Fürsorge. Sogar sehr.« Emma legte kurz die Hand auf Jaspers Arm, bis er ihr zunickte und doch noch lächelte:

»Gut, dann fahren wir mal nach Hause.«

Nach Hause fahren, hörte sich himmlisch an. Zwar war sie in der Little St. James's Street nicht zu Hause – ein *Zuhause* war mehr als ein Dach über dem Kopf, und sei es noch so luxuriös –, doch wenn sie die Haustür aufschloss und ins Foyer trat, fühlte sie Mrs Allingtons und Sallys Nähe.

Emma genoss es, London an sich vorbeiziehen zu sehen, ohne auf den Verkehr achten, sich auf die vielen Funktionen des Wagens konzentrieren oder nach einem Parkplatz Ausschau halten zu müssen. Für Jasper schien nichts je ein Problem zu sein. Dass Mrs Allington jemanden wie ihn schätzte, war verständlich.

Als sie den Land Rover in der Garage geparkt hatten, überreichte Jasper ihr feierlich den Autoschlüssel. »Irgendwann während unserer kleinen Übungsfahrt haben Sie hoffentlich das Gefühl entwickelt, dass das Auto nicht mit Ihnen fährt, sondern Sie mit dem Auto. Sie werden die 280 Meilen bis Cornwall schon schaffen. Fahren Sie konzentriert, und vor allem, nehmen Sie keine Anrufe an, das lenkt nur ab. Und machen Sie Pausen, um frisch zu bleiben.«

»Danke für Ihre Geduld, Jasper. Sie sind der beste Fahrlehrer, den ich je hatte. Und danke für Ihre Tipps, ich werde sie beherzigen.«

Im Gästeappartement fuhr Emma ihren Laptop hoch und tippte eine Mail an Marie.

Liebe Marie!

Es gibt schon wieder tolle Neuigkeiten! Mrs Allington hat mich mit der Idee überrascht, die Bibliothek in Rosewood Manor zu erneuern, so heißt ihr Anwesen in der Nähe von St. Ives. Ich muss die Bücherbestände vor Ort sichten. Deshalb fahre ich morgen für eine Woche nach Cornwall. Ich nehme den Land Rover von Mrs Allingtons verstorbenem Mann. Jasper hat mir heute Nachhilfe im Linksfahren gegeben. Wenn Du dabei gewesen wärst, hättest Du die Dich gekugelt vor Lachen. Jasper entkommt nie ein falsches Wort, noch sieht man bei ihm je eine hochgezogene Augenbraue oder ertappt ihn bei einer falschen Bewegung. Dass es jemanden wie ihn heutzutage noch gibt … kaum zu fassen. Sobald ich auf der Roseninsel angekommen bin, skype ich Dich an. Dann reden wir, und ich zeige Dir alles, was es dort zu sehen gibt.

Ich freue mich sehr auf Cornwall, besonders auf meine Aufgabe, die übrigens fürstlich entlohnt wird. Rosewood Manor stelle ich mir ausgesprochen interessant vor. Bei dem Namen fällt einer Geschichtenliebhaberin wie mir eine Menge ein. Dieses Fleckchen Erde ist etwas Besonderes, dessen bin ich mir sicher.

Ist es nicht schade, dass solch ein Ort die meiste Zeit im Dornröschenschlaf liegt? Mrs Allington fährt nicht mehr hin. Sie sagt, sie fühlt sich nicht mehr jung genug dazu. Vielleicht überfallen sie dort auch schmerzliche Erinnerungen an ihren Mann John? Und Ethan ist angeblich derart von seiner Arbeit in Anspruch genommen, dass er nicht mal dran denkt, diesen Sommer hinzufahren.

Ob Rosewood Manor meiner Fantasie entspricht? Die Roseninsel … Lass Dir das mal auf der Zunge zergehen. Klingt das nicht nach einem Fleckchen Erde, von dem man nie wieder fortwill?

Emma schrieb die Mail zu Ende und schickte sie ab, bevor sie mit Jimmy zu einer letzten Spazierrunde aufbrach.

Beim Abendessen gab Mrs Allington ihr letzte Instruktionen, und nach einem Glas Portwein, das sie vor dem Kamin tranken, zog Emma sich zurück, um zu packen.

Als sie ihren Koffer zuklappte und laut »Rosewood Manor« aussprach, kam sie sich wie eine Figur aus Daphne du Mauriers Romanen vor. Die Reise würde spannend werden.

Wie sah ein Haus, das Rosewood Manor hieß, wohl aus? Mrs Allington hatte von holzgetäfelten Zimmern gesprochen, und von besonderen Rosenarten, die dort prächtig gediehen.

Emma schlüpfte in ihren Pyjama und stellte das Gepäck vor die Tür. Jimmy strich um den Koffer herum.

»Du spürst, dass was vor sich geht, stimmt's?« Emma beugte sich zu ihm hinunter. »Keine Sorge. Ich bin nur ein paar Tage weg, und wenn ich zurück bin, machen wir wieder gemeinsam den Park unsicher. Inzwischen freundest du dich mit Gregg an und machst keine Dummheiten. Versprochen?«

Emma sah auf ihre abgewinkelten Knie, auf denen Jimmys Pfoten lagen. Sanft schob sie sie hinunter. »Komm, wir gehen schlafen. Wir müssen morgen früh raus.« Jimmy trippelte aufgeregt neben ihr her, rollte sich auf dem Teppich zusammen und steckte die Schnauze zwischen die Pfoten.

Auch heute hatte Sally irgendwann am frühen Abend die Daunendecke zur Seite geschlagen, sodass Emma sie nur noch über sich breiten musste. Kleine Annehmlichkeiten, die sie nie zuvor genossen hatte. Sie griff nach ihrem Buch und schlug es auf. Wenn das Haus auf den Klippen nur halb so romantisch war wie ihre Vorstellung davon, wäre sie überwältigt.

Peggys Liebesliste:

DIE LIEBE FINDET IMMER IHREN WEG!

Anfangs hat es mir zu schaffen gemacht, dass ich Brian nur so selten zu sehen bekam. Cornwall lag nicht eben um die Ecke. Und Hannes und ich gönnten uns nur selten einen Urlaub. Lieber investierten wir in unsere Buchhandlung, um unseren Kunden den besten Service und die angenehmste Umgebung bieten zu können.

Brian und ich telefonierten miteinander, und eines Tages griff ich mal wieder zum Hörer und fragte ihn, was er sich von seinem Leben erhoffte. Ich wollte wissen, warum er London verlassen hatte und wonach er in Cornwall suchte.

»Wenn die Fische nicht ins Netz gehen, nützt es nichts, ins Wasser zu springen«, sagte er. »Man würde nur nass und sich eine Erkältung holen. Also tuckere ich heim und vertraue auf den nächsten Tag …«

Auf dem Kutter, draußen auf dem Meer, lerne er alles, was er übers Leben wissen müsse, erzählte Brian. Deshalb sei er nach Cornwall zurückgekehrt. »Wenn du auf ein Hindernis stößt, denk nicht lang darüber nach, sondern geh weiter. Das ist die Sprache des Meeres, Peg. Zuhören und Schweigen lernst du da draußen. Und die Liebe zu dir selbst, zu dem, was du in dir spürst.«

Es hat eine Weile gedauert, bis mir klar wurde, was Brian mir sagen wollte: Dass das Leben die beste Geschichte ist, die du hören kannst. Und die einzige, die zählt. Ich glaube, in dem Moment habe ich begriffen, worum es ihm ging …

14. KAPITEL

Köln, vor vierzig Jahren

Peggy hält beide Hände vor sich, als würde sie Blindekuh spielen. Mit den Fingern tastet sie die Luft ab und fühlt sich wie ein kleines Mädchen, das vom Vater ins Zimmer mit dem Christbaum geführt wird, nur, dass nicht Weihnachten ist, sondern Frühling und die Hand an ihrem Rücken die ihres Mannes und nicht die des Vaters.

Als sie vorhin aus dem Auto gestiegen sind, hat Hannes ihr die Augen verbunden, und nun dirigiert er sie den Gehweg entlang. Wohin sie gehen, hat er nicht gesagt, doch sie weiß es bereits. Er führt sie zu den Geschäftsräumen, in denen bald die Buchhandlung Sandner zu Hause sein wird. »Immer geradeaus, Liebes. Achtung, jetzt geht es nach rechts«, mahnt Hannes.

Vorbeieilende Passanten sehen ihnen neugierig nach, manche bleiben sogar stehen. Hannes zeigt sich unbeeindruckt von den Blicken. Er achtet nur auf Peggy. »Achtung, jetzt kommt eine Stufe!«, warnt er sie lachend.

Peggys Hände sind weiterhin nach vorn gestreckt, vorsichtig setzt sie einen Schritt vor den anderen. Hätte sie doch nur nicht die hohen Schuhe angezogen, die sie sich letzte Woche gekauft hat. *Für besondere Anlässe.* Zwar ist jetzt ein besonderer Anlass, doch mit verbundenen Augen und Pumps fühlt sie sich alles andere als sicher.

»Wie weit ist es noch?«, quengelt sie. Sie kann es kaum erwarten, dieses lästige Tuch vom Gesicht zu bekommen, um die Räume zu sehen, die Hannes ausgesucht hat. Seit ihrer Hochzeit legen sie eisern jeden Monat Geld zurück. Peggy gibt fünf Tage die Woche Nachhilfeunterricht in Englisch. Zusätzlich hilft sie samstags in einer Boutique aus, in der viele englischsprachige Kundinnen kaufen. Sie brauchen so viel Geld wie möglich für die Ablöse, für die Einrichtung und den Kauf ihres ersten Büchersortiments.

»Noch drei Stufen, Peggy. Gleich sind wir da«, in Hannes' Stimme schwingt Nervosität mit. Auch für ihn bedeutet dieser Tag eine Wende. Die Zeiten, in denen er für die Gestaltung und Durchführung von Freizeitangeboten für Kinder zuständig war, liegen ab nächsten Monat hinter ihm. Das letzte Gerichtsgutachten hat er bereits erstellt. Und auch, wenn er es gemocht hat, für das Konfliktmanagement in Schulen und anderen Einrichtungen verantwortlich zu sein, freut er sich darauf, seiner Arbeit als Sozialarbeiter den Stempel *Vergangenheit* aufzudrücken. Mit Peggy Bücher zu verkaufen, Lesungen zu veranstalten und Messen zu besuchen, ist ihr gemeinsames Ziel. Demnächst werden sie morgens aufstehen und in die eigene Buchhandlung gehen.

»Was habe ich all die Jahre zu dir gesagt?«, sagt Hannes nun, während er das leerstehende Geschäftslokal bereits in Sichtweite hat. »Viele Kunden, die in die Buchhandlung Sandner kommen werden, haben Konflikte und schwierige Lebenssituationen zu bewältigen. Da ist es gut, mich als Berater an deiner Seite zu haben. Findest du nicht?«

Peggy kichert. »Eine Buchhandlung ohne dich wäre wie eine Angel ohne Köder. Alle Buchhandlungen sollten einen Sozialarbeiter im Team haben.« Erst vorgestern hat sie nachgefragt, wann sie endlich nach einem passenden Ladenlokal für die Buchhandlung Ausschau halten würden. Zu dieser Zeit hat Hannes längst gewusst, dass es sich nur noch um kurze Zeit handeln würde – genauer gesagt um zwei Tage, bis er sie überraschen würde. Und heute ist es so weit.

Hannes öffnet eine Tür. Das Klingeln eines Glöckchens ertönt. Peggys Gesicht leuchtet auf. Dieses Geräusch wird sie bis zum letzten Tag lieben, an dem sie ihre Füße in diese Räume setzt, das weiß sie schon jetzt.

»Merk dir das Geräusch, Peggy. Das wirst du von nun an jeden Tag hören«, sagt Hannes, als habe er ihre Gedanken erraten.

Mit einem leichten Schubs beförderte er sie in ihr neues Leben, öffnet den Knoten des Seidentuchs und zieht es ihr von den Augen. »Tadaaaa!«, ruft er und macht eine große Geste in den Raum.

Peggy wischt sich über die Augen, dann blickt sie in einen Raum voller leergeräumter Regale. Die Sonne strahlt mit aller Kraft durch die Fenster. Hier ist es hell und freundlich, und Platz haben sie genug. »Oh, my God!«, entkommt es ihr. »It's so beautiful!« Inzwischen spricht sie recht gut Deutsch. Doch jetzt sind alle Vokabeln weg. Vor lauter Aufregung verfällt sie ins Englische. Keine drei Schritte von ihr entfernt sieht sie einen Holztisch mit einer silbernen Registrierkasse, die in der Sonne funkelt. Dahinter hängen Plakate mit den Brontë-Schwestern Charlotte, Emily und Anne, darunter stehen die Namen Currer, Ellis und Acton Bell, die Pseudonyme, unter denen die drei schreibenden Schwestern zeitlebens veröffentlicht haben. Nur Branwell Brontë, der Bruder der Schwestern, hatte unter seinem bürgerlichen Namen publiziert.

»Hier hinten kommen die Kinder- und Jugendbücher hin.« Hannes eilt wie ein Wirbelwind durch die beiden

Räume, Peggy im Schlepptau. »Und da drüben finden unsere Kunden demnächst die Reiseliteratur. Was meinst du, sollen wir die beiden Bereiche durch gemütliche Sessel verbinden? Platz hätten wir. Und was hältst du von einem bunten Holzboot, in dem Kinder Bücher anlesen können? Eine normale Leseecke ist zu langweilig, oder? Unsere Buchhandlung soll etwas Besonderes sein.«

»Die Idee mit dem Boot ist genial. Ein Prinzessinnenhaus für Mädchen wäre ebenfalls nicht schlecht. Es lesen ja mehr Mädchen als Jungen.« Peggy drückt Hannes einen Kuss auf die Wange. »Der einzige Nachteil wird sein, dass die Kinder nie mehr heimwollen, wenn wir ihnen hier das Paradies bieten.« Lachend rennt sie in den Räumen herum. »Hier präsentieren wir deutsche und englische Literatur. Wir sortieren nach Zeitepochen, Autoren und Genre. Ich mag diese Unterscheidung in anspruchsvolle und leichte Literatur nicht. Hauptsache, man fühlt sich gut unterhalten … und ist glücklich, wenn man ein Buch zuschlägt«, ergänzt Peggy. Nun ist sie es, die Hannes hinter sich herzieht, um jede Ecke des Ladenlokals zu erkunden. »Schau mal, diese Ecke würde sich für Lesungen anbieten. Ob Andrew bald bei uns lesen wird? Weiß er schon, dass wir schon so bald unsere eigene Buchhandlung haben? Hast du mit ihm telefoniert?«

Hannes geht zu dem Holztisch und öffnet eine Schublade unter der Platte.

»Dreiundzwanzigster Oktober«, liest Peggy, als Hannes mit einem Notizzettel vor ihren Augen herumwedelt. »Was ist an diesem Tag? Irgendwas Besonderes?«

»Allerdings«, hört Peggy eine markante Stimme hinter sich. »An diesem Tag lese ich bei euch!«

Ein Schrei des Entzückens entfährt ihr. Rasch dreht sie sich um. In der Tür steht ein Koloss von einem Mann, ganz in Schwarz gekleidet. Peggy eilt zu ihm und fällt ihm um den Hals. »Andrew! Ich kann's nicht glauben. Bist du extra aus London gekommen, um heute bei uns zu sein?« Sie lässt den Freund lange nicht los, dann endlich wendet sie sich Hannes zu. »Wann hast du das in die Wege geleitet, du Schuft?«, schimpft sie und klopft ihm in gespieltem Ernst auf den Oberarm.

»Tricks sollte man für sich behalten.« Hannes zuckt die Achseln. »Wichtig ist, ein Ladenlokal in guter Lage gefunden zu haben, das wir zu einem vernünftigen Preis mieten können. Die Papiere sind fertig, Peggy. Wir müssen nur noch unterschreiben.«

Peggy küsst Hannes überschwänglich. »Du bist mein Held«, schwärmt sie und strahlt ihn an.

»Versprich mir, dass du das in zehn Jahren immer noch zu mir sagen wirst.«

Andrew mischt sich ein. »Überleg dir gut, was du deinem Mann versprichst, Peggy«, sagt er. »Hannes hat ein Gedächtnis wie ein Elefant. Und hört jetzt mit der Turtelei auf. Krempelt lieber die Ärmel hoch und fangt an.« Andrew nimmt Peggy und Hannes in die Arme und drückt sie wie zwei Verbündete an sich. Das, was Peggy und Hannes verbindet, eine solche Liebe, hat er noch bei niemandem gefunden, doch er sehnt sich danach.

»Sei nicht so unromantisch, Andrew. Lass uns halt«, neckt Hannes ihn. »Ich finde übrigens, du könntest in deiner nächsten Krimireihe eine Ermittlerin einführen, die mit Krisen im Privatleben zu kämpfen hat, so wie du.«

Andrew bedenkt Peggy mit einem Hundeblick. »Hörst

du, wie Hannes mit mir redet. Wo bleibt dein Einfühlungsvermögen, mein Freund?«, sagt er an ihn gewandt.

Peggy löst sich von ihrem Mann, nimmt Andrew an die Hand und verschwindet mit ihm nach hinten. »Du wirst die Liebe schon finden, Großer«, verspricht sie. *Großer* ist ihr Spitzname für ihn, weil Andrew an die zwei Meter misst. »Du musst nur ein bisschen Geduld haben. Und bei deinen Lesungen die Augen offen halten.«

»Muss ich das?«

»Ja, das musst du unbedingt, denn es geht nicht nur darum, wie viele Bücher du verkaufst, sondern auch darum, wie wohl du dich in deinem Leben fühlst. Und mit jemandem an deiner Seite, der dich liebt, schreibst du sicher noch besser. Oder zumindest entspannter.«

Hannes steht mit verschränkten Armen da, beobachtet, wie Peggy auf Andrew einredet und ihm Hoffnung zu vermitteln versucht. In ihrer Buchhandlung werden Menschen nicht nur Bücher kaufen, sie werden auch ein offenes Ohr finden. Es wird ein Ort der Begegnung sein. Ein Ort zum Wohlfühlen, wo Leser und Autoren sich kennenlernen können. Wenn er Peggy und Andrew ansieht, weiß er, dass es so sein wird. So hat er sich sein Leben im besten Fall vorgestellt. Doch dass es nun so kommt, kann er fast nicht glauben …

15. KAPITEL

London, Juni

»Bei Fuß, Jimmy!« Emma zog die Leine an und überquerte mit Jimmy die Straße. »Sei brav, während ich in Cornwall bin, ja?! Und mach mir keine Schande!«, sprach sie auf den Hund ein.

Dieser Morgenspaziergang fühlte sich anders an als die vorherigen. Melancholischer.

In der Nacht war sie immer wieder aufgewacht, und seit vier Uhr früh war an Einschlafen nicht mehr zu denken gewesen, also hatte sie im Bett darauf gewartet, dass hinter den Fenstern der Morgen graute. Um sechs war sie dann endlich aufgestanden, hatte mit Jimmy gespielt und im Bad darüber nachgedacht, wie schön es wäre, ihren vierbeinigen Freund auf die Roseninsel mitzunehmen. Sicher wäre es herrlich, lange Spaziergänge mit Jimmy zu unternehmen, außerdem hätte sie abends Gesellschaft. Die Idee war verführerisch, doch sie hatte sie so schnell verworfen, wie sie ihr gekommen war. Nur weil sie Mrs Allingtons Liebling im Park aufgelesen hatte und zur rechten Zeit am rechten Ort gewesen war, durfte sie ihre Aufgabe nicht falsch auslegen. Sie war Jimmys Hundesitter, doch sie hatte den Mischling bereits so sehr ins Herz geschlossen, dass die Vorstellung, ihn eine Woche nicht zu sehen, sie traurig stimmte.

Im Park flitzte Jimmy sofort zum Teich. Die Enten hatten immer seine ganze Aufmerksamkeit. Alles, was sich bewegte, faszinierte ihn, besonders wenn das Tier kleiner war als er.

Emma versuchte, Jimmy zu beruhigen, warf ihm Stöcke

und lenkte ihn so von den Enten ab. Dass Enten im Teich schwimmen durften und er nicht, schien Jimmy überhaupt nicht zu gefallen.

Inzwischen waren sie ein eingespieltes Team. Jimmy folgte ihr oft aufs Wort, aber vor allem gab er ihr so viel Wärme, dass sie sich kaum noch vorstellen konnte, ihn nicht mehr in ihrem Leben zu haben. Bei Mrs Allington, Sally, Jasper und Jimmy war ihr Leben von stiller Hoffnung erfüllt. Sie hatte keine Ahnung, worauf sie hoffte, aber sie spürte, dass sie es tat. Und schon das Wissen darum, dass Hoffnung sie umgab, tat so unglaublich gut, dass sie jeden Morgen zufrieden aufwachte und sich auf den Tag freute.

Wieder in der Little St. James's Street 41 angekommen, schloss sie die Tür auf und nahm Jimmy von der Leine. Seine Pfoten klackerten über den Boden, als er mit Trippelschritten vorauslief. In der Küche stand Sally über einen Picknickkorb gebeugt und legte Äpfel und Bananen hinein. Jimmy setzte sich zu ihren Füßen und sah abwartend nach oben.

Emma blieb in der Tür stehen. »Plant Mrs Allington ein Picknick?«, fragte sie verwundert.

»Wo denken Sie hin?« Sally war so in ihr Tun vertieft, dass sie mit ihr sprach, ohne sich nach ihr umzudrehen. »Der Korb ist für Sie.«

»Für mich?«, fragte Emma verwundert.

»Ja, natürlich. Ich habe gestern noch eine Menge für heute vorbereitet«, sagte Sally.

Der Weidenkorb war schon jetzt randvoll. Sie ging näher und lugte über Sallys Schulter »Um das zu essen, brauche ich Tage. Denken Sie, in Cornwall gibt es keine Geschäfte, in denen ich einkaufen kann?«, sagte sie lächelnd, während sie zusah, wie Sally den Korb neu schichtete.

»Natürlich gibt es in Cornwall Geschäfte, aber ein gut gefüllter Picknickkorb schadet nie, Mrs Sandner.« Aus dem Korb stieg der Duft von gebratenem Huhn. Jimmy begann zu bellen.

»Gleich, Jimmy. Hab noch ein paar Minuten Geduld«, ermahnte Sally ihn. »Wenn Sie auf der Roseninsel ankommen, haben die Geschäfte vielleicht schon geschlossen. Außerdem haben Sie nach der langen Fahrt sicher keine Lust, in einen Pub zu gehen, um dort einen Happen zu essen.« Zufrieden, alles untergebracht zu haben, schloss Sally den Korb und klopfte mit beiden Händen darauf. »Wie auch immer der Tag sich entwickelt, Sie werden froh sein, auf kaltes Huhn, Kartoffelsalat und Scones zurückgreifen zu können, inklusive einem Glas eingelegter Quitten … und noch ein paar anderen Kleinigkeiten.« Sally griff sich an den Kopf und langte nach den Servietten, die auf der Arbeitsfläche lagen. »Um Himmels willen. Die hätte ich fast vergessen.« Sie öffnete den Korb ein letztes Mal und legte die Servietten obenauf. »So, fertig.« Mit dem Ungetüm ging sie in die Vorratskammer und stellte den Korb dort ab.

Emma war Sally gefolgt. »Sally, kann ich Ihnen etwas aus Cornwall mitbringen? Ich würde Ihnen gern eine Freude machen.«

Über Sallys Gesicht huschte ein Lächeln. »Mit Marmelade von *Bee's Dreams* würden Sie meinem Mann und mir eine Freude machen. Wir lieben Orange-Zimt und Kirsch-Holunder, mögen aber auch die anderen Sorten.«

»Orange-Zimt und Kirsch-Holunder. Schon notiert.« Emma tippte sich an den Kopf.

Zurück in der Küche, gab Sally Jimmy sein Futter. Danach goss sie Tee ein, gab Milch dazu und reichte Emma eine der beiden Tassen.

»Zucker?«, fragte sie. »Oder Süßstoff?«

»Nichts dergleichen. Danke. Ich trinke ihn nur mit Milch.«

Sie gönnten sich eine erste Tasse Earl Grey und plauderten, bis wenige Augenblicke später der Aufzug Mrs Allingtons Erscheinen ankündigte.

»Hallo, Mrs Sandner! Guten Morgen, Sally.« Mrs Allington kam humpelnd in die Küche.

»Guten Morgen, Mrs Allington.« Sally reichte auch Mrs Allington Tee.

Sie nahm die Tasse mit einem freundlichen Nicken entgegen und wandte sich an Emma. »Ich habe eine Liste mit den wichtigsten Dingen geschrieben, die Rosewood Manor betreffen. Unter anderem finden Sie dort die Telefonnummer von Bridget und Hugh Snow, die sich um alles kümmern. Ein Plan vom Haus liegt ebenfalls bei. Wenn es Fragen gibt, zögern Sie nicht, mich anzurufen.«

Im Esszimmer reichte Mrs Allington Emma die Klarsichtfolie mit allen wichtigen Infos.

Sally trug Porridge auf, und während des Frühstücks besprachen Ava Allington und Emma letzte Details. Schließlich erhielt Emma die Schlüssel fürs Haus und die Fernbedienung fürs Tor.

»Zum Strand hinunter gibt es eine Treppe. Am Ende des Gartens, wo die Klippen steil abfallen, befindet sich ein Tor.« Mrs Allington deutete auf einen Eisenschlüssel. »Das ist der Schlüssel fürs Gartentor. Allerdings lohnt es sich nicht, abzuschließen. Auf der Roseninsel sind Sie sicher. Gehen Sie so oft wie möglich an den Strand unterhalb von Rosewood. Vor allem morgens und abends ist es dort herrlich. Die Klippen sind beleuchtet, mein Mann hat dafür gesorgt, dass Lampen im Fels verankert wurden.« Mrs Allington überflog ein letztes Mal die Liste mit den wichtigsten Punkten.

»Haben Sie noch Fragen, Mrs Sandner?«, erkundigte sie sich, als ihr nichts mehr einfiel.

Emma schüttelte den Kopf. »Nein, Sie haben mich bestens aufgeklärt.«

»Eins noch«, Mrs Allington deutete auf eine markierte Stelle im Plan. »Falls Sie Wertsachen deponieren möchten, hinter dem Rosenbild im Salon gibt es einen Safe. Und wenn Sie Lebensmittel kaufen, gehen Sie zu Matthew in der Back Road, er beliefert uns, seit ich denken kann. Fisch bekommen Sie bei Clemmie in der Porthmeor Road, *Clemmie's Fish Bar*. Sie können ihn auch direkt dort essen, ganz stilecht am Holztresen. Richten Sie Clemmie herzliche Grüße aus. Sie ist ein Original, die einzige Frau, die ich je für einen Mann gehalten habe.« Ava Allington lachte kurz auf. »Wenn Sie sie sehen, werden Sie wissen, was ich meine.«

Das Frühstück verging wie im Flug. Nach einer letzten Tasse Tee verschwand Emma nach oben und holte ihr Gepäck. Mrs Allington und Sally warteten im Flur, als sie herunterkam.

»Fahren Sie vorsichtig, Mrs Sandner. Und rufen Sie an, sobald Sie in Rosewood Manor angekommen sind.« Ava Allington überreichte ihr ein Kuvert. »Das hier ist für die Auslagen, die Sie vor Ort haben werden.«

Emma wollte protestieren, doch Mrs Allington hielt sie mit einer entschiedenen Geste zurück. »Bitte tun Sie mir den Gefallen und nehmen Sie das Kuvert. Ich möchte, dass Sie sich in Cornwall wohlfühlen und auch finanziell für alles gesorgt ist. In St. Ives gibt es Geschäftsinhaber, die sich durchaus über Bargeld freuen.«

»Wollen Sie damit sagen, dass in einigen Geschäften keine Kreditkarten akzeptiert werden?«

»Nicht gern gesehen, sagen wir mal so. Clemmie ist vom alten Schlag und einige andere auch«, erklärte Mrs Allington. Ihr Gesicht verzog sich zu einem verständigen Lächeln. »Alles, was sie anfassen können, ist real, der Rest ... na ja.«

Jasper kam zur Tür herein. »Darf ich?«, fragte er und deutete auf das Gepäck.

Emma nickte. »Danke, Jasper. Sie sind zu freundlich.«

»Ich habe den Wagen aus der Garage gefahren«, sagte er und trug das Gepäck hinaus.

Mrs Allington griff nach Emmas Hand und ging mit ihr vors Haus. Die Sonne stand hoch am Himmel. Vor dem Hauseingang stand der Wagen mit geöffneter Fahrertür.

»Mrs Allington, ich möchte mich noch einmal für Ihr Vertrauen bedanken«, sagte Emma. »Ich verspreche Ihnen die interessanteste, spannendste, staunenswerteste Bibliothek in ganz Cornwall.«

»Danke.« Mrs Allington tätschelte Emmas Hand und ließ sie schließlich los. Sie war bezaubert von der Art der jungen Frau, dieser seltsamen Mischung aus kindlichem Übermut, Verlässlichkeit und Verantwortungsbewusstsein. Manchmal hatte Emma diesen traurigen Ausdruck im Gesicht. Dieser Ausdruck erinnerte Ava daran, wie sie empfunden hatte, als John von ihr gegangen war. »Wissen Sie ... Sie haben die Gabe, immer den richtigen Ton zu finden. Und was den Dank anbelangt, ich habe zu danken ... dafür, dass Sie die Fahrt nach Cornwall auf sich nehmen und den Wust an Büchern sichten, von der Auswahl neuer ganz zu schweigen. Sie glauben nicht, wie glücklich es mich macht, Sie für diese Aufgabe gewonnen zu haben.«

Es war ein schönes Gefühl, Menschen mit ihrem Wissen über Bücher zu bereichern, zudem schien Mrs Allington ihr blind zu vertrauen. Sie konnte kaum glauben, jemandem wie ihr begegnet zu sein. Einer Frau, die so großzügig und hilfsbereit war. Wie sollte sie ihr all diese Annehmlichkeiten und ihre liebevolle Gesellschaft je vergelten?

Sally nickte Emma zu. »Gute Fahrt, Mrs Sandner. Viel Erfolg mit den Büchern. Entspannen Sie ein bisschen. Die Gedanken stehen Ihnen manchmal auf die Stirn geschrieben.«

»Oh, das wusste ich nicht«, entkam es Emma. Beinahe wäre ihr herausgerutscht, dass dieser Abschied sich anfühlte, als wäre er für immer. »Wo ist eigentlich Jimmy? Von dem süßen Kerl habe ich mich noch gar nicht verabschiedet.«

Mrs Allington rief nach Jimmy, und als er nicht auftauchte, lief Sally noch mal ins Foyer und rief die Treppe hinauf. Doch Jimmy blieb unauffindbar. »Offenbar hat er sich irgendwo verkrochen«, ahnte Mrs Allington.

»Er mag keine Abschiede. Da ist er wie Sie, Mrs Allington«, sagte Sally. »Ich bin auch nicht so fürs Verabschieden. Aber lassen wir das.«

»Wenn er wieder auftaucht, geben Sie Jimmy bitte ein Leckerli von mir, und flüstern Sie ihm zu, er soll keinen Unsinn anstellen.« Emma schmunzelte. »Vor allem nicht im St. James's Park.«

»Ich sage es ihm, Mrs Sandner. Und selbstverständlich bekommt Jimmy einen Büffelhautknochen in Ihrem Namen.«

»Auf Wiedersehen. Passen Sie alle auf sich auf.« Emma

schulterte ihre Handtasche und nahm die Stufen zum Vorplatz. Unten drehte sie sich noch mal nach Ava Allington um. »Störe ich wirklich nicht in Rosewood Manor? Was, wenn Ihr Sohn spontan zum Wochenende rauskommt? Oder einer seiner Freunde?«

»Ausgeschlossen«, beruhigte sie Mrs Allington. »Erst gestern schrieb mir Ethan, dass er weiterhin mit dieser schrecklichen Kehlkopfentzündung zu tun hat. Er ist noch in New York. Und selbst wenn er hier wäre, käme es ihm nie in den Sinn, spontan nach St. Ives zu fahren. Das lässt schon sein Terminkalender nicht zu.« Mrs Allington schüttelte den Kopf. »Nein! Ethan wird frühestens im Herbst hinausfahren, und das auch nur, wenn ihm nichts dazwischenkommt.«

»Dann trete ich also niemandem auf die Füße«, fragte Emma.

»Ganz bestimmt nicht. Sie haben das Haus für sich allein.«

»Gut, dann fahre ich jetzt.« Emma hievte sich in den Land Rover und sah, wie das Tor zur Straße sich öffnete. Ava Allington und Sally begannen zu winken, und Emma winkte zurück.

»Fahren Sie vorsichtig«, rief Jasper, der am Weg stand, ihr zu.

Mach ich, formten Emmas Lippen. Sie setzte den Blinker und bog auf die Straße. Im Rückspiegel wurden Mrs Allington, Sally und Jasper langsam kleiner. Das Haus, in dem sie die letzten Tage wie in einer Blase gelebt hatte, verschwand aus ihrem Blickfeld und mit ihm die Menschen, die sie liebgewonnen hatte.

Emma schluckte. »Du bist unterwegs Richtung Roseninsel«, sprach sie sich gut zu. In ihrem Hals war es verdächtig eng. Sie konzentrierte sich auf den Verkehr und trommelte mit den Fingern aufs Lenkrad. Die Luftveränderung täte ihr gut. Salzhaltige Meeresluft verjüngte, behauptete Marie. Emma stellte das Gebläse ein, bis ein angenehm warmer Luftstrahl sie traf, doch plötzlich traf sie mit voller Wucht ein Gedanke. Sie bremste den Wagen ab und fuhr in eine Haltebucht. Ihre Hände umklammerten fest das Lenkrad.

Heute Morgen unter der Dusche hatte sie sich ein Gefühl eingestanden, das seit Tagen in ihr schwelte. Während das Wasser an ihr hinunterlief, öffnete ihr Blick sich endlich für das Naheliegende.

Sie war verliebt.

»Verliebt«, sagte Emma zu sich selbst. Mit starrem Blick sah sie aus dem Fenster. Die Erkenntnis war auch jetzt wieder wie ein Schlag ins Gesicht. Sie sah sich im Geist unter der Dusche stehen, sah, wie sie das Wasser abdrehte, die Füße auf die flauschige Badematte setzte, sich vor den Spiegel stellte und sich eingestand, in einen Mann verliebt zu sein, den sie nicht kannte und dem sie vermutlich nie begegnen würde.

Wie konnte man sich nur aufgrund einiger Fotos in jemanden verlieben? Noch dazu in einen Mann wie Ethan Allington – gutaussehend, erfolgreich und wohlhabend. Männer wie er brauchten nur mit dem Finger zu schnippen, und schon tanzten die Frauen nach ihrer Pfeife. Emma dachte an ihre Eltern. Gleichberechtigung und Wertschätzung waren für Peggy und Hannes das Fundament ihrer glücklichen Beziehung gewesen. Sie hatten einander voll und ganz akzeptiert. Immerhin war Ethan Single, sie war nicht in einen verheirateten Mann verliebt.

Emma nahm die Hände vom Lenkrad. Sie musste mit dieser unsinnigen Grübelei aufhören. Sie war kein naives Ding, dem man die Regeln des Lebens erst beibringen musste. Sie war eine gestandene Frau, die wusste, worauf es ankam.

In Cornwall würde sie mit dem Thema Ethan Allington abschließen. Wenn sie die Bibliotheken ergänzt hätte, würde sie nach London zurückfahren, sich bei Ava Allington für deren Großzügigkeit bedanken und heimfliegen, um ihr Leben in neue Bahnen zu lenken.

Emma griff nach dem Zettel mit der Route, den Jasper ihr ausgedruckt hatte. »Egham … vorbei an Bagshot … hinter Bagshot die Ausfahrt Richtung A303, Richtung Andover, Salisbury.«

Nach etwa zwei Stunden käme sie an Plymouth und Torquay vorbei. In Torquay hatte Jasper früher manchmal Urlaub gemacht, hatte er erzählt.

»Achten Sie darauf, auch mal Pause zu machen. Fahren Sie nicht durch.« Jasper behandelte sie, als wäre sie eine Verwandte, um die er sich kümmern musste. Er hatte sogar die Meilen in Kilometer umgerechnet. Bis Carbis Bay waren es 448 Kilometer. »Es ist gut, sich orientieren zu können, und Sie kommen nun mal besser mit Kilometern zurecht als mit Meilen«, hatte er richtigerweise behauptet.

Sie würde längstens sechs Stunden unterwegs sein. Wenn Sie ein, zwei Pausen einlegte, dürfte die Strecke kein Problem sein.

Emma klemmte den Zettel mit der Route zwischen die Beine. Obwohl der Land Rover über ein Navigationssystem verfügte, beruhigte sie der Gedanke, hin und wieder einen kurzen Blick nach unten werfen zu können, um sicherzugehen, dass sie noch auf der richtigen Strecke unterwegs war. Nach Torquay würde sie Bodmin und Okehampton hinter sich lassen, wo es laut Ausdruck eine Gefällstrecke gab.

»... und wenn Sie da sind, nehmen Sie im Kreisverkehr die zweite Ausfahrt Richtung St. Ives. Biegen Sie in Lelant links ab, dann befinden Sie sich auf der A3074. Rosewood Manor liegt in der Nähe der Headland Road. Sie werden den Privatweg schon finden, der von dort zum Ende der Klippe führt. Nicht mehr als eine Linkskurve, dann taucht das Haus wie aus dem Nichts vor Ihnen auf. Wenn Sie es sehen, werden Sie verstehen, weshalb die Allingtons den Ort *die Roseninsel* nennen. Das Haus erscheint wie aus einer längst vergangenen Zeit, und der Park gleicht der Vorstellung vom Paradies. Dort wachsen Rosen an Mauern hinauf, ranken um Pergolen, blühen um Eingangsportale. Es gibt ein Gewächshaus, in dem John Allingtons Mutter besondere Rosensorten gezüchtet hat.« Jasper hatte geschwärmt, was sonst gar nicht seine Art war, und seine Augen hatten geglitzert. »Rosewood Manor ist auf drei Seiten von Wasser umgeben. Es fühlt sich an, als sei man auf einer verwunschenen Insel gestrandet.«

Emma ließ die Gedanken an das Haus los und teilte die Strecke, die sie zu bewältigen hatte, in zwei Etappen. Als das getan war, steckte sie sich einen Kaugummi in den Mund, legte den ersten Gang ein und fuhr aus der Haltebucht. Nach der ersten Etappe würde sie eine Kleinigkeit essen und weiterfahren. Und wenn alles gutging und sie ohne Stau und unerwartete Verzögerungen durchkäme, wäre sie früh genug in Cornwall, um einen herrlichen Abend in Rosewood zu verbringen. Sie würde sich im Haus umsehen und den Garten inspizieren, um sich einen ersten

Eindruck zu verschaffen, und danach würde sie in Ruhe zu Abend essen. Sallys Korb barg genügend Schätze für ein fürstliches Mahl. Es wäre ein gemütlicher Abend, den sie mit einem Telefonat mit Marie abschließen würde.

»Die Roseninsel«, murmelte sie vor sich hin. Sie konnte es kaum erwarten, in die wohltuende Ruhe einzutauchen, die das Haus auf den Klippen verhieß. Vor ihr lag etwas, das besser klang als alles, was sie in letzter Zeit vorgehabt hatte – ihre Zeit in der Little St. James's Street ausgenommen. Sie verspürte unbändige Lust, die Bibliotheken zu erneuern, den Rest der Zeit würde sie so verbringen, wie es ihr gerade einfiel. Im Geist sah sie den Park mit üppigen Rosenbüschen und die Wellen, die an die Klippen schlugen.

16. KAPITEL

Cornwall

Ethans Hände schossen aus dem Wasser. Mit gespreizten Fingern suchte er an dem Felsen nach einer Kante zum Festhalten. Zeitgleich tasteten seine Füße nach einer Spalte, die er als Trittstufe verwenden konnte. Einige Sekunden tappte er suchend herum, dann fand er eine Lücke im Fels, schob seinen rechten Fuß hinein und hievte sich hoch.

Sein Gesicht war vor Anstrengung gerötet, als er oben ankam. Er atmete flach und blickte zu den nächsten Felsen, die vor ihm aufragten.

Vor dem Hochklettern würde er sich einen Moment zum Luftholen gönnen. Er wartete, bis sein Atem sich beruhigt hatte – seine Brust hob und senkte sich nun langsamer –, dann drehte er sich um und blickte aufs Meer. Tony, Sam, Ellen und Isobel schwammen unweit der Küste. Isobel winkte ihm zu.

Er winkte zurück, wandte sich um und kletterte über die nächsten Felsen bis zu einem Strandabschnitt, an dem es nur wenige, wesentlich kleinere Felsen gab. Dort setzte er sich auf den Rand eines Felsens und blickte auf die Bucht.

Er liebte Coasteering, diese Mischung aus Wandern, Klettern, Schwimmen und Schnorcheln und gewagten Sprüngen ins Wasser. Doch es war das erste Mal, dass er ohne Neoprenanzug unterwegs war. Isobel hatte geschimpft, als er vor zwei Stunden beiläufig erwähnt hatte, diesmal ohne Anzug anzutreten.

»Willst du dir an den Felsen die Knie aufschlagen oder einen schlimmen Schnitt zuziehen? Geh kein Risiko ein und zieh deinen Anzug an«, hatte sie gewettert.

Er hatte nur mit den Schultern gezuckt und sie daran erinnert, während seines Studiums Touren verschiedener Schwierigkeitsgrade organisiert und seitdem hart trainiert zu haben. Es faszinierte ihn, an der Küste entlangzukraxeln, zwischendurch ins Wasser zu springen und sich wieder an Land zu hieven. Coasteering war anstrengend, aber auch aufregend. Doch was ihn am meisten an diesem Sport faszinierte, war, sich im Einklang mit der Natur zu fühlen. Eins mit den Elementen zu sein.

Sich in die Natur einzugliedern, schenkte ihm ein berauschendes Gefühl, das ihn fesselte. Es ging ihm nicht um höher, schneller, gefährlicher. Es ging ihm vielmehr darum, innerlich zur Ruhe zu kommen. Wenn er im Wasser schwamm oder auf einen Felsen kletterte, fühlte er sich frei und leicht. Nur der Himmel über ihm, das Wasser und die Luft um ihn herum – und er selbst. Dieses Gefühl hatte er an die Teilnehmer seiner Touren weitergegeben, die deshalb auch immer ausgebucht waren.

Heute jedoch war alles anders. Es war, als erlebte er Coasteering zum ersten Mal. Er hatte niemandem anvertraut, dass er für lange Zeit nicht mehr das Wasser auf seiner Haut spüren würde. Dieses letzte Mal wollte er ohne die schützende Haut des Neoprenanzugs erfahren; wollte das Meer mit allen Sinnen genießen. Zwar hatte er sich auch in der Vergangenheit darauf konzentriert, das Salz auf der Zunge zu schmecken, und mit dem staunenden Blick eines Kindes nach einer Muschel gegriffen, um sie wie ein Wunder zu betrachten, doch heute wollte er diese Gefühle unbedingt noch einmal intensiv erfahren. Und weil er sich nicht vorstellen konnte, dass jemand aus seiner Clique ihn verstand, schwieg er. Wenn er diese Gedanken ausspräche, würden seine Freunde wissen wollen, was los war, allen voran Isobel. Nein, er wusste, wie brüchig das Siegel der Verschwiegenheit war. Deswegen behielt er die wahren Gründe seines Tuns für sich und erwähnte lediglich seine körperliche Fitness und seine jahrelange Erfahrung, um Isobel zum Schweigen zu bringen.

In seine Gedanken vertieft, blickte Ethan zum Strand. Dass er heute als Erster am Strand ankam, empfand er als Wunder. In letzter Zeit war er müde und abgeschlagen, heute jedoch ging es ihm erstaunlich gut. Die Empfindung, dass vielleicht doch alles gut würde, flaute ab und verschwand im Nichts.

Bisher hatte es nichts in seinem Leben gegeben, das ihn aufgehalten hätte. Nun aber stand er vor einem Problem, das größer war als alles, was er bisher gemeistert hatte. Zum ersten Mal wusste er nicht, wie er eine Aufgabe bewältigen sollte. Plötzlich war da diese Ungewissheit, wie es weiterginge. Wegen dieser Ungewissheit hatte er gezögert, zuzusagen, als Sam ihm am Tag zuvor auf die Mailbox gesprochen hatte.

»Hast du Zeit mit Tony, Isobel, Ellen und mir einen Tag in Cornwall zu verbringen? Das kommt spontan, ist mir klar, aber gestern haben die Kids angerufen und mich geradezu angefleht. ›Mr Wiggins, bitte, unterstützen Sie auch dieses Jahr das Krebsrennen. Sie und Ihre Freunde sind doch immer mit dabei und feuern die süßen Tierchen an.‹ Die haben mich richtig in die Mangel genommen. Wir sollten hinfahren und uns ein paar Tage Auszeit gönnen.« Seit er aus New York zurück war, saß er in London fest und grübelte. Und langsam hatte er genug davon. Bei einem Treffen mit seinen Freunden würde er sein Problem zwar nicht vergessen, es aber hoffentlich für eine Weile verdrängen können. Diese Überlegung hatte den Ausschlag gegeben, Sam zuzusagen.

Er hatte seinen Kalender durchgesehen und überlegt, welche Termine er von Cornwall aus erledigen konnte. Er brauchte dringend ein paar Tage auf der Roseninsel, um in Ruhe nachzudenken.

Ethan beobachtete, wie Isobel den Felsen hochkletterte, den er vorhin bezwungen hatte. Oben angekommen, warf sie die Hände in die Luft. »Jippie!«, schrie sie und kletterte über die nächsten Felsen zum Sandstrand. Ihre Füße versanken im Sand, doch das störte sie nicht. Sie folgte der Linie, wo Wasser und Sand sich trafen, und bei ihm angekommen, zog sie ihn in eine überschwängliche Umarmung.

»Herrlich, dass wir diesen Tag für uns haben. Ein echter Glücksfall.« Sie strahlte ihn an, aufrichtig froh, in seiner Gesellschaft zu sein.

Auch er freute sich, sie zu sehen. »Ist tatsächlich ein besonderer Tag«, sagte er. Alles stimmte: Es war herrlich warm, das Wasser glitzerte, und die Sonne lachte vom Himmel.

»Fährst du morgen zurück oder bleibst du ein paar Tage? Bei mir war in letzter Zeit viel zu viel los. Manchmal habe ich die Tage kaum mitbekommen. Aber das heute entschädigt für alles.« Isobel schob sich eine Haarsträhne aus dem Gesicht und setzte sich neben ihn.

»Ich hätte echt Lust zu bleiben, kann aber nicht. Termine«, sagte er und rückte unmerklich von ihr ab. Er konnte Isobel unmöglich in seine Pläne einweihen.

Wenn sie sich in Cornwall trafen, gingen sie abends oft in einen Pub, manchmal kochten sie zusammen, bei Tony oder bei ihm, oder sie saßen am Strand und schauten aufs Meer, froh nach der Hektik Londons die Ruhe Cornwalls genießen zu können. Doch so gern er sonst bei allem dabei war, diesmal war er versucht, sich nach dem Lauf loszueisen. Er sehnte sich nach einem Abend nur für sich.

»Ethan Allington«, Isobel tat, als begänne sie eine Rede auf seine Verdienste, und Ethan legte die Hand auf ihren ausgebreiteten Arm, doch Isobel ließ sich nicht bremsen. »Was auch immer du in nächster Zeit vorhast«, schmetterte sie, »ich gebe die Hoffnung auf den Tag nicht auf, an dem du die Arbeit zurückstellst und zu leben beginnst … gemeinsam mit uns … deinen Freunden.«

»Wenn ich so weit bin, bist du die Erste, die es erfährt.«

Isobel knuffte ihn in die Seite und lachte. »Wann soll das sein? Wenn du Mitte achtzig bist?«

Ethan zwang sich zu einem Lachen. »Früher auf keinen Fall«, sonst ging er gern auf Isobels lockeren Ton ein, doch heute fiel es ihm schwer. »Du weißt ja, ich bin hartnäckig, auch, was die Arbeit anbelangt.«

»Wusste ich's doch«, konterte Isobel. »Du bist ein Workaholic. Schade um dich!«

Einmal hatten sie alle gemeinsam in Rosewood Manor den Jahreswechsel gefeiert. Clemmie hatte Fisch geliefert, Ellen Eintöpfe vorbereitet, und er hatte Sallys selbstgemachte Kuchen mitgebracht. Es war ein unvergesslich schöner Abend gewesen. In London trafen sie sich selten, sie alle hatten anstrengende Berufe. Doch das Krebsrennen in St. Ives verpassten sie nie, und auch er konnte nicht absagen, ohne Aufsehen zu erregen. Wenn er nicht gekommen wäre, hätte Isobel ihn bei der nächstbesten Gelegenheit in seinem Büro in London aufgesucht. Tony hätte ihn mit Angeboten für Ersatztreffen bombardiert, und Sam hätte ihm zumindest eine Mail geschrieben, in der er seine flapsigen Kommentare loswurde. Nur Ellen hätte nicht nachgehakt. Sie vertrat die Ansicht, jeder solle nach seiner Fasson selig werden. Diese Ungezwungenheit schätzte er an ihr.

»Du musst schon wegen der Kinder kommen. Sie zählen auf uns. Also ruf mich zurück«, waren Sams letzte Worte auf Band gewesen.

Früher, als er selbst Kind war und einen Teil des Sommers mit seinen Eltern auf der Roseninsel verbrachte, hatte auch er, gemeinsam mit seinen Freunden, nach *Sponsoren* Ausschau gehalten. Die Tage am Wasser waren schöne Erinnerungen.

»Na also, die Nachhut hat es ebenfalls geschafft«, murmelte Isobel, als Tony und Sam und mit etwas Abstand

Ellen auf sie zukamen. Sie öffneten die Reißverschlüsse ihrer Neoprenanzüge und schüttelten sich die Nässe aus den Haaren.

»Ein Traumtag«, schwärmte Sam. Er hob ein Bein, dann das andere und stieg aus dem Neoprenanzug. »Haben wir noch Zeit, vor dem Rennen was essen zu gehen? Ich habe mächtig Kohldampf«, fragte er.

»Erst die Arbeit, dann das Vergnügen. Die Kids warten schon am Pier auf uns. Essen kannst du hinterher«, erinnerte ihn Tony. Er legte seinen Anzug zusammen und schob ihn sich unter den Arm.

»Vergesst nicht, ich koche heute Muscheln für uns«, warf Ellen ein.

»Nichts gegen Muscheln, Ellen, aber ich brauche vorher etwas Handfestes«, behauptete Sam.

Isobel war aufgestanden und schmiegte sich an Tony. »Wie wäre es, wenn Ethan, Ellen und du das Krebsrennen übernehmt, während Sam und ich etwas essen gehen? Nur ausnahmsweise. Bitte! Ich hatte heute noch keine Zeit, einen Bissen runterzubringen. Hab Erbarmen mit einer Freundin …«, sie sah ihn flehend an und hatte prompt Erfolg.

Tony blickte zu Ethan, der nickte. »Also gut. Ihr habt Glück, dass wir gutmütig sind. Dann schlagt euch die Bäuche voll, während wir die Kinder glücklich machen. Aber kommt nach. Wenigstens zur Siegerehrung sollten wir komplett sein.«

Sie gingen zu ihren Jeeps, die unweit der Stelle parkten, an der sie an Land gegangen waren. Dort trockneten sie sich ab und verwandelten sich von übermütigen Sportskanonen in Männer und Frauen in legerer Kleidung.

Ethan knöpfte sein Hemd zu, verstaute seine Sachen und schloss den Kofferraum seines Wagens.

Wie konnte es sein, dass einem im Leben jahrelang alles gegeben wurde und man sich dann innerhalb weniger Tage am Tiefpunkt wiederfand?

Er öffnete die Tür zur Fahrerkabine. Solche Gedanken durfte er nicht zulassen, sonst war er verloren. Plötzlich hatte er das Gefühl, die ausgelassene Fröhlichkeit um sich herum nicht länger auszuhalten. »Müssen wir heute unbedingt zum Pier?« Er wandte sich an Tony, der dabei war, in den Wagen zu steigen. »Können wir das Rennen nicht verschieben?«, schlug er vor. »Ich bin ziemlich geschlaucht. Außerdem habe ich noch einen Telefontermin, und ich habe mein Handy nicht dabei.« Um seine Aussage zu untermauern, klopfte er mit den Händen seine Hosentaschen ab.

Tony sah ihn kopfschüttelnd über den Wagen hinweg an. »Was für eine absurde Idee? Traditionen wie das Krebsrennen verschiebt man nicht. Wir haben alle unsere Termine. Für Kinder muss man den normalen Ablauf eben manchmal unterbrechen.«

Sam schaltete sich in die Diskussion ein. »Deinen Termin kannst du sicher verschieben. Gleich laufen die Krebse, Ethan. Wir geben unsere Wetten ab und fiebern mit den Kindern mit.« Er warf Ethan sein Handy zu. »Hier nimm mein Handy, falls du tatsächlich keins dabeihast, was ich mir bei dir, ehrlich gesagt, nicht vorstellen kann. Jedenfalls verlassen sich die Kinder auf uns. Nach dem Rennen wollen alle ins *Sloop Inn*, auf Fish & Chips. Und dafür brauchen sie unsere Finanzspritze. Und sie brauchen jemanden, der sie anfeuert.« Sam trug inzwischen wieder seine Baumwollhose und sein kariertes Hemd. Den nassen Neoprenanzug hatte er in den Kofferraum seines Wagens gelegt.

»Ende der Diskussion, Leute. Ich fahre bei dir mit, Ethan«, sagte Tony. Sie verstauten die letzten Sachen, dann stiegen sie in ihre Wägen und schnallten sich an.

Ethan zog den Gurt aus der Halterung und zündete den Wagen. Der erwähnte Termin war eine Notlüge. Was hätte er sonst vorbringen sollen, um wegzukommen? Normalerweise neigte er nicht dazu, sich längere Zeit trüben Gedanken hinzugeben. Er hatte Wichtigeres zu tun, als den Tag mit Grübeln zu vertrödeln. Doch damit war es seit kurzem vorbei.

Er blickte starr aus dem Fenster und dachte an Rosewood Manor. Er sehnte sich danach, sich in die Bibliothek zurückzuziehen und den Kopf auf die Sofalehne zu betten.

Eine Viertelstunde später erreichten sie das Küstenstädtchen St. Ives, parkten auf einem Parkplatz unweit von Smeaton's Pier und wandten sich Harbour Beach zu.

»Wir sehen uns später am Strand und danach bei Ellen«, sagte Sam.

Isobel hakte sich bei Sam ein und verschwand mit ihm in Richtung Pub.

Tony, Ellen und Ethan steuerten Smeaton's Pier an. »Wir geben mal wieder die *good guys*, wie so oft«, grummelte Tony. Er mochte Kinder und wollte irgendwann eigene, doch bisher hatte es mit seiner Partnerin, einer taffen Richterin, nicht geklappt.

»Tja, scheint wohl unser Schicksal zu sein«, sagte Ellen.

Am Pier wuselte es bereits vor Kindern. Man hörte ihr Kreischen und Brüllen bis in die Straßen. Sie waren voller Übermut.

»Schon eine Menge los hier«, murmelte Tony, als sie sich unter die Leute mischten.

Ellen wurde sofort von einer Kinderschar umringt und mit Fragen bestürmt.

Ethan fügte sich notgedrungen, dass er hier vorläufig festsitzen würde. Es lief darauf hinaus, dass er die Kinder anfeuern und hinterher einen Teil der Rechnung zahlen würde. Doch danach würde ihm schon was einfallen, um wegzukommen. Er fühlte sich wie eine zu fest gespannte Feder, die jederzeit zurückschnellen konnte.

Jemand zupfte ihn an der Windjacke, die er sich übergeworfen hatte. Er drehte sich um, gewappnet, einem Kind Rede und Antwort zu stehen, und sah in das Gesicht eines Mädchens, dessen dunkle Haare zu einem nachlässigen Zopf geflochten waren. Die zarten Gesichtszüge und hellen Augen passten nicht zu den störrischen Haaren, doch das Lächeln, das ihr Gesicht dominierte, passte perfekt zu ihr.

»Hey, ich bin Bee.« Bee sah den überraschten Ausdruck in seinem Gesicht, fragend und nachdenklich zugleich. »Bee … wie die Biene!«, setzte sie erklärend hinzu. Sie sprang ein paar Schritte zurück und begann, trotz der Gummistiefel, die für den milden Tag eindeutig zu warm waren, auf den Fußspitzen zu balancieren.

»Verstehe. Bee. Ungewöhnlicher Name.« Ethan sah ihr beim Balancieren zu. Bee verfügte über eine perfekte Körperkoordination. »Wie alt bist du, Bee?« Er sah in aufgeweckte blaue Augen. Nach ihrer Größe zu schätzen, war sie acht oder neun und eindeutig nicht auf den Mund gefallen. Außerdem hatte sie einen speziellen Geschmack, was Kleidung anbelangte. Sie trug eine rosafarbene Latzhose, die an den Knien geflickt war, darunter einen geringelten Baumwollpullover und darüber eine Jacke mit Karomuster. Sie sah aus wie ein bunter Schmetterling.

»Alter tut bei Frauen nichts zur Sache.«

»Sagt wer?«, fragte Ethan.

»Meine Mum.« Bee ließ sich Zeit mit dem nächsten Satz, dann allerdings sprudelten die Worte wie ein Wasserfall aus ihr heraus. »Ich habe drüber nachgedacht und finde, sie hat recht. Und nun halte ich es wie sie und schweige über mein Alter. Also ... sorry, dass ich die Frage nicht beantworte.« Sie verzog das Gesicht zu einer traurigen Miene, doch in der nächsten Sekunde strahlte sie schon wieder, als sei alles nur ein netter Scherz. »Dafür darfst du wissen, dass mein Dad Hobbyimker ist.«

»Deshalb der Name Bee?« vermutete Ethan.

Bee nickte. »Bee ist mein Spitzname, laut Pass heiße ich Carol Millie«, sagte sie. »Wir sind aus Port Isaac, aber seit einem Jahr leben wir in St. Ives. Nicht im Ortskern, wo was los ist, sondern außerhalb. Bienen brauchen eine Menge Grün und Blüten.«

»Schon klar! Grün und Blüten«, wiederholte Ethan.

»Ich kenne dich übrigens«, sagte Bee. Sie stemmte die Arme in die Hüften und sah ihn neckend an.

»Tatsächlich?« Langsam wurde Ethan neugierig. »Dann klär mich mal auf, woher.«

»Mein Onkel ist beim *Garten- und Landschaftsbau Salisbury*. Die kümmern sich auch um den Garten von Rosewood Manor. Und als Not am Mann und mein Onkel krank war, ist Dad eingesprungen. Er ist mit dem Rasentraktor herumgesaust und hat beim Baumschnitt geholfen. Damals warst du in Rosewood. Dad hat mit dir gesprochen. Er sagt, du bist ein patenter Kerl. Und das will was heißen, denn Dad ist gegen jede Klassenstruktur. Und du gehörst zweifellos zu den oberen Zehntausend.«

Ethan unterdrückte ein Lachen. »Ein patenter Kerl. Soso. Das sagt dein Dad über mich. Und über Klassenstruktur machst du dir auch Gedanken. Du bist ganz schön gewitzt, weißt du das?«

»Denken zeichnet uns aus, sagt Mum. Also lass dich nie von was überzeugen, außer jemand hat vernünftige Argumente. Auf Dad ist übrigens Verlass, wenn er sagt, du bist in Ordnung, stimmt's. Er schummelt nie. Höchstens, wenn es um seine Noten geht. Dad war ein miserabler Schüler«, Bee verdrehte die Augen, »das will er mir gegenüber natürlich nicht eingestehen. Er hat Angst, ich mach ihm das nach, aber das habe ich nicht vor. Ich will Meeresbiologin werden«, plapperte sie. Inzwischen hatte sie die Arme vor der Brust verschränkt und zupfte mit einer Hand an ihrem Baumwollshirt herum.

Ethan revidierte seine Annahme, Bee sei vermutlich acht oder neun. Niemand, der so jung war, argumentierte derart plausibel. Vermutlich war sie zwölf oder sogar älter und einfach klein gewachsen.

»Apropos Rosewood Manor. Dad sagt, der Garten ist außergewöhnlich wie sonst keiner in der Gegend. Vor allem die Kletterrosen sind eine Wucht. Er ist sich sogar sicher, dass unsere Bienen sich hauptsächlich in Rosewood aufhalten, um dort Nektar zu tanken. Wären auch schön blöd, wenn sie's nicht täten, wenn's so besonders bei dir ist.« Bee redete ohne Punkt und Komma.

»Bee, hör mit der Quatscherei auf«, blaffte ein Junge hinter ihnen. »Die Krebse warten nicht ewig.«

Bee fuhr herum und wedelte mit den Armen. »Schon

kapiert. Du musst nicht so brüllen. Keine Diskriminierung gegenüber Frauen«, stänkerte sie. »Komm«, sie zwinkerte Ethan zu. »Wir müssen los.« Ohne zu fragen, fasste sie ihn bei der Hand und lief mit ihm zu der Stelle am Steg, an der das Krebsrennen stattfand. Während sie das Wasser ansteuerten, sprach sie weiter: »Sag mal, kann ich bei Gelegenheit mal bei dir vorbeikommen und mir die Rosen ansehen? Ich mag Rosen. Keine Ahnung, weshalb, aber das war schon immer so. Normalerweise mag ich nur, was unter Wasser ist, aber Rosen sind eine Ausnahme. Sie riechen so gut, und Riechen gehört zu meinen Lieblingsbeschäftigungen. Ich rieche an allem ... um es besser einschätzen zu können«, erklärte sie.

Dass dieses Mädchen sich bei ihm einlud, überrumpelte Ethan.

»Na ja, ich bin selten hier, weißt du«, er überlegte, wie er aus der Nummer rauskäme. »Deshalb ist es das Vernünftigste, du kommst mit deinem Onkel, wenn er das nächste Mal in Rosewood zu tun hat.«

»Nö!« Bee schüttelte vehement den Kopf. »Ich komm lieber, wenn du da bist. Dann können wir Tee trinken und über Rosensorten plaudern. Wissen schadet nie.«

»Sagt deine Mum«, ahnte Ethan.

»Sage ich«, stellte Bee richtig und grinste.

Er sah in Bees offenes Gesicht. Das Gesicht eines Mädchens, das mit nichts anderem rechnete als mit einem Ja, und so nickte er zaghaft.

»He, ihr lahmen Schnecken. Trödelt nicht rum«, schrie ein Junge. »Gebt eure Wetten ab und unterstützt uns.« Ethan war froh, sich beeilen zu müssen. Je eher er das Krebsrennen hinter sich brachte, umso früher konnte er nach Hause.

Am Wasser waren zwei Jungen damit beschäftigt, eine möglichst gerade Kreidelinie auf den Boden zu malen.

»Habt ihr schon was gefangen?«, rief Bee den Jungen zu, die ihre Angeln mit Ködern ins Wasser hielten.

»Logisch haben wir was gefangen. Unsere Eimer sind voll«, posaunte einer von ihnen. Unweit der angelnden Jungen tauschten andere fingierte Boxschläge aus. Und einige Mädchen liefen kreischend umher und taten so, als würden sie einander jagen.

»Dann könnt ihr die Krebse ja gleich auf der Linie freilassen.«

»Hört zu«, rief der Junge, der Bee angetrieben hatte. Er wandte sich an Tony und Ethan und einige andere. »Wir nennen euch jetzt die Namen, die wir den Krebsen gegeben haben. Und danach nehmen wir eure Wetten entgegen. Alles klar?«

»Alles paletti«, versprach Tony. »Leg los. Welche Namen habt ihr euch ausgedacht? Renn-Krebse können schließlich nicht irgendwie heißen.«

Der Junge grinste und rasselte die Namen hinunter, dabei zählte er die Krebse an seinen Fingern ab.

»So, und jetzt tippt, welches Krabbeltierchen als Erstes die Kreidelinie hinter sich lässt und es zurück ins Wasser schafft.« Der Junge tauchte seine Hände in den Eimer und holte den ersten Krebs heraus.

Tony schlug Ethan in gespieltem Ernst gegen die Schulter. »Na, was meinst du, mein Freund? Wer gewinnt? Krebs 1, 2, 3, 4, 5, 6, 7 oder 8? Auf die Idee, den Krebsen derart sinnige Namen zu geben, wären wir früher auch gekommen, was?«

»Wie ich uns kenne, schon«, sagte Ethan und grinste bei dem Gedanken.

Ein Schatten fiel auf Tonys Beine. Wie so oft spielte er an den Knöpfen seines T-Shirts herum. »Jungs und Mädels, hört mal zu«, setzte er an. Seine Hand ließ von seinem Shirt ab. »Ethan, Ellen und ich und natürlich der Rest meiner Freunde, die sich wegen Unterzuckerung frühzeitig in ihren Lieblingspub zurückgezogen haben, bieten euch an, wie jedes Jahr, die Rechnung zu zahlen, wenn ihr nach dem Rennen im *Sloop Inn* Fish & Chips und Scones verzehrt. Getränke und Süßigkeiten für zu Hause sind natürlich inbegriffen. Außerdem sponsern wir einen Gutschein für weitere Besuche im *Sloop Inn*, für konspirative Treffen ... ihr wisst schon, wenn ihr etwas zu besprechen habt. So, und hier mein ganz persönlicher Tipp: Krebs 2.«

»Ich setze auf Krebs 4 und erhöhe um einen Eisbecher nach den Scones. Falls ihr den heute nicht schafft, zahle ich die Eisbecher im Voraus, damit ihr sie morgen oder übermorgen essen könnt«, mischte Ethan sich ein.

»Ich tippe auf Krebs 7«, rief Ellen, die aus einem Pulk von Mädchen auftauchte.

Die Jungen schrien durcheinander, es war das reinste Indianergeheul.

»Also hört mal alle her«, rief Bee irgendwann dazwischen. »Die Wetten sind abgegeben. Jetzt wollen wir anfangen. Ich gebe das Kommando. Krebse an den Start. Achtung ...« Sie legte eine gewichtige Pause ein und sah den Jungen dabei zu, wie sie die Krebse startklar machten, »fertig ...«, nun nickte sie, »... uuuuund los!« Sie hob den Oberkörper, klatschte laut in die Hände und ließ sich auf den Steg plumpsen. Dort lag sie, die Augen auf die Tiere gerichtet, und beobachtete die Szene voller Interesse.

Die Krebse, die die Jungen dicht nebeneinander platziert

hatten, liefen los. Ihre Scheren kratzten mit einem seltsamen Geräusch über den Steg. Bee rollte sich auf den Rücken und blickte auf die Schleierwolken am Himmel. »Gebt euer Bestes ... lauft ... lauft«, feuerte sie die Tiere an, hob die Beine und strampelte vor Freude in der Luft.

Ethan hatte sich neben Bee und einige Jungen gehockt und sah den Krebsen zu. Inzwischen waren etliche Schaulustige hinzugekommen, um dem Krebsrennen beizuwohnen – Touristen und Einheimische gaben letzte Wetten ab.

»Wusstest du, dass die ersten Krebse schon im Erdaltertum in den Meeren lebten?«, hörte Ethan Bee neben sich. »Das war vor über 500 Millionen Jahren.«

»Heute sind viele Krebsarten ausgestorben«, prahlte einer der Jungen.

»... aber auch neue entstanden«, parierte Bee. Sie sprach ruhig, beinahe besonnen und doch mit Durchsetzungskraft. Was war sie nur für ein seltsames Mädchen?

»Ich weiß nur, dass die meisten Krebse fünf Paar Schreitbeine besitzen, wovon die vorderen Beinpaare bei vielen Krebsen zu kräftigen Scheren umgebildet sind«, gab Ethan zu.

Zwei Jungen hockten neben den Krebsen, die sich auf das Wasser zubewegten, die Hände dicht über ihren Antennen, die an die Fühler von Insekten erinnerten. »Kommt, kommt, kommt«, trieben sie die Tiere an und gackerten dabei wie Hühner.

Bee war aufgestanden und verfolgte das Spektakel mit aufgerissenen Augen. »Gleich ist es so weit«, prophezeite sie. Krebs 1 und weitere waren ins Hintertreffen geraten. »Krebs 3. Gib Gas«, feuerte sie den Krebs an, der im Augenblick der Schnellste war. Und tatsächlich, wenige Augenblicke später plumpste der Krebs mit einem leisen Platschen ins Wasser. Bee, die Jungen und einige Mädchen jubelten und applaudierten.

»Krebs 3 ist der Sieger. Er hat gewonnen. Wer macht Platz zwei?« Der nächste Krebs fiel ins Wasser, und nun wurde spekuliert, welcher es war. Einer der Jungen behauptete, es sei Krebs 2, ein anderer sagte. »Quatsch, das ist Krebs 4. Hundertpro. Ich habe euch gleich gesagt, wir müssen sie markieren, um sie auseinanderzuhalten.«

Ethan stand inmitten des Tumults, sah die hochgeworfenen Arme der Kinder, hörte Tony lachen und sah Isobel auf sich zulaufen. Er sah ihr ungezwungenes Lachen und ihre im Wind wehenden Haare. Isobel war jemand, der wusste, wie kostbar jeder Tag war, den sie in Cornwall verbringen konnte. Als Börsenmaklerin war sie erfolgreich. Freizeit wurde bei ihr kleingeschrieben, seit drei Wochen war sie zudem Single. Dass sie sich von ihrem Freund getrennt hatte, hatte sie ihm am Parkplatz ganz nebenbei anvertraut. Ethan kannte Isobel seit Jahren, und immer hatte sie ihn auf diese Art angelächelt, die alles bedeuten konnte, nur nicht, dass sie etwas von ihm wollte – bis jetzt. Jetzt lächelte sie auf eine flirtende Weise. Doch er würde den Teufel tun, mit Isobel auszugehen. Er mochte sie, allerdings als Freundin. Davon abgesehen, hatte sie Besseres verdient als ihn, auch wenn sie das nicht wusste.

Isobel war bei ihnen angekommen und mischte sich unter die Schaulustigen. »Als ich im *Sloop Inn* am Tisch saß, habe ich's nicht fertiggebracht, euch hier alleinzulassen«, sagte sie. Ethan vermied jeden Blickkontakt mit ihr, stattdessen wandte er sich dem Meer zu und schaute auf die blau glitzernde magische Fläche. Er wollte ihr keine falschen Hoffnungen machen, und sich selbst ebenfalls nicht. Zukunft? Hatte er die überhaupt?

»Na, was willst du jemandem nicht auf die Nase binden?« Bee stand vor ihm, die Gummistiefel in der Hand und einen fragenden Ausdruck im Gesicht. Vor diesem Mädchen musste er sich vorsehen. Sie war auf eine verstörende Art klug.

»Das ist meine Sache«, sagte er ungewohnt schroff.

»Tja, dann …'tschuldige der Nachfrage. An deinem Gentleman-Image musst du noch arbeiten. Aber ich verzeihe dir.«

Bee wandte sich ebenfalls dem Meer zu und fischte einen Krebs aus dem Wasser, hielt ihn in die Höhe und küsste ihn. »Jippie. Du hast es zurück ins Wasser geschafft«, rief sie, dann ließ sie den Krebs vorsichtig zurück ins Meer gleiten.

Die Kinder waren so sehr in diesen Moment eingetaucht, dass Ethan Scham verspürte. Was bildete er sich ein, sich so wichtig zu nehmen? Das Leben war für jeden eine Überraschung – für alle Menschen und für jedes Tier. Sogar für diesen Krebs, der sicher froh war, wieder im Wasser zu sein und seine Ruhe zu haben.

Sam erschien neben ihm. »Ellen ist schon gegangen, um das Muschelessen vorzubereiten. Du kommst doch mit? Wäre ein schöner Ausklang dieses Tages.«

Plötzlich war Ethan sich nicht mehr sicher, ob es ihm tatsächlich half, allein in Rosewood zu sitzen und zu grübeln. Mit einem Mal fürchtete er sich davor, sich den Tatsachen zu stellen. »Also gut, ich bin dabei«, gab er nach. »Wann geht es los?« Er spürte dem Gefühl der Erleichterung nach. Mit dem Besuch bei Ellen gönnte er sich eine kurze Verschnaufpause, bevor er sich den Tatsachen zuwandte.

»Gleich nach der Siegerehrung. Ellen will schon mal das Gemüse putzen. Tony bringt die Kinder ins *Sloop Inn* und gibt die Bestellung für sie auf.«

»Ich habe ihnen Eisbecher versprochen«, erinnerte sich Ethan.

»Dann geh mit Tony mit und gib im Pub Bescheid, dass du morgen zahlst. Dürfte kein Problem sein.«

Harry, der Wirt, kannte ihn seit Jahren. »Alles klar, ich regle das«, sagte er, schloss sich dem Tross an und verließ den Steg.

Angesichts der Freude der Kinder kam ihm sein Leben wie ein schlechter Traum vor.

Als er heute ins Meer eingetaucht und wenige Sekunden später nach Luft ringend wieder hochgekommen war, hatte er sich frei von allem gefühlt, doch dann hatten die Gedanken eingesetzt. Seltsamerweise hatte er an seine Eltern gedacht, an ihre Liebe. Sie waren nicht zusammengeblieben, weil sie sich an einem System ausrichteten, das Zweierbeziehungen vorschrieb, sondern weil sie so leben wollten, wie sie es taten.

In seinen Beziehungen hatte immer irgendwann einer von ihnen, entweder er oder seine Partnerin, das Interesse verloren.

Einmal hatte sein Vater zu ihm gesagt: »Ich war heilfroh, Ava zu begegnen, und auch, wenn es mit der Monogamie nicht immer einfach ist, muss man wissen, was man einsetzt. Ich wollte Ava nicht enttäuschen, und ich habe es nie bereut.«

Von irgendwoher erklang ein Pfiff und riss Ethan aus seinen Überlegungen. Um ihn herum herrschte emsige Betriebsamkeit. Ein Junge hielt ein Transparent hoch, auf dem

Sieg dem Krebs stand. Ein anderer trieb die Wettschulden ein. Gerade hielt er Tony und Isobel einen Blechnapf vors Gesicht, woraufhin die beiden sofort ihre Geldbörsen zückten.

Bee stand noch immer an der Kante des Stegs – weniger als ein halber Schritt und sie läge im Wasser. Ethan verspürte den Impuls loszurennen, und sie festzuhalten. Doch Bees durchdringender Blick ließ ihn zögern. Es war keiner dieser Blicke, mit denen Menschen sich halbherzig nach dem werten Befinden erkundigten und nur hören wollten: »Gut. Danke der Nachfrage!« Bees Blick war ehrlich gemeint; und er wusste nicht, wie er darauf reagieren sollte.

Tony trabte mit den Kindern in einer Polonaise den Strand entlang. An einer Stelle, an der sich kaum Urlauber befanden, versammelte er sie im Halbkreis um sich.

»Wir singen jetzt einen Shanty der *Fisherman's Friends*, um das Krebsrennen würdig zu beenden. Ich stimme an …« Tony gab den Ton vor, und die Kinder fielen mit ein. Das Lied handelte von einem Tag am Meer, von der Einsamkeit dort draußen, aber auch vom Zusammenhalt der Mannschaft auf dem Kutter. Von Männern, die hinausgefahren waren, um zu fischen und dabei sich selbst zu finden. Tony schob eine Strophe ein, in der es um einen Krebs ging, der schneller lief als die anderen und nichts mehr liebte als seine Freiheit. Er war schon immer gut im Improvisieren gewesen.

Ethan spürte Gänsehaut auf seinen Armen. Bee sah noch einmal zu ihm herüber, diesmal hob er die Hand und winkte ihr.

17. KAPITEL

Vor vielen Jahren war sie mit ihren Eltern nach Cornwall gereist. Die letzte Etappe der Reise hatten sie mit dem Zug angetreten, hatten das sanfte Ruckeln in ihren Körpern gespürt, während Peggy lebhaft von ihrer Jugend an der keltischen See erzählte. Von dieser Reise abgesehen, kannte Emma Cornwall vorwiegend durch Reiseberichte im Fernsehen, durch Fotos, die Peggy ihr gezeigt hatte, und durch deren Erzählungen. Damals hatten sie in einem kleinen, charmanten Cottage gewohnt, das als Bed & Breakfast geführt wurde, und gleich am nächsten Tag waren sie nach Cape Cornwall aufgebrochen, dessen Landspitze ein paar Kilometer von St. Just entfernt ins Meer ragte. Oben auf der Kuppe stand eine riesige Landmarke. Sie waren um das Kap herumgelaufen und hatte sich dann auf einer Bank niedergelassen, um die Aussicht zu genießen. Der Ausblick in die Ferne wirkte wie ein Tuschebild, leicht verschwommen, geradezu poetisch. Die hügeligen Wiesen, die sich brechenden Wellen und die Klippen waren scharf gestellte Aufnahmen. Alle drei hatten sie still vor Ehrfurcht dagesessen.

Später waren sie auf der Meerseite hinabgestiegen und zu einem Seenot-Beobachtungsposten gelangt. Der alte Schornstein der ehemaligen Cape-Cornwall-Mine, die 1875 geschlossen worden war, krönte die felsige Landspitze, und nicht weit entfernt stand eine malerische Ruine.

»Das ist St. Helen's Oratory, eine der ersten christlichen Kirchen Westcornwalls«, hatte Peggy sie aufgeklärt und vorgeschlagen, die Ruine zu besichtigen. Die Kirche vor dem beeindruckenden Panorama des Meeres gab ein schönes Fotomotiv ab. Emma hatte sich vom ersten Tag an pudelwohl in der Heimat ihrer Mutter gefühlt. Die herrlichen Aussichten, die pittoresken Häuser.

»Die Gezeiten und die Natur gehörten früher zu meinem Leben«, erzählte Peggy.

»Dennoch wolltest du fort, in die Stadt. Obwohl es hier so schön ist.«

»Ich war jung, Emma.« Ihre Mutter hatte die Arme ausgebreitet, um das Gefühl, das sie damals gehabt hatte, zu verdeutlichen. »Ich wollte alles auffangen, was ich greifen konnte. Und ich habe mich nach Erlebnissen gesehnt, nach Menschen, Theatern und Musikveranstaltungen, nach Museen, vor allem aber nach so vielen Büchern wie möglich.«

»Vermisst du in Köln nichts, wenn du an das hier zurückdenkst?« Die Landschaft und die gemütlichen Cottages, an denen sie vorbeigekommen waren, vermittelten den Eindruck, dass Cornwall fast zu schön war, um wahr zu sein.

»Was könnte sie schon vermissen? Deine Mutter hat mich.« Die spielerischen Küsse, die ihr Vater ihrer Mutter auf die Hand drückte, sorgten für einen lockeren Moment zwischen den beiden – zum Schluss küsste ihr Vater auch sie auf die Stirn.

»Ich bin *sehr* glücklich in Köln«, hatte Peggy mit einem Seitenblick auf Hannes geantwortet und sich die Haarsträhne aus dem Gesicht gestrichen, die der Wind ihrer Frisur entlockt hatte.

»Aber du vermisst Brian. Das sagst du oft«, hatte Emma sich nicht zurückhalten können.

»Das tue ich, ja«, hatte Peggy geseufzt. »Manchmal träume ich von der Atmosphäre, die es nur in Cornwall gibt, dieser Moment, wenn du kurz die Luft anhältst, weil das Meer sich vor dir auftut … Momente wie dieser.«

»Deswegen sind wir hier, Emma. Um dieses kleine Vakuum zu füllen … und um dir zu zeigen, wo die Wurzeln deiner Mutter sind«, hatte ihr Vater gegen den Wind angebrüllt.

Tags darauf waren sie zu einem Bootsausflug aufgebrochen. Beim Anblick der friedlich im Rudel schwimmenden Delfine, die der Kapitän ihres Schiffs draußen vor der Küste entdeckt hatte, hatten sie staunend dagestanden.

Während Emma nun Meile um Meile zurücklegte, schenkten die Erinnerungen an diese wunderbare Reise ihr unvergessliche Bilder. Sie spürte die Freude, die sie vor so vielen Jahren beim Anblick des Atlantiks überkommen hatte. Cornwall mit ihren Eltern, das lag lange zurück, doch die Emotionen waren abgespeichert. Wie schön würde es sein, auf der Roseninsel an die Zeit von damals anzuknüpfen.

Emma riss sich aus ihren Erinnerungen und sah auf die Uhr. Sie war bereits über drei Stunden unterwegs. Zeit für eine Pause.

Rosewood Manor befand sich auf einer Halbinsel südwestlich von St. Ives. Unterhalb der Klippen breitete sich der Sandstrand von Carbis Bay aus, hatte Mrs Allington erzählt. Das alles waren lediglich Fakten, doch in Emmas Fantasie wurden diese Fakten, je länger sie fuhr, immer mehr zu farbenprächtigen Bildern. Sie stellte sich den spektakulären Ausblick vor, wenn sie auf der Klippe stünde, und freute sich darauf, das Haus zum Leben zu erwecken. Sie würde Rosewood Manor nur kurz aus dem Dornröschenschlaf erlösen können, doch die Hoffnung, dass Ethan vielleicht mehr Zeit dort verbrachte, wenn die Bibliothek erweitert worden wäre, bereitete ihr stilles Vergnügen. Ein Haus, das den Schatz einer umfangreichen Bibliothek barg, war faszinierend. Wenn sie über ein solches Haus verfügen könnte, würde sie jede freie Minute dort verbringen wollen. Schließlich gab es nichts Angenehmeres, als seine Tage auf einem Areal zu verbringen, das von Wasser und Natur umgeben war und das Bücher bereithielt, die einen in fremde Welten entführten.

Sie hatte bereits mehr als die halbe Strecke hinter sich gebracht, als sie auf den Parkplatz einer Raststätte fuhr und sich in die Schlange der wartenden Autos vor einer Tankstelle einreihte. Nachdem sie getankt hatte, nahm sie sich ein Schinken-Sandwich aus dem Picknickkorb und biss herzhaft hinein. Das Huhn und den Kartoffelsalat würde sie für abends aufbewahren, wenn sie Zeit für ein gemütliches Essen hätte. Sie gönnte sich noch ein Karamell-Bonbon, dann stellte sie die Wasserflasche ins Seitenfach und setzte die Fahrt fort.

Im Radio liefen die neuesten Hits. Emma fühlte sich inzwischen sicherer hinterm Steuer und erhöhte das Tempo, und während sie einige Songs mitsang, legte sie die restlichen Meilen zurück. Kurz vorm Ziel nahm sie beim Kreisverkehr die zweite Ausfahrt Richtung St. Ives, Carbis Bay und Lelant. Nun war es nicht mehr weit bis zur Headland Road.

Sie wurde langsamer, und bog wenige Augenblicke später in die besagte Straße. Die Headland Road war von beiden Seiten von Häusern gesäumt, doch dazwischen sah sie von fern das Meer. Sie bremste ab und blickte hinaus.

Wenn sie früher in Italien im Urlaub gewesen waren, war

ihr das Meer wie ein Lebewesen erschienen, das atmete und zu ihr sprach. Eines Tages hatte sie das so ihrer Mutter gesagt, und diese hatte genickt.

»Das Meer lebt, Emma. Alles, was du um dich herum siehst, ist lebendig: der Wald, das Meer, jeder Stein, die Muscheln am Strand – alles trägt Leben in sich.«

Sie hatte diese Information mit der grenzenlosen Offenheit eines Kindes aufgenommen. Wieso sollten Bäume, Gras und die Blumen im Park nicht leben, wenn sie selbst es auch tat? Marie hatte gelacht, als sie, zurück in Köln, nach einem Stein griff und behauptete: »Der Stein lebt. Wir dürfen ihm nicht wehtun.«

Seitdem waren viele Jahre vergangen. Inzwischen war auch Marie der Ansicht, dass es mehr zwischen Himmel und Erde gab, als sie mit dem Verstand fassen konnten. Es war erst wenige Monate her, dass Marie sich an eine Astrologin gewandt hatte, um diese nach ihrer Beziehung zu Peter zu befragen. Nicht, dass sie etwas dagegen gehabt hätte, aber Marie und Astrologie, das war, als träfen Sonne und Mond aufeinander. Marie hatte die Aussage der Astrologin, sie werde wieder glücklich werden, mit Begeisterung aufgenommen. Doch was bedeutete das letztlich? Doch nur, dass es in Maries Leben irgendwann wieder bergauf ging. Ob mit oder ohne Peter, war nicht gesagt. Dass nach einem Tief irgendwann wieder ein Hoch kam, erschien Emma nur logisch.

»Man muss nicht alles erklären können und den Sinn dahinter verstehen, das ist mir inzwischen klar geworden«, hatte Marie nach dem Termin bei der Astrologin behauptet, und Emma hatte genickt. Niemand konnte alles erklären, schon gar nicht, wenn es um das eigene Leben ging. Was wusste man schon über die Zukunft, darüber, wie alles kam? Viel zu wenig. Und manchmal auch zu viel.

Hinter Emma hupte jemand. Vor lauter Schauen und Erinnerungen hatte sie alles um sich herum vergessen. Rasch legte sie den ersten Gang ein und fuhr an. Irgendwo unterhalb von Rosewood Manor befand sich der South West Coast Path – Englands längster und schönster Fernwanderweg –, der über sechshundert Meilen an spektakulären Klippen und kleinen Fischerdörfern vorbeiführte.

Emma folgte der Headland Road. Sie endete landeinwärts in einiger Entfernung von den Klippen. Dort bog sie ab und folgte einer weiteren Straße, die in einer Kurve bis zu einer Bahntrasse zurückführte. Sie rumpelte über die Schienen und folgte dem abschüssigen Weg Richtung Westen. Hier gab es keine Häuser, nur das Grün der Landschaft und riesige Polster von Strandnelken.

Mrs Allington hatte ihr Fotos von früheren Sommern auf der Roseninsel gezeigt, nun erkannte Emma den Purpur Fingerhut, Schlüsselblumen, Hasenglöckchen und das helle Rosa der Strandnelken, die Mrs Allington Lollipop Heads nannte. Die Pflanze wuchs in Küstennähe, auf Kliffs und in Salzmarschen und gedieh sogar in Nischen der Klippen, wo die Gischt hinkam. Mrs Allington kannte sich mit den Pflanzen rund um Rosewood Manor aus und wusste, dass die Strandnelke das aufgenommene Salz über spezielle Drüsen auf der Blattoberfläche ausschied.

Emma löste sich vom zauberhaften Anblick der Natur und fuhr weiter, bis sie einen ungehinderten Blick auf die endlos blaue Fläche des Meeres hatte. Davor hob sich ein Haus ab – Rosewood Manor. Es war von den typischen Trockenmauern, die man überall in Cornwall sah, umgeben.

Häufig begrenzten sie Weide- und Ackerflächen und dienten in den Dörfern als vertikale Anbaufläche. Mrs Allington liebte das Leben, das sich in diesen Mauern abspielte, und nun beobachtete Emma, wie Vögel dort landeten und wieder fortflogen, und begriff den Zauber dieses Fleckchens Erde.

Sie ließ ihre Augen wandern. Rosewood Manor war im georgianischen Stil erbaut, mit späteren viktorianischen Zubauten – ein Anwesen mit harmonischen Proportionen und einer Zufahrt, die in einem großen, kiesbestreuten Bogen vor einer Freitreppe endete.

Es gab eine Orangerie, die sich rechts vom Haupthaus befand. In Bildbänden über England hatte sie solche Anwesen bereits gesehen, allerdings nie damit gerechnet, jemals einen Fuß in ein solches zu setzen.

Einen Moment saß sie reglos da. Dies war ein verwunschener Ort inmitten der Natur, ein Platz für Tiere und Pflanzen, vor allem für Rosen, denn schon von weitem stach das Rot einer Unzahl erblühter Rosen ihr ins Auge. Sie sah niedrig wachsende Rosen und Rosenstöcke, sogar Spalierrosen wuchsen im Garten. Die meisten leuchteten in Rottönen, von Burgunderrot über Pink bis Lachsrosa.

Ihre Fantasie eilte der Realität voraus, zu unvergesslichen Stunden am Meer und auf den Klippen, zu Ausflügen in die Umgebung und einem Stopp bei Clemmie, um Fisch zu essen. Abends würde sie die wohlige Wärme des Hauses genießen und sich der Bibliothek widmen. Es wären Stunden, die sie wie eine Kostbarkeit hervorholen und in ihrer Erinnerung erneut erleben würde, wenn sie zurück in Köln wäre.

Emma stellte das Radio ab. Nun war es still im Wagen, doch plötzlich hörte sie hinter sich ein Geräusch. Sie fuhr herum und schrie erschrocken auf. Jimmys Schnauze erschien oberhalb der Rückbank. Sie glaubte nicht richtig zu sehen. »Jimmy, um Himmels willen«, entkam es ihr.

Jimmy begriff ihren Ruf als Aufforderung, sprang über die rückwärtige Lehne, schlich zwischen dem Gepäck hervor, streckte den Kopf vor und begann ihre Hand abzulecken.

»Was machst du hier? Wie bist du in den Wagen gekommen?« Emma war völlig überrumpelt. Ihre Stimme und ihre Augen drückten Besorgnis und Verwunderung zugleich aus. Vorsichtig streichelte sie Jimmy über den Kopf. Wie hatte er es nur geschafft, so viele Stunden ohne Auslauf dort hinten auszuharren? Und wie war er überhaupt unbemerkt in den Wagen gekommen? Rasch öffnete sie das Handschuhfach vorm Beifahrersitz. Ob es hier irgendwas gab, das sie als Leine benutzen konnte? Sie wühlte sich durch Straßenkarten, Drops und Broschüren über die Gärten von St. Michael's Mount, St. Mawgan und einige andere, Broschüren noch aus der Zeit, als Mrs Allington mit ihrem Mann nach Cornwall gefahren war, fand aber nichts, das sich als Ersatzleine eignete.

»Also gut, wir gehen so hinaus. Du musst sicher dringend an die frische Luft.« Emma öffnete die Tür, rutschte aus dem Wagen und griff nach Jimmy. Sie hielt ihn am Halsband und ging mit ihm über die Wiese. Er hob sofort das Bein, um sich zu erleichtern. Eine Weile ging sie in gebückter Haltung neben ihm her, dann scheuchte sie ihn zurück in den Wagen und suchte ihr Handy. In London hatte sie es auf stumm geschaltet, doch jetzt sah sie, dass Mrs Allington mehrmals versucht hatte, sie zu erreichen.

Emma sah sich nach dem Mischling um. »Ich rufe zu

Hause an und gebe Entwarnung. Sicher sind alle vor Sorge außer sich. Danach entern wir Rosewood Manor und suchen eine Leine.« Emma rief Mrs Allingtons Nummer an. Kaum hatte sie sich gemeldet, hörte sie auch schon deren aufgeregte Stimme.

»Mrs Sandner!! Ist Jimmy bei Ihnen? Jasper hat die Parks durchpflügt, und ich habe sämtliche Tierheime angerufen, doch von Jimmy keine Spur.«

»Jimmy ist bei mir. Ich habe ihn gerade erst entdeckt.«

Mrs Allington atmete laut aus. »Oh, was für eine Erleichterung. Er ist tatsächlich bei Ihnen. Jetzt haben Sie ihn schon zum zweiten Mal gerettet. Es ist nicht zu fassen ...«

Im Hintergrund redeten Sally und Jasper durcheinander. Emma hörte, dass auch sie erleichtert waren.

»Jasper vermutet, dass Jimmy in den Wagen gesprungen ist, als er Ihr Gepäck verstaut hat.«

Emma überlegte. »Wenn Sie wollen, fahre ich gleich morgen zurück und bringe Ihnen Jimmy. Wenn ich früh starte, ist er mittags wieder bei Ihnen.«

»Um Himmels willen«, rief Mrs Allington am anderen Ende. »Tun Sie sich das nicht an, Sie sind doch gerade erst angekommen. Sind Sie schon im Haus?«

»Noch nicht«, sagte sie. »Ich stehe vor der Mauer. Der Anblick war so überwältigend, dass ich kurz angehalten habe ... und da habe ich Jimmy bemerkt. Ein Wunder, dass er die Fahrt ohne einen Mucks hinter sich gebracht hat. Sogar, als ich angehalten habe, um zu tanken und ein Sandwich zu essen, hat er sich nicht bemerkbar gemacht.«

»Das ist allerdings ein Wunder. Jimmy und Ruhigbleiben, das widerspricht sich normalerweise«, wusste Mrs Allington. »Wenn er Sie nicht stört, behalten Sie ihn bei sich.«

Emma hörte Mrs Allington laut durchatmen. Sicher war sie froh, die nervenaufreibenden Stunden hinter sich zu haben. Jimmy war in Sicherheit. Alles war gut. »Von mir aus kann Jimmy gern bleiben«, bot Emma an. »Dann habe ich hier wenigstens Gesellschaft.«

Jimmy steckte ihr die Schnauze entgegen. Auch wenn sie es nicht richtig fand, dass er als blinder Passagier mitgefahren war, genoss sie seine Zuwendung.

»In der Vorratskammer neben der Küche müsste genügend Hundefutter sein. Und Jimmys Leine finden Sie im Schrank in der Halle. Sehen Sie sich um. Sicher entdecken Sie alles, was Sie brauchen. Und wenn es Fragen gibt, rufen Sie an. Ich bin erreichbar.«

Nach dem Telefonat lenkte Emma den Wagen durch das Tor und folgte dem Kiesweg hinter das Haus. Auch die Garagen waren von Rosen umrankt. Emma parkte den Wagen auf der rückwärtigen Seite und stieg aus.

Das Erste, was sie wahrnahm, als sie im Garten stand, war die überwältigende Stille. Sogar das Rauschen des Meeres wirkte beruhigend. Emma atmete tief durch, schloss die Augen und roch … Ein Feld voller Mairosen früh am Morgen. So duftete es auf der Roseninsel. Jasper hatte recht: Das war ein Ort, von dem man nie wieder fortwollte.

18. KAPITEL

Sam ging neben Ethan die Treppe zu Ellens Haus hoch. Die Tür war nur angelehnt, so konnten sie ungehindert eintreten. Im Flur, dessen Boden mit einem Mosaik ausgelegt war, standen jede Menge Kartons. An der Decke baumelte eine nackte Glühbirne. Ansonsten herrschte im Vorhaus gähnende Leere. »Offenbar hat Ellen noch keine Zeit gehabt, sich um die Einrichtung zu kümmern«, murmelte Sam. »Das Haus war sicher nicht billig. Schnäppchen gibt es hier in St. Ives keine.«

»Mir gefällt es. Das Haus passt zu Ellen«, sagte Ethan und sah sich um.

Ellen war erst vor kurzem in die Quay Street gezogen. Davor hatte sie in Falmouth gewohnt, doch nachdem eine kinderlose Tante sie in ihrem Testament bedacht hatte, hatte sie ihre beengte Wohnung aufgegeben und das Erbe in ein Haus in St. Ives investiert. Es war etwas heruntergekommen, doch für Ellen ging mit dem Kauf ein Traum in Erfüllung. Es war eben nichts Alltägliches, am Meer zu leben, mit Blick auf Smeaton's Pier, die Boote der Fischer und den Strand. Manch einer schätzte sich glücklich, hier nur eine Kammer zu bewohnen, und Ellen verfügte nun über vier Zimmer.

Zumindest gab es eine komplett ausgestattete Küche, die der Vorbesitzer Ellen überlassen hatte. Um den Rest würde sie sich nach und nach kümmern. Sie stellte keine großen Ansprüche.

»Wenn sie mal verkaufen will, verliert sie kein Geld. Eher im Gegenteil. Das Haus ist eine Investition«, ahnte Sam.

In der Küche rauschte der Dunstabzug, und das Radio lief.

»Ellen hat sich richtig entschieden«, fand Ethan. Das Haus war zwar renovierungsbedürftig, doch durch die Steinfassade versprühte es Charme, und die Aussicht war fantastisch.

»Hallo, ihr beiden, da seid ihr ja!« Ellen drehte sich zu ihnen um.

»Könnt ihr mal das Gedudel ausstellen. Man versteht ja kaum sein eigenes Wort«, grummelte Sam.

»Meckern ist in diesen heiligen Hallen verboten«, mahnte Isobel, ging aber dennoch zum Radio und stellte es aus.

»Hier, wo mich der Atlantik von drei Seiten umschmiegt, bin ich goldrichtig. Findet ihr nicht auch?«, sagte Ellen. Sie stand vor dem Herd und breitete die Arme zum Empfang ihrer Freunde aus.

»Das mit dem Atlantik, der sie umschmiegt, hat sie vorhin auch zu mir gesagt. Ich denke bei Umschmiegen nicht unbedingt ans Meer …« Isobel wandte sich von dem Topf ab, der vor ihr stand. In der Küche herrschte ein ziemliches Tohuwabohu. Überall standen Lebensmitteltüten und Flaschen, Teller, Schüsseln und Gläser herum, dazwischen hantierten die beiden Frauen.

Ethan hatte im Pub Wein und Kuchen erstanden. Er mochte es, zu Einladungen etwas mitzubringen, von dem alle etwas hatten. Sam, der sich derlei Gedanken selten machte, half zumindest beim Tragen und stellte die Tüten ab.

»Tony kommt nach«, rief er und ging noch mal in den Flur.

»Zweite Tür links, falls du das Gäste-WC suchst«, rief Ellen ihm nach.

»Na, dann mal hereinspaziert, ihr tüchtigen Männer«, sagte sie zu Ethan. Sie hatte eine karierte Schürze umgebunden und hielt eine Karotte in der Hand. Auf dem Herd blubberte es bereits in den Töpfen, und es roch herrlich nach Sellerie und Zwiebeln und erhitztem Öl.

»Gib mal her«, Isobel nahm Ethan die Schachtel mit den Süßspeisen ab. »Sieht lecker aus«, sagte sie, als sie hineinlugte. »Hast du den ganzen Laden leergekauft?«

Sam kam zurück in die Küche und stellte den Wein ab, den er im Flur deponiert hatte. »Du kennst doch Ethan. Von allem immer gern ein bisschen mehr. Das gilt bei ihm *auch* für Lebensmittel.«

Ellen nahm sich der Kuchen an. »Jetzt hack nicht auf Ethan rum. Wir sind doch keine piefigen Londoner, die nur ihre verstaubten Traditionen kennen. Wir haben Sartre und Simone de Beauvoir gelesen und Lisa Taddeo. Die Welt, in der es nur ein Modell gibt, nach dem wir uns ausrichten, ist uns doch schon seit Unizeiten zu eng und vor allem zu billig. Ethan lebt nach seiner Vorstellung ... und recht hat er.«

»Danke, Ellen«, sagte Ethan.

»Worte wie diese aus deinem Mund ...?«, wunderte sich Sam.

»Nur weil ich normalerweise nicht viel sage, heißt das nicht, dass ich keine Meinung habe. Ich rede genug mit meinen Patienten, da bin ich froh, privat auch mal schweigen zu können. Außerdem quasselst du schon genug. Aber keine Sorge, Sam, ich liebe deine süffisanten Kommentare. Mach nur weiter so. Dann weiß ich wenigstens, dass du dich für unser aller Leben interessierst«, neckte Ellen ihn.

»Ich gebe halt gern meinen Senf dazu. Als fünftes von

sechs Geschwistern lernt man, wahrgenommen zu werden … und Unangenehmes geschickt abzuwehren«, rechtfertigte er sich. Markige Sprüche waren typisch für Sam. Doch er meinte es nie böse. Das wussten alle, und im Zweifelsfall konnte man sich immer auf Sam verlassen, deshalb nahm niemand seine Kommentare übel.

»Wir wissen doch, wie schwer du es früher hattest«, ging Ellen auf seinen Ton ein.

Sam legte den Arm um Ellen. »Sag mal, stimmt es, dass Menschen sich mit der Umgebung, in der sie leben, ändern?«

»Klar doch. Ich fühle mich hier viel freier als in Falmouth, und das nicht nur, weil ich hier viel mehr Platz habe. Darüber darfst du ruhig deine Scherze machen, Sam. Hauptsache, mir geht es weiterhin so gut wie jetzt.« Ellen kehrte zurück zum Herd, um die Muscheln zum Gemüse zu geben.

Isobel griff nach einer geöffneten Flasche und goss einen Teil des Weins in den Topf.

Während sie in dem riesigen Topf rührte, sagte Ellen: »Ich verstehe Ethan. Ist sicher nicht einfach, nicht zu wissen, ob jemand es nur auf dein Geld und den Ruf deiner Familie abgesehen hat oder ob er tatsächlich an dir interessiert ist. Da geht schon mal die ein oder andere Beziehung in die Brüche.« Sie zog den Topf von der Flamme und sah Ethan an. »Du bist immer mit interessanten Frauen zusammen, aber meiner Meinung nach war die Richtige noch nicht dabei.«

»Och, unser armer kleiner Prinz. Hatten wir bisher nicht genug Mitleid mit ihm?« Sam lachte und schlug Ethan freundschaftlich auf die Schulter.

»Und wer, bitte schön, passt deiner Ansicht nach zu Ethan?«, wollte Isobel wissen. »Etwa eine Frau, die genauso wenig Zeit hat wie er?«

»Ja, ja, die fragwürdigen Freuden von zu viel Freizeit. Denen hat Ethan schon lange abgeschworen …«

»Ach, hör schon auf, Sam.«

»Lass mir doch meinen Spaß, aber wenn du unbedingt eine Antwort willst, hier ist sie: eine, die ihn liebt, ist ja wohl klar!«, sagte Sam ernsthaft.

»Endlich mal ein vernünftiger Kommentar von dir«, Isobel schlug mit der Hand applaudierend auf die Arbeitsplatte.

»Und die Ethan liebt«, ergänzte Ellen. »Leider findet sich so was nicht so leicht.« Sie war seit einem Jahr geschieden, hatte aber vor wenigen Wochen einen Patienten kennengelernt, den sie datete.

»Wirklich nett, dass ihr euch so viele Gedanken um mich macht«, mischte Ethan sich ein.

»Leute, was geht hier ab? Man hört euch bis auf die Straße.« Tony erschien in der Tür. Niemand hatte ihn kommen gehört. »Wenn ich auch was zu der Diskussion beitragen darf … Beim Thema Beziehungen geht es nicht um ein Urteil auf lebenslänglich, sondern um das Geschenk, jemandem zu begegnen, mit dem man seine kostbare Zeit verbringen *darf*. Hat das jemand von euch zufällig schon erkannt?«

Alle verstummten, auch Ethan. Man hörte nur noch das Blubbern in den Töpfen und das leise Zischen des Öls in der Pfanne.

»Okay, das war's.« Tony hob beschwichtigend die Hände. »Mehr sage ich dazu nicht, sonst werde ich als übertrieben romantisch abgetan, und das können wir Männer uns nicht erlauben«, er zwinkerte, wurde dann aber wieder ernst. »Ich bin einfach nur froh, in einer glücklichen Partnerschaft zu leben. Und ich hoffe, uns sind gemeinsame Kinder gegönnt. Und wenn nicht, werden wir welche adoptieren. Damit seid ihr auf dem neuesten Stand, was mich und Valerie angeht.« Alle sahen Tony an. Sie wussten, wie sehr ihn der unerfüllte Kinderwunsch belastete.

»Oh, Tony. Hat es immer noch nicht geklappt?« Isobel ließ den Kochlöffel fallen und ging zu ihm, um ihn zu umarmen.

»Nein, noch nicht, aber wir werden es weiter versuchen. So, genug davon. Öfter Sex zu haben, ist ja nicht gerade eine Strafe. Allerdings geht es mir manchmal an die Nieren, ständig zum perfekten Zeitpunkt als Mann parat stehen zu müssen. Ist nicht gerade romantisch, Sex nach Terminplan zu haben.« Er machte sich los und legte den Pullover ab, den er sich um die Schultern geworfen hatte.

Ethan taxierte Tony und schenkte ihm einen Blick, der Verständnis und Mitgefühl ausdrückte. Tony war immer offen und ehrlich und selbstkritisch. Das schätzte er an ihm.

»Wir lassen Tonys Sexleben besser ruhen, bevor wir uns in irgendwas verstricken«, bemühte sich Sam, das Thema abzuschließen.

»Ganz genau. Wir sind schließlich nicht zur Analyse hier, sondern zum Essen«, erinnerte Tony. Er wandte sich an Ellen. »Kann ich irgendwie helfen? Wie du weißt, bin ich kein famoser Koch, aber die niedrigen Tätigkeiten beherrsche ich.«

Ellen drückte ihm einen Mixer in die Hand. »Hier! Im Hängeschrank findest du Schüsseln. Sahne und Obst sind im Kühlschrank. Wir brauchen Schlagsahne für den Obstsalat, den ich als Dessert vorgesehen habe.«

Ethan trat zu Ellen und Tony. »Ich biete mich als Tonys Hilfskraft an. Zu zweit sind wir schneller.«

Ellen nickte. In dem vorangegangenen kurzen Gespräch war Ethan bewusst geworden, dass Ellen selbst Kleinigkeiten mitbekam. Sein Wahrnehmungsvermögen hatte sich binnen weniger Tage verändert. Er sah die Dinge schärfer, akzentuierter, klarer, als habe er nun eine Brille aufgesetzt. Was hatte er in der Vergangenheit verabsäumt? Und was blieb ihm noch, um das große Glück zu erleben, das in den Romanen, die er gelesen, und in den Filmen, die er gesehen hatte, auf so vielfältige Weise beschrieben wurde? Hatte er bisher sein Bestes gegeben?

»Das Obst muss geschnitten werden. Das kannst du gern gemeinsam mit Tony übernehmen. Es gibt übrigens zwei Varianten von Muscheln. In Weißweinsud und in Chili-Olivenöl. Klingt feurig, stimmt's? Ich kann's kaum erwarten, das zweite Rezept auszuprobieren, ich liebe Chili.« Ellen nickte Ethan zu, und plötzlich begriff er, wie tief ihre Freundschaft ging. Weshalb hatte er das bisher nicht bemerkt? Jedenfalls nicht in dieser Deutlichkeit. Manchmal reichte schon ein Blick, um zu wissen, woran man war.

»Danke, Ellen!«, sagte er und legte kurz die Hand auf ihre Schulter. Sie lächelte auf diese ganz besondere Weise – mit ihrem ganzen Gesicht, sodass kleine Fältchen um ihre Augen entstanden.

»Dann mal an die Arbeit«, forderte sie ihn auf.

Er wandte sich an Tony. »Mein Freund, wir haben eine Aufgabe«, sagte er.

»Also ran ans Obst«, gab Tony das Kommando.

Sie verzogen sich in die äußerste Ecke der Küche, schoben die Getreidemühle, die dort stand, zur Seite und begannen das Obst in gleich große Stücke zu schneiden.

Sam öffnete eine Flasche Weißwein. »Ein wunderbarer Tropfen. Guter Kauf, Ethan«, sagte er, als er einen Probeschluck genommen hatte.

Als der Obstsalat fertig war, stellten sie ihn kalt. Und schon kurz darauf rief Ellen alle zu Tisch: »Essen ist fertig. Nehmt euch bitte Besteck und geht ins Wohnzimmer.« Der Essplatz befand sich an der Fensterfront im Wohnzimmer. Ellen hatte nicht genügend Stühle, deshalb stellte sie Hocker auf. Sam musste auf einer Holzkiste sitzen, aber sie fanden alle um den Tisch Platz.

19. KAPITEL

Das fruchtige Bouquet der Strauchrosen zauberte ein Lächeln in ihr Gesicht. Luftig und schwerelos war der Duft – wie ein Tag in der Sonne, der Entspannung und süßes Nichtstun verhieß. Emma schloss die Augen, holte tief Luft und nahm die feinen Nuancen eines weiteren Dufts in sich auf. Von irgendwo aus dem Garten drang er würzig und schwer in ihre Nase und überlagerte das leichte Bouquet, das sie als Erstes wahrgenommen hatte.

Sie öffnete die Augen und ließ ihre Sinne vom beeindruckenden Ausblick aufs Meer überfluten. Das tiefe Blau des Atlantiks ging am Horizont in das helle Blau des Himmels über. Welch ein Farbenspiel! Und was für ein Garten!

Die Roseninsel übte schon jetzt einen ganz besonderen Reiz auf sie aus. Sie fühlte sich wie hypnotisiert und inspiriert zugleich. Schweren Herzens löste sie sich von dem Panorama und öffnete den Kofferraum. Ihre Handtasche hing bereits über ihrer Schulter, nun griff sie nach ihrer Reisetasche und dem Trolley. Jimmy flitzte zum Haus.

Der Kiesweg schlängelte sich in sanften Kurven durch den Park, endete beim Haupthaus und führte von dort zum Tor. Die Teakholzbänke, die zu beiden Seiten des Weges standen, waren wie eine Einladung, dort Platz zu nehmen.

Sie folgte dem Weg. Der Trolley ließ sich über den Kiesweg nicht gut rollen, also trug sie ihn, und obwohl das Gepäck schwer war, hatte sie ein Auge auf die mediterranen Pflanzen, die Rosen und die von wildem Wein überwucherte Gartenlaube, an der sie vorbeikam.

Spätes Sonnenlicht funkelte zwischen den Palmen hindurch und überzog den Rasen und die Rosen mit einem goldenen Schimmer. Sogar beim Portal wuchsen Strauchrosen an der Backsteinmauer empor, die Blüten umrahmten die Eichentür in hellem Rot. Morgen würde sie nach einem lauschigen Plätzchen im Garten suchen, um dort in Ruhe zu lesen.

Beeindruckt von der Blütenvielfalt und dem südlichen Flair, steckte sie den Schlüssel in den Zylinder. Mit einer raschen Drehung öffnete sie die Eingangstür, trat ein und kümmerte sich um die Alarmanlage. Dann stellte sie das Gepäck ab. Der Windfang war nicht groß: eine Bank, ein Schrank und ein halbes Dutzend Garderobenhaken, mehr Staufläche bot der Raum nicht. Emma atmete tief. In der gefliesten Vorhalle war es angenehm kühl, und es roch nach

Holz, Möbelpolitur und Rosen – und nach etwas, das sie nicht benennen konnte. Parfüm? Raumduft?

Sie ging zu der wenige Schritte entfernten Doppeltür, drückte die Klinke hinunter und trat in die Eingangshalle. Ein leises »Oh« entkam ihr. Es war nicht die Größe der Halle, die sie innehalten ließ, es war die Anmutung des Raums. Überrascht blieb sie stehen.

Bis zu einer Höhe von etwa anderthalb Metern waren die Wände mit dunklem Holz verkleidet und darüber in kräftigem Pink gestrichen. Die geschnitzte Holzverkleidung und die Wandfarbe waren perfekt aufeinander abgestimmt, doch es waren die zarten Malereien in hellem Creme, die auf dem pinkfarbenen Untergrund besonders zur Geltung kamen und der Halle einen Hauch von Romantik verliehen, in den Emma sich sofort verliebte. Die vielen Jahre reichen Lebens ließen sich geradezu von den Wänden ablesen. Sie schloss die Augen, öffnete sie wieder und nahm all das Schöne in sich auf.

Ein Vorfahr ihres verstorbenen Mannes, der das Haus einst für seine Frau gekauft hatte, sei ein romantischer Egozentriker gewesen, hatte Mrs Allington ihr erzählt. Nun wusste Emma, dass Rosewood Manor Zeugnis von den Menschen ablegte, die hier einst gelebt hatten. Das Haus war noch schöner, als sie gedacht hatte.

Ihre Hand suchte tastend nach dem Lichtschalter. Ein riesiger Lüster erstrahlte und lenkte ihre Aufmerksamkeit auf den überdimensionalen Kamin, das großformatige Rosenbild und die Stiche an den Wänden. Sie trat näher. Die Landschaften und Seestücke auf den Stichen wurden im Licht des Lüsters geradezu lebendig.

»Turner …«, murmelte sie. Sie hatte sich oft Bilder von

William Turner, dem berühmten englischen Romantiker, in Londoner Museen angesehen, deshalb erkannte sie seine Werke sofort.

Erst vor kurzem hatte Marie über ein Promi-Paar geschrieben, das ein Faible für Turner hatte. Die Bilder hätten kein bisschen in die Wohnung gepasst, sondern wie ein Fremdkörper gewirkt, hatte Marie kopfschüttelnd erzählt, als sie von dem Termin zurückkam.

In dieser Halle jedoch schienen die Stiche zu etwas Einzigartigem mit dem Haus zu verschmelzen. Hier waren sie am rechten Ort.

Emmas Augen huschten über das Rosenbild, das in kräftigen Farben gemalt war, dann wandte sie sich der geschwungenen Treppe mit dem burgunderroten Läufer zu und betrat den Salon. Im Gegensatz zur Halle war der obere Teil der Wände hier mit rustikalem, kariertem Stoff bespannt. An den Couches und Sesseln vorbei, erreichte sie die Bibliothek. Jimmy rannte zu dem Teppich vor der Leseleiter, dort schien sein bevorzugter Platz zu sein.

Die Bibliothek war mit kunstvoll geschnitzten Regalen ausgestattet, in denen unzählige Bücher auf Leser warteten. Auch in diesem Raum gab es einen Kamin, etliche gemütliche Sessel, Couches und Holztische, auf denen man die ausgewählten Bücher anlesen konnte; sogar in den Fensternischen lagen Nachschlagewerke.

Emma nahm die erste Sprosse der Leseleiter. Sie führte zur Galerie, einem breiten Holzsteg, der den gesamten Raum umfasste. »Was für eine beeindruckende Bibliothek«, murmelte sie, als sie von oben auf das Universum an Büchern hinabsah.

In der Küche schob sie die Tüllgardinen zur Seite, um

hinauszusehen. Der Himmel war mit einem warmen Kornblumenblau überzogen, die wenigen Wolken wirkten wie hingetupft, und der Leuchtturm in der Ferne machte das Bild komplett.

Mrs Allington hatte ihr versichert, diese Woche allein im Haus zu sein, trotzdem gab es immerhin Käse, Wein und Schinken im Kühlschrank. Gleich morgen würde sie nach St. Ives fahren, um alles zu besorgen, was sie für die nächsten Tage brauchte. Und bis dahin hatte sie Sallys Picknickkorb.

Als sie die Räume im Erdgeschoss gesehen hatte, ging sie nach oben. Im ersten Gästezimmer erwarteten sie ein Himmelbett, ein Schreibsekretär und ein Lesesessel mit Fußschemel. Emma sah sich um. Es war ein angenehmes Zimmer, groß genug und sehr gemütlich. Auf dem Nachttisch lag Virginia Woolfs Roman *Zum Leuchtturm*. Sie öffnete das Fenster. Eine leichte Brise zog durch die Vorhänge herein. Der Ausblick war beeindruckend, zudem lag das Fenster dem Bett gegenüber. Wenn sie morgens aufwachte, könnte sie in den Himmel sehen. Sie überlegte nicht lange und erkor das Zimmer zu ihrem Reich.

Hinter weiteren Türen befanden sich ein Billard- und Fernsehraum, ein kleiner Salon und zwei weitere Gästezimmer. In allen Räumen bot sich ihr ein perfektes Zusammenspiel von Farben, Texturen und Strukturen.

Als sie auch im ersten Stock alle Räume besichtigt hatte, ging sie in ihr Zimmer. Wie einnehmend die Natur war, wenn sie aufs Meer und die Klippen in der Ferne sah. Und wie sehr das Haus ihr das Gefühl vermittelte, ein schützender Mantel zu sein. Sie betrat das Bad mit einer gusseisernen Wanne von Catchpole & Rye und einem Eisenofen.

Auch von hier hatte man einen fantastischen Blick auf die raue Wildheit Cornwalls … bis zum Godrevy Lighthouse.

Emma holte noch rasch Sallys Korb aus dem Wagen, dann schleppte sie das Gepäck nach oben und zog eine Strickjacke aus dem Koffer.

Vorhin hatte die Sonne die Luft kräftig erwärmt. Doch nun kam Wind auf und ließ Jimmys Barthaare, als sie mit ihm hinaustrat, in der Brise zittern. Emma knöpfte die Strickjacke zu und machte sich zum South West Coast Path auf. Jimmy lief ausgelassen vor, bellte die Seevögel an und schnupperte die salzige Luft ab.

Hinter den Wolken lugte die Sonne hervor, doch eine Jacke konnte man gut vertragen. Strammen Schrittes ging sie voran. »Komm, mein Süßer, wir gehen zum Strand«, rief sie gegen den Wind an. Jimmy voraus, nahmen sie die Treppe hinunter. Auf halber Höhe blieb sie stehen und fing das Panorama ein. Das helle Band des Strands und etwas weiter entfernt bunte Punkte – Urlauber, die spazieren gingen. Auf dem Meer schipperten zwei Fischkutter, und an einer Boje dümpelte ein Boot im lauen Wind. Ansonsten herrschte himmlische Ruhe. Emma schätzte die Entfernung bis zum Leuchtturm. Es waren etwa fünf Kilometer. St. Ives, das sich linker Hand befand, lag deutlich näher.

Am Strand schlüpfte sie aus den Sandalen. Der Sand kitzelte zwischen den Zehen, als sie mit den Schuhen in der Hand ans Meer lief. Die Flut umspülte ihre Füße bis zu den Knöcheln. Wie befreiend es war, mit den Fußsohlen die Welt wahrzunehmen und im Wasser zu planschen. Als Kind hatte es ihr so viel Spaß gemacht, barfuß herumzulaufen, und auch jetzt genoss sie dieses Gefühl der Freiheit.

Jimmy jagte den Möwen hinterher, bis die Vögel im

Schwarm aufflogen. Er bellte ihnen laut nach. Emma lachte über Jimmys Sprünge in die auslaufenden Wellen und zückte ihr Handy. Er gab immer ein dankbares Motiv ab. Auch seine vom feuchten Sand verkrustete Schnauze war eine Großaufnahme wert. Als sie genug fotografiert hatte, spazierte sie die gebogene Linie des Strands entlang. Sie lief immer weiter, ohne auf die Zeit zu achten. Jimmys ganze Aufmerksamkeit galt den Tieren; wenn er einen Krebs im seichten Wasser entdeckte, bellte er und sprang um ihn herum, als wollte er ihn zum Spielen auffordern.

»Jimmy. Bei Fuß!«, rief sie, als sich die Distanz zum Leuchtturm deutlich verringert hatte. Der Mischling rannte zu ihr und tollte um sie herum. »Auch wenn dieser Strand wie eine Verheißung ist … wir müssen zurück. Aber keine Sorge, wir schauen uns noch ein bisschen oben bei den Klippen um.«

Der Wind regulierte die Hitze der Sonne, und das Meer schenkte Emma ein Gefühl von Weite und Freiheit. Hier fühlte sie sich so entspannt wie lange nicht mehr. Seite an Seite steuerte sie mit Jimmy den Fuß der Klippen an.

Bei der Treppe klopfte sie sich den Sand von den Füßen und schlüpfte wieder in die Sandalen. In den Felszwischenräumen wuchsen Strandnelken. Überall sah sie die kugelförmigen Blütenstände in leuchtendem Rosa und Purpur. Morgens, wenn die Blüten taufeucht wären, musste der Anblick magisch sein.

Am Klippenrand ließ der Wind Emmas Haar tanzen. Sie folgte der Schneise, die sich abseits des offiziellen Wegs durch die Landschaft zog. Zu beiden Seiten des Pfads blühte englisches Fingerkraut. Mit allen Sinnen nahm sie die Eindrücke in sich auf.

Am liebsten wäre sie endlos so dahinspaziert – einfach laufen und den Kopf freibekommen –, doch der drängende Wunsch, noch einmal in die Bibliothek zu gehen, trieb sie schließlich nach Hause. Sicher hieße Mrs Allington es gut, bald eine erste Einschätzung zu bekommen, doch um ihr die geben zu können, war sie auf Informationen über den Zustand der Bibliothek angewiesen.

Jimmy schoss mit Karacho zu ihr zurück, als sie erneut nach ihm rief. Wenig später erreichten sie das Tor an der Klippe. Sie schloss es hinter sich und folgte dem Weg durch den Garten. Das Areal war nicht nur ein Paradies für Rosen, sondern auch für Palmen. Emma machte Fotos aus verschiedenen Perspektiven und schickte sie zusammen mit den Schnappschüssen vom Strand an Marie.

In der Halle kam sie sich wie die Hausherrin vor. Sie konnte frei über das Haus verfügen, gehen, wohin sie wollte, und tun, was immer sie mochte. Was für ein Geschenk!

»Mal sehen, was es für dich gibt«, sagte sie zu Jimmy, als sie die Vorratskammer neben der Küche ansteuerte. Ihre Augen huschten über die gefüllten Weidenkörbe, die Dosen und Einweckgläser mit Birnen und Äpfeln und die Gläser mit Trockenobst und Marmeladen. Haferflocken, Reis und Nudeln und selbstgemachtes Tomatensugo, Säfte und Kekse – alles gab es in rauen Mengen.

Jimmy leckte sich das Maul und lief aufgeregt hin und her. »Hundefutter gibt es hier für mindestens zwei Jahre, Hundeleckerlis und Büffelhautknochen ebenfalls. Du bist versorgt, Jimmy.«

Nachdem sie die Vorräte durchgesehen hatte, entschied sie sich für eine Dose Rindfleisch mit Gemüse und gab Jimmy in der Küche sein Futter. Als sie ihm den Napf hinstellte, machte er sich begierig über sein Fressen her, zum Schluss schlabberte er den halben Wassernapf leer. Nun holte Emma Sallys Picknickkorb und kümmerte sich um ihr eigenes leibliches Wohl. Mit einem vollen Tablett begab sie sich in ihr Zimmer.

»Ich rufe Marie an, um ihr zu sagen, dass ich gut angekommen bin, und du chillst ein bisschen. In Ordnung?« Jimmy schien mit dem Vorschlag einverstanden und steckte die Schnauze zwischen die Pfoten – seine bevorzugte Position, um zu dösen.

Emma stellte das Tablett ab und machte es sich im Lesesessel gemütlich.

»Haben die Verkehrsteilnehmer, die Richtung Südwesten unterwegs waren, überlebt?«, scherzte Marie, als Emma sich per Videoanruf bei ihr meldete.

»Haben sie.« Emma hielt den Daumen hoch. »Dank Jasper schaffe ich Linksfahren inzwischen ganz gut.« Sie langte nach dem Teller mit Sallys Köstlichkeiten und ließ eine Gabel Kartoffelsalat in ihrem Mund verschwinden. »Die Fahrt war überhaupt kein Problem … bis auf eine kleine Überraschung.«

»Überraschung?«, horchte Marie auf.

Emma nickte. »Yep! Sally hat mir übrigens einen Picknickkorb mitgegeben, an dem ich vermutlich tagelang futtere.« Es war herrlich, mit Marie zu plaudern, während sie aß. Fast so, als würden sie einen Mädelsabend miteinander verbringen. »Gerade probiere ich ihren Kartoffelsalat in Mayonnaise. Göttlich, sag ich dir. Wenn ich in London bin, muss ich sie unbedingt nach dem Rezept fragen. Dann mache ich ihn mal für uns.« Emma hielt ihren Teller vors Handy, damit Marie ihr Abendmenü sehen konnte.

»Stell schleunigst den Teller weg. Du weißt doch, ich nehme schon zu, wenn ich Essen nur sehe!«, schimpfte Marie. Sie lamentierte gern über ihr Gewicht, doch es war ihr nie wirklich ernst damit.

Emma rückte den Teller aus Maries Sichtfeld, aß jedoch ungerührt weiter. »Wie gefallen dir die Fotos, die ich dir geschickt habe? Ich fühle mich, als wäre ich in der Karibik. Carbis Bay zeigt England von seiner schönsten Seite.«

»Palmen gibt es bei dir offenbar gleich im Dutzend. Und der Sand könnte auf den Malediven sein. Ich kann kaum glauben, dass du an einem Ort wie diesem bist.«

»Worte wie *Sorgen* und *Nöte* verschwinden aus deinem Bewusstsein, wenn du die Roseninsel betrittst. Realität bekommt eine neue Bedeutung.« Emmas Hand strich an der Lehne des Sessels entlang. Wie schön war es, ihre Erlebnisse und Gefühle mit Marie zu teilen.

»Und das Haus? Macht es was her?«, wollte die Freundin wissen.

Emma lachte vergnügt. »Wie soll ich es beschreiben?«, begann sie. »Als ich das Haus betreten habe, hatte ich das Gefühl, alles, was hier stattgefunden hat, zu fühlen. Und erst die Farben: die Wände leuchten in Pink, Violett, Blau. Sogar die Vorratskammer ist mit Farrow & Ball-Farben gestrichen. Cinder Rose, irgendwas zwischen Hellrosa und Violett. In einer Schublade habe ich eine Farbkarte gefunden, auf der die Farbe eingekringelt ist. Marie, hier atmet alles den Geruch glücklicher Zeiten. So ein Haus habe ich nie zuvor gesehen.«

»Das klingt zauberhaft, Emma.« Marie schien regelrecht ergriffen. »Wie im Märchen. Und das Strandcottage? Warst du schon dort?«

»Das spare ich mir für morgen auf. Aber von außen macht das Cottage einen ausgesprochen einladenden Eindruck.« Emma zupfte an der Wolldecke, die über der Armlehne des Sessels hing. Wenn es kühler wäre, würde sie sich darin einwickeln und lesen.

»Ach, Emma, wenn ich dich so schwärmen höre, würde ich am liebsten in den Flieger steigen und zu dir kommen, allerdings hat mein Boss mich bis oben mit Interviews eingedeckt«, sie deutete mit der Hand über ihren Kopf, »Gott sei Dank hat er auch eine Gehaltserhöhung angekündigt.«

»He! Das klingt spitzenmäßig.« Emma klang beinahe verschwörerisch. »Da ist irgendwas im Busch. Sicher wirst du bald befördert.«

»Das will ich hoffen. Zeit wäre es.« Marie strich sich selbstvergessen durchs Haar. »Im Moment würde ich allerdings lieber in Cornwall mit dir die Strände unsicher machen oder per Rad die Dörfer abklappern. Mal raus aus dem Alltagstrott.«

»Ich bin bestimmt nicht zum letzten Mal hier. Das nächste Mal reisen wir gemeinsam. Versprochen.« Emma griff nach der Gabel, die sie zur Seite gelegt hatte, und pickte ein Stück Hühnerbrust auf. Das Fleisch schmeckte nach mediterranen Kräutern. Wann hatte sie das letzte Mal mit so viel Appetit gegessen? »Weißt du, der Gedanke, irgendwann von diesem Fleckchen Erde wegzumüssen, fühlt sich schon jetzt falsch an.« Ihr Gesichtsausdruck änderte sich, in ihre Augen war Glanz getreten. »Am liebsten würde ich den Sommer über hierbleiben und mich um Mums Liebesliste kümmern. Ein Buch draus machen, wie du vorgeschlagen hast.«

»Vielleicht kannst du deinen Urlaub verlängern? In der Filiale in Köln willst du doch nicht ernsthaft bleiben?«

»Nie und nimmer schlage ich dort für länger meine Zelte auf. Trotzdem ist eine Urlaubsverlängerung keine Option, die ich mir leisten kann.«

»Macht nichts«, versuchte Marie, Emma zu trösten. »Wichtig ist nur, dass du das Projekt vorantreibst. Notfalls mit meiner Unterstützung«, räumte sie ein. »So, und jetzt möchte ich, dass meine blühende Fantasie zum Stillstand kommt und du mich endlich aufklärst. Was hat es mit der Überraschung auf sich, die du vorhin angekündigt hast? Gibt es einen Geist in Rosewood Manor? Oder spannende Briefe aus der Vergangenheit? Raus mit den Geheimnissen.«

Ein verschmitztes Lächeln umspielte Emmas Lippen. »Noch wandle ich nicht auf Mata Haris Spuren und spioniere, obwohl das Haus eine einzige Schatzkammer ist. Hier …« Sie fing Jimmy mit dem Handy ein. »Da hast du die Überraschung. Dieser Schlingel hat sich unbemerkt in den Wagen geschummelt und ist als blinder Passagier mit nach Cornwall gekommen.«

Marie lachte schallend am anderen Ende, als sie Jimmy sah. »Jimmy ist mitgekommen? Nicht im Ernst.«

»Doch! Du kannst dir vorstellen, was ich für Augen gemacht habe, als ich ihn zwischen dem Gepäck entdeckt habe. Er muss in den Wagen gehüpft sein, als Jasper das Gepäck verstaut hat, und dann ist er die ganze Fahrt über auf Tauchstation geblieben. Mrs Allington war außer sich vor Sorge. Sie hatte mehrmals erfolglos versucht, mich zu erreichen. Ich hatte mein Handy auf lautlos gestellt.«

Marie lachte noch immer. »Was ist nur zwischen diesem

Hund und dir? Vermutlich seid Jimmy und du die jeweils andere Hälfte eines Ganzen.«

»Auf jeden Fall habe ich nichts dagegen, dass er mitgekommen ist. Schau ihn dir an«, Emma hielt die Kamera ihres Handys ein weiteres Mal in Jimmys Richtung. »Ist er nicht goldig?«, schwärmte sie. »Wenn ich ihn ansehe, werde ich immer ganz ruhig und zufrieden.« Jimmy lag zu ihren Füßen und wirkte so entspannt, dass man von dieser Stimmung regelrecht ergriffen wurde.

»Apropos Überraschung.« Marie holte tief Luft. »Peter und ich … wir haben uns geküsst.« Schweigen legte sich über sie. »Und um deine Frage vorwegzunehmen«, Marie spielte nervös an ihrer Unterlippe, schien jedoch entschlossen, die Flucht nach vorn anzutreten, »der Kuss ging von mir aus.«

»Und? Wie war es?«, fragte Emma vorsichtig, nachdem sie die Nachricht verdaut hatte.

»Wie früher.« Marie schien über die Reaktion, die ihr Eingeständnis bei Emma hervorrief, erleichtert. »Und doch auch nicht«, verwarf sie ihre Antwort gleich darauf wieder. Es schien, als müsse sie die Richtigkeit ihrer Aussage kurz überdenken. »Ich kann es nicht richtig erklären«, gab sie schließlich zu. Wie so oft, wenn es um Emotionales ging, untermauerte sie ihre Worte mit Gesten und entsprechender Mimik. »Jedenfalls musste etwas passieren, sonst wäre ich verrückt geworden.«

»Ich weiß, Geduld gehört nicht gerade zu deinen Stärken. Aber es bringt auch Vorteile mit sich, immer vorn dabei zu sein.«

»Glaubst du, ich war zu voreilig?« Marie, plötzlich unsicher, stützte ihr Kinn mit der Hand ab.

»Du und defensiv … *das* fühlt sich falsch an. Der Kuss war doch kein Reinfall?« Emma bemühte sich, Marie nicht noch weiter ins Ungewisse zu stürzen. Die Situation mit Peter war schwierig genug, da musste sie nicht noch Öl ins Feuer gießen.

»Nein, war er nicht«, bekräftigte Marie, froh, zumindest das sagen zu können.

Sie bemühte sich, unbeschwert zu klingen, doch Emma nahm ihr diesen taffen Eindruck nicht ab. Etwas in Maries Ausdruck sagte ihr, dass der Kuss eine Reihe unterschiedlicher Gefühle in ihr hervorgerufen hatte. Es kam eben nicht nur darauf an, ob jemand gut küssen konnte, sondern vor allem darauf, wie nah man sich dem Menschen fühlte, den man küsste.

»Dann war die Entscheidung richtig, oder etwa nicht? Und was mache ich jetzt? Mich verkriechen und abwarten?« Marie war sichtlich erleichtert, dass Emma ihr keine Vorwürfe machte.

»Verkriechen lässt du mal schön bleiben. Abwarten ist allerdings nicht schlecht. Mal sehen, welche Ideen Peter kommen, wie es mit euch weitergeht … außer sofort wieder zu heiraten.«

»Er hat mir einen gemeinsamen Urlaub vorgeschlagen. Weihnachten im Schnee. Irgendwo in Österreich oder in der Schweiz.«

»Ist ja noch ein Weilchen hin. Hoffen wir, dass *dir* inzwischen nichts Unüberlegtes einfällt.« Emma ließ einen dramatischen Augenaufschlag folgen. Diesen Blick inszenierte sie immer, wenn sie Marie signalisieren wollte, dass sie guthieß, was sie tat. Freundschaft bedeutete vor allem Toleranz. Man musste nicht einer Meinung sein, sondern Verständnis für die Handlung des anderen aufbringen.

Sie sprangen von einem Thema zum nächsten, schließlich blickte Marie auf ihre Uhr: »O je, schon so spät. Ich muss los.«

»Anne?«, fragte Emma. Marie ging mit Anne, die sie beide aus der Pilatesgruppe kannten, regelmäßig in englischsprachige Filme, vor allem, um ihre Englischkenntnisse aufzufrischen, aber auch, um hinterher noch auf einen Drink in ihrem Lieblingsbistro am Rhein vorbeizuschauen.

»In der Spätvorstellung läuft ein sozialkritischer Film, in dem man ausnahmsweise sogar lachen kann. Behauptet Anne!«

»Sozialkritik und Humor? Davon musst du mir erzählen«, sagte Emma und schüttelte amüsiert den Kopf.

Marie klopfte sich mit dem Zeigefinger gegen die Stirn. »Übrigens, eine Stimme in meinem Kopf flüstert mir, dass du in St. Ives jemandem über den Weg laufen wirst. Einem gutaussehenden Kunstliebhaber zum Beispiel. Wo Galerien sind, sind Kunstinteressierte nicht weit.«

»Falls ich denjenigen treffe, auf den deine Beschreibung passt, darfst du gern mitentscheiden, ob er in die zweite Runde kommt.«

»Beim Casting helfe ich gern«, sagte Marie vergnügt, »den Rest regelst du allein. Ich fände einen Strandspaziergang im Mondschein schön und hinterher einen Absacker im Pub. Und wenn du dich nach dem ersten Date allein ins Bett kuschelst, lässt es sich herrlich weiterträumen ... von ersten Küssen und was danach so kommt.«

Emma leitete geschickt zur Realität über. »Zuerst müsste ich mal jemanden *sehen*, der mir gefällt. Aber wenn, verschwende ich keine Zeit und sag es dir sofort. Schon, um keinen Rüffel zu bekommen, ich sei zu zögerlich …«

Der Zeiger der Uhr in ihrem Zimmer schob sich auf die volle Stunde, als sie das Gespräch beendeten. Emma legte das Handy zur Seite und widmete sich wieder ihrem Abendessen. Sally war wirklich eine hervorragende Köchin. Alles, was sie ihr eingepackt hatte, schmeckte vorzüglich. Nach dem Essen hielt sie nichts mehr in ihrem Zimmer. Voller Vorfreude eilte sie die Treppe hinunter, trug das Tablett in die Küche und zog sich anschließend in die Bibliothek zurück. Jimmy, der ihr überallhin folgte, legte sich vor die Leseleiter und döste. In der Hoffnung, rasch absehen zu können, was sie erwartete, ging sie Regal um Regal ab. Den Kopf zur Seite geneigt, überflog sie die Titel der Klassiker – Shakespeare, Jane Austen, George Eliot, Henry James, außerdem Herman Melville, Ernest Hemingway, Evelyn Waugh, Samuel Beckett und viele andere. Ein Regal enthielt Hardcover-Ausgaben gängiger Unterhaltungsliteratur: Ian McEwan und seine Frau Annalena McAffee, Claire Fuller, Penelope Fitzgerald und Elizabeth Subercaseaux, William Boyle und Helen Garner. Es gab viele Erst- und Sonderausgaben, zum Teil in wunderbaren Einbänden. Außerdem gab es Nachschlagewerke zu allen möglichen Themen und unzählige großformatige Bildbände.

Emma zog ein Buch heraus. Wenn sie einen Roman anlas, hatte sie immer das Gefühl, die Geschichte, die dieses Buch barg, zu fühlen, so auch dieses Mal. Nach zwei Seiten war sie vom Thema – dem Neubeginn zweier zerstrittener Schwestern – derart gefesselt, dass sie den Roman rasch zurück ins Regal schob, bevor sie endgültig davon vereinnahmt wurde.

Die Bibliothek verströmte die Aura entspannter Lesestunden, doch bereits nach einer kurzen Recherche erkannte Emma, wo sie ansetzen musste, um noch mehr aus dieser Sammlung herauszuholen. Sie schlug den Notizblock auf und machte sich erste Stichworte, hielt Themen und Autoren fest, die in der Bibliothek unterrepräsentiert waren oder ganz fehlten. Es gab kleinere Verlage und bemerkenswerte Sonderausgaben, die in dieser Bibliothek, jedenfalls nach dieser ersten Sichtung, nicht vertreten waren. Als sie das Wichtigste notiert hatte, erklomm sie die Leseleiter und ging nach oben. Dort recherchierte sie weiter, und ehe sie sichs versah, waren zwei Stunden um. Die Zeit zerrann ihr nur so zwischen den Fingern. Sie stieg hinunter – noch immer pochte es wegen all der wunderbaren Geschichten in unzähligen Büchern in ihren Adern –, drehte das Licht ab und nahm die geschwungene Treppe in den ersten Stock.

Seit sie den Fuß über die Schwelle dieses Hauses gesetzt hatte, hatten die Aufregung um Jimmy und ihre Neugierde auf das Haus ihre Aufmerksamkeit beansprucht, doch als sie nun ins Billardzimmer sah, wanderten ihre Gedanken erneut zu Ethan.

Außer einem Familien-Schnappschuss im Salon gab es keine Fotos im Haus, trotzdem spürte sie ihn auch hier ganz deutlich. Die Einrichtung der meisten Zimmer wirkte feminin, doch der Billardraum und die Bibliothek atmeten Ethans Anwesenheit. Dort hatte sie ein Buch über Kite-Surfen und die Biografie eines anerkannten Wirtschaftsfachmanns aufgeschlagen auf dem Tisch gesehen. Sicher hatte Ethan bei seinem letzten Aufenthalt darin geblättert und die Bücher für seinen nächsten Besuch liegen lassen. Wie hielt er es nur aus, diesen bezaubernden Ort zu verlassen, wenn seine Zeit auf der Roseninsel um war und er nach London zurückmusste?

Emma löste ihren Blick vom Billardtisch und schloss mit einem leisen Geräusch die Tür.

Im Gästezimmer entdeckte sie einen Aushang, der ihr bisher noch nicht aufgefallen war. Der Name des Zimmers, das sie als das ihre auserkoren hatte, lautete *The Poet's Wife* – nach einer englischen Rose, die von einem gewissen David Austin gezüchtet wurde. Emma überflog den Text, der auf eine Strauchrose mit schalenförmigen Blüten mit sattem, fruchtigem Duft hinwies. *Der sattgelbe Farbton hellt allmählich auf und betont ein locker gefülltes Zentrum, das von einem äußeren Ring adrett gereihter Blütenblätter umschlossen ist. Intensiver, wunderbarer Duft mit Zitrusnoten zeichnet diese Rose aus. Sie bildet einen niedrigen, rundbuschigen Strauch mit glänzendem Laub.*

Was für eine wundervolle Idee, die Zimmer nach berühmten Rosensorten zu benennen! Emma betrachtete den goldenen Rahmen, in dem der Text eingelegt war, und zog die Vorhänge vors Fenster. Dann langte sie nach dem Trolley und hob ihn auf den Kofferständer. Morgen würde sie nachsehen, welcher Rosensorten in den übrigen Gästezimmern gedacht wurde.

Ob Ethans Räume ebenfalls nach Rosen benannt waren? Sie öffnete den Koffer und packte in aller Ruhe ihre Garderobe aus. War es nicht verrückt, dass Ethan in New York war, während sie hier herumspazierte, als wäre es ihr Zuhause? Sie legte die Unterwäsche in die Schublade und hängte die Blusen auf. Als der Koffer leer war, ließ sie den Verschluss zuschnappen und schob ihn unters Bett. Von den aufgeschlagenen Büchern einmal abgesehen, hatte sie nirgendwo auch nur die kleinste Spur von Ethans Existenz gefunden. Vermutlich befanden sich seine Privaträume im zweiten Stock. Das Haus war so groß, dass man es kaum schaffte, alle Eindrücke auf einmal in sich aufzunehmen, deshalb war sie bisher nur bis zum ersten Stock gekommen.

Während ihre Gedanken weiter um ihn kreisten – in ihrer Vorstellung bewohnte Ethan einen Raum mit großer Ledercouch und einem überdimensionierten Schreibtisch –, fühlte sie sich so lebendig wie seit Monaten nicht mehr.

20. KAPITEL

Ellen ließ den Blick über ihre Freunde wandern. »Noch einmal herzlich willkommen in meinem neuen Heim!« Sie deutete in den nackten Raum, ihr späteres Wohnzimmer. »Wie ihr unschwer erkennt, ist das Haus noch nicht fertig.«

»Eine positive Umschreibung für ein ganz und gar nacktes Haus«, rief Sam dazwischen.

Ellen hielt Sam in gespieltem Ernst den Mund zu. »Aber es ist meins und gehört nicht der Bank«, fuhr sie fort. »Das Haus ist schuldenfrei. Sicher freut ihr euch mit mir, dass wir uns unter diesen positiven Vorzeichen um den Tisch versammeln.« Sie ließ von Sam ab, der laut die Luft ausstieß. »Wie ihr euch denken könnt, hätte ich mir dieses Haus eigentlich nicht leisten können, auch nicht, wenn ich Tag und Nacht Zahnspangen anpasse und Implantate setze. Dank der Schwester meiner Mutter jedoch konnte ich mir diesen Traum erfüllen. Ohne sie säße ich nicht hier und ihr auch nicht. Ein Hoch auf dich und deine Großzügigkeit, Tante Gwen.« Ellen erhob sich und hielt den Freunden ihr Glas entgegen.

Isobel, die neben ihr saß, stieß mit der Freundin an. »Auf dass du in diesem Haus viele glückliche Stunden verbringst, Ellen. Und hoffentlich oft in unserer Gesellschaft.«

»Ich schließe mich Isobel an. Auf fantastische Zeiten in deinem neuen Haus, Ellen. Lass dir Zeit mit dem Einrichten. Eins nach dem anderen«, riet Tony.

»Dieses Haus gibt uns die Möglichkeit, dir nahe zu sein.« Ethan stieß ebenfalls mit Ellen an, dann stellte er sein Glas ab und fuhr fort: »Ellen, wenn du nichts dagegen hast, würde ich dir zum Einstand gern Stühle schenken. Ich hätte da was im Auge. Also, wenn du mir vertraust …?«

Ethan saß neben Sam, und als Ellen realisierte, was er ihr anbot, kam sie zu ihm und fiel ihm um den Hals. »Was redest du da, Ethan?« Ellen strubbelte ihm freundschaftlich durch die Haare. »Du kannst mir doch nicht ohne jeden Anlass Stühle schenken.«

»Es gibt durchaus einen Anlass, den besten, den man sich vorstellen kann. In diesem Haus fehlen Sitzgelegenheiten. Hast du kein Vertrauen in meinen Geschmack?« Ethan verstrubbelte sich das Haar noch ein wenig mehr und zog dabei eine amüsante Grimasse. Angesichts seines Anblicks, der an einen zerstreuten Professor erinnerte, bekam die Frage, ob man seinem Geschmack vertrauen könne, eine ganz neue Bedeutung.

»Klar vertraue ich dir. Einem Mann, der ein so großes Herz wie du hat …«

»… und einen derart resoluten Gang, der auf Entschlusskraft und ständig zu wenig Zeit hindeutet …«, blödelte Sam.

»Davon abgesehen, wissen wir, welch erlesenen Geschmack Ethan hat«, wusste Tony. »Du gehst also kein Risiko ein, Ellen.«

Ellen nickte Tony zu. »Ich weiß Ethans Angebot zu schätzen, aber es fällt mir schwer, dass er so viel Geld für mich ausgeben möchte.« Sie wandte sich an Ethan. »Wie ich dich kenne, kosten die Stühle ein kleines Vermögen, von wegen beste Ausführung, höchste Handwerkskunst …« Ellen ahmte seine Stimme perfekt nach.

Ethan ging nicht darauf ein. »Ich schicke dir morgen Fotos von den Stühlen. Ich habe sie bei einem Tischler in Bostcastle gesehen, den es noch nicht lange gibt. Wirklich schöne, gediegene Stühle und in bemerkenswert guter Handwerkskunst gefertigt.«

Ellen verfiel in Lachen. »… wusste ich's doch … gute Handwerkskunst und hoher Preis, nicht wahr?!«

Ethan grinste. »Ich möchte damit nur sagen, dass die Stühle perfekt in dieses Haus passen und lange halten werden. Kosten-Nutzen und Nachhaltigkeit, darauf achtest du doch.« Er drückte Ellen einen unerwarteten Kuss auf die Wange.

»Ach, Ethan … Du musst nicht immer so verdammt großzügig sein.« Ellen schlang erneut die Arme um ihn. Es hatte den Anschein, als wollte sie ihn gar nicht mehr loslassen. »Kein Wunder, dass die Frauen dir nachlaufen …«

»Zumindest die, die dringend Möbel brauchen«, stieß Sam grinsend aus.

Ethan machte eine abwehrende Handbewegung in Sams Richtung und wandte sich dann wieder Ellen zu. »Gönn mir die Freude, dir etwas zu schenken. Was ist heute schon noch gemeinnützig? Es sind Stühle für uns alle.« Seine Stimme klang warm und kraftvoll, ganz anders, als er sich fühlte. Mit Ellen neben sich, der die Freude ins Gesicht geschrieben stand, und dem Gefühl seiner eigenen Freude, war er wieder der, der er immer war.

»Komm schon, Ellen«, versuchte Sam, Ellen zu überzeugen. »Uns ist klar, dass du dich nicht zierst, weil du zickig bist, sondern weil du anständig sein möchtest, aber nichts spricht gegen ein Einstandsgeschenk, auf dem wir alle sitzen können.«

»Wie heißt es so schön: Man sollte den Moment leben. Und dieser Moment beschert dir Stühle fürs Wohnzimmer«, mischte Tony sich ein.

»Meint ihr wirklich?« Noch immer zweifelnd, sah Ellen Tony, dann Sam an.

»Ja, meinen wir wirklich. Gratuliere zu neuen Stühlen, wie immer sie auch aussehen«, bekräftigte Tony.

Isobel nickte ebenfalls. »Ethan schenkt gern, und er liebt Projekte, egal, ob Stühle oder irgendwas sonst.« Sie deutete auf Ethan. »Sieh ihn dir doch an. Willst du ihm die Freude nehmen?« Sie erhob ihr Glas und stieß sowohl mit Ellen als auch mit Ethan an.

»Also gut. Ihr seid dafür, deshalb nehme ich das Geschenk an. Danke, Ethan. Ich freu mich jetzt schon auf die Stühle. Eigentlich kann ich es kaum erwarten.«

Ethan freute sich über Ellens Zusage. Die vergangenen Jahre hatte sich für ihn alles auf die Zukunft ausgerichtet. Doch mit Ellen, hier, in ihrem Wohnzimmer, erlebte er einen Augenblick, der keine Zukunft brauchte. Weiter als bis zum Aufbruch nach dem Essen musste er nicht denken.

Und selbst das war schon zu weit gedacht. Noch saß er hier. Noch war es ein gemütlicher Abend mit seinen Freunden. Ethan spürte, wie ein Gefühl zärtlicher Dankbarkeit in ihm aufwallte. Er hatte Ellen all die Jahre unterschätzt. Sie war eine echte Freundin. Was war ihm, in der Zeit, als er sich hauptsächlich auf seine Arbeit und die kurzen Vergnügungen dazwischen konzentriert hatte, noch alles entgangen?

»Was ist eigentlich mit der London Library?«, erkundigte sich Isobel. Sie griff nach dem Brotkorb und fischte eine Scheibe Weißbrot heraus. Mit höchster Konzentration widmete sie sich der Vorspeise – Gemüsesuppe mit Garnelen.

»Läuft«, Ethan wischte sich die Hände an der Serviette ab. Die Gemüsesuppe war eine Sensation, allerdings klebten seine Hände noch immer vom Obst, das er geschnitten hatte.

»Wann erfährt die Öffentlichkeit davon?«, fragte Sam.

»Schon bald. In wenigen Tagen gebe ich eine Pressekonferenz in London. Eventuell gemeinsam mit Andrew Wilson. Er tut sich mit einer Nachwuchsautorin zusammen, um ein gemeinsames Buchprojekt in Angriff zu nehmen. *Herzenssachen*, nennt sich die Initiative. Ich setze große Hoffnungen in die Sache.«

»Klingt innovativ. Und sehr gefühlvoll«, sagte Tony. Er trank einen Schluck Wein. »Ich finde es bemerkenswert, dass du dich dieses Projekts annimmst. Normalerweise müssen Autoren hart kämpfen, um Buchprojekte bei Verlagen zu platzieren. Freie Themenwahl, noch dazu mit einem internationalen Bestsellerautor an der Seite, und das Ganze unter Ethan Allingtons finanzieller Obhut, das ist schon was … Vermutlich haben sich viel zu viele Schriftstellerinnen und Schriftsteller beworben.«

»Das kannst du laut sagen. Mein Büro war monatelang lahmgelegt. Noch heute ist mein Assistent damit beschäftigt, Anfragen zu sichten. Ein Projekt wie dieses hat es noch nie gegeben. Entsprechend hoch ist die Aufmerksamkeit. Sämtliche Medien werden darüber berichten. Wir greifen heiße Eisen an, thematisieren zum Beispiel die Unterdrückung von Frauen. Auch die von Männern.«

»Hört, hört«, warf Tony ein.

»Wir stellen uns die Frage, wie wir heute, im Vergleich zu früher, mit Sexualität umgehen … ob körperliche Nähe noch immer zur Manipulation eingesetzt wird und so weiter.«

»Wahrlich heiße Eisen«, fand Sam. »Vermutlich hat sich gar nicht so viel verändert, wie wir annehmen.«

»Es ist viel im Umbruch. Manchmal frage ich mich, wie die Welt in zehn Jahren sein wird. Die Geschlechterrollen weichen immer mehr auf. Hinzu kommt, dass wir immer älter werden. Rollenverteilung im üblichen Sinne gibt es nicht mehr oder zumindest nicht mehr so häufig.«

»Auf Ethan und seine Buchprojekte. Und auf die literarischen Stimmen, die wir demnächst hören werden. Stimmen zu außergewöhnlichen Themen«, rief Ellen den Toast aus.

»Auf Ethan und sein Projekt«, schlossen die anderen sich an.

Kurz darauf trugen Ellen und Tony das Essen auf. Alle kosteten die Muscheln in Weißweinsud und die Variante in Chili-Olivenöl und waren sich einig, dass Letztere die aufregendere Wahl war.

»Verflixt scharf«, schrie Sam. Er hatte ein Stück Chilischote erwischt. »Aber saugut.«

»Trink jetzt bloß nichts, sonst wird es noch schlimmer«,

warnte Ellen. »Du musst die Schärfe aushalten. Hier, nimm ein Stück Brot. Gleich wird es besser.«

»Ich liebe scharfes Essen, und dieses Muschelrezept ist göttlich. Wann dürfen wir wiederkommen, um das Gleiche noch mal zu futtern?«, fragte Isobel.

Ellen tunkte ihr Brot in die Marinade. Genüsslich steckte sie es sich in den Mund. »Ich gebe dir Bescheid, wenn ich wieder hier bin. Das nächste Mal kommt übrigens der Maler, um die Räume zu streichen. Ihr würdet mir helfen, wenn ihr mir sagt, wie euch die Farben gefallen, die ich ausgesucht habe.« Ellen holte die Farbpalette, auf der die Farben für die einzelnen Zimmer angekreuzt waren, und ließ sie herumgehen.

Sie diskutierten und redeten wild durcheinander. Jeder gab seine Tipps ab. Dazwischen aßen und tranken sie und lachten über Tonys Anekdoten aus vergangenen Sommern. Ethan füllte immer wieder die Gläser und sorgte für Wassernachschub. Er selbst trank keinen Alkohol, doch die anderen genossen den Wein. Als er aus der Küche kam und eine weitere entkorkte Flasche auf den Tisch stellte, bediente Tony sich als Erster. »Der Wein ist herrlich. Richtig süffig«, fand er. »Danke für die edle Spende, Ethan.«

Später holten Ethan und Tony das Dessert aus dem Kühlschrank.

»Wir haben die Nachspeise mit Rum und Pinienkernen verfeinert«, sagte Ethan.

»… und Vanillezucker in die geschlagene Sahne gegeben«, erwähnte Tony, als er die Dessertschüsseln seiner Freunde füllte.

Ellen kostete und nickte begeistert. »Schmeckt klasse. Dieses Rezept wird euch viel Lob einbringen.«

Sam gab einen großen Klecks Sahne auf seinen Obstsalat und langte zu. »Habe ich verpasst, dass ihr neuerdings Hobbyköche seid?«, murmelte er kauend.

»Wir sind auf dem besten Weg, welche zu werden. Jamie Oliver hat uns unter seine Fittiche genommen«, blödelte Tony. »Bist du beim nächsten Kochkurs mit von der Partie, Sam?«

»Seid ihr wahnsinnig?«, Sam wischte sich mit der Serviette über den Mund. »Wenn sich das rumspricht, stecke ich in der Rolle als Hausmann fest.«

Die Stimmung wurde immer ausgelassener. Nach dem Dessert wurde Ethans Kuchen angeschnitten. Ellen kochte Kaffee und reichte Milch und Zucker.

»Wenn ich noch etwas esse, platze ich.« Isobel, die ein zweites Stück Kuchen vertilgt hatte, legte die Gabel beiseite und strich sich über den Bauch. »Es war ein grandioses Mahl. Danke, Ellen, dass du uns so verwöhnst. Und nochmals Gratulation zum Haus.«

»Ich mach was draus, das verspreche ich«, sagte Ellen. »Nächstes Mal sitzen wir vielleicht schon auf Ethans Stühlen.« Sie stand auf und begann das Geschirr abzuräumen. Ethan und Sam halfen und trugen Teller, Schüsseln und Gläser in die Küche.

»Ich glaube, ich lasse den Wagen stehen und rufe mir ein Taxi. Ist angesichts des Weinkonsums vernünftiger. Möchte jemand mitfahren?«, fragte Sam, als der Tisch abgeräumt war.

Tony wischte Krümel vom Tisch und sah auf. »Ich schließe mich dir an. Aber vorher machen wir hier noch klar Schiff. Wir lassen Ellen nicht mit dem Berg an schmutzigem Geschirr allein. Kommst du auch mit, Isobel?«

Isobel, die gerade das Fenster schloss, verneinte. »Ich bleibe über Nacht bei Ellen. Wann bekomme ich schon die Gelegenheit, mit ihr zu frühstücken und dabei den Krabbenfischern zuzusehen?«

Sie machte sich an den Abwasch. »Keine Sorge, ich weiß, dass du nicht an einer Beziehung interessiert bist«, sagte sie, als Ethan sich, ein Küchenhandtuch über der Schulter, zu ihr gesellte. »Aber flirten ist zu verführerisch, wenn man Single ist. Vor allem mit jemandem wie dir.« Sie reichte ihm ein tropfnasses Glas, sah ihn jedoch nicht dabei an.

Ethan trocknete das Glas sorgfältig ab und wollte gerade zu einer Antwort ansetzen, als Isobel ihm zuvorkam.

»Schon klar, mit Freunden sollte man sich nichts anderes vorstellen als Freundschaft ... Mein Gott«, sie fasste sich mit nassen Fingern an die Stirn und schüttelte den Kopf. »Ich klinge banal, oder? Richtig bedürftig. Ist es nicht erbärmlich, wie sehr ich mich nach jemandem sehne, der zu mir gehört, danach, endlich eine solide Beziehung zu führen?« Ihre Hände verschwanden wieder im Spülwasser.

Ethan sah Isobel mitfühlend an. Vermutlich hatte sie wirklich zu viel getrunken. Er stellte das Glas zur Seite und legte den Arm um sie. »Was ich dir jetzt sage, ist sehr persönlich«, er zögerte kurz, dann sprach er weiter, »ehrlich gesagt, sehne ich mich manchmal auch nach dem einen Menschen. Nach bedingungslosem Zusammenhalt, gemeinsamem Lachen, Vertrauen und ...«, er traute sich kaum, es auszusprechen, »... lebenslanger Verbundenheit.«

»Willst du etwa behaupten, du gestehst dir das alles nur nicht ein?« Isobel sah ihn überrumpelt an.

»Was ich damit sagen will, ist, dass ich es in der Vergangenheit nicht fair fand, jemandem Liebe bis ans Lebensende zu versprechen, wenn es sich nicht so anfühlte.« Ethan griff zum nächsten Glas. »Ich schätze, solange ich kein Gefühl tiefer Liebe für jemanden habe, will ich zumindest ehrlich sein.«

»Ehrlich warst du schon immer. Für meinen Geschmack sogar ein bisschen zu sehr.«

»Glaub mir, Isobel, manchmal finde ich mein Privatleben selbst ermüdend. Immer nach dem gleichen Muster eine Beziehung nach der anderen. Man erzählt von sich, balanciert aus, was mit dem anderen geht und was nicht, versucht zu überraschen, um interessant zu bleiben … und dann kommt irgendwann die Erkenntnis, dass man nicht *den* Menschen fürs Leben an seiner Seite hat. Man trennt sich, es folgt eine längere Pause und irgendwann der nächste Versuch.«

Isobel ließ das Spülwasser ablaufen und füllte das Becken mit frischem. »Klingt nicht besonders gut.«

»Das habe ich auch nicht behauptet.« Ethan zuckte die Schultern. Er wusste nicht, was er noch sagen sollte. Seit Tagen waren seine Gefühle in Aufruhr, und er kam nicht damit klar. »Schau beim nächsten Mal genauer, in wen du dich verliebst. Geh nicht irgendeine Beziehung ein, nur um dich nicht allein zu fühlen. Du hast Besseres verdient.« Dass Isobels Freund fremdging, war in Chelsea, wo sie und auch Ethan wohnten, ein offenes Geheimnis, doch Isobel hatte es nicht wahrhaben wollen, weshalb Ethan angenommen hatte, die Beziehung ginge weiter wie gehabt. Doch nun war es zum Bruch gekommen, und Ethan hoffte, Isobel werde ihre Schlüsse daraus ziehen und beim nächsten Mal genauer hinsehen.

Isobel legte ihre Wange an Ethans. »Ich werde deine

Worte beherzigen ... vielleicht finde ich jemanden, der mich versteht, ohne dass ich viel erklären muss.«

»Tu nie, als wäre alles in Ordnung, wenn es nicht so ist. Zeig dich, wie du bist.« Ethan wirkte nachdenklich.

»Wir sollten öfter miteinander sprechen.« Isobel hatte sich von ihm gelöst und wischte mit dem Spülschwamm über die fettigen Teller. »Und nicht immer darauf bedacht sein, gutgelaunt, freundlich und höflich rüberzukommen, sondern zeigen, wie wir uns fühlen.« Sie sahen einander in die Augen. »Es fühlt sich gut an, dich nahbar zu erleben, Ethan. Warum sprecht ihr Männer nie mit uns? Fühlt ihr nicht, wie schön es ist, sich verdammt noch mal näherzukommen?«

»Manchmal fällt es Männern schwer, sich Frauen anzuvertrauen.« Ethan stellte das saubere Glas neben die anderen, die in den Schrank geräumt werden mussten.

»Außer sie heißen Sam.« Isobel schüttelte grinsend den Kopf.

»Jimmy vertraue ich mich an, wenn ich mit ihm spazieren gehe«, sagte Ethan leichthin.

Isobel lachte. »Ich eigne mich ebenfalls als Geheimnisträgerin, allerdings belle ich nicht.«

Ethan trocknete die letzten Teller ab, dann ging er in den Flur und gab das Handtuch zur Schmutzwäsche. Mit seinen Freunden hatte er immer eine Menge Spaß. Sie genossen ihre kostbare Freizeit miteinander und wälzten keine Probleme, jedenfalls die Männer taten das nicht. Doch jetzt hatte er Isobel seine Zweifel anvertraut, und es fühlte sich gut an.

Mit seiner Mutter sprach er über alles, was anstand. Sie verließ sich auf seine Gesellschaft und Fürsorge, und er freute sich, ihr diesen Rückhalt geben zu können. Dazu gehörten auch Gespräche über schwierige und sehr persönliche Themen.

Als er in die Küche zurückkam, waren alle zum Aufbruch bereit. Es war kurz vor halb zwölf, als sie das Haus verließen. Sam und Tony stiegen in ein Taxi, und er startete seinen Wagen. Bee fiel ihm wieder ein. Er sah sie in ihren Gummistiefeln vor sich, während er durch die Straßen fuhr. Wie frei und lebendig dieses Mädchen war. Voller Selbstvertrauen und Übermut.

»Leben ist das größte Geschenk«, hatte seine Mutter mal zu ihm gesagt. Morgen würde er ihr schreiben, dass er keinen einzigen weiteren kostbaren Tag verpassen wollte.

Er erreichte die Roseninsel, passierte das Tor und parkte in der Garage. Nachdenklich ging er aufs Haus zu. Als er an einer der Teakholzbänke vorbeikam, setzte er sich, um ein paar Minuten die Stille des Gartens zu genießen. Es war dunkel um ihn herum, bis auf die Stellen, an denen die Laternen den Garten sanft erleuchteten. Er lauschte den Geräuschen der Natur. Im Gebüsch raschelte es leise. Vermutlich ein Igel. Ethan lehnte sich zurück und verschränkte die Arme hinter dem Kopf. Er würde ein paar Tage bleiben, und schonungslos ehrlich zu sich sein. Dann sähe er weiter.

21. KAPITEL

Emma schlug das Buch zu und nahm die Füße vom Schemel. Zwei herrliche Stunden hatte sie sich in Virginia Woolfs Roman *Zum Leuchtturm* vertieft, sich der Frage nach der Subjektivität der Wirklichkeit und den Bedürfnissen der Seele gewidmet. Zeit ihres Lebens hatte die Schriftstellerin versucht, sich von der Fixierung auf ihre früh verstorbenen Eltern zu lösen. Doch mit beiden Beinen im Leben zu stehen, war ihr bis zum Schluss nicht gelungen. Um fest im Leben verankert zu sein, musste man Dinge und Situationen irgendwann hinter sich lassen, so schwer es einem auch fiel. Körper und Seele im Einklang waren nun mal die Basis, um glücklich zu sein. Emma legte das Buch zur Seite. Die Standuhr neben dem Sekretär zeigte kurz vor halb zwölf. Emma erhob sich und ging zum Fenster.

Draußen hing ein bleicher Mond am Himmel, doch darunter strahlte das Licht des Leuchtturms – Virginias Leuchtturm – und verbreitete diesen besonderen Zauber.

Sie ließ den Vorhang vors Fenster fallen. Das Himmelbett mit den gemütlichen Kissen und der Daunendecke sah herrlich kuschelig aus. Wenn ihr nach einem Frühstück im Bett wäre, konnte sie sich die Kissen zurechtschieben und entspannt in den Tag starten.

Vielleicht sollte sie ein heißes Bad nehmen? Danach würde sie sicher wunderbar einschlafen … und morgen ausgeruht aufstehen.

Im Bad drehte sie an den Hähnen und gab einige Tropfen angenehm duftendes Badeöl ins einlaufende Wasser. Als die Wanne gefüllt war, stieg sie in den prickelnden Schaum.

Geborgenheit – in vielen Romanen ging es um Gefühle des Wohlbefindens, natürlich auch darum, Schwierigkeiten zu überwinden und mit sich ins Reine zu kommen, vor allem aber ging es um die Liebe. Die Begegnung mit Ava Allington zeigte ihr, dass sie sich in dieser schwierigen Zeit auch bei Menschen aufgehoben fühlen konnte, die sie erst kurz kannte. Nichts mehr von ihr zu hören, wenn sie wieder in Köln wäre, konnte sie sich überhaupt nicht vorstellen. Sie würde auf jeden Fall Kontakt zu ihr halten.

Emma blinzelte zu Jimmy hinüber. »Ich finde es übrigens klasse, dass du mit nach Cornwall gekommen bist. Mit dir ist es hier doppelt schön, denn nun sind wir zu zweit.« Jimmys heimliche Mitfahrt war wie ein Zeugnis, das bestätigte, wie schnell Jimmy und sie sich auf wunderbare Weise nahegekommen waren.

Heiße Dampfwolken hüllten Emma ein. Langsam rutschte sie tiefer in die Wanne. Es war erleichternd, ihre Chefin weit weg in Köln zu wissen. Das gemütliche Himmelbett und die spannende Aufgabe, die vor ihr lag, das war ihre Realität. Morgen würde sie in aller Ruhe in St. Ives einkaufen, durch die Gassen bummeln und sich ans Meer setzen. Alles andere war weit weg.

Emma pustete in die Schaumkronen. »Weißt du, was schön wäre, Jimmy?« Sie stieß einen genüsslichen Seufzer aus. »Wenn ich mich mit Ethan über die Bibliothek austauschen könnte. Ich weiß, ich habe mir vorgenommen, mit dieser dummen Schwärmerei aufzuhören, aber Ethan ist so verdammt attraktiv …«

Jimmy linste zu ihr hinüber – ein kurzer, intensiver Blick –, dann schob er die Schnauze wieder zwischen seine Pfoten.

Emmas Fuß tastete den Wannenrand ab. Jetzt sprach sie

schon mit einem Hund. Marie würde sich vor Lachen wegschmeißen, wenn sie das wüsste. Sie versank im Schaum, tauchte wieder auf und wischte sich die Nässe aus dem Gesicht. »Wenn du mich fragst, rauscht Ethan wie ein Schnellzug durch sein Leben, ohne zwischendurch mal auszusteigen. Hätte ich die Möglichkeit, jederzeit herzukommen, würde ich überlegen, wie ich von hier aus arbeiten könnte. Was nützt einem ein Ort wie dieser, wenn man sich nicht die Zeit nimmt, ihn zu genießen?« Emmas Zehen lugten zwischen den Schauminseln hervor. In den Tag hineinzuleben, musste herrlich sein, wenn man in einem Haus auf den Klippen lebte. Doch hier konnte man nicht nur faulenzen, sondern bestimmt auch wunderbar arbeiten.

Emma spielte mit den Schaumkronen und atmete den Duft des Badeöls ein. Wie es wohl wäre, von Ethan in die Arme genommen und geküsst zu werden? Ihr Herz klopfte aufgeregt bei der Vorstellung. In Traumwelten abzudriften, hatte ihr schon immer wohlverdiente Pausen verschafft – Wohlfühlzeit nannte sie es. Als junge Frau hatte sie sich manchmal gewünscht, ihre Träumereien könnten Realität werden. In den letzten Jahren hatte sie sich diese kleinen Alltagsfluchten jedoch nur noch selten gegönnt, es war immer so viel zu tun gewesen. Zuerst hatte ihre Ausbildung Priorität gehabt, danach das Studium, und während ihrer Berufstätigkeit hatte sie samstags in der Buchhandlung ihrer Eltern ausgeholfen, bis sie ganz dort eingestiegen war. Doch nun lag eine Woche vor ihr, die sie sich frei einteilen konnte. Sie konnte auf der Roseninsel bleiben, solange sie Lust hatte, hatte Mrs Allington gesagt. Sie drehte sich zur Ablage und griff nach dem Schwamm, saugte ihn mit heißem Wasser voll und drückte ihn über ihrem Kopf aus.

Warme Rinnsale liefen über ihr Gesicht, der Stress der letzten Monate, der Tod des Vaters – einfach alles – fielen von ihr ab. Sie drückte den Schwamm weitere Male über sich aus, dabei wanderten ihre Gedanken hierhin und dorthin. Wie Ethans Stimme wohl klang? Die Stimmlage sagte viel über einen Menschen aus. Emma platschte mit der Hand ins Wasser. Es spritzte auf die Fliesen und auf Jimmy. Unten klapperte etwas. Der Film in ihrem Kopf riss ab. Emma horchte auf.

Jimmy hob den Kopf, lief zur Tür und steckte die Schnauze in den Spalt. »Das war nur das Holz, das sich in der Wärme ausdehnt, Jimmy!« Emma hievte sich aus dem Wasser und wickelte sich ein Frotteetuch um den Körper. Etwas in ihr geriet in Alarmbereitschaft. »Komm, leg dich wieder hin«, forderte sie Jimmy auf, doch der hörte nicht auf sie und rannte in den Flur.

Sie hatte die Eingangstür hinter sich zugezogen und überprüft, ob sie auch verschlossen war. Sie war sich ganz sicher.

Im Bad herrschte brütende Hitze. Der Spiegel war beschlagen. Sie hätte das Fenster öffnen müssen.

Unten bellte Jimmy. Erneut hörte sie Geräusche. Sie hatte sich nicht getäuscht. Ein Gefühl der Angst ergriff Emma. Plötzlich hörte sie die Stimme eines Mannes. Ihre Angst verstärkte sich. Vielleicht hatten Bridget und Hugh Snow, die regelmäßig nach dem Rechten sahen, etwas vergessen und waren deshalb vorbeigekommen? Vermutlich verbrachten die Snows ihren Urlaub zu Hause in Cornwall. Sie verstand nicht, was unten gesagt wurde, doch Jimmy schien nicht die Absicht zu haben, sie gegen den Eindringling zu verteidigen.

Emma ging zur Tür und spähte hinaus. Sie hörte Schritte auf der Holztreppe. Jemand war auf dem Weg nach oben. Panik überkam sie. Ohne zu zögern, griff sie nach dem massiven Silberleuchter auf dem Sideboard. Sie würde sich verteidigen, wenn sie musste. Wie sie das machen würde, daran traute sie sich nicht mal zu denken. Den Blick zur Treppe gerichtet, spürte sie, wie sie innerlich erstarrte. Das Herz schlug ihr bis zum Hals. Zwischen den Holzstäben tauchten die Umrisse eines Kopfes auf. Emma glaubte zu kollabieren. Dunkles Haar, gut geformte Schultern. Gegen einen großen, kräftigen Mann käme sie nie an …

Ihr Herz setzte einen Schlag aus. Noch einmal sah sie hin, und endlich war sie fähig, die Details zusammenzusetzen. Die Angst, überfallen zu werden, wich. Das Aufflackern von Panik in ihrem Gesicht verschwand. Sie kannte den Mann, der die Treppe hochkam. Den Schrei, der ihr auf der Zunge lag, konnte sie gerade noch unterdrücken.

Ethan war nun oben angekommen und blieb vor ihr stehen. Jimmy lief um ihn herum. Er schien völlig außer sich, sein Herrchen zu sehen.

»Mr Allington, mein Gott! Sie haben mich vielleicht erschreckt.« Emmas Blick wanderte zu Ethans gepflegtem Fünf-oder-mehr-Tage-Bart und zu seinen Augen, von dort zu den muskulösen Armen. Er trug ein Leinenhemd, dessen Ärmel aufgekrempelt waren, und ausgeblichene Jeans und war unzweifelhaft gut in Form.

Plötzlich überkam Emma ein Anflug von Verlegenheit. Noch immer hielt sie den Kerzenleuchter drohend in der Hand. Ihr Haar hing ihr in nassen Strähnen ins Gesicht, und ihre Wangen waren von der Wärme des Wassers vermutlich puterrot. Und als wäre das nicht genug, lag im Bad – gut sichtbar – ihr Slip auf dem Boden.

Verflucht! Sie konnte das Wort gerade noch zurückhalten. Die Situation war eindeutig zu intim für eine erste Begegnung. Tropfnass und fast nackt stand sie vor Ethan, der nicht wusste, dass seine Mutter sie auf die Roseninsel eingeladen hatte. Sie stellte den Kerzenleuchter zurück und zog sich das Handtuch fester um den Körper. »Tut mir leid, dass Sie mich in diesem Aufzug vorfinden. Ich … ich hatte keine Ahnung, dass Sie hier sind.«

Ethan Allington bemühte sich, den Blick nicht an ihr hinunterwandern zu lassen. »Gestatten Sie mir die Frage, wie Sie in dieses Haus kommen und wer Sie überhaupt sind?«

Röte wanderte schneller über Emmas Gesicht, als sie sich dagegen wappnen konnte. »Ich bin Emma … Emma Sandner.« Schützend verschränkte sie die Arme vor der Brust. Auf keinen Fall durfte dieses Handtuch sich lösen, nur weil sie Ethan Allington die Hand entgegenstreckte. Das hätte ihr gerade noch gefehlt. »Ihre Mutter hat meinen Namen sicher schon erwähnt.« Jimmy, der immer noch schwanzwedelnd um sein Herrchen herumhüpfte, kam nun zu ihr und bedachte auch sie mit seiner Aufmerksamkeit. »Ich habe diesen süßen Kerl«, ihr Blick wanderte zu Jimmy, »vor ein paar Tagen im St. James's Park aufgelesen und ihn zurückgebracht.«

Ethan Allington sah sie an, als redete sie Unsinn.

»Und heute Morgen hat Ihre Mutter mir freundlicherweise den Schlüssel zu diesem Haus anvertraut … und …«, Emma blickte ins Leere, dann lächelte sie, um die Situation zu entspannen.

»… und nun sind Sie hier!?«, beendete Ethan den Satz.

Er stand wie angewurzelt da. Sein Tonfall klang wenig einladend und ließ Emma vermuten, dass er in ihr einen Eindringling sah.

»Genau! Ja!« Entschlossen, sich nicht von ihrer Unsicherheit beherrschen zu lassen, sprach sie weiter. »Ich bin hier, um auf den Spuren meiner Eltern Cornwall zu entdecken ... meine Mutter stammt aus St. Just ...« Sie brach ab. Ava Allingtons Sohn schien ihr Gerede nicht im Mindesten zu interessieren. Ob ihre Mutter aus Cornwall stammte, wollte er gar nicht wissen.

»Meine Mutter schrieb etwas von einer Buchhändlerin aus Deutschland. Aber nichts davon, dass Sie herkämen.«

Durch die offenstehende Tür drang die feuchte Hitze des Badezimmers in den Flur. Sie musste klarstellen, dass sie einen Grund hatte, auf der Roseninsel zu sein. Nur wie? Schließlich durfte Ethan nicht wissen, dass sie sich der Bibliotheken annahm. Emma sah, dass ein Ruck durch Ethans Körper ging.

Vielleicht hatte er gerade ihren Slip auf dem Badezimmerboden entdeckt oder ihren BH? Pikiert wandte sie den Blick ab, damit er nicht sah, wie unangenehm die Situation ihr war.

»Hören Sie, es war nett von Ihnen, Jimmy zurückzubringen.«

In ihrer Vorstellung hatte Ethans Stimme anders geklungen: rau und einnehmend, vor allem sehr viel freundlicher.

»Aber nur, weil meine Mutter einsam ist und Sie es offenbar geschafft haben, sich unentbehrlich zu machen, gibt Ihnen das noch lange nicht das Recht, hier einfach so reinzuplatzen.«

Emma wich einen Schritt zurück. Im ersten Moment

glaubte sie, sich verhört zu haben. Doch sie brauchte Ethan nur anzusehen, um zu begreifen, dass er ihr wie ein Kontrahent gegenüberstand. Wieso bemerkte sie das erst jetzt?

»Ich will Ihnen keinesfalls zu nahe treten«, ruderte er zurück. Vermutlich hatte er ihren entsetzten Blick gesehen. »Aber ich bin hier, um … um etwas zu regeln«, fuhr er fort. »Ich brauche absolute Ruhe und muss allein sein. Verstehen Sie!?«

Er redete weiter, doch sie hörte nicht mehr hin, sah nur, dass seine Lippen sich bewegten. Das Gefühl des Wohlbehagens, das sie noch vor wenigen Minuten verspürt hatte, war verflogen. Ihr war, als würde der Boden schwanken. Die Argumente, die ihr auf der Zunge lagen, um sich Ethan Allington gegenüber zu erklären, blieben ihr im Hals stecken. So gern sie sich auch verteidigt hätte, über Mrs Allingtons Projekt zu erzählen, käme nicht in Frage. Sie wollte Ethan überraschen, und sie würde ihr bestimmt nicht in den Rücken fallen und die Überraschung verderben.

»Dann machen wir es folgendermaßen …«, sagte sie, als Ethan endlich schwieg. Im Kopf überschlug sie ihre Möglichkeiten, gleichzeitig versuchte sie, das Gefühl der Übelkeit, das sie manchmal überfiel, wenn jemand sie ungerechtfertigt angriff, zu unterdrücken. »Diese Nacht schlafe ich im Strandcottage. Und falls Ihnen das noch immer zu viel Nähe ist, ziehe ich morgen ins Hotel.«

Ethan starrte sie an. Offenbar hatte er nicht damit gerechnet, dass sie ihm, ohne zu diskutieren, entgegenkam.

»Allerdings bin ich kein Eindringling, Mr Allington, das entspricht ganz und gar nicht der Realität. Ich bin auf ausdrücklichen Wunsch Ihrer Mutter hier«, sprach Emma weiter. »Es hat geheißen, Sie seien in New York, und ich hätte das Haus für mich …« Ihre Stimme bebte. Der Glaube – wenn auch nur für kurze Zeit –, Teil von Ava Allingtons Leben zu sein, zerrann zwischen ihren Fingern.

Jimmy bellte. Emma streichelte ihn und versuchte ihn zu beruhigen. »Ist schon gut, Jimmy«, versprach sie mit leiser Stimme. »Alles in Ordnung.«

Ethan war in den Lichtkegel einer Stehlampe getreten. Seine strahlenden Augen wurden vom Licht überdeutlich hervorgehoben. Emma sah die scharfen Konturen seines leicht vorstehenden Kinns. Sah, wie attraktiv er war. »Bevor ich meine Sachen packe, möchte ich aber noch etwas loswerden.« Ihr Sinn für Gerechtigkeit bäumte sich auf. Sollte sie ihm sagen, wie unmöglich er war? Dass er sie beleidigte, ohne sie zu kennen? Sie verwarf den Gedanken so schnell, wie er gekommen war. Sie würde es ihm nicht mit gleicher Münze heimzahlen und etwas sagen, das ihr fünf Minuten später leidtäte. Doch sie konnte klarstellen, dass sie niemand war, der in die Intimsphäre anderer eindrang. »Ich lauere nicht in Parks, Mr Allington, und ich kidnappe auch keine Hunde, um mich an deren Halterinnen heranzumachen. Und selbstverständlich besitze ich nicht die Bankdaten Ihrer gutmütigen einsamen Mutter. Auch sonst geht keine Gefahr von mir aus. Ich denke, fürs Erste wäre es das.«

Wo war nur ihr Handy, verflixt noch mal. Ständig hatte sie es dabei, nur jetzt wusste sie gerade nicht, wo sie es gelassen hatte. Sie fuhr herum. Blitzschnell suchte sie den Waschbeckenrand mit den Augen ab. Da war es, neben der Seifenschale. Drei Schritte, schon hatte sie es sich geschnappt. Sie warf es Ethan zu, der es geistesgegenwärtig auffing.

»Hier, ich habe die Nummer Ihrer Mutter unter ihrem Nachnamen gespeichert. Rufen Sie sie an und fragen sie, ob sie mir den Schlüssel fürs Haus gegeben hat.« Nach einem kurzen Zögern spielte sie ihren Trumpf aus. »Sicher freut sie sich, Ihre Stimme zu hören. Sie gehören offenbar zu den Glücklichen, die eine Kehlkopfentzündung im Nu überwinden.«

Bei der Erwähnung seiner Kehlkopfentzündung erstarrte Ethan. War das Hilflosigkeit in seinen Augen? Oder nur Irritation? Irgendetwas stimmte hier nicht. Laut Mrs Allington brachte Ethan keinen Ton heraus, was ganz und gar nicht stimmte. Wieso belog er seine Mutter?

Entschlossen, diese unerfreuliche Begegnung zu beenden, trat Emma zurück. Sie würde in ihr Zimmer gehen, sich anziehen und ins Strandcottage übersiedeln. Und morgen würde sie Mrs Allington anrufen. Vielleicht gab es einen Grund, weshalb sie nicht wissen durfte, dass Ethan in Rosewood Manor war. Seine Kehlkopfentzündung war jedenfalls eine glatte Lüge. Ethans Stimme war kräftig. Seinen Stimmbändern fehlte nichts.

Emmas Hände krallten sich in das Handtuch. Ein Gefühl der Genugtuung durchfuhr sie. Wenigstens hatte sie ihre Würde zurückerlangt. Sie drehte sich um, trat auf etwas, das wegrollte. Ihre Arme holten aus, um gegen das Straucheln anzukämpfen, doch zu spät. Sie verlor die Balance, schlug mit dem Knöchel ihres rechten Fußes hart gegen die Treppe und fiel nach hinten.

Mit einem Satz sprang Ethan auf sie zu.

»Dieser verdammte Büffelhautknochen«, fluchte er, fing sie auf und schlang seine Arme um ihren Körper.

Das Prickeln, das die unerwartete Nähe zu Ethan in

Emma auslöste, durchfuhr ihren Körper und ließ den Schmerz in ihrem Fuß in den Hintergrund treten. Ethans Arme waren wie ein Schraubstock, in dem sie gefangen war, und was sie fühlte, war so stark, dass sie es unmöglich ausblenden konnte.

22. KAPITEL

Ihm wurde auf unangenehme Weise bewusst, wie fest er die Frau in seinen Armen hielt, denn unter seinen Fingerkuppen spürte er das schnelle Pochen ihres Herzens.

Sie war ihm so nahe, dass er ihren süßlichen Geruch, vermutlich war es das Badeöl, das sie ins Wasser gegeben hatte, wahrnahm. Abrupt ließ er sie los.

»Sie sollten sich etwas *Richtiges* anziehen.« Wieder war sein Ton der falsche. »Und dann sehen wir nach, ob Ihr Fuß o.k. ist«, schickte er hinterher, um nicht völlig unmöglich zu erscheinen.

Emma stand wieder auf eigenen Füßen. Vorsichtig humpelte sie ein, zwei Schritte zurück.

»Nicht humpeln«, sagte er. »Kein Schongang, schließlich müssen wir überprüfen, ob Sie sich verletzt haben. Vielleicht ist es ja noch mal gutgegangen«, hoffte er.

Emma zog vor Anspannung die Augenbrauen zusammen. Vorsichtig tat sie einen weiteren Schritt. »Autsch«, schrie sie.

Sofort war er bei ihr und reichte ihr den Arm, den sie jedoch ignorierte. »Haben Sie sich den Fuß verstaucht?«

»Keine Ahnung. Vielleicht ist das Band überdehnt, was weiß ich«, schimpfte sie.

Wollte sie sich seines Mitgefühls versichern und tat nur so, als habe sie sich verletzt? Was ging ihm nur im Kopf herum? Plötzlich überfiel ihn tiefe Scham. Bloß weil er in Rosewood Manor seine Ruhe haben wollte, durfte er dieser Frau nichts unterstellen. Ava hatte Emma in ihrer letzten Mail mehrmals erwähnt. Und nun erinnerte er sich auch wieder daran, wie sehr er sich gefreut hatte, dass jemand sich Jimmys angenommen hatte, als dieser allein im Park unterwegs war.

Dass seine Mutter Jimmys Helferin jedoch Zutritt zur Roseninsel gewährte und ihr sogar den Schlüssel fürs Haus aushändigte, und das ausgerechnet jetzt, gefiel ihm gar nicht. Er wollte allein sein, sich hier vergraben und recherchieren. Ein Hausgast war da das Schlechteste, was ihm passieren konnte.

»Es ist meine Schuld, dass Sie sich wehgetan haben«, sagte er.

Ihr Blick schien durch ihn durch zu sehen. »Sie müssen sich nicht verkneifen, was Sie denken. Mir ist durchaus bewusst, dass das Ganze eine Verkettung unglücklicher Umstände ist«, gab er zu.

»Ach wirklich?« Emmas Blick wanderte zu dem Büffelhautknochen, über den sie gefallen war.

Sein Blick folgte ihrem. »Jimmy muss ihn in einer Ecke entdeckt und mit nach oben genommen haben«, erklärte er.

»Und ich stolpere natürlich prompt über dieses Ding.« Emma tastete nach ihrem Fuß.

»Lassen Sie mich mal sehen.« Ehe sie protestieren konnte,

glitten Ethans Hände über ihren Knöchel. »Schauen wir mal, ob Ihr Fuß verstaucht ist. Können Sie ihn drehen? Versuchen Sie es mal. Aber vorsichtig, behutsam ...«, sagte er. Während seine Finger über ihre Haut fuhren, spürte er ihre Wärme. Ihre Haut war zart, blass und mit Sommersprossen übersät.

Emma tat, wie geheißen und hob vorsichtig den Fuß. Ein leiser Schrei entkam ihr. Sie versuchte aufzutreten, biss die Zähne zusammen und humpelte ein paar Schritte. »Mr Allington, ich möchte so schnell wie möglich ins Cottage. Sie müssen mir nur mit dem Gepäck helfen. Hinunterhüpfen schaffe ich allein.«

»Sie schaffen gar nichts. Gehen schadet in Ihrem Zustand nur. Sie lagern jetzt den Fuß hoch, wir kühlen und machen eine Kompressionsbandage. Bei leichten Verstauchungen reicht das, um die Schwellung zu behandeln oder sie am besten erst gar nicht aufkommen zu lassen. Und wenn es morgen nicht besser ist, fahre ich Sie zum Orthopäden. Jetzt warten wir erst mal ab, ob es zu einer Einblutung ins Gewebe kommt und der Fuß sich verfärbt. Wenn Sie Glück haben, können Sie in zwei, drei Tagen schon wieder vorsichtig auftreten. Zu lange Ruhepausen tun dem Fuß ohnehin nicht gut.«

Er sah das Funkeln in ihren Augen. Die Freundlichkeit, die sie ihm bisher entgegengebracht hatte, war dahin. »Ich bin darüber informiert, dass man bei leichten Verletzungen rasch beginnen sollte, das Gelenk zu mobilisieren, um späteren Komplikationen vorzubeugen.«

»Umso besser. Dann wissen Sie ja, dass Sie *jetzt* Ruhe brauchen. Absolute Ruhe«, betonte er. Ohne sie um ihre Einwilligung zu bitten, umfasste er mit einer Hand ihren

Oberkörper, seine andere griff unter ihre Oberschenkel, und schon schwebten ihre Füße über dem Boden.

Jimmy schnappte nach dem Unglücksknochen und sprang aufgeregt um sie herum, als er Emma ins Gästezimmer trug und sie dort behutsam aufs Bett gleiten ließ.

Mit einem erleichterten Seufzen streckte Emma ihr Bein aus. Ethan holte ein Kissen und schob es ihr in den Rücken. Ein zweites deponierte er unter ihrem Fuß. »Die Höhe passt, denke ich. Ich hole einen Kühlbeutel. Essigsaure Tonerde müsste ebenfalls da sein.«

Er nickte Emma zu und eilte die Treppe hinunter. Was ging nur von dieser Frau aus? Ihre Gegenwart weckte in ihm ein Gefühl, das er nur schwer in Worte fassen konnte. Vermutlich hielt sie ihn nach ihrem kurzen Disput für einen dieser arroganten Snobs, Söhne von Vätern, die alles bekommen hatten, was man mit Geld kaufen konnte, ausgenommen Anstand und genügend Liebe.

Er durchwühlte die Hausapotheke. Wenn Emma seiner Mutter erzählte, dass er hier war, fiele das Gerüst, das er sich mühsam aufgebaut hatte, in sich zusammen.

Was sollte er sagen, wenn Ava wissen wollte, weshalb er sie angelogen hatte? Dass er ein ernstzunehmendes Problem hatte, mit dem er erst mal allein klarkommen wollte? Normalerweise implizierte das Wort *Problem*, dass Ava und er miteinander sprachen.

Er fand die Tonerde und Mullbinden, nahm einen Kühlbeutel aus dem Gefrierfach und ging damit in Emmas Zimmer.

»Ich mache Ihnen jetzt einen Verband«, sagte er.

Das Haus war groß genug, um sich für ein paar Tage aus dem Weg zu gehen. Vermutlich war Emma dieser Gedanke ebenfalls gekommen, weshalb sie glauben musste, er sei einfach nur unhöflich, dabei ging es ihm nur um seine Mutter. Jeder Tag, den Ava in der Gewissheit verbrachte, alles sei wie immer, war ein gewonnener Tag.

Vorsichtig verrieb er die Tonerde auf Emmas Knöchel und verband den Fuß. Dann brachte er die Klemmen an und legte den Kühlbeutel auf.

»Der Verband hält sicher bis morgen früh«, versprach er.

Sollte er sie bitten, Ava nichts von seinem Aufenthalt auf der Roseninsel zu erzählen? Er verwarf den Gedanken. Sie würde fragen, weshalb seine Mutter nichts wissen durfte. Fürs Erste würden sie schlafen gehen, und morgen fände sich eine Lösung.

Emma hantierte am Handtuch herum, um sicherzugehen, dass es sich nicht löste und sie halbnackt dasäße.

Er spürte, wie ihm bei dem Gedanken das Blut in die Wangen stieg. »Tut mir leid, dass ich so … unfreundlich … zu Ihnen war. Sie bleiben jetzt erst mal im Haus. Wir werden schon klarkommen.«

Emma entkam ein leises Schnauben. »Es soll ja Frauen geben, die harte Kerle mögen. Männer, die ihnen zeigen, wo's langgeht. Ziemlich clever, sich auf diesem Gebiet zu spezialisieren. Konkurrenz haben Sie sicher nicht zu fürchten. Heutzutage haben ja selbst die Uneinsichtigen begriffen, dass es zwischen Mann und Frau nur miteinander und nicht gegeneinander geht.«

»Jetzt, wo Sie es sagen, kann ich selbst kaum glauben, dass meine antiquierte Masche noch zieht«, ging er auf ihren Ton ein.

»Aber keine Sorge, vor mir sind Sie in Sicherheit.« Emma konnte sich diesen kleinen Seitenhieb nicht verkneifen.

Er ignorierte ihren süffisanten Ton. »Sagen Sie, wenn Sie etwas brauchen. Und für den Notfall …«, er zog eine Karte aus seiner Jeans und reichte sie ihr. »Hier! Meine Handynummer. Rufen Sie an, wenn ich helfen kann. Das Haus ist groß, man hört sich nicht, wenn man das nicht möchte. Möchten Sie, dass Jimmy dableibt? Als Ihr Bodyguard?« Das Wort Bodyguard sollte für Entspannung sorgen, doch das tat es nicht.

»Jimmy soll bleiben, wo immer er möchte«, sagte sie.

Sie kräuselte missbilligend die Lippen, doch das zarte Lächeln, das sie Jimmy schenkte, beruhigte ihn.

»Jimmy, du leistest Mrs Sandner Gesellschaft. Und wenn etwas ist, kommst du zu mir.« An Emma gewandt sagte er: »Mein Schlafzimmer befindet sich im zweiten Stock … nur, damit Sie wissen, wo ich bin.«

»Den Zutritt zum Haus habe ich mir bereits erschlichen. Damit ist mein Ziel erreicht. Ich komme sicher nicht ins Dachgeschoss«, sagte Emma steif.

Er konnte sich ein Lächeln nicht verkneifen. »Mir imponieren Menschen mit schwarzem Humor.«

»Und mir solche mit Manieren.«

»Dann werde ich wohl an mir arbeiten müssen.«

»Der Einsatz lohnt sich nicht, Mr Allington. So lange bin ich nicht hier.«

»Unlösbar erscheinende Aufgaben haben mich schon immer gereizt. Gute Nacht.« Jetzt nur nicht weiter das Feuer schüren, nahm er sich vor. Er streichelte Jimmy, dann verließ er das Zimmer.

Auf der Treppe glaubte er, Emmas Augen in seinem Rücken zu spüren. Ein brennender Blick, der alles andere als Zustimmung war.

Am Morgen griff er tastend nach der Lesebrille. Er hatte sie noch auf, und die Zeitschrift, die er in der Nacht gelesen hatte, lag auf seiner Brust. Er war über der Lektüre eingeschlafen. Doch nun hatte ein Sonnenstrahl die Gläser getroffen und ihn geweckt.

Er legte Brille und Zeitschrift auf den Nachttisch und hievte sich hoch. Trotz der Aufregung in der vergangenen Nacht hatte er wunderbar geschlafen. Er fühlte sich ausgeruht, sogar voller Tatendrang. Die Matratzenfedern quietschten, als er aufstand. Er ging zum Fenster und blickte hinaus. Der Himmel war stahlblau und das Meer türkisgrün. Ein herrlicher Frühsommertag. Er spürte den Holzboden unter den Füßen und das Loch in seinem Bauch. Er hatte Hunger und sah bereits eine Tasse heißen Kaffee, ein Omelett und ein Brot mit Marmelade von *Bee's Dreams* vor sich. Sicher hing die Tüte mit frischem Brot schon am Tor. Jeden Morgen vom Bäcker aus St. Ives beliefert zu werden, schätzte er als besonderen Luxus, wenn er auf der Roseninsel war. Auf dem Land tickten die Uhren nun mal anders. Vor allem in Cornwall. Hier gönnte man sich gern einen Plausch, wenn man in ein Geschäft trat; und wenn man keine Zeit zum Einkaufen hatte, ließ man sich frische Brötchen und Scones kurzerhand nach Hause liefern.

Ethan wandte sich vom Fenster ab und begab sich ins Bad. Sein Hausgast würde sich über ein kross gebackenes Brot, das manchmal noch lauwarm war, wenn er es ins Haus holte, sicher freuen. Emma Sandner … Der Gedanke an sie ließ ihm die Kehle unangenehm eng werden. Wie hatte er sich gestern nur so gehen lassen können? Was war bloß in ihn gefahren, der jungen Frau derart unhöflich zu begegnen? Er begann seinen Bart zu stutzen.

Das Erste, was er gestern wahrgenommen hatte, als er ihr gegenübergestanden hatte, war ihr mahagonifarbenes, tropfnasses Haar, danach war seine Aufmerksamkeit von dem voluminösen Handtuch um ihren Körper in Anspruch genommen worden, doch es war die hoffnungsvolle Erwartung in ihren Augen, die ein Gefühl der Wärme in ihm ausgelöst hatte. Sie hatte ihn mit so viel freudiger Unbedarftheit angesehen, dass er kurz die Luft angehalten hatte, und ohne zu wissen, weshalb, hatte sich alles in ihm dagegen gesträubt, diese Erwartung zu erfüllen.

Er trat unter die Dusche und dachte daran, dass das Leben einen immer wieder überraschen konnte. War es wirklich so schlimm, dass Emma auf der Roseninsel war? Gesetzt den Fall, ihr Fuß wäre nicht verstaucht, würde sie vermutlich den Tag am Strand verbringen und faulenzen. Oder im Ort die Läden unsicher machen. Sicher sähe er sie kaum. Plötzlich dachte er an das seltsame Ende seiner Beziehung zu Liberty.

Während dieser und anderer Beziehungen hatte er nie ein Sehnen oder Vermissen gekannt. In der Vergangenheit war sein Alltag, auch sein Privatleben, wie ein gut organisierter Ausflug gewesen, ohne besondere Höhen und Tiefen.

Seine Gedanken wanderten zu Tony. Mit unglaublicher Freude hatte dieser ihm geschildert, wie es sich angefühlt hatte, zum ersten Mal Valerie gegenüberzustehen.

»Ankommen … innerhalb weniger Minuten. Dass es so was gibt, Ethan. Als ich Valerie sah, wurde mir ganz anders. Und glaub mir, es war nicht nur ihr fantastisches Aussehen, das mich für sie einnahm. Da war mehr, viel mehr, als ich dir erklären kann.« Tony hatte sich mit der Hand mehrmals gegen die linke Brust geschlagen, um zu verdeutlichen, was er gefühlt hatte. »In früheren Beziehungen hatte ich immer den Eindruck, mich etwas Langfristigem nicht gewachsen zu fühlen. Aber als mir Valerie vorgestellt wurde, war alles anders. Sie ist die Richtige. *Mein* Lebensmensch.«

Auch wenn er Gefühle, die zu komplex waren, um sie in wenige Worte zu fassen, noch nicht selbst erlebt hatte, konnte er sich vorstellen, wie Liebe sich anfühlte. Tonys Freude war geradezu raumfüllend gewesen, und ihm waren beinahe die Tränen gekommen, so sehr hatte er sich für seinen Freund gefreut. Wieso dachte er ausgerechnet jetzt daran?

Er trocknete sich ab, verrieb etwas Creme im Gesicht und ging ins Ankleidezimmer. Als er kurz darauf in die Küche kam, saß Jimmy winselnd vorm Herd. »Guten Morgen, Jimmy. Wo hast du denn unseren Überraschungsgast gelassen? Weißt du Näheres über Mrs Sandner?« Jimmy legte den Kopf schief und schenkte ihm diesen Blick, dem er noch nie widerstehen konnte. »Mal sehen … lass mich diesen Blick interpretieren.« Ethan legte den Zeigefinger an die Lippen. »Unser Gast möchte noch ein bisschen schlafen«, er warf einen Blick auf seine Armbanduhr. »Verflixt! *Schon* halb neun.« Seine Stimme war eine halbe Oktave höher geklettert.

Jimmy wedelte mit dem Schwanz und nahm ihm damit jede Möglichkeit der Abwehr. »Egal«, winkte er ab, »halb neun wird im Urlaub toleriert. Gebilligt, Jimmy! Wir gönnen ihr noch eine Mütze Schlaf. Aber später als halb zehn sollte es nicht werden, bis wir am Frühstückstisch sitzen. Schließlich habe ich noch ein paar Termine.«

Ethan lauschte, ob er oben Geräusche hörte, doch im Haus war es ruhig. Vermutlich würde Emma nicht herunterkommen können. Er würde ihr das Frühstück aufs Zimmer bringen und bei der Gelegenheit auch nach ihrem Knöchel sehen. Aber erst ginge er mit Jimmy hinaus. »Abmarsch, mein Freund, wir holen das Brot, dann drehen wir eine Runde und danach machen wir Frühstück. So sieht der Plan aus.«

Die Tüte mit dem frischen Brot war rasch in die Küche gebracht, ebenso schnell fand Ethan eine Kappe, er setzte sie auf und verließ mit Jimmy das Haus. In seiner freien Zeit gab es nichts Schöneres für ihn, als für ein paar Tage auf die Roseninsel zu fahren. Früher hatte er sich schon ab Mai die Füße von der Gischt umspülen lassen, doch in den letzten Jahren hatte er fast ununterbrochen gearbeitet und war immer seltener hergekommen.

Er folgte der schmalen Linie, an der warmer trockener Sand und auslaufende Wellen aufeinandertrafen. Es war herrlich, die Wärme des Sands unter den Füßen zu spüren und dann in die kräuselnden Wellen zu rennen. Bei Ebbe lief er dem Meer entgegen und sammelte Muscheln. Carbis Bay, das bedeutete Wind in den Haaren, das Rauschen der Wellen im Ohr und Godrevy Lighthouse als kleinen Punkt in der Ferne.

Während seiner Spaziergänge tauschte er sich häufig mit Jimmy aus. Er ging selten ohne den Hund hinaus. Wenn er ihm Treibholz schmiss und mit ihm ins seichte Wasser lief, machte das seinen Kopf frei. Und wenn er dabei seine Argumente vorbrachte und Jimmy ihm einen treuen Blick schenkte, machte Ethan sich den Spaß und wertete es als Zustimmung. Auf diese Weise hatte er bereits einige Male eine präsentable Lösung für ein verzwicktes Problem gefunden.

Auch jetzt brachte er die Treppenstufen im Gespräch mit Jimmy hinter sich. Am Strand blieb er kurz stehen und blickte auf das Haus auf den Klippen. Er hatte gegenüber seinen Eltern oft erwähnt, wie dankbar er für diesen Ort war. Hier hatte er als Kind unbeschwerte Tage verbracht, hatte ausgedachte Abenteuer bestanden und viele Wassersportarten für sich entdeckt. Später, in seinen Zwanzigern, als er beruflich durchstartete, hatte er während seiner Bootsausflüge wichtige Inspiration erhalten. Diese Energie hatte ihm in London neue Impulse gegeben, hatte ihn getragen.

Wer wollte hier nicht seine Zeit verbringen? In einer Landschaft mit rauen Klippen, endlosen, blumenüberwucherten Gegenden, dahinter das Panorama des Meeres. Die Roseninsel war Sehnsuchts- und Glücksort zugleich. Auch dieser Einschätzung wegen war er diesmal hergekommen. Nirgendwo würde er besser entscheiden können, wie es mit ihm weiterginge, als hier. In wenigen Stunden fand das Telefonat statt, das er seit Tagen vor sich herschob. Er wusste, dass er nicht zögern durfte, aber da war dieses Ohnmachtsgefühl, das ihn lähmte. Was käme nach dem Telefonat?

Ethan verdrängte den Gedanken, wie er es schon die letzten Tage gemacht hatte, und warf Jimmy einen Stock. Sie spielten miteinander und erreichten eine halbe Stunde später, von Luft und Sonne verwöhnt, den Garten.

Er trat ins Haus, verstaute Jimmys Leine und ging in die Küche. Dort füllte er eine Kanne mit Kaffee und stellte sie auf ein Silbertablett. Ob es Emmas Knöchel besser ging? Vielleicht kamen sie ja darum herum, zum Arzt zu fahren. Er stellte das Tablett mit Emmas Frühstück auf der Kommode im ersten Stock ab und klopfte an der Tür des Gästezimmers. Als kein »Herein« erklang, klopfte er erneut.

»Mrs Sandner? Sind Sie wach? Geht es Ihnen gut?«, rief er, bekam aber auch diesmal keine Antwort.

Zögernd öffnete er die Tür und sah auf das leere Bett. Es war ordentlich gemacht, und die Vorhänge waren zurückgezogen, doch Emma war nirgends zu sehen. »Glaubst du, sie ist im Bad?«, fragte er Jimmy, der ihn begleitete. Er klopfte zweimal, bevor er die Badezimmertür öffnete und den Kopf durch die Tür streckte. Auch das Bad war verwaist, ohne eine Spur von Emma. »Jetzt bleibt nur noch das Strandcottage«, murmelte er, als er mit Jimmy ins Erdgeschoss ging.

Zusammen mit dem Hund lief er zum Cottage. Dort waren die Vorhänge zum Schutz gegen die Sonne zugezogen. Nichts deutete darauf hin, dass Emma sich hier eingerichtet hatte. Er öffnete dennoch die Tür und sah sich um. Auch hier war sie nicht.

Bestimmt stand ihr Wagen bei den Garagen oder zumindest dort in der Nähe. Gestern hatte er zwar keinen fremden Wagen bemerkt, doch jetzt würde er nachsehen. Mit weit ausholenden Schritten ging er um das Nebengebäude herum und entdeckte Reifenspuren im Kies. »Sie ist fort«, sagte er, ohne selbst zu wissen, was genau er damit meinte. War sie für den Moment fort oder für immer?

Jimmy sprang an ihm hoch und bellte. Für Ethan klang es, als wäre der Hund traurig über die Nachricht.

Peggys Liebesliste:

LIEBE IST DIE SCHULTER, AN DIE DU DICH IMMER ANLEHNEN KANNST!

Wenn du dich geliebt fühlst, kommt es dir ganz natürlich vor, dich an die Schulter des Partners anzulehnen, wenn du Sorgen hast. Dort kannst du durchatmen und wieder zu Kräften kommen. Jemand, der dich liebt, gibt dir Schutz.

Doch es mag die Zeit kommen, in der du das, was du ganz selbstverständlich angenommen hast, zurückgeben kannst. Nun bist du diejenige, die zuhört und gebraucht wird, egal, wie spät es ist oder wie müde du bist. Dein Arm liegt um jemandes Schulter, um zu trösten. Du bist die Wärme, die dein Partner und deine Freunde sich ersehnen.

Sei, was du dir vom Leben wünschst. Lebe vor, was du dir sehnsüchtig erhoffst. Und freu dich, wenn du realisierst, was dein Dasein im Leben anderer bewirkt. Sei einfach ein bisschen Liebe!

23. KAPITEL

Köln, vor siebenunddreißig Jahren

Die Lampe im Kreißsaal ist eine glühende Sonne, und der Geruch der Desinfektionsmittel verursacht ein unangenehmes Brennen in Peggys Nase. Das Atmen kann sie nicht unterdrücken, doch sie kann die Augen schließen, um wenigstens das grelle Licht kurz auszublenden.

Seit Stunden liegt sie hier, und langsam hat sie das Gefühl, sich keiner weiteren Herausforderung mehr stellen zu können. Nicht der nächsten Wehe, nicht der drängenden Stimme des Arztes, nicht den Anweisungen der Hebamme und schon gar nicht ihren Gedanken, ob Hannes bald bei ihr sein wird. Hannes, den sie so dringend braucht und den sie sich gleichzeitig weit weg wünscht. Sie kann sich einfach nicht vorstellen, dass er sie so sieht. So geschunden, so wenig nach der Peggy aussehend, die er kennt. Und gleichzeitig will sie nur das: dass er bei ihr ist.

Die nächste Wehe lässt nicht lange auf sich warten. Sie überfällt sie wie ein wildes Tier, macht sie erbarmungslos wütend auf den Schmerz und so müde, dass sie sich für ihr ganzes Leben nur noch eins wünscht: schlafen. Immerfort schlafen!

Sie hört einen Schrei. Einen Schrei, bei dem es ihr kalt den Rücken hinunterläuft. Ist das wirklich sie? Kann sie so laut brüllen?

Der Schmerz wird immer stärker, beißt sich in ihr fest, erreicht den Höhepunkt und ebbt ab. Peggy holt verzweifelt Luft.

»Wie spät ist es?«, ringt sie sich ab, als sie fähig ist zu

sprechen. Ihre Stimme klingt noch immer wie ein Japsen. Sie hat nicht mal mehr die Kontrolle über ihre Worte, weder über den Klang noch darüber, wie diese Worte aus ihr herauskommen.

»Es ist kurz nach neunzehn Uhr.« Das Gesicht der Hebamme ist freundlich, voller Verständnis und Aufmunterung.

»Dann schließt Hannes gerade die Buchhandlung und kommt zu mir«, haspelt sie.

»Na wunderbar. Dann kann er sein Kind ja gleich in den Arm nehmen«, muntert die Hebamme sie auf. Sie hat mittellanges braunes Haar und eine Stupsnase. Peggy versucht, sich ihr Gesicht einzuprägen, das lenkt sie etwas ab. Diese Frau ist im Moment der wichtigste Mensch für sie.

Sie ist noch nicht mal bei den Augen der Hebamme angelangt, da ist die nächste Wehe schon da, so schnell, dass sie es kaum fassen kann. Erneut überflutet sie der Schmerz. Wie kann ein Mensch nur so viel Schmerz aushalten?

»Atmen, vergessen Sie nicht zu atmen«, feuerte die Hebamme sie an. »Und pressen Sie. Noch einmal pressen. Sie machen das hervorragend. Gleich haben Sie es geschafft. Pressen Sie …«

Die Presswehe rollt über Peggys Körper wie eine Welle, die alles unter sich begräbt. Sie überschwemmt sie geradezu, als würde sie ausgelöscht und als würde gleichzeitig etwas in ihr explodieren.

»Pressen, noch mal pressen. Geben Sie jetzt nicht auf, Frau Sandner. Pressen Sie … pressen Sie noch einmal.«

Sie hört den Schrei. Ihr eigenes Brüllen ist ihr längst fremd geworden. Peggy spürt, wie irgendetwas in ihr nachgibt. Um sie herum raschelt es. Woher kommt dieses Rascheln?

Dann ist plötzlich Stille. Sie hört nichts mehr, nur ihren eigenen Atem und dann einen weiteren Schrei: kläglich, dünn. Es ist der Schrei des Neugeborenen. Ihres Kindes!

Die Stimme der Hebamme ist so freundlich, erleichtert und froh. »Sie haben eine Tochter. Gesund und wunderschön«, hört sie sie sagen. Die Geräusche setzen erneut ein. Im Hintergrund klappert etwas.

Die Hebamme legt ihr das Baby auf den Oberkörper.

Peggys Hände ertasten etwas Kleines, Weiches, Hilfloses, bis ihre Finger beim Kopf des Neugeborenen landen. Sie fährt mit der Hand über den dünnen Haarflaum, über die Wangen und die kleinen, zusammengepressten Augen. Die Händchen sehen aus, als hätte ein Bildhauer sie gemeißelt. Diese winzigen, runden Nägel, die Perfektion dieses Geschöpfs.

Sie spürt Tränen unter ihren Lidern hervorkriechen – heiße, salzige Tränen, voller Erleichterung. Sie streichelt ihr Baby und kann nicht damit aufhören. Sie riecht es. Sie kann es nicht benennen, aber nichts sonst auf der Welt duftet so wie ihre Tochter.

»Haben Sie schon einen Namen für die Kleine ausgesucht?«, fragt die Hebamme. Sie klingt gerührt. Einem Kind ins Leben zu helfen, bleibt ein Wunder. Und sooft sie dieses Wunder auch schon erlebt hat, es rührt sie jedes Mal aufs Neue.

»Emma!«, murmelt Peggy. »Sie heißt Emma. Nach meiner Großmutter. Und wenn Sie mir Ihren Namen verraten, würde ich ihr diesen gern als zweiten Vornamen geben.« Kaum hat sie den Namen ihrer Tochter und ihren Wunsch ausgesprochen, fließen weitere Tränen. So viele, bis Peggys Gesicht kaum noch darunter zu erkennen ist. Sie weint, um all den Druck loszuwerden. Es war von allem zu viel: zu viel Schmerz, zu viel Angst, zu viel Sorge … und jetzt zu viel Glück.

24. KAPITEL

Cornwall, Juni

Emma stand an der Hafenmole. Es war Ebbe, und die kleinen Boote lagen an der Seite des Hafenbeckens wie vergessenes Spielzeug im Sand. Dazwischen lugten Kutter mit nur einem Kiel hervor, die durch Holzstücke fixiert waren, um sie vorm Umkippen zu bewahren.

An der Südküste der Bucht leuchteten die Häuser in der Sonne, und weiter draußen fuhr ein Motorboot aufs Meer hinaus.

Ihr Blick wanderte zum Leuchtturm in der Hafeneinfahrt, dann zurück zur Seeseite, wo gerade ein Mann im Schlauchboot über den Damm paddelte, der die Hafeneinfahrt vorm Versanden schützte. St. Ives strahlte den Charme eines Küstenstädtchens aus, in dem sich nie etwas veränderte. Zwar gab es eine Menge toller Galerien, wunderbarer Lokale und Geschäfte, doch die Zeit schien trotzdem irgendwie stillzustehen.

Mit langsamen Schritten verließ Emma die Mole und schlenderte zur Promenade. Es herrschte eine Stimmung aus seliger Ruhe und gemächlicher Geschäftigkeit. Keine Hektik. Alles ging langsam vor sich. Wie erholsam das war.

Ein Boot, das die Treppe an der Mole ansteuerte, schickte ein leises Tuckern zu Emma hinauf.

Kurz nach elf. Sie löste den Blick von ihrem Handgelenk. Ihr Magen knurrte. Für ein Pint war es noch zu früh. Doch in *Clemmie's Fish Bar* konnte sie ein Fischbrötchen und einen gepressten Orangensaft bestellen. Bei dem Gedanken an ein frisches Weizenbrötchen, das mit knusprig gebratenem Fisch belegt war, lief Emma das Wasser im Mund zusammen.

Heute Morgen hatte sie das Haus ohne Frühstück verlassen. Die Überraschung beim Aufwachen war groß gewesen, als sie den Verband abgenommen und festgestellt hatte, dass die Stelle rund um ihren rechten Knöchel tiefblau verfärbt war, aufzutreten ihr jedoch keine großen Probleme bereitete. Offenbar hatte sie sich nur ein großes Hämatom zugezogen. Das tat weh, war aber keine große Sache. Erleichtert hatte sie im Bad die essigsaure Tonerde abgewaschen und sich fertig gemacht. Jimmy hatte sich vorbildlich benommen, als sie ihn gebeten hatte, zu Hause zu bleiben. Ihn mitzunehmen, war ihr angesichts von Ethan Allingtons Verhalten nicht ratsam erschienen. Am Ende würde er sie noch des Kidnapping bezichtigen!

Als er sie nachts ins Bett getragen hatte, hatte sie ein Prickeln im ganzen Körper verspürt. Dieses Gefühl brachte sie nicht nur durcheinander, sie nahm es sich übel. Sie, die seit je dafür einstand, dass niemand sich demütigen lassen sollte, weder Frau noch Mann, konnte doch nicht etwas für jemanden empfinden, der sie so behandelte? Ethan Allington war weder freundlich zu ihr gewesen, noch hatte er ihr seine Gastfreundschaft angeboten, und trotzdem ging diese Anziehung von ihm aus.

Wie kam er überhaupt auf die Idee, sie könne sich bei seiner Mutter eingeschmeichelt haben? Ja, vielleicht fühlte Ava Allington sich manchmal einsam. Doch sie war großzügig und herzensgut, und sie war klug. Sie ließ sich von niemandem um den Finger wickeln, nur um sich weniger allein zu fühlen. Jemand, der Menschenkenntnis besaß und Situationen einschätzen konnte, wurde nicht Opfer einer Manipulation. Schon der Gedanke war ihrer nicht würdig. Außerdem, wer fühlte sich nicht manchmal allein?

Als sie startklar war, schnappte sie sich eine Banane aus Sallys Picknickkorb, zog die Tür hinter sich zu und stieg in den Land Rover. Nur fort von der Roseninsel und von Ethan Allington.

Es war kurz von neun, als sie in Falmouth einen Parkplatz fand. Und um kurz nach zehn kam sie mit einer Tüte voller Bücher aus dem Buchladen. Sie hatte Romane für Mrs Allington und Sally und einen Bildband über Oldtimer für Jasper gekauft, und sie freute sich schon darauf, ihnen die Bücher als kleines Dankeschön zu überreichen.

Auf der Terrasse von *Clemmie*'s *Fish Bar* wurde gerade ein Platz frei. Emma schlängelte sich an zwei Frauen vorbei und nahm auf der von Wind und Wetter ergrauten Holzbank Platz. Wenige Schritte entfernt unterhielten sich ein Mann und eine Frau miteinander. Etwas an der Körperhaltung der Frau erregte ihre Aufmerksamkeit. War das Clemmie, die Besitzerin der *Fish Bar*?

Clemmie sei die einzige Frau, die sie je für einen Mann gehalten habe, hatte Mrs Allington behauptet. Mit ihrer hochgewachsenen schlaksigen Statur, der sportlichen Hose, dem darüber fallenden Hemd und den kurzen, gelockten Haaren sah sie tatsächlich eher wie ein Mann aus.

»Machst du Witze, George?«, hört Emma sie sagen. Die Frau starrte auf eine Wanne vor sich auf dem Boden. Wenn man ihrem Gesichtsausdruck Glauben schenken durfte, hatte sie noch nie so wenige Fische gesehen. »Das ist nicht mal die Hälfte dessen, was ich gestern geordert habe. Nichts für ungut, George, aber meine Kunden bestellen neuerdings keine halben Fischbrötchen. Nicht, dass ich wüsste.« Der Adlerblick der Frau richtete sich auf den Mann mit dem Backenbart. Es war Emma unangenehm, Zeuge eines Streits zu sein, deshalb widmete sie sich lieber der Tüte mit den Einkäufen, die sie neben sich abgestellt hatte. Sie war heute Morgen an einem Laden vorbeigekommen, der Marmeladen von *Bee's Dreams* verkaufte, und nach einem kurzen Überblick über das Sortiment, hatte sie gleich einen ganzen Schwung Gläser für Mrs Allington und Sally gekauft.

»... ich schlage vor, du bringst mir die andere Hälfte nach der Mittagsschicht. Und keinen Aufpreis, hörst du«, blaffte die Frau. »Wir sind hier in St. Ives, nicht im Chicago der vierziger Jahre.« Die Stimme der Frau war markant. Niemand in der Umgebung entkam dem Schwall ihrer Worte, auch Emma nicht. Notgedrungen folgte sie dem Gespräch.

»Du bist die beste Fischköchin, die ich kenne, Clemmie, nicht auf den Mund gefallen und eine Seele von Mensch. Aber heute würde ich dir am liebsten an die Gurgel gehen.«

Clemmie deutete mit dem Finger auf den Fischer, bereit, ihm weiter die Leviten zu lesen. »Ach, komm schon, George«, lenkte sie ein. »Eine kleine Diskussion bringt uns doch nicht auseinander. Du weißt ja, wie es ist. Ich muss den Laden am Laufen halten. Bring mir die Fische, und die Sache ist durch.«

Erleichtert über die Wendung des Gesprächs, zog Emma ihr Handy aus dem Lederbeutel. Marie wartete sicher schon auf neue Nachrichten. Sollten Clemmie und der Fischer diskutieren, solange sie wollten. Sie würde nicht länger hinhören.

Top-Neuigkeit, begann sie in ihr Handy zu tippen. *Ethan Allington ist auf der Roseninsel.* Die Gefühle vom vergangenen Abend kamen wieder in ihr hoch. Die Angst, als sie Schritte auf der Treppe gehört hatte; der Schock, dass Ethan Allington nicht sympathisch und zugänglich, sondern zurechtweisend und unangenehm war. *Und er leidet weder an einer Kehlkopfentzündung, wie seine Mutter behauptet, noch ist er der charmante Typ, für den ich ihn gehalten habe. Er behauptet, ich würde mich bei seiner Mutter einschleimen. Eins verspreche ich dir, Marie, ich finde heraus, weshalb er Ava Allington derart schamlos belügt. Falls wir am Abend skypen, weiß ich vielleicht schon mehr. Umarmung aus St. Ives. xx Emma*

»… vollendete Tatsachen. Du bist mir vielleicht einer.« Vor sich hinmurmelnd, marschierte Clemmie an ihr vorbei in die Küche.

»Meine Güte«, Emma schüttelte den Kopf, »in Cornwall scheinen die Leute ihre Gefühle nur schwer unter Kontrolle zu bekommen.«

Ein junger Mann, der ein Tuch nach Piratenart um den Kopf geschlungen hatte, erschien neben ihr. »Nehmen Sie das mal nicht so ernst«, riet er ihr. »Das Feilschen um den Preis ist eine Art Running Gag zwischen unserer Chefin und den Fischern …« Es sah aus, als müsse er sich beherrschen, nicht in Lachen auszubrechen. »Als ich hier anfing, hat mich dieser ganze Zinnober ziemlich erschreckt, doch jetzt weiß ich es besser. Alles halb so wild. Also, was darf's sein?«

»Gibt's schon was zu essen?«, fragte Emma.

»Aber klar doch. Wie wäre es mit Fischbrötchen? Die erste Fuhre Brötchen ist eben aus dem Ofen gekommen.«

Emma gab ihre Bestellung auf, und schon wenige Minuten später wurde ein großer Steingutteller vor sie hingestellt.

»Einmal Fischbrötchen von Clemmie höchstpersönlich. Schmecken den ganzen Tag über. Und sind immer frisch.« Clemmie griff nach der Tageszeitung, die jemand in einem wilden Durcheinander auf dem Tisch liegengelassen hatte, ordnete die Teile und klemmte sie sich unter die Achseln.

Das Fischbrötchen war riesig, und die Chips sahen goldgelb und knusprig aus. »Also die Portion reicht bis heute Abend«, stellte Emma zufrieden fest.

»Will ich wohl meinen. Deshalb sind Clemmies Fischbrötchen auch in aller Munde.« Clemmie lachte über die Zweideutigkeit des Satzes. »Ihr Fruchtsaft kommt gleich. Ich frage mich nur, was es mit den frischen Säften auf sich hat. Seit ein paar Jahren trinken die Urlauber frischgepresste Säfte, als könnten sie keinen Tag ohne existieren ...« Clemmie wischte die Krümel und Wasserränder weg, die der vorige Gast hinterlassen hatte, und gab Emma so die Möglichkeit, sie in Ruhe zu betrachten.

Ihr Gesicht war schmal, ebenso die Nase, und ihre Augen waren hellblau und schienen unablässig zu lächeln. *Wie passen diese freundlichen Augen zu der Frau, die vorhin wie ein Rohrspatz geschimpft hat*, dachte Emma. Sie fixierte die Fältchen um Clemmies Augen, die ihr etwas Ungestümes, Gewitztes verliehen, das zu ihr passte.

Was wusste sie schon über die Gepflogenheiten in dieser Fischbude.

Als habe Clemmie einen siebten Sinn, hob sie den Blick, und sah sie an. »Hier nehmen wir kein Blatt vor den Mund, und ich schon gar nicht.«

»Rauer Ton – weicher Kern.« Emma schickte ihren Worten ein flüchtiges Lächeln hinterher. Sie hatte keine Lust, sich mit Clemmie anzulegen. Seltsamerweise hatte sie das Gefühl, das auch gar nicht zu können, denn Clemmies Augen strahlten so viel Lebensfreude und Wärme aus, dass sie ihr sofort sympathisch war.

»Weicher Kern … na ja«, grummelte Clemmie. Sie griff in die Holzschachtel auf dem Fenstersims und legte ein frisches Besteck neben Emmas Teller. »Allzu weich darf man hier nicht sein, sonst wird man über den Tisch gezogen. Aber keine Sorge, ich tue keiner Fliege was zuleide. Das brächte ich gar nicht übers Herz.«

Ihre Mutter hatte den Charakter der Küstenbewohner einmal mit folgenden Worten beschrieben:

»In Cornwall wird nicht mit Kritik gegeizt, Emma. Wenn allerdings Hilfe nottut, kannst du auf die Menschen in Küstenregionen bauen. Sie ruhen nicht eher, bis das Problem gelöst ist.«

Emma zog den Teller näher zu sich heran. Der Duft, der von dem frischgegrillten Fischbrötchen aufstieg, war verführerisch.

Clemmie knüllte den Lappen zusammen. »Informiert zu sein, ist für Menschen, die am Meer wohnen, lebensnotwendig. Unsere Sicherheit hängt davon ab, dass wir Augen und Ohren offenhalten. Und wo wir schon miteinander reden, merken Sie sich eins. Wundern Sie sich nie über ein grimmiges Gesicht, wenn Sie hier unterwegs sind. Unsere Fischer hadern grundsätzlich mit dem Wetter. Wenn es stürmisch ist, können sie nicht rausfahren und sitzen in ihren Wohnzimmern fest und stieren aufs Meer. Und was sie dort sehen, verschlechtert ihre Laune noch mehr. Kommt oft vor, dass ein paar Seemeilen vor der Küste französische Kutter ihre Netze durch ihr Revier ziehen. Dann kommen die hiesigen Fischer zu mir, bestellen sich ein Guinness und wissen, dass ich mir ihre Sorgen anhöre, wenn sie sich fragen, warum die Franzosen aus hundert Meilen Entfernung herkommen dürfen, während sie nicht fischen können.«

»Weil die französischen Boote größer und seetüchtiger sind«, rief jemand zwei Tische weiter. »Deshalb können sie fernab ihres Heimathafens bei hohem Wellengang arbeiten. Direkt vor England.«

»Da haben Sie die Antwort«, platzte Clemmie heraus. »Die meisten hier fischen mit Booten, die nur zwölf Meter lang sind. Das macht sie abhängiger von Wind und Wetter. Und deshalb ist der Fang oft enttäuschend. Und aus diesem Grund feilsche ich bei jeder Fischlieferung um die Menge und den Preis. Aber es ist nie böse gemeint. Das wissen alle. Auch die Fischer, die mich beliefern. Denen geht es nicht darum, alle französischen Kutter aus britischen Gewässern zu verbannen. Aber es muss gerechter zugehen.« Wie es schien, war Clemmie eine patente Frau. Sie solidarisierte sich mit den Nöten der Fischer, ließ ihr Geschäft dabei aber nicht aus den Augen.

»Manchmal denke ich, es gibt überhaupt keine ausgeglichenen Fischer mehr«, mischte sich der Mann, der mithörte, ein.

»Und keine Touristen, die nicht über die Schauer schimpfen, mit denen man hier jederzeit rechnen muss. Sogar am schönsten Tag, mit strahlend blauem Himmel beim Aufstehen, kann es sich eine Stunde später zuziehen. Die Schauer dauern aber nie lange. Regenschirm aufspannen oder irgendwo unterstellen … und schon ist es vorbei. Übrigens, falls Sie sich hier noch nicht auskennen: Schauen Sie sich die Niederlassung der Londoner Tate Galerie und das von der Tate verwaltete Barbara Hepworth Museum & Sculpture Garden an. Rosamunde Pilchers Romane und auch die Verfilmungen spielen sehr oft in St. Ives. Und die Strecke entlang der Nordküste in Richtung Land's End, am wunderschönen, abwechslungsreichen Cornish Coastal Path, sollten Sie ebenfalls einplanen.« Clemmie stemmte die Hände in die Hüften und machte ganz und gar nicht den Eindruck, als wolle sie in nächster Zeit wieder in die Küche verschwinden. »Woher kommen Sie, sagten Sie?«, brummelte sie.

Emma hatte weder erwähnt, wo sie herkam, noch wer sie war oder wie lange sie bleiben wollte, doch Clemmie gäbe sicher nicht nach, bis sie eine Antwort bekäme, ahnte sie. »Zurzeit wohne ich in Rosewood Manor. Ich bin dort zu Besuch.« Wie sie es sagte, klang es, als wäre sie dort gern gesehen. »Meine Mutter ist in St. Just geborgen. Ich bin also vorbelastet, was diesen wundervollen Landstrich anbelangt.«

»Eine Mutter aus St. Just und ein Bett in Rosewood … soso. Da haben Sie sich ja was ganz Feines ausgesucht. Dacht ich's mir doch, dass Sie eine von uns sind. Die schönsten Rosen weit und breit gibt's in Rosewood, aber das wissen Sie ja. Und eine Menge mehr schöner Dinge. Ich wäre selbst gern mal dort, um mich umzuschauen. Allerdings hat es bisher noch nicht mit einer Einladung geklappt. Die Allingtons sind ja kaum hier. Wenn Ethan Gäste hat und frischen Fisch braucht, liefere ich ihm den. Bei mir gibt es den besten Fisch, und auch fertige Gerichte, die ich ins Haus liefere. Austern mit Rote-Bete-Ketchup oder mit Fenchel und Orange. Zum rohen Lachs gibt's bei mir ein Joghurt-Dressing mit Ingwer und Frühlingszwiebeln, zum Tintenfisch eine Mayonnaise mit geräuchertem Knoblauch, zum Krebsfleisch ein Apfel-Dressing.« Sie tippte sich auf den schmalen Brustkorb. »Meine Kunden sind sehr zufrieden. Sie lieben das einfache Flair einer Fischerbude und die köstlichen Rezepte. Sie stammen teilweise von meiner Mutter. Sie war eine begnadete Köchin.«

Emma freute sich über Clemmies Enthusiasmus. Menschen, die von dem, was sie taten, begeistert waren, waren ihr die liebsten.

»Mrs Allington hat Sie mir ans Herz gelegt. Im Grunde hat sie mir sogar verboten woanders Fisch zu kaufen. Und wie Sie sehen, bin ich hier.«

»Hierherzukommen, um ein Fischbrötchen zu essen, war eine weise Entscheidung, meine Liebe. Wie geht es Ava? Müsste schon an die achtzig sein, die Gute.« Clemmies schmale Finger umklammerten die Lehne eines freien Holzstuhls, als drohe ein Kentern.

»Mrs Allington hat ein Problem mit dem Fuß, ansonsten geht es ihr prächtig.«

»Und Ethan? Kommt er wieder mal her, um nach dem Rechten zu sehen?«

»Ethan …«, sie brachte den Namen nur mit Mühe heraus, »… kenne ich nur flüchtig«, versuchte sie, sich herauszureden.

Clemmie grinste übers ganze Gesicht. »Die meisten hier sind ziemlich eingenommen von ihm.« Ihre Stimme war leiser geworden, als spräche sie über etwas, das nur unter vorgehaltener Hand weitergegeben wurde. »Hat damit zu tun, dass er verdammt gut aussieht. Das mögen die Frauen. Tja, und dann ist er auch noch freundlich und redet mit jedem ein Wort … Solche Männer gibt's nicht so häufig.«

Emma hustete, fing sich jedoch rasch wieder. So hatte sie Ethan Allington nicht kennengelernt.

»Nur Zeit hat er keine … was ein schwerer Fehler ist, wenn Sie mich fragen. Ich sage Ihnen, eines Tages wacht er auf und begreift, dass Zeit darüber entscheidet, ob du lebst oder nicht.« Clemmie legte den Lappen auf den Fenstersims. »Genug geplaudert. Grüßen Sie Ava von mir, wenn Sie sie das nächste Mal sehen. Und Ethan ebenfalls. Aber jetzt essen Sie! Kalte Fischbrötchen gibt es bei mir nicht. Guten Appetit! Der Saft kommt sofort.« Clemmie schob den Teller noch näher an Emma heran und verschwand dann im Lokal.

Was für eine Frau, dachte Emma und biss in ihr Fischbrötchen. Clemmies entschlossener Gesichtsausdruck und die blitzenden Augen, die so viel Übermut versprühten, waren filmreif. Sie schien grundsätzlich nichts, was sie sagte, abzuwägen, sondern plapperte einfach darauf los. Ein Original, daran bestand kein Zweifel.

Während Emma in Ruhe ihr Frühstück verzehrte, beobachtete sie Clemmie, die kurz darauf wieder auf der Terrasse erschien. Überall, wo sie vorbeirauschte, nickte sie jemandem zu und verwickelte einen Gast in einen Plausch, was offenbar nur zu gern erwidert wurde. Wie eine Mutter, die sich um alle, die sich in ihrer Obhut befinden, kümmert, dachte Emma. Einen Platz in *Clemmie's Fish Bar* zu ergattern war anscheinend gar nicht so leicht, sie hatte Glück gehabt.

Sie genoss ihr Brötchen und trank den Saft, den Clemmies Mitarbeiter ihr brachte. In diesem reizenden Fischerdorf auf der Holzbank in der Sonne zu sitzen, nebenan Polly's Cottage mit den grasgrünen Fensterläden, um sie herum das Getümmel der Menschen, die den Tag genossen – war wunderbar. Clemmies Fischbrötchen war hervorragend, es konnte durchaus mit einem exquisiten Mahl in einem teuren Sternerestaurant konkurrieren.

Emma mochte das einfache Tongeschirr und die dickwandigen Gläser, vor allem aber mochte sie das Urlaubsflair und den freien Blick auf Porthmeor Beach. Alles zusammen machte diesen Platz zu etwas Besonderem. Und Clemmie – sie war ein echter Wirbelwind – war das i-Tüpfelchen. Langeweile kam hier jedenfalls nicht auf.

Sie sah zur Kaimauer, wo ein älteres Paar saß und Händchen hielt. Ihr Blick wanderte weiter. Immer mehr Urlauber bevölkerten den Strand. Sie saßen in der Sonne und lasen, checkten ihre Handys, gingen spazieren oder sahen aufs Meer. Ein kunterbuntes Chaos aus Sonnenschirmen, bunten T-Shirts und Badehosen und Sandspielzeug. Einheimische radelten vorbei.

All diese Eindrücke versöhnten sie mit der vergangenen Nacht. Ihr wurde leichter zumute. Ihre Enttäuschung über Ethan Allingtons Benehmen und die Frage, ob sie ins Standcottage ziehen sollte oder doch besser in ein Hotel, trat in den Hintergrund. Anstatt herumzugrübeln, beobachtete sie das Geschehen am Strand und freute sich darüber, dass ihr Fuß nicht mehr schmerzte.

Eine Wolke schob sich vor die Sonne. Schleierwolken

überzogen den blauen Himmel mit einer dunstigen Schicht, doch es war noch immer angenehm warm. Sie aß die letzten Chips und überlegte gerade, ob sie sich ein Stück Kuchen als Dessert gönnen sollte, als Clemmie zurückkam, sich an die Holzwand stellte und auf ihre Tüte deutete.

»Sie waren in Falmouth im Bücherparadies.«

Emma nickte. »Ich bin Buchhändlerin. Bücher sind ein großer Teil meines Lebens.«

»Wenn das so ist … dann kommen Sie mal mit.« Ehe sie sich's versah, hatte Clemmie ihre Hand ergriffen und zog sie mit sich. »Unser Souvenirshop wartet seit Neuestem mit etwas ganz Besonderem auf.« Clemmie hatte die Stimme gesenkt. »*Geschichten aus Cornwall.* Ein Buch, dessen Verfasser oder Verfasserin nicht genannt werden möchte. Was sagen Sie dazu? Habe ich Ihr Interesse geweckt?«

Clemmie war vor der Auslage des Souvenirshops stehengeblieben.

Emma sah Honig aus der Gegend, Tonkrüge, die lokale Künstler hergestellt hatten, selbstgestrickte Schals im traditionellen Muster von St. Ives und vieles mehr, unter anderem auch einen Stapel Bücher auf einem Tisch gleich beim Eingang. »Hier gibt es nur Dinge, die in irgendeiner Weise mit Cornwall zu tun haben. Sehe ich das richtig?«, fragte sie.

»Das ist das Besondere an diesem Laden. Kein billiger Ramsch, nur Authentisches und mit Liebe Hergestelltes.«

»Und was hat es mit diesen *Geschichten aus Cornwall* auf sich? Können Sie mir mehr darüber sagen«, fragte Emma, nun neugierig geworden.

»Und ob ich das kann«, behauptete Clemmie. »Bei den Geschichten handelt es sich um Anekdoten aus dem Alltagsleben. Dinge, die wir alle nur zu gut kennen. Morgens bemühen wir uns darum, die Bettlaken schön fest unter die Matratze zu schieben, und nachmittags sorgen wir im Garten für Ordnung, zupfen Unkraut und düngen die Rosen. Wie oft am Tag warten wir darauf, dass der Teekessel pfeift und denken, dass unser Leben verdammt noch mal viel zu durchschnittlich ist. Anders als das der Promis, der Wichtigen und Schönen. Die Autorin oder der Autor erzählt von Dingen, die von uns allen immer weniger wahrgenommen werden. Dinge, die wir alle jeden Tag verrichten und von denen manche meinen, sie seien nichts wert und nichts Besonderes. Warum muss immer alles besonders sein? Warum zählen nur Erfolg und Leistung? Wer sagt denn, dass es nicht ein Lob verdient, wenn man fischt, den Tisch deckt oder die Fenster putzt?«

Clemmie hielt sie noch immer an der Hand und zog sie nun in den Laden. Vor dem Büchertisch blieb sie stehen. Das Cover des Buches zeigte ein Fischerboot im Hafen, darüber blauer Himmel. Über dem Titel stand: Anonymus. Emma griff nach einem Exemplar und schlug es auf. Wie zu erwarten gab es eine Widmung. *Für all jene, die begriffen haben, dass jeder Atemzug eine Leistung ist und jeder Moment eine Möglichkeit, glücklich zu sein … Und besonders für diejenigen, die es noch nicht wissen!*

Emma hatte in ihrer beruflichen Laufbahn hier und da besondere Bücher entdeckt, doch keines, dessen Thema so banal klang und das sie trotzdem sofort faszinierte, ohne, dass sie genau wusste, weshalb.

»Wissen Sie, wir alle, besonders die Gewerbetreibenden, unterstützen dieses Buch. Wir sind stolz darauf … und wir rätseln jeden Tag, wer diejenige oder derjenige ist, der uns normalen Menschen ein Denkmal setzt. Und als ich die Tüte vom Bücherparadies entdeckte, dachte ich, es wäre ein nettes Geschenk, das sie Freunden mitnehmen könnten.«

»Das hier ist außergewöhnlich.« Emma tippte auf das aufgeschlagene Buch. Sie hatte den ersten Absatz im Nu überflogen. Der Inhalt war nicht spektakulär, doch die Sätze hatten Kraft und gleichzeitig eine Ruhe, die einen während des Lesens umfing. »*Wenn wir in Cornwall morgens unsere Bettdecken zur Seite schlagen, führt uns der erste Gang ins Bad. Wir schieben die Vorhänge zur Seite und schauen hinaus. Nachzusehen, wie das Wetter ist, klingt nach einer Kleinigkeit, nichts Besonderem, doch das Wetter ist ein Teil von uns – wie das Herz, das in unser aller Brust schlägt.*

Manchmal versuchen wir, durch die Wände von Nebel und Wolkenschwaden hindurchzusehen und zu erraten, was uns an diesem Tag erwartet. Ein andermal überraschen uns gleißende Sonne und das Funkeln ihrer Strahlen auf dem Meer. Wieder ein andermal zieht ein Gewitter auf, und wir eilen hinaus, um die Wäsche, die zum Trocknen im Garten hängt, ins Haus zu holen.

An manchen Tagen spüren wir nur eine laue Brise, die uns wie ein Segen umschmeichelt. Und wenn der Wind doch überhandnimmt, finden wir Zuflucht an Orten, die der Wind nicht finden kann.

Wir sind immer auf der sicheren Seite des Lebens, wenn wir genau hinsehen und einen Schritt vor den nächsten setzen.

So viel zu den ersten Minuten des Tages. Doch kommen wir nun zu den Geschichten aus Cornwall, die zu erzählen ich Ihnen versprochen habe …«

Emma las vom Pfeifen des Wasserkessels, davon, wie wichtig es war, den Tee lange genug ziehen zu lassen, und das Warten darauf zu einem kleinen Fest für sich selbst zu machen; sie las vom Vergnügen an den kleinsten Dingen, den Tätigkeiten, die viele lebenswerte Momente schenkten und die die Menschen beinahe vergessen hatten … dem Essen mit Genuss, dem Lesen ohne Zeitdruck, dem Hinausschauen ohne Plan. Sie blätterte die nächste Seite um, dann sah sie auf und nickte Clemmie zu. »Dieses Buch ist reizend. Es erinnert an die gute alte Zeit, als die sozialen Medien uns noch nicht im Klammergriff hatten, wir noch nicht so hetzen mussten und Multitasking ein unbekanntes Wort war. Immer mehr, mehr, mehr, und vor allem schneller, gibt auch mir manchmal das Gefühl, nicht mehr mitzukommen.«

»Das geht vielen so. Etliche, die das Buch gelesen haben, haben Rezensionen an die Pinnwand gehängt.« Clemmie deutete auf eine Korkwand hinter ihnen, die Emma noch gar nicht aufgefallen war. »Der Besitzer des Shops hier hat schon viertausend Exemplare verkauft.«

»In welchem Zeitraum?«

»In vier Monaten.«

»So viele?« Emma war mehr als überrascht, ging zur Korkwand und las die Eindrücke einiger Leser. Sie waren durchweg positiv, zum Teil sogar enthusiastisch. »Das ist eine stattliche Anzahl für ein Werk, das nicht beworben wird.« Ein Buch, das im Geheimen blühte.

Was wohl ihre Chefin in Köln zu diesem Buch sagen würde? Zur Langsamkeit, die es propagierte, der Beschreibung gewöhnlicher Tätigkeiten … und zum unspektakulären Titel. Sicher hatte der Verfasser den Titel bewusst gewählt. Ihre Chefin, da war Emma sich sicher, würde den Titel als wenig verkaufsfördernd abstempeln. Wer wollte schon ein Buch kaufen, das den Titel *Geschichten aus Cornwall* trug? Wie sollte man ein solches Buch an die Frau und an den Mann bringen? Peggy hätte das Buch geliebt. Ein funkelnder Nischen-Diamant, hätte sie behauptet und es jedem empfohlen, der sich überarbeitet fühlte oder ein bisschen überfordert. Dieses Buch brachte einen runter. Es machte einen ruhig, während man es las. Und irgendwie machte es auch zufrieden.

Die vielen Zettel an der Wand beschrieben die Empfindungen, die die Leser bei der Lektüre des Buchs gehabt hatten. Manche schwärmten, das Buch habe ihr Leben verändert.

»Hier schauen Sie mal«, Clemmies Finger tippte auf einen der Zettel an der Wand. »*Meine Ehe kam mir jahrelang wie ein gestrandetes Boot vor, doch nachdem ich das Buch verschlungen hatte, habe ich mit ganz neuem Blick auf meinen Mann geschaut und auch auf mich. Ich übertreibe nicht, wenn ich sage, dieses Buch hat meine Ehe gerettet.* Oder hier: *Ich war so unglücklich, weil ich dachte, dass ich nur eine gewöhnliche Frau bin, doch jetzt weiß ich, ich bin in Ordnung. Ich mag die kleinen Dinge, die jeden Tag zu erledigen sind. Ich finde es schön, meine Blumen zu gießen, abends zu stricken und am nächsten Morgen die Betten zu machen. Ich bin Durchschnitt, doch die normalen Tätigkeiten sind nicht unwichtig, das hat endlich mal jemand klar erkannt. Ich bin nicht unwichtig. Nur weil ich nicht viel Geld verdiene und keine tolle Karriere habe, wie manche, die in der Zeitung stehen, bin ich nicht weniger wert. Das fühlt sich so gut an. Was für eine Erleichterung.*«

Emma griff sich ans Herz. Die Nachrichten waren rührend. Jede einzelne drückte Menschlichkeit und Ehrlichkeit aus, sprach von den Sorgen und Nöten der Menschen, von der Selbstwahrnehmung und auch von der Hoffnung, trotz eines gewöhnlichen Lebens wahrgenommen zu werden. Sie las weitere Kommentare und konnte die Gefühle der Schreiberinnen gut nachempfinden. Ging es ihr bei der Arbeit nicht ebenso? Zweifelte sie nicht auch an sich, weil es immer hieß, sie erledige ihren Job nicht richtig, müsse schneller sein, abgebrühter sein, denn das bedeutete es doch, wenn sie jemandem einen Bestseller verkaufen sollte, nur, weil der Stapel wegmusste, obwohl der Kunde vielleicht etwas anderes wollte. Emma fühlte sich mit den Kommentaren der Leserinnen und Leser verbunden und erst recht mit der Verfasserin oder dem Verfasser des Buches. Wer war der Mensch dahinter? Wer hatte die Geschichten geschrieben? Emma dachte an Maries Spürnase. Ihre Freundin würde noch am selben Tag mit der Recherche beginnen. Sie musste Marie unbedingt von dem Buch erzählen.

»Heutzutage kann man sich nicht verstecken. Nicht für immer!«, hörte sie im Geist Maries Stimme.

»Und was ist mit der italienischen Bestsellerautorin Elena Ferrante? Niemand weiß, wer hinter dem Pseudonym steckt?«

»Das ist die Ausnahme von der Regel«, hörte sie Marie.

»Letzte Woche war jemand von der Zeitung hier.« Clemmies markante Stimme holte sie zurück in die Realität. »Hat darüber geschrieben, dass das Buch eine Erinnerung für uns ist, wer wir eigentlich sind … und welchen Stellenwert das tägliche Leben hat.« Wie recht Clemmie hatte.

»Vielleicht weiß der Besitzer des Souvenirshops etwas über den Verfasser? Das Buch ist gedruckt worden. Jemand hat den Auftrag dazu erteilt.«

»Schätzchen, in Cornwall sind wir hartnäckig. Es wurden bereits tausend Pfund geboten für einen Hinweis auf den Verfasser oder die Verfasserin.«

Emma riss die Augen auf. »Tausend Pfund? Das ist eine Menge Geld.«

Clemmie nickte. »Ist es!« Ihr Gesichtsausdruck verdeutlichte, wie hoch die Summe auch in ihren Augen war. »Ein Tourist, der Verrückte ist letzte Woche abgereist, will unbedingt wissen, was hinter dem Ganzen steckt. Als wollten wir das nicht.« Sie seufzte. »Mike, vom Shop hier, hat beim Verlag angerufen. Keine Chance, was rauszukriegen, sagt er. Der Verlag hat Stillschweigen zugesagt. Angeblich mit Unterschrift und so ...« Clemmie flüsterte. »Ich habe läuten hören, das Buch sei so eine Art Vermächtnis. Spannend, oder?«

Emma hatte Clemmie aufmerksam zugehört. »Superspannend sogar«, bestätigte sie. »Meine Chefin würde die Cornwall-Geschichten als langweiligen Mist abstempeln, bis sie die Hintergrundstory erführe.« Emma schmunzelte, weil es so verrückt war. »Ein Geheimnis verändert alles. Menschen wollen Ungelöstes aufklären und rätseln gern mit. Auch deshalb übt das Buch einen besonderen Reiz aus ... vor allem aber ist es wunderbar geschrieben und spricht uns aus dem Herzen – egal, ob Frau oder Mann.«

»Wir kriegen denjenigen, der uns dieses Buch beschert hat. Wir lassen nicht locker. Und wenn wir sie oder ihn enttarnt haben, prasseln eine Menge Fragen auf denjenigen ein.«

Emma nahm sich einen Stapel Bücher und legte ihn an die Kasse. »Ich nehme zehn Exemplare. Geschenke wie diese gibt es viel zu selten.«

Mit einer weiteren Tüte voller Bücher kam sie wenige Augenblicke später aus dem Laden. Clemmie ging hochaufgerichtet neben ihr her. Es machte ihr Spaß, das Buch unter die Menschen zu bringen.

»Und jetzt bekommen Sie ein Stück Kirschkuchen. Mit Clotted Cream und Schokostreusel. Dieser Einkauf muss belohnt werden«, versprach sie, als sie bei der *Fish Bar* ankamen.

»Da sage ich ja«, strahlte Emma. Sie stellte die Tüten ab und setzte sich.

»Mal langsam. Das ist kein Heiratsantrag, nur das Angebot für ein Stück Kuchen auf Kosten des Hauses«, scherzte Clemmie.

Eine halbe Stunde später trank Emma Brüderschaft mit ihr. Die Wirtin hatte eine Flasche Cider geholt und schenkte ihnen ein. »So, jetzt machen wir es offiziell. Ich bin Clemmie.«

»Und ich bin Emma, die Bücherverliebte, wie meine Mutter immer zu sagen pflegte.« Die beiden prosteten einander zu.

»Auf uns beide, Emma. Und auf Cornwall. Ich liebe es, hier zu leben.«

»Cheers! Auf Cornwall. Und auf die mysteriöse Person, die uns durch ihr Buch an etwas Wichtiges erinnert.« Emma trank einen Schluck Cider. »Daran, dass jeder Tag etwas Besonderes ist, wenn wir ihn dazu machen und die Kleinigkeiten zu würdigen wissen.« Der Cider schmeckte herrlich frisch. Zufrieden stellte sie das Glas ab und sah aufs Meer. Eine träge Ruhe lag über *Clemmie's Fish Bar,* und diese Ruhe ergriff auch sie. »Tust du mir einen Gefallen?«, fragte Emma nach einer Weile.

Clemmie, die schweigend neben ihr saß, zog die Stirn in Falten.

»Keine Sorge, es ist nichts Schlimmes«, beruhigte sie Emma. »Gibst du mir Bescheid, falls du erfährst, wer hinter dem Buch steckt?«

»Emma, Schätzchen, du bist nicht die Einzige, der das keine Ruhe lässt. Inzwischen schläft halb St. Ives nachts schlecht, weil alle sich den Kopf darüber zerbrechen. Kann doch nicht sein, dass jemand aus unserem Kreis kein Sterbenswörtchen über so ein Projekt verlauten lässt. Hier reden die Leute zu gern, weißt du. Da fällt es auf, wenn etwas im Verborgenen bleiben soll.« Clemmie langte nach ihrem Glas und trank es halb leer. Dann wischte sie sich mit der Hand über den Mund. »Nein«, sagte sie energisch, »wir geben nicht auf, bis wir erfahren, wer dahintersteckt. Wir haben keine Eile. Wir bleiben einfach dran. Und wenn sich die Sache auflöst, bist du die Erste, die davon erfährt.«

Nach einem zweiten Glas Cider fühlte Emma sich angenehm beschwingt. Sie trank selten Alkohol und vertrug deshalb nicht viel. Clemmie schlug ihr vor, das Essen im Liegestuhl zu verdauen.

»Die Frage ist nur, wo ich einen herbekomme?«, überlegte Emma.

»Im Schuppen steht einer. Den holen wir jetzt und tragen ihn an den Strand.«

Emma folgte Clemmie, und schon bald lag sie in der Sonne im Liegestuhl, hörte das Kreischen der Möwen und wartete auf die einsetzende Flut.

Als sie ihre Einkäufe in Clemmies Hinterzimmer deponiert hatte, hatte diese sie eingeladen, nächstes Jahr wiederzukommen. Hätte Ethan sie gebeten, noch einmal herzukommen, wäre sie innerlich vor Freude in die Luft gesprungen. Doch er sah lieber ihren Rücken. Was hatte er nur gegen sie?

Jetzt gab es gleich zwei Geheimnisse, die es zu lösen galt. Warum durfte Ethan Allingtons Mutter nicht wissen, dass er auf der Roseninsel war? Und wer ist »Anonymus«?

Ihre Gedanken kreisten weiter um Ethans angebliche Stimmlosigkeit. Sie würde nicht eher ruhen, bis sie den Grund herausgefunden hätte, weshalb er sich in Rosewood Manor verschanzte. Mrs Allington hatte die Wahrheit verdient.

Im Hintergrund rauschte leise das Meer. Emma kuschelte sich in die Decke, die Clemmie ihr gegeben hatte, zufrieden, einen Plan zu haben.

25. KAPITEL

Sie war eingenickt und schreckte hoch, als sich eine Hand auf ihre Schulter legte.

Clemmie stand vor ihr. Sie schraubte eine Tube auf und hielt sie ihr hin, dabei trat sie einen Schritt zur Seite, sodass ihr Körper die Sonne verdeckte. »Ich nehme an, du hast dich heute Morgen ordentlich eingecremt, trotzdem schadet es nicht, noch mal nachzulegen. Hier holt man sich schnell einen Sonnenbrand«, sagte sie.

Emma nahm die Tube entgegen und cremte sich sorgsam ein, und mit einer zweiten Schicht Sonnencreme im Gesicht blieb sie wenige Augenblicke später erneut allein zurück.

Clemmie war zurück in die *Fish Bar* geeilt, wo ein Schwung Touristen auf ihre Fischbrötchen wartete.

Es war herrlich, in der Sonne zu dösen, doch plötzlich erfasste sie eine innere Unruhe. Sie versuchte, das Unwohlsein zu ignorieren, doch das Gefühl verging nicht, und so verließ sie den Liegeplatz, um herumzuschlendern und ihre Gedanken an Ethan zu ordnen, die sie nicht losließen. Wenn sie nur wüsste, weshalb er sie in der vergangenen Nacht derart angefahren hatte.

Ihres Wissens hatte sie nichts getan, was ihn dazu hätte bringen können, unhöflich zu ihr zu sein. Seine Mutter hatte ihm mitgeteilt, wer sie war. Sie war also keine völlig Fremde.

Seit sie Jimmy im Park aufgelesen hatte, verwöhnte England sie mit berührenden Erlebnissen. Mrs Allington war mehr als großzügig, und Sally und Jasper waren so warmherzig und liebevoll ihr gegenüber, und nun auch Clemmie.

Ethan war der Einzige, der so abweisend und misstrauisch war. Weshalb war er so gereizt? Hatte er berufliche Probleme? Oder private? Etwa mit einer Frau? Warum brachte es sie trotzdem so durcheinander, wenn er sie berührte? Das sah ihr gar nicht ähnlich. Sie ließ sich eigentlich nicht von Äußerlichkeiten blenden. Natürlich mochte sie gutaussehende Männer, doch ihr waren die inneren Werte wichtiger. Marie scherzte oft, wie unterschiedlich sie bei Männern waren. Marie zogen attraktive Männer geradezu magisch an. Der Charakter war ihr zwar wichtig, stand aber erst an zweiter Stelle.

Als Emma sich nach ihrem kurzen Spaziergang auf Clemmies Terrasse setzte, um eine Tasse Kaffee zu trinken, spukte Ethan noch immer in ihrem Kopf herum, doch Clemmie und eine Urlauberin aus München verwickelten sie in ein Gespräch über Delfine und brachten sie auf andere Gedanken. Wie zu erwarten, kamen sie erneut auf die *Geschichten aus Cornwall* zu sprechen. Vergnügt beteiligte sie sich an den Spekulationen, wer der mysteriöse Autor sein und wie man ihm oder ihr auf die Schliche kommen könnte; auch die Urlauberin war Feuer und Flamme und überlegte in alle Richtungen.

»Die Tantiemen müssen wenigstens einmal im Jahr ausgezahlt werden. Da könnte man ansetzen«, argumentierte sie.

»Wir können nicht in die Bank spazieren und fragen, an wen die Tantiemen überwiesen werden – Bankgeheimnis«, meinte Clemmie lapidar.

»Theoretisch könnte das Geld an jeden x-beliebigen ausgezahlt werden«, wandte Emma ein. »Ich bin mir sicher, dass eine Frau das Buch geschrieben hat. Kein Mann macht sich Gedanken darüber, die Wäsche ins Haus zu holen, wenn es stürmt«, sagte die Urlauberin.

Clemmie stützte den Ellbogen auf den Tisch und legte ihr Kinn in die Hand. »Da ist was dran«, sinnierte sie.

»Außer es handelt sich um einen Mann, der allein lebt und sich deswegen um die Wäsche sorgt«, gab Emma zu bedenken.

Sie diskutierten, bis es für Emma Zeit zum Aufbruch war.

Sie wollte noch in der Leach Pottery vorbeischauen, um ein Mitbringsel für Marie zu besorgen, die mit großer Leidenschaft Tassen sammelte. Noch heute konnte man dort Keramiken von Bernard Leach, dessen Arbeiten durch seine Reisen in den Orient und andere Länder inspiriert waren, aber auch von anderen Künstlern kaufen. Leach war in Japan aufgewachsen, jedoch später von einem Onkel nach England geholt worden und hatte die Töpferei 1920 in Higher Stennack, am Stadtrand von St. Ives, eröffnet. Emma hatte die Töpferei schon mit ihren Eltern besucht. Sie freute sich darauf, dorthin zurückzukehren und sich die neuesten Trends auf dem Gebiet der Töpferkunst anzusehen.

In der Pottery arbeiteten Gastkünstler, auch Kinder durften dort mit Ton experimentieren, und so war meist eine Menge los. Emma ging an einer Gruppe Frauen vorbei und steuerte die Holzregale an, in denen eine beachtliche Auswahl an Steingut auf Käufer wartete. Es gab verschieden große Vasen, unzählige Schalen, Geschirr und eine schier unerschöpfliche Auswahl an Tassen.

Neugierig ließ sie die Augen über die Töpferwaren schweifen. Im Kopf hörte sie bereits Maries Juchzen, wenn sie die Tassen auspackte.

Sie ging die Regale ab, in denen Steingut dicht an dicht stand. Naturtöne und Pastellfarben waren in beeindruckend großer Auswahl vertreten. Ein Regal war ausschließlich mit Tassen bestückt. Eine große Frühstückstasse mit aufwendig eingeritztem Muster sprang Emma sogleich ins Auge. Sie griff danach, ließ die Finger über das Muster wandern und drehte die Tasse auf den Kopf, um nach dem Preis zu sehen.

»Fünfundzwanzig Pfund. Und jeden Penny wert«, sagte eine Verkäuferin, die aus einem Gang auf sie zukam. »Ein Schmuckstück und groß genug, um die Menge von zwei Teetassen hineinzubekommen.«

»Sie ist wirklich wunderschön«, bestätigte Emma.

Nachdem sie einen Großteil des Sortiments begutachtet hatte, kaufte sie die Tasse mit dem Muster und eine weitere, deren hellblaue Farbe an die Brandung des Meeres erinnerte. Von nun an würde Marie ihren Tee nur noch daraus trinken, dessen war Emma sich sicher.

Sie zahlte und stellte die Tüte zu den übrigen Einkäufen in den Wagen. Bevor sie zur Roseninsel zurückfuhr, würde sie noch eine Stippvisite nach Kynance Cove, der Bucht an der Ostseite von Mount's Bay, machen. Die Gegend versprach grüne Hügel, steile Klippen, feine Sandstrände und atemberaubende Blicke auf smaragdgrün schimmerndes Wasser, doch es war weniger die Tatsache, dass es einer der schönsten Küstenabschnitte im Südwesten war, die sie an diesen Ort trieb. Sie wollte nach Kynance Cove, weil die Bucht ein Lieblingsort ihrer Mutter gewesen war.

Emma startete die Zündung. Kurz vor dem Ziel wich sie einer Katze aus, die, vom Geräusch des Motors überrascht, in wildem Zickzack über die Straße huschte. Froh, dass dem Tier nichts passiert und es ins Gebüsch entkommen war, fuhr sie im Schritttempo Richtung Parkplatz. Nachdem sie den Wagen abgestellt und die Parkgebühr bezahlt hatte, nahm sie ihre Handtasche und die Badetücher und spazierte los.

Felsen, die wie schlafende Riesen aussahen, feiner weißer Sand, Schaumkronen, die sich auf den Wellen kräuselten, und dahinter das türkisfarbene Meer – alles das machte Kynance Cove einzigartig. Hier kam Südseeflair auf. Lizard Point, der südlichste Punkt Englands, war nur drei Kilometer entfernt. Dort war Emma während ihrer ersten Reise nach Cornwall mehrmals mit ihren Eltern gewesen. Kynance Cove hingegen hatten sie nur ein Mal besucht, und auch das nur kurz. Sie erinnerte sich, dass es hier damals ziemlich voll war. Heute war weniger los. Einige Urlauber lagen auf der Wiese, andere spazierten um die Felsen herum und genossen die außergewöhnliche Schönheit der Bucht. Es war eine friedliche Stimmung.

Emma kletterte zum Strand hinunter. Einige Höhlen am Kynance Cove und Teile des Strandes wurden bei Flut nass, sodass ein Ausflug bei Ebbe am schönsten war. Auch war hier bei einbrechender Flut Vorsicht geboten, da man schnell vom Festland abgeschnitten wurde. Bei Niedrigwasser war es jedoch fantastisch, zwischen den einzelnen Stränden hin und her zu wechseln und dabei durch knietiefes Wasser zu waten.

Am Strand war ein Café. Alle Plätze auf der Terrasse waren belegt, aber Emma war ohnehin nur an der Natur interessiert. Später würde sie vielleicht noch zum Lizard Point spazieren. Es war ein schöner Wanderweg an der Küste entlang, nicht länger als fünfundvierzig Minuten. Doch das Niedrigwasser würde nicht mehr lange anhalten, und so eilte sie an der Fülle von Wildblumen und Kräutern vorbei; auch einige sehr seltene Blumen, die sonst kaum noch im Land vorkamen, wuchsen um Kynance Cove und auf der gesamten Halbinsel. Die Region wurde vom National Trust geschützt. Nicht nur die Flora war üppig. An diesem wilden Teil der Küste waren auch viele Vögel anzutreffen. Zum Schutz der Natur und vor allem zur Erhaltung der vielen Wildblumen rund um Kynance Cove durften diese nicht gepflückt oder durch das Abweichen von den Wegen zertrampelt werden. Ihr Onkel Brian hatte bei ihren Telefonaten oft von Kynance Cove erzählt und sich gefreut, dass die Besucher die Anweisungen beachteten und respektvoll mit der Natur umgingen. Statt die Blumen zu pflücken, wurden Fotos gemacht. Es gab sogar Kinder, die in Büchern nach den Blumen und Kräutern suchten, um sie zu identifizieren – sie machten eine Art Suchspiel daraus. Andere versuchten, die Blumen zu zeichnen.

Emma lief den Hügel hinab und stapfte die letzten Meter über die Wiese zum Strand. Dort befreite sie sich von Schuhen und Kleidung. Heute Morgen hatte sie in weiser Voraussicht einen Bikini daruntergezogen. Nun rannte sie zu den im Sand versickernden Wellen, ging in die Hocke und drückte die Hände in den feuchten Sand. Danach lief sie ins Meer und stürzte sich in die Fluten. Mit gleichmäßigen Bewegungen kraulte sie aufs Meer hinaus, den Kopf nach links, dann nach rechts drehend. Ihre Füße paddelten, und das Wasser gluckerte ihr in den Ohren. Sie tauchte unter, dann wieder auf, holte Luft und schnitt mit der Hand durchs Wasser. Auftauchen, Luft holen, schon folgte die nächste Kraulbewegung – so legte sie eine beachtliche Strecke zurück.

Die leiser werdenden Stimmen der Menschen am Strand wurden vom Rauschen des Meeres übertönt. Sie schwamm und verlor jedes Gefühl für Zeit. Nur das Wasser, die Sonne und ihr Körper, der wie von selbst funktionierte. Ein Glücksgefühl durchflutete sie, sodass sie alles um sich herum vergaß.

Weit draußen drehte sie sich auf den Rücken und sah das verwischte Blau des Himmels und die Seevögel, die über sie dahinzogen und Schreie ausstießen. Wie einzigartig schön es im Meer war. Als gäbe es den Rest der Welt gar nicht.

Sie ließ sich eine Weile bewegungslos treiben, dann

streckte sie Arme und Beine und schwamm in gemächlichem Tempo zurück. Als sie durch die auslaufenden Wellen auf den Strand zulief, spritzten einige Mädchen kichernd mit Wasser um sich. Ausgelassen tobten die Kinder herum. Emma lachte, steuerte ihren Platz an und trocknete sich ab. Die Kälte prickelte auf ihrer Haut, ein wunderbar lebendiges Gefühl.

Brian hatte einige Jahre vor seinem Tod in der Bucht von Kynance Cove ein Foto gemacht. Dieses hatte er einem Brief an ihre Mutter beigelegt und um eine Seebestattung gebeten.

Peg, ich möchte im Meer meine letzte Ruhe finden. Am liebsten irgendwo draußen, mit Blick auf Kynance Cove. Ich habe mich erkundigt, die Urne besteht aus vergänglichem Material und ist nicht belastend für die Umwelt. Ich finde den Gedanken schön, dass meine Asche sich als kleines Häufchen auf dem Sediment am Meeresboden ablagert, sodass eine Grabstelle auf dem Meeresgrund entsteht.

Eine einfache Bestattung für einen Mann, für den das Meer Teil seines Lebens war. Und ein friedlicher Moment auf See für die Hinterbliebenen … und hoffentlich viele wärmende Gedanken an die Momente, die wir alle miteinander erlebt haben.

Emma schüttelte die Gedanken an ihren Onkel ab und breitete das Handtuch im Gras aus. Sie hatte Unterwäsche und zwei große Handtücher dabei. Sie war für alles gerüstet.

Sie legte sich auf das Badetuch, stützte sich auf die Ellbogen und blinzelte in die Sonne. Was gab es Schöneres, als sich von der Sonne wärmen zu lassen und einfach mal nichts zu tun! Eine Weile beobachtete sie das Treiben in der Bucht, dann ließ sie sich nach hinten gleiten und schloss die Augen. Sie wusste nicht, wie viel Zeit vergangen war, doch als sie die Augen wieder öffnete, stand die Sonne wesentlich tiefer. Sie zog sich gemächlich an und stapfte, vom Schreien der Seevögel begleitet, den Hügel hinauf.

Die Fahrt zur Roseninsel verging wie im Flug. Während sie der Küstenstraße folgte, kreisten ihre Gedanken um die Erlebnisse des Tages. Sie hatte das Gefühl, schon seit Tagen in Cornwall zu sein, dabei war sie erst gestern angekommen.

Wie schon tags zuvor, parkte sie neben den Garagen. Bevor sie ausstieg, klappte sie die Sonnenblende hinunter, um einen Blick in den Spiegel zu werfen. Auf ihren Wangen lag ein rosiger Schimmer.

26. KAPITEL

Auf den letzten Meilen hatte sie sich dazu durchgerungen, ins Cottage zu ziehen. Wenn Ethan im Haupthaus bliebe und sie dorthin auswiche, wäre für genügend Abstand zwischen ihnen gesorgt. Außerdem wäre es praktisch, im Cottage zu wohnen, weil sich dort die Strandbibliothek befand, um die sie sich ebenfalls kümmern musste.

Vermutlich würde Ethan sowieso bald abreisen, dann bliebe ihr hoffentlich noch genügend Zeit, um sich der Bibliothek im Haupthaus anzunehmen. Erste Stichworte hatte sie sich bereits gemacht. Zufrieden mit dieser durchaus positiven Aussicht – was änderte sich schon, außer der Reihenfolge, nach der sie vorginge –, klappte sie die Sonnenblende hoch und holte die Einkäufe aus dem Wagen.

Als sie aufs Haus zuging, sah sie, dass die Gartentür zur Bibliothek offen stand. Der Wind fuhr in die hellen Vorhänge, und die zarten Stores bauschten sich im Luftzug.

Emma atmete innerlich auf. Weder klingeln noch auf den Schlüssel zurückgreifen zu müssen, den Ava Allington ihr gegeben hatte, erschien ihr geradezu verführerisch. Sie könnte unbemerkt ins Haus schlüpfen, ihre Sachen packen und ins Strandcottage ziehen.

Mit schnellen Schritten steuerte sie die offene Tür an. Dort drehte sie sich noch einmal Richtung Meer. An den Naturschauspielen – den kreisenden Möwen und dem endlos langen Strand – konnte sie sich einfach nicht sattsehen.

Von der Stelle, an der sie stand, überblickte sie auch einen Teil des Gartens, den sie noch nicht kannte. Hier gab es keine geometrisch angeordneten Rosenrabatten wie in vielen anderen repräsentativen Gärten, im Gegenteil: In Rosewood Manor sahen die Rosenstöcke, Büsche und Spaliere wie hingetupft aus, und gerade dieses scheinbar Zufällige verlieh dem Areal diesen entspannten Charme.

Emma stellte die Einkäufe ab, um den Anblick zu genießen. Seit sie am Abend zuvor aus dem Wagen gestiegen war, hatte sich ihr hier, auf der Roseninsel, die Tür zu einer neuen Welt geöffnet. Einer Welt, die Genuss, Freude und Überschwang ausströmte.

Wenn nur dieser unsinnige Konflikt mit Ethan Allington nicht wäre! Ob er sich Gedanken machte, wo sie steckte? Sie hatte ihm keine Nachricht hinterlassen; schließlich waren sie weit davon entfernt, sich Zettel zu schreiben, wo sie hinfuhren.

Ihr Blick schweifte zum Gartenhaus, an dessen Mauern gelbe Rosen rankten. An zwei Wänden lehnten Blumenleitern, die mit kleinen Rosen bepflanzt waren, wie sie sie noch nie gesehen hatte. Emma fischte ihr Handy aus der Tasche, machte ein Foto und schickte es an Marie:

Hallo Marie! Hier ein Blick auf eine lauschige Ecke. Von einem Platz wie diesem habe ich noch vor kurzem nicht mal zu träumen gewagt. Wärst du doch nur hier … xx Emma

Sie verstaute ihr Handy in der Tasche. Wo Jimmy sich wohl herumtrieb? Vorsichtig lugte sie ins Haus, zog den Kopf jedoch sofort wieder zurück. Ethan kam – mit Stöpseln im Ohr – durch die Salontür in die Bibliothek. Sollte sie sich bemerkbar machen? Einfach eintreten und sagen: »Hallo, ich bin wieder zurück!«

»Als Sponsor der London Library gehört es zu meinen Aufgaben, ein von mir initiiertes Projekt der Presse vorzustellen …«

Was Ethans Gesprächspartner erwiderte, konnte sie natürlich nicht hören, doch offenbar fasste dieser nach, denn Ethan schwieg eine Weile, bis er schließlich weitersprach: »Nein, ich habe nicht vor, ein Jahr Arbeit in den Sand zu setzen und die Hoffnungen, die sich an dieses Projekt knüpfen, zu enttäuschen.«

Mit dem Ins-Haus-Schleichen war nun nichts mehr. Unschlüssig verharrte Emma neben der Gartentür. Sie war nicht gerade erpicht darauf, von Ethan erwischt zu werden; er mochte es sicher nicht, während eines Telefonats gestört zu werden. Blieb also nur, möglichst diskret den Rückzug anzutreten, ums Haus herumzulaufen und die Eingangstür zu nehmen.

»Sie fragen allen Ernstes, ob ich weiß, wie die Diagnose lautet?«

Emma wollte sich gerade abwenden, blieb bei diesen

Worten jedoch wie erstarrt stehen. Sie lugte erneut an den Stores vorbei und sah einen Ausdruck höchster Anspannung auf Ethans Gesicht. Warum war er so aufgebracht? Sprach er von einem Mitarbeiter, der erkrankt war? Aber weshalb telefonierte dann er mit dessen Arzt? Emma versuchte, die Gesprächsfetzen zusammenzufügen, vergeblich.

»Sie haben tagtäglich damit zu tun, doch für mich ist das Thema Krebs ziemlich verstörend.« Nach weiteren Argumenten gab Ethan nach. »Beginnen wir mit der Chemotherapie, wenn die Eröffnungsrede hinter mir liegt. Ein früherer Zeitpunkt ist nicht verhandelbar.«

In Emmas Inneren zog sich etwas zusammen. Chemotherapie? Krebs? Langsam setzten sich die Fakten in ihrem Kopf zusammen. Ethan bestand auf eine Eröffnungsrede, die er in der London Library halten wollte, also war er derjenige, der erkrankt war. Und nun versuchte er seinem Arzt klarzumachen, dass die dringend notwendige Behandlung erst nach besagter Rede beginnen konnte.

Emma presste den Rücken gegen die Mauer. Ihr Herz schlug rasend schnell. Die eigene Gesundheit war ein sensibles Thema. Und nun geriet ausgerechnet sie in die brenzlige Situation, von Ethans Diagnose zu erfahren. Sicher wäre es mühsam, ihm zu erklären, dass sie keine Chance gehabt hatte, *nicht* mitzuhören. Auf dieses Gespräch wollte sie es lieber nicht ankommen lassen.

Nun ergab auch sein Schweigen gegenüber seiner Mutter Sinn. Anscheinend wollte er ihr die niederschmetternde Diagnose verheimlichen.

Während Ethan in der Bibliothek weitersprach, machte Emma zwei vorsichtige Schritte. Wenn es ihr gelänge, ums

Haus herumzugehen und an der Eingangstür zu klingeln, sähe es so aus, als wäre sie gerade erst zurückgekommen.

Sie mogelte sich am Tisch vorbei, streckte die Hand nach der Tüte mit den Büchern aus und wähnte sich schon in Sicherheit, als Jimmy aus der Tür gesaust kam und an ihr hochsprang. Überrumpelt stieß sie gegen den Tisch und riss eine der Einkaufstaschen zu Boden. Vor Schreck hielt sie die Luft an. Das Gepolter hätte selbst einen Schlafenden geweckt. Was käme jetzt auf sie zu?

Sie hatte den Gedanken noch nicht zu Ende gedacht, als Ethan bereits an der Türschwelle erschien. Der Schreck, sie auf der Terrasse zu sehen, stand ihm überdeutlich ins Gesicht geschrieben – als sähe er ein Phantom. Er riss sich die Stöpsel aus den Ohren und fuhr sie an: »Was fällt Ihnen ein, mich zu belauschen?«

Sie starrten einander an, die Anspannung war deutlich spürbar. Emma geriet ins Stottern, »… ich … ich lausche nicht«, mehr brachte sie in ihrer Aufregung nicht hervor.

»Es sieht aber ganz danach aus. Seit wann stehen Sie hier und hören zu? Und wo kommen Sie überhaupt her? Ich habe nach Ihnen gesucht.« Ethans Augen fingen die Bücher am Boden ein. Binnen Sekunden besann er sich seiner Manieren und hob sie auf.

»Ich war einkaufen und bin gerade zurückgekommen … und weil die Gartentür zur Bibliothek offen stand …« Emma sah, wie Ethan die Bücher abklopfte und eins nach dem anderen auf den Tisch legte. Es war unmöglich, seinem Gesichtsausdruck etwas anderes abzulesen als Empörung.

»… dachten Sie, mal schauen, was im Haus so los ist?« Das letzte Buch landete auf dem Tisch.

»Nein, dachte ich nicht. Ich wollte Sie nicht stören.« Sie sagte es mit mehr Nachdruck als nötig.

Ethan verschränkte die Arme vor der Brust und ließ sich auf die Lehne des Gartenstuhls sinken; seine Miene war undurchdringlich. »Das haben Sie aber … Sie belauschen Gespräche, die Sie nichts angehen. Wie dreist kann man sein.«

»Alles, was ich wollte, war nach oben verschwinden, ohne Sie zu behelligen. Einfach ins Haus huschen …«, hob Emma zu ihrer Verteidigung an.

Nach oben verschwinden … Ins Haus huschen … Meine Güte, Emma!, schalt sie sich. *Du klingst wie ein Mäuschen, das zurück ins Mauseloch flüchten will. Dabei hast du nichts Unrechtes getan!*

»Wenn dir unlautere Absichten unterstellt werden und du dir nichts vorzuwerfen hast, wehr dich«, sagte Marie immer. Sie holte schon mal die große Kelle hervor, um auszuteilen, wenn jemand ihr auf die Füße stieg. »Der, der angreift, muss auch Kritik einstecken können«, war ihre Ansicht.

»Hören Sie«, Emma rang sich ein beruhigendes Lächeln ab, »ich werde jetzt nach oben gehen und Sie allein lassen. Und keine Sorge, ich habe nichts von dem Gespräch mitbekommen.« Die Lüge ging ihr problemlos über die Lippen, dabei fiel es ihr sonst so schwer, die Unwahrheit zu sagen. Sie schob die Bücher zurück in die Tasche, langte nach den übrigen Einkäufen und ihrem Lederbeutel und wollte schon durch die Tür, als Ethan sie am Arm fasste.

»Warten Sie!« Sein Blick wanderte zu ihrem Fuß. Noch immer war alles in ihm in Alarmbereitschaft. »Wie geht es Ihrem Knöchel? Als Sie heute Morgen wie vom Erdboden verschluckt waren, habe ich mir Sorgen gemacht. Denken

Sie eigentlich auch mal an andere? Gestern sah es noch danach aus, als müsste ich Sie heute zum Arzt fahren, und jetzt laufen Sie munter durch die Gegend. Sie hätten anrufen und Bescheid geben können. Genau dafür habe ich Ihnen meine Nummer gegeben.«

Die Tasche mit den Marmeladengläsern und die Tüten mit den Büchern und den Teetassen kamen ihr bleischwer vor. Sie wollte nur nach oben, ihre Einkäufe abstellen und vergessen, was sie vor wenigen Minuten gehört hatte, doch der Tag drohte schon wieder zu entgleisen.

»Und weshalb hätte ich Sie anrufen sollen?« Plötzlich fühlte sie sich müde und erschöpft. »Sie haben mir vergangene Nacht unmissverständlich klargemacht, dass ich ein Störfaktor in diesem Haus bin. Wie eine Stechmücke, die aus Versehen durchs Fenster geflogen ist. Angeblich soll ich sogar Ihre Mutter manipulieren. Es klang, als hielten Sie mich für jemanden, der Profit aus der Einsamkeit einer Frau schlagen will. Und jetzt soll ich Sie auch noch belauscht haben. Sie sollten mit diesen Unterstellungen aufhören und Menschen nicht vorverurteilen.« Sie spürte einen Stich im Magen. Ethan hatte gerade ganz andere Probleme als diesen unsinnigen Streit. Wie gern würde sie ihm helfen, statt zu diskutieren!

»Jetzt regen Sie sich nicht gleich auf«, verteidigte er sich. Ethan starrte zu Jimmy, der von seinem Platz unter dem Tisch aus beobachtete, was vor sich ging. »Ich habe mich heute Morgen nur gefragt, weshalb Sie ohne ein Wort auf und davon sind. Werfen Sie mir alles Mögliche vor, aber nicht, dass es mir egal ist, wie es jemandem geht«, wies er sie zurecht.

Emma stellte die schweren Taschen ab. »Ich habe wirklich keine Lust auf die Spannungen zwischen uns«, sagt sie und sank in einen der Teakholzsessel. Der Knoten in ihrem Magen schrie danach, aufgelöst zu werden. »Und wenn Sie es genau wissen wollen«, fuhr sie fort, »ich habe mich heute früh auf den Weg nach Falmouth gemacht, weil mir der Gedanke, hier wegzukommen, nicht wie die schlechteste Idee vorkam. Und wie Sie sehen, habe ich mir den Fuß nicht verstaucht, sondern mir nur ziemlich heftig den Knöchel angeschlagen. Sie haben meinen Fuß also nicht auf dem Gewissen.« Kaum war der letzte Satz heraus, verrauchte ihre Wut. Das Gefühl der Unzulänglichkeit – als könne sie in Ethans Augen nichts richtig machen – verschwand. Mrs Allington hatte sie auf die Roseninsel eingeladen, das musste Ethan akzeptieren, und sie hatte ihn nicht belauscht, deswegen hatte sie sich auch nichts vorzuwerfen. »Mr Allington«, sagte sie und beugte sich zu ihm vor. »Verlieren Sie keine kostbare Zeit. Sie sagten, es sei Ihnen wichtig, wie es jemandem geht. Bezieht sich das nicht zuallererst auf Sie selbst? Darauf, dass es Ihnen gutgeht?« Emma biss sich auf die Unterlippe. War es nicht ihre Aufgabe, Ethan vor Augen zu führen, wie wichtig jetzt schnelles Handeln war? Auch auf die Gefahr hin, dass er es ihr übelnahm? Außer ihr war niemand da, der ihm beistehen konnte.

Von drinnen drang leise Musik. Cole Porter. Die Musik war ihr bisher entgangen. Sie war viel zu sehr mit ihren Überlegungen beschäftigt gewesen. Vorsichtig riskierte sie einen Blick. Ethan hatte die Hände in den Schoß gelegt und sah sie entgeistert an.

»Sie haben also doch mitbekommen, worum es geht, und trotzdem haben Sie die Stirn, zu behaupten, es wäre nicht so?« Seine Worte sollten scharf klingen, doch sie klangen nur traurig und bedrückt.

»Ich war gezwungen mitzuhören. Sollen wir uns deswegen herumzanken?«

Ethan wollte etwas erwidern, doch Emma kam ihm zuvor.

»Sie reagieren empfindlich, wenn man Ihnen etwas vormacht. Ich auch, das kann ich Ihnen versichern. Aber was hätte ich denn tun sollen?« Instinktiv hob sie die Hände. »Mir die Ohren zuhalten? Ich wusste doch nicht, worum es ging. Ich wollte ins Haus ... und plötzlich höre ich, dass Sie telefonieren. Im ersten Moment habe ich gar nicht begriffen, dass es um Sie geht ... und jetzt ... Ich weiß nicht, was ich denken soll, geschweige denn sagen.«

»Dafür, dass Sie nicht wissen, was Sie sagen sollen, drücken Sie sich aber sehr deutlich aus.«

»Ach, hören Sie schon auf. Keine Ahnung, von wem Ihre Mutter die ganze Zeit spricht, *so* kennt sie Sie jedenfalls nicht ... so verurteilend und schroff.« In dieser Situation gefasst zu bleiben, war schwerer als gedacht. Alles in ihr war in Aufruhr. Sie war völlig durcheinander.

»Jetzt tun Sie nicht, als ginge Sie das etwas an. Wenn Sie in der Zeitung von einem erkrankten Politiker oder Schauspieler lesen, berührt Sie das auch nicht.« Emma sah, dass Ethans Augen tief in ihren Höhlen saßen. Die Nachricht nahm ihn sichtlich mit. Plötzlich sah sie, wie erschöpft er war.

»Wie können Sie die Dinge nur so nüchtern sehen? Glauben Sie, mit dieser pragmatischen Sicht sind Sie fein raus?« Sie musste Ethan klarmachen, was sie fühlte, das war der einzige Weg, Missverständnisse auszuräumen. Als sie fortfuhr, klang ihre Stimme weicher. »In den Tagen, die ich mit Ihrer Mutter verbringen durfte, hat sie mir viel von Ihnen erzählt ...« Ein warmes Lächeln trat in Emmas Gesicht. »... mit einer Freude, die man geradezu fassen konnte. Sie liebt einfach alles an Ihnen. Und ich hoffe, es klingt nicht anmaßend, aber nach diesen Erzählungen und den vielen Fotos, die es im Haus von Ihnen gibt, hat sich in mir das Gefühl eingestellt, Sie bereits zu kennen«, Emma zögerte, dann sprach sie ihre Empfindung aus, »außerdem bewegt mich, was ich vorhin mitgehört habe ...« Die Worte waren viel zu persönlich, doch Emma hatte sie nicht zurückhalten können.

27. KAPITEL

Ethan zögerte, dann streckte er ihr die Hand entgegen. »Ich bin Ethan.« Sie sahen sich über den Tisch hinweg an.

Das Angebot kam unerwartet, doch Emma schlug spontan ein. »Emma!« Ethan hatte einen erstaunlich festen Griff, den sie ebenso fest erwiderte. Nach einigen Sekunden ließ sie seine Hand los. Beide wandten den Blick ab.

Einen kurzen Moment herrschte peinliche Stille, dann räusperte Ethan sich und sagte: »Einige Freunde meiner Mutter leben ein halbes Jahr im Süden, andere sind bereits verstorben. Im Alter wird Einsamkeit eben manchmal zum Thema. Deshalb erzählt meine Mutter so viel von mir, wenn sich die Gelegenheit dazu ergibt.«

Emma schüttelte den Kopf. »Deine Mutter schwärmt von

dir, weil sie dich liebt, aus keinem anderen Grund.« Ethan bei seinem Vornamen anzusprechen, kam ihr fremd vor, machte das Gespräch jedoch leichter. Vielleicht entdeckte sie hinter der unnahbaren Fassade ja den Mann, der mit jedem ein freundliches Wort wechselte. So hatte Clemmie ihn beschrieben.

»Wie auch immer, ich möchte Belastendes von meiner Mutter fernhalten. Sie hat es verdient, ihr Leben in Ruhe weiterzuführen.«

»Ich wahre Stillschweigen«, versprach Emma. »Das ist selbstverständlich.«

Ethan sah sie zweifelnd an.

»Du kannst dich auf mich verlassen.« Ihre Mundwinkel zuckten. »Darauf hast du mein Wort!«, versicherte sie ihm. Sie spürte wieder dieses unangenehme Kribbeln im Nacken, wie damals, als ihr Vater nach dem ersten Krankenhausaufenthalt nach Hause überstellt worden war. Aufgrund der halbseitigen Lähmung war Hannes sich wie ein Tier im Käfig vorgekommen. Sein eingefallenes Gesicht stand ihr wieder deutlich vor Augen.

Ethan konnte seine Traurigkeit gut kaschieren, doch Emma ließ sich nicht täuschen. Und während sie ihn anblickte, sah sie ihren Vater.

»Wenn der Körper dir nicht mehr gehorcht, was sollst du dann noch mit ihm anfangen?«, hatte er geklagt, als er wieder halbwegs sprechen konnte.

In dieser Zeit war ihre Mutter seine größte Stütze gewesen: »Wir haben schon einiges miteinander durchgemacht, Hannes. Du wirst wieder auf die Beine kommen, ich helfe dir dabei.« Monatelang hatte Peggy ihm Mut zugesprochen. »In der Liebe gibt es keine Zurückweisung, Liebling.«

Es hatte lange gedauert, bis ihr Vater den Teufelskreis aus Aufgeben und Verzagen verlassen und Peggys Hilfe annehmen konnte. Liebe bedeutete Schutz und Sicherheit, doch für Hannes war es schwer, genau diesen Schutz anzunehmen.

Als die Erinnerung nun in Emma hochstieg, schlug ihr Herz immer heftiger und schneller. Aus Liebe waren ihre Mutter und später sie selbst für Hannes über ihre Grenzen gegangen, und manchmal schien sie die Last der Sorge noch immer zu tragen, wie einen Mantel, in den sie im Winter geschlüpft war und den sie, obwohl es inzwischen Sommer war, weiter trug. Es war Zeit, loszulassen, das wusste sie.

War sie nicht genau deshalb nach England gekommen? Um Abstand von der Vergangenheit zu gewinnen? Doch nun zog Ethans Diagnose sie noch einmal mit aller Wucht in den Strudel der Erinnerungen, und sie konnte nichts dagegen tun.

Sie las in Ethans Augen, dass er wusste, was auf ihn zukam. Sein Schmerz verband sich mit dem, den sie bei ihrem Vater gesehen hatte, und obwohl es ihr seit je unangenehm war vor anderen zu weinen, drohte sie den Kampf gegen die Tränen nun zu verlieren.

Ihre Lider flatterten, und ehe sie sich's versah, rannen Tränen aus ihren Augen. Sie machte eine Geste, es sei gleich wieder vorbei, doch die Tränen hörten nicht auf.

Nach einer Weile reichte Ethan ihr schweigend die Hand. Die Geste kam angesichts der unangenehmen Diskussion der vorangegangenen Nacht unerwartet, doch Emma griff nach seiner Hand wie nach einem rettenden Seil. Und plötzlich spürte sie, wie Ethan zweimal zudrückte.

»Wenn ich deine Hand zweimal drücke, bedeutet das: Ich liebe dich!«, hatte ihr Großvater mütterlicherseits ihrer Großmutter versprochen, als diese sich bitter beklagte, er bringe nie eine Liebeserklärung über die Lippen.

Die Familienszene stieg lebendig in ihr hoch.

Mit dieser Rückschau fiel gleichzeitig etwas von ihr ab: die Traurigkeit, weil es für ihre Mutter so schwer gewesen war, das Leben ihres Mannes auf seine Krankheit und die Einschränkungen zusammenschrumpfen zu sehen, und auch die schmerzliche Vorstellung, Peggy hätte nicht allein sterben dürfen, denn seit dem Schlaganfall hatte ihr Vater im Gästezimmer geschlafen, wo er besser betreut werden konnte. Das alles war Vergangenheit, es war vorbei.

Das Leben führt uns nicht auf die falsche Fährte. Nachgeben bei Gegenwind und wieder aufstehen, wenn der Sturm vorbei ist, darauf kommt es an. Wenn wir uns wieder aufrappeln, sind wir stärker als zuvor. Und wenn wir nach einer schweren Zeit den Blick nach vorn richten, bemerken wir etwas Wunderbares … das durch die Brüche unseres Lebens Licht fällt. Das Licht der Hoffnung und der Liebe.

Das hellrote Büchlein ihrer Mutter bot nicht auf alles eine Antwort, doch in den kurzen Abschnitten, in denen Peggy von der Bindung zu ihrem Bruder Brian erzählte und von besonderen Momenten mit Hannes, von ihrer tiefen Liebe zu ihrem einzigen Kind – zu ihr – und davon, wie schwer es ihr gefallen war, zu akzeptieren, dass es ihrem Mann vielleicht nie wieder gutgehen würde, fand Emma sich wieder. Die Liebesliste las sich wie ein Ratgeber für dunkle Stunden, und an manchen Stellen war sie eine von Zuckerguss überzogene Lovestory.

Es dauerte, doch schließlich tauchte Emma mit rotgeweinten Augen und salziger Nässe auf den Wangen aus dem Gefühlswirrwarr auf. Wie tröstlich und vertraut Ethans Hand war. Als sie sich des Gedankens, diese Hand in ihrer Vorstellung schon oft gehalten zu haben, bewusst wurde, löste sie sich verschämt daraus. »Danke für den Trost … und entschuldige, dass ich die Fassung verloren habe.«

»Du musst dich weder entschuldigen noch bedanken«, sagte er.

Emma tupfte sich mit dem Handrücken über die Augen und brach verlegen den Blickkontakt ab. »Ist es nicht verrückt?« Der Duft von Thymian und Pinien drang ihr in die Nase. »Diese Überfülle an Sommer … und ich weine, obwohl …«

»… obwohl *ich* in Tränen ausbrechen müsste? Das meinst du doch, oder nicht?«, sagte Ethan.

Emma hob den Blick, schenkte ihm ein zustimmendes Lächeln. Sie sah die tiefen Lachgrübchen in Ethans Wangen und die strahlende Farbe seiner Augen. Warum war das Leben manchmal so ungerecht?

»Du musst dich nicht erklären, Emma«, sagte Ethan. »Du fühlst, was du fühlst. Das ist in Ordnung. Außerdem gefällt mir, dass du so verdammt ehrlich bist.«

Emma sah Ethans Blick, der mehr ausdrückte, als er je hätte sagen können.

Jimmy kroch unter dem Tisch hervor und stürmte in Richtung Haus, aus dem Bratenduft zu ihnen herüberzog.

»Riechst du das?«, fragte Emma.

Ethan warf einen Blick auf seine Armbanduhr. »In einer halben Stunde müsste der Braten fertig sein. Vor diesem verflixten Telefonat hatte ich das Bedürfnis irgendwas zu tun. Nicht, dass ich kochen könnte, aber einen Braten kriege ich hin.« Er erzählte, dass es ihn entspannte, über Märkte zu schlendern. »Am liebsten nehme ich zu diesen Einkaufstouren Jimmy mit. Ich liebe es, wenn er wie aufgedreht herumläuft und darauf wartet, dass er eine Belohnung bekommt.«

Emma entdeckte diesen natürlichen Charme an ihm, den sie auf manchen Fotos in seinem Gesicht gesehen hatte. Nun war er der Mann, den sie sich vorgestellt hatte: zugänglich, warmherzig und sehr sympathisch.

»… natürlich stürzen wir uns gleich auf den Kalbsbraten. Du hast doch Hunger, oder?«

»Ich hatte schon ein Fischbrötchen und ein Stück Kirschkuchen, allerdings lasse ich mir Kalbsbraten à la Ethan Allington bestimmt nicht entgehen. Vorher muss ich aber unbedingt etwas trinken. Ein Tag in der Sonne macht durstig.« Als Ethan Anstalten machte, aufzustehen, hielt Emma ihn zurück. »Lass nur. Getränke finde ich schon. Soll ich dir was mitbringen?«

»Ein Glas Wasser und eine Tasse Kaffee wären jetzt genau das Richtige«, antwortete Ethan.

»Bestellung kommt gleich«, Emma tippte sich an die Stirn und ging davon. Wenige Minuten darauf kam sie mit einem Tablett zurück, stellte Tassen und Gläser, Kaffee, Milch und Zucker, und eine Karaffe Wasser auf den Tisch auf der Terrasse. Ethan goss Wasser in zwei Gläser, gab einen Würfel Zucker in seine Kaffeetasse und rührte laut klappernd um.

Rosewood Manor war mehr als ein weitläufiges Areal mit einem imposanten Haus, es war ein Zuhause über mehrere Generationen, mit allen dazugehörigen Erinnerungen und

Anekdoten, und nun saßen sie hier gemütlich im Freien, tranken Kaffee, sogen den Duft der Rosen ein und warteten, dass das Essen fertig wurde.

Ethan balancierte die Tasse auf der Hand, trank einen Schluck und stellte sie zurück auf den Tisch. »Ich werde die Behandlung möglichst bald beginnen. Ewig kann ich meiner Mutter keine Kehlkopfentzündung unterjubeln«, er richtete seinen Blick auf Emma, »… wo ich doch problemlos sprechen kann. Das lag dir doch die ganze Zeit auf der Zunge?« Er schüttelte den Kopf, als käme ihm seine Vorgehensweise inzwischen selbst unsinnig vor.

Emma verspürte eine überwältigende Erleichterung, weil er keine Zeit mehr verlor, und nickte verständnisvoll. »Du hast nach einem Ausweg gesucht, um dir Zeit zu verschaffen. Das kann ich nachvollziehen.« Sie trank ihr Glas leer und füllte es erneut mit Wasser. Ethan befand sich in einem Zustand zwischen Ohnmacht, Frustration und Akzeptanz. Sie musste ihm Zeit geben, also wartete sie, ob er weitersprechen oder lieber schweigen wollte. Nach einer Weile redete er weiter.

»Als ich die Diagnose Leukämie erhielt, war das, als schlüge neben mir eine Bombe ein. Surreal und unwirklich!« Er legte die Hand auf die Brust und nahm sich einen Moment Zeit. »Doch nach dem ersten Schock hatte ich die Empfindung, es ginge überhaupt nicht um mich, schließlich verspürte ich nur hin und wieder ein Gefühl der Abgeschlagenheit, ansonsten ging es mir gut. Die Diagnose musste ein Irrtum sein. Also habe ich einfach alles weggeschoben.« Bei der Erinnerung schüttelte er entsetzt den Kopf. »Jeder, der mich kennt, würde behaupten, dass mir so etwas nicht ähnlich sieht, und doch habe ich es getan.

Ich habe meiner Mutter geschrieben, ich könne sie zurzeit nicht anrufen, weil ich durch eine Kehlkopfentzündung meine Stimme verloren habe. Dann bin ich innerlich abgetaucht.« Bei den letzten Worten war seine Miene immer undurchdringlicher geworden, sein Blick immer trauriger.

Eine Windböe trug den salzigen Geruch des Meeres zu ihnen herauf. Emma ließ Ethans Worte auf sich wirken. Sein Verhalten war typisch für Menschen, die sich in Schocksituationen befanden. Anfangs verdrängten sie das Unannehmbare, doch wenn diese Phase hinter ihnen lag, sogen sie alles auf, was sie über ihren Zustand in Erfahrung bringen konnten. Das eine kostete im Zweifelsfall wichtige Zeit, und das andere ließ sie nachts nicht mehr schlafen. Wenn es schwierig wurde, brauchte man Menschen um sich, die einen kühlen Kopf behielten.

»Soll ich jemanden für dich anrufen? Oder möchtest du mit mir sprechen? Ist gar nicht schlecht, sich einem Fremden anzuvertrauen.«

»Damit wir *offen* über Krebs reden?!« Ethan rieb nervös die Hände aneinander. »Ich glaube nicht, dass du dir deinen Urlaub in Cornwall so vorgestellt hast.«

Ein Faustschlag in den Magen hätte ihr nicht weher tun können als diese Worte. »Die Diagnose ist ein Schlag ins Gesicht, Ethan, umso wichtiger ist es, sich jemandem anzuvertrauen. Sicher hast du viele Fragen und Sorgen, und egal, wie wenig ich tun kann, bitte lass mich dir helfen.«

Das Angebot kam für Ethan überraschend. »Warum solltest du das tun? Mir helfen?«

»Weil es Momente im Leben gibt, in denen wir nicht mehr weiterwissen. Und weil man in solchen Situationen nicht allein sein sollte. Und weil ich gerade da bin.«

»Und das reicht, glaubst du … nicht allein zu sein? Und sich dem zu stellen, was auf einen zukommt?!« Er stieß einen Laut zwischen Lachen und Stöhnen hervor. »Wenn es so einfach wäre.«

»Es ist nicht einfach«, Emmas Stimme klang eindringlich, »ich weiß es wegen …« Sie zögerte, dann entschied sie, alle Vorsicht über Bord zu werfen, und sprach weiter, »wegen meines Vaters und auch wegen meiner Mutter.«

»Was ist mit ihnen?«, fragte Ethan interessiert.

Emma sah seinen zweifelnden Blick voller Fragen. Was konnte es schon schaden, ihm die Geschichte ihrer Eltern zu erzählen? Vielleicht entstand dadurch eine Vertrauensbasis zwischen ihnen.

Und so ließ sie jene Jahre wiederaufleben, die so schwierig gewesen waren, beginnend mit dem ersten Schlaganfall ihres Vaters. »Mein Vater fühlte sich anfangs wie im freien Fall. Verloren und ohne Halt. Dann starb meine Mutter ganz unerwartet, und ich musste mich mit einer Pflegekraft um meinen Vater kümmern. Nächtelang konnte ich nicht schlafen, habe mich elend gefühlt. Ich musste lernen, was es bedeutet, ohne Sicherheit zu leben. Und obwohl jederzeit damit zu rechnen war, hat der Tod meines Vaters mich doch bis ins Mark getroffen.« Die Sätze kamen ihr nicht leicht über die Lippen, aber sie sah, dass ihre Worte Ethan erreichten. Sie las es in seinem Gesicht. Wie sehr musste er sich vor den Reaktionen fürchten, die auf ihn zukämen, wenn seine Krankheit publik würde. Die hilflosen Worte und halbherzigen Hilfestellungen: »Das wird schon wieder!«, »Kopf hoch!«, »Sicher ist es nicht so schlimm, wie du jetzt denkst!«

Sie ließ Ethan Zeit, das Gesagte zu verarbeiten, und auch

sich selbst, um sich wieder zu beruhigen. Als er aufsah, sprach sie ihre Gedanken aus. »Ich weiß, dass die meisten Menschen, die erkranken, ihr Umfeld nicht mit ihrer Krankheit behelligen wollen. Sie glauben, ihre Liebsten schützen zu müssen, was eine zusätzliche Belastung für sie darstellt. Kranke trösten ihre Familien, anstatt selbst Trost anzunehmen. Mein Vater hat darüber gesprochen, wie es sich anfühlt, zu einer Belastung für die Familie zu werden. Seitdem habe ich keine Angst mehr, offen zu sprechen. Die letzten Jahre waren schwierig, aber sie haben mich auch stark gemacht.«

Jimmy hatte sich unter einen Baum verkrochen, dort lag er im Schatten und schnappte nach einer Hummel, die auf einem Grashalm landete. Vögel zwitscherten. Um sie herum war es so friedlich, dass allein das Wort Krankheit ein Witz zu sein schien.

»Meine Eltern haben eine gute Ehe geführt. Eine, wie man sie sich nur wünschen kann«, erzählte Ethan. »Sie hatten immer ein offenes Ohr füreinander, haben sich gegenseitig unterstützt und viel miteinander gelacht. Doch dann traf meinen Vater die Diagnose Krebs, und diese fünf Buchstaben waren wie ein Schalter, der das Leben meiner Eltern umlegte und meins auch. Anfangs lief es noch ganz gut. Sowohl meine Mutter als auch mein Vater versprühten so etwas wie selbstauferlegten Optimismus, dem ich mich selbstverständlich anschloss. Mein Vater sagte ständig Sätze, wie: »Einen starken Baum fällt man nicht mit einem Axthieb.« Meine Mutter küsste ihn dann immer und nickte, als müsse sie seine Worte bestätigen. Und natürlich wurde diese Haltung auch an den großen Freundeskreis weitergegeben. Nun kämpfte John Allington nicht im Beruf, nun kämpfte er um seine Gesundheit. Dass er verlieren könnte – das durfte niemand auch nur in Erwägung ziehen.«

Ethan unterstrich seine Worte mit reduzierten Gesten. Für Emma bestand kein Zweifel, dass er sich mit diesem Erlebnis schon oft auseinandergesetzt hatte.

»Und dann ging es mit ihm rapide bergab. Die Werte wurden schlechter, die Behandlungen und Nebenwirkungen immer drastischer. Ohne Vorwarnung kamen psychische Probleme dazu. Mit einem Mal war mein Vater nicht mehr der strahlende Held im Leben meiner Mutter. Er war verletzlich, manchmal reagierte er sogar unwirsch. So kannten wir ihn nicht. John Allington war niemals anklagend oder wütend gewesen, er geriet nie außer sich. Doch plötzlich war er genau all das. Er war verzweifelt. Und irgendwann war klar, dass er es nicht schaffen würde ...« Ethan fuhr sich mit den Händen übers Gesicht. »Über die letzte Zeit hat meine Mutter kaum gesprochen. Sie konnte die Veränderung meines Vaters nur schwer akzeptieren. Gegen Ende stürzten die Medien sich auf das Thema. Sie sah Bilder ihres kranken Mannes in der Zeitung und las die immer drastischer werdenden Überschriften. Als die Beisetzung hinter uns lag, sagte sie, so etwas würde sie nicht noch einmal durchstehen.« Ein schmerzliches Zucken lief über Ethans Gesicht. Er bemerkte es und korrigierte seine Mimik sofort. »Deshalb habe ich Stimmprobleme vorgeschoben«, gestand er. »Ich hatte Angst, einzuknicken, wenn ich mit meiner Mutter spreche. Mich ihr doch anzuvertrauen, obwohl ich es nicht tun sollte. Würdest du deiner Mutter diese Last nicht auch ersparen wollen?« Hinter dem sanften Klang seiner Stimme lagen die verborgenen Gefühle, die er nicht zeigen wollte. Er nahm es sich übel, erkrankt zu sein. Als wäre er fehlerhaft. Beschädigte Ware. Wie sehr musste er seine Mutter lieben, um sie um jeden Preis schützen zu wollen.

Er richtete den Blick auf den Horizont. Emma sah, dass Tränen in seinen Augen standen. Tränen, die er mit aller Kraft zurückzuhalten versuchte.

»Du hast lange nicht über diese Zeit gesprochen, nicht wahr?«, fragte sie vorsichtig.

Ethan wandte sich ihr zu, sah jedoch durch sie hindurch, als wäre sie gar nicht anwesend. »Ich habe *nie* darüber gesprochen. Ich wollte die alten Wunden nicht aufreißen.«

Sie würde Ethans Erzählung nicht mit Bildern unterfüttern, wie sie es sonst tat, wenn ihr etwas Außergewöhnliches anvertraut wurde. Sie wusste auch so, wie schlimm diese Zeit für seine Mutter und ihn gewesen war. Ethan hatte ruhig und besonnen gesprochen, doch gerade deshalb war sein Bericht so emotional gewesen.

»Wenn ein geliebter Mensch erkrankt, möchtest du dann nicht für ihn da sein!?«, fragte sie nach einer Weile. Sie sah, wie er gegen seinen inneren Widerstand anging. Als er nichts erwiderte, sprach sie weiter: »Manchmal rutscht einem etwas heraus, weil man sich Luft machen muss. Damals war deine Mutter erschöpft. Sie war am Boden zerstört. Aber jetzt würde sie an deiner Seite sein wollen, das ist doch klar.«

Den Blick aufs Meer gerichtet, saß Ethan schweigend da. »Vermutlich hast du recht«, sagte er schließlich. »Die Frage ist nur, ob der Weg an meiner Seite nicht zu viel für sie ist. Wie kann ich ihr so etwas zumuten?« Er schüttelte den Kopf. »Nein! Ich halte die Rede in der Library, und danach beginne ich die Behandlung.«

»Du hast doch sicher ein ganzes Gefolge von Mitarbeitern. Ist es wirklich so wichtig, selbst vorn zu stehen und zu sprechen. Warum willst du das tun, Ethan?«

Bei Emmas Frage entkam ihm ein amüsiertes Lachen. »Sicher nicht, um Smalltalk zu führen, nachdem ich die Medien mit einer ausgefeilten Rede beeindruckt habe. Mir ist das Projekt enorm wichtig. Davon abgesehen, würde ich mir zum gegenwärtigen Zeitpunkt nur eins wünschen, einfach eine Weile hierzubleiben … der Sonne beim Auf- und Untergehen zuzusehen und den Regen zu beobachten, wie er an den Rosenblättern herabrinnt. Normalität.« Er presste die Hände zusammen und ließ sie wieder los. »Aber natürlich geht das nicht. Zuerst die Rede, dann die Behandlung. Mehr ist nicht drin.«

»Erzähl mir von dem Projekt.« Emma wollte so viel wie möglich darüber erfahren. Sie schob den Stuhl zurück, streckte die Beine aus und hielt sie in die Sonne.

»Interessiert dich denn, was ich plane?«

Emma hob überrascht die Augenbrauen. »Was für eine Frage?! Meine Eltern hatten eine Buchhandlung in Köln, die Buchhandlung Sandner. Nichts Großes, aber ein Ort mit Seele. Dort bin ich aufgewachsen. Und immer, wenn wir in London waren, haben wir ganze Nachmittage in der Library verbracht. Für mich ist dieser Ort viel mehr als die weltweit größte Leihbibliothek. Er hat Erinnerungswert.«

Ethans zusammengepresste Lippen entspannten sich. Mit unerwartetem Enthusiasmus begann er von seinem Projekt zur Förderung junger Autorinnen und Autoren zu sprechen. Mit einem Mal bestand eine unausgesprochene Vertrautheit zwischen ihnen. Sie diskutierten über Ethans Plan, Kooperationen zwischen etablierten Schriftstellern und jenen, die noch am Anfang ihres beruflichen Weges standen, zu fördern. Ethan erzählte, wie herausfordernd es gewesen war, sein Projekt auf die Beine zu stellen. Und je länger er sprach, umso mehr schweißte das Thema sie zusammen.

»Ich weiß, dass viele interessante Stoffe ausgeklammert werden, weil man damit nicht genügend Leser anspricht. Es zählt ja vor allem, ob ein Buch sich verkauft«, beklagte Emma.

»Ja, das ist schade. Auch aus diesem Grund habe ich *Herzenssachen* ins Leben gerufen«, argumentierte Ethan. »Kein Autor und keine Autorin soll sich Gedanken darüber machen müssen, ob das gewählte Thema genügend Leser findet. Alles soll zur Sprache kommen dürfen. Keine Tabus. Wie oft gibt es solche Projekte ohne Einschränkungen, zudem mit finanzieller und ideeller Unterstützung?«

»Nicht sehr oft«, wusste Emma.

Von dem mürrischen Gehabe der vergangenen Nacht war nichts mehr zu spüren. Ethan gab sich unbefangen und einfühlsam – ein kurzer Moment vorgeschobener Normalität, in dem er nicht an die eigene Situation denken musste.

Er wusste, welche Hoffnungen Schriftsteller in sich trugen und was es bedeutete, vor einem leeren weißen Blatt Papier zu sitzen, das gefüllt werden musste. Es ging ihm darum, Schreibenden eine Plattform zu bieten, eine Heimat auf Zeit. »… deshalb ist es mir wichtig, bei dem Projekt alle Fäden in der Hand zu halten. Ein Jahr Vorbereitungszeit liegt hinter mir. Fast jede Woche hatte ich, zusätzlich zum normalen Job, mit *Herzenssachen* zu tun, und nun stehe ich kurz vorm Startschuss.«

Bis jetzt hatte Emma Ethans Aufmachung kaum Beachtung geschenkt, doch nun, wo die Stimmung zwischen ihnen sich zunehmend entspannte, registrierte sie das helle Hemd, das er zur dunklen Jeans trug. Wie beim letzten Mal, hatte er die Ärmel aufgerollt, sodass die sehnigen Muskeln seiner Unterarme zum Vorschein kamen. Ein Mann, der so dynamisch und sportlich aussah, konnte nicht ernsthaft krank sein. Und doch war er es.

»Du glaubst nicht, wie viele Telefonate mein Team und auch ich geführt haben, um Bestsellerautoren als Paten für die Kooperation zu gewinnen. Nicht immer mit Erfolg, das sage ich gleich dazu. Die meisten, die oben angekommen sind, sind mehrere Jahre im Voraus ausgebucht, arbeiten an einem oder mehreren neuen Manuskripten, haben Lesungen und Gastbeiträge für Zeitungen zugesagt.«

»Und jetzt steht die Präsentation unmittelbar bevor?« Emma löste den Blick von Ethans Unterarmen.

»In drei Tagen wird vor der versammelten Presse verkündet, wer als Erster die finanzielle Unterstützung für seinen Roman erhält.«

»Wie ging das Auswahlverfahren vonstatten?«

»Ganz klassisch per Griff in den Lostopf. Erste Stipendiatin ist eine holländische Jungautorin. Ihr Pate ist ein englischer Bestsellerautor.«

»Und was ist das langfristige Ziel des Projekts?«, wollte Emma wissen.

»... die Unterschiede zwischen den Kulturen schreibend herauszuarbeiten und diese als Erweiterung unserer eigenen Sichtweise zu verstehen und zu nutzen. Nicht gegeneinander, sondern miteinander. So lautet das Motto.«

Von einem solchen Unterfangen hatte sie noch nie gehört. Das Projekt war einzigartig und ließ sich nur verwirklichen, wenn man einen potenten Sponsor hatte. Jemanden wie Ethan Allington, der damit kein Geld verdienen, sondern etwas in Gang bringen wollte.

»Wenn allerdings herauskommt, dass der Initiator krank ist, spricht niemand mehr über die Themen, die die Autorinnen und Autoren in den Vordergrund rücken möchten. Dann liegt der Fokus auf mir, darauf, wie es mir geht und was ich *durchmache.*« Das letzte Wort sprach Ethan beinahe mit Abscheu aus. »Die Medien werden sich fragen, ob Ethan Allington schon seine Haare verloren hat und wie seine Überlebenschancen sind. Ob ihm eine Frau zur Seite steht oder ob er den Kampf allein führt. Die Presse wird nicht vor der Frage zurückschrecken, ob Ethan Allington sein Testament gemacht hat. Und wenn er die Erkrankung allein bewältigen muss, fragen die Medien sich, warum er nicht fähig ist, jemanden an sich heranzulassen.«

Es war seltsam, Ethan in der dritten Person über sich sprechen zu hören. Doch was er sagte, war nicht übertrieben.

»Ich weiß, worauf du hinauswillst. Meine Freundin ist Journalistin, durch sie kenne ich die Gesetze der Medien etwas. Schlechte Nachrichten sind gute Nachrichten. Die Krankheit einer sogenannten öffentlichen Person bietet Stoff für mehrere Zeitungsausgaben. Leider läuft es so.«

»Wie unwichtig sind in den Augen der Medien Buchprojekte im Vergleich zum Kampf gegen eine lebensbedrohliche Krankheit«, sagte Ethan betroffen. »*Herzenssachen* wäre gerade mal eine Randnotiz wert. Ein Jahr Vorbereitung umsonst. Diese Enttäuschung möchte ich den Stipendiaten ersparen. Sie haben verdient, dass man ihre Stimmen hört.«

»Und wie wird deine Mutter reagieren, wenn du in der London Library sprichst und danach unter irgendeinem Vorwand wieder verschwindest, um deine Behandlung zu beginnen, von der sie nichts wissen soll? Wie willst du dieses Problem lösen?«

»Du hast recht«, gab Ethan nach. »Es wäre vernünftiger, wenn jemand anderes die Präsentation übernimmt. Ich muss mich ohnehin eine Zeitlang aus der Öffentlichkeit zurückziehen.« Er tastete den Rand seines Glases ab. »Allerdings ist das Ganze nicht so einfach. Als ich *Herzenssachen* vor einem Jahr in einem Interview ankündigte, habe ich versprochen, das Projekt bliebe Chefsache. Die Presse hat das sicher nicht vergessen, und auch mein Team wird das Gras wachsen hören, wenn ich das Heft nun aus der Hand gebe. Das Telefon steht garantiert nicht still, man wird nachfragen, was los ist.«

»Dann müssen wir uns eben etwas einfallen lassen.« Emma tippte mit dem Finger gegen die Lippen, während sie nachdachte. »Wie beruhigt man ein Kind, das sich wehgetan hat?«, sagte sie nach einer Weile.

»Indem man es tröstet«, antwortete Ethan.

»... und es ablenkt. Man muss das Kind auf andere Gedanken bringen. Lenk den Fokus auf etwas anderes«, fasste sie nach. »Lass mich die Rede halten. Mein ganzes Leben dreht sich um Bücher, immer schon. Ich kenne mich mit internationaler Literatur aus. Damit erklärst du der Presse, ohne anwesend zu sein, dass nicht du im Mittelpunkt stehen möchtest, sondern die volle Aufmerksamkeit den Autoren gehört.« Die Worte waren heraus, bevor Emma richtig darüber nachdenken konnte.

Ethan überlegte. »Wenn du Pech hast«, sagte er schließlich, »schreibt die Presse, du seiest meine neueste Eroberung. Dann geht das Geschrei los, ich würde dich promoten und bekannt machen wollen. Du hast keine Ahnung, wozu die Medien fähig sind. Die Grenzen des guten Geschmacks werden ignoriert. Erst recht, wenn es um Beziehungen geht.«

»Damit habe ich kein Problem.« Emma hielt ihre Hände hoch, um zu zeigen, dass sie keinen Ring trug. »Ich bin Single. Es gibt niemanden, der sich aufregen könnte, weil ich in den Medien bin. Mach dir darüber also keine Gedanken. Hauptsache, das Projekt bekommt die Öffentlichkeit, die es braucht. Dein Projekt ist wichtig, Ethan, und ich finde großartig, was du damit erreichen möchtest, aber deine Gesundheit geht vor.«

»Ich könnte dir die relevanten Unterlagen digital zur Verfügung stellen.« Es klang zögerlich, doch immerhin dachte er über ihren Vorschlag nach.

»Hast du die Rede schon geschrieben?«

»Ehrlich gesagt, stand mir in den letzten Tagen der Kopf nicht danach, an meiner Rede zu feilen.«

»Es reicht, wenn du mir die Schwerpunkte nennst, dann schreibe ich die Rede und lege sie dir vor, wenn sie fertig ist. Du sagst, es ginge primär darum, jemanden, der noch am Anfang seiner Karriere steht, mit jemandem zusammenzuspannen, der es bereits geschafft hat. Waren die Bewerbungen auf bestimmte Länder begrenzt? Etwa auf Europa?«

Ethan schüttelte den Kopf. »Begrenzungen wollte ich bewusst vermeiden.« In einer flüchtigen Geste strich er sich übers Haar. »Wie ich schon sagte, bilden eine holländische Autorin und ein englischer Starautor das erste Team. Merle de Graaf und Andrew Wilson.«

»Andrew Wilson!?« Emma hob die Stimme an. »Er ist

ein langjähriger Freund meiner Familie und kennt mich, da war ich noch so …« Sie deutete die Größe eines Babys an. »Mit ihm in Kontakt zu treten ist ein Kinderspiel. Andrew ist verschwiegen und geradlinig. Mit ihm wird es keine Probleme geben, dafür lege ich meine Hand ins Feuer.«

»In zwei Tagen steht ein Treffen mit ihm an. Merle de Graaf kommt ebenfalls.«

»Wir kennen uns erst kurz, Ethan, aber ich würde dir wirklich gern bei dem Projekt helfen.« Als keine Einwände von ihm kamen, fuhr sie fort: »Ich bin gut vernetzt, kenne viele literarische Vereinigungen, Literaturveranstalter und das Lesepublikum, sowohl in Deutschland als auch in England. Und ich kenne Andrew. Ich hätte Zeit und kein Problem damit, freiberuflich beziehungsweise projektbezogen zu arbeiten.« Sie erzählte von ihrem Plan, sich nach einer neuen beruflichen Herausforderung umzusehen. »Wenn du willst, helfe ich dir dabei, das Projekt voranzubringen. Sicher hast du jede Menge Material, das du mir zur Einarbeitung geben kannst. Und vergiss nicht: Du musst dir keine weitere Ausrede einfallen lassen, weshalb du eine Rede in der Library hältst, deine Mutter aber in nächster Zeit nicht besuchen kannst.« Emma leitete zum entscheidenden Punkt über. »Und was im Moment das Wichtigste ist, mir gegenüber kannst du offen sein, ohne Angst, dass etwas über dich nach außen dringt.«

In Ethans Kopf schienen die Dinge langsam Gestalt anzunehmen. »Ich könnte bekanntgeben, dass du ein Teil des Projekts bist … eine Literaturwissenschaftlerin, die ich ins Boot geholt habe, weil ich bereits an einem weiteren Projekt arbeite. Das würde mir, im weitesten Sinne, entsprechen. Und vielleicht sogar Neugierde wecken.«

Emma legte die Hände auf den Tisch. »Für mich klingt das schlüssig.«

Nach einem letzten kurzen Zögern gab Ethan sich einen Ruck. »Dann machen wir es so. Wir gehen Schritt für Schritt vor. Als Erstes rufe ich Andrew an und sage ihm, dass nicht ich zu unserem Treffen kommen werde, sondern eine Vertrauensperson.« Beim Wort *Vertrauensperson* huschte ein flüchtiges Lächeln über sein Gesicht. Vermutlich stellte er sich vor, wie überrascht Andrew wäre, plötzlich Emma vor sich zu sehen. »Das Treffen findet in Bray-on-Thames statt, einem Dorf auf einer kleinen Insel unweit von London. Die Brasserie des Landhotels *Monkey Island* ist berühmt für ihren Räucherlachs. Andrew hat eine Schwäche dafür, aber das weißt du sicher.«

»Wie könnte ich das vergessen«, schmunzelte Emma. Sie freute sich, Andrew bald wiederzusehen. Falls sie Ethans Projekt längerfristig betreute, könnte sie in Köln kündigen. »Jetzt müssen wir deiner Mutter nur noch erklären, wie wir uns kennengelernt haben«, überlegte sie.

»Ich schreibe, ich sei wegen einer Hauseinweihung spontan hergekommen. Das entspricht sogar halbwegs der Wahrheit. Und da sind wir uns natürlich über den Weg gelaufen.«

»Würde es Ava nicht seltsam vorkommen, dass du zu einer Hauseinweihung gehst, obwohl du nicht sprechen kannst?«

»Nicht unbedingt! Mein Freund Sam hatte letztes Jahr wochenlang keine Stimme und war trotzdem bei unseren Treffen dabei. Damals haben alle ein Kreuzzeichen gemacht, Sam hat nämlich ein ziemlich loses Mundwerk, und die Vorstellung, ihn eine Weile schweigend um uns zu haben, kam uns recht erholsam vor«, sagte er mit einem Augenzwinkern. »Wegen Sam bin ich überhaupt auf die Idee mit den Stimmbandproblemen gekommen.«

Es musste unangenehm für Ethan sein, die Lügen und Halbwahrheiten im Auge zu behalten, damit er sich nicht verriet. »Allerdings ist die Diagnose Kehlkopfentzündung zeitlich begrenzt. Lange kannst du das nicht vortäuschen.«

»Dessen bin ich mir bewusst. Wenn du in London bist, will meine Mutter vermutlich von dir wissen, wie es mir geht. Sag ihr, ich bringe inzwischen ein paar Worte heraus, soll laut ärztlicher Verordnung jedoch noch eine Weile meine Stimme schonen.«

Lügen waren ihr von Grund auf zuwider. Doch was blieb ihr anderes übrig, als Ethans Strategie zu unterstützen? Nur so konnte sie sicherstellen, dass er sich rasch in Behandlung begab. Früher oder später würde Ava Allington allerdings mit der Wahrheit konfrontiert werden müssen. »Gut!«, sagte sie. »Dann machen wir es so!«

»Danke, Emma!« Ethan nickte erleichtert. »Ich weiß deine Hilfe zu schätzen.«

Emma zögerte, dann hörte sie auf ihr Herz und legte die Hand auf Ethans. »Wir kriegen das gemeinsam hin. Versprochen!«

Kurz sahen sie sich an, dann zog Ethan seine Hand unter ihrer hervor. »Okay, dann überlegen wir mal, wie wir zusammenarbeiten können.« Sie loteten aus, wie eine Kooperation zwischen ihnen aussehen konnte. »Bis alle Buchprojekte auf den Weg gebracht sind, dauert es schätzungsweise zwei Jahre. Bis zu den Veröffentlichungen sogar länger. Was hältst du davon, zwischen Deutschland und England zu pendeln? Wenn du willst, kannst du ins Strandcottage ziehen und dort dein Büro aufschlagen. Das heißt, wenn es dir in Cornwall nicht zu einsam ist.«

Emma konnte ihre Begeisterung kaum zurückhalten. Auf einen Vorschlag wie diesen hatte sie nicht zu hoffen gewagt. Morgens würde sie mit einem Spaziergang in den Tag starten, und mittags, wenn die ersten Arbeitsstunden hinter ihr lägen, konnte sie zum Strand gehen, um eine Runde zu schwimmen. Am Wochenende würde sie sich auf Clemmies Terrasse ein Fischbrötchen und hinterher einen Kaffee gönnen und dem guten Gefühl nachgeben, ihr Pensum geschafft zu haben.

Energie strömte durch ihren Körper »Ich würde sehr gern ins Cottage ziehen und *Herzenssachen* von dort aus betreuen«, sagte sie. »Wie gern, traue ich mich gar nicht zu sagen …« Begeisterung durchflutete sie. Sie sah alles in den schönsten Bildern vor sich: wie sie ihren Laptop aufschlug und mit der Arbeit begann und Ethan abends ihre Ergebnisse mailte. Es dauerte einen Moment, um sich von diesen wunderbaren Bildern zu lösen. Wenn diese einmalige Chance nur nicht mit Ethans Krankheit verbunden wäre! Wie gern hätte sie ihn unter normalen Umständen kennengelernt. Zwei Menschen, die sich über den Weg liefen und ineinander verliebten …

Emma verdrängte die Gedanken an Ethans Gesundheitszustand und an die Lügen, zu denen sie um seinetwillen gezwungen war. Stattdessen dachte sie an Marie. Sie musste sie unbedingt anskypen, um ihr zu erzählen, was passiert war. Vielleicht wäre Ethan einverstanden, dass Marie sie besuchte? Nach weiteren Überlegungen entschieden sie einhellig, während der gesamten Projektdauer zusammenzuarbeiten. Ethan schlug vor, sich anfangs täglich per Mail auszutauschen. »Ich hoffe, ich kann während der Behandlung meine Post abrufen und Mails schreiben. Mal sehen.«

Der Bratenduft, der aus der Küche wehte, stieg Emma in die Nase. »Ich weiß nicht, wie es dir geht, aber ich würde jetzt gern von dem Braten kosten. Er riecht so herrlich, und Hunger bekomme ich langsam auch.«

Wie von der Tarantel gestochen, sprang Ethan auf. »Himmel noch mal! Der Braten.« Der Stuhl kippte zu Boden.

Als Emma in die Küche kam, wich Ethan gerade den Dampfschwaden aus, die ihm aus der geöffneten Ofentür entgegenschlugen. »Hoffentlich können wir das noch essen«, sagte er mit einem skeptischen Blick auf den Bratensaft, der ziemlich dürftig aussah.

Emma griff nach einem Küchenhandtuch, zog den Bräter heraus und lächelte. »Wir strecken die Soße, und schon ist der Fall geritzt.«

28. KAPITEL

Ethan beugte sich über das aufgeschlagene Kochbuch. »Nehmen Sie 30 Gramm Mehl und 40 Gramm Butter, was der Basis für 500 Milliliter Soße entspricht, zerlassen Sie die Butter bei schwacher Hitze, geben Sie das Weizenmehl hinzu und verrühren Sie alles mit dem Schneebesen, bis eine glatte Masse entsteht.« Er griff nach der Mehltüte. »Dann machen wir das mal, nicht wahr, Jimmy? Und bitte keinen dieser vorwurfsvollen Blicke, von wegen ich hätte zwischendurch auf die Uhr schauen sollen. Emma liebt Soßen, wenn ich also eine halbwegs schmackhafte Soße hinkriege, bin ich aus dem Schneider.«

Es musste Jahre her sein, dass er sich in ein Kochbuch vertieft hatte. Besonders kompliziert schien die Herstellung einer Soße allerdings nicht zu sein. Er würde es schon hinbekommen. Er gab Butter in den Topf, drehte die Hitze hoch und sah kurz aus dem Fenster. Von draußen steuerte Emma die geöffnete Küchentür an.

Ihr Anblick brachte seine innere Balance noch ein bisschen mehr aus dem Gleichgewicht. Plötzlich gab es jemanden, der ihm bei seinem Projekt half. Das war doch schon was. Jetzt galt es alles Gute, das ihm widerfuhr, wertzuschätzen. Positiv denken und unbedingt daran glauben, dass er es schaffen konnte, wieder gesund zu werden.

»Bitte sehr, die Kräuterlieferung«, sagte Emma. »Thymian und Schnittlauch. Petersilie habe ich auch mitgebracht … Petersilie kann nie schaden«, erklärte sie.

»Danke fürs Holen.« Er nahm ihr die Kräuter ab, wusch sie unter fließendem Wasser und legte sie auf ein Stück Küchenrolle.

»Das Hochbeet kann man übrigens nicht verfehlen.« Emma rieb sich die Hände am Küchenhandtuch ab. »Am Glashaus vorbei, dann zirka siebenhundert Meter geradeaus, bei der Palmengruppe links abbiegen und dann immer Richtung Klippe.« Sie lachte. »Ehrlich, ich habe noch nie so lange nach einem Kräuterbeet gesucht. Wäre nicht schlecht, wenn du am Kühlschrank einen Lageplan vom Garten anbringst.«

Ethan schmunzelte. »Du sprichst vom großen Kräutergarten. Es gibt noch einen kleineren. Einmal stolpern und du bist da.«

»Na, vielen Dank. Das habe ich jetzt gebraucht.« Emma steckte sich mit einem breiten Grinsen eine der Cocktailtomaten in den Mund, die Ethan für den Salat auf die Kücheninsel gelegt hatte.

»Als Kind bin ich gern in den Kräutergarten gegangen. Nicht weit davon befand sich mein Piratenschiff.«

»Ein Schiff?«, fragte Emma verwundert.

Ethan lächelte. »Es war nur ein gewöhnliches Baumhaus, aber für meine Freunde und mich, die wir es selbst zusammengenagelt haben, war es viel mehr. Leider war der Baum von einem Schädling befallen, damit waren die Zeiten des Piratenschiffs gezählt. Mrs Snow hat uns immer etwas Leckeres hingestellt. Wir haben die Körbe mit einem Flaschenzug zu uns hinaufgezogen. Kirschkuchenessen in Piratenmanier mit anschließendem Kirschkernweitspucken gehört zu meinen schönsten Kindheitserinnerungen.«

»Schade. Ich hätte dein Baumhaus zu gern gesehen.« Emma reichte Ethan das Salz. »Ich bin in der Stadt großgeworden. Keine gute Voraussetzung für Baumhäuser.«

Ethan fing Emmas Blick auf, der auf den Topf mit der Soße gerichtet war. »Ich habe ganz vergessen, wie viel Spaß es macht, in der Küche herumzuwerkeln. Wenn nur nicht so viele Handgriffe auf einmal zu bewältigen wären.«

»Ach, mach dir keinen Kopf. Anfangsfehler seien dir verziehen. Es zählt der Wille.« Emma sah sich in der Küche um. »Sag mal, wo finde ich ein Schneidebrett und ein Messer? Dann könnte ich mich um den Salat kümmern.«

Ethan deutete mit dem Kopf die Richtung an. »Im Schrank sind Holzbretter und Messer in der Schublade gegenüber.«

Emma holte sich, was sie brauchte, und begann Schnittlauch zu schneiden. In der Küche herrschte geschäftige Ruhe.

Ethan zupfte Thymian von den Stängeln und gab einen Schuss Wein in die Soße. »Fehlt nur noch Crème fraîche«, attestierte er, nachdem er probiert hatte. Er öffnete schwungvoll den Kühlschrank, langte nach einem Becher Crème fraîche und ließ den Löffel darin verschwinden.

Emma schmeckte das Dressing ab, schnitt Weißbrot in Scheiben und füllte den Brotkorb.

Wie selbstverständlich sie sich in dieser Küche zurechtfand.

»Ich trage schon mal das Brot und den Salat in den Garten«, kündigte sie an.

Ethan sah ihr nach, wie sie, Teller und Korb balancierend, dem Plattenweg folgte. Es fiel ihm schwer, den Blick von ihr zu lösen, doch er zwang sich, zu Jimmy hinunterzusehen. »Ich weiß, der Bratenduft macht dich nervös. Du bekommst einen Büffelhautknochen.« Er holte einen Knochen aus der Packung und reichte ihn Jimmy, dann kostete er ein letztes Mal von der Soße, nickte zustimmend, und holte eine Sauciere aus dem Hängeschrank.

»Ich fülle die Soße nur schnell hier rein. Könntest du bitte schon mal das Besteck rausbringen?«, sagte er zu Emma, die inzwischen zurückgekehrt war.

»Besteck liegt schon, wo es hingehört, inklusive Servietten. Sally hat mir so viele in den Picknickkorb gepackt, dass ich mich noch tagelang davon bedienen kann.«

»Sally hat dir einen Korb mitgegeben?«

»Und was für einen!« Emma deutete eine beachtliche Menge an. »Damit könnte ich eine halbe Woche auskommen.«

»Bei den Allingtons muss niemand Hunger leiden. Das war schon immer so«, flachste Ethan, schnappte sich den Bräter und ging damit hinaus.

Der Tisch stand in der Mitte der Pergola und war wunderschön gedeckt. Er blickte auf den Strauß cremeweißer Rosen, den Emma auf dem Tisch platziert hatte, und stellte das Tablett ab.

»Schau mal«, sagte er und deutete in die Richtung. »Wirkt das Meer von hier aus nicht wie das atemberaubendste Bild im perfekten Rahmen?«

Emma folgte seiner Hand und blickte durch die Steher der Pergola. »Wow! Tatsächlich. Das ist der zauberhafteste Essplatz, den ich kenne«, schwärmte sie.

»Und wir zwei Glückspilze dürfen hier schlemmen.« Er zog den Stuhl unter dem Tisch hervor. »Bitte Platz zu nehmen.«

Emma setzte sich, griff nach der Serviette und legte sie auf ihren Schoss.

»Die Pergola ist einer meiner Lieblingsplätze im Garten«, sagte Ethan.

Es war ein herrlicher Spätnachmittag, das Meer lag ruhig unter ihnen. Ethan genoss das Gefühl der Nähe zu Emma. Er legte ihr ein Stück Braten auf und deutete auf die Sauciere. »Bitte, nimm dir von der Soße. Ich hoffe, sie schmeckt dir.«

»Du hast die besten Zutaten verwendet. Sie kann nur schmecken.« Sie griff nach dem Vorlegelöffel und verteilte ordentlich Soße über das Fleisch. Dann nahm sie sich Salat, wünschte Ethan guten Appetit und begann zu essen.

»Du weißt gar nicht, wie sehr es mich erleichtert, auf dich zählen zu können!«, sagte Ethan, als er den ersten Bissen Fleisch hinuntergeschluckt hatte.

»Wir sind wohl beide zum richtigen Zeitpunkt am richtigen Ort«, sagte Emma kauend.

Er sah auf, und in diesem Moment hob Emma ebenfalls den Blick, sodass sie einander tief in die Augen sahen. Sie überspielten es mit einem Lächeln.

»Es schmeckt hervorragend, auch die Soße ist gelungen. Die Mühe hat sich gelohnt«, lobte Emma.

»Hörst du, Jimmy? Ich hab's nicht versaut«, scherzte Ethan.

Sollte er Emma davon erzählen, dass sie ihn an Tony erinnerte, der nie nur das Naheliegende berücksichtigte, sondern immer auch die Feinheiten, die sich hinter dem Offensichtlichen verbargen, miteinbezog?

Sie aßen weiter, und als Emmas Teller leer war, fragte er: »Nachschub gefällig?«

Sie nickte und hielt ihm den Teller hin. Er legte eine weitere Scheibe Braten auf und reichte ihr den Brotkorb, damit sie sich bedienen konnte.

»Laue Abende und gutes Essen ... was gibt es Schöneres«, sagte er.

»Da kann ich dir nur zustimmen. Du hast wirklich gut gekocht.«

Dann schwiegen beide.

Bisher war Ethan die Großartigkeit, zu leben, nicht in dieser Deutlichkeit klar gewesen. Als er der Zusammenarbeit mit Emma zugestimmt hatte, hatte er sich nicht wiedererkannt. Normalerweise wog er Pro und Kontra gegeneinander ab und schlief noch einmal eine Nacht über eine Entscheidung. Diesmal war es anders. Dennoch hatte er das Gefühl, dass diese spontane Entscheidung besser war als manche, die er erst nach langem Abchecken der Fakten getroffen hatte.

Er legte noch ein Stück Weißbrot auf Emmas Brotteller, der schon wieder leer war.

»Danke! Du bist sehr aufmerksam«, sagte sie.

Seine Wangen wurden heiß. »Es tut mir leid, wie ich mich vergangene Nacht benommen habe. Ich war einfach unmöglich.«

»Schon vergessen«, sagte Emma. Sie verhielt sich, als hätte es nie eine Diskussion zwischen ihnen gegeben. Und endlich gelang es ihm, die Stimme zu ignorieren, die ihn warnte: *Sei vernünftig und unterbinde jedes Gefühl, das dir oder anderen später Sorgen bereiten könnte. Wenn man an Krebs erkrankt ist, weiß man nicht, wie die Zukunft aussieht.*

»Was hältst du eigentlich von Emmas Mitarbeit, Jimmy? Findest du es gut, dass sie *Herzenssachen* betreut?« Jimmy setzte zu einem Sprung an und landete auf seinem Schoß. »Heißt das ja? Oder bist du unentschlossen?« Der Mischling steckte seine Schnauze zwischen Ethans Beine und nieste.

Emma lachte. »Fragst du Jimmy tatsächlich nach seiner Meinung oder flunkerst du, um mich zu unterhalten?« Sie steckte sich ein weiteres Stück Weißbrot in den Mund. Die Kruste war kross und das Innere weich, wie sie es mochte.

»Ehrliche Frage?« Ethan streichelte Jimmy, dann setzte er ihn auf den Boden und wischte die Hände an der Serviette ab.

»Ehrliche Frage!« Emma nickte.

»Ja, ich habe Jimmy schon öfter nach seiner Meinung gefragt, und glaub es oder nicht, seine Ratschläge sind nicht schlechter als die mancher Freunde.«

»Lass das nicht deine Freunde hören, sonst bist du sie los.« Emma lehnte sich gemächlich zurück. »Ich finde es herrlich, dass wir hier essen können«, schwärmte sie.

»Wenn ich du wäre, hätte ich mich seit dem Frühjahr hier verkrochen, entschlossen, nie wieder hervorzukommen.«

»Da ist was dran. Als ich Rosewood Manor als Kind zum ersten Mal bewusst wahrgenommen habe, ist mir aufgegangen, wie besonders dieser Platz ist – fern von allem und doch mit jeder erdenklichen Abwechslung. Hier hatte ich immer genügend Auslauf, habe Pirat gespielt und Fische gefangen. Später war es ein Ort, an den ich mich zurückziehen und wo ich frei denken konnte, ohne eine Fassade aufrechterhalten zu müssen. Und jetzt … ist es ein Zufluchtsort.« Ethan steckte die Hände zwischen die Beine. »Ich werde meinen Freunden übrigens nichts von meinem Krankenhausaufenthalt sagen. Mitleid ist anstrengend – für beide Seiten.«

Emma nickte. Sie schien ihn zu verstehen, ohne, dass sie darüber sprechen mussten.

Ethan sah zu Jimmy, der sich auf den Rücken gedreht hatte und die Pfoten in die Luft streckte, und plötzlich wurde ihm bewusst, dass er nicht nur seine Freunde, sondern auch den Hund lange nicht sehen würde. Hunde konnten Krankheitserreger übertragen, zum Beispiel Pilze und Sporen, besonders Hunde wie Jimmy, die viel im Freien waren. Für gesunde Menschen war das kein Problem, aber wenn seine Chemotherapie begann, würde er Jimmy meiden müssen, denn er wäre ein Risikopatient für Infektionskrankheiten. Seine Gedanken rissen ab, als Jimmy aufsprang und davonpreschte.

»Hey, was ist mit Jimmy los?«, fragte Emma. »Hat er irgendwas gehört?«

»Kann schon sein!« Ethan legte die Serviette zur Seite. »Ich schaue mal nach, ob alles in Ordnung ist«, sagte er und folgte Jimmy durch den Garten. Auf halbem Weg zum Tor blieb er stehen. War das Bee, die auf ihn zukam? Er legte die Hand an die Stirn, um besser gegen die Sonne sehen zu können. Er irrte sich nicht. »Hey Bee!?«, rief er überrascht und ging ihr entgegen.

Sie rannte strahlend auf ihn zu. »Ich hab die Klingel nicht gefunden«, sagte sie keuchend. »Und da bin ich über die Mauer geklettert. Ist ja nicht so hoch.« Jimmy tänzelte um Bee herum, bis das Mädchen sich endlich zu ihm hinunterbeugte. »Hallo, mein Kleiner. Wer bist du denn?«

»Bee! Darf ich vorstellen …«, Ethan deutete auf Jimmy, »das ist Jimmy, mein persönlicher Berater und im Nebenjob Hund der Familie.« Ethan wandte sich an den Hund. »Jimmy. Das ist Bee. Ihres Zeichens Bienenliebhaberin. Ich bin mir sicher, sie wird auch dich ins Herz schließen.«

»Wobei berät Jimmy dich denn?« Bee kitzelte Jimmys Pfoten und schien das Spiel mit ihm zu genießen.

»Ach, bei allem Möglichen«, sagte Ethan ausweichend. »Ich stelle ihm Fragen, und anhand seines Gesichtsausdrucks weiß ich, was er antworten würde. Oder besser gesagt, ich ahne es.«

»Krass«, sagte Bee. Sie ließ von Jimmy ab und kratzte sich am Arm. »Jimmy, hast du gehört, was Ethan sagt?« Sie wuschelte mit beiden Händen durch Jimmys Fell, schien den Hund gar nicht mehr loslassen zu wollen.

»Nur für die Zukunft, Bee. Über die Mauer klettern ist nicht ganz unproblematisch.«

Bee lief rot an. »Klaro!« Sie stand auf. »Hätte ich wissen müssen. Keine Kletterpartie«, gab sie sich reumütig.

Ethan zog eine Karte aus der Hosentasche und reichte sie Bee. »Hier ist meine Nummer. Ruf das nächste Mal an.

Und später zeige ich dir die Klingel. Dann bist du auf der sicheren Seite.« Er lächelte, um dem Mädchen die Scham zu nehmen.

Bee steckte die Visitenkarte in die Gesäßtasche ihrer Jeans. Auf dem kindlichen Gesicht erschien ein befreites Lächeln.

»Sag mal, hast du Hunger? Wir essen gerade Kalbsbraten … mein Hausgast Emma und ich. Wenn du möchtest, iss mit uns.« Ethan sah, dass Bee sich das Ende ihres T-Shirts um den Zeigefinger wickelte.

»Cool. Hunger hab ich immer«, platzte es aus ihr heraus.

»Wissen deine Eltern denn, wo du bist?«

»Ähmm … nicht direkt«, druckste Bee herum. »Ich hab gesagt, ich fahr mit dem Rad zum Strand und schau mich ein bisschen um. Und als Clemmie anfing, den Wagen für die Auslieferungstour zu beladen …«

»… hast du sie gefragt, ob du mitdarfst!«

Bee nickte zaghaft. »Dad sagte, du bist nur selten hier, und da dachte ich, wenn ich's jetzt nicht versuche, muss ich vielleicht Monate warten, bis du hier wieder auftauchst.«

Ethan sah die vorbehaltlose Freude in Bees Gesicht. Es war etwas Besonderes für sie, sich auf der Roseninsel nach Herzenslust umzusehen, das sah er ihr deutlich an.

»Du hast das Talent, Menschen für dich einzunehmen, Bee! Setz dieses Talent noch mal ein und gib zu Hause Bescheid, wo du bist.«

Bees Strahlen erlosch. »Muss das sein? Kann ich nicht auf dem Heimweg anrufen?«

»Nein, junge Dame. Deine Eltern machen sich bestimmt Sorgen, und ich möchte nicht, dass sie herumgrübeln, wo ihre Tochter steckt.«

»Und was soll ich Mum und Dad sagen?«

»Wie wäre es mit der Wahrheit?«, schlug Ethan vor. »Sag ihnen, ich hätte dich zum Essen eingeladen und würde dich danach nach Hause fahren. Was kann deine Mum schon dagegen haben, dass du mit einer reizenden Buchhändlerin aus Deutschland und mir Kalbsbraten isst?« Ethans unnachgiebiger Gesichtsausdruck ließ wenig Raum für Bees Trotz.

»Du kennst Mum nicht.« Sie blies die Wangen auf und ließ die Luft mit einem lauten Geräusch entweichen. »Sie glaubt garantiert, ich falle dir auf den Wecker.«

»Wir kriegen das schon hin, Bee. Falls es Probleme gibt, spreche ich mit deiner Mum.« Ethan hielt Bee die erhobene Hand hin, in die diese sofort einschlug. »Versprochen!«

»Yep«, kreischte Bee. »Besiegelt?«

»Besiegelt!«, bestätigte Ethan.

Leben kam in Bees Gesicht. In Windeseile fischte sie ihr Handy aus der Hose und rief die Nummer ihrer Mutter auf. »Hallo, Mum, ich bin's«, trällerte sie ins Telefon.

Ethan hörte, wie Bee mit ihrer Mutter verhandelte. Sie setzte sämtliche Argumente ein, um ihr klarzumachen, wie wichtig es für sie war, auf der Roseninsel zu bleiben. Doch das Gespräch lief schleppend. »Nein, Mum, Mr Allington hat echt nichts dagegen. Er hat mich selbst eingeladen. Großes Ehrenwort! Bitte sag, dass ich bleiben darf«, bettelte sie.

Ethan streckte die Hand nach Bees Handy aus und formt dabei ein lautloses: »Darf ich?«

»Mum, warte. Mr Allington möchte dich sprechen.« Mit hoffnungsvollem Blick reichte Bee ihr Handy an Ethan weiter.

»Hallo, Mrs Carter, Ethan Allington am Apparat …«

Ethan hörte geduldig zu, was Bees Mutter zu sagen hatte, und als sie ihre Bedenken losgeworden war, beruhigte er sie. »Ich verstehe Ihre Sorge, Mrs Carter. Allerdings hat Bee mich nicht überfallen. Ganz im Gegenteil. Wir haben beim Krebsrennen darüber gesprochen, dass sie mal herkommt. Und da ich nur selten in Cornwall bin, habe ich Ihre Tochter gebeten, gleich in den nächsten Tagen vorbeizukommen. Und heute passt es hervorragend«, fuhr er fort. »Bee kann sich gern zu meinem Hausgast und mir gesellen. Es wäre wunderbar, wenn wir das, was wir zu viel in den Bräter gelegt haben, nicht wegschmeißen müssten. Sie wissen ja, wie es ist, wenn Männer kochen. Mit den Mengen verschätzen wir uns immer …« Ethan wickelte Bees Mutter charmant um den Finger. »Sie können sich auf mich verlassen, Mrs Carter. Ich bringe Bee pünktlich um sieben wieder nach Hause. Sicherheitshalber gebe ich Ihnen meine Handynummer, damit Sie mich jederzeit anrufen können. Haben Sie etwas zum Schreiben zur Hand?«

Er gab Fran Carter seine Nummer, dann kehrte er mit Bee, die mit stolz geschwellter Brust neben ihm herhüpfte, zur Pergola zurück: »Danke, Ethan. Du bist der Beste! Mum hatte echt keine Chance gegen dich«, freute sie sich.

»Emma, das ist Carol Millie, genannt Bee«, sagte er. »Sie hat gestern angekündigt, mal vorbeizuschauen. Und hier ist sie. Ihr Onkel ist im Gartenbau tätig, und sie will sich unbedingt die Rosen in Rosewood Manor ansehen.

Bee. Das ist Emma, Jimmys persönlicher Schutzengel. Der Schlingel ist während eines Spaziergangs in London ausgerissen, und wie der Zufall es wollte, lief er Emma vor die Füße, und die hat ihn dann wieder nach Hause gebracht. Und so hat Emma meine Mutter kennengelernt …

und dann mich. Emma ist übrigens Buchhändlerin und lebt in Deutschland, in Köln.«

»Hallo, Emma«, Bee stellte sich mit besten Manieren vor und deutete sogar einen Knicks an. »Toll, dass Sie Jimmy zurückgebracht haben. Meine Mum würde Sie dafür küssen. Sie liebt Leute, die Tiere retten.«

»Ich mag ebenfalls Menschen, die helfen. Wie heißt deine Mum denn?«

»Fran, und mein Dad Davy. Mum sagt, wir sind eine ziemlich glückliche Familie. Und weil das nicht häufig vorkommt, müssen wir jeden Tag was dafür tun, dass es auch so bleibt«, Bee bildete mit Zeige- und Mittelfinger ein V, das Victory-Zeichen.

Ethan zog einen Stuhl zurück und wartete, bis Bee sich darauf plumpsen ließ.

Kaum saß sie, begann sie an der Schleife des Stuhlkissens herumzuspielen. »Köln liegt am Rhein, oder?« Ein schelmisches Lächeln flog über ihr Gesicht. Es schien ihr großen Spaß zu machen, mit den Erwachsenen am Tisch zu sitzen und zu plaudern.

»Richtig«, antwortete Emma. »Der Fluss ist so was wie das Wahrzeichen der Stadt, ebenso wie der Dom.«

»Bee ist gern über alles Mögliche informiert«, sprang Ethan helfend bei.

»Das sagt er, damit Sie gleich wissen, was auf Sie zukommt«, sagte Bee und kicherte.

Ethan grinste. Bee würde Emma mit Fragen löchern, allerdings auf diese wunderbar kindlich-fröhliche Art. »Entschuldigt mich. Ich bringe mich nur schnell vor Bees Fragen in Sicherheit und hole ein Gedeck für sie«, sagte er und ging davon.

Emma lachte. Ethans Humor gefiel ihr. »So, und jetzt erzähl mal von dir. Du magst Geografie? Und bestimmt noch eine Menge mehr, nicht wahr?!«

Ethan hörte, wie Emma und Bee miteinander plauderten. Als er mit Tellern und Besteck zurückkam, erzählte Bee gerade von ihren Angewohnheiten: »Ich muss ständig in Büchern blättern und im Internet stöbern, was nachsehen und so. Keine Ahnung, weshalb. Ich glaube, ich mag es einfach, Dinge zu wissen.«

»Es gibt viel zu erfahren, Bee. Und so einige Rätsel aufzudecken … Ich habe gerade erst von einem Rätsel erfahren, das ich zu gern lösen würde.«

»Echt? Um welches Rätsel handelt es sich denn?« Bee rückte neugierig näher an Emma heran.

»Es geht um ein Buch: *Geschichten aus Cornwall*«, erzählte Emma. Zwischen ihren Augen war eine Falte entstanden.

»Und wo ist das Rätsel?«, mischte Ethan sich ein.

»Das Rätsel ist, wer der Autor dieses Werks ist. Oder die Autorin. Das weiß nämlich niemand.«

»Muss nicht auf jedem Buch stehen, wer es geschrieben hat?«, wollte Bee wissen.

»Nicht unbedingt. In diesem Fall steht anstelle eines Namens das Wort: Anonymus, das kommt aus dem Griechischen und bedeutet ›Unbekannter‹. Es handelt sich also um ein echtes Geheimnis.«

»Mannomann! Wir müssen dieses Geheimnis unbedingt lüften.« Bee war ganz aufgeregt. »Ich frage alle, die ich kenne, ob sie was über das Buch wissen. Und ich erzähle Dad davon. Er kennt eine Menge Leute, weil alle Honig bei ihm kaufen.«

»So, Bee!« Ethan, der eine Weile unverrichteter Dinge

neben dem Tisch gestanden hatte, legte Messer und Gabel neben ihren Teller. »Würdest du mir bitte sagen, wie viel du wovon möchtest. Es gibt Braten mit Soße, Weißbrot und Salat.«

Das spitzbübische Glitzern in Bees Blick war ansteckend. Wenn er sie ansah, fühlte er sich beinahe selbst wieder wie ein Kind.

»Boah, sieht das lecker aus.«

»Gut, dann bekommst du jetzt eine dicke Scheibe Braten und mindestens genauso viel Salat.« Beim Anblick des sich langsam füllenden Tellers wurden Bees Augen immer größer. »Kann ich bitte zwei Stück Braten haben? Und drei Stück Weißbrot?«

»Na klar. Solange der Vorrat reicht.« Ethan tat Bee auf, dann drehte er seinen Stuhl, um in Bees und Emmas Blickrichtung zu sitzen. Er schätzte die Gesellschaft von Kindern, weil er ihre Unerschrockenheit und Begeisterung mochte. Kinder liebten es, sich auszuprobieren, so auch Bee. Sie redete ganz unbefangen, was ihr in den Sinn kam, und es machte Spaß, ihr und Emma zuzuhören. Eine Weile redeten sie über das geheimnisvolle Buch, von dem er noch nie gehört hatte. Dann wechselten sie zu anderen Themen. Hier und da mischte er sich in das Gespräch ein, doch die meiste Zeit ließ er sich von ihren Stimmen einlullen. Emmas aufmerksames Zuhören und Bees Enthusiasmus ließen seine Krankheit in weite Ferne rücken, und um nichts in der Welt wollte er auch nur eine Minute dieser trügerischen Normalität versäumen.

Bisher hatte er sich nur selten Gedanken darüber gemacht, wie wunderbar es sein könnte, mit *seiner* Frau und *seiner* Tochter oder *seinem* Sohn beim Abendessen zu sitzen.

Die kleinen Opfer, die ein reiches Familienleben einem abverlangten, waren nicht auf seinem Radar gewesen, ebenso wenig hatte er über den Zusammenhalt und die Abwechslung nachgesonnen, die diese Form des Glücks mit sich brachte. Er hatte sich schlicht und einfach noch keine Gedanken über ein Leben als Ehemann und Familienvater gemacht. Dafür musste man außerdem zuerst die passende Partnerin finden. Jemanden, den man vorbehaltlos lieben konnte. Das war ihm nie passiert.

Nun mit Emma und Bee im Garten zu sitzen, fühlte sich an, als hätte er, wie durch Zauberhand, eine Familie, mit der er einen von vielen Tagen am Meer verbrachte.

»Dad hat nicht übertrieben. Rosewood ist megasupertoll. Wie viele Rosensorten gibt es hier eigentlich?« Bees Frage holte ihn aus seinen Grübeleien.

Er zuckte ertappt mit den Schultern. »Leider weiß ich das nicht. Aber ich bin froh, dass der Garten dich nicht enttäuscht.«

»Rosen riechen so gut und sind so schön«, schwärmte Bee kauend.

»Ansonsten mag sie lieber das, was sich unter Wasser abspielt«, ergänzte Ethan Bees Vorlieben.

»Dann schätze ich, du möchtest später Meeresbiologin werden. Liege ich damit richtig?«, tippte Emma.

Bee nickte. »Wenn ich klug genug dazu bin. … Ethan?« Sie sah ihn mit diesem flehenden Blick an, den er schon an ihr kannte. »Führst du mich nach dem Essen im Garten herum?«

»Mach ich. Und dass du eines Tages eine anerkannte Meeresbiologin bist, ist ja wohl klar. Wer so interessiert ist wie du, kann alle Abenteuer bestehen.«

»Danke!« Bee trank von ihrem Saft. »In meiner Klasse finden manche, ich sei eine Streberin. Aber ich bin nur neugierig und hab's nicht gern, wenn ich was nicht kapier.«

Emma nahm sich vom Salat. »Sag mal, Bee, hat deine Familie etwas mit den Marmeladen von *Bee's Dreams* zu tun? Ich habe heute Vormittag einige Gläser in St. Ives gekauft.«

Bee ließ klappernd die Gabel fallen und nickte strahlend. »Dad liefert den Honig für die Marmelade. Darauf ist er mächtig stolz. Dads Honig ist einfach der beste.«

Über ihrer Plauderei vergaßen sie völlig die Zeit. Der Braten wurde immer kleiner, bis nur noch das Endstück übrig war.

»Das letzte Stück Braten bekommst du, mein Freund. Keine Sorge«, versprach Ethan, als Jimmy sich mit einem Winseln meldete. Er schnitt die Bratenscheibe in kleine Stücke und gab sie dem Hund. Bee hielt ihr Messer in die Höhe und beobachtete, wie Jimmy die Fleischstücke in wenigen Augenblicken hinunterschlang.

Ethan griff nach den Tellern und sah fragend zu Emma und Bee. »Wer möchte Nachtisch?«

Bee hob als Erste die Hand und schrie: »Ich.«

»Ich auch«, schloss Emma sich an.

»Dann gehe ich mal in die Küche und kümmere mich um eine Dessertvariation.« Ethan stapelte das schmutzige Geschirr zusammen, stellte es aufs Tablett und verschwand ins Haus.

Mit einem Erdbeerkuchen, einer halben Ananas und Desserttellern kam er zurück. »Brauchen wir Sahne?«, fragte er, während er die Teller verteilte und den Kuchen und die Obstschüssel in die Mitte des Tisches stellte.

»Ich komme gut ohne zurecht«, sagte Emma.

»Ich auch«, stimmte Bee ihr zu.

»Dann lautet die Bestellung also Erdbeerkuchen ohne Sahne und Ananas.« Ethan schnitt die Ananas auf und füllte die Dessertschüsseln, danach widmete er sich dem Kuchen.

Bald war Bees Nase vom Staubzucker gesprenkelt, und Emma nieste, weil der Zucker so fein war. Bee schob Jimmy heimlich ein kleines Stückchen Kuchen zu. Die Hand unterm Tisch versteckt, tat sie so, als könne sie kein Wässerchen trüben.

Ethan griff nach seinem Dessertteller und ließ sich gegen die Stuhllehne sinken. Bees Grimassen, wenn sie sich über etwas freute, waren unnachahmlich. Sie redete mit Händen und Füßen und lachte mit Emma über alles Mögliche.

»... und wenn du Langeweile hast, kommst du bei uns vorbei. Mein Dad kann dir alles erklären, was du über Bienen wissen musst. Du kannst natürlich auch ein paar Gläser Honig mitnehmen. Das musst du sogar! Und hinterher schauen wir bei Clemmie vorbei und essen Fischbrötchen.«

»Das Angebot kann ich unmöglich ablehnen. Ich komme ganz bestimmt«, versprach Emma und fragte Bee nach ihren Lieblingsfächern in der Schule und nach ihren Lieblingsbüchern.

Ethan schlüpfte aus den Mokassins. Seine Mutter hatte in ihrer letzten Mail erwähnt, was für ein liebenswürdiger Mensch Emma sei. *Sie ist herzerwärmend*, hatte sie geschrieben. Nun gab er ihr recht. In Emmas Gesellschaft fühlte man sich rundum wohl. Sie strahlte Wärme aus und gleichzeitig eine ruhige Lebendigkeit, die tiefer ging. Dass sie wunderschön war, kam hinzu, war jedoch nicht das Wichtigste. Er kannte viele attraktive Frauen, doch die Ausstrahlung eines Menschen war das, was ihn viel mehr faszinierte.

Bee und Emma brachen in lautes Gelächter aus; er lachte mit, ohne zu wissen, worum es ging. Er hatte nicht hingehört, worüber sie sprachen, doch einfach mitzulachen war herrlich.

Emma schob sich eine Haarsträhne hinters Ohr. Ihre rote, gewellte Mähne und ihr zartes, an Porzellan erinnerndes Gesicht mit den vielen Sommersprossen verliehen ihr etwas Ätherisches. Wie freundlich und aufmerksam sie war. Und wie viel Verständnis sie für andere aufbrachte.

Würde Tony ihn fragen, wie er für Emma empfinde, würde er antworten, dass er noch nie jemanden wie sie kennengelernt hatte. Eine Frau, die ihm das Gefühl gab, alles im Leben sei genau so, wie es sein muss … nur leider begegnete er ihr im schlechtesten Augenblick, um sich zu verlieben. Er verscheuchte den Gedanken, weil er schmerzte. Er brauchte jetzt seinen Optimismus und all seine Kraft, um wieder gesund zu werden.

»Nachschub, die Damen«, sagte er leichthin, schnitt weitere Kuchenstücke ab und legte je eins auf Bees und auf Emmas Teller.

»Wenn du uns so verwöhnst, werden Bee und ich diesen Garten nie wieder verlassen. Stimmt's, Bee?« Emma genoss es, mit Bee herumzualbern.

»Stimmt. Wir bleiben hier, verstecken uns im Haus und plündern nachts die Vorräte. Wenn die Uhr zwölf schlägt, streifen wir wie Geister durchs Haus. Und wir suchen uns jeden Tag ein neues Versteck. Und wenn du zurück nach London fährst, kommen wir hervor und tun so, als wären wir hier daheim.«

»Vielleicht solltest du Schriftstellerin werden, Bee. Genügend Fantasie hast du jedenfalls«, lobte Ethan. »Und Verstecke gibt es in diesem Haus eine Menge, ihr würdet also eine Weile unentdeckt bleiben.«

Nach dem Essen führte er Bee durch den Garten. Der Abend war noch jung, Bienen flogen summend herum, Vögel tirilierten.

»Meine Güte, wo ist denn hier das Ende?«, fragte Bee, als sie am Glashaus abbogen.

»Eine Weile brauchen wir noch, bis du alles gesehen hast.«

Bee sah, wie die Bienen in den Rosenblüten verschwanden. »Das sind Dads Bienen«, rief sie aufgeregt. »Hey, ihr Süßen. Seid schön fleißig. Und fliegt später zurück nach Hause.«

Emma, die das Geschirr in die Küche getragen hatte, kam auf sie zu und schloss sich ihnen an. Genauso wie Bee steckte sie die Nase in die vielen Blüten und sog den Duft tief ein.

Bald war es Zeit, Bee nach Hause zu bringen. Emma umarmte das Mädchen zum Abschied. »War schön, dich kennenzulernen, Bee. Ich hoffe, das war nicht unser letztes Treffen.«

Nachdem Emma im Haus verschwunden war, sagte Ethan: »Ich werde in den nächsten Monaten nicht hier sein können, Bee. Ich habe etwas Wichtiges zu erledigen.«

»Hab's mir schon gedacht. Du bist ein Worka … holic. Hab ich recht?«

»Na ja, vielleicht«, begann er. »Was ich vorhabe, hat allerdings weniger mit meiner Arbeit zu tun, eher damit, etwas wieder in Ordnung zu bringen.« Ihn beschlich der Gedanke, ihr mit diesem Hinweis schon zu viel zuzumuten, doch Bees große Augen ließen ihn erleichtert durchatmen.

Sie hörte nur, was er sagte. Wie sollte sie auch wissen, was hinter seinen Worten steckte.

»Und wie lange dauert es, bis du die Dinge in Ordnung gebracht hast? Wann kann ich dich wieder besuchen?« Sie fragte mit der Unschuld des Kindes, das nichts Böses annahm.

»Ich weiß es nicht.« Er legte eine Hand auf Bees Arm. »Emma wird hier sein. Du kannst sie jederzeit besuchen. Sicher freut sie sich, wenn du ab und zu vorbeischaust. Ihr versteht euch doch so gut.«

»Dann komm ich zu Emma. Und wenn du zurück bist, wissen wir die Namen aller Rosensorten und geben dir Nachhilfe.«

Ethan war froh, dass Bee es so leichtnahm. »Das ist eine wunderbare Idee. Habe ich dein Wort drauf?«, fragte er.

»Klaro. Heiliges Ehrenwort von St. Ives«, plapperte Bee.

Es war nur ein Katzensprung bis zu Bees Zuhause, einem kleinen Cottage am Rand von St. Ives. Ihre Mutter wartete bereits im Vorgarten, was Bee peinlich zu sein schien. Ethan unterhielt sich kurz mit ihr, dann steuerte er wieder auf seinen Wagen zu.

»Ich bin keine Stalkerin«, zischte Bee, die neben Ethan herlief. »Was glaubt Mum eigentlich?«

»Du weißt doch, wie Eltern sind«, sagte er, in der Hoffnung, sie wisse es tatsächlich. »Sie sind supervorsichtig.« Er war vor seinem Wagen angekommen, wohin Bee ihn unbedingt hatte begleiten wollen.

»Sag Mum beim nächsten Mal, dass wir Freunde sind, ja!?« Ein schiefes Grinsen überzog ihr Gesicht. »Freunde besuchen sich, und das ist gar keine große Sache.«

»Mach ich. Also, Bee … bis zum nächsten Mal.«

Bee flog ihm in die Arme und drückte ihn mit einer Kraft an sich, die ihn überraschte.

»Ethan, du bist echt toll! Ich mag dich.«

»Und du bist ein ganz besonderes Mädchen.« Es fiel ihm nicht leicht, sich von ihr loszureißen, doch schließlich schaffte er es in seinen Wagen und fuhr los. Mit einem Winken bog er um die Ecke.

Auf dem Rückweg dachte er über den Nachmittag nach. Wie verärgert er war, weil Emma sein Telefonat mitbekommen hatte, und wie positiv sich dann alles entwickelt hatte. Vielleicht stimmte Emmas Einschätzung, und Ava wollte tatsächlich wissen, wie es ihm ging. Er dachte darüber nach, was sie über seine Mutter gesagt hatte. Die vergangenen Stunden waren intensiv gewesen. Vor allem der kurze Bericht über den Verlust ihrer Eltern hatte ihn tief getroffen. Emmas erschöpfte Schluchzer waren ihm ans Herz gegangen. Ohne zu zögern, hatte er nach ihrer Hand gegriffen, und als er ihre zarte Haut spürte, war es, als sei eine Flamme angezündet worden. Ein kleines Licht, das nun in ihm brannte.

Tonys Schwärmereien über Valerie blätterten sich wie ein Bilderbuch in seinem Kopf auf und erinnerten ihn an sein Unverständnis, weil er lediglich geahnt hatte, wie Tony sich fühlte. Doch nun war es, als hätte sich ein Vorhang geöffnet, und plötzlich verstand er jedes Wort, das Tony je über Valerie gesagt hatte. Mit einem Mal begriff er, dass Liebe einen ohne Vorwarnung treffen konnte. Wie Amors sprichwörtlicher Pfeil.

Wie es wohl wäre, Emma zu küssen? Sicher lag noch ein Hauch Erdbeergeschmack auf ihren Lippen.

Der Wagen rumpelte über den Bahnübergang, und je

mehr er sich dem Haus näherte, umso warnender wurde die Stimme in seinem Kopf. *Wieso sollte Emma dich küssen wollen? Einen Mann, der todkrank ist.*

Als er den Wagen in die Garage lenkte, waren seine Gedanken noch immer bei ihr. Und als er ins Haus trat, wünschte er sich, Emma wenigstens einmal in die Arme schließen zu können.

Peggys Liebesliste:

DIE HELDEN UNSERER LIEBLINGSBÜCHER ZEIGEN UNS, WER WIR SEIN KÖNNEN.

Ich glaube, im tiefsten Inneren hab ich geahnt, dass Brian Männer liebt, doch erst, als ich von der Seebestattung, die er sich gewünschte hatte, zurückkam, habe ich mich ernsthaft gefragt, weshalb ich nie gesagt hatte: »Brian, falls es jemanden gibt, der wichtig für dich ist, würde ich diesen Menschen gern kennenlernen. Du bist mein Bruder. Ich respektiere und liebe dich, ganz egal, wie du lebst!«

All die Jahre ist nichts dergleichen über meine Lippen gekommen, dabei hat Hannes' Schlaganfall mich darin bestärkt, meine Toleranz offen zu zeigen. Kein Tabu sollte uns je davon abhalten, einander vorbehaltlos zu begegnen.

Leben heißt nichts von vorneherein ausschließen ... das sind nicht meine Worte, Brian hat das mal zu mir gesagt. Und allein wegen dieser Worte wird er immer einen besonderen Platz in meinem Herzen haben.

29. KAPITEL

Köln, vor sieben Jahren

Peggy gibt der Tür einen Schubs. Der Sonnenstrahl, der den Eingangsbereich erhellt, verschwindet, als die Tür hinter ihr zufällt. Sie fingert nach dem Briefkastenschlüssel, schnappt sich die Post und nimmt die Stufen nach oben.

»Bin zurück«, ruft sie, als sie ihre Wohnung betritt.

Sie eilt in die Küche, räumt die Einkäufe in den Kühlschrank und in die Vorratsecke, wäscht sich die Hände und geht ins Wohnzimmer.

Hannes' Gesicht hebt sich von dem hellen Daunenkissen kaum ab. Nur das blasse Rosa seiner Lippen ist als Farbtupfer zu erkennen. Sie zieht die Wolldecke zurecht, die über seinen Beinen liegt, setzt sich auf die Tischkante und fährt mit den Fingern über den Bücherstapel neben sich – Hannes' Lektüre, aus der sie ihm jeden Tag vorliest: Krimis, Sachbücher, und ein dünner Band mit dem provokanten Titel *Der verlorene Mann*. Einige Bücher, die ihm besonders gut gefallen, die er jedoch bereits gelesen hat, sind ebenfalls dabei. Es würde für ein ganzes Jahr reichen.

Neun Monate Ausnahmezustand liegen hinter ihnen. Ein Dreivierteljahr Hoffen und Bangen, Zweifeln und Aufrichten. Hannes aufzuheitern, sieht Peggy als ihre wichtigste Aufgabe. Der Schlaganfall hat ihn hart getroffen, das Gefühl ein Pflegefall zu sein, nagt an seinem Selbstbild. Er leidet unter Stimmungsschwankungen, will es aber nicht zugeben.

Sie beobachtet, wie er friedlich schläft. In diesem Zustand fehlt ihm nichts. Wenigstens der Schlaf lässt ihn nie im Stich.

Sie rutscht auf die Kante der Couch und flüstert seinen Namen. »Hannes … ich bin zurück.« Liebevoll streicht sie über sein Haar.

Langsam öffnet er die Augen und lächelt zaghaft.

Dieses Lächeln stellt sofort die Vertrautheit zwischen ihnen her, die sie seit ihrer ersten Begegnung verbindet.

»Wohin … bist du … auf Tauchstation … gegangen«, bringt er hervor.

»Das weißt du doch. Ich war einkaufen. Supermarkt, Drogerie und so weiter. Zum Schluss habe ich noch schnell in der Buchhandlung vorbeigeschaut. Heute haben wir sehr gut verkauft. Ohne Emmas Aushilfe ginge es allerdings nicht. Sie ist sehr beliebt bei den Kunden. Ich hoffe, sie bleibt uns erhalten, auch, wenn du wieder arbeiten kannst.« Sie stellt die Tatsache, dass es ihm irgendwann wieder gutgeht, einfach in den Raum. Es ist ihre Art mit der Situation umzugehen. Das Beste annehmen. Und hoffen, hoffen, hoffen.

Er versucht zu nicken, sagt jedoch nichts.

»Wie geht es dir?«, fragt sie nach einer Weile.

»Frustrierte … Zuversicht. So was … in der Art«, er schwächt seine Worte durch ein Augenzwinkern ab und nimmt dem Moment dadurch die Schwere.

»Frustrierte Zuversicht«, wiederholt sie. »Wenn du mich fragst, ist das ein bisher unterschätztes Thema für ein Buch.« Sie spürt seine Verlegenheit und versucht, sie wegzulächeln. Sein Gesicht ist noch immer nicht das, das sie von früher kennt. »Das wird wieder«, sagt sie ihm jeden Tag und glaubt selbst daran.

Was passiert, wenn es nicht so kommt, weiß sie selbst nicht. Darüber denkt sie nur nach, wenn sie allein ist. Dann schreibt sie ihre Gefühle in ihr rotes Büchlein, das vom Hellen und vom Dunklen erzählt und wie leicht Liebe sein kann und wie schwer. »Warte kurz. Ich habe Blumen gekauft, ich stelle sie rasch in die Vase.«

»Ich … laufe nicht … weg«, er rollt mit den Augen. Es ist seine Art, sie auch jetzt noch zu unterhalten.

»Danke. Jetzt fühle ich mich gleich sicherer«, scherzt sie.

Auf dem Weg zur Küche kommt sie an den Gegenständen vorbei, die sie so mag und an die so viele Erinnerungen geknüpft sind: der Sessel, auf dem Hannes so gern sitzt und in dem sie sich schon so oft geküsst haben; der Spiegel, vor dem sie sich die Lippen nachzieht, bevor sie die Wohnung verlässt. »Glaubst du wirklich, das hättest du nötig? Du bist auch ohne Farbe im Gesicht die schönste Frau, die ich je gesehen habe. Ich bin ein Glückspilz hoch zwei. Ich sag's ja immer«, hat Hannes immer gesagt, wenn er ihr dabei zugesehen hat.

Am Tag seines Schlaganfalls hatte er ihr ein ganz besonderes Kompliment gemacht: »Du bist mein Mittelpunkt, mein Hintergrund, meine Ausnahme von der Regel … mein alles.« Wie glücklich war sie, diese Worte aus dem Mund des Mannes zu hören, den sie schon so lange liebte.

»Weißt du was? Wenn irgendwo in Deutschland ein Komplimente-Wettbewerb stattfindet, melde ich dich an. Du gewinnst den ersten Preis.«

»Für eine Frau wie dich sind Worte noch der kleinste Einsatz.« Und dann hatte er ihr eine Geschenkbox überreicht, in der sich eine Sonderedition zweier Romane von Evelyn Waugh befand: *Wiedersehen mit Brideshead* und *Verfall und Untergang*, jeder Band in hellblaues Leder gebunden, die Titel in Gold geprägt.

Sie hatte ihn einen Narren geschimpft, weil er so viel Geld für sie ausgab, und war ihm gleichzeitig um den Hals gefallen und hatte sein Gesicht mit Küssen bedeckt.

Dieser Blick voller Zärtlichkeit und dass er immer daran dachte, ob es ihr gutging – das reichte ihr. Seine Geschenke, oft Erstausgaben wunderbarer Bücher, waren nur die Zugabe.

Am Abend desselben Tages zerplatzte die Blase ihres Glücks. Kurz vor Beginn der Tagesschau klagte Hannes über ein seltsames Taubheitsgefühl auf der rechten Körperseite. Sie sah, dass sein Mundwinkel herunterhing, und wählte den Notruf. Alles ging furchtbar schnell. Keine Viertelstunde später fuhr sie mit ihm ins Krankenhaus, hielt im Krankenwagen seine Hand und sprach beruhigend auf ihn ein. Und nur eine Woche nach seinem Krankenhausaufenthalt pochte Hannes darauf, sich um eine Patientenverfügung und den Organspenderausweis kümmern zu wollen. Danach war ihr Leben ein anderes.

Peggy stoppt die bedrückenden Erinnerungen, nimmt eine Vase aus dem Schrank, füllt sie mit Wasser und stellt die Blumen hinein. Mit einem Dutzend roter Blüten kehrt sie zurück ins Wohnzimmer, platziert die Vase auf dem Tisch. Dabei sieht sie Hannes erwartungsvoll an. Sie weiß immer einen winzigen Augenblick früher als er selbst, was er braucht.

»Vorlesen oder Emma anrufen?«, stellt sie zur Debatte.

»Nummer eins«, flüstert er. »… und danach … Nummer zwei.«

»Wusste ich's doch«, sagt sie und schlägt sich anerkennend auf die Schulter. »Du bist ein offenes Buch, dabei behauptest du immer das Gegenteil.«

Sie schätzen beide diese Wortspielereien, kleine Sätze, die zeigen, dass sie alles nicht so ernst nehmen. Selbst Hannes' Krankheit nicht. Es sind Lücken in einem herausfordernden Alltag. Pausen, um Luft zu schnappen.

30. KAPITEL

Cornwall, Juni

Er legte den Arm hinter den Kopf, fasste sich an die Schulter und dehnte den Muskel. Nachdem er die Übung auch mit dem anderen Arm gemacht hatte, öffnete er das Fenster und lehnte sich in die Nachtluft hinaus. Es war kurz vor zwei, sein Herz jagte, und er war hellwach. Ein Gewitter war im Anzug. Von fern war leises Donnergrollen zu hören. Er atmete tief die salzige Luft ein, dann schloss er das Fenster, ging ins Bad, füllte ein Glas mit Wasser und leerte es in einem Zug.

Er tappte in den hinteren Bereich des Bads und ließ sich auf den Toilettendeckel sinken. Mit den Jahren war das Badezimmer zu einem Rückzugsort für ihn geworden. Morgens hielt er hier Zwiesprache und schwor sich auf den Tag ein. Und abends, nach dem Zähneputzen, schloss er hier den Tag ab.

Jimmy steckte ihm seine feuchte Schnauze entgegen. Er streichelte ihn, fand jedoch keine Ruhe und stand wieder auf.

»Na?«, fragte er sein Spiegelbild, als er vorm Waschbecken stand. »Wie kommst du damit klar, deine Mutter zu belügen? Und wie ist es, neben Emma im Bett zu liegen, ohne ihr eine Zukunft bieten zu können? Sicher hätte sie gern vorher gewusst, dass die Nacht mit dir nichts mit einer gemeinsamen Zukunft zu tun hat!«

Er stellte sich Emmas Freundin vor, von der sie ihm erzählt hatte. Marie würde ihm vermutlich den Hals umdrehen, wenn sie erführe, dass er Emma einfach so geküsst hatte. Und Sam würde behaupten, es sei erbärmlich, noch mal Sex haben zu wollen, bevor es für längere Zeit damit vorbei wäre. Dass er das Thema in gewohnter Nüchternheit abhandelte, wäre nichts Neues.

»Falsch gedacht, mein Lieber«, rechtfertigte er sich gegenüber seinem Spiegelbild. »Es geht mir nicht um Sex, obwohl es sich ziemlich lebendig anfühlt, Emma in den Armen zu halten. Und um es auf den Punkt zu bringen, was weißt du schon von Liebe?« Ethan zog eine Grimasse.

Inzwischen glaubte er nicht mehr daran, dass Sam so tough war, wie er tat. Er erinnerte sich noch gut an Sams letzte Freundin, eine Französin, die Computerspiele entwickelte. Sam und Manon hatten sich anfangs nicht oft genug sehen können. Doch dann entwickelte sich die Partnerschaft zu einer klassischen On-Off-Beziehung, die Sam als prickelnde Liebelei darstellte, bei der ihm nie langweilig wurde. Das Ende dieser ungewöhnlichen Beziehung hatte er ruckzuck abgehandelt und war zur Tagesordnung übergegangen. Doch wenn ihn nicht alles täuschte, nagte Sam bis heute daran. Er tat kaltschnäuzig, war in Wirklichkeit jedoch sensibler, als er zugeben wollte. Bei nächster Gelegenheit würde er ihn fragen, wie es ihm *wirklich* ging, und nicht eher ruhen, bis Sam ehrlich geantwortet hatte. Vielleicht wartete sein Freund nur auf diese Frage?

Er spürte, wie das Blut durch seine Adern rauschte – dieses Blut, das ihm solche Sorgen bereitete. »Verfluchte Krankheit!«, stieß er hervor und genoss es, mal Dampf abzulassen, auch wenn sich dadurch nichts änderte. »Du solltest öfter fluchen«, sagte er sich und ging noch einmal zum Fenster. Draußen lichteten sich zaghaft die Wolken.

Wie viele heiße Sommertage hatte er bereits auf der Roseninsel erlebt, die Ruhe nur von den Schreien der Möwen durchbrochen und vom Rauschen der Wellen in Carbis Bay. Wenn er von seinen Spaziergängen über den Klippenpfad zurückkam, setzte er sich immer auf die von der Sonne erwärmten Felsen. Unzählige unauslöschliche Momente hatten sich mit den Jahren angesammelt. Jetzt wünschte er sich nichts sehnlicher als wenigstens einen Sommer mit Emma. Er würde ihre Hand halten und am Strand – die Luft getränkt von der lauen Leichtigkeit des Sommers – bis zum letzten, milden Licht des vergehenden Tages unvergessliche Stunden mit ihr verbringen. Nur sie beide …

Die Vorstellung drängte sich in sein Herz, machte es randvoll. Emma! Zum ersten Mal in seinem Leben lag eine beglückende Liebe so nah, doch war es ihm nicht möglich, diese Chance zu ergreifen. Später, falls es ein Später gab, würde es ihm vielleicht gelingen, diese tiefen Gefühle, die er für Emma empfand, zeitweise zu verdrängen. Vergessen jedoch, das wusste er schon jetzt, würde er sie nie.

Er drehte erneut den Wasserhahn auf und hielt seinen geöffneten Mund darunter.

Als er am Abend von Bee zurückgekommen war, hatte er noch eine Weile auf der Bank gesessen, von der man den besten Blick auf die Klippen und aufs Meer hatte. Dort war er in sich gegangen und ganz ruhig geworden. Auf dem

Weg zu seinem Zimmer, er hatte den Fuß schon auf der Stufe zum zweiten Stock, hatte sich die Tür zum Gästezimmer geöffnet und Emma hatte vor ihm gestanden.

»Du bist zurück«, hatte sie gemurmelt, als wäre sein Auftauchen eine Überraschung, und ihn, wie schon in der Nacht zuvor, mit diesem erwartungsvollen Lächeln angesehen, das eine sengende Hitze in seinem Körper hervorrief. Eine Hitze, der er nichts entgegenzusetzen hatte.

Er hatte ihr gesagt, wie froh er war, sie hier zu haben. Nach diesen versöhnlichen Worten war er auf sie zugegangen, hatte den Arm um sie gelegt und nach ihrem Kinn gegriffen.

Der Kuss war ganz spontan. Noch nie hatte er so viel für jemanden empfunden wie für Emma, und es erschütterte ihn zutiefst. So war es also, wenn man rettungslos verliebt war. Wenn man sich in einem Gefühl verlor.

Nach dem Kuss fühlte er sich wie ein anderer – jemand, der einen bestimmten Menschen in seinem Leben brauchte, um glücklich zu sein. Diesen einen Menschen – Emma.

Ethan spritzte sich kaltes Wasser ins Gesicht und trocknete sich ab.

Was hätte ein Mann, dessen Körper nach einer Induktions- und Konsolidierungstherapie, so viel wusste er inzwischen, gezeichnet wäre, ihr schon zu bieten? Ein Mann, der das nächste entscheidende und extrem kräftezehrende Jahr irgendwie hinter sich bringen musste und der nicht wusste, ob er das Ziel, die vollständige Rückbildung erkrankter veränderter Zellen in seinem Blut, erreichen würde.

Er öffnete die Tür zum Schlafzimmer und blieb im Türrahmen stehen. Emma hatte sich zur Seite gedreht. Ein Wasserfall an Haaren ergoss sich auf das Kissen. Er beobachtete, wie ihr Rücken sich beim Atmen hob und senkte.

Eine Welle des Glücks durchströmte ihn. Er trat zu ihr, legte seine Hand auf ihren Rücken und küsste sanft ihren Nacken.

Nach dem Kuss vor dem Gästezimmer hatte es sich angefühlt, als tauche er in eine neue Welt ein. Die Selbstverständlichkeit und das Gefühl, Emma schon immer zu kennen, waren etwas, das er noch nie erlebt hatte. Als er ihre Hand nahm und sie gemeinsam ins Schlafzimmer traten, zählte nur dieser eine Moment. Kein Gestern und kein Morgen – nur das Jetzt. Er spürte ihre Haut, und ihn überkam ein Gefühl unendlicher Liebe. Jede Berührung war bereits vertraut, und jeder Kuss ein Puzzleteil, das ihn komplett machte. Irgendwann waren ihre Umarmungen nicht mehr auseinanderzuhalten gewesen. Sie waren zu einer Einheit verschmolzen.

»Valeries Nähe gibt mir das Gefühl, als hätte ich jeden Tag Urlaub«, hatte Tony gesagt. »Sie hat diese herrliche Unbedarftheit, die jeden Moment zu einem besonderem macht.«

Früher war Tony anders gewesen, nüchterner. Als er ihn darauf ansprach, hatte Tony lächelnd geantwortet: »Früher war ich Tony vor Valerie, jetzt bin ich Tony *mit* Valerie. Die Liebe macht den Unterschied.«

Nun schienen diese Worte auch auf ihn zuzutreffen.

Während ihrer Gespräche im Garten hatte der nagende Schmerz in seiner Magengrube abgenommen. Emmas interessierte Fragen und ihr gelöstes Lachen, einfach ihre ganze Art, übten etwas Beruhigendes auf ihn aus. Ein warmes Gefühl hatte sich ausgebreitet. Es beeindruckte ihn, wie selbstverständlich sie mit seiner Diagnose umging. Weder verharmloste sie die Situation noch übertrieb sie. Sie sah sich alles an, als betrachte sie es aus sicherer Entfernung. Und dann zählte sie auf, was ihrer Ansicht nach zu tun war.

Er streichelte über ihr Haar und dachte an die bevorstehende Knochenmarkuntersuchung, an eventuelle Stoffwechselstörungen, die bei der Behandlung berücksichtigt werden mussten. Es gab so viele Wenn und Aber, so viele Fragezeichen. Und doch war dieser Körper immer noch seiner, gehörten diese Muskeln zu ihm, floss sein Blut durch seine Adern. Dieses Blut mit einer Überproduktion an weißen Blutkörperchen. Leukämie! Der Schmerz in seiner Brust überfiel ihn jedes Mal, wenn er an das Wort nur dachte.

Eins hatte er sich geschworen, nur weil er das Glück in seinem ganzen Körper spürte, durfte er Emma nicht die Bürde eines kranken Mannes aufladen. Was sie mit ihrem Vater erlebt hatte – die kräftezehrende Fürsorge und Verpflichtung –, sollte sie nicht noch einmal durchmachen müssen.

Emma seufzte im Schlaf und drehte sich um. Die Umrisse ihres Gesichts verschwanden im Dämmerlicht. Plötzlich hatte er das Bedürfnis, ihr zu sagen, was er für sie empfand. Wenn er es nicht tat, dachte sie am Ende noch, ihre Begegnung wäre nur ein Flirt. Dabei wünschte er sich nichts sehnlicher, als mit ihr zusammen zu sein.

Er löste sich von ihrem Anblick und verließ das Schlafzimmer. Auf den wenigen Metern zu seinem Büro waren ihm schon viele gute Ideen gekommen, doch diesmal war sein Kopf leer und der Weg endlos. Er ließ sich auf den Bürostuhl fallen und fuhr den PC hoch. Er liebte diese Zauberstunden, in denen alles ruhig war und er sich um Dinge kümmern konnte, zu denen er sonst nicht kam. »Komm schon, Ethan. Bisher bist du mit allem klargekommen. Das schaffst du auch weiterhin.« Er sah in dem Rechteck des Fensters, dass das Gewitter sich verzogen hatte. Die Wolken rissen auf und zeigten bereits einige wenige leuchtende Sterne.

Jimmy war wach geworden und setzte zu einem Sprung an, doch Ethan hob abwehrend die Hand.

»Im Moment musst du unten bleiben. Wenn du auf meinem Schoß liegst, bin ich viel zu abgelenkt.« Jimmy sah ihn verständnisvoll an und blieb, wo er war.

Als er ihn damals Ava mitgebracht hatte, hatten sie hin- und herüberlegt, welche Rassen der Hund in sich vereinte. Sie teilten die Freude, Jimmy ein Zuhause bieten zu können. Noch am selben Abend hatte er zu Stift und Papier gegriffen und versucht, Jimmy zu skizzieren. Die Zeichnung hing nun an der Wand und erinnerte ihn daran, wie viel Freude der Mischling in ihrer beider Leben brachte.

Ethan öffnete ein Dokument und starrte auf das leere Blatt. Gewöhnlich hatte er in wenigen Minuten etwas vorzuweisen, das sich sehen lassen konnte, doch heute wusste er nicht recht, wie er seine Gedanken in Worte fassen sollte. Jimmy gähnte und ließ seine rosa Zunge sehen, und er saß da und wartete auf Inspiration, darauf, dass sich der schwarze Fleck in seinem Kopf auflöste, doch nichts geschah.

Seine Finger schwebten zögernd über der Tastatur. *Liebste Emma!*, schrieb er. War *liebste* zu viel des Guten? Sollte er das *st* entfernen? Die Knöchel seiner rechten Hand traten weiß hervor, er hielt die Maus viel zu fest umklammert, lockerte die Finger und wusste erneut nicht weiter.

Das Herz war für ihn immer ein Hohlmuskel gewesen,

der das Blut durch den Körper pumpte, doch jetzt begriff er, dass das Herz vor allem die Schaltstelle aller Gefühle war. Sein Herz wusste, was mit ihm los war, doch sein Verstand fand nicht die passenden Worte. *Liebste* gab wieder, wie er für Emma empfand – wäre es nicht gut, sie wissen zu lassen, was er fühlte? Nach weiteren Minuten des Grübelns beschloss er, auf sein Herz zu hören.

Meine Mutter hat Dir ja schon berichtet, dass ich angeblich so gut erzählen kann, doch nun sitze ich hier und überlege fieberhaft, wie ich diesen Brief an Dich beginnen soll … Er wusste nicht, wie er fortfahren sollte, merkte, wie er innerlich verstummte, und schalt sich deshalb. »Schreib weiter, sonst sitzt du noch morgen früh hier«, sprach er sich zu. Doch wie schrieb man einer Frau, deren Berufung Bücher waren und die Sprache über alles liebte?

Seine Finger fanden zurück zu den Tasten und endlich ging es weiter.

Weißt Du was, Emma? Ich werde einfach mutig in den Text springen und drauflostippen, ohne lange darüber nachzudenken, wie ausgefeilt, klug und einfühlsam dieser Brief im günstigsten Fall sein wird. Es kommt nicht darauf an, wie ausgeklügelt ich erzähle, sondern, dass Du verstehst, weshalb ich das so spät in der Nacht zu Papier bringe …

Als Du gestern Morgen spurlos verschwunden warst, habe ich mich vor den PC gesetzt und Buchhandlung Sandner, Köln, in die Suchmaschine eingegeben, und nur wenige Klicks später hatte ich einige schöne Schnappschüsse Deiner Eltern auf dem Bildschirm. Es gibt Fotos zum zwanzigjährigen Bestehen der Buchhandlung, und Fotos, auf denen Deine Eltern eine Medaille in den Händen halten. Die Buchhandlung Sandner zählte wohl zu den beliebtesten in Köln. Auf einem Foto seid Ihr alle zu sehen:

Andrew Wilson, Deine Eltern und Du. Dieses Foto habe ich mir lange angesehen und mir eingebildet, an Deinen Augen abzulesen, wie sehr Du Dich mit den Menschen dort verbunden fühlst.

Sich aufgehoben zu fühlen … wie schön das ist, daran hast Du mich erinnert. Und wenn ich mir in diesen Minuten etwas wünschen dürfte, dann wäre es, morgen früh meine Hand an Deine Wange legen zu können, um Dich sanft zu küssen. Das gäbe mir das Gefühl, aufgehoben zu sein. Und Dir hoffentlich auch.

Doch morgen bin ich bereits auf dem Weg ins Krankenhaus. Vorher fahre ich zu meiner Mutter und spreche mit ihr. Ja, Du liest richtig, Du hast mich überzeugt, ihr die Wahrheit zu sagen, so bitter sie auch ist. Eins zu null für Dich, Emma!

Als ich mich eben aus dem Schlafzimmer geschlichen habe, hast Du friedlich dagelegen. Ein Anblick, von dem ich mich kaum lösen konnte.

Die Nähe, die ich in Deinen Armen erfahren habe, bewegt mich tief, Emma. Ebenso das Gefühl heiterer Gelassenheit an einem Tag, der alles andere als gelassen begann. Beides zusammen hat mich im wahrsten Sinne des Wortes umgehauen.

Du bringst so viel Verständnis für mich auf, schweigst, wenn es angebracht, und sprichst, wenn es nötig ist. Dass Du Dich nicht in Szene setzt, finde ich bemerkenswert, denn ich kenne viele Leute, die sich gern darstellen und nie darüber nachdenken, dass sie es tun.

Als ich Dein Zimmer am Morgen leer vorfand, bin ich vor Verlegenheit knallrot angelaufen. Wieso war ich in der Nacht so unfreundlich zu Dir?! Ich konnte es nicht fassen, und bitte Dich noch einmal um Verzeihung für diesen unnötigen Auftritt. Verzeih einem Mann, der zurzeit neben der Spur läuft und der Angst vor seinen Gefühlen hat, und noch mehr davor, wo diese Gefühle ihn hinführen …

Meine Mutter schrieb mir von Eurer Begegnung, und in ihrer Mail klang etwas zwischen den Zeilen … als wollte sie mich, vermutlich, ohne sich dessen bewusst zu sein, auf einen Schatz hinweisen. Einen Brillanten unter Kieselsteinen … Doch ich habe ihre Freundlichkeit Dir gegenüber sofort in Frage gestellt. Nicht, weil ich Avas Menschenkenntnis anzweifele, sondern vielmehr, weil ich in meiner jetzigen Lage jedes Gefühl, das mich an andere bindet und andere an mich, scheue.

Seit vielen Jahren ist mein Leben vor allem durch meine Arbeit geprägt, aber auch durch meine Freunde. Und was die Liebe angeht: Meine Gefühle waren nie so stark, dass es wehtat, wenn eine Beziehung auseinanderging. Der Wunsch nach dem berühmten »Für immer« kam nie in mir auf.

Bis Du kamst, Emma. Ein Wirbelsturm, der innerhalb weniger Stunden alles durcheinanderbrachte. Was ich für Dich empfinde, geht viel tiefer, doch es ist kompliziert, wenn ich bedenke, an welchem Punkt meines Lebens ich stehe …

Eine wohltuende Stille lag über dem Haus, und während die Zeit voranschritt, brachte Ethan seinen Brief zu Ende. Dann druckte er ihn aus. Es war nicht romantisch, einen Brief mit dem Computer zu schreiben – gewöhnlich nahm er für private Post seinen Füllfederhalter –, doch seine Hände zitterten, deshalb war ein Computerausdruck die bessere Wahl. Er unterschrieb den Brief, steckte ihn in einen Umschlag, ging ins Schlafzimmer und legte das Kuvert auf den Tisch neben der Couch. Eine zusätzliche Notiz platzierte er auf Emmas Nachttisch.

Danach stieg er wieder ins Bett, schmiegte sich an Emma und registrierte, wie ihr Herz ruhig gegen seine Brust schlug.

Er schloss die Augen und sah, wie Emmas Sandale, während sie mit Bee sprach, von ihren Zehenspitzen baumelte. Ihre Füße so klein und schmal.

Das Bild wurde undeutlich und verschwamm. Vorsichtig grub er seine Nase in Emmas Nacken – sie roch nach Schlaf und Rosen –, fuhr mit seinem Bein ihren Unterschenkel entlang, bis er ihre Füße erreichte und legte seine an ihre. Emma schob ihre Hand unter den Nacken und schlief seelenruhig weiter.

Eine kühle Brise brachte den Duft nach Algen und Sand ins Zimmer. Er bedeckte Emmas Schulter mit hauchzarten Küssen, dann zog er die Decke höher, damit sie nicht fror, legte den Arm um ihre Taille und versuchte einzuschlafen.

Irgendwann musste er in tiefen Schlaf gefallen sein, aus dem er Stunden später erwachte. Gähnend hob er den Kopf und sah hinaus, draußen regnete es. Vorsichtig, ohne Emma zu wecken, schlug er die Decke zur Seite, schlich ins Bad und machte sich fertig. Im Ankleidezimmer zog er sich an, packte das Nötigste zusammen, trank in der Küche ein Glas Wasser und verließ mit Jimmy das Haus.

Als er von seinem Spaziergang zurückkam, schlang er die Arme um Jimmy, gab ihm einen angedeuteten Kuss und strubbelte ihm durchs Fell. »Wir werden uns eine Weile nicht sehen. Pass schön auf Ava und Emma auf, während ich weg bin? Okay?!« Jimmy stupste ihn mit der Schnauze an, als hätte er ihn verstanden.

Er ging in die Halle und deutete nach oben. »Hinauf mit dir. Geh zu Emma oder schmeiß dich in dein Körbchen im Wohnzimmer.« Jimmy ließ sich noch einmal ausgiebig streicheln, dann sauste er die Treppe hinauf.

Ethan sah ihm nach, griff nach seiner Reisetasche und verließ das Haus. Es war zehn vor sechs, als er das Tor hinter sich schloss.

Wenn Emma beim Aufwachen feststellte, dass er fort war, würde sie sich vermutlich alleingelassen fühlen. Er spürte den Stich, den dieser Gedanke ihm versetzte. Keine Frau sollte nach einer gemeinsamen Nacht allein aufwachen. Doch in seinem Fall ging es nicht anders. Er brachte es nicht über sich, zu warten, bis sie aufwachte, um sie ein letztes Mal zu küssen, bevor er losfuhr. Um ihnen diesen traurigen Moment zu ersparen, verließ er sie ohne Abschied.

Als er den Bahnübergang hinter sich gelassen hatte, war er drauf und dran, Emma anzurufen und sie zu bitten, den Brief zu zerreißen, doch nach einem kurzen inneren Kampf blieb er standhaft. Er setzte den Blinker und verließ den Kreisverkehr. Es gab gute Gründe für den Brief, und diese Gründe galten weiterhin. Vielleicht sah Emma es heute anders, doch bald würde sie wissen, dass er das einzig Richtige getan hatte.

Ein Kombi scherte aus und überholte ihn. Er war viel zu langsam unterwegs, gab Gas und machte das Radio an, um sich abzulenken.

31. KAPITEL

Der Wecker klackte, als die Ziffern auf acht sprangen. Noch halb im Schlaf tastete Emma auf die andere Bettseite, fand dort jedoch nur die Falten des Betttuchs. Überrascht schlug sie die Augen auf und sah die Vertiefung die Ethans Kopf im Kissen hinterlassen hatte.

Sie stützte sich auf die Ellbogen, sah die feinen Staubpartikel, die im Morgenlicht schwebten, und horchte. Vom Bad drang kein Geräusch zu ihr, und auch nebenan, wo sich Ethans privates Wohnzimmer befand, war alles ruhig. »Ethan?«, rief sie. Ihre Augen suchten das Fenster. Regenfäden rannen die Scheibe hinab.

Vermutlich war Ethan längst in der Küche und bereitete das Frühstück zu. Bei der Vorstellung an einen Guten-Morgen-Kuss und hinterher eine Tasse heißen Kaffee, ließ sie sich noch einmal beruhigt ins Kissen sinken. Eine Nacht konnte einem ein völlig neues Lebensgefühl verleihen. Die Küsse, die Ethan ihr in den letzten Stunden geschenkt hatte, hatten sie mit einer schier unerschöpflichen Energie versorgt. In seinen Armen einzuschlafen, war unbeschreiblich gewesen. Hätte sie doch nur mehr Zeit mit ihm … Zeit zum Glücklichsein.

Ihre Mutter hatte gesagt, als sie Hannes zum ersten Mal gegenüberstand, habe es sich angefühlt, als sei sie mit dem Kopf in den Wolken. So fühlte sie jetzt auch. Als schwebe ihr gesamter Körper in den Wolken.

Ihr Fuß suchte nach dem Ende der Decke, und als sie eine Lücke fand, setzte sie sich auf und stellte die Füße auf den Teppich. Es würde eine Weile dauern, bis sie das, was passiert war, verarbeitet hätte: Ethans Erkrankung, das Angebot, für ihn zu arbeiten, und diese Nacht. Einen Moment saß sie auf der Bettkannte und ließ das alles auf sich wirken.

Marie würde es kaum glauben, wenn sie von den letzten Entwicklungen erführe. Und dass ausgerechnet sie sich so schnell verliebt hatte. Emma Sandner überlegte gewöhnlich zweimal, bevor sie sich entschied. Erst recht in Liebesdingen. Schnellschüsse waren Maries Art, nicht ihre. Doch Ethan war kein unüberlegter One-Night-Stand. Er war wie ein Päckchen, das aus Versehen in ihrem Briefkasten gelandet war und das sie unmöglich zurückschicken konnte, weil der Inhalt so schön war.

Bestimmt hatte Marie gestern Abend versucht, sie anzuskypen. Emma nahm ihr Handy vom Fenstersims und schickte ihr eine SMS.

Bin gestern mit Ethan versackt ☺. Mehr später. Umarmung, Emma

Vom Nachttisch hörte sie das leise Ticken der Uhr. Wie ruhig es hier oben war. Sie legte das Handy zurück und sah sich um. Gestern hatte sie kaum etwas von ihrer Umgebung mitbekommen. Nun betrachtete sie die nachtblau gestrichenen Wände mit den Schwarzweißzeichnungen in schlichten silbernen Rahmen, sah das karierte Sofa, auf dem eine Decke lag, an deren Enden das große H von Hermès prangte. Hier dachte Ethan vermutlich über seine Projekte nach und schlug sich die Decke über die Beine, wenn es frisch wurde. Was für ein kuscheliges Nest sein Reich war.

Ihr Blick wanderte über die vielen Details und endete auf dem imposanten Bett. Bei schönem Wetter war dieser Platz vermutlich sonnenbeschienen, doch auch im Grau dieses Morgens sah das in dunkelblauem Samt bezogene Bett ausgesprochen einladend aus. Wann läge sie wieder hier? Gemeinsam mit Ethan?

In einer instinktiven Geste schlang sie die Arme um ihren Körper, dann löste sie sie wieder, stand auf und ging zum Bad. Der Raum war in hellem Marmor ausgekleidet und verströmte den Duft von Ethans Aftershave. Diesen Geruch hatte sie die ganze Nacht in der Nase gehabt. Sie bedauerte es, Ethan nach ihrer ersten Nacht nicht aus dem Bad kommen sehen zu haben, den Körper noch feucht vom Duschen.

Sie hatte plötzlich ein eigenartiges Gefühl, das sie nicht recht in Worte fassen konnte. Wie bedeutungsvoll war diese Nacht für Ethan? Sie verwarf den Gedanken schnell wieder, sah auf die Tiegel und Tuben und die Männerdüfte. Ihre Kosmetikartikel befanden sich im Gästebad ein Stockwerk tiefer. Am besten ginge sie hinunter, um sich dort fertig zu machen. Das wäre am praktischsten.

Die Tür zu Ethans privatem Wohnzimmer war nur angelehnt. Jimmy lag in einem Weidenkorb und sprang hinaus, als er sie sah.

»Guten Morgen, Jimmy. Gut geschlafen?« Der Hund streckte ihr den Kopf entgegen, schleckte ihr über die Hand und lief ins Schlafzimmer. Als sie ihm nachsah, entdeckte sie den zusammengefalteten Zettel mit ihrem Namen auf dem Nachttisch. Sie langte danach und faltete das Blatt auseinander.

Guten Morgen, Emma! Sie hörte sich selbst ausatmen.

Du hast tief geschlafen, als ich aufgewacht bin. Und weil ich Dich nicht wecken wollte, habe ich Dir einen Kuss auf die Stirn gegeben, habe mir unseren vierbeinigen Freund geschnappt und eine kleine Runde mit ihm gemacht.

Es gibt so viel, was ich Dir sagen möchte. Davon erfährst Du, wenn Du den Brief liest, den ich auf dem Tisch neben der Couch für Dich hinterlassen habe. Ich habe Dir außerdem Bargeld dagelassen. Damit solltest Du fürs Erste klarkommen. Ich habe das

Geld in ein Kuvert gesteckt und neben die Kaffeemaschine in die Küche gelegt. Verzeih, dass ich gefahren bin, ohne mich von Dir zu verabschieden, außer mit vielen Küssen in Gedanken.

Die Nacht mit Dir war wie der schönste Traum, und das Allerschönste daran ist, dass dieser Traum Realität war. Diese Nacht war einzigartig, und ich danke Dir dafür ... für die Zärtlichkeit, die Du mir geschenkt hast und dafür, dass ich sie erwidern durfte!

Lies den Brief, Emma. Und versuch zu verstehen, worum ich Dich in diesem Brief bitte.

Ich umarme und küsse Dich mit all meiner Zärtlichkeit,

Ethan

Sie nahm das Kuvert vom Tisch. Mit zitternden Fingern zog sie mehrere Blätter aus dem Umschlag. Sie presste sie an den Körper und sank auf die Couch. Jimmy sprang zu ihr hinauf und legte sich quer über ihren Schoß. Mechanisch streichelte sie über seine Flanken, vergrub die Hand in seinem Fell und begann, mit klopfendem Herzen zu lesen. Wort für Wort, Zeile für Zeile ...

Sie legte das erste Blatt zur Seite und griff zum nächsten. Dort schrieb Ethan über Tony, den er aus dem Internat kannte, und über Sam, der sein Nachbar gewesen war, bevor er sein Freund wurde. Er erzählte von Isobel, die sich von ihrem Freund getrennt hatte, und von Ellen und ihrem neuen Haus. Es hatte etwas Bewegendes, Ethans Freunde in einem Brief »kennenzulernen«. Er brauchte nur wenige Worte, war dabei jedoch so detailliert, dass sie glaubte, seine Freunde vor sich zu sehen.

Es ist mir nicht leichtgefallen, nach Cornwall zu fahren, denn ich wusste, was mich dort erwartet. Nur meine Gedanken und Ängste. Und dann traf ich dich ...

Welche Bitte hatte Ethan an sie? Würde sie sie erfüllen

können? Das Gefühl der Erleichterung, das sie bis zu diesem Moment empfunden hatte, wich immer mehr Zweifeln.

Du hast mich wachgerüttelt, Emma, mich daran erinnert, keine Zeit mehr zu verlieren. Ich hoffe, ich finde die richtigen Worte, wenn ich mit Ava spreche.

Wenn Du sie triffst, rede ihr bitte gut zu. Du hast das seltene Talent, Menschen Hoffnung zu vermitteln. Du kannst Dir nicht vorstellen, wie sehr ich Dich dafür bewundere.

Emma griff noch einmal nach der ersten Seite, auf der Ethan über seine Gefühle für sie schrieb.

Bis Du kamst, Emma. Ein Wirbelsturm, der innerhalb weniger Stunden alles durcheinanderbrachte. Was ich für Dich empfinde, geht viel tiefer, doch es ist kompliziert, wenn ich bedenke, an welchem Punkt meines Lebens ich stehe …

Im Grau des Morgens nahm sie ihren Atem wahr. Hier saß sie und las von Ethans Plänen und seinen Gefühlen. Nur von einem Platz in seinem Leben las sie nichts. Sie nahm die letzte Seite, wappnete sich und las zögernd weiter:

Und weil es mit Dir anders ist und ich die vergangene Nacht genossen habe wie noch keine Nacht zuvor, weil Du mir so vertraut bist, obwohl wir uns erst wenige Stunden kennen, sehe ich mich in der Verantwortung, Dich zu schützen.

Mein Leben ist unvorhersehbar, Emma, das wissen wir beide. Deshalb bitte ich Dich um Deine Freundschaft.

Emma schlug die Hände vors Gesicht. Ethans Vorschlag erwischte sie kalt. Freundschaft? Was für ein unpassendes Wort nach dieser wunderbaren Nacht … für dieses fragile, neue Glück. Plötzlich sehnte sie sich mit einer Intensität nach Ethan, die wehtat. Es dauerte Minuten, bis sie sich gefangen hatte und weiterlesen konnte.

Ich weiß, dass ich auf Dich zählen kann, nicht nur, was mein

Projekt anbelangt, sondern auch auf Dich als Mensch. Wenn Du einverstanden bist, Emma, schließen wir einen Arbeitsvertrag.

Sie könnte kostenlos auf der Roseninsel wohnen; Mrs Snow und ihr Mann kümmerten sich um die Einkäufe, das Mittagessen und das Haus, und der Gärtner käme jeden zweiten Tag. Sie hätte kaum Ausgaben und könnte sich voll und ganz auf ihre Arbeit konzentrieren.

Ich weiß, dass die Summe Dir vielleicht unangemessen erscheint, aber glaub mir, Emma, Du verdienst jeden Penny. Und noch eine Bitte: Lass uns nicht mehr über meine Krankheit sprechen. Ich möchte für Dich Ethan sein, mit dem Du nach einem schlechten Anfang eine wunderbare Freundschaft startest … Nicht Ethan Allington, der an Krebs erkrankt ist und nach dessen Befinden Du Dich erkundigst, weil Du Mitleid mit ihm hast. Kann ich auf Dich zählen, Emma? Schenkst Du mir Deine Freundschaft?

Sie wäre das Kostbarste, was ich von Dir annehmen kann. Bitte sei mir nicht böse, dass ich mich nicht in etwas stürze, von dem ich nicht weiß, wo es mich und Dich hinführt.

Ich umarme Dich. Du bist etwas Besonderes, ein Stern am Himmel, vergiss das nie,

Ethan

Emmas Schultern sackten ab. Sie schob Jimmy zur Seite, ging zum Fenster und riss es so weit auf, wie die Scharniere es erlaubten. Ihr Rücken presste sich gegen die Wand, und sie rutschte langsam zu Boden. Sie fühlte den Schmerz in ihrer Brust, von dort strahlte er in ihren ganzen Körper aus.

Wenn zwei Menschen sich geliebt hatten, wussten ihre Körper mehr als ihr Verstand, hieß es. Ethan schrieb nicht von Liebe, er schrieb von Freundschaft. Er fragte nicht nach ihrem Körper, der längst wusste, dass sie ihn liebte. Und er fragte nicht nach ihrem Herz.

Der Brief fiel aus Emmas sich langsam öffnender Hand. Hatten die Küsse, die sie nicht zurückhalten konnten, und die Zärtlichkeiten, die sie ausgetauscht hatten, denn nichts zu bedeuten? Hatten sie sich nicht in den Armen gelegen, als könnten sie es ohneeinander nicht aushalten? Hatten ihre Körper nicht genug *gesagt*? Es tat weh, den Schmerz der Enttäuschung niederzukämpfen.

Freundschaft war etwas Kostbares, doch nie zuvor war ihr das Wort so unzutreffend erschienen wie in diesem Moment. Ethan war nicht ihr Freund. Und sie war nicht seine Freundin. War es tatsächlich zu früh für jede Art von Bezeichnung? Gab es überhaupt ein Wort dafür, was sie füreinander waren?

Die Luft, die durch das geöffnete Fenster ins Zimmer kam, ließ sie frösteln. Sie dachte an die Arbeit, die vor ihr lag. An die Hilfe, auf die Ethan hoffte, daran, dass sie ihn nicht enttäuschen wollte.

Langsam stand sie auf und schloss das Fenster, dann ging sie zum Bett und begann das Leintuch geradezuziehen. Sie schüttelte die Kissen auf und breitete die Tagesdecke über das Plumeau. Wenn Mrs Snow herkäme, sollte sie kein Indiz dieser Nacht finden.

Sie steckte den Brief zurück ins Kuvert, sammelte ihre Kleidung ein und ging in ihr Zimmer. Als sie geduscht und sich angezogen hatte, packte sie ihre Sachen und begab sich dann ins Erdgeschoss. Ihr Magen war wie zugeschnürt. Sie würde nichts hinunterbekommen. Sie wusch ein benutztes Glas vom Abend zuvor ab und stellte es in den Schrank.

Ethan hatte ihr fünftausend Pfund dagelassen. Was Finanzen anbelangte, lebten sie in unterschiedlichen Welten, doch das war jetzt nicht wichtig.

Ihr Blick fiel auf die Küchenuhr. Kurz vor neun. Marie war längst in der Redaktion oder bei einem Interview. Am Abend würden sie sicher miteinander sprechen können. Wie erleichternd wäre es, ihr zu gestehen, dass sie noch nie so geliebt hatte und gleichzeitig so voller Angst war. Ihr lagen die Worte, die von der vergangenen Nacht erzählten, schon auf der Zunge. Allerdings würde sie Marie nichts von Ethans Krankheit sagen können, schließlich hatte sie ihm Diskretion versprochen.

»Das Gefühl ist zu schön, um es aufzugeben«, würde Marie vermutlich sagen. »Endlich lebst du nicht mehr in der Warteschleife. Du bist verliebt. Nur darauf kommt es an.« Woher nahm Marie nur diese Leichtigkeit, wenn es um Beziehungen ging? Sie stellte Gefühle über alles.

Emma ging in die Halle und griff nach ihrer Jacke. Sie würde nach London fahren, die Rede halten und hierher zurückkehren, um mit der Arbeit für Ethans Projekt zu beginnen. Sie leinte Jimmy an und schloss die Haustür hinter sich.

Was immer sie in der Zukunft erwartete, sie würde sich dem, was käme, stellen. Aufgeben war keine Option. Ihr Leben war in Bewegung, und sie war entschlossen, mitzuhalten. Die guten Vorsätze wummerten wie Bässe durch ihr Gehirn, während sie einen Weg einschlug, den sie noch nicht kannte.

Vom Meer kam Wind auf. Eine Bö fuhr ihr ins Haar. Ihre herumwirbelnde Mähne nahm ihr die Sicht, bis sie sich über die Wangen fuhr und das Haar hinter die Ohren strich.

Da war er, einer dieser alltäglichen Momente, denen in

den *Geschichten aus Cornwall* gehuldigt wurde. Ein Spaziergang mit dem Hund. Wind im Haar. Das Salz in der Luft und auf den Lippen. Sie spürte sich, spürte, wie sie lächelte und zugleich feuchte Augen bekam.

»Das ist nur der Wind«, sagte sie zu Jimmy.

Der Schmerz, den sie beim Wort *Freundschaft* empfunden hatte, hielt sanft inne. Dieser Spaziergang, mit Jimmy neben sich, das war ihr Leben. Nur dieser Moment zählte. Endlich begriff sie es. Sie selbst und die Schönheit und Kraft der Natur – all das war es wert, diesen einen Augenblick als ihr ganzes Leben wahrzunehmen.

32. KAPITEL

London

Der erste Stock war hell erleuchtet, als sie in die Auffahrt bog. Sie parkte vor den Garagen, stieg aus dem Wagen, nahm ihr Gepäck und steuerte mit Jimmy aufs Haus zu.

Während eines kurzen Stopps hatte sie in der Little St. James's Street angerufen und ihr Kommen angekündigt. Sally war am Apparat gewesen und hatte erzählt, Mr Allington sei unerwartet vorbeigekommen.

»Mr Allington sagt, dass Sie zusammenarbeiten. Was für eine wunderbare Entwicklung.«

Nun stand Emma vor der Eingangstür und überlegte, wie sie reagieren sollte, falls sie Ethan im Haus träfe. Die Möglichkeit, dass er noch mit seiner Mutter im Wohnzimmer saß, sorgte für ein mulmiges Gefühl in ihrem Magen.

Sollte sie so tun, als wäre nichts geschehen? Sie klingelte und hörte Sallys Schritte im Foyer. Die Tür wurde mit Schwung geöffnet.

»Sie haben einen Schlüssel, Mrs Sandner«, Sally deutete mahnend mit dem Finger. »Warum benutzen Sie ihn nicht? Glauben Sie, wir hätten Sie nach ein paar Tagen vergessen?« Lachend griff sie nach Jimmys Leine und machte ihn los.

Jimmy rannte wie ein Wiesel um Sally herum, bis sie ihm ihre Aufmerksamkeit schenkte. »Ja, ich freue mich auch, dass du wieder da bist«, sie streichelte ihn, »allerdings finde ich es nicht richtig, dass du heimlich nach Cornwall mitgefahren bist. Wir haben dich schrecklich vermisst.« Sie griff in ihre Schürze und steckte Jimmy ein Leckerli zu, dann nahm sie Emma die Tüten ab. »Kommen Sie. Möchten Sie eine Erfrischung zu sich nehmen? Ich habe Grapefruitsaft vorbereitet.«

Emma folgte Sally. »Ist Mr Allington noch da?«, fragte sie und merkte, dass sie errötete.

»Er hat das Haus vor etwa einer Stunde verlassen. Sie wissen ja, wie es ist. Männer wie er haben immer eine Menge zu tun.«

Emma nahm das Glas, das Sally ihr reichte, und trank einen Schluck Saft. Dann holte sie die Marmeladen von *Bee's Dreams* aus der Tüte und den Roman, den sie für Sally gekauft hatte.

Sally bekam sich vor Freude gar nicht mehr ein, schlug das Buch auf und las den Klappentext. »Das ist viel zu viel, Mrs Sandner. Die Marmeladen sind schon mehr als genug.« Sie drückte das Buch wie einen Schatz an die Brust. »Ich werde gleich heute Abend mit dem Lesen beginnen und Ihnen haarklein berichten, wie es mir gefällt.«

»Wunderbar. Darauf freue ich mich schon«, erwiderte Emma.

Hoffentlich sah Ava ihr nicht an, wie sie zu Ethan stand. Es würde ihr schwerfallen, sie zu belügen. Sie bemühte sich um einen normalen Tonfall. »Ich bringe erst mal meine Sachen rauf, dann sehe ich nach Mrs Allington.«

Sie brachte das Gepäck ins Gästeappartement und betrat wenig später den Salon, wo zwei Dutzend rote Rosen auf dem Sideboard standen und eine Kerze brannte. Hatte Ethan hier mit seiner Mutter gesprochen?

Sie verließ den Raum, der noch nie so einsam auf sie gewirkt hatte wie an diesem Tag, und ging ins Kaminzimmer. Mrs Allington saß auf der Couch und streichelte geistesabwesend über Jimmys Kopf. Aus ihrer Frisur hatten sich Strähnen gelöst und fielen ihr ins Gesicht.

»Mrs Allington! Hier sind Sie.«

Ava Allington hob den Blick. Auf ihrem Gesicht spiegelten sich die heftigsten Gefühle. Ihre Schultern waren unnatürlich hochgezogen, und ihre aufrechte Haltung war wie eine Rüstung, nur ihre Augen konnten nicht verbergen, wie es in ihrem Inneren aussah.

»Mein Sohn war hier. Er sagte, Sie wüssten Bescheid …« Sie brach ab. Ihre wässrig-hellen Augen füllten sich mit Tränen.

Emma eilte zu ihr und nahm sie, ohne zu zögern, in die Arme.

»Ich weiß nicht, was ich sagen soll.«

»Sie müssen nichts sagen, Mrs Allington. Ich bin da.«

Einen Moment noch versuchte Mrs Allington, Haltung zu wahren, doch dann ging ein Schütteln durch ihren Körper, und es flossen Tränen. Emma hielt sie fest. Nach einigen Minuten fing Mrs Allington sich wieder und nahm das Taschentuch, das Emma ihr reichte, und tupfte sich die Augen ab.

»Sie haben Ethan davon überzeugt, mir endlich reinen Wein einzuschenken. Ich kann es noch gar nicht fassen. Heute Morgen bin ich in der Gewissheit aufgestanden, es würde ein schöner Tag werden, und zu Mittag gesteht mir mein Sohn, dass er an Krebs erkrankt ist. Wie konnte er nur annehmen, dass ich das nicht wissen will?«

»Er weiß, wie sehr die Krankheit Ihres Mannes und sein Tod Sie mitgenommen haben, und wollte Sie schützen, obwohl er wusste, dass das auf Dauer nicht möglich ist.«

Schluchzer stiegen in Mrs Allingtons Kehle auf, doch sie unterdrückte sie. »Bitte geben Sie mir eine Minute«, sagte sie und tupfte sich erneut die Tränen aus den Augen.

Emma nickte und ging zum Fenster. Der Pflasterweg im Garten zeigte keine Nässe mehr, die Sonne, die vor kurzem hervorgekommen war, hatte alles getrocknet. Mrs Allington hatte recht, es war ein wundervoller Tag, an dem das Thema Krankheit einem nicht in den Sinn käme. Ob Ethan bereits im Krankenhaus war? Wie er sich wohl fühlte?

»Sie helfen Ethan bei dem Projekt mit der London Library?«

Emma drehte sich zu Mrs Allington um. »Morgen treffe ich mich mit Andrew Wilson und der Autorin, für deren Buch Andrew Pate steht. Und in zwei Tagen halte ich die Rede, die Ihr Sohn ursprünglich selbst halten wollte. Danach fahre ich zurück nach Cornwall und betreue sein Projekt von dort aus. Er hat mir angeboten, im Strandcottage zu wohnen. Wenn Sie also damit einverstanden sind …«

»Aber natürlich, Mrs Sandner. Ob Sie im Haupthaus

oder im Cottage wohnen wollen, überlasse ich ganz Ihnen. Quartieren Sie sich dort ein, wo Sie sich wohlfühlen.«

Emma setzte sich wieder. »Zur Besichtigung der Bibliotheken bin ich leider noch nicht gekommen. Sicher hat Ihr Sohn Ihnen erzählt, dass er in Cornwall war, um in Ruhe nachzudenken. Dann stand ich plötzlich vor ihm ... und als ich auch noch sein Telefonat mit dem Arzt mitanhörte ...«

»Ich bin heilfroh, dass sie sich begegnet sind. Manchmal hat das Schicksal ein Einsehen und bringt Menschen zusammen, die einander helfen können.« Mrs Allington erzählte, wie Ethan von ihrem Aufeinandertreffen und von seiner Krankheit berichtet hatte.

Es fiel Emma nicht leicht, all das zu hören. *Denk an etwas Schönes. An die Küsse, die Ethan dir gegeben hat, und an die unvergessliche Nacht, die ihr miteinander verbringen durftet.*

Hatte Ethan ernsthaft vor, die Gefühle, die gerade erst in ihnen aufgeblüht waren, verdorren zu lassen wie Rosen, die zu wenig Wasser bekamen? Vermutlich bat er sie nur aus Verantwortungsgefühl um ihre Freundschaft, das hatte er in seinem Brief anklingen lassen.

Ava Allingtons Wangen waren getrocknet, doch ihr Blick war weiterhin traurig. »Wenn Sie möchten, laden Sie Ihre Freundin ein, Sie in Cornwall zu besuchen. Und was die Bibliotheken anbelangt – kümmern Sie sich zuerst um Ethans Belange. Alles andere kommt danach.«

»Danke. Wie ich Marie kenne, brennt sie darauf, die Roseninsel kennenzulernen. Haben Sie nicht Lust ebenfalls zu kommen, sobald Ihr Fuß wieder in Ordnung ist? Ethan würde sich freuen, wenn er wüsste, dass Sie dort sind.«

Mrs Allington deutete mit der Hand neben sich. »Setzen Sie sich zu mir.«

Emma nahm Platz.

»Ich war lange nicht mehr in Cornwall, doch manchmal sehne ich mich danach, zurückzukehren.« Singen kam aus der Küche; Sally schmetterte einen Song der Beatles. »Ethan hat keinen Zweifel daran gelassen, dass sein Projekt bei Ihnen in besten Händen ist. Ich bin so froh, dass Sie in unser Leben getreten sind.«

»Ich hoffe von ganzem Herzen, dass Ihr Sohn die Behandlung gut übersteht und wieder gesund wird.«

Etwas in ihr drängte sie, zu gestehen, wie die Dinge zwischen Ethan und ihr standen. Gäbe Mrs Allington das nicht Hoffnung? Sie unterdrückte das Gefühl und schwieg.

»Ich kann immer noch nicht glauben, dass Ethan mir nichts sagen wollte. Da fragt man sich doch, ob der eigene Sohn einen kennt«, fuhr Mrs Allington fort.

Welche Energie in dieser kleinen, zarten Frau steckte! Emma hatte sich nicht geirrt. Wenn es darauf ankam, war Ava Allington zur Stelle.

»Natürlich war es schrecklich für mich, Johns Leid mitanzusehen.« Mrs Allington wandte sich ab, um ihre Erregung zu verbergen. »Aber das heißt doch nicht, dass ich Krankheit verdränge. Erkrankt zu sein ist schlimm genug. Niemand braucht dieses Hin und Her, um eine Krankheit zu verbergen. Wie konnte mein eigener Sohn auch nur einen Atemzug daran denken, dass ich ihm nicht beistehen wollen würde? Ja, ich bin nicht mehr die Jüngste. Aber ich kann es nicht ausstehen, wenn ältere Menschen behandelt werden, als säßen sie unter einer Glasglocke. Als sei ihnen nichts mehr zuzutrauen und man müsse sie vor allem bewahren. Wenn man genau hinsieht – was ich grundsätzlich tue –, lässt sich auf Dauer ohnehin nichts verschleiern.« Mrs Allington führte die Hand an die Lippen.

Als gäbe es in ihr einen See an Energie, auf den sie in Notfällen zurückgreifen konnte, dachte Emma.

Mrs Allingtons Schultern zuckten. Emma sah, dass sie fror, obwohl die Sonne nun ihre wärmenden Strahlen ins Zimmer schickte.

»Entschuldigen Sie. Ich bin sofort zurück.« Sie ging ins Wohnzimmer, wo eine Kaschmirdecke über einer der Couches lag, trug sie ins Kaminzimmer und legte sie über Ava Allingtons Schultern. »Besser?«, fragte sie besorgt.

»Viel besser.« Mrs Allington legte ihre Hand auf Emmas und sah sie von unten herauf an. »Auf Sie ist Verlass. Ich bin froh, dass Sie Ethan den Kopf gewaschen haben.« Sie atmete tief ein. »Ohne Sie hätte ich vermutlich erst in ein paar Wochen erfahren, was mit meinem Sohn los ist.« Mrs Allington zog die Decke fester um sich. Plötzlich schien ihr etwas einzufallen. »Ava Allington«, sagte sie kopfschüttelnd, »du missachtest jedes Gebot der Gastfreundschaft.« Sie wandte sich Emma zu: »Sie haben eine lange Fahrt hinter sich. Sicher möchten Sie etwas trinken oder eine Kleinigkeit essen?«

»Nein danke. Ich gehe erst mal eine Runde mit Jimmy. Und wenn Sie möchten, essen wir später gemeinsam zu Abend.«

Emma gab Mrs Allington einen Kuss auf die Wange, eine Geste, die diese überraschte und ihr ein zaghaftes Lächeln entlockte.

Beim Abendessen versuchte sie, das Thema Ethan, so gut es ging, zu umschiffen, um sich und Mrs Allington eine kurze Pause zu gönnen. Das Essen schmeckte hervorragend, doch sie bekam kaum etwas hinunter. Auch Mrs Allington schien keinen Appetit zu haben. Sie erzählte von Sally und Jasper, und wie sie die Tage allein verbracht hatten, und stocherte dabei lustlos in ihrem Essen herum. Das Dessert ließen sie ausfallen. Sally schien das nicht zu gefallen, doch sie blieben auch nach zweimaligem Nachfragen dabei, nicht hungrig zu sein.

»Seit wann muss man Hunger haben, um Mousse au Chocolat zu essen?«, grummelte Sally und ging davon.

Als sie allein waren, konnte Mrs Allington ihre Fragen nicht länger zurückhalten. »Warum tun Sie sich das alles an, Mrs Sandner? Vor ein paar Tagen kannten Sie weder mich noch Ethan. Und nun halsen Sie sich solche Ungewissheiten auf und arbeiten in dem Wissen für Ethan, dass es vielleicht nur für ein, zwei Jahre sein wird, eventuell sogar auch nur für einige Monate. Was steckt dahinter? Sie würden doch überall eine interessante Stelle finden.«

Da war er, der Moment, über den sie während des Spaziergangs nachgesonnen hatte. Sie wusste, dass es nicht lange dauern würde, bis Mrs Allington die losen Fäden entdeckte und zusammenführte. Emma blickte zu Boden.

»Glauben Sie nicht, dass angesichts Ethans Zustand die Wahrheit das Beste wäre, meine Liebe?« Es klang nicht wie eine Frage, sondern eher wie eine Bitte, sie nicht auszuschließen, sie an den Geschehnissen teilhaben zu lassen.

Und Emma begriff einmal mehr, dass Ava Allington über Antennen verfügte, die sich ausbildeten, wenn man schon lange lebte und viel erfahren hatte. Sie würde sie nicht anlügen können. Nicht während sie sich von Angesicht zu Angesicht gegenübersaßen.

Wenn eine Kerze brennt und dich wärmt, lösche sie nicht, sondern erfreue dich an ihrem Schein.

Diesen Satz hatte der geheimnisvolle Verfasser in den *Geschichten aus Cornwall* geschrieben.

An dieses Bild würde sie sich halten. Sicher täte es Mrs Allington gut, nicht nur von Krankheit und Angst zu erfahren, sondern auch von Liebe und Hoffnung.

Emma blickte auf. »Entschuldigen Sie, dass ich zögere, Mrs Allington. Ich tue es nicht meinetwegen.«

»Sondern um Ethan zu schützen, wollen Sie mir das sagen?«

»Weniger, um ihn zu schützen, vielmehr, um seinen Willen zu respektieren. Wenn er Ihnen etwas hätte sagen wollen, hätte er es getan.«

»Das muss er gar nicht. Ethan war schon als Kind verschlossen, allerdings auf eine angenehme Weise. Er hat nie über andere geklatscht, sie nie schlechtgemacht oder verpetzt. Wichtiges hat er schon immer gern für sich behalten. Das gilt auch für seine Beziehungen zu Frauen. Von seinen Bekanntschaften erzählt er mir nur, wenn ich explizit nachfrage, aber ich weiß trotzdem, woran ich bin. Bisher war keine Beziehung ihm wirklich ernst. Doch Ihnen ist Ethan in sehr kurzer Zeit sehr nahegekommen, sonst hätte er Ihnen niemals sein Projekt anvertraut. Ich habe seine Augen gesehen, als er mir sagte, wie sehr er Sie schätzt.« Mrs Allington legte die Hände aufeinander. »Seine Worte bezogen sich auf Ihre berufliche Qualifikation, aber er hat immer wieder kurz gezögert, wenn er von Ihnen sprach, und einmal ist er sogar rot geworden. Er hat sich in Sie verliebt, Mrs Sandner. Ernsthaft! Daran besteht für mich nicht der geringste Zweifel. Eine Mutter spürt so etwas.«

Diese Worte trafen Emma mitten ins Herz. Vermutlich kannte niemand Ethan besser als sie. Stimmte ihre Einschätzung?

»Ich weiß, wie schwierig es ist, wenn man verliebt ist und der Mann keine klare Auskunft gibt. Sie haben sich ebenfalls verliebt, nicht wahr?« Das Thema ließ Ava Allington neue Kraft schöpfen.

Emma zögerte, doch dann gestand sie: »Bitte lachen Sie nicht, ich habe mich schon in Ihren Sohn verliebt, als Sie mir von ihm erzählten und ich die vielen Fotos im Haus sah. Ich kann es nicht erklären, aber Ihre Worte über ihn haben etwas in mir zum Leuchten gebracht. Und als Ethan und ich uns dann auf der Roseninsel gegenüberstanden …«

»… ich nehme an, Ethan hat sich für seinen Auftritt bei Ihnen entschuldigt!?«

Emma holte tief Luft. »Ach, das ist längst vergessen. Ethan hat mir heute, bevor er wegfuhr, einen Brief hinterlassen.«

Mrs Allington wirkte überrascht.

»Er bittet mich darin, ihn lediglich als Freund zu betrachten.« Es tat weh, den Satz auszusprechen, doch Emma wollte der Wahrheit nicht ausweichen.

Ohne zu zögern, sprach Mrs Allington aus, was sie von diesem Vorschlag hielt. »Sehen Sie dies als eine Art Schutzmechanismus an. Ich kenne Ethan besser, als er glaubt. Er hat sein Herz an Sie verloren, was mich nicht eine Sekunde wundert. Sie sind eine zauberhafte junge Frau und ein bemerkenswerter Mensch, und es tut mir in der Seele weh, zu sehen, unter welchen Umständen die zarte Pflanze Ihrer Gefühle wachsen muss.«

»Um ehrlich zu sein, weiß ich im Moment nicht, was

ich tun oder lassen soll. Vielleicht haben Sie einen Rat für mich?«

Mrs Allington füllte Emmas Wasserglas auf, dann ihr eigenes. Nachdem sie getrunken hatte, sagte sie: »Lassen Sie Ethan Zeit. Und sich selbst auch. Werden Sie sich über Ihre Gefühle klar. Und warten Sie ab, bis Ethan die Behandlung hinter sich hat. Inzwischen betreuen Sie sein Projekt und kümmern sich um die Bibliotheken. Die Arbeit wird Sie ablenken. Und sie wird Ihnen zeigen, was *Sie* wollen. Es geht nicht nur um Ethan, es geht auch um Sie.«

Die alte Dame war noch stärker, als sie gedacht hatte. Emma dankte ihr im Stillen für den klugen Rat.

»Niemand wird glücklicher darüber sein als ich, wenn Ethan und Sie ein Paar werden, denn dann bekomme ich eine Tochter, wie ich sie mir nur wünschen kann.« Mrs Allington strich Emma übers Haar, dann drehte sie sich in Richtung Tür. »Sally, wir brauchen Champagner«, rief sie.

Als jede von ihnen ein Glas in der Hand hielt, sagte sie: »Höchste Zeit, Ava und Emma zu sagen, nicht wahr? Das hätten wir schon längst tun sollen.« Ava hob ihr Glas.

»Einverstanden!« Emma stieß mit Ava an.

»Eins möchte ich dir noch mitgeben, Emma, verpasse nie die Gelegenheit, zu feiern. Sei der Anlass noch so klein, die Sache, deiner Ansicht nach kaum erwähnenswert, erkenne und schätze sie.« Mit einem melodiösen Klingen stießen die Gläser erneut gegeneinander. »Auf dich Emma. Und auf eure Liebe – deine und Ethans! Finde heraus, was es für Emma Sandner bedeutet, Ethan Allington zu lieben …«

33. KAPITEL

»Emma!« Marie klang erleichtert. »Du kannst doch nicht in einer SMS andeuten, Ethan sei vor Ort, und mich dann mit diesen spärlichen Infos sitzen lassen.«

»Sag mal, lauerst du vorm PC?« Emma richtete die Nachttischlampe so aus, dass sie hinter den Bildschirm ihres Laptops schien.

»So ungefähr.« Marie lachte. »Seit gestern warte ich auf Neuigkeiten. Und jetzt raus mit den Details. Was hat Ethan Allington in Cornwall zu suchen? Dort wartet garantiert kein Großprojekt auf ihn.«

Emma räusperte sich. »Er war dort, um nachzudenken«, sagte sie. »Die Geschichte ist kompliziert.«

»Umso lieber höre ich dir zu. Erzähl. Ich bin ganz Ohr.« Marie verschränkte die Finger ineinander.

»Tut mir leid. Ich weiß, normalerweise teilen wir alles miteinander, aber ich habe Ethan versprochen, niemandem ein Wort zu sagen. Du weißt ja selbst, wie herausfordernd das Leben sein kann? So geht es gerade auch Ethan.« Emma lenkte das Gespräch auf ihre erste Begegnung mit Ethan, als sie ihm, nur mit einem Handtuch bekleidet, gegenüberstand.

»Ach, du dickes Ei. Das klingt nach Doris Day und Rock Hudson in ihren besten Komödien«, warf Marie lachend ein.

»Na ja, ganz so lustig war es nicht«, sagt Emma. Sie berichtete von Ethans unmöglichem Auftritt in jener Nacht und von ihrem Ausflug am nächsten Morgen.

»Ich habe Ethan von meinen Eltern erzählt. Danach

schien es, als wäre ihm klar geworden, dass ich schon einiges erlebt habe und mit der herausfordernden Situation umgehen kann, und ab diesem Augenblick wurde der Kontakt mit ihm leichter. Er hat sogar über das Projekt für die London Library mit mir gesprochen. Erinnerst du dich, du hast mir davon erzählt? Und er hat mich gebeten, *Herzenssachen* zu betreuen.«

»Mensch, Emma, das gibt's doch gar nicht. Was für ein fantastisches Angebot.« Marie strahlte übers ganze Gesicht. »Aber da ist noch was, das merke ich doch. Willst du mir nicht sagen, was dir auf der Seele liegt.«

»Ethan und ich ...«, Emma zögerte, »wir haben die Nacht miteinander verbracht.«

»Was?«, schrie Marie, und Emma sah, wie sie erstarrte. Schließlich entwischte ihr ein Fluch: »Scheiße! Das war kein Scherz? Du gehst doch nicht mit einem Mann ins Bett, den du erst ein paar Stunden kennst und der dich obendrein beschimpft hat. In so einen Schlamassel könnte höchstens ich mich bringen.«

»Es ist einfach passiert, und es fühlt sich richtig an. Ich habe mich verliebt, Marie. So richtig!«

Es tat gut, sich Marie anzuvertrauen, und so beschrieb sie die Nacht mit Ethan und ihre aufgewühlten Gefühle. »Und wie ist es dir in der Zwischenzeit ergangen?«, fragte sie, als sie alles losgeworden war. »Wie läuft es mit Peter?«

Marie machte eine wegwerfende Handbewegung. »Bei mir ist kein Stein auf dem anderen geblieben. Ich habe mich von Peter getrennt, Emma. Und zwar ein für alle Mal.«

Nun war Emma diejenige, die ihren Ohren nicht traute. »Dir war doch so wichtig, an einer Zukunft mit ihm festzuhalten. Wieso hast du dich plötzlich von diesem Gedanken verabschiedet?«

»Ich konnte nicht mehr«, Marie klang gefasst. »Ein neuer Kollege hat mich zum Kaffee eingeladen, ganz harmlos, und ich habe abgesagt, obwohl ich Lust auf das Treffen hatte. Eine Stunde im Bistro sitzen und quatschen. Was spricht dagegen? Doch Marie Fehring, die immer für Gleichberechtigung und Freiheit einstand, entscheidet sich dafür, kein Risiko einzugehen, und traut sich nicht mal mehr, mit einem Kollegen Kaffee zu trinken.« Marie fuhr sich mit der Hand über den Mund. »Ich habe an Peter gedacht und überlegt, wie es für ihn wäre, mich im Bistro mit einem Mann zu sehen. Was würde er denken oder fühlen? Würde wieder dieser Mechanismus anspringen, der ihn diese verfluchte Eifersucht empfinden lässt? Das war der Knackpunkt, Emma. Da ist mir klar geworden, dass es so nicht weitergehen kann.«

Sie atmete schneller und flacher.

»Mir ist diese Herumeierei von Grund auf zuwider«, fuhr sie fort. »Entweder hat man Vertrauen zueinander oder nicht. Mit Peter werde ich immer darauf warten, dass etwas passiert.« Marie hielt die Finger nah an den Bildschirm. »Vor lauter Anspannung habe ich wieder angefangen, an meiner Nagelhaut herumzuknibbeln.«

»O nein!«

Marie ballte die Hand zur Faust, um die Finger zu verstecken.

»Damit ist jetzt Schluss. Ich habe Peter noch einmal klargemacht, dass er mit seiner Eifersucht einen ganzen Katalog an Gefühlsschwankungen in mir provoziert. Unsicherheit ist noch das angenehmste Gefühl …«

»Wie hat er reagiert?«

»Er sagte: ›Dann siehst du wohl keine gemeinsame Zukunft für uns‹.«

»Wirklich?!«

»Ja. Ich musste den Satz vermutlich erst aus seinem Mund hören, um abzuschließen.«

»Bist du dir sicher, dass es aus ist zwischen euch?«, fragte Emma vorsichtig. Sie wollte sichergehen, dass Marie nichts überstürzte.

»Du kennst mich, Emma. Ich bin nicht so durchgetaktet wie du, meine Arbeit mal ausgenommen, aber es ist Zeit, endlich wieder meinem inneren Kompass zu folgen.«

»Und wie geht es dir jetzt?«

Marie zuckte die Schultern. »Ich glaube, ich bin bereit, nach vorn zu schauen. Wahrscheinlich habe ich die ganze Zeit im tiefsten Inneren gewusst, dass es mit Peter und mir nicht gutgehen kann, und wollte es nur nicht wahrhaben.«

»Komm mich hier besuchen. Du wirst sehen, auf der Roseninsel kommst du auf andere Gedanken. Schon wegen des Geheimnisses, das dringend gelüftet werden muss.« Emma erzählte von den *Geschichten aus Cornwall*. »Wenn jemand eine Spürnase hat und dem Geheimnis näherkommt, dann du.«

»Das klingt nach einer spannenden Story. Ein Buch über die Erhabenheit des Alltags«, fasste Marie zusammen. »Das hat was.«

»Garnier deinen Artikel mit ein paar hübschen Fotos und schon bist du auf der sicheren Seite. Das Buch hat Sogkraft und löst etwas in einem aus. Ich schicke dir ein Exemplar. Setz dich in den Flieger nach Newquay, sobald du wegkannst. Einverstanden?«

»Einverstanden! Vielleicht haben wir in Cornwall Zeit, uns Gedanken über Peggys Liebesliste zu machen.«

Es war herrlich, über ihr Wiedersehen zu sprechen. Sie schmiedeten Pläne und berieten alles Nötige.

Zwei Tage später trat Emma in London vor die versammelte Presse.

»Als Ethan Allington mir von seinem Projekt *Herzenssachen* erzählte, war ich Feuer und Flamme. Und ich war tief bewegt, weil ich weiß, was Bücher bewirken können und …« Emma deutete auf Merle de Graaf, die ganz vorn stand, »was es für Autorinnen und Autoren heißt, die Art von Unterstützung zu erfahren, die ihnen durch *Herzenssachen* zuteilwird.

Ich lese, seit ich fünf bin, und als Kind habe ich jedes Buch, das ich geschenkt bekam oder das ich mir von meinem Taschengeld kaufte, unter meinem Bett versteckt. Am schönsten war es, wenn ich die Bücher aufeinanderstapeln konnte, denn das bedeutete, dass nicht nur eine Geschichte darauf wartete, von mir entdeckt zu werden, sondern viele. Ich liebte es, ein Buch von dem Stapel zu nehmen, es aufzuschlagen und daran zu riechen. Und immer wenn ich angefangen hatte, ein Buch zu lesen, habe ich auch sofort begonnen zu sparen, um baldmöglichst für Nachschub sorgen zu können. Zu den Geburtstagen habe ich mir Bücher gewünscht. Kurz gesagt: Bücher waren meine größten Schätze und sind es bis heute.

Später habe ich gelernt, wie man Bücher bindet, und mich in das Abenteuer Literaturwissenschaft gestürzt, und wie Sie sich sicher denken können, arbeite ich seitdem mit Büchern. In Büchern steckt all unser Wissen. Bücher eröffnen uns neue Horizonte, sie sorgen dafür, dass wir über den Tellerrand sehen, wo Neuland auf uns wartet. Bücher umarmen uns wie unsere beste Freundin oder unser bester Freund. Sie spenden Wärme, Hoffnung, machen Mut, und oft genug nehmen sie uns an die Hand, um uns, sinnbildlich gesprochen, irgendwo hinzuführen, wo wir noch nicht waren. Bücher lassen uns an uns selbst glauben, weil wir nach der Lektüre irgendwo in uns drin wissen, das Gleiche schaffen zu können wie die Heldin oder der Held in unserem Lieblingsbuch. Bücher haben die Macht, uns zu besseren, zu toleranteren Menschen zu machen. Sie sind pure Magie.«

Emma sah in die Menge, die andächtig lauschte. Ihre Liebe zu Büchern beflügelte sie, ließ sie ihre Begeisterung mit den Zuhörern teilen, und diese Begeisterung kam offenbar an. »Nun, ich denke, jeder von Ihnen hat vielleicht schon ein Buch gelesen, das ihm etwas bedeutet. Ein Buch, das nicht in Vergessenheit geraten ist. Aus diesem Grund, weil Bücher Menschen ans Herz gehen, hat Ethan Allington dieses Projekt ins Leben gerufen. Ich darf also hier und heute, auf Initiative von Mr Allington und in Kooperation mit der London Library, den Startschuss für das erste Buchprojekt von *Herzenssachen* geben. Stipendiatin ist Merle de Graaf, die aus Den Haag nach London gekommen ist, um heute mit uns zu feiern. Herzlich willkommen, Mrs de Graaf.« Emma deutete auf die blonde Frau vor sich. »Lassen Sie uns Ihre unvergleichliche literarische Stimme hören. Erzählen Sie uns, was Ihre Protagonisten denken und fühlen, zeigen Sie uns, in welchen Lebenssituationen sie sich befinden. Teilen Sie sich uns mit. Ihr Roman möge Menschen in Großbritannien und überall auf der Welt berühren.« Emma legte eine Pause ein, bevor sie weitersprach. »Und nun fragen Sie sich bestimmt, wer Mrs de Graaf als Pate zur Seite steht. Es ist niemand Geringerer als Englands großer Autor … Andrew Wilson.« Applaus brandete auf. »Wie wir Mr Wilson kennen, steuert er mit sanfter, nichtsdestotrotz unnachgiebiger Stimme, seine Gedanken zum Buch bei. In rund einem Jahr werden wir die Früchte dieser spannenden Zusammenarbeit ernten. Lieber Andrew, diesmal bist du der Mann im Hintergrund. Ein herzliches Dankeschön, dass du dieses Projekt durch deine Mitarbeit möglich machst.«

Aus der ersten Reihe drang Gemurmel zu Emma. »›*Herzenssachen* ist Chefsache‹, sagte Mr Allington bei der letzten Pressekonferenz. Von ihm ist heute allerdings weit und breit nichts zu sehen …«, meldete sich eine Journalistin zu Wort.

Lächelnd ging Emma darauf ein: »Mr Allington hat sich nach reiflicher Überlegung dazu entschlossen, die Aufmerksamkeit in vollem Umfang auf Merle de Graaf und Andrew Wilson zu legen. Er lässt Ihnen über mich ausrichten, dass er sich herzlich für Ihre Unterstützung für dieses wichtige Projekt bedankt. Diejenigen, die uns mit ihren Büchern bereichern, sind die wahren Heldinnen und Helden dieses Projekts, die Ihre Berichterstattung brauchen, weil sie noch am Anfang ihrer Karriere stehen. Ihnen sollte all unsere Aufmerksamkeit gelten … Liebe Mrs de Graaf, Mr Allington und ich sind uns sicher, dass Ihre Stimme weithin gehört wird, denn sie ist voller spannender Facetten. Nie zuvor gab es ein Projekt wie dieses. Grenzüberschreitend, ohne Vorgaben oder finanzielle Einschränkungen. Ich bin stolz, ein kleiner Teil dieses Projekts zu sein.«

Applaus setzte ein. »Stellen Sie sich bitte für ein Foto zusammen«, rief ein Journalist.

»Gern«, sagte Emma und bat Merle de Graaf und Andrew zu sich.

Andrew legte die Hand auf Emmas Schulter und flüsterte: »Ich wusste nicht, dass du so tolle Reden halten kannst. Chapeau!«

Kameras klickten, danach prasselten Fragen auf Emma, Merle de Graaf und Andrew Wilson ein.

Beim anschließenden Stehempfang nahm Andrew Emma zur Seite. »Das hast du wirklich großartig gemacht, Emma. Nochmals Gratulation.«

»Danke, Andrew. Wo wir gerade unter uns sind … ich könnte deine Hilfe gebrauchen.«

Andrew legte den Arm um sie. »Du bekommst alles von mir, Emma. Schon weil ich dieses verfluchte schlechte Gewissen nicht loswerde, nicht bei der Beerdigung deines Vaters gewesen zu sein. Aber das sagte ich ja schon …«

»Du warst auf Lesereise in Japan. Und dann ist Phil krankgeworden, und du musstest dich um sie kümmern. Ich weiß, wie nahe du Vater gestanden hast, auch wenn du nicht da sein konntest. Du wirst Papas Grab bei nächster Gelegenheit besuchen.«

Andrews Gesicht legte sich in unzählige kleine Falten. »Danke, dass du so nachsichtig mit mir bist, Emma. Es hat mir sehr zugesetzt, an diesem Tag nicht an deiner Seite zu sein. Ich vermisse Hannes schrecklich.«

»Ich auch, manchmal tut es mir beinahe körperlich weh«, Emmas Stimme war leise geworden, Andrew verstand sie kaum noch.

Er drückte ihr einen Kuss auf die Wange. »Mein tapferes

Mädchen. Und jetzt raus mit der Bitte. Was kann ich tun? Vielleicht kann ich ja helfen?«

»Das kannst du sicher! Wärst du unter Umständen bereit, ein Vor- beziehungsweise Nachwort zu schreiben.«

»Wofür, wenn ich fragen darf?« Andrews Interesse war geweckt.

»Für Mamas Liebesliste.«

»Ihr rotes Büchlein?!« Andrew lächelte versonnen. »Sie hat es dauernd mit sich herumgeschleppt, und oft habe ich mich gefragt, was sie wohl hineinschreibt? Waren es Gedichte? Oder Kurzgeschichten? Deine Mutter konnte mit Worten jonglieren. Ich fand es immer schade, dass sie sich nicht die Zeit genommen hat, einen Roman zu schreiben.«

»Sie hat ihre Gedanken über Liebe und Partnerschaft in das Buch geschrieben. Und seit Papas Tod liegt Marie mir damit in den Ohren, etwas daraus zu machen. Eine Art Mutter-Tochter-Text.« Sie zuckte mit den Schultern. »Je länger ich darüber nachdenke, umso schöner finde ich die Idee. Allerdings wäre es toll, auch die Gedanken von engen Freunden in das Buch aufzunehmen. Wegbegleiter, die etwas zum Thema Liebe beisteuern können. Phil und du, ihr steht ganz oben auf meiner Liste. Glaubst du, Phil würde mir ebenfalls ein paar Seiten über die Liebe zur Verfügung stellen?«

Andrew lachte leise. »Die Frage kannst du dir sparen. Wenn ich Phil davon erzähle, hängt sie morgen vorm Computer und haut in die Tasten. Du kennst sie doch, bitte sie um etwas, das mit Gefühlen zu tun hat, und sie legt los. Und was mich anbelangt, es ist mir eine Ehre, Emma. Deine Mutter hat lange auf mich eingeredet, nur nicht zu vergessen, zu lieben. Ich vermisse sie und deinen Vater jeden Tag.«

Andrews Trauer drohte in Emma hineinzukriechen, doch sie schaffte es, sich daran zu erinnern, wie glücklich sie war, solche Eltern gehabt zu haben. In Zukunft würde sie sich auf dieses Glück konzentrieren, nicht auf den Schmerz. Das hatte sie sich fest vorgenommen.

»Danke, Andrew.« Emma küsste Andrew auf die Wange. »Dass Phil und du mitmacht, ist das Beste überhaupt.« Die Idee, Menschen, die ihrer Mutter wichtig gewesen waren, in das Projekt einzubinden, war ihr erst vor kurzem gekommen. Andrew und Phil würden dem Buch eine sehr private Note geben, und am Ende käme vielleicht ein Buch dabei heraus, das anderen Mut machte. Emma erzählte Andrew von ihren Text-Ideen und stieß mit einem Glas Sekt mit ihm an.

»Dieses Buch wird ein Erfolg, Emma. Liebe beschäftigt jeden von uns bis zum letzten Tag seines Lebens. Denk nur daran, was ich ohne Phil wäre?«

»Oder Phil ohne dich?«, erinnerte ihn Emma.

»Was wäre Hannes' Leben ohne Peggy gewesen und ihres ohne ihn?« Andrew schaute Emma in die Augen. »Apropos Liebe. Wie stehen die Dinge bei dir? Gibt es Neuigkeiten? Wenn du eines Tages heiratest, was hoffentlich der Fall sein wird, bevor ich unansehnlich bin, würde ich dich gern zum Altar führen. Dein Dad hätte es so gewollt. Und Phil wird dir garantiert bei der Auswahl des Kleids helfen wollen. Das würde ihr viel bedeuten.« Andrew kratzte sich am Kinn und sah Emma fragend an.

»Von dir zum Altar geführt zu werden, stelle ich mir wunderbar vor. Und Phils Angebot nehme ich liebend gern an. Ich bin gespannt, ob Marie und sie sich auf ein Kleid einigen können. Nicht, dass ich da was mitzureden hätte«, scherzte Emma. Insgeheim hoffte sie, Andrew mit dieser Antwort zufriedenzustellen, doch er schien das Thema noch nicht ruhen lassen zu wollen.

»Wir kennen uns ja jetzt schon ein Weilchen, Emma, und wenn ich deine Körpersprache richtig deute, komme ich zu dem Schluss, dass es womöglich einen Mann in deinem Leben gibt, der dir am Herzen liegt?«, erkundigte er sich. »Carsten war in Ordnung, aber nicht der Richtige. Eine Frau sollte nur ja zu einem Mann sagen, der alles tut, um sie glücklich zu machen. So war es bei Hannes und deiner Mutter, und so halte ich es mit Phil. Aber nun raus mit der Sprache. Wie heißt dein Liebster? Verrätst du mir seinen Namen?«

Die Frage kam so schnell, dass Emma nicht wusste, wie sie darauf reagieren sollte.

Andrew trank einen Schluck Bier und wartete auf ihre Antwort. Er war jemand, der offen sagte, was Sache war, deshalb wollte Emma ihn nicht hinhalten. Egal, welche Spekulationen er danach vielleicht anstellte.

»Er heißt Ethan.«

Andrew zögerte einen Augenblick, dann sagte er: »Siehst du, hat gar nicht wehgetan. Ethan … den Namen mochte ich schon immer. Wenn er dich für sich eingenommen hat, ist es das Beste, was ihm passieren kann. Richte ihm schöne Grüße von Andrew Wilson aus«, sagte Andrew und lächelte vielsagend.

»Das mache ich. Er wird sich sehr darüber freuen!«

34. KAPITEL

Cornwall, September

Emma holte zwei Teller aus dem Schrank, stellte sie auf die Arbeitsfläche und wendete die Eier in der Pfanne. Von nebenan näherten sich Schritte. Marie kam herein. Der Bademantel, den sie trug, fiel lose über ihr Schlaf-Shirt.

»Guten Morgen, Emma«, mit einem verschlafenen Lächeln deutete Marie auf die Eier. »Sind das meine?«

»Von beiden Seiten angebraten, wie du sie am liebsten magst«, bejahte Emma.

Auf der Kücheninsel standen eine Schüssel mit Kirschen, daneben ein Teller mit Schnittlauch und eine Platte mit Brot und Marmorkuchen – alles was man für ein ausgedehntes Frühstück brauchte. »He, du hast ja schon alles vorbereitet. Wenn du mich weiter so verwöhnst, sieht Köln mich nie wieder«, sagte Marie.

Seit sie auf der Roseninsel war, lief sie barfuß herum, so auch jetzt.

»Du sollst schon morgens, wenn du die Treppe runterkommst, das Gefühl haben, im Paradies zu sein«, sagte Emma.

Maries Arme beschrieben einen großen Kreis, der das ganze Haus miteinschloss. »So empfinde ich es auch. Diese Beständigkeit, die Rosewood Manor ausstrahlt, ist genau das, was mir in letzter Zeit in meinem Leben gefehlt hat, das ist mir jetzt klar geworden. Es ist herrlich, hier bei dir zu sein!«

Emma wusste nur zu gut, was Marie meinte. Je länger sie auf der Roseninsel war, umso mehr liebte sie diesen Ort.

Marie nahm sich einen Pfirsich, setzte das Messer an und halbierte die Frucht mit einer kräftigen Drehung aus dem Handgelenk. »Und«, sie leckte sich den Pfirsichsaft von den Fingern, »hast du wieder die halbe Nacht durchgearbeitet?«

»Nur bis zwei, danach habe ich mich mit meinem Kissen unterhalten.« Sie lachten.

»Und wie läuft es mit der Recherche?« Emma langte nach dem Pfannenwender und schob die Eier auf die Teller.

»Nur Gerüchte anstatt Fakten.« Marie klang frustriert. »Es ist zum Haareraufen. Niemand scheint auch nur im Entferntesten eine ernstzunehmende Idee zu haben, von wem die *Geschichten aus Cornwall* zu Papier gebracht wurden. Dieses Rätsel ist doch schwieriger zu lösen, als ich dachte.«

Sie trug die Teller auf die Terrasse, wo der Tisch bereits gedeckt war. »Und der Verlag? Was sagen die Leute dort?«, fragte Emma, als sie Butter, Honig und Marmelade auf den Tisch stellte.

»Die schweigen, als hätte man ihnen Millionen dafür geboten, kein Sterbenswörtchen über den Autor oder die Autorin zu verlieren. Stillschweigen war offenbar die Bedingung, um das Buch zu veröffentlichen.«

»Wirklich seltsam.« Emma setzte sich, griff nach der Kanne und goss Marie Tee ein. »Es muss doch irgendwen geben, der etwas weiß?«

»Das dachte ich auch. Aber jetzt bin ich seit einer Woche an der Sache dran und habe noch immer nichts.« Marie zuckte mit den Schultern. »Entweder ist in Cornwall die Verschwiegenheits-Epidemie ausgebrochen oder es weiß wirklich niemand auch nur das Geringste. Trotzdem hat irgendjemand dieses Buch geschrieben.«

»Lass uns erst mal gemütlich frühstücken. Und wer weiß, vielleicht hast du in den kommenden Tagen mehr Erfolg.«

Marie nickte. »Ja, vielleicht!« Sie langte nach Messer und Gabel und widmete sich den Spiegeleiern. Nach dem ersten Bissen verdrehte sie die Augen. »Unglaublich! Dieser Geschmack! Wie schaffst du es nur, die weltbesten Eier zuzubereiten?«

»Spar nie mit Butter und brate die Eier langsam an, pfeffere sie nicht, sondern gib nur einen Hauch Paprika dazu. Das war's auch schon.«

Marie legte beide Hände um die Teetasse. »Der Tee ist auch göttlich. Cornwall, ich werde dich nie wieder verlassen«, schwärmte sie.

»Der Tee geht auf das Konto der Teeplantage«, stellte Emma lachend richtig. Sie strich Marmelade auf ihr Brot. »Wir bekommen übrigens Besuch. Andrew und Phil haben sich für morgen angekündigt. Andrew will mit mir Merles erstes Kapitel durchgehen, und Phil hat vor, mit dir zu plaudern, bis alle wichtigen Themen durch sind.«

»Dann wissen wir ja, was morgen auf uns zukommt.« Marie biss in ihr Brot. Mit vollem Mund sprach sie weiter. »Sag mal, wird Andrew sich nicht fragen, weshalb Ethan nicht bei der Besprechung dabei ist?«

»Glaub ich nicht. Ethan ist rund um die Uhr im Einsatz, das ist allgemein bekannt. Andrew nimmt sicher nicht an, dass er in Cornwall das süße Leben genießt.«

»Hast du nicht gesagt, Andrew wollte wissen, wie der Mann heißt, in den du verliebt bist?«

»Wollte er, ja. Wenn ich geschwiegen hätte, wäre es ihm seltsam vorgekommen. Also habe ich ihm den Vornamen gesagt.«

Marie langte nach dem Teller mit Schnittlauch und streute etwas davon auf ihr Brot. »Denkst du nicht, dass er ahnt, um wen es sich handelt? Schließlich ist Andrew nicht auf den Kopf gefallen.«

»Vermutlich ahnt er tatsächlich, dass es sich um Ethan Allington handelt. Aber ich bin mir sicher, er wird nicht nachfragen. Dafür ist Andrew viel zu diskret.«

Marie nickte erleichtert. »Und was gibt es Neues von Ethan?«

Emmas Gesicht hellte sich auf. »Heute hat er sich um kurz nach vier gemeldet.«

»Ziemlich früh!« Marie trank einen Schluck Wasser.

»Er schreibt zu den seltsamsten Zeiten. Meist lese ich seine Nachrichten, wenn ich aus der Dusche komme.« Wenn Ethan schrieb, ging es ihm einigermaßen gut. Deshalb war Emma jedes Mal froh, von ihm zu hören. In Gedanken ging sie noch einmal seine letzte Mail durch, die sie wieder und wieder gelesen hatte, so lange, bis sie das Gefühl hatte, sie auswendig zu können.

Liebste Emma,

es ist schön zu wissen, wie sehr Du die Zeit auf der Roseninsel genießt. Oft stelle ich mir vor, wie Du in der Pergola sitzt und Deine Augen beim Anblick der Rosen strahlen, wie Dein Haar im Wind weht und wie Du voller Freude im Garten Kräuter pflückst.

Deine Freude für die kleinen Dinge im Leben spüre ich aus jeder Zeile, die Du mir in den vergangenen Wochen geschrieben hast. Dich in meinem Leben zu haben, fühlt sich jeden Tag aufs Neue wie ein Geschenk an.

Du weißt, ich spreche ungern über meinen derzeitigen Zustand, darüber, wie es mir geht, und ich schätze die Tatsache, dass Du das respektierst. Dennoch möchte ich, dass Du weißt, dass ich, selbst wenn ich es könnte, nichts an meiner Realität ändern würde, denn genau diese schwierigen Umstände waren es, die Dich in mein Leben gebracht haben. Ich freue mich, bald wieder von Dir und den Herzenssachen *zu hören.*

Bitte grüß Andrew von mir, und sag ihm, dass es mir sehr leidtut, bei der morgigen Besprechung nicht anwesend sein zu können.

Bis bald, Emma,

Ethan

P. S.: Im Anhang findest Du die vorläufige Liste der Rosensorten, die es auf Rosewood gibt. Bee freut sich bestimmt, wenn sie wie ein Schnüffelhund jede Blume anpeilen kann, um sicherzugehen, dass ich auch keine Sorte übersehen habe.

Maries Stimme wurde lauter und riss Emma aus ihren Gedanken. »Möchtest du auch ein Stück Kuchen?«

Emma sah auf. »Ja, gern.«

Marie schnitt die Kuchenstücke ab und legte sie auf frische Teller. »Verrätst du mir auch, worüber du und Ethan euch austauscht? Abgesehen von eurem Projekt.«

Emma dachte kurz nach. »In der letzten Mail hat Ethan mir eine Liste mit Rosensorten geschickt«, erzählte sie, als sie den Kuchen probierte, den Mrs Snow gebacken hatte.

»Ihr tauscht euch über Rosen aus?«, fragte Marie verwundert und wischte sich einen Krümel vom Kinn.

»Bee hat Ethan nach den Rosensorten gefragt, die es auf Rosewood gibt, und nun hat er recherchiert, welche Sorten angepflanzt wurden und welche er demnächst ergänzen möchte. Platz genug ist ja.«

»Das klingt ganz nach der richtigen Herausforderung für Bee«, warf Marie ein. »Und was Ethan anbelangt, eins muss man ihm lassen: Er weiß zu überraschen, und die Ideen für neue Projekte gehen ihm anscheinend nie aus.«

»Da hast du recht. Ich finde sein Vorhaben, einen Schreibwettbewerb für Kinder ins Leben zu rufen, großartig. Nicht nur, weil es die sprachliche Entwicklung von Kindern fördert, sondern auch, weil sie so ihrer Fantasie freien Lauf lassen können. Und am Ende halten sie etwas in Händen, das sie ganz allein geschaffen haben – ihre eigene Geschichte.« Emma goss sich eine zweite Tasse Tee ein und folgte Maries Blick durch den Garten.

Emma hatte Marie am Flughafen in Newquay abgeholt, und als sie durch das Tor auf Rosewood Manor zugefahren waren, hatte Marie ehrfürchtig neben ihr gesessen. Erst später war es aus ihr herausgesprudelt, wie herrlich es hier sei, wie einzigartig ... lauter Superlative für dieses Fleckchen Erde.

Seit jenem Tag wuchs Maries Liebe für Cornwall stetig. Gespräche über ihre Abreise waren streng verboten. Marie wollte jede Sekunde auf der Roseninsel genießen, ob in ihrem Zimmer, im Garten, am Strand oder unterwegs. Einen Plan gab es nicht, jedenfalls keinen festgeschriebenen. Jeden Morgen frühstückten sie in Ruhe und überlegten dann, was sie tun wollten.

»Schreib Ethan noch mal, wie gut es mir hier gefällt und wie sehr ich mich jeden Tag aufs Neue über die Einladung freue«, sagte Marie schwärmerisch. Sie schob ihren Teller zur Seite und sah Emma forschend an. »Und wie geht es dir?« Sie deutete auf ihr Herz. »Kommst du klar?«

»Ich bin in Ordnung. Seit du hier bist, fühlt sich alles ein bisschen leichter an. Die Ablenkung tut mir gut«, setzte Emma hinterher.

Sie hoffte und bangte jeden Tag, bemühte sich aber, sich nichts anmerken zu lassen. Jede Nachricht von Ethan wertete sie als gutes Zeichen, und zwischen den Zeilen versuchte sie herauszulesen, wie es ihm tatsächlich ging. Die Ungewissheit lag manchmal wie eine schwere Last auf ihren Schultern, doch sie wusste, dass es keinen Sinn hatte, den Kopf in den Sand zu stecken, denn das Leben war nun mal unvorhersehbar, und sie war entschlossen, mit allem umzugehen, so gut sie konnte.

Eine Biene landete auf dem geöffneten Honigtopf. Emma wedelte sie mit der Hand weg und schraubte den Deckel auf das Glas. Bee hatte sie vor zwei Tagen besucht. Sie erkundigte sich jedes Mal nach Ethan, und immer umschiffte Emma die Frage, was er trieb, so gut es ging.

Marie sah Emmas gedankenverlorenen Blick, beugte sich über den Tisch und gab ihr einen Kuss auf die Nasenspitze. »So, und jetzt widmen wir uns der Frage, was wir heute treiben.«

Emma überlegte einen Moment. »Hast du nicht unlängst erwähnt, das Thema Tee würde deine Leserinnen interessieren? Was hältst du davon, wenn wir dem Landgut Tregothnan einen Besuch abstatten? Dort befindet sich nicht nur die einzige Teeplantage Englands, sondern auch der größte botanische Garten. Die Direktorin ist eine Deutsche, die durch Heirat nach Truro gekommen ist. Wäre das nicht ein Interview wert?«

Marie gefiel der Vorschlag. »Das klingt gut. Aber irgendwie kommt mir der Name Tregothnan bekannt vor. Haben deine Eltern nicht vor einigen Jahren ihren Hochzeitstag in der Gegend verbracht?«

»Dir kann man auch nichts verheimlichen«, lachte Emma. »Auf dem Anwesen befindet sich das Schloss, von dem meine Mutter immer so geschwärmt hat. Mein Vater hatte deshalb den Urlaub so geplant, dass sie dort waren, als das alljährliche Charity-Event stattfand. Der historische Garten erstreckt sich über knapp einen halben Quadratkilometer, und da das Schloss noch heute von den Boscawens bewohnt wird, kann man das Anwesen nur zu diesem besonderen Anlass besichtigen. Zu den Vorfahren der Familie gehört der berühmte britische Premierminister Earl Grey ...«

»... nach dem der gleichnamige Tee benannt wurde?«

Emma nickte und schwang den Teebeutel, der auf dem Tisch lag, durch die Luft.

»Bleibt nur noch die Frage: Müssen wir uns in geheimer Mission auf das Anwesen schleichen? Oder kennst du die Direktorin?«

Emma schüttelte den Kopf. »Ich habe lediglich in der Zeitung über sie gelesen. Aber du hast bestimmt im Nu ihre Nummer herausgefunden und einen Termin mit ihr vereinbart.«

»Damit liegst du goldrichtig. Gib mir eine Viertelstunde.« Marie steckte sich den letzten Bissen Kuchen in den Mund und verschwand ins Haus. Bald darauf kam sie mit einem Zettel zurück, den sie Emma entgegenhielt. »Martina Wellberg, verheiratete King. Sie hat mir eine halbe Stunde ihrer kostbaren Zeit zugesagt.«

»Wunderbar. Auf der Rückfahrt können wir noch einen Stopp in St. Just einlegen. Wenn du Lust hast, zeige ich dir das Haus, in dem meine Mutter aufgewachsen ist. Für Ava hat der Ort ebenfalls eine besondere Bedeutung. Ethan wurde dort getauft. Ich würde gern Fotos machen und sie ihr schicken.«

Marie sah auf ihr Smartphone. Es gab nichts, was sie lieber zu Rate zog als das Internet. »Porthcurnick Beach ist auch nicht weit weg. Was hältst du davon, wenn wir den Tag dort mit einem Sundowner ausklingen lassen?«

»Klingt nach einem perfekten Plan. Dann Abmarsch. Wir haben eine Menge vor.«

Sie räumten die Küche auf, zogen sich an und fuhren los. Die ganze Fahrt über redeten sie von den *Geschichten aus Cornwall*. Marie ließ das Thema einfach keine Ruhe.

In Tregothnan angekommen, durchstreiften sie als Erstes den Park. »Lass uns doch gleich mal einen Abstecher in das britische Himalaya-Tal machen. Meine Recherche hat ergeben, dass es wunderschön sein soll«, schlug Marie vor.

Vorbei an den Teebüschen passierten sie den Hügel, von dem aus sie das eigens angelegte Tal erkundeten: dunkelgrüne Nadelbäume, prachtvolle Rhododendren und zwei Teiche, in deren Wasser sich exotische Pflanzen spiegelten.

»Wer hätte gedacht, dass man gar nicht bis zum Himalaya reisen muss, um einen derartigen Ausblick genießen zu können«, sagte Marie.

Emma stand im Licht der Sonne und sah auf den Pavillon mit Pagodendach, der mit seinem japanischen Flair dem Tal eine besondere Note verlieh. Sie fing das Motiv, das sie bisher nur aus den Erzählungen ihrer Eltern kannte, mit der Handykamera ein. Ein wunderbares Gefühl der Verbundenheit durchströmte sie. »Wie lange haben wir noch bis zu deinem Termin?«

Marie sah auf die Uhr. »In zwanzig Minuten soll ich bei Mrs King erscheinen. Angeblich pflückt sie ab und zu selbst Tee, wenn ihr nach einer meditativen Tätigkeit zumute ist.«

Eine Viertelstunde später brach sie zu ihrer Verabredung auf. Emma suchte sich eine Bank, griff nach ihrem Smartphone und öffnete Ethans letzte Mail.

Es freute sie, wie aufmerksam und liebevoll er schrieb, doch das Wort Liebe kam in seinen Zeilen nicht vor. Stattdessen endete er mit Sätzen, wie: *Ich denke an Dich.* Wundervolle Worte. Aber reichte ihr das? Stimmte Avas Einschätzung, dass Ethan in sie verliebt war? Oder bildete sie sich das nur ein, weil sie Ethan unbedingt in einer festen Beziehung sehen wollte? Der Gedanke kam Emma nicht zum ersten Mal. Wie gern würde sie Ethan *ihre* Liebe gestehen, aber sie wusste, dass sie ihm Zeit lassen musste.

Sie gab ihren Platz im Schatten auf und begann umherzugehen. Sie hatte so vieles in Cornwall noch nicht gesehen. Vielleicht fände sie im Spätherbst Zeit, den einen oder anderen Ausflug einzuplanen. Im Moment ließ ihr die Arbeit kaum Zeit für Privates. *Herzenssachen* war ein faszinierendes Projekt, das ihre ganze Aufmerksamkeit beanspruchte. Und abends versuchte sie sich an verschiedenen Kapiteln, die die Liebesliste ihrer Mutter ergänzten. Die Tage verflogen. Und mit jedem Tag stieg die Hoffnung, Ethan wiederzusehen.

Als Marie zurückkam, trug sie einen Packen Unterlagen unter dem Arm, den Mrs King ihr mitgegeben hatte. Emma erfuhr von einer ziegelroten Scheune, in der die Teeblätter auf einer Art Doppelstockbett welkten, ehe sie gerollt wurden, oxidierten und trockneten, hörte von Teebeutelmaschinen und Teepflanzenschösslingen und von dem leichten Teeduft, der Mrs Kings Büro durchdrang.

»Während der Ernte ist hier ganz Penkevil beschäftigt.«

»Penkevil? Das ist doch das kleine Dorf hinter der nächsten Wegbiegung?«

Marie nickte. »Zwei Reihen Giebelhäuser, die sich über die Straße hinweg in die Fenster schauen, und die Kirche

St. Michael als krönenden Mittelpunkt, so beschreibt Mrs King den Ort. Dort leben nicht mehr als schätzungsweise dreihundert Leute«, erklärte sie. »Und wusstest du, dass die Teesorten, die hier angebaut werden, im *Savoy* und im *Claridge's* zum High Tea aufgebrüht und auf der *Chelsea Flower Show* zur Abschlussparty gereicht werden? Sogar die Queen trinkt Tee aus Tregothnan.« Maries Begeisterung war nicht zu bremsen. »Die Queen erkennt natürlich edlen Tee. Und da der Teeanbau hier nicht so gigantisch ist, wie beispielsweise in Darjeeling, schließlich werden nur um die zehn Tonnen pro Jahr geerntet, ergibt sich ein stolzer Preis von 1,25 Pfund, also über 1,50 Euro, für ein Gramm der reinen, unverschnittenen Ernte. Und nun rate mal, was *Tregothnan* auf Englisch heißt ... *The house at the head of the valley.*«

»*Das Haus an der Spitze des Tals*«, übersetzte Emma. »Wobei man das Schloss wohl kaum als Haus bezeichnen kann«, fügte sie beeindruckt hinzu.

»Mrs King hat mir auch von ihren zukünftigen Plänen berichtet«, fuhr Marie fort. »Sie will Tee in zeitgemäßer Form vertreiben, was ich ziemlich clever finde. Geplant ist eine Franchise-Kette cooler Teehäuser in großen Städten, unter anderem auch in Deutschland, vorerst aber nur in Berlin. Die Idee ist entstanden, als im vergangenen Jahr eine chinesische Delegation auf Tregothnan war, um das kornische Teeritual kennenzulernen – Cornish Cream Tea: schwarzer Tee mit Milch und Zucker, dazu Scones mit Himbeergelee und Clotted Cream.«

»Ganz, wie wir es mögen«, ergänzte Emma. »Deshalb würde ich vorschlagen, dass wir zwei uns noch eine Tasse Tee mit Scones gönnen, bevor es weitergeht nach St. Just.«

Als sie zwei Stunden später St. Just erreichten, wurden in Emma Erinnerungen an alte Zeiten geweckt. Sie erzählte Marie, was sie von ihrer Mutter über die Gegend erfahren hatte, und machte Fotos für Ava und für sich selbst.

Es war bereits kurz vor Sonnenuntergang, als sie Porthcurnick Beach ansteuerten. Sie folgten dem durch einen Holzzaun markierten Trampelpfad zum Strand und suchten sich einen Platz für sich allein.

Der Himmel über dem Meer war in blasses Korallenrot getaucht und wurde weiter hinten immer farbintensiver. Einige Meter entfernt saß eine Gruppe junger Leute, die bereits auf das Ende des Tages anstießen. Marie schob die Füße unter ihrem Baumwollkleid hervor und bohrte mit den Zehen Löcher in den Sand. Von irgendwoher war lautes Lachen zu hören, und obwohl sie nicht wussten, worum es ging, lachten sie mit.

»Wir sollten unseren Sundowner nicht vergessen«, sagte Emma.

Sie hatten unterwegs Getränke gekauft, um den Tag mit einem Drink am Strand zu krönen. Nun öffneten sie die Flaschen, stießen an und nahmen einige Schlucke. Sie lauschten den Wellen und sahen, wie immer mehr Leute den Strand verließen. Und bald hatten sie Porthcurnick Beach beinahe für sich allein.

Zurück auf der Roseninsel, zündete Emma im Wohnzimmer den Kamin an. Es war kühl geworden. Vielleicht würden sie sich später einen Film ansehen, dann wäre ein Kaminfeuer genau das Richtige. Es dauerte eine Weile, doch schließlich brannte das Feuer. Sie beschloss, noch an Ethan zu schreiben.

Als sie eine halbe Stunde später wieder hinunterkam,

saß Marie an der Küchentheke. Sie ließ die Beine baumeln und pickte mit der Gabel nach Melonenstücken, die sie auf einem Teller angerichtete hatte. Während sie naschte, tippte sie in rasend schnellem Tempo über die Tastatur ihres Laptops. »Und? Hast du den Artikel über Mrs Kings Teeuniversum schon fertig?«

Marie sah kurz auf, tippte jedoch weiter. »So gut wie. Morgen schicke ich ihn an die Redaktion. Ich habe übrigens noch zwei Wochen Urlaub aus dem letzten Jahr. Mit ein bisschen Glück ist mein Chef einverstanden, dass ich meinen Resturlaub jetzt nehme. Hier gibt es so unfassbar viele tolle Geschichten, aus denen sich was machen lässt. Clemmie muss ich unbedingt noch interviewen. Nicht zu den *Geschichten aus Cornwall*, sondern zu ihrem Leben als Wirtin und Original von St. Ives.«

Emma nahm sich ein Stück Melone und steckte es in den Mund. »Hast du eigentlich noch mal was von Peter gehört?« Sie leckte sich die Finger ab.

»Nein«, Marie schüttelte den Kopf, »ist auch besser so.«

»Dass du die Reißleine ziehst, ohne dezidierten Anlass, hat mich, gelinde gesagt, gewundert. Eine Trennung bei ruhiger See, ohne Sturmwarnung.«

»Ich weiß, das sieht mir gar nicht ähnlich.« Marie tippte letzte Anmerkungen, dann klappte sie den Laptop zu. »Komm!« Sie stand auf. »Lass uns rübergehen. Ich bin noch nicht müde.« Sie griff mit einer Hand nach dem Obstteller, auf dem noch genügend Melonenstücke übrig waren, und mit der anderen nach Emmas Hand. Im Wohnzimmer machten sie es sich vor dem Kamin gemütlich, dessen Glut eine angenehme Wärme verbreitete.

Marie zog die Beine an und steckte sie zwischen die Polster. Ihr Blick schweifte zu dem schwachen Licht der Stehlampe neben dem Sessel.

»Es ist verrückt, aber an dem Tag, als wir nicht miteinander geskypt haben, dachte ich plötzlich an die Kinder, die ich irgendwann vielleicht haben werde, an ihre Fragen über meine Vergangenheit. Kinder wollen alles wissen, auch die Erlebnisse, die wir am liebsten in die hintersten Ecken verbannen. Was, wenn sie wissen wollen, warum ich mir Peters Eifersucht zugemutet, mich nicht besser geschützt habe. Ich sollte ihr Vorbild sein. Und da hatte ich die Antwort. Nein! Was die Beziehung zu Peter anging, war ich längst über die Bergkuppe hinweg. Plötzlich konnte ich einen Schlussstrich ziehen.« Sie sah auf das Blumenarrangement auf dem Beistelltisch und richtete geistesabwesend eine Rose, die sich ein wenig zur Seite geneigt hatte.

Mrs Snow verteilte halbwöchentlich üppige Rosenpracht im Haus. Auch Emma erfreute sich jeden Tag an den in allen Rot- und Rosatönen leuchtenden Blumen.

Marie ließ von den Rosen ab, rieb sich die Hände und schwieg.

»Und jetzt?«, hakte Emma vorsichtig nach. »Hast du Pläne? Marie Fehring hat doch immer Pläne.«

Marie zog den Teller zu sich hinüber, reichte ihn dann Emma, und gemeinsam aßen sie die letzten Stücke Melone. »Nein, diesmal habe ich keine.« Sie rückte den leeren Teller zur Seite. »Jedenfalls nicht, was meine private Situation anbelangt. Zum ersten Mal fürchte ich mich nicht davor, allein zu sein. Ich habe ja dich.«

Emma schob den Träger ihres Shirts, der hinuntergerutscht war, nach oben, dann stand sie auf und kuschelte sich an Marie. »Und wie fühlt sich das an?«, fragte sie. »Vor dir ein freies Feld voller Möglichkeiten?«

»Seltsam.« Marie lächelte zuversichtlich. »Aber auch spannend. Ich möchte das Leben auf mich zukommen lassen. Ist es nicht ohnehin so, dass wir nie wissen, was kommt? Denk nur an dich. Als ich dich nach Frankfurt zum Flughafen brachte, hätten weder du noch ich damit gerechnet, was in England passieren würde. Und nun sitze ich hier bei dir in Ethans Haus auf der Roseninsel. Es ist wie im Roman. Aber es ist echt. So schön hätten wir gar nicht träumen können.«

»Kluge Marie«, lobte Emma. Sie drückte die Freundin an sich. »Ich bin stolz auf dich! Nicht viele sind so ehrlich mit sich selbst und nehmen sich derart schonungslos auseinander. Ich mag die neue Marie Fehring.«

»Ich will endlich einen Schritt weiterkommen, Emma. Nicht ständig die gleichen Fehler wiederholen. Das würde ich mir später übelnehmen.« Maries Lächeln wirkte aufrichtig und erleichtert.

Sie verfielen in ein angenehmes Schweigen, dann sagte Emma: »Übrigens hat Andrew mir heute das Vorwort und Phils Kapitel für die Liebesliste geschickt.«

»Und was ist mir dir? Hast du schon was zu Papier gebracht?«

»Ein paar Erinnerungen. Wenn du willst, hole ich die Ausdrucke.«

Maries Augen glitzerten. »Worauf wartest du noch?« Sie gab Emma einen leichten Schubs. »Lass uns sichten, was wir haben.«

Mit einem Ordner kehrte Emma zurück. »Das wäre alles«, sagte sie und legte ihn auf den Tisch. Sie setzten sich einander gegenüber, breiteten die Papiere aus und arbeiteten bis ein Uhr nachts, dann fielen sie erschöpft, aber zufrieden in ihre Betten.

35. KAPITEL

Am nächsten Morgen klingelte um kurz nach acht das Telefon. Marie schlief noch, doch Emma war bereits in der Küche und bereitete den Teig für einen englischen Teekuchen zu. Sie wischte sich die Hände am Geschirrtuch ab und eilte zum Apparat im Wohnzimmer. »Emma Sandner bei Familie Allington«, meldete sie sich und erwartete Avas Stimme am anderen Ende.

»Emma, ich bin's.«

»Ethan?!« Emma traute ihren Ohren nicht. »Was für eine Überraschung.« Die vergangenen Wochen hatte sie sich nichts sehnlicher gewünscht, als mit Ethan zu telefonieren. Und nun rief er endlich an.

»Hast du dein Handy griffbereit?«, fragte Ethan. Am anderen Ende knisterte es.

»Es liegt drüben in der Küche«, antwortete sie.

»Bitte hol es, Emma. Und lies in Ruhe die Nachricht, die du gleich von mir bekommst. Einverstanden?«

»Warum können wir nicht am Telefon sprechen? Wäre das nicht einfacher?«, beeilte Emma sich zu sagen. In ihrem Magen bildete sich schon wieder dieser Knoten, den sie so fürchtete. Warum wollte Ethan nicht mit ihr sprechen?

»Ich erklär es dir gleich. Versprochen. Hol dein Handy. Bis dann, Emma.«

Emma hörte ein leises Knacken. Ethan hatte aufgelegt. Sie steckte das Telefon in die Ladestation und ging in die Küche. Dort piepste ihr Handy und zeigte die WhatsApp-Nachricht von Ethan an.

Emma, es gibt Neuigkeiten über meinen Gesundheitszustand. Ich habe lange darüber geschwiegen, weil ich Dich nicht belasten wollte und weil ich Zeit brauchte, um meine Gedanken und Gefühle zu ordnen. Und auch, um einen Weg zu finden, mit der neuen Situation klarzukommen.

Emma spürte, wie ein Gefühl der Ohnmacht in ihr hochstieg. Nervosität machte sich in ihr breit, als ihre Finger kurz über dem Display verharrten, dann tippte sie eine Antwort.

Ganz egal, welche Neuigkeiten Du hast, ich bin für Dich da und höre Dir zu. Außerdem waren wir von Anfang an ehrlich zueinander. Und so soll es auch bleiben. Ich hoffe, Du weißt, dass Du mir gegenüber kein Blatt vor den Mund nehmen musst.

Sie las die Nachricht noch einmal durch. Ihre Worte klangen vermutlich viel zu unbeschwert für das, was käme, doch Ethan würde nichts Rührseliges vertragen, das wusste sie, also schickte sie die Nachricht ab. Es dauerte eine gefühlte Ewigkeit, bis eine Antwort kam.

Bei mir wurde eine Genveränderung festgestellt, die den Krebs resistent gegen eine Chemotherapie macht. Ich dachte, ich sage es dir gleich.

Ethans Zeilen klangen so beherrscht, dass es Emma Angst machte.

Bei etwa jedem achten Patienten lässt sich der Krebs weder mit Chemotherapie noch mit einer Stammzelltransplantation lang-

fristig zurückdrängen. Allerdings gibt es mittlerweile eine andere Möglichkeit. Die Behandlung kombiniert die Übertragung von T-Immunzellen gesunder Spender mit der Verabreichung eines sehr wirksamen Medikaments. Mein Arzt ist zuversichtlich, dass mir das helfen könnte. Er spricht von einer guten Chance, dass ich demnächst wieder Zukunftspläne schmieden kann.

Emma entfuhr ein Laut der Erleichterung.

Ethan, Du glaubst nicht, wie sehr ich mich über diese Nachricht freue. Warum rufst Du mich nicht noch mal an? Dann kannst Du mir alles im Detail erzählen. Na, was meinst Du?

Emma las Ethans Antwort.

Ich kann nicht.

Drei Worte, mit denen sie nicht gerechnet hatte. Sie ermahnte sich, Ruhe zu bewahren. Ethan wollte nicht wie ein rohes Ei behandelt werden, das respektierte sie.

Dann sprechen wir einfach in den nächsten Tagen noch mal, schlug sie vor.

Emma, kennst Du das Gefühl, wenn man all die Emotionen, die man versucht hat wegzuschieben, gleichzeitig spürt? Im Moment geht es mir genauso. Um ehrlich zu sein, fällt es mir schwer, die Tränen zurückzuhalten.

Die Unruhe, seit Ethan sie gebeten hatte, ihr Handy zu holen, wich einer riesigen Welle von Mitgefühl. Sie spürte, wie der Druck hinter ihren Lidern immer stärker wurde. Sie war ebenfalls kurz davor, ihren Gefühlen nachzugeben. Es war Ethan sicher schwergefallen, ihr dies zu schreiben, ihr zu erklären, was er fühlte. Wie konnte sie ihn trösten? Und sich selbst?

Emma!? Hast Du noch einen Moment? Ich würde Dich gern etwas fragen.

Emma tippte eine Antwort.

Wie ich Dich kenne, dreht sich die Frage bestimmt um das Thema Herzenssachen. *Habe ich recht?*

Am Ende der Nachricht fügte sie noch ein Smiley ein, bevor sie zurückscrollte, um den Gesprächsverlauf noch einmal nachzulesen.

Mit deiner Vermutung liegst Du gar nicht mal so falsch.

Ein leises Pling kündigte eine weitere Nachricht an.

Heirate mich, Emma!

Der Ton, der aus ihrem Mund kam, hörte sich für sie selbst fremd an. Sie starrte auf das Ausrufezeichen hinter der Frage.

Ein Antrag nach so kurzer Zeit des Kennens passte nicht in das Bild, das sie von Ethan hatte. Sofort schossen ihr alle möglichen Gedanken durch den Kopf. Wusste er überhaupt, was er sagte? Oder war die Frage eine bloße Kurzschlussreaktion? Sie war völlig aufgewühlt. Was sollte sie Ethan antworten?

Im Hintergrund fiel die Haustür ins Schloss. Mrs Snow kam wie jeden Morgen, um sich ums Haus zu kümmern.

»Guten Morgen, Mrs Sandner. Ich bin's«, rief sie. »Mein Mann ist draußen und kümmert sich um die Auffahrt.«

»Guten Morgen, Mrs Snow«, rief Emma zurück. »Sobald ich fertig bin, komme ich zu Ihnen. Nehmen Sie sich eine Tasse Kaffee. Er ist frisch aufgebrüht.« Sie versuchte, sich nichts anmerken zu lassen, obwohl sie das Gefühl hatte, den Boden unter den Füßen zu verlieren. Sie verließ die Küche und zog sich in die Bibliothek zurück. Mrs Snow war patent und herzlich, doch sie wollte nicht, dass sie sie weinen sah.

Mrs Snow ist gekommen. Ich bin in die Bibliothek ausgewichen. Melde mich in ein paar Minuten noch mal.

Noch bevor sie sich in den großen Lesesessel setzen konnte, kündigte sich eine weitere Nachricht mit einem leisen Pling an.

Bevor Du mir antwortest, ich sei unromantisch, und mir zu Recht erzählst, dass ich bislang derjenige war, der eine Freundschaft vorgeschlagen hat, hör mir bitte kurz zu, Emma. Ich habe oft darüber nachgedacht, ob es richtig war, Dir die Chance zu nehmen, selbst zu entscheiden, ob Du trotz meiner Situation eine Zukunft mit mir siehst. Insgeheim habe ich jeden Tag gehofft, dass auch Du Dich in mich verliebt hast, so wie ich mich in Dich. Für Dich mögen diese Zeilen vielleicht eine Wendung sein, die wie aus dem Nichts kommt. Aber ich kann Dir versichern, dass jedes Wort wohlüberlegt ist und es das größte Glück für mich wäre, Dich an meiner Seite zu haben. Ich hoffe, Du hast noch Platz für eine weitere kleine Überraschung? Danach weißt Du hoffentlich, wie ernst es mir ist.

Es dauerte einen Augenblick, bis ein Foto samt Text bei ihr ankam. Emma öffnete das Bild und starrte auf die Millennium Bridge.

Wusstest Du, dass die Millennium Bridge in London zu den Top 10 der Liebesschloss-Brücken weltweit gehört?

Emma blickte auf das zweite Foto. Es zeigte ein rotes Vorhängeschloss mit den Buchstaben: E & E. Darunter hatte Ethan geschrieben: *Ich möchte nicht, dass unsere Geschichte endet.*

Emma blickte auf die Buchstaben auf dem Display. »Ich möchte nicht, dass unsere Geschichte endet«, wiederholte sie mit zittriger Stimme.

Die Freude, die sie seit Monaten in sich verschloss, weil sie sich nicht traute, ihre Gefühle für Ethan auszuleben, brach hervor. Sie zog den Morgenmantel enger um sich, und ehe sie Ethan schreiben konnte, erreichte sie eine weitere Nachricht von ihm.

Ich bin mir sicher, Du hast meine Gefühle für Dich in jener wunderbaren Nacht gespürt. Es ist mir unendlich schwergefallen, Dich danach zu verlassen, und auf der Fahrt nach London habe ich mich immer wieder gefragt, ob ich es richtig mache oder ob ich besser gewartet hätte, bis Du aufwachst und ich mich mit einem letzten Kuss von Dir verabschieden kann. Warum ich Dir das erst jetzt sage? Und warum es mir so schwerfällt, meine Gefühle auszusprechen? Ist doch keine große Sache, denkst du. Doch, Emma, es ist eine große Sache, wenn man in eine ungewisse Zukunft blickt und alles dafür tun möchte, die Menschen, die man liebt, vor genau dieser Ungewissheit zu schützen.

Es schien fast wie ein Wink des Schicksals, dass Tony, der herausbekommen hat, dass ich im Krankenhaus bin, mir ein Buch schickte: Marc Aurels ›Selbstbetrachtungen‹. *Darin steht unter anderem Folgendes: ›Nicht den Tod sollte man fürchten, sondern dass man nie beginnen wird, zu leben.‹ Da ist es mir wie Schuppen von den Augen gefallen. Ich will leben, Emma. Mit Dir! Und weil ich mir nicht sicher war, ob ich die richtigen Worte finden würde, habe ich Tony gebeten, für mich zur Millennium Bridge zu fahren und das Liebesschloss für uns anzubringen. Ich habe die Augen geschlossen, in meiner Vorstellung den Schlüssel hinter mich ins Wasser geworfen und mir gewünscht, dass wir noch viele gemeinsame Jahre haben. Und dass Dir hoffentlich klar wird, wie viel ich für Dich empfinde. Wie sehr Du mein Herz erobert hast. Und wie wenig ich mir vorstellen kann, ohne Dich zu sein. Emma, ein Leben ohne Dich stelle ich mir vor wie einen Himmel mit viel zu vielen dunklen Wolken. Du schaffst es, Schweigen nicht unangenehm wirken zu lassen. Und Deine Arme um meinen Körper sind die schönste Berührung, die ich mir vorstellen kann.*

In der Küche klapperte Mrs Snow mit den Töpfen. Emma stand reglos da und starrte auf ihr Handy. Sie war so aufgeregt und zugleich so tief bewegt, dass sie kaum mitbekam, wie lange sie einfach dastand, ohne Ethan zu antworten.

Emma?? Bitte schreib was. Irgendwas.

Emma wischte sich mit dem Ärmel ihres Morgenmantels über die Wangen und hielt ihr Handy als sei es ihr kostbarstes Gut. *Ich bin einfach sprachlos, Ethan. Außerdem steigen mir ununterbrochen Tränen in die Augen.*

Eine weitere Nachricht von Ethan: *Dann sind wir schon zwei.*

Sie überlegte, was sie antworten konnte, doch Ethan kam ihr abermals zuvor.

Ich weiß, dieser Heiratsantrag ist außergewöhnlich, ohne uns anzusehen und uns in die Arme fallen zu können. Ohne einen wunderschönen Ring oder eine rauschende Verlobungsfeier. Was den Ring angeht, habe ich eine Lösung gefunden. Vielleicht ist sie nicht perfekt, aber sie gefällt mir. Schau mal in dein Mailpostfach.

Emma rannte in ihr Zimmer. So schnell war sie noch nie im ersten Stock gewesen. Auf dem Bildschirm ihres Laptops poppte eine Mail-Ankündigung auf. *Warte, ich muss die Mail erst öffnen,* tippte sie, klickte auf den Anhang und blickte auf eine Zeichnung.

So soll Dein Ring aussehen. Ich dachte an einen Rubin, rot wie die Rosen in Rosewood Manor, umgeben von einem Kranz kleiner Brillanten. Ein Ring, der Dich immer daran erinnert, welche Bedeutung die Roseninsel für uns beide hat und wo alles begann.

Emma konnte ihren Blick kaum vom Bildschirm lösen. Der Ring war perfekt, denn es war der Ring, den Ethan für sie entworfen hatte.

Ich weiß nicht, was ich sagen soll. Du bist verrückt, Ethan. Und nur, dass Du es weißt, ich muss mir die ganze Zeit die Freudentränen aus dem Gesicht wischen. Der Ärmel meines Morgenmantels ist schon ganz nass.

Hätte Marie sie gefragt, wie der perfekte Heiratsantrag aussieht, hätte sie niemals beschrieben, was sie gerade mit Ethan erlebte. Und doch war dieser Moment der schönste, den sie sich vorstellen konnte.

Also ja?, fragte Ethan.

Emmas Kinn bebte. *Ja! Was glaubst du denn!*

...

Und was bedeuten diese Punkte nun wieder?

Sprachlos vor Glück, Emma.

36. KAPITEL

Am Tag nach Maries Abreise – die vergangenen zwei Wochen waren für Emma wie im Rausch vergangen – kam Mrs Snow in die Bibliothek gerannt. »Ein Auto, Mrs Sandner! Das Tor geht auf.« Der Haushälterin stand die Aufregung ins Gesicht geschrieben. Wenn das Tor sich ohne ihr Eingreifen öffnete, konnte es nur jemand aus der Familie sein, der einen Handsender hatte.

Emma legte das Buch zur Seite. Seit zwei Tagen war sie damit beschäftigt, eine Liste von Neuanschaffungen zu erstellen, und verließ kaum die Bibliothek.

»Dann schauen wir mal. Vermutlich Besuch aus London«, überlegte sie. An Mrs Snows Seite ging sie zum Fenster.

Eine dunkle Limousine fuhr den Kiesweg aufs Haus zu. Sie sah die Mütze des Mannes hinterm Steuer und einige Sekunden später sein Gesicht. »Es ist Jasper. Und hinten sitzt garantiert Mrs Allington«, sagte sie zu Mrs Snow.

»Das darf doch nicht wahr sein. Ausgerechnet heute am Großreinemachentag.« Mrs Snow zog die Brille von der Nase und zupfte an ihrer Schürze, die ein wenig schief hing. »Was haben wir überhaupt in der Küche?« Von derart praktischen Überlegungen geleitet, hastete sie in die Küche und öffnete den Kühlschrank.

Emma folgte ihr und versuchte, sie zu beruhigen. »Wir haben noch einen halben Teekuchen, und Shortbread ist auch da. Das reicht doch.« Sie holte den Teekuchen aus dem Vorratsraum. Mrs Snow blickte darauf, als wäre der Kuchen eine Beleidigung.

»Das ergibt höchstens vier Stücke und reicht ganz und gar nicht«, widersprach sie. »Mrs Allington liebt meinen frischgebackenen Apfelkuchen und meine Fischsuppe. Und nun kommt sie endlich mal wieder nach Cornwall und nichts davon steht auf dem Tisch.«

»Ich begrüße sie erst mal«, sagte Emma. Sie durchquerte die Halle und steckte den Kopf zur Tür hinaus. Jasper parkte vermutlich vor den Garagen. Sie nahm die Vortreppe und folgte dem Kiesweg.

Die Limousine hatte vor dem Nebengebäude angehalten. Jasper stieg aus und öffnete die hintere Tür, um Ava beim Aussteigen behilflich zu sein.

Dann ging Jasper zum Kofferraum und holte etwas heraus. Emma konnte zunächst nicht sehen, was es war, doch als er den Kofferraum schloss, erkannte sie einen Kleidersack über seinem Arm.

Ava drehte sich Richtung Haus und sah sie. »Emma«, rief sie und winkte.

Emma eilte ihr entgegen. »Ava, das ist ja eine Überraschung. Du auf der Roseninsel«, sagte sie und schloss sie fest in die Arme.

Dann reichte sie Jasper die Hand. »Jasper. Ich finde es großartig, dass Sie Mrs Allington herbringen.«

»Mrs Sandner. Freut mich, Sie wiederzusehen«, sagte Jasper.

»Ich wollte dich überraschen«, machte Ava es spannend, »deshalb habe ich Jasper überredet, mich ohne Vorankündigung herzufahren. Wir bleiben eine Nacht. Wenn wir Lust haben vielleicht sogar zwei. Ach ja, ehe ich es vergesse. Die Romane, die du für mich ausgesucht hast, waren bezaubernd, vor allem die *Geschichten aus Cornwall*. Ich bin noch immer ganz beseelt von diesem Buch.«

»Freut mich, dass ich deinen Geschmack getroffen habe, und noch schöner, dass ihr mir Gesellschaft leistet. Jetzt kommt aber erst mal rein. Heute weht ein kräftiger Wind, und drinnen ist es kuschelig warm. Mrs Snow steht sicher in der Küche und bereitet rasch etwas vor. Sie ist außer sich, weil du herkommst und weder Apfelkuchen noch Fischsuppe auf dich warten.«

Mrs Snow eilte ihnen entgegen, kaum dass Emma mit den Gästen das Haus betreten hatte. Sie hatte eine frische Schürze umgebunden und strahlte.

»Mrs Allington! Welch ein Wunder! Ich kann es kaum glauben. Es muss zwei Jahre oder länger her sein, dass Sie in Rosewood waren.«

»Ja, meine Liebe, es ist ein Weilchen her.« Ava begrüßte Mrs Snow mit einem langen, herzlichen Händedruck.

Als Nächstes kam Jasper an die Reihe. »Und Sie haben sich auch nie blicken lassen. Wie geht es Ihnen?«

»Alles beim Alten, Mrs Snow.«

»Sie sind beständig. Ich weiß.« Mrs Snow tätschelte Jaspers Arm. Sie tauschten sich kurz über die Fahrt aus, dann begab Jasper sich in ein Gästezimmer, und Ava zog sich in ihr Reich im ersten Stock zurück.

»Gott, bin ich froh, dass alles tipptopp ist«, sagte Mrs Snow erleichtert, als Ava und Jasper nach oben gegangen waren. »Ich habe erst gestern Mrs Allingtons Zimmer gewischt und ordentlich durchgelüftet. Als hätte ich es geahnt. Jetzt schneide ich noch rasch ein Dutzend Rosen und stelle sie in den Salon im ersten Stock. Mrs Allington mag am liebsten die pinkfarbenen.«

Emma ging in die Bibliothek und versuchte weiterzuarbeiten, doch sie war viel zu abgelenkt. Was hatte Jasper auf dem Arm getragen? Doch nicht etwa einen zweiten Anzug für sich selbst oder ein besonderes Kleid für Ava? Nein, in dem dunklen Kleidersack musste etwas anderes sein. Und sie hatte auch schon eine Vermutung.

Die Auflösung folgte nach dem gemeinsamen Kuchenessen am Nachmittag. Nachdem sie Apfelkuchen und Shortbread gegessen und Kaffee getrunken hatten – Mrs Snow hatte noch einen Apfelkuchen in der Tiefkühltruhe gehabt –, bat Ava Emma in ihr Schlafzimmer.

Emma hatte Avas Räume noch nie betreten. Jetzt sah sie, dass Ava einen kleinen Salon bewohnte, an den sich ein Schlafzimmer anschloss, das gleichzeitig auch als Ankleidezimmer genutzt wurde.

»Sicher ahnst du, weshalb ich gekommen bin«, sagte Ava, als sie mit Emma ins Ankleidezimmer ging.

»Na ja, ich bin mir nicht sicher«, murmelte Emma. Doch in diesem Moment sah sie es. An Avas Schrank hing ein cremefarbenes Hochzeitskleid aus Spitze, das über und über mit Rosen bestickt war.

Emma blieb wie angewurzelt stehen. »Meine Güte. Hast du deswegen den weiten Weg auf dich genommen?«

»Ja, und dieses Kleid ist jede Meile wert.« Ava sah Emma von der Seite an. »Gefällt es dir?«, fragte sie vorsichtig.

Emma nickte strahlend. »Was für eine Frage! Das ist ein Traumkleid. Schöner als ich je eins gesehen habe.«

Ava ließ die Hand über den Stoff gleiten. »Es ist aus englischer Spitze gefertigt. Ich habe es bei meiner Hochzeit mit John getragen, davor trug es Johns Mutter. Und da wir beide von ähnlicher Statur sind, dachte ich, ich bringe es dir, damit du es einfach mal anprobierst.«

Ava öffnete die kleinen Seidenknöpfe am Rücken des Kleids, ließ es langsam vom Bügel rutschen und hielt es Emma hin. Es knisterte in ihrer Hand, als wäre es lebendig. »Der Schleier ist ziemlich lang. Du bräuchtest ein Blumenmädchen, das die Schleppe trägt, vorausgesetzt natürlich du möchtest das Kleid anziehen.«

Emma lächelte verzückt. »Da wüsste ich schon jemand. Sie heißt Bee und würde sich bestimmt freuen, wenn ich sie darum bitte.«

»Wunderbar, dann gibt es also keine Probleme mit der Schleppe«, sagte Ava erfreut. »Ich kann es kaum erwarten, dich in dem Kleid zu sehen.« Sie deutete auf die Tür gegenüber, die offenbar ins Bad führte.

Emma zog sich dorthin zurück. Vorm Spiegel hielt sie sich das Kleid an und betrachtete sich von allen Seiten.

Das Kleid war bis zur Körpermitte tailliert – ab da ging es

in einen weiten Rock über – und bestand aus einem Unterkleid aus glänzender Seide, einer einfachen Lage Spitze oben, und einer doppelten ab der Mitte. An der Rückenpartie gab es eine Art Schößchen. Der Stoff war am Ende des Rückens in Wellen abgenäht, die in einem bauschigen Rock endeten.

Das passende Kleid für eine Frau, die auf der Roseninsel heiratet, dachte Emma.

Vorsichtig nahm sie die Spitze in die Hand, spürte sie zwischen Daumen und Zeigefinger. Dann sah sie, dass die Rosen kleine und größere Knospen zeigten. Rosen kurz vorm Erblühen.

Sie legte das Kleid zur Seite und hob den Schleier auf. Auch dieser bestand aus Spitze. Doch hier waren die Knospen bereits aufgegangen und überzogen den Stoff mit riesigen Blüten. Blüten, wie sie im Garten von Rosewood Manor überall zu finden waren.

Emma betrachtete das Kleid von allen Seiten und sah schließlich nach, wie sie es am besten anziehen konnte.

Sie schlüpfte aus ihrer Kleidung, hob den Seidenstoff an und steckte den Kopf durch die Öffnung. Es dauerte eine Weile, bis ihr Körper in das Kleid gefunden hatte. Das Unterkleid war weich und fühlte sich wie eine zweite Haut an. Auch der Stoff an den Armen war wunderbar anschmiegsam. Sie griff nach dem Schleier und legte ihn sich übers Haar. Sie würde Nadeln brauchen, um ihn zu befestigen, doch auch so sah man, wie schön sie damit aussah.

Sie hielt den Schleier fest, drückte mit der freien Hand die Klinke und trat in den Salon. Ava blätterte in einer Zeitschrift, doch nun stand sie auf und sah sie an.

»Emma. Du siehst aus wie eine Prinzessin …«

Emma lächelte verschämt. »Kann ich dieses Kleid überhaupt annehmen? Es ist so kostbar. So besonders.«

Ava legte die Hand an Emmas Wange und streichelte darüber. »Dieses Kleid ist so besonders wie du. Ich bin so glücklich, dass Ethan dir den Antrag gemacht hat. Wisst ihr eigentlich schon, wann ihr heiraten wollt?«

»Ethan hat Juli vorgeschlagen«, sagte Emma.

»Ein herrlicher Monat, um in Cornwall den Bund fürs Leben einzugehen. Ihr solltet die Einladungen bald verschicken.«

Emma sah Ava an, schwieg jedoch.

»Ich weiß, dass Ethan warten möchte, wie es ihm in nächster Zeit geht. Aber Juli ist lange hin. Seid mutig und bietet dem Leben die Stirn. Und was das Catering betrifft, Clemmie übernimmt sicher gern einen Teil der Bewirtung. Weitere Infos kann ich dir geben, wenn es dir recht ist.«

Emma nickte. »Ich liebe Clemmies Rezepte. Allerdings würde ich sie gern als Gast bei der Hochzeit begrüßen. Das würde Clemmie viel bedeuten. Und mir auch.«

»Wen immer du dabeihaben möchtest, ist willkommen, Emma. Es wird euer Tag, deiner und Ethans. Deshalb wird alles so stattfinden, wie ihr es euch wünscht.«

Am Abend aßen sie gemeinsam auf der Terrasse. Sie wickelten sich in Decken, zündeten die Windlichter an, öffneten eine Flasche Weißwein und aßen Fischsuppe. Mrs Snow hatte Jasper überredet, sie zum Einkaufen nach St. Ives zu fahren. Sie wollte es sich nicht nehmen lassen, Fischsuppe für Mrs Allington zuzubereiten.

Während des Essens erkundigte Emma sich nach Jimmy.

»Ihm geht es hervorragend. Vor allem, seit Simon Dearing wieder da ist und lange Spaziergänge mit ihm macht.«

Emma vermisste Jimmy schrecklich, verstand jedoch, dass Ava ihn gern bei sich in London hatte.

Der nächste Tag begrüßte sie mit herrlichem Spätsommerwetter.

Jasper fuhr sie nach St. Just, wo Ava in die Kirche wollte. Emma zeigte ihr das Geburtshaus ihrer Mutter und erzählte von ihrem Onkel Brian.

»Leider haben wir seinen Lebensgefährten nie kennengelernt. Brian hat nicht von ihm gesprochen. Das kann ich bis heute nicht fassen. Heutzutage schaut dich doch niemand mehr schräg an, wenn du homosexuell bist.«

»Gott sei Dank haben wir diese Zeiten hinter uns, in denen man sich wegen seiner Gefühle verstecken musste. Doch Brian ist noch mit den Wertvorstellungen von früher aufgewachsen. Da war es für manche eine Schande, wenn ein Mann einen Mann liebte oder eine Frau eine Frau. Vor allem auf dem Land.«

»Warum hat er London dann verlassen und ist nach Cornwall zurückgekehrt? Ich würde ihn gern so vieles fragen.«

Avas Blick war voller Verständnis. »Manchmal, wenn ich John noch etwas fragen will, schreibe ich die Frage auf und gehe an sein Grab. Natürlich kann er mir nicht antworten, aber es erleichtert mich, meine Fragen laut auszusprechen. Und manchmal weiß ich danach, was er antworten würde.«

»Brian hatte sich eine Seebestattung gewünscht. Deshalb gibt es leider kein Grab, das ich besuchen kann.«

»Dann lass uns doch in die Nähe der Stelle fahren, wo ihr seine Asche verstreut habt. Wenn es dir recht ist, würde ich dich gern begleiten.«

In Kynance Cove machte Ava es sich in einem Liegestuhl gemütlich und lauschte dem Rauschen der Brandung.

Emma ging in Gedanken vertieft auf und ab und hielt stille Zwiesprache mit Brian.

Gewiss hatte er seine Gründe gehabt, sich mit seinem Lebenspartner zurückzuziehen. Es war sein Leben gewesen, sein Weg. Und obwohl sie regelmäßig miteinander telefoniert hatten, hatte auch sie nie Fragen nach seiner Partnerschaft gestellt. Ob ihr Onkel Angst vor Verurteilung hatte? Hätte er nicht wissen müssen, dass Peggy und Hannes Verständnis für ihn aufgebracht hätten? Und sie selbst ebenfalls.

Als Ava und Jasper am nächsten Tag zurück nach London fuhren, stand Emma lange am Tor und sah in die Ferne, wo die Limousine im Flimmern der Sonne verschwunden war.

Mrs Snow kam mit raschen Schritten den Kiesweg entlang und stellte sich an ihre Seite, in der Hand einen Teller mit Kuchen. »Birnentarte. Die mögen Sie doch so gern«, sagte sie, stach ein Stück Kuchen ab und hielt Emma die Gabel hin.

Emma nahm den Teller und aß einen Bissen. »Danke, Mrs Snow. Sie wissen immer, wann der richtige Moment für eine Ihrer Köstlichkeiten ist. Wenn ich nächsten Sommer heirate, wäre es wunderbar, Sie dabeizuhaben. Tun Sie mir den Gefallen?«

»Jetzt machen Sie mich verlegen, Mrs Sandner.« Mrs Snow fuhr mit den Händen über ihre Schürze. »Da muss ich erst mal im Kleiderschrank nachsehen, ob ich was Passendes zum Anziehen finde. Eine Hochzeit auf der Roseninsel! Oh, du meine Güte!« Sie strahlte. »Ich sollte mal wieder shoppen gehen. Irgendein Schnäppchen wird sich schon für mich finden. Ein elegantes Schnäppchen, versteht sich«, sagte sie nachdrücklich.

37. KAPITEL

Juli, neun Monate später

Emma fuhr sich mit der Mascarabürste über die Wimpern. Die Sonne, die durchs Fenster schien, legte einen besonderen Glanz auf ihr Gesicht und auf das cremeweiße Spitzenkleid. Es war bereits ihr zweiter Anlauf, das perfekte Hochzeits-Make-up hinzubekommen, aber irgendwie schien es heute nicht so gut zu klappen wie sonst.

»Ich hätte doch eine Visagistin um Hilfe bitten sollen«, sagte sie und griff nach dem Rouge. »Am Hochzeitstag ist man nun mal nervöser als sonst. Vor allem, wenn die beste Freundin mit dem Handy um einen herumschwirrt, um nur ja keinen Moment zu verpassen, der festgehalten gehört.«

»Ach, komm schon, Emma. Du bist einfach nur zu streng mit dir. Schau mal zu mir her! Nur noch dieser eine Schnappschuss.« Marie stellte sich hinter Emma und lächelte ihr durch den Spiegel zu. »Danach lasse ich dich fünf Minuten in Ruhe. Du weißt doch, wie unnatürlich gestellte Fotos wirken. Wir brauchen Erinnerungen, die zeigen, wie der Tag *wirklich* war. Auch hinter den Kulissen. Das sind die Fotos, die später am meisten Spaß machen.«

Emma atmete laut hörbar aus. »Also gut. Was muss ich tun?« Sie drehte sich zu Marie um und sah sie mit großen Augen an. *Bloß im letzten Moment nichts ruinieren, vor allem nicht das Make-up*, summte es die ganze Zeit in ihrem Kopf. Und nur nicht zu spät fertig werden, schließlich wartete Andrew unten auf sie, um sie nach St. Just zu fahren und als »Brautvater« in die Kirche zu führen. Bereits heute Morgen hatte er ihr eine SMS geschickt, in der er schrieb, wie aufgeregt und stolz er sei, heute in besonderer Funktion an ihrer Seite zu sein.

Sie hatte die SMS mit einem Kloß im Hals gelesen. Die Trauer, weil sie an ihren Vater denken musste, war Gott sei Dank schnell verflogen. Auch er wäre heute dabei. Durch ihre Erinnerungen hatte ihr Vater für immer einen Platz in ihrem Leben, ebenso wie ihre Mutter. Peggy und Hannes würden jede Minute miterleben, zumindest in ihrer Vorstellung. Von Andrew zum Altar geführt zu werden, bedeutete ihr mehr, als sie in Worte fassen konnte.

»Mach weiter wie gehabt, aber versuch, entspannter zu sein. Als würdest du den Moment voll auskosten«, wies Marie sie an.

Emma ließ die Gedanken an Hannes und Andrew los und konzentrierte sich wieder auf den gegenwärtigen Moment. Marie hatte ihr Smartphone seit dem Morgen nicht aus der Hand gelegt und schreckte auch nicht vor Fotos während des Schminkens zurück.

Emma zog die Mascarabürste erneut über die oberen Wimpern, dabei versuchte sie, entspannt zu lächeln.

»Klasse, super«, spornte Marie sie an. »So schminkt sich die Braut.«

Emma wartete, bis Marie weitere Fotos gemacht hatte, dann drehte sie den Verschluss auf die Wimperntusche und warf sie in ihre Schminktasche. »Dann zeig mal, was du geknipst hast«, bat sie.

Marie zeigte ihr die letzten Schnappschüsse. »Na, was sagst du? Kein bisschen gestellt, sondern ganz natürlich.«

»Wow! Die sind wirklich toll.« Die Fotos waren traumhaft schön. Eins gelungener als das andere. Marie hatte ein Auge für Situationen und drückte im richtigen Moment ab.

»Gern geschehen. Ich bleibe dran.« Marie lachte und griff nach dem Champagnerglas, das auf dem Schminktisch stand.

»Okay, ich stelle mich auf weitere Foto-Attacken deinerseits ein«, flachste Emma. Plötzlich war ihr ganz leicht zumute. Heute war ihr Hochzeitstag. Ethan war sicher schon längst fertig und wartete auf sie. Er war stets zu früh dran, um nur nicht zu spät zu erscheinen. Es ging ihm gut. Und jeden Tag freuten sie sich darüber, dass es ihm – auch psychisch – immer besser ging.

Marie reichte Emma ihr Glas. »Auf diesen Tag! Und auf dich! Die schönste Braut im tollsten Kleid, das ich je zu Gesicht bekommen habe.« Sie stießen miteinander an.

»Deine Haare …«, begann Marie, legte den Kopf schief und betrachtete Emma nachdenklich.

Emma fuhr sich ordnend durch die Haare. »Was stimmt nicht mit meiner Frisur? Sag nicht, ich muss vor den Traualtar treten, ohne perfekt frisiert zu sein.«

Marie ließ den Champagner im Glas kreisen und schien nachzudenken. »Wie soll ich es am besten ausdrücken …«

Es war der Schleier – über und über mit Rosen bestickt –, der das Gesicht ihrer Freundin zum Leuchten brachte. Am Boden ging er in eine Schleppe über, die einer Königin gerecht geworden wäre, und das offen auf die Schulter fallende, wellige Haar hätte nicht besser zum Gesamtbild passen können.

»Und?«, fragte Emma nervös. Anscheinend hatte Marie eine Kleinigkeit gefunden, die nicht passte. Hoffentlich konnte sie das kleine Malheur noch rechtzeitig berichtigen.

»Jetzt hab ich's«, sagte Marie. Der Ton heiterer Gelassenheit wich einem Ausdruck des Entzückens: »Du bist einfach *zu* schön mit deinen mahagoniroten Haaren und diesem Strahlen im Gesicht. Das Glück haftet dir an, Emma. Jede Frau wird sich wünschen, auszusehen wie du, wenn sie heiratet.«

Emma spürte, wie ihre Nervosität nachließ.

Marie zupfte einen Faden vom Rock ihres Kleids, und Emma zog sie in eine spontane Umarmung.

»Marie, danke, dass du heute an meiner Seite bist, und auch dafür, dass du die beste Freundin der Welt bist.«

Als sie sich voneinander lösten, gab Marie ihr einen leichten Klaps auf den Arm. »Werde mir in Cornwall bloß nicht abtrünnig, hörst du. Ich rufe dich jeden Tag an. Es ändert sich nichts zwischen uns.«

Emma lachte gelöst. »Warte meine SMS ab, in denen ich dich ständig einlade, herzukommen. Dein Chef wird mich verfluchen.«

Emma schmiegte sich noch einmal in Maries schützende Arme. Es tat gut, festgehalten zu werden, bevor es gleich losging. Es war, als fände sie inmitten des Trubels einen Ort zum Durchatmen.

»So, und jetzt stoßen wir noch mal an, damit ich meine Nervosität unter Kontrolle bekomme. Schließlich bin ich nicht jeden Tag als Trauzeugin im Dienst«, sagte Marie, als sie Emmas Schleier wieder gerichtet hatte.

»Ich habe schon ein halbes Glas getrunken, Marie. Und noch nichts gegessen«, protestiere Emma. Sie griff nach dem Medaillon ihrer Mutter und ließ es durch die Finger gleiten.

»Ach was, nur noch einen klitzekleinen Schluck. Das beruhigt die Nerven. Auf dich und Ethan … und auf euer Ja-Wort.« Das Klingen der Gläser erklang, gleichzeitig klopfte es an der Tür. Emma stellte ihr Glas zur Seite. Sie und Marie lachten wie Schülerinnen, die bei etwas Verbotenem erwischt wurden.

Die Tür flog auf und gab Clemmies Gestalt im Türrahmen preis. »Da bin ich endlich mal Gast in Rosewood Manor, und was tue ich?« Sie schnaufte und hielt die Hände hinterm Rücken versteckt. »Ich bin so verrückt und stimme zu, dass man mich abkommandiert, um der Braut was Gebrauchtes zu überreichen.«

Normalerweise sah man Clemmie in Hose und Hemd, Kleidung, in der man sich ordentlich bewegen und zupacken konnte. Heute trug sie ein Plisseekleid aus blassblauer Seide.

»Clemmie, so habe ich dich noch nie gesehen, so fein zurechtgemacht.« Marie kam näher und betrachtete Clemmies Outfit.

»Zurechtgemacht trifft es auf den Punkt«, erwiderte Clemmie. »Ich wusste die ganze Woche nicht, für welches Kleid ich mich entscheiden soll.« Sie sah an sich hinab, als wäre sie auch jetzt noch nicht sicher, die richtige Wahl getroffen zu haben. »Wenn schon ein Kleid, dann ein blaues, habe ich mir gesagt. Und von der Kleiderfrage mal abgesehen, ihr habt ja keine Ahnung, was in den letzten Tagen bei mir los war. Ständig stand Jane Flannigan auf der Matte.« Clemmie schnappte nach Luft. »Und dann waren da noch diese Träume. Jede Nacht habe ich die Rosen von Rosewood vor mir gesehen.«

»Niemand behauptet, heiraten sei keine Ausnahmesituation. Auch für die Gäste«, scherzte Marie.

»Das kann man wohl sagen«, meinte Clemmie.

Das Kleid war inzwischen Nebensache. Seit sie Rosewood Manor betreten hatte, stand ihre Neugierde im Vordergrund, das sah man ihr deutlich an. Heute erfüllte sich ihr Traum, endlich mal einen Fuß auf die Roseninsel zu setzen – nicht als Fischlieferantin, sondern als Gast.

»Liebe Emma«, Clemmie stellte sich in Position, eine Hand noch immer hinter dem Rücken. »Jetzt ist es offiziell. Ich gehöre zum kleinen Kreis derjenigen, ohne die die Hochzeit nicht stattfinden kann. Schließlich tritt keine Braut vor den Altar, ohne etwas Altes, etwas Neues, etwas Geliehenes und etwas Blaues. Dieser Brauch wird in Cornwall sehr ernst genommen. Deshalb sehe ich es als meine Pflicht, hier etwas beizutragen. Bei einer Hochzeit muss so vieles bedacht werden. Auf keinen Fall wollen wir auch nur die kleinste Kleinigkeit übersehen«, Clemmie zog die Hand hinterm Rücken hervor. Zwischen ihren Fingern baumelte etwas Blaues. »Jane Flannigan ist seit siebenundsechzig Jahren verheiratet, glücklich noch dazu. Und wenn es darum geht, wie man mit Menschen auskommt, können wir sie uns durchaus zum Vorbild nehmen. Jane hat immer die Ruhe weg, glaubt es mir. Und sie hat mir dieses Band für dich gegeben.«

Im Näherkommen sah Emma, dass Clemmie ein Samtband in der Hand hielt.

»Darf ich?« Clemmie trat vor sie und sah sie fragend an. Dass sie jemanden um Erlaubnis bat, kam selten vor. Doch nun wartete sie auf ein Nicken, und als Emma: »Ja!«, sagte, griff sie nach deren Hand und knüpfte mit flinken Fingern das Samtband um Emmas zartes Handgelenk. »Jane behauptet steif und fest, dass dieses Band Glück bringt. Sie hat es nur einmal getragen, damit es gebraucht ist. Im Grunde ist es wie neu.«

»Das Band sieht wunderschön aus. Blau wie der Himmel bei Nacht«, freute sich Emma.

»Du sollst so glücklich werden wie sie, lässt Jane dir ausrichten, und noch viele ausgefüllte Jahre mit Ethan genießen. Ich weiß, du hast Jane nur zwei-, dreimal in der *Fish Bar* gesehen. Im Grunde kennst du sie nicht. Aber Jane hat dich sofort ins Herz geschlossen.«

»Umso mehr freue ich mich, dass sie gerade heute an mich denkt und mir dieses Band schenkt«, sagte Emma bewegt.

»Du weißt ja inzwischen, dass wir in St. Ives ein Haufen Verrückte sind. Jeder hat seine Meinung, und wir haben auch ein Paar Sonderlinge. Aber bei großen Ereignissen freuen sich alle mit. Und eine Hochzeit ist *das* Ereignis im Leben einer Frau.«

»Darf ich etwas zu dieser Unterhaltung beisteuern?« Marie hob beinahe schüchtern die Hand. »Heiraten ist *eins* der wichtigen Ereignisse im Leben von Frauen. Der Tag, an dem wir den Job ergattern, auf den wir es schon immer abgesehen hatten, gehört ebenfalls auf die Liste. Nicht zu vergessen, der Moment, an dem wir den Kerl verlassen, der uns nicht verdient hat. Im 21. Jahrhundert zu leben ist das, was wir am meisten schätzen sollten.«

»Das kann ich nur unterschreiben. Schon, weil ich Hosen tragen kann, und wegen ein paar anderer Dinge.« Wie so oft führte Clemmie das Wort und stellte sogar Marie, die selten mit ihrer Meinung hinterm Berg hielt, in den Schatten. »Ich soll dir übrigens noch von Jane ausrichten, dass Schweigen als ihr Ehe-Rezept gilt. Um den gefährlichen Gewässern eines Streits zu entgehen, sagt sie.« Clemmie kicherte.

»Mein Rezept für eine inspirierende Partnerschaft ist offene Kommunikation«, entgegnete Marie. »Allerdings bin ich geschieden.«

»Dann gehst du nicht als Ehe-Profi durch«, scherzte Emma.

»Ich habe, Gott sei Dank, nur geschäftlich mit Männern zu tun. Ehe ich mit einem Mannsbild herumtue, sitze ich lieber auf meiner Terrasse und schaue aufs Meer oder kuschele mich vor den Ofen und sehe mir Netflix-Serien an.« Clemmie fuhr sich mit einer abrupten Geste durch ihr kurzes Haar. »Und was Emma und Ethan angeht, die brauchen keine Ratschläge. Emma ist ein Engel. Und Ethan weiß, was er an ihr hat. Was sollte da schiefgehen?«

Clemmie liebte einen gemütlichen Plausch in netter Runde. Janes Rat, öfter mal zu schweigen, fand bei ihr kein Gehör. Während Emma Lippenstift auftrug, erzählte Clemmie, was sich in den letzten Tagen bei ihr in der *Fish Bar* getan hatte.

»Wartet mal. Jetzt fällt mir wieder der Artikel eines Kollegen ein.« Marie tippte mit der Hand gegen die Wange und dachte nach. »Er hat über einen Stamm geschrieben, der im Urwald von Borneo lebt und dessen Mitglieder sich nur durch Blütenblätter austauschen. Jemand legt ein Blatt und der Nächste legt eins dazu ... und immer so weiter. Die Beziehungen innerhalb der Gemeinschaft sind erstaunlich stabil.«

Clemmie lachte vergnügt. »Diesen Stamm muss Jane kennenlernen. Dann können sie gemeinsam schweigend Blütenblätter austauschen.«

Emma ließ die Gespräche wie Hintergrundmusik an sich vorbeiziehen. Seit sie heute aufgestanden war, lag diese erwartungsvolle Spannung in der Luft.

Sie hatte die halbe Nacht mit Marie herumgealbert. Schon seit Wochen hatte sie von ihrem Mädelsabend gesprochen. »Nur wir beide, Nussschokolade und Chips, meine Fotokiste, und dann lassen wird das, was wir bisher gemeinsam erlebt haben, wie einen Film an uns vorüberziehen.« Der Abend hatte lange gedauert, und zwischendurch hatten sie vor lauter Lachen Tränen vergossen. Gegen Ende hatte Marie SMS an Ethan geschickt, um zu dokumentieren, was sie so trieben. Ethan hatte später angerufen und von seinem Abend mit Tony und Sam und einigen anderen Freunden berichtet; so waren Emmas letzte Stunden als Single vergangen. Irgendwann hatte Marie gegähnt und gesagt, jetzt müsse sie schlafen gehen, sonst würde sie den Hochzeitstag mit Augenringen begehen. Und das wolle sie auf keinen Fall. Dafür sei sie zu eitel. »Trauzeuginnen müssen nett anzusehen sein, schließlich stehen sie direkt neben der Braut.«

Als Emma fertig war, gab sie den Startschuss für den offiziellen Teil des Tages.

Marie suchte ihre Clutch und strich ihr Kleid glatt. Clemmie ging vor, und als sie die Stufen nach unten nahm, sah sie sich ehrfürchtig um. Am Fuß der Treppe stand Bee und kreischte, als sie Emma entdeckte.

»Die Braut kommt!«, schrie sie und trampelte mit den Füßen.

Andrew stand neben Bee. Bei Emmas Anblick, war er so gerührt, dass er kein Wort hervorbrachte.

Unten griff Clemmie nach Bees Hand. »Bee, du fährst mit mir. Du hast heute ja eine sehr wichtige Aufgabe.«

Bee nickte aufgeregt. »Emma und ich haben gestern echt lange geübt. Die Schleppe halten, ohne draufzusteigen, ist gar nicht so leicht, weißt du … Aber Emma weiß natürlich, dass sie sich auf mich verlassen kann …« Sie zupfte am Ärmel ihres Kleids herum, weil sie so nervös war.

Andrew reichte Emma seinen Arm, nickte ihr zu und begleitete sie vors Haus. Dort stiegen sie in den Wagen – Emma und Marie hinten, Phil neben Andrew vorne. Der Motor sprang leise summend an.

Phil gab während der Fahrt zur Kirche Anekdoten von ihrer Hochzeit mit Andrew zum Besten. Andrew brummte immer wieder mal etwas dazwischen.

»Und Marie kriegen wir auch noch unter die Haube. Hochzeiten sind der ideale Ort, um Kontakte zu knüpfen. Nicht nur im Roman, sondern im echten Leben«, zog Andrew Marie auf.

»Vielen Dank, Andrew. Ich habe fürs Erste keinen Bedarf. Ich bin noch dabei, die zweite Trennung von Peter zu verdauen. In einem Jahr oder so sehen wir weiter. Eins nach dem anderen.«

»Sehr klug, Marie«, lobte Phil. »Allerdings habe ich Andrew eigentlich auch im völlig falschen Moment kennengelernt. Ich war gerade getrennt, genau wie du, und hatte die Nase voll. Und plötzlich stand er da, wie ein riesiger Bär, und stammelte etwas von einer privaten Lesung und einem Burger, den er gern mit mir essen gehen würde.«

»Warum hast du nicht gesagt, dass du Burger nicht magst.«

Phil lachte über Andrews Anmerkung.

»Da sieht man mal wieder, dass das Leben ein Abenteuer ist«, steuerte Marie zur Unterhaltung bei. »Man weiß einfach nicht, wann man eine Einladung zum Burgeressen bekommt.«

»Und deshalb sollte man immer die Augen offen halten. Weil Abenteuer Helden brauchen. Und das sind wir«, fand Andrew.

Emma sah, wie er nach Phils Hand griff und sie rasch drückte, bevor er seine Hand wieder aufs Lenkrad legte.

Kurz bevor sie St. Just erreichten, ging ein Wolkenbruch nieder. Es donnerte und blitzte. Und der Regen war so stark, dass sie am Straßenrand stehenblieben.

»Wir sind früh dran. Wir haben Zeit«, versuchte Andrew, seine Fahrgäste zu beruhigen.

Emma betete innerlich, dass sie nicht im strömenden Regen aussteigen musste, doch sie hatten Glück. Der Regen ließ nach, und als sie bei der kleinen, aus verwittertem Stein gebauten Kirche ankamen, waren die Wege zwar noch nass, doch die Sonne strahlte schon wieder durch kleine Wolkenlöcher vom Himmel. Sie hatten sich für die St. Just-in-Roseland Church entschieden, weil Ethan dort getauft worden war, und nun würde hier sein zweites Leben mit Emma beginnen.

Die Kirchenbänke waren mit Efeu und weißen Rosen geschmückt. Während Emma unter den Klängen der Orgel mit Andrew den Gang entlangschritt, klopfte ihr Herz, als würde es zerspringen. Eine Vielzahl großer Kerzen verbreitete ein sanftes Licht. Ethan erwartete sie zusammen mit Tony vor dem Altar. Seine Augen waren mit einer solchen Wärme auf sie gerichtet, dass Emma beinahe schwindelig vor Glück wurde.

Ethan nahm sie in Empfang. Er trug einen grauen Cut und dazu eine silbergraugestreifte Krawatte und elegante schwarze Lederschuhe.

Bee stand der Stolz ins Gesicht geschrieben. Seit dem frühen Morgen erzählte sie jedem, dass es die größte Ehre sei, Emmas Schleppe zu tragen. Nun legte sie sie vorsichtig ab und rutschte auf ihren Platz neben Ava, die einen Arm um sie legte.

Emma hob kaum sichtbar die Hand und winkte den beiden zu.

Die Zeremonie begann mit dem Lied, das bei Ethans Taufe gespielt worden war. Der Pfarrer, der bereits ebenjene Taufe vorgenommen hatte, fand warme Worte für das Paar. Als er das Hohelied der Liebe aus dem 13. Kapitel des 1. Korintherbriefs las, herrschte andächtige Stille in der Kirche.

»Für jetzt bleiben Glaube, Hoffnung, Liebe, diese drei«, trug er mit getragener Stimme vor, »doch am größten unter ihnen ist die Liebe.«

Ava wischte sich eine Träne aus den Augenwinkeln. Nachdem ein Chor das *Ave Maria* gesungen hatte, trat sie nach vorn, um die erste Fürbitte zu sprechen.

»Lasst uns bitten, dass Emmas und Ethans Liebe immer so stark ist, wie an diesem Tag, dass sie einander unterstützen und halten und jeden Tag diese Freude im Herzen tragen und sie an andere verschenken.«

Bee war nach vorn gerutscht, aufgeregt mit den Beinen wippend, starrte sie zum Altar, wo der Pfarrer dem Brautpaar schließlich das Ja-Wort abnahm.

Ethan nahm den Ring von dem Samtkissen, das Tony ihm hinhielt, und steckte ihn Emma an. Einen kurzen Augenblick sah Emma auf ihre Hand, dann nahm sie Ethans Ring und schob ihn über dessen Ringfinger.

»Und hiermit erkläre ich euch zu Mann und Frau. Ethan, du darfst die Braut gern küssen!«, verkündete der Pfarrer.

Ethan nickte Emma kaum merklich zu, dann legte er

seine Lippen vorsichtig auf ihre. Vor den Augen des Pfarrers und der Hochzeitsgesellschaft tauschten sie einen zarten Kuss, nahmen sich bei den Händen, drehten sich zu den Gästen und schritten den Gang hinunter. Während Emma an Ethans Seite auf den Kirchenausgang zuging, sah sie in die gerührten Gesichter der Gäste.

Draußen erwarteten sie Ethans Londoner Freunde. Rosenblätter rieselten auf sie herab und Hoch-Rufe erschallten. Alle riefen durcheinander und applaudierten.

Mit eingezogenen Köpfen schritten sie durch ein Spalier, das von den Gästen gebildet wurde, blieben für Fotos stehen und lächelten in die Kameras.

Emmas Schleier war voller Rosenblätter. Bee zupfte vorsichtig die Blütenblätter ab und hielt den Schleier unter Kontrolle.

Im Wagen saß Emma mit Ethan auf der Rückbank und Phil vorn neben ihrem Mann.

Andrew und Phil erzählten, wie wunderbar sie die Trauung gefunden hatten. Sie waren beide gerührt. Ethan hielt Emmas Hand und lächelte ihr immer wieder glücklich zu. Diesen Moment zu viert genossen sie alle.

Das Tor zur Roseninsel war ebenfalls mit Efeu und Rosen geschmückt, ebenso der Handlauf, der zum Hauseingang führte. Überall leuchteten Rosen in hellen Rosétönen. Ein Bild, als bestünde die ganze Welt nur aus Blüten.

Die Gäste unterhielten sich angeregt. Es herrschte eine aufgewühlte Stimmung. Alle waren gespannt darauf, was der Tag noch bringen würde.

Als alle Gäste Platz genommen hatten und ein Glas Champagner in Händen hielten und Bee ein Glas Saft, stand Andrew auf und räusperte sich.

»Liebe Emma, lieber Ethan, liebe Freunde und Gäste, die bald neue Freunde auch für meine Frau Phil und mich sein mögen! Eine gute Vorbereitung für eine Hochzeitsrede ist, sagt man, wenn man sich ernsthaft Gedanken über das Brautpaar macht. Was möchte man den beiden Glücklichen sagen? Soll es eine emotionale oder eine witzige Rede werden? Oder alles zusammen? Man könnte natürlich auch das Kennenlernen aufgreifen oder Geschichten aus dem Leben des Brautpaares zum Besten geben. All das habe ich nach gründlicher Überlegung verworfen. Ich möchte nicht lange reden, sondern auf das Wesentliche hinweisen, auf dieses starke Gefühl der Liebe, das dich, Emma, und dich, Ethan, das letzte Jahr geleitet hat und auch in Zukunft leiten soll. Denkt immer daran, wie wunderbar es ist, diesen einen Menschen gefunden zu haben, der jeden Tag zu einem besseren macht. Ihr habt dieses Glück erfahren, und ich wünsche mir, dass ihr das Einzigartige daran immer wieder mit dem Herzen erkennen könnt, denn es ist das Wesentliche in eurem gemeinsamen Leben.« Andrews Blick ging zu Emma: »Emma, wenn ich dich ansehe, überkommt mich ein Gefühl von Stolz und Dankbarkeit. Hier stehen zu dürfen ist etwas, für das ich kaum Worte finde. Phil und ich haben keine eigenen Kinder. Aber wir haben dich. Seit wir deine Eltern kennen, betrachten wir dich auch ein bisschen als unsere Emma. Noch heute sehe ich dich als kleines Mädchen vor mir, das der Welt mit so viel Herz und Neugier begegnet ist. Bei jeder meiner Lesungen in der Buchhandlung deiner Eltern saß dieses kleine Mädchen in der ersten Reihe, sah mich mit gespannten Augen an und applaudierte, sobald das letzte Wort gesprochen war. Oft habe ich mich gefragt, wie so viel Freude für Bücher in einem so kleinen Mädchen Platz hat.

Als du die Rede zum Startschuss von *Herzenssachen* in der London Library gehalten hast, habe ich die gleiche Freude in dir gespürt. Doch da war noch etwas anderes, etwas das im Verborgenen lag. Ich habe dich spontan gefragt, ob du dich verliebt hast. Du bist nicht ausgewichen, und da wurde ich mutiger und habe nach dem Namen des Glücklichen gefragt. Ethan heißt er, hast du gesagt, mehr war dir nicht zu entlocken. Und mehr musstest du auch nicht sagen. Heute gebe ich dich, an deines Vaters statt, in Ethans Schutz.« Andrew schwieg einen Augenblick, dann sah er mit einem verschmitzten Ausdruck zu Phil. »Meine liebe Frau Phil hat die Situation gleich schamlos ausgenutzt und Emma so weit gebracht, sie als Stylistin zu akzeptieren, als Emma ein zweites, etwas legereres Hochzeitskleid ausgesucht hat, das sie am Abend tragen wird. Wenn es drauf ankommt, kann Phil ganz schön hartnäckig sein.«

Gelächter setzte ein. Einige der Gäste sahen zu Phil, die milde abwinkte. Als wieder Ruhe einkehrte, wandte Andrew sich an Ethan. »Ethan, vom ersten Moment an wusste ich, dass du der Richtige für Emma bist. Wieso ich mir da von Anfang an so sicher sein konnte? Die Antwort ist ganz einfach: Du siehst Emma mit dem gleichen Blick an wie Hannes Peggy. Die Liebe zwischen Emmas Eltern war etwas so Kostbares, etwas, das man sofort erkennen konnte und das man nie wieder vergaß. Nehmt die Liebe zueinander immer als Geschenk wahr, denn sie ist das Geheimnis des Lebens.« Plötzlich zitterte Andrews Kinn.

»Auf die Liebe!«, rief er.

»Auf die Liebe!«, stimmten die Gäste ein.

Ethan dankte Andrew und zog ihn in eine Umarmung,

dann gab er Emma einen Kuss, stand ebenfalls auf und klopfte an sein Glas.

»Liebe Emma, mein Herz, Mum, Phil und Andrew, liebe Freunde von nah und fern! Ich danke euch, dass ihr heute mit Emma und mir feiert. Was wir füreinander empfinden, ist etwas ganz Einmaliges, das ich mit Worten nicht beschreiben kann, deshalb versuche ich es erst gar nicht. Diese Gefühle, die Emma und ich füreinander haben, sind so schnell gewachsen, dass für mich innerhalb kürzester Zeit feststand, dass ich mit Emma mein Leben verbringen möchte. Jeden neuen Tag möchte ich mit ihr an meiner Seite beginnen … Wenn ich an letzten Sommer zurückdenke, als Emma plötzlich vor mir stand, wird mir aus verschiedenen Gründen ganz schön warm. Die meisten von euch wissen, dass Emmas erster Eindruck von mir nicht der beste war. Unser Zusammentreffen war … na ja, sagen wir mal … speziell.«

Erneut wurde gelacht.

»Man sagt oft über einen Menschen, er sei ein Engel. In meinem Fall stimmt es aufs Wort. Du bist mein ganz persönlicher Schutzengel, Emma. Du kamst im richtigen Moment in mein Leben. Ohne dich stünde ich nicht hier.« Ethan griff nach Emmas Hand, und Emma sah zu ihm auf, mit einem Blick, der tiefe Zuneigung ausdrückte.

»Emma, ich werde dir nie genug dafür danken können, dass du da bist und an meiner Seite stehst, egal, was geschieht, so wie ich an deiner Seite stehe. Du hast mir gezeigt, dass Liebe keine lange Vorlaufzeit braucht, dass sie einen über Nacht treffen kann und dass sie alles, wirklich alles verändert. Sogar den Blick auf sich selbst, den vor allem …« Ethans Stimme vibrierte. »Mum, du hast Emma in mein Leben gebracht, und dafür bin ich dir unendlich dankbar. Und danke auch dafür, dass du und Dad mir die Augen für das Wichtigste im Leben geöffnet habt, für die Liebe. Und jetzt«, sagte er nach wenigen Sekunden, die er sich Zeit genommen hatte, um seine Gefühle unter Kontrolle zu halten, »wird die Hochzeitssuppe serviert. Mrs Snow hat es sich nicht nehmen lassen, Sie selbst zuzubereiten. Es ist die Lieblingssuppe meiner Mutter. Lasst es euch schmecken. Am Abend schwingen wir draußen im Garten oder im Salon das Tanzbein. Feiert mit uns, esst und trinkt. Auf unvergessliche Stunden an diesem traumhaft schönen Tag. Auf das Wunder der Liebe! Und das Schicksal, das mir Emma gebracht hat!«

Alle im Raum stießen mit ihren Löffeln gegen ihre Gläser, sodass ein wunderbarer Ton erklang, dann wurde applaudiert. Die Gäste hoben ihre Gläser und tranken auf das frischgetraute Paar. Clemmie hob ihr Glas besonders hoch und hielt es Emma und Ethan strahlend entgegen.

Bee stieß ihren Stuhl zurück und fiel zuerst Emma, dann Ethan um den Hals. Ava nickte ihrem Sohn mit feuchtem Blick zu. Isobel liefen Tränen über die Wangen. Sie senkte den Kopf und tupfte sie rasch weg. Ellen legte den Arm um sie und flüsterte ihr etwas zu.

Und Tony küsste Valerie. Nur Sam saß wie erstarrt da. Als hätte die Rede ihn in seinen Grundfesten erschüttert. Er starrte auf Ethan, dann auf Emma, zum Schluss fing sein Blick Marie ein, und plötzlich zog ein kurzes, beinahe verschämtes Lächeln über sein Gesicht.

38. KAPITEL

Nach dem Mittagessen tauschte Emma ihr Brautkleid gegen eine helle Sommerhose und eine Bluse, die fröhlich im Wind flatterte. In dieser legeren Aufmachung folgte sie Ethan durch den Garten, um einen Moment der Zweisamkeit nach dem Trubel zu genießen.

»Noch mal … Warum muss ich an meinem Hochzeitstag in Hose und Bluse durch den Garten laufen, als befänden wir uns auf einer Schnitzeljagd?«

»Ich habe eine Überraschung für dich. Und danach drehen wir eine Runde mit Jimmy. Das heißt, wenn du einverstanden bist?«

Emma ließ nicht locker und fragte weiter nach, doch Ethan hüllte sich in hartnäckiges Schweigen. Was hatte er geplant? Im Garten kannte sie inzwischen jede Ecke.

Hand in Hand durchquerten sie den Park, schließlich drehte Ethan sie einmal im Kreis und zeigte nach vorn.

»Da ist es!«, kündigte er an.

Emma schirmte mit der Hand die Sonne ab, dann sah sie es.

»Ach, du meine Güte«, entfuhr es ihr. In einer Eiche schwebte ein hölzernes Baumhaus zwischen den Blättern.

»Ich glaube es nicht«, stieß sie hervor. »Ein Baumhaus!«

»*Dein* Baumhaus, Emma. Von mir selbst entworfen. Und blitzschnell angefertigt, während du in London bei meiner Mutter warst. Oben habe ich deinen Namen eingravieren lassen und das Datum unserer Hochzeit.«

Sie gingen auf den Baum zu.

»Mrs Allington. Bitte nach Ihnen.« Ethan ließ Emma den

Vortritt und stieg hinter ihr die Leiter hinauf. Durch eine kleine Öffnung gelangte man ins Baumhaus. Als sie oben angekommen waren, schloss Ethan die Luke.

Die Fläche war innen größer, als es von außen erschien. Es gab zwei Fenster, eins davon mit einem wunderbaren Blick auf Carbis Bay, das andere zeigte in den Garten. Links vom Einstieg entdeckte Emma ein Regal mit Büchern. Daneben war eine Bank festgeschraubt, auf der zwei Personen Platz fanden. Im Regal standen einige von Emmas Lieblingsromanen. »Aber woher wusstest du …?«, fragte sie, als sie die Titel durchsah.

»Marie«, antwortete Ethan. »Sie hat mir verraten, welche Bücher du eines Tages unbedingt noch mal an einem besonderen Ort, ganz in Ruhe, lesen möchtest.«

»Da sind ja auch die *Geschichten aus Cornwall*. Ich habe sie fast durch, aber eben noch nicht ganz.« Emma freute sich über den Fund. Ihr Blick wanderte weiter und erfasste eine Mappe. »Und was ist das?«, wollte sie von Ethan wissen.

»Schau hinein«, sagte Ethan beinahe feierlich. Emma sah ihren Mann an. Diesen Blick kannte sie. »Du hast doch was vor, oder?«, glaubte sie.

»Keine Ahnung, was du meinst. Ich habe ein reines Gewissen. Erst recht an unserem Hochzeitstag.« Ethan zuckte die Schultern.

Emma gab ihm einen Klaps auf den Arm. »Ach, hör schon mit dem Unsinn auf. Ich weiß, dass du was vorhast, Hochzeitstag hin oder her.« Sie öffnete die Mappe und starrte auf einen Packen Papier. Es waren Computerausdrucke. Und oben stand: *Geschichten aus Cornwall*, darunter der Name des Autors.

»Brian Pratt …?« Emmas Stimme brach ab. »Das ist mein Onkel Brian.

»Ich weiß«, sagte Ethan. Er klang gerührt. »Lies die Widmung. Bei der Veröffentlichung wurde sie entfernt, damit niemand erfährt, von wem das Buch stammt.«

Emmas Finger suchte die Zeile. »Für Peggy, meine Schwester, die mich ohne Worte versteht, und für Emma, meine entzückende Nichte, die ein Sonnenschein auf Erden ist. Und natürlich für dich, Linus. Du bist der Anker in meinem Leben.« Danach folgte der zweite Teil der Widmung, der ins Buch aufgenommen worden war. Der Teil, den Emma und alle Leser kannten.

Emmas Augen schwammen in Tränen. »Woher hast du das?«

Ethan legte den Arm um sie. »Von der Tochter von Brians Lebensgefährten. Sie lebt in London. Ich habe einen Detektiv beauftragt, weil ich wusste, wie wichtig es dir ist, herauszufinden, wer hinter diesem Buch steckt. Du kannst dir nicht vorstellen, wie überrascht ich war, als sich herausstellte, dass es ausgerechnet dein Onkel war.«

»Ich kann es nicht glauben, Ethan. Das ist doch Wahnsinn. Da schreibt Brian so was«, sie klopfte auf die geöffnete Mappe, »und sagt keinem ein Wort davon.«

»Ich kann dir nur das sagen, was Linus' Tochter mir gesagt hat. Brian und ihr Vater wollten immer ein zurückgezogenes Leben führen, in aller Bescheidenheit. Und mit den Jahren hat Brian entdeckt, wie wunderbar die gewöhnlichen Dinge sind, die wir jeden Tag tun und viel zu wenig würdigen. Er hat angefangen, darüber zu schreiben und das Buch nach seinem Tod Linus vermacht. Mit der Auflage, damit zu tun, was immer ihm beliebt, unter einer Bedingung: Sollte er es je veröffentlichen, dürfte niemand den Namen des Verfassers erfahren. Das Buch sollte verdeutlichen, dass vieles keinen Namen braucht und trotzdem einen Wert hat. Ich finde das beeindruckend, Emma. Und ich bin froh, dass ich die Suche gestartet habe und erfolgreich abschließen konnte. Natürlich habe ich versprochen, das Manuskript wieder an Linus' Tochter zurückzugeben. Sie hängt sehr daran. Wenn du willst, treffen wir sie in London.«

»Ja, das wäre schön!« Emma wischte sich mit dem Ärmel ihrer Bluse übers Gesicht.

Sie blieben eine Weile im Baumhaus, nur für sich, dann brachen sie zu einem Spaziergang mit Jimmy auf.

In den vergangenen Monaten war Carbis Bay zu Emmas Sehnsuchtsort geworden. Immer wenn sie auf den Strand hinuntersah, verzauberte sie dieser Fleck. Das Meer weiter draußen bot jedes Mal ein neues Bild – eine endlose türkisblaue Fläche Wasser, die sie daran erinnerte, dass Unendlichkeit mehr als ein Wort war.

Unendlichkeit – war das nicht der ewige Wechsel der Natur. Sprießen, Blühen, Welken und Vergehen? Immer begann alles wieder von Neuem, ohne je zu einem Ende zu kommen.

Nahe der Bucht tauchten aus der Brandung Schaumstreifen auf. Die Streifen brachen auf der höchsten Stelle und rollten die Wellen hinab. Das Brechen der Wellen zu beobachten, gehörte zu ihren liebsten Beschäftigungen, wenn sie den Strand entlangmarschierte.

Sie lief ins Wasser, hielt die Füße in die auslaufende Gischt und rannte zu Ethan zurück, griff nach seiner Hand und verflocht ihre Finger mit seinen.

»Ich liebe es, deine Hand in meiner zu spüren«, rief sie gegen den Wind an. »Das ging mir schon am Tag nach unserem Streit so, als ich dir von meinen Eltern erzählt habe und du deine Hand auf meine gelegt hast.«

»Das war kein Streit«, beharrte Ethan.

»Doch war es. Unser erster Streit ... mit gutem Ausgang.«

Ethan zog eine amüsierte Grimasse.

»Hallo, Welt?!«, schrie Emma. Sie breitete die Arme aus, als wollte sie alles und jeden umarmen: »Ich liebe Ethan!«

Ethan zog sie an sich und belegte ihre Lippen mit Küssen. »Emma Allington, das ist ein so schöner Name«, er ließ die Buchstaben über die Zunge rollen, genoss jeden einzelnen. »Em ... ma All ... ing ... ton!«

Emma legte den Kopf an Ethans Schulter und spürte die Wärme der Sonne im Rücken. Arm in Arm gingen sie weiter.

Sie legten Meile um Meile zurück, ließen Kinder hinter sich, die am Strand Volleyball spielten, passierten Familien, die picknickten, und Verliebte, die eng aneinandergekuschelt aufs Meer sahen.

Jimmy lief voraus und inspizierte den Strand. Während des Essens hatte er brav unter dem Tisch gelegen, nun war er froh, herumtollen zu können.

Bald würde der schwindende Tag der heraufziehenden Dämmerung weichen, doch noch schien die Sonne.

Sie kamen an einem Haus vorbei, das unweit des Strands gebaut worden war, aus den Fenstern schien warmes Licht. Emma löste ihren Blick von den erleuchteten Fenstern, hob einen Stein auf und rieb ihn zwischen den Fingern. Er war glatt und noch warm von den letzten Sonnenstrahlen.

»Wir sollten langsam umkehren«, sagte Ethan.

»Glaubst du, wir werden schon vermisst?«, fragte Emma.

Sie hatte nicht mitbekommen, wie schnell die Zeit vergangen war, hatte es einfach genossen, dass sie zusammen waren.

»Ich glaube schon. Jimmy, komm, wir drehen um«, rief Ethan. Mit einem Stück Treibholz im Maul kam Jimmy zu ihnen zurückgeflitzt.

Ethan zog den Pullover über, den er sich um die Schultern gelegt hatte, und reichte Emma eine Jacke. Der laue Wind wehte ihr ins Gesicht, als ihr ein Absatz im Buch ihrer Mutter einfiel.

Wenn Du liebst, begreifst Du, dass man Liebe zwar nicht sehen und auch nicht angreifen kann, doch wenn Dein Herz offen ist, spürst Du sie immer. Liebe existiert ohne Zeit.

Augenblicke waren die einzige »Zeit«, die sie hatten. Nur einen Moment, dann den nächsten …

Hab Vertrauen ins Leben, das war der letzte Satz, den ihre Mutter in die Liebesliste aufgenommen hatte. Danach waren die Aufzeichnungen abgebrochen. Diesen Satz empfand Emma als Peggys Vermächtnis!

Die untergehende Sonne tauchte den Strand in orangerotes Licht. Ihre Augen suchten die Klippen ab. Bei den Treppen, wo der Hügel sanft zum äußersten Klippenrand abfiel, wuchsen die Strandnelken besonders üppig. Wenn sie vom Baumhaus durch den Palmenhain sah, hätte sie diese Stelle im Blick und sähe, dass der Hügel über und über mit Blüten bedeckt war.

»Ist dieser Anblick nicht unvergleichlich?« Ethan deutete auf das Farbspektakel. »Wenn später alle nach Hause gegangen sind, entführe ich dich zu einem letzten Glas Champagner inmitten von Strandnelken. Nur wir beide«, versprach er. »Und wenn wir morgen aufwachen, frühstücken wir im Baumhaus. Waffeln mit Erdbeeren und Ahornsirup … und ein Guten-Morgen-Kuss.«

Emma griff nach Ethans Hand und küsste sie. Peggy hatte recht. Liebe zeigte einem, wie kostbar jeder Moment des Lebens war. Sie wusste nicht, wie viel Zeit sie mit Ethan hatte, doch sie würde jeden Augenblick genießen.

»Schau mal.« Ethan deutete zu den Klippen.

Ein Teil der Hochzeitsgäste hatte sich am Klippenrand versammelt und winkte in die Ferne.

Jimmy lief neben ihnen her, als sie Arm in Arm auf die Klippen zugingen. Dort nahmen sie die Treppe nach oben. Die Gästeschar zählte den Countdown. Ihre Stimmen hallten bis zu ihnen hinunter.

»Dann mal los, Mr Allington«, flachste Emma.

»Bei null sollten wir oben sein«, lachte Ethan und ging schneller. Oben wurden sie von den Gästen in Empfang genommen.

Marie streckte die Arme nach Emma aus. »Wo wart ihr Turteltäubchen? Die Hochzeit ist noch nicht vorbei. Und wie seht ihr überhaupt aus?«

Phil kam mit dem zweiten Hochzeitskleid überm Arm, das sie mit Emma in London ausgesucht hatte. »Wann ziehst du diesen Traum an?«, fragte sie, den Blick ein wenig bestürzt auf Emmas Outfit gerichtet.

»Sobald ich im Haus bin, Phil. Das schönste Kleid für den schönsten Abend meines Lebens.« Emma drückte Phil einen Kuss auf die Wange.

Ethan wurde in eine Runde von Männern gezogen, zwischen Andrew, Tony und Sam und einigen anderen, die Emma noch nicht so gut kannte. Emma warf ihm einen Luftkuss zu.

»Und wie gefällt dir dein Hochzeitstag bisher?«, wollte Isobel wissen. Sie hielt ein Glas Champagner in der Hand und tat so, als stieße sie mit Emma an.

»Es ist ein Tag voller Überraschungen, mehr als ich je geahnt hätte.«

Marie suchte sich einen Weg durch die Menge. Sie war an der Bar gewesen und reichte Emma ein Glas. Gemeinsam stießen sie mit Isobel an, dann mit Clemmie, Ellen und Ava, die sich zu ihnen gesellten.

Emmas Blick wanderte über die Köpfe der Gäste. Sally stand auf der Terrasse, hielt ein Glas in der Hand und genoss die Ruhe. Wie gut ihr das elegante Etuikleid stand, das sie heute trug. Sie hatte es selbst geschneidert.

Inzwischen hielt auch Ethan ein Glas in der Hand und hob es nun in ihre Richtung.

Die Gespräche um sie herum wurden intensiver. Ellen erzählte von einem Erlebnis, das sie früher mit Ethan gehabt hatte.

Nach dem Essen gab Emma Marie ein Zeichen, dass sie kurz weg wäre, und stahl sich davon. Bis zum Baumhaus war es nur ein kurzer Weg durch die einsetzende Dämmerung. Vorsichtig, um ihr Kleid nicht zu beschädigen, kletterte sie zum zweiten Mal an diesem Tag die Leiter hinauf, zog sich nach oben und stellte sich vor den Ausguck.

Die Lichter der Lampions unter ihr verbreiteten einen einzigartigen Zauber. Wie Kerzen, die in den Bäumen flackerten. Dazwischen sah sie die weiß eingedeckten Tische, in deren Mitte üppige Rosenbouquets standen. »Mein Paradies«, dachte sie bei diesem Anblick.

In den vergangenen Monaten hatte sie während ihrer Spaziergänge die reiche Fülle Cornwalls entdeckt. Sie hatte

Hasenglöckchen gesehen und Seaside Daisies, die wie größere Verwandte der Gänseblümchen aussahen. Und während sie nun hier stand, leuchteten ihr sogar die Polster der Strandnelken entgegen.

Emmas Finger strichen über das glatte Holz der Balustrade. Ein schöneres Baumhaus als dieses hatte sie noch nie gesehen. Welch besonderes Hochzeitsgeschenk Ethan sich einfallen lassen hatte.

Von unten hörte sie Schritte. Ethans Kopf erschien neben der offen stehenden Klappe.

»Dachte ich's mir doch, dass du hier bist.« Er hievte sich hoch und trat neben sie, um aufs Meer zu sehen.

»Wie eine schlafende Schönheit, nicht wahr?«

»Endlos blaue Weite«, murmelte Emma. Einige Sekunden schwiegen sie in inniger Übereinstimmung, die keine Worte benötigte, dann sagte sie: »Weißt du, dass ich nie wusste, was ich wirklich wollte. Das hat sich erst geändert, als ich herkam und dich traf.« Von unten drang Lachen zu ihnen. In wenigen Augenblicken würde sie mit Ethan den ersten Tanz des Abends aufs Parkett legen.

»*Und wenn der Winter hinter uns liegt, zieht ein neuer Frühling ins Land und bringt schüchtern knospende Rosen. Wachsen und Leben, wohin wir auch sehen, es hört niemals auf. Wie die Liebe, die, wenn sie erst begonnen hat, immer weitergeht …*«

»Das ist wunderschön. Von wem ist das?«

»Von deinem Onkel. Es gibt nicht nur das Buch, über das alle reden, sondern auch einige Gedichte und kurze Abhandlungen.«

Ein leises Seufzen entkam Emma.

»Dein Onkel hat das Leben geführt, das er führen wollte, Emma. Wer kann das schon von sich behaupten.« Erneut schwiegen sie, dann sprach Ethan, als wolle er ein zweites Gedicht rezitieren: »Nimm alles, Emma. Jeden Tag und jede Nacht, die das Leben dir schenkt. Ich werde über dich wachen, wenn du deine Augen geschlossen hältst, der Wächter deines Schlafs.« Er ließ die letzten Worte voller Zärtlichkeit ausklingen.

»Lass mich raten, von wem diese Zeilen stammen«, sagte Emma.

Doch Ethan kam ihr zuvor: »Das ist zweifelsfrei von mir«, sagte er leise lachend. »Mit einer Prise Kitsch versetzt, wie du sicher bemerkt hast.«

»Was wäre das Leben ohne dieses kleine bisschen Zuviel.«

Emma ließ sich von Ethan küssen. Hinterher legte er den Zeigefinger an die Lippen: »Diesen Kuss werde ich behalten, bis wir wieder allein sind. Nur du und ich.«

Sie kletterten hinunter, hinein in die Fröhlichkeit, deren Laute ins Baumhaus geschwappt waren, wie Wellen, die träge den Strand erreichten.

Tony, Valerie, Marie und Phil umringten sie. »Auf euch zwei muss man wirklich höllisch aufpassen. Ihr nutzt jede unbeobachtete Sekunde, um abzuhauen«, stichelte Sam.

»Wir sind frisch verheiratet, was willst du erwarten?« Ethans verschmitztes Grinsen machte deutlich, wie schön er den Abend fand. Er legte den Arm um Sam und ging mit ihm davon.

»Die Braut darf keine Sekunde dieser Nacht versäumen, die Trauzeugin natürlich auch nicht.« Marie hakte sich bei Emma unter und steuerte mit ihr die Bar an, wo Ethan und Sam bei Jasper und Mr Snow standen. »Übrigens möchte ich morgen alles über dieses spektakuläre Baumhaus erfahren.«

»Das wirst du Marie. Ehrenwort!«

Emma sah auf die Menschen, die ihr und Ethan am Herzen lagen, sah die vollerblühten Rosen und die Kerzen in den Windlichtern. Sie würde die Nacht in Gesellschaft dieser Menschen ausklingen lassen. Würde tanzen und feiern und zwischendurch nach Ethans Hand suchen, bis die Lichter der Lampions verlöschten und der Morgen anbrach.

In vollen Zügen leben bedeutete, nicht an gestern oder morgen denken, sondern immer nur einen einzigen unwiederbringlichen Moment zu genießen. Jeden Tag neu …

DANK

Liebe Leserinnen und Leser,

Worte des Danks sind immer die letzten Sätze, die ich schreibe, wenn ein Roman fertig geworden ist.

Nach *Ein englischer Sommer*, *Lavendelträume* und *Schokoladentage* war es eine große Freude für mich, Euch diesmal nach Cornwall zu entführen. In eine Gegend, in die man sich nur verlieben kann.

Wie immer möchte ich allen danken, die mir geholfen haben, dieses Buch zu schreiben. Ohne Euch wäre das Buch nicht das geworden, was es ist! Ihr inspiriert und motiviert mich. Nicht zuletzt meine Lektorin Gesine Dammel, die ich nicht nur wegen ihrer Fähigkeiten als Lektorin schätze, sondern die ich auch von Herzen mag.

Jedes Mal, wenn ich eine Idee für einen neuen Romanstoff habe, überlege ich, wo ich die Geschehnisse ansiedeln möchte. Die Gegend, in der eine Geschichte sich erzählend aufbaut, ist ebenso wichtig wie das Thema und die Protagonisten.

England ist für mich ein Sehnsuchtsland. Dort habe ich unvergessliche Stunden verbracht. Momente, die in mich eingebrannt sind.

Und so war mir schnell klar, dass Ethans und Emmas Geschichte perfekt in die kraftvolle Natur Cornwalls passt.

Das Thema dieses Romans hat mit Erlebnissen zu tun, die ich selbst gemacht habe. Es geht um Krankheit, um die Angst vor dem Tod, um Ängste generell. Und es geht um Zeit. Doch vor allem geht es in dieser Geschichte um Liebe. Und um Familie und Freundschaft. Darum, wie wichtig es ist, zusammenzuhalten und sich vom Schicksal nicht unterkriegen zu lassen.

Ich weiß, was Krankheit und Einschränkung bedeuten. Und ich durfte erleben, dass man tiefer lieben kann, wenn man einmal erfahren hat, wie fragil das Leben ist. Wie kostbar jeder Augenblick. Hinter der Angst geht ein Fenster auf, durch das frische Luft hineinströmt … und in der Ferne sieht man den Horizont. Das ist vielleicht ein wenig blumig umschrieben, aber ich denke, diejenigen, die ähnliche Erfahrungen gemacht haben und offen mit ihren Ängsten umgehen konnten, wissen, was ich meine.

Keine dunkle Stunde ist umsonst. Und immer gibt es ein Weiter. Ein Danach. Vielleicht anders als erhofft, aber es geht voran.

Das Leben ist eine herrliche Reise. Diese Reise sollten wir mit allen Sinnen genießen; wir sollten sie auskosten, lachen und glücklich sein. Und Bücher begleiten uns dabei.

Ich mag es, mit Büchern aufzuwachen und mit ihnen einzuschlafen. Und ich liebe es, Bücher für Euch zu schreiben und mich mit Euch darüber auszutauschen.

Mein Gruß geht an alle, die meine Bücher und auch die meiner Kolleginnen und Kollegen lesen. Die mitfiebern und mithoffen und sich in jedem weiteren Roman von einem anderen Thema überraschen lassen.

Herzlichen Dank an alle, die dafür sorgen, dass Bücher in die Welt hinausgehen, denn Bücher erweitern den Horizont, zeigen uns, was möglich ist, machen uns größer oder helfen uns dabei, wieder aufzustehen, wenn wir gestolpert sind. Und sei ein Schritt noch so klein, es ist ein Schritt.

Außerdem trainieren Bücher unser Herz, damit es offenbleibt, um mitzufühlen und zu lieben.

All meinen Leserinnen und Lesern wünsche ich eine gute Zeit. Falls Ihr Fragen habt, schreibt gern an den Insel Verlag oder kontaktiert mich über Facebook oder Instagram. Ich bin immer für Euch da und freue mich, von Euch zu hören.

Bleibt alle gesund und genießt jeden Augenblick Eurer ganz persönlichen Lebensreise. Und liebt … das vor allem,

Eure Gabriele Diechler